JANE JOHNSON

Die Säulen des Lichts

GOLDMANN
Lesen erleben

Buch

Heiliges Land, 1187: Auf dem Basar der Stadt Akka – von den christlichen Besatzern Akkon genannt – begegnet das arabische Mädchen Zorah zum ersten Mal dem Mann, an den sie ihr Herz verlieren wird: Nathanael. Der Sohn des jüdischen Medikus erwidert ihre Gefühle. Doch schon bald wird ihre Liebe auf eine harte Probe gestellt. Denn nachdem Salah ad-Dins Armee Jerusalem eingenommen hat, breitet sich der Krieg bald auch nach Akka aus. Zur selben Zeit flieht in England der junge John Savage aus einem Kloster. Mit der Armee von Richard Löwenherz zieht er in den dritten Kreuzzug. In Akka trifft er auf das verzweifelte Liebespaar. Gemeinsam versuchen die drei jungen Menschen – ein Christ, eine Muslima, ein Jude – in einer Stadt zu überleben, in der die großen Weltreligionen sich aufs Bitterste bekämpfen …

Weitere Informationen zu Jane Johnson
sowie zu lieferbaren Titeln der Autorin
finden Sie am Ende des Buches.

Jane Johnson

Die Säulen des Lichts

Roman

Aus dem Englischen
von pociao und Roberto de Hollanda

GOLDMANN

Die Originalausgabe erschien unter dem Titel
»Pillars of Light« bei Doubleday Canada.

Der Verlag weist ausdrücklich darauf hin, dass im Text enthaltene externe Links vom Verlag nur bis zum Zeitpunkt der Buchveröffentlichung eingesehen werden konnten. Auf spätere Veränderungen hat der Verlag keinerlei Einfluss. Eine Haftung des Verlags ist daher ausgeschlossen.

Dieses Buch ist auch als E-Book erhältlich.

MIX
Papier aus verantwortungsvollen Quellen
FSC® C014496
www.fsc.org

Verlagsgruppe Random House FSC® N001967

1. Auflage
Deutsche Erstveröffentlichung Juni 2016

Umschlaggestaltung: UNO Werbeagentur, München
Umschlagmotiv: FinePic®, München
Redaktion: Antje Steinhäuser
mb · Herstellung: Str.
Satz: omnisatz GmbH, Berlin
Druck und Bindung: GGP Media GmbH, Pößneck
Printed in Germany
ISBN: 978-3-442-47729-6
www.goldmann-verlag.de

Besuchen Sie den Goldmann Verlag im Netz

Für Abdel

ENGLAND
Wells
London
CORNWALL
Atlantischer Ozean
NORMANDIE
Paris
HEILIGES RÖMISCHES REICH
Tours
Cluny
Lyon
Venedig
Santiago de Compostela
FRANKREICH
Genua
Pisa
Marseille
LEÓN-KASTILIEN
PORTUGAL
Lissabon
Rom
AL-ANDALUS
Amalfi
Córdoba
Granada
SIZILIEN
Tanger
Algier
Tunis
Mittelmeer
AFRIKA

Europa und das Heilige Land
in der Zeit des
Dritten Kreuzzuges
Schwarzes Meer
CHES
Konstantinopel
Edessa
Antiochia
Athen
Tripolis
Beirut
Damaskus
Akkon
Tel Aviv-Jaffa
Jerusalem
Gaza
Alexandria
Kairo
ÄGYPTEN
Rotes
Meer
N

Liebende finden geheime Orte
in dieser gewalttätigen Welt,
wo sie sich der Schönheit widmen.
Rumi

Akka, bei den Christen bekannt als Akkon
Syrien
Sommer 1187

So viele Verführungen und nie genügend Geld. Trotz der Ausdünstungen der Tiere und des beißenden Gestanks nach zu vielen schwitzenden Menschen auf dem Markt kitzelten Zohra Najib bereits die ersten Düfte von Sayedi Efraims Parfümstand in der Nase. Während Sorgan ihnen einen Weg durch die Menschenmenge bahnte, schlug ihr Herz schneller. An geschäftigen Markttagen war ihr Bruder ein guter Rammbock, ansonsten eher eine Last.

Als sie in die Nähe des Stands kamen, drückte sie ihm eine Münze in die Hand. »Für Zuckermandeln.« Er wusste, wo die Leckereien verkauft wurden, und würde dort unschlüssig herumlungern und nicht wissen, wofür er sich entscheiden sollte, bis sie ihn abholte. Sie sah, wie er die Hand hob, um die Silbermünze in seiner Hand zu begutachten, und ein breites Grinsen auf seinem Gesicht erschien. Dann schloss er gierig die Hand um die Münze und konnte sie gar nicht schnell genug verlassen. Mehr als einer der Passanten schrie empört auf, als sie rücksichtslos beiseitegeschoben wurden, während Sorgan sich zu dem Stand mit den Süßigkeiten drängelte.

Sie zwängte sich zwischen zwei gebeugten Frauen hindurch. Sie ächzten unter der Last ihrer übervollen Körbe, deren Tragriemen in ihre Stirn schnitten. Zohra wäre um ein Haar gegen zwei große Tempelritter geprallt, die durch die Menschenmenge patrouillierten. Ihr älterer Bruder Malek, Offizier im syrischen Heer, hatte sie vor den christlichen Kriegsmönchen gewarnt. »Sie geloben Keuschheit, halten sich aber nicht immer daran«, hatte er gesagt, und sein hübsches Gesicht war plötzlich streng geworden. »Geh ihnen lieber aus dem Weg.«

Doch die Ritter interessierten sich gar nicht für sie. Ihre wölfischen Augen konzentrierten sich auf die Menschenmenge. Am Parfümstand ließ Zohra ihren Blick begehrlich über die ausgestellte Ware schweifen. Manches Räucherwerk – Weihrauch, weiße Benzoe, Myrrhe – lag jenseits ihrer Möglichkeiten, doch es gab auch andere, weniger kostspielige Optionen. Sie liebte es, ihre Zeit hier zu verbringen, Patchouli-Blätter zu zerreiben, bis sie ihren Duft verströmten, an den Kristallen und Harzen zu schnuppern, aromatische Hölzer und getrocknete Rosenblüten zwischen den Handflächen zu rollen und sich eine Zeit lang in einer Welt aus herrlichen Möglichkeiten zu verlieren, ehe ihr langweiliger Alltag sie erneut einholte.

Der Besitzer Sayedi Efraim war ein kleiner Mann mit einer zerknitterten braunen Robe und einem gehäkelten Käppchen. Er hatte nur ein Auge; die andere Augenhöhle war verkümmert und abgedeckt. Doch dieses eine Auge war wachsam und schlau. Es hieß, es könne das Geld sehen, egal, wie gut es versteckt war. Jetzt musterte es seine Kundin und strahlte vor Freude über das Funkeln der Silbermünze in ihrer Hand. »Lass dir Zeit, mein Vögelchen. Lass dir alle Zeit, die du brauchst.«

Zohra wusste, dass es gut für das Geschäft war, ein hübsches Mädchen am Stand zu haben. Es zog andere Kunden an. Sie erwiderte sein Lächeln. »Zeig mir etwas, das nicht so teuer ist, Sayedi.«

Er breitete die Hände aus. »Wie soll man einem Haus, das wie ein Palast riecht, einen Preis geben oder einem Mädchen, das wie eine Prinzessin duftet? Der Preis ist eine Sache des Verstands, mein Vögelchen.«

Sie warf ihm einen Blick zu, den ihre Mutter als »direkt« bezeichnet hätte. »Der Preis steckt in meiner Tasche, Sayedi. Ich habe nur einen Dinar und muss noch eine Menge mehr kaufen als Parfüm.« Sie öffnete die Hand. Ihre Münze funkelte verführerisch im Sonnenlicht.

In der Mitte des Silberlings war ein Kreuz eingeprägt. Es stammte aus dem Königreich Jerusalem; so nannten die *franj* ihr bedrängtes Gebiet. Nicht dass es eine Rolle spielte. Zohra wusste, dass der Händler über jede Münze froh war – byzantinische Goldmünzen aus Zypern und Tripolis, silberne Dirhams aus Aleppo, Sindschar und Bagdad, Deniers aus Antiochia und Jerusalem … Akka war schon immer stolz auf seine kosmopolitische Tradition gewesen. Am Ufer des Mittelmeeres gelegen, bildete es einen Knotenpunkt für den Handel. Vom Norden, Osten und Westen, aus Venedig, Marseille, Indien, China, Trapezunt und Sarai kamen Kaufleute hierher, um mit Gold und Gewürzen, Seide und Safran, Fischeiern und Harzen, Glas und Singvögeln zu handeln.

Die Bucht von Haifa bot eine Zuflucht während der berüchtigten Winterstürme, und der tiefe, sichere Ankerplatz gewährte einer ganzen Flotte von Handelsschiffen Schutz. Im Norden lag die befestigte Stadt Tyrus, im Osten die Straße nach Nazareth und Jerusalem und dazwischen fruchtbares Land. Akka war ein strategisches Juwel, daher wechselte die Stadt oft ihren Besitzer, doch egal, wer über sie herrschte, der Handel blühte. Waren wechselten ihre Besitzer, das Geld zirkulierte, und alle waren zufrieden. Nun ja, »zufrieden« ist vielleicht übertrieben, dachte sie, als sie sich vor Augen hielt, wie die Tempelritter mit

Schwertern und von riesigen Kreuzen geschmückten Waffenröcken – ein unerträglicher Affront für jeden guten Muselmanen – durch die Straßen marschierten. Wenn man die Ohren spitzte, konnte man auf dem Viehmarkt Schweine quietschen hören, und jeden Tag läuteten die Glocken, die die Christen ins Minarett der Freitagsmoschee gehängt hatten, und huldigten mit ihrem abscheulichen Klang dem Shaitan. Jeden Tag betete sie, dass Salah ad-Din die Stadt zurückerobern und die verfluchten Glocken einschmelzen würde.

Der Händler nahm ein Stück Weihrauch – einen schimmernden Kristallklumpen – und hielt es Zohra unter die Nase. Dem anfänglich kräftigen Duft nach Moschus folgte eine hochgerühmte balsamische Note. Benommen roch sie daran.

»Das ist mein erlesenster Al-Hojari«, erklärte Sayedi Efraim. »Der erste Anschnitt vom Harz der fernen heiligen Bäume von Dhofar, der von den Karawanen durch das Leere Viertel und die Große Sandwüste hierhergebracht wurde. Stell dir bloß einmal vor, welche Gefahren die tapferen Kamelreiter auf sich nehmen mussten, damit ein alter Mann ein junges Mädchen glücklich machen kann. Ist ihr Mut nicht den niedrigen Preis wert, den ich verlange?«

»Lass das Theater, Efraim! Siehst du nicht, dass sie deine Wucherpreise nicht bezahlen will?«

Zohra drehte sich um und sah einen jungen Mann vor sich stehen. Er war hochgewachsen und schlaksig, hatte ein lebendiges Gesicht und dichtes schwarzes Haar, das ungebändigt unter der in die Stirn gezogenen Kappe hervorlugte. Außerdem ein energisches Kinn, geheimnisvolle dunkelbraune Augen und ein spöttisches, schräges Grinsen. »Warte lieber ab, bis eine Kaufmannsfrau mit der prall gefüllten Börse ihres Mannes vorbeikommt. Außerdem ist Weihrauch viel zu schwer für so viel Schönheit. Wie wäre es mit Veilchen oder Kassia?«

Zohra öffnete den Mund, um etwas zu sagen, doch der Mann beugte sich vor und legte ihr den Finger auf die Lippen. Beschämt trat sie einen Schritt zurück.

Der Mann griff nach ihrem Arm. »Du musst nicht gleich weglaufen, mein Täubchen. Hier, das brauchst du, Amber, passend zu deinen Augen.« Er nahm ein Stück Bernsteinharz und rieb es zwischen den Fingern. »Schließ die Augen«, sagte er und wärmte das Harz in den Händen, um seinen Duft freizusetzen. »Atme ganz aus, und wenn ich es dir sage, atme wieder ein.«

Zohra tat wie befohlen, obgleich sie sonst nicht so fügsam war. Als der Mann die Hände öffnete, atmete sie tief ein. Der süße, moschusartige Duft überflutete ihre Sinne. Sie streckte die Hand aus, um nicht das Gleichgewicht zu verlieren, und schlug die Augen wieder auf. Da erst wurde ihr bewusst, dass sie sich am Arm des Mannes festhielt. Wie konnte sie bloß in aller Öffentlichkeit einen fremden Mann berühren? Hastig zog sie die Hand zurück. Doch er lächelte, und es war, als strahlte sein ganzes Ich auf. In diesem Augenblick kam die Sonne hinter einer Wolke hervor und ließ seine blasse Haut wie Weihrauch schimmern. Der Duft des Bernsteinharzes hüllte sie in eine Wolke. Es kam ihr vor, als wären sie die einzigen Menschen auf der Welt.

»Ich nehme vier Stücke«, erklärte der Mann dem Händler und feilschte so lange, bis er für die vier weniger bezahlte, als Zohra für zwei bezahlt hätte. »Pack sie einzeln ein«, sagte er gebieterisch, und als der Verkäufer fertig war, nahm er Zohras Hand in die seine und schloss ihre Finger um zwei der Stücke. Sie blickte auf ihre ineinander verschränkten Hände und spürte unter ihrer Haut, wie das Blut in seinen Adern pochte. Plötzlich hatte sie das Gefühl, keine Luft mehr zu bekommen.

Dann ließ er sie plötzlich los, und als sie blinzelnd aufblickte, merkte sie, dass er sie nicht länger ansah, sondern den Hals reckte und über die Menschenmenge hinwegstarrte. Sie empfand einen Anflug von Enttäuschung, bis sie das Geschrei hörte. Wütende Stimmen, laut und eindringlich.

O nein, war ihr erster Gedanke, was hat Sorgan jetzt wieder angestellt?

Doch es hatte nichts mit ihrem Bruder zu tun. Sie hörte deutlich: »Hattin«, »Niederlage« und dann »Saladin« – so verunstalteten die *franj* den Namen ihres Sultans. Ihr Herz krampfte sich zusammen. War das Heer der Muselmanen besiegt worden? Die Vorstellung, dass ihr Bruder Malek von den Schwertern des Feindes zerstückelt worden sein könnte, raubte ihr einen Moment lang den Atem.

»Was rufen sie?«, fragte sie schließlich.

Der Fremde hob ihren Korb auf und nahm ihren Arm. »Wir müssen hier weg. Sofort.«

»Mein Bruder ist noch im Basar.«

»Dein Bruder kann auf sich selbst aufpassen.«

»Nein, das verstehst du nicht!« Sie versuchte, sich von ihm loszureißen. »Ich muss ihn holen, ich muss …«

Doch er ließ sie nicht los. Seine Augen funkelten, aber sie konnte nicht sagen, ob aus Wut, Angst oder irgendeiner anderen Empfindung. Dann zerrte er sie davon.

Als sie um die Ecke bogen, schrie jemand auf. Im nächsten Moment erhob sich ein wütendes Brummen ringsum.

Der Fremde zog sie derart heftig mit, dass sie das Gefühl hatte, ihre Füße berührten kaum noch den Boden. Schließlich kamen sie zum Rand des Markts, wo das Gedränge der Menschen abnahm. Erst dort ließ er sie los. »Ich musste dich so schnell wie möglich da rausholen.«

Zohra fuhr ihn wütend an: »Ich kann selbst auf mich aufpassen!«

»Das ist keine Schlägerei zwischen Händlern. Es hat eine große Schlacht gegeben. Die Christen sind besiegt worden. Der Bischof von Akka ist tot, und Salah ad-Din hat das Heilige Kreuz erbeutet.«

Zohra starrte ihn an. »Unser Sultan hat die *franj* geschlagen?«

»Bei Hattin, ja, ein großer Sieg. Zwanzigtausend Männer sind gefallen, und ihr König wurde gefangen genommen. Es wird Vergeltungsmaßnahmen geben, es wird Blut fließen. Hier ist es nicht mehr sicher. Wo wohnst du? Ich bringe dich nach Hause.«

»Ohne Sorgan kann ich nicht nach Hause.« Zohra wünschte sich mit aller Macht, dass ihr Bruder endlich aus dem Basar stolperte. Doch es gab keine Spur von ihm.

»Dein Bruder findet auch allein nach Hause.«

»Sorgan ist zwar groß wie ein Riese, aber in Wirklichkeit ist er wie ein kleines Kind.«

Er wurde unsicher. »Tut mir leid. Das wusste ich nicht. Bleib hier, versteck dich, ich hole ihn.« Er schob sie in einen Hauseingang. Zohra beschrieb ihm ihren Bruder und erklärte ihm, dass er Zuckermandeln habe kaufen wollen, dann beobachtete sie, wie sich der dunkle Umhang des Fremden unter dem Dach des Basars in einen Schatten von vielen verwandelte.

Sorgan würde niemals mit einem Fremden mitgehen. Es würde eine Szene geben. Er konnte Stunden an dem Stand mit den Süßigkeiten verbringen und alles mit den Augen verschlingen, bevor er seine enorme Entscheidung traf. Er war stur wie ein Maultier und würde sich nicht von der Stelle rühren. Es wäre besser, wenn sie ihn selbst holen …

Doch jetzt strömte plötzlich eine große Menschenmenge aus dem Markt, Frauen mit Einkäufen und Kindern, junge

Männer mit blutverschmierten Kleidern und wilden Augen. Aus der Straße hinter ihr tauchte eine Gruppe von Tempelrittern auf, ihre Schwerter funkelten in der nachmittäglichen Sonne. Zohra drehte sich wieder um und sah, wie Sorgan aus dem Basar kam, zusammen mit dem Fremden, der ihn am Arm festhielt. Ihr großer einfältiger Bruder grinste von einem Ohr zum anderen und hielt ein großes Bündel an die Brust gedrückt.

Ihre Erleichterung verwandelte sich sofort in Verwirrung. »Was hast du getan? Was hast du da?«

Sorgans Blick schoss hin und her. Er antwortete nicht.

»Er wollte nicht mitkommen«, sagte der Fremde, ohne die abziehenden Tempelritter aus den Augen zu lassen. »Also mussten wir den halben Laden leer kaufen, stimmt's, Sorgan?«

Ihr Bruder lachte auf seine ansteckende, kehlige Art, woraufhin Zohra ihm einen vorwurfsvollen Blick zuwarf. Sorgan steckte die Hand in das Bündel. »Magst du?« Zwischen seinen großen Fingern schimmerte eine einzelne Zuckermandel, die er jetzt nicht etwa seiner Schwester, sondern dem Fremden anbot. Sie hatte noch nie gesehen, dass er etwas mit anderen teilte. Allein das war seltsam, aber noch merkwürdiger war, dass sie in seiner Hand die Silbermünze funkeln sah, die sie ihm gegeben hatte.

Der junge Mann nahm die Mandel feierlich entgegen und steckte sie in den Mund. »Danke, Sorgan. Du bist ein Ehrenmann. Aber jetzt müssen wir dich nach Hause bringen.«

»Du kommst doch mit uns, nicht wahr?«, fragte Sorgan besorgt.

»Natürlich.«

»Wirklich?« Zohra war besorgter darüber, dass er mitkommen könnte, als ihr Bruder, dass er es ablehnte. Was würden die Nachbarn sagen, wenn man sie in Begleitung eines Fremden sah, der obendrein Jude war? Wie würde ihr Vater reagieren? Doch sie gingen so schnell, dass sie nicht die Möglichkeit hatte, das Problem auf höfliche Art anzusprechen. Sie wartete, bis sie oben auf dem Hügel waren, zwei Straßen vom Familienhaus entfernt, dann blieb sie stehen. »Hier können wir allein weitergehen. Vielen Dank«, sagte sie und klang lächerlich formell. Noch schlimmer, sie steckte die Hand in ihre Börse, nahm zwei große Silbermünzen heraus und hielt sie ihm hin. »Für deine Mühe. Und für den Bernsteinharz und die Mandeln. Wir können wirklich keine Geschenke von einem Fremden annehmen.«

Der junge Mann warf ihr einen spöttischen Blick zu. Dann nahm er ihr die Münzen ab und steckte sie wieder in ihre Börse. Unter dem Vorwand einer tiefen Verbeugung, bei der er sein Käppchen verlor, nahm er ihre Hand und drückte seine Lippen auf die Handfläche.

Dann richtete er sich auf und drückte sich das Käppchen wieder auf den Kopf. »Ich heiße Nathanael bin Yakub, jeder kennt mich als Sohn des Arztes. Du findest mein Haus am Ende der Straße der Schneider. Klopf einfach an die Tür mit der Hand. Solltest du es vergessen, schicke ich meine *djenoun* nach dir.«

Er grinste sie schräg an, ermahnte Sorgan, gut auf seine Schwester aufzupassen, und ging davon, während Zohra ihm nachsah und spürte, wie sein ungezogener Kuss auf ihrer Haut brannte.

TEIL 1

DIE WUNDERMACHER

EINS

Kloster St Michael on the Mount,
Cornwall, England
Sommer 1187

Ich wurde als gottloses Wesen geboren.

Zwei Bettelmönche, die zum Kloster von St Michael on the Mount pilgerten, fanden mich zwischen den alten Steinkreisen im Moor über der Bucht, wo ich mich, von Kopf bis Fuß mit dunklem Fell bedeckt, von Würmern und Beeren ernährte.

Vielleicht hatte meine Mutter mich ausgesetzt, weil sie in mir mehr ein Tier als ein Kind sah. Oder ich hatte das Fell bekommen, als ich den Elementen trotzte. Wie auch immer, sie brachten mich in das Kloster, um mich im Haus Gottes aufzuziehen und einen zivilisierten Menschen aus mir zu machen. Ich wehrte mich mit Händen und Füßen. Später hörte ich, wie sie überlegten, ob sie mich von dem kleinen Boot, das sie vom Festland zur Insel brachte, ins Meer stoßen sollten. Es gab Tage, da wünschte ich mir, sie hätten es getan.

Sie gaben mir ein kratziges Gewand aus Sackleinen und einen Namen. Savage. John Savage. Ich wurde als Novize im Orden aufgenommen, obgleich meine Eltern (falls ich jemals welche hatte) mich nie offiziell aufgegeben hatten und der heilige Benedikt verboten hatte, Kinder vor dem zehnten Lebensjahr in den Orden aufzunehmen. Niemand wusste, wie alt ich war. Sie machten mich zum Diener und benutzten und misshandelten mich, wie es ihnen gerade passte.

Wenn die älteren Jungen mich schikanierten, wehrte ich mich laut fauchend wie das Tier, für das sie mich hielten. Doch sobald ich versuchte wegzulaufen, unternahmen sie alles, um mich wieder einzufangen, ehe ich über den Damm fliehen konnte, der während der Ebbe wie durch Zauberhand aus dem Meer emporstieg, und schleppten mich ins Kloster zurück. Da Novizen in der Hackordnung an unterster Stelle standen, war es ihnen nur recht, jemanden zu haben, an dem sie ihre Frustrationen auslassen konnten.

Wenn ich einen Anfall bekam und zu Boden fiel, glaubten sie, ich sei vom Teufel besessen. Doch bald merkten sie, dass ich am verletzlichsten war und mich nicht wehren konnte, wenn ich mich mit Schaum vor dem Mund auf dem Boden wälzte und Unsinn redete. Dann traten sie erst recht zu. Und wenn ich eine Stunde später wieder zu mir kam, hatte ich keine Erinnerung daran, was geschehen war, bloß überall am Körper blaue Flecken und seltsame Traumbilder im Kopf.

Turmhohe Säulen und aufsteigende Bogen. Der Duft von Rosen. Diese Visionen verfolgten mich schon damals. Und so ist es bis heute geblieben.

An dem Tag, an dem ich den Reliquienbehälter fallen ließ und die Gebeine des heiligen Felec über den Boden der Kapelle rollten, verprügelte mich Bruder Jeremiah so heftig, dass seine Weißdornrute zerbrach.

Soweit ich mich erinnere, war ich damals schon vierzehn Jahre im Kloster. Kein Wunder, dass die Rute aufgrund meiner andauernden Widerspenstigkeit abgenutzt war. Für einen kurzen Augenblick jubelte ich, doch dann hob er die zerbrochenen Teile auf, und mir wurde bewusst, dass er nun zwei Waffen statt einer besaß. Schützend hob ich die Hände vor den Kopf und fiel auf den harten Schieferplatten auf die Knie, wo ich zwischen den zerbrochenen Knochen und Holz kauerte.

Ich sammelte sie ein. »Ich flicke sie wieder zusammen, man wird nicht sehen, dass sie je kaputt waren! Und auf dem Friedhof, von dem sie stammen, gibt es noch viele andere Knochen!« Ich erinnerte mich nur allzu gut an jenen Morgen im Oktober, als der Prior den Sakristan angewiesen hatte, das Gerippe eines unbekannten Mönches auszugraben und dessen Fuß abzuhacken, um die Reliquie des heiligen Felec zu erschaffen – des alten Königs im untergegangenen Lyonesse.

Zu spät erkannte ich, dass es ein Fehler gewesen war, dieses schändliche Geheimnis zu erwähnen, denn jetzt steigerte sich Bruder Jeremiahs Wut ins Unermessliche.

»Du dummer kleiner Teufel!«, grollte er. »Für diese Lüge wirst du in die Hölle kommen!« Der erste Schlag. »Lügner, undankbarer Schuft!« Ein Schlag auf die Schulter. »Du bist ein Wilder, vom Teufel besessen.« Ein Schlag gegen das Schienbein. »Und wenn ich ihn dir nicht mit Gebeten austreiben kann …« Ein Schlag auf den Arm. » … dann muss ich ihn eben aus dir herausprügeln.« Der Speichel schimmerte auf seinem grauen Bart.

Ich kauerte mich zusammen wie eine sterbende Wespe. »*Mea culpa*, Bruder, *mea culpa!*«

Er grinste und hob beide Arme, als wollte er auf eine riesige Trommel einschlagen. Ich bereitete mich auf den Schmerz vor, doch er blieb aus. Stattdessen stand plötzlich ein hagerer, dunkelhäutiger Mann an der Tür der Kapelle und kam rasch auf uns zu. Die Röcke des schwarzen Habits flogen um seine Beine, so schnell ging er.

»Halt ein, halt ein! Er ist doch nur ein Kind! Lass von ihm ab!«

Bruder Jeremiah warf ihm ein grausiges Lächeln zu. »Ein Fremder wie du wird unser Tun nicht verstehen, Bruder. Er ist ein gefallenes Wesen. Wir müssen die Sünder in dieser Welt züchtigen, sonst werden sie sich nicht bessern, und dann sind ihre Seelen für immer verdammt.« Als er erneut die Arme hob, zog ich den Kopf ein und wartete auf das Unvermeidliche.

Doch als auch dieser Schlag ausblieb, blickte ich wieder auf und sah, dass der dunkelhäutige Mann Jeremiah am Arm gepackt hatte und ihn gegen die Wand drückte. Der Mönch wehrte sich heftig und zeterte: *Gottloser, Schwarzer, Schurke, Dummkopf.* Doch für einen so schmalen Mann war der Fremde außerordentlich kräftig. Er bändigte Bruder Jeremiah, bis er seine Stöcke fallen ließ. Dann rief er mir über die Schulter zu: »Steh auf, John, und geh hinaus.«

Doch ich kniete da, als wäre ich gelähmt. Ich hatte gesehen, wie Bruder Jeremiah einen Diener stranguliert und einem anderen den Schädel eingeschlagen hatte. Er mochte alt sein, aber er war unerbittlich wie der Tod. Sogar der Prior fürchtete ihn. Wer war dieser Fremde, der meinen Namen kannte und daher auch lange genug hier gewesen sein musste, um zu wissen, wie grausam Bruder Jeremiah war? Ich riskierte einen Blick auf sein Gesicht. Feine, scharf geschnittene Züge, wie in der Abbildung eines Heiligen. Nur war seine Haut dunkel wie Leder. Plötzlich fiel mir etwas ein. Vor einigen Wochen, während der Winterstürme, hatte es einen Schiffbruch an den Felsen von Tater Du gegeben, an der Westküste, Richtung Land's End. In einer wilden Nacht hatten Matrosen drei Männer in die Krankenstation des Klosters gebracht, alle leblos wie nasser Seetang. Die beiden größeren Männer waren gestorben. War das der dritte? Der Einzige, der überlebt hatte?

Ich rappelte mich auf und trat hinaus. Es wurde Abend. Himmel und Meer hatten dieselbe dunkelgraue Färbung, der

Horizont verschmolz mit den Wolken. Das ferne Festland war der dunkle Buckel eines Wals im Halbdunkel, die winzigen Lichter der Feuer und Kerzen im Dorf flackerten über das Wasser. Wie oft hatte ich sie beobachtet und mir gewünscht, in einem der kleinen Häuser zu sein, weit weg von den Mönchen und den Novizen? Unzählige Male. Doch von diesem Ort gab es kein Entkommen, außer im Tod.

Um mich herum wurde es immer dunkler. Kleine aufrechte Steine markierten den Weg zwischen den Welten früherer Bewohner. Der Friedhof des Klosters, ein Grab wie das andere, kein Unterschied im Rang oder Status, so wie der heilige Benedikt es im zweiten Absatz seiner Regeln verfügt hatte. Ich hatte mir immer vorgestellt, dass ich ihnen eines Tages folgen würde, eher früher als später.

Jetzt zitterte ich in der aufkommenden Brise, stahl mich zum Eingang der Kapelle zurück und lugte hinein.

Bruder Jeremiah kniete reglos vor dem Altar, die Augen geschlossen, die Hände zum Gebet gefaltet wie ein braver kleiner Junge. Und neben ihm stand der dunkelhäutige Mann, der im Halbdunkel lediglich am Funkeln der Augen zu erkennen war. Als hätte ein Windzug meine Anwesenheit verraten, sagte er, ohne sich umzudrehen: »Bruder Jeremiah ist von uns gegangen, und auch wir sollten nun gehen.«

In den frühen Stunden dieser Sommernacht verließ ich St Michael's Mount zusammen mit dem Fremden, der mich anwies, ihn einfach »den Mauren« zu nennen.

Endlich würde ich diesen verhassten Ort verlassen, und die gehässigen Novizen könnten mich nicht mehr daran hindern. Wir ließen etwas von dem Gold des Priors mitgehen, doch der Maure meinte, das sei in Ordnung, da dieser es nicht vermissen würde, zudem hätten wir eine bessere Verwendung dafür, als dem korrupten alten Kirchenmann jemals eingefallen wäre. Als Erstes bestachen wir einen jungen Fischer, damit er uns über die Meerenge zwischen der Insel und der Küste von Cornwall ruderte. Danach marschierten wir nachts den Pilgerweg entlang und schliefen tagsüber zwischen stachligen Ginster- und Brombeerbüschen.

Anderen Reisenden gingen wir aus dem Weg, obwohl der Maure sich deswegen offenbar keine Sorgen machte. »Wie ist Bruder Jeremiah eigentlich gestorben?«, fragte ich ihn eines Tages.

Er brauchte eine ganze Weile, ehe er antwortete. »Frag lieber nicht, John.«

»Werden sie uns wie Mörder suchen?« Ich hatte Männer hängen sehen und spürte bereits den Strick um meinen Hals.

»Sie werden keine Spuren an ihm finden. Gott hat ihn zu sich gerufen. Er war nicht mehr der Jüngste.«

Würde Gott auch mich unerwartet zu sich rufen, wenn ich nachts unter einem Ginsterbusch einschlief? Ich beschloss, den Mauren lieber zum Freund zu haben, obgleich ich nicht wusste, wie ich es anstellen sollte. Ich hatte noch nie einen Freund gehabt. Also löcherte ich ihn mit Fragen, und am Ende erzählte er mir, er sei mit einem Steinmetzmeister unterwegs gewesen, als ihr Schiff in einen Sturm geriet und an einem Felsen zerschellte. Er sei aus Córdoba gekommen, einer Stadt im Süden, wo er jahrelang in der Bibliothek eines großen Mannes Manuskripte kopiert hätte.

»Bist du ein Schreiber?«, fragte ich neugierig.

»Ein wenig mehr als das«, antwortete er mit einem geheimnisvollen Lächeln.

»Ich zeichne gern«, erzählte ich ihm. Im Skriptorium des Klosters hatte ich die Mönche beobachtet. Ihre Kritzeleien faszinierten mich, und wenn sie ihr Tagwerk beendeten und ich sauber machte, hatte ich die Stücke von Pergament und die zerbrochenen Federn, die sie wegwarfen, eingesammelt. Ich füllte die Schalen der Purpurschnecken, die ich am Strand fand, mit Gallustinte und versuchte, heimlich zu kopieren, was sie geschrieben hatten. Ich zog Linien auf dem Papier – wie Schrift, und doch nicht wie Schrift. Meine Linien sahen aus wie wackelige Würmer. Ich zeichnete einen Wurm, gab ihm Augen und Mund und musste lachen. Dann flog eine Krähe vorbei, und ich zeichnete auch sie. Bald zeichnete ich alles Mögliche: Möwen mit schwarzem Rücken, bucklige Katzen und kahle Bäume. Wasserspeier mit den Gesichtern von Heiligen, Heilige mit den Köpfen von Wasserspeiern. Karikaturen der Mönche mit aufgesetzten Kapuzen und Sensen über der Schulter: Todesarmeen. Und die seltsamen Visionen, die ich hatte, wenn ich meine Anfälle bekam. Sie waren am schwierigsten. Es gelang mir einfach nicht, das Unermessliche, das ich im Geist vor mir sah, auf das Papier zu übertragen. Und das brachte mich zur Weißglut.

Der Maure betrachtete mich interessiert. »In dir steckt mehr, als man glaubt, John. Das gefällt mir.«

Niemand hatte mir jemals so etwas gesagt. Ich errötete vor Freude und beschloss, ihm überallhin zu folgen. »Wohin gehen wir?«

»Wir werden sehen, was wir sehen müssen, und tun, was wir tun müssen. Aber durch die Welt zu reisen ist nicht gerade billig.«

»Jetzt haben wir ja Gold«, entgegnete ich unbekümmert.

»Aber nicht lange. Nichts hält ewig.«

Wir standen in der frühen Morgensonne am Rand des Bodmin Moors. Ein Bussard flog mit trägen, gleichmäßigen Flügelschlägen über uns hinweg und verschwand. Ich blinzelte und blickte den Mauren an.

»Mönche scheinen immer sehr viel Gold zu haben«, entgegnete ich.

»Die Leute geben es ihnen für ihre Heiligen, deren Reliquien sie bewahren, damit sie ihre Gebete erhören, ihre Krankheiten heilen und ihnen die Sünden vergeben.«

Ich dachte eine Weile darüber nach. In der Ferne hörte man einen kurzen gequälten Schrei. Er klang fast menschlich, doch wahrscheinlich war es ein Hase, den der Bussard gerissen hatte. Dann erzählte ich dem Mauren, was ich über die »Reliquien« des heiligen Felec wusste.

Seine Augen funkelten. »Gebeine«, sagte er nachdenklich. »Nun, das ist interessant.«

Ein paar Nächte später standen wir unter einem gelblichen Mond vor einem Massengrab in Slaughter Moor. Ich blies in meine Hände und stampfte mit den Füßen. Wie konnte es bloß so kalt sein, mitten im Sommer?

»Kannst du dich nicht ein bisschen beeilen?«

Aus der Grube stieg ein polterndes Lachen auf. »Manche Dinge brauchen ihre Zeit, John. Vor allem die Toten. Wenn du schneller fertig sein willst, kommst du am besten auch hier herunter.«

Mehr als alles andere auf der Welt wollte ich es ihm recht machen, aber bei dem Gedanken an all die ruhelosen Geister … »Keine zehn Pferde bringen mich da hinunter.«

Sorgfältig durchwühlte er die Erde, zog einen sauber durchtrennten Schädel heraus und hielt ihn einen Augenblick in die Höhe, um ihn im goldenen Schein der Öllampe, die wir dem Fischer abgekauft hatten, unter die Lupe zu nehmen. Im flackernden Licht erkannte man die Augen- und die dreieckige Nasenhöhle. Anschließend legte er ihn beiseite, sanft, als würde er seinen Besitzer kennen, und vertiefte sich wieder in seine

Aufgabe. Nicht viele hätten es gewagt, diesen Ort zu schänden, vor allem nicht nach Einbruch der Dunkelheit, doch der Maure meinte, die Toten seien tot und der Körper sei nichts anderes als ein Gefäß, das die Seele verlassen habe. Die Geister hätten längst das Weite gesucht, und Knochen seien nichts anderes als Knochen.

»Möglich, dass ihre Besitzer vor langer Zeit gelebt haben, aber bevor ihre Leichen wie Abfall hier hinabgeworfen wurden, war ihr Leben voller Leidenschaft, Leid und Freude.« Er seufzte. »Krieg ist Wahnsinn, John. Noch nie hat er etwas von Wert hervorgebracht.«

Aus der Senke, in der wir uns befanden, stieg Dampf auf, die Schwaden schlängelten sich im Mondschein wie Gespenster. Das Licht hier war seltsam, es war wie der Schimmer, der jemand in den Sumpf lockte und in das tiefe braune Wasser zog, wo die Wichtel lebten. Ich schauderte, setzte mich an den Rand der Grube und ließ die Beine baumeln. Der Maure sah auf, und seine Augen leuchteten wie Halbmonde.

Zu seiner Verblüffung sprang ich hinunter und wurde mit einem schrägen Lächeln belohnt. »Sonst werden wir noch die ganze Nacht hier verbringen«, sagte ich knapp. Von Ekel erfüllt packte ich einen Knochen und versuchte, ihn herauszuziehen, wobei ich einen kleinen Erdrutsch auslöste.

»Vorsichtig«, ermahnte mich der Maure.

Ich war entschlossen, ihm nicht zu zeigen, wie sehr ich mich fürchtete. Gemeinsam durchwühlten wir die Erde und inspizierten halb zerfallene Kleidungsstücke, Knochen und rostige Metallstücke. Nach einer Weile kam ein großer Knochen zum Vorschein, und ich zog ihn heraus. »Wie wäre es mit dem hier?«

Der Maure drehte die Lampe um. »Eine Scapula«, sagte er.

»Was ist eine Scapula?«

Er legte seine Hand auf meinen Rücken. Die Haut unter dem rauen Zwirn meines Hemdes prickelte. »Ein Schulterblatt. So wie das hier.«

»Wer hat je im Leben von einem heiligen Schulterblatt gehört?«

»Es gibt weit seltsamere Dinge in den goldenen Reliquienschreinen deiner Kirchen. Der Papst in Rom bewahrt die Sandalen von Jesus Christus und seine Vorhaut unter dem Altar der Lateranbasilika auf. In Venedig habe ich Goliaths Backenzahn besichtigt, und wie ich höre, haben sie in Konstantinopel die Axt, mit der Noah seine Arche baute, und eine Phiole mit der Muttermilch der Jungfrau Maria.«

»Die müsste doch längst zu Käse geronnen sein!«, erwiderte ich. »Welcher Narr würde schon so einen Unsinn glauben?«

»Spotte nicht über den Glauben der anderen, John. Trotzdem, ein Schulterblatt ist wirklich nicht ideal.«

Schließlich stieß er auf einen Arm. Die Knochen waren alt, aber intakt. Eines Tages wird mein Arm auch so aussehen, schoss es mir durch den Kopf. Ich schauderte. Der Maure streifte die Erde ab, die unheimlichen Finger umklammerten immer noch den Griff einer mit zwei ineinander verschlungenen Bestien geschmückten Parierstange.

Ich hatte noch nie ein Schwert angefasst. Er reichte es mir, und als ich es in der Hand hielt, war es so, als strömte seine Kraft über das Eisen in meinen Arm. Ich fühlte mich wie ein König. Ja, wie ein König …

»Vorsicht, John«, sagte der Maure und trat einen Schritt zurück, als ich ungeschickt das Schwert über meinem Kopf schwang.

»Sehet die Gebeine und das Schwert König Artus', des Retters der Engländer! Des Helden, der die Heiden von unseren

Küsten vertrieb, ehe er in der letzten Schlacht auf tragische Weise ums Leben kam.« Die Einheimischen hatten uns erzählt, hier habe die Schlacht von Camlann stattgefunden, in der das englische Heer sich ein letztes Mal den sächsischen Eroberern stellte.

Der Maure sah nachdenklich aus. »König Artus war kein Heiliger. Ob die Klöster für die Gebeine eines toten Königs etwas zahlen würden?«

»Jeder liebt den Helden aus Monmouths Sage, vom ärmsten Ackerknecht bis zum reichsten Ritter. Sie werden Schlange stehen, um seine Gebeine berühren zu dürfen. Die Mönche sind nicht dumm. Sie werden die Popularität stets über die Heiligkeit stellen, solange sie Geld einbringt.«

Der Maure seufzte. »Es ist überall auf der Welt dasselbe, John.«

ZWEI

Glastonbury
Allerheiligen
1. November 1187

Der Maure legte den Kopf in den Nacken, um die komplexen Schnitzereien über der Tür zu betrachten. »Sie haben nur drei Jahre dafür gebraucht. Bemerkenswert.«

Ich sah auf und sog den Geruch des Winters ein. Holzrauch und kalte Erde.

Die alte Kirche, die einst Josef von Arimathäa erbaut hatte, war niedergebrannt. Sie hatten in Windeseile eine neue Marienkapelle gebaut. Wir waren gerade recht zur Einweihung gekommen. Zu Allerheiligen waren die Heiligen am stärksten, und man konnte sie anrufen, um Satans Macht Einhalt zu gebieten.

Die Kunde von der wundersamen Reliquie, die nach Glastonbury gekommen war, hatte sich rasch herumgesprochen: König Artus' Arm, der noch das Schwert in den Händen hielt, mit dem er England gerettet hatte. Von Neugier, Verzweiflung und Hoffnung getrieben, hatten manche Pilger Hunderte von Meilen zurückgelegt. Eine riesige Menschenmenge wartete darauf, dass die Prozession ihren Rundgang beendete.

»Was werden sie wohl mit uns anstellen, wenn sie herausfinden, dass es eine Fälschung ist?«, hatte ich den Mauren immer wieder gefragt, während wir durch Devon nach Somerset wanderten. Doch der hatte bloß gelacht. Es hatte mich nicht beruhigt. Ein kalter Windzug kam plötzlich auf, und ich fuhr mir mit der Hand über den ungewohnt kahlen Schädel. Ich hasste es, eine Tonsur zu haben, aber der Maure hatte darauf bestanden. Wir mussten unsere Rolle spielen. »Bestimmt hängen sie uns auf.« Ich trug eine weiße Robe, die die Mönche der Abtei uns gegeben hatten, die traditionelle Farbe für das Fest der Allerheiligen. Und da ich an das benediktinische Schwarz gewohnt war, kam ich mir beinahe nackt vor. Der Maure trug auffälliges Pfingstrot. »Ich sehe aus wie ein bunter Hund«, hatte er gesagt, als er die Robe anzog. »Ein Schwarzer wird nie übersehen, egal, was er trägt, aber als schwarzer Kardinal wird man eher respektiert.«

Es war still geworden, als die Ehrengäste eintrafen: Vizeregent Ranulf de Glanvill, bekannt als »des Königs Auge«, da er über das Königreich wachte, wenn Heinrich II. in Frankreich weilte. Ich hoffte, dass sein Auge nicht ausgerechnet auf mich fiel. Und neben ihm sein Bruder Geoffrey, mit dem roten Gesicht eines Metzgers und der fleischigen Faust eines geborenen Schlägers. Der Vizeregent hatte eiskalte blaue Augen, scharf und durchdringend. Sie streiften mich und blieben dann an dem Mauren hängen, der in seinem roten Gewand unübersehbar war. Mir stockte für eine Sekunde das Herz. Doch der Maure zuckte nicht mit der Wimper, sondern nickte, als wäre er ihnen ebenbürtig, und die beiden Männer gingen vorbei.

Es folgte der Bischof von Bath, Reginald de Bohun, der mit seinem grauen Wuschelkopf aussah wie ein Schaf in Violett. Wir waren uns schon einmal begegnet. Auch er blickte uns an und wandte sich dann hastig – allzu hastig – wieder ab.

Die von niederem Adel trugen übertrieben bunte Kleider, in denen sich ihr Reichtum und ihr Mangel an Geschmack widerspiegelten. Die Frauen der wohlhabenden Kaufleute waren mit funkelnden Edelsteinen geschmückt, um den Erfolg ihrer Ehemänner zur Schau zu stellen. Ned und Quickfinger würden sie im Auge behalten.

Quickfinger hatten wir in Launceston aufgegabelt. Ich hatte beobachtet, wie er unter einen auf Böcken stehenden Tisch gekrabbelt war, an dem die Leute zum Erntedankfest aßen. Als sie den Tisch verließen, bemerkten sie, dass sie unterschiedliche Schuhe trugen oder mit ihren Strumpfbändern an ihren Tischnachbarn gefesselt waren. Während ich noch über das Durcheinander lachte, sah ich, wie er zwischen ihnen herumschlich und gelegentlich eine Börse mitgehen ließ, und stieß den Mauren an. Der nickte grinsend, auch ihm war die Szene nicht entgangen. Kurz darauf wurde Quickfinger als Erster in unsere Gruppe aufgenommen. Er stammte aus dem Norden. »York?«, fragte ich. »Noch weiter.« Quickfinger zeigte mit dem Finger nach oben, als wäre er vom Himmel gefallen.

Er hatte einen so starken Akzent, dass ich ihn manchmal nicht verstand. Dasselbe hielt er umgekehrt mir vor. Er machte meine Westküstenvokale nach und verspottete mich derart, dass ich ihn manchmal am liebsten windelweich geprügelt hätte. Zweimal hätten wir uns fast in die Haare bekommen, doch er war mit den Beinen genauso flink wie mit den Händen. Dann grinste er so breit, als wäre er nicht richtig im Kopf. Das war seine Art, die Leute abzulenken. Man will keinen Blickkontakt mit jemandem, der grinst wie ein Irrer, und das tat er jedes Mal, wenn er jemanden ausraubte und dessen Börse, Messer oder etwas anderes, das er zu fassen bekam, mitgehen ließ. Für Quickfinger war das Leben ein einziger großer Spaß. Das machte ihn liebenswert und abstoßend zugleich.

Ned war klein und dunkel wie eine Ratte und ging mühelos als der Krüppel durch, als der er sich ausgab. Er hatte sich der schnell anwachsenden Gruppe angeschlossen, als wir durch

Tavistock gekommen waren. Ich mochte ihn nicht wegen seines hinterhältigen, verschlagenen Blicks, doch er brachte uns Tricks bei, die wirklich atemberaubend waren. Er zauberte Goldmünzen aus den Ohren des Mauren oder kroch in ein kleines Baumloch, in das nicht einmal eine Katze gepasst hätte, ehe er ganz verschwand und auf einem Ast über uns wieder auftauchte.

Schwindler und Diebe: Man konnte ihnen nicht über den Weg trauen. Ich spürte, wie meine Haut prickelte.

Dienstboten, Schmiede, Bauern, Büßer und Krüppel standen überwältigt am Rand der Gemeinde. Die Leprakranken aus St Mary Magdalene, diese armen Seelen, die bereits auf der Erde durch ein Fegefeuer gingen und das Aussätzigenhaus hatten verlassen dürfen, um Heilung für ihr Leid zu suchen, das sie lediglich in einem Wunder finden konnten, wurden mit ihren entstellten Gesichtern, die sie unter einer Kapuze verbargen, ihren Klappern und Glocken von den Konstablern auf Abstand gehalten.

Jetzt tauchte die Prozession erneut auf, angeführt von einem Mönch. Er trug ein großes, mit Edelsteinen geschmücktes Kreuz, kostbar wie das Lösegeld für einen König. Dahinter kam der Prior mit dem Corpus Christi und anschließend eine Reihe von Domherren mit den Reliquien, die den Brand überlebt hatten. Und ganz am Ende folgte die große Kiste aus Eichenholz und Silber mit »König Artus'« Schwert und Arm. Die Türen der Kapelle öffneten sich, und sie traten ein, als zelebrierten sie den siegreichen Einzug des Herrn in die Heilige Stadt Jerusalem. Anschließend winkte uns der Sakristan hinein.

Im Innern der Marienkapelle war es stockdunkel, und ein animalischer Gestank stieg uns in die Nase. Dann begann eine Kakophonie aus unheimlichem Geheul und dröhnendem Metall. Die Mönche von Glastonbury trommelten, stampften und kreischten in ihrer Rolle als Lakaien der Hölle. Einmal im Jahr schoben sie die stille Disziplin des klösterlichen Lebens beiseite und durften sich so schlecht benehmen, wie sie nur wollten, um die Versammelten an die dämonischen Strafen zu erinnern, die nach dem Tod auf die Sünder warteten, wenn sie nicht taten, was man ihnen sagte. Oder der Kirche möglichst viel Geld spendeten. Anwesende, die die Zeremonie des Lichts noch nie erlebt hatten, schrien vor Schrecken auf.

Ich drehte mich um und sah den Mauren in der Dunkelheit grinsen. Er genoss es, ein Sarazene zu sein, ein Ketzer, ein Gottloser, ein feindlicher Eindringling, ein Wolf im Schafspelz. Sein Grinsen flößte mir keine Zuversicht ein. Wenn das hier schiefläuft, werden wir nicht einmal bis zum Galgen kommen, sie werden uns noch vorher in Stücke reißen, schoss es mir durch den Kopf. Dann stimmte ich in den dämonischen Chor ein und war erleichtert, mir die Angst von der Seele schreien zu können. Am Ende wurden die Fenster enthüllt und Kerzen entzündet. Licht durchflutete die Marienkapelle und vertrieb alle Finsternis. Für ein weiteres Jahr war die Hölle verbannt. An ihre Stelle traten hohe Säulen, mit geschnitztem Laubwerk verziert, Arkaden, die mit Purpur, Gold und Blau ausgemalt waren. Sonne und Mond forderten die natürliche Ordnung heraus und schwebten nebeneinander über einer lächelnden Jungfrau Maria, die das Gotteskind in den Armen hielt. Zwischen den Säulen gab es helle Friese von Heiligen, Märtyrern und Aposteln, die auf die Gemeinde hinabsahen. Ich spürte ihre Blicke auf mir.

Ich betrachtete die Kirchengemeinde. Irgendwo zwischen den Kaufleuten stand Red Will und weiter weg, in der Nähe des Bauernvolks, Hammer und Saw und Plaguey Mary, der Rest unserer Truppe.

Hammer und Saw waren Zwillinge, klein, dunkel und drahtig. Wenn sie betrunken waren, unterhielten sie sich in einer Geheimsprache, die keiner von uns verstand. Wir hatten sie in einem Dorf am Rand von Dartmoor aufgelesen, wo sie jonglierten. Sie waren arbeitslose Zimmerleute und sehr geschickt mit ihren Händen. Quickfinger hatte sie rasch zu Taschendieben ausgebildet.

Red Will und Plaguey Mary hatten wir am Stadtrand von Exeter gefunden. Will spielte mehr schlecht als recht auf einer Flöte, und Mary lachte ihn aus. Sie hatte uns einen abschätzenden Blick zugeworfen, als wären wir potenzielle Freier, was uns allerdings erst später klar wurde, denn trotz des Namens, den sie sich selbst zugelegt hatte, war sie kerngesund und munter, hatte viel Humor und lachte gern. Wir gingen an ihnen vorbei, doch Mary war uns nachgelaufen, da sie ein besseres Geschäft als das ihre witterte, und Will hatte sich ihr angeschlossen.

Fahrende Schausteller, ein grässlicher Minnesänger, Gaukler, Taschendiebe und eine Hure. Wie genoss ich ihre Gesellschaft nach den scheinheiligen Mönchen und den boshaften Novizen mit ihrem grausamen Geläster! Wir lachten und erzählten uns Geschichten aus unserem Leben, und bald hatte ich zum ersten Mal das Gefühl, Teil einer Familie zu sein, statt Abschaum. Vielleicht würde ich mich mit unseren schlauen Tricks irgendwie an der Kirche rächen können für alles, was ich in ihrem Schoß erlitten hatte.

Von Dartmoor bis Somerset Levels zog unsere bunt gemischte Bande von Kirche zu Kapelle, von Kloster zu Abtei und Marktplatz. Mal täuschten wir hier eine Heilung vor, mal dort eine Auferstehung, und so gewannen wir an Ansehen und kamen zu Pfründen. Die Leute sind gewillt zu glauben. Sie wollen, dass es Wunder gibt. Geistliche, denen wir begegneten, waren nur allzu gern bereit mitzuspielen. Wunder brachten Geld in Form von kleinen und großen Gaben. Aber in den dreizehn Jahren seit Thomas Beckets Heiligsprechung hatte Canterbury Unmengen an Gold eingenommen, worunter die anderen Heiligen sehr zu leiden hatten. Deren Kirchengemeinden waren neidisch, und deshalb waren wir selten abgewiesen worden, wenn wir ihnen unsere Echtheitsprüfungen und Belege vorlegten. Wir lebten gut von unseren Schandtaten. Trotzdem sollte der große Schwindel hier in Glastonbury unser Schwanengesang sein. Sobald der Schatzmeister der Abtei die Beute mit uns geteilt hatte, würden wir uns trennen, und jeder würde seines Weges gehen.

Zumindest war das der Plan …

Während der Predigt schrie einer der angeketteten Wahnsinnigen plötzlich wie am Spieß los und wurde in einen Nebenraum geschafft, in die notdürftig wiederaufgerichteten Ruinen des Kirchenschiffs. Als der Prior bemerkte, dass die Aufmerksamkeit unter den Gläubigen nachließ, erklärte er: *»Miraculum magna videbis!«* Jetzt wird man Wunder sehen.

Dann wurden die Reliquien angekündigt. Der heilige Aidan von Lindisfarne, die heiligen Indracht und Beonna, der heilige Patrick von Irland … die Liste zog sich in die Länge. Beim Abendessen am Tag zuvor hatte man uns erzählt, dass vor der Heiligsprechung von Thomas Becket Glastonbury mit zweiundzwanzig vollständigen Heiligen die meisten Reliquien besessen hatte (nun ja, fast: die Hälfte des heiligen Aidan wurde von den Mönchen in Iona beansprucht, ein anderer Teil befand sich in Durham, doch fast die Hälfte eines derart mächtigen Heiligen war mehr wert als ein vollständiger unbedeutender Märtyrer), sodass die Schatztruhen gut gefüllt waren. Aber nach dem Aufstieg des Becket-Kults und dem Brand in Glastonbury war der Reichtum allmählich verebbt. Die Spendenbereitschaft der Gemeinde schwand; sie war unzufrieden mit dem Aufgebot an verschlissenen Heiligen und wartete nun darauf, dass die Reliquien unter den wachsamen Augen der Aufseher in der Kapelle ausgestellt wurden. Es war schon vorgekommen, dass Pilger ein Andenken gestohlen hatten. Ein Mann war mit dem Mund voller Knochen des heiligen Beonna erwischt worden, nachdem er sich hinabgebeugt hatte, um sie zu küssen.

Schließlich kam auch die verzierte Kiste, die unsere gewieften Zimmerleute Hammer und Saw gebaut hatten. Erstaunlich, welche Ähnlichkeit blank geputztes Blech mit Silber haben kann.

Die Domherren öffneten den Reliquienbehälter, damit die Gläubigen die Knochen von Artus' kräftigem rechtem Arm bestaunen konnten. Die Leute in der Kapelle hielten den Atem an. Um das zu sehen, waren sie gekommen. Seit Wochen hatten Gerüchte von den Wundern die Runde gemacht, die der heldenhafte König von Cornwall bis zum Moor von Somerset vollbracht hatte. In Newton St Cyres war ein toter Junge, der in den Brunnen gefallen war, wieder zum Leben erweckt worden. In Ottery St Mary war eine an den Pocken erkrankte Frau plötzlich genesen. In Chard hatte ein tauber Mann singen können wie ein Engel. In Charlton Mackrell waren alle möglichen Krankheiten geheilt worden, nachdem die Menschen Wasser getrunken hatten, das mit den Knochen in Berührung gekommen war. Schüttelfrost, Pocken, Mandelentzündungen und Fallsucht: alle geheilt von dem Schwertarm dieses Königs.

Und so waren sie gekommen, die Hoffnungslosen und Hilflosen, jene, für die ihre Ärzte nichts anderes hatten tun können, als ihnen auf wundersame Weise das Geld abzunehmen, jene, die von gekochten Schnecken bis Hundespeichel und alles dazwischen probiert hatten, die zur Ader gelassen und in übel riechende Umschläge gepackt worden waren, die sämtliche Heiligen angebetet hatten, um Kinder oder gesunde Gliedmaßen zu bekommen oder von Haarausfall geheilt zu werden, alles vergebens. Jetzt konnte bloß noch König Artus helfen.

Als die Pilger nach vorn strömten, brach Gezänk aus. Mitten im Durcheinander gab der Maure ein Zeichen, und ein verkrüppelter kleiner Mann auf einem Gestell mit Rädern, dessen Hände in Holzpantinen steckten, bewegte plötzlich seine entstellten Glieder, erhob sich von seiner Karre auf Beine, die nun gesund erschienen, und schritt aufrecht durch die Menge. Die Menschen berührten ihn, damit sein Glück auf sie abfärbte. Das Zweitbeste nach den Knochen war zweifellos ein solcher Mensch, der Mana ausstrahlte, diese beinahe übersinnliche Lebenskraft.

Ein angeblich von Geburt an blinder Mann – so hatte man jedenfalls den Büßern versichert – starrte grinsend in die Menge. »Ah, die Farben brennen in meinen Augen! Gelobt sei Jesus! Purpur und Gold, Blau und Grün. Wachsen da Bäume aus den Säulen, oder sind die Steine vor meinen Augen lebendig geworden?«

Nur nicht zu dick auftragen, Will, dachte ich.

Ein besessener Mann kam wieder zur Besinnung und sang das *Te Deum*.

Ein Leprakranker kratzte sich den schorfigen Aussatz ab, und darunter kam eine gesunde Haut zum Vorschein.

Alles lief wunderbar, die Kaufleute und Adligen drückten den überwältigten Kirchenmännern immer größere Opfergaben in die Hand. Das Geld strömte nur so. Da veranlasste mich ein Tumult hinter mir, mich umzudrehen. Ein anderer Blinder rief: »Ich kann sehen! Ich kann sehen!« Im gleichen

Moment prallte er gegen eine Säule und fiel wie vom Hammer eines Pferdeschlachters getroffen um.

Der Maure packte Plaguey Mary am Arm. »Der gehört doch nicht zu uns, oder?«

Sie schüttelte den Kopf. »Irgendein Dummkopf, der sich hat anstecken lassen.«

Der Mann fing an, sich zu krümmen, Blut sickerte aus seinem gespaltenen Schädel.

»Um Himmels willen, lenk die Leute ab, bevor er ihnen auffällt.«

Mary fing an, zu jammern und zu stöhnen wie eine Besessene, wirbelte davon und riss sich das Mieder auf. »Rette mich, König Artus! Ein Dämon ist in mich gefahren, hier zwischen meine Brüste. Kannst du ihn sehen? Er ist schwarz wie die Nacht und niederträchtig wie der Satan. Treibe ihn aus, ich flehe dich an!«

Ehemänner drängten sich vor, um ihre prallen Brüste zu begaffen, und wurden von ihren Frauen zurückgehalten. Jetzt achtete niemand mehr auf den blinden Mann, der stöhnend neben der Säule lag und mit beiden Händen seinen aufgeschlagenen Kopf umklammerte.

Mitten in diesem Chaos kam ein Mann durch die Tür gelaufen und schrie etwas, das im Tumult unterging. Der Maure flüsterte mir hastig etwas ins Ohr. Ich sah, dass sein rotes Gewand wie eine Pfingstflamme aufleuchtete, und dann war er verschwunden. Ich wollte ihm nach, doch die Menschenmenge war plötzlich so dicht geworden, dass ich mich nicht rühren konnte.

Der Bruder des Vizeregenten packte den Boten am Arm und befahl ihm, die Nachricht zu wiederholen. Sein großes rotes Metzgergesicht war jetzt kreidebleich. Der Bote holte Luft und schrie: »Bei Gott und auf Befehl Heinrichs, *Rex An-*

gliae, Dux Normaniae et Aquitainiae et Comes Andigaviae, hört meine Kunde: Jerusalem ist gefallen!«

Mir lief es eiskalt über den Rücken. *Bei Gott, das fehlte noch!*

Der Bote versuchte, sich Gehör zu verschaffen. »Jerusalem, die Goldene, Salomos Stadt und Nabel der Welt, ist in die Hände des großen Teufels Saladin und seiner heidnischen Horden gefallen! Seine Bewohner wurden niedergemetzelt oder davongejagt. Das Heiligtum ist geschändet, die Sarazenen haben das Heilige Kreuz erbeutet. Der kostbarste Schatz des Christentums wurde zerstört. Alles ist verloren!«

Totenstille breitete sich in der Kapelle aus. Die offenen Münder wirkten wie dunkle Höhlen der Verzweiflung. Menschen bekreuzigten sich und beteten. Eine Frau begann zu klagen. »Jerusalem, die Goldene! Jerusalem, die Goldene!«, als hätte sie ein Kind verloren. Damit war der Zauber gebrochen.

Das Herz des Christentums hatte aufgehört zu schlagen. Jetzt, in diesem Augenblick, wurde es von den Heiden geschändet. Und sie waren hier, Kontinente entfernt und machtlos.

Wer konnte in solch einer Welt noch an Wunder glauben?

Das goldene Licht der Hoffnung war erloschen. Was eben noch durch die Herrlichkeit der Heiligen gestrahlt hatte, entpuppte sich als schäbiges Trugbild. Als hätte man ihr plötzlich die Augen geöffnet, starrte eine Frau den Leprakranken an – einen dunklen kleinen Mann, den wir Saw nannten, Hammers Zwillingsbruder – und runzelte die Stirn. Ich wusste, dass das schreckliche Zeichen der Lepra in seinem Gesicht nichts anderes war als eine Paste aus gefärbtem Mehl und Wasser. Jetzt beugte sich die Frau plötzlich wagemutig vor und zupfte ein Stück von seiner wunden Haut ab. Darunter offenbarte sich eine Wange, die nie etwas Schlimmeres gekannt hatte als Pickel.

Im selben Augenblick entdeckte jemand den blinden Mann mit dem blutverschmierten Gesicht, ein anderer ging auf Red Will zu und bezichtigte ihn, niemals blind gewesen zu sein. Wer hätte je von einem Mann gehört, der von Geburt an blind gewesen sei und dennoch die Unterschiede und Namen der Farben kannte?

Angsterfüllt versuchte ich, im Hintergrund zu bleiben, als wäre ich bloß ein weiterer entsetzter Mönch unter vielen. In dem Karren von Little Ned fand man ein Fach für seine ganz und gar nicht verschrumpelten Beine und darin zudem eine Perlenkette, die er von irgendeinem fetten Hals gestohlen hatte. Die Ehefrau eines Kaufmanns schrie: »Meine Juwelen! Meine Juwelen!« Plötzlich war Jerusalem, die Goldene, vergessen, die Menschen fassten sich an den Hals, tasteten nach ihren Geldbörsen und bemerkten, dass ihnen allerlei fehlte, das sie dabeigehabt hatten – nicht Krankheiten, Schmerzen oder Sünden, sondern Börsen, Ringe und Halsketten …

Mist, jetzt sitzen wir in der Klemme.

»Lauft!«, schrie ich Quickfinger und Hammer zu, und sie flitzten auf die Tür zu. Ich bahnte mir einen Weg durch die Menge, schubste die Menschen aus dem Weg. Wütende Kirchgänger verfolgten die Mitglieder der Truppe. Quickfinger stürzte zu Boden, Hammer landete auf ihm, seine Beute flog über den Gang. »Schließt die Tür!«, befahl Ranulf de Glanvill. Kurz bevor ich sie erreichte, knallten die zwei großen hölzernen Portale zu, und plötzlich versperrte mir der Bruder des Vizeregenten den Weg. Ich konnte nicht mehr ausweichen und prallte gegen ihn. Es war, als wäre ich gegen eine Mauer gerannt.

»Eine Bande von Dieben, wie?« Er packte den Kragen meiner Robe und zerrte mich auf die Beine. »Wer zum Teufel bist du?«

Wer ich war? Nur ein Wilder, ein als Mönch verkleideter Junge. Mein Schweigen wurde als Zeichen der Missachtung gedeutet. De Glanvill schlug zu, und der große Ring an seinem Finger zerschmetterte mir die Nase. Ich spürte, wie etwas brach, Blut strömte auf mein makelloses, weißes Gewand.

»Wie heißt du, verdammter Mistkerl?«, wiederholte er und schüttelte mich wie eine Ratte.

Aus lauter Angst fing ich an zu lachen. »Ich … ich … ach!«

Ein Muskel zuckte in meiner Wange. Der Duft von Rosen breitete sich in meinem Kopf aus. Mächtig, durchdringend und heiß wie der Sommer versengte er meine Nase. Meine Knie gaben nach, nur seine Faust hielt mich fest. Dann fingen meine Beine an zu zappeln, ich sah noch den Ausdruck des Ekels in seinem Gesicht, und im selben Moment öffneten sich die Tore in meinem Kopf und offenbarten einen Himmel aus Gold, mit Säulen und Bogen, die weit höher waren als die in der Marienkirche. Ich verlor das Bewusstsein.

DREI

Akka
Herbst 1187

»Mach sie gleich groß, Zohra!« Nima Najib blickte ihrer Tochter über die Schulter, die es wieder einmal nicht geschafft hatte, die *ma'amul* – köstliche Pastetchen mit einer Füllung aus gehackten Datteln, Pistazien und Walnüssen, Orangenblütenwasser und Gewürzen – so zu formen, dass sie ihren strengen Anforderungen gerecht wurden. »Sieh mal, das hier ist doppelt so groß wie die anderen. Sei nicht so schludrig!«

Zohras Cousinen liebten solche präzisen, immer gleichen Aufgaben, doch Zohra fehlte die Geduld. »Ich gebe mir Mühe, Ummi, wirklich.« Was machte es schon, wenn die Pasteten nicht alle gleich groß waren? Am Ende schmeckten sie trotzdem gleich.

Sie hatten den ganzen Morgen verschiedene Gerichte zubereitet, um die Wiedervereinigung der Familie Najib zu feiern. Die Besatzung war zu Ende. Akka war befreit und Jerusalem von den Gläubigen zurückerobert worden. Nach vielen Jahren der Trennung war die Familie nun wieder zusammen. Zohras Vater, Baltasar, war auf dem Weg in die Moschee beim Viehmarkt vorbeigegangen und hatte einen schönen schwarzen Schafbock und drei Hühner gekauft. Gutmütig hatte er den Schafbock seinem ältesten, etwas zurückgebliebenen

Sohn Sorgan anvertraut, während er selbst und die Zwillinge – Aisa und Kamal – je ein flatterndes Huhn nahmen. Als sie wieder zu Hause waren, hatte er Sorgan angewiesen, die Tauben auf dem Dachboden zu füttern, um ihn zu beschäftigen, während sie im Hof den Schafbock schlachteten. Sorgan hatte ein schwaches Gemüt, und niemand wollte ihm die Verbindung zwischen dem Blut auf den Kacheln, den fehlenden Tieren und dem Fleisch auf seinem Teller erklären müssen. Während Sorgan das flaumige Gefieder seiner Lieblingstaube streichelte, zeigte Baltasar den Zwillingen, wie man das Fleisch des Schafbocks von den Knochen löst. Der zwölfjährige Kamal, der fünf Jahre jünger war als Zohra und sich benahm wie ein kleines Kind, bekam einen Klaps, weil er mit den Hörnern auf dem Kopf umhersprang und sein Gewand mit Blut befleckte, und als Aisa versuchte, Kamal zu bändigen, hatte er sich eine Ohrfeige eingehandelt, was weitere Blutspritzer bedeutete, die nun ausgewaschen werden mussten.

Da Zohra das einzige Mädchen war, gehörte es zu ihren Pflichten, für saubere Kleider ihrer Geschwister zu sorgen, eine Aufgabe, die sie mit zusammengebissenen Zähnen und der nötigen Entschiedenheit erledigte. Danach hatte sie ihrer Mutter weiter in der Küche geholfen. Fünf volle Stunden arbeiteten sie nun schon. Sie hatten das Fleisch des Schafbocks gewaschen, mit frisch gemahlenem Kardamom und Zimt eingerieben, es in den größten Topf gelegt und auf das Holzfeuer gestellt. Sie hatten ein Dutzend Zwiebeln geschält, die drei Hühner gerupft und zerlegt, Safran ins Fleisch gerieben und es mit Zitronensaft und Knoblauch mariniert. Während Nima die Auberginen über dem Feuer grillte, bis die Haut verbrannte und sich die Küche mit Rauch füllte, hatte Zohra den Brotteig geknetet und anschließend ruhen lassen, während sie im Garten Kräuter sammelte. Sie zerstampften das Auberginenfleisch mit Knoblauch, Zitronensaft und Sesampaste und zerkleinerten Kräuter, Tomaten, Gurken und Rettiche für den Salat. Danach hatten sie sich dem vertrackten, kniffligen Gebäck gewidmet.

»O je«, sagte Nima plötzlich. Ihre Wangen waren erhitzt, und auf ihrer Stirn standen Schweißperlen. Sie fuhr sich mit der Hand über das Haar. Waren diese grauen Strähnen gestern auch schon dagewesen? Zohra war nicht sicher. Aber natürlich, schließlich wurde niemand über Nacht grau.

»Ruh dich aus, Ummi. Setz dich in den Hof, weg von dem Rauch und der Hitze.«

»Keine Zeit, wir müssen hiermit fertigwerden und den *qidreh* aufsetzen.« Nima wischte sich über die Stirn, dann fuhr sie fort mit dem Schneiden und Füllen, als wäre sie geradezu davon besessen.

Zohra fühlte sich hilflos, sie hatte ihre Mutter nicht davon abbringen können, dieses Fest zu geben. Nima hatte darauf bestanden. Zum Teil, weil sie ihre Schwägerinnen beeindrucken wollte, deren Ehemänner wohlhabende Händler waren, während Zohras Vater ein invalider Kriegsveteran war. Sie mussten jede Münze zweimal umdrehen oder von dem leben, was Malek, der in Salah ad-Dins Heer diente, ihnen von seinem Sold schickte. Doch wer machte sich schon etwas daraus, was die Tanten und Cousinen von ihnen dachten? Zohra bestimmt nicht.

Sie ertappte sich dabei, wie sie an den Mann dachte, dem sie an Sayedi Efraims Parfümstand begegnet war. Nathanael, der Sohn des Arztes. Wie seltsam er ausgesehen hatte. Die dichten Locken, der dreiste Blick! Und wie er ihre Handfläche geküsst hatte! Noch nie hatte jemand sie so berührt. Ein muselmanisches Mädchen war unantastbar. Von einem Mann berührt zu werden, egal von wem, galt als *haram*, verboten.

Trotzdem hatte der Sohn des Arztes so getan, als sei es völlig normal und keine Schande. Er war ein faszinierendes, verstörendes Rätsel …

»Zohra, wach auf! Den ganzen Morgen träumst du vor dich hin. Sieh nur, was du mit den *ma'amul* angestellt hast. Jetzt kann man nichts mehr machen. Los, bring sie hinunter zum Bäcker, aber vergiss nicht den Teig für das Brot.«

Zohra stellte alles auf ein Tablett, ritzte das Zeichen der Familie in den Teig und lief mit dem Tablett auf dem Kopf zum Bäcker des Viertels am Ende der Straße, um ihm das Gebäck und das Fladenbrot zu bringen, musste aber feststellen, dass der Laden überfüllt war. Alle feierten, nicht bloß ihre Familie. Vor der nächsten Bäckerei reichte die Schlange bis zur Straßenecke, also lief sie den Hügel hinunter zu einer dritten Bäckerei, die sie nur anhand des Rauches fand, der vom Ofen in den Himmel aufstieg.

»Lass es mir da«, sagte eine alte Frau und nahm ihr das Tablett ab. Verzweifelt erkannte Zohra in ihr die Witwe Eptisam, ein unverbesserliches Klatschmaul. Sie hatte ein Hasengesicht mit vorstehenden Zähnen und einen gierigen Blick, der ständig von einem Ding zum anderen schweifte. »Ich stecke sie in den Ofen, sobald meine eigenen fertig sind. Ich mache es gern, *binti*.«

»Nicht nötig, ich kann warten.« Zohra wollte nicht in der Schuld der alten Frau stehen. Doch die hielt das Tablett bereits fest und ließ nicht von ihm ab, und statt hierzubleiben und sich eine halbe Stunde beschwatzen zu lassen, überließ sie ihr das Gebäck und die Fladenbrote und kehrte nach Hause zurück.

Als sie an einer Kreuzung vorbeikam, nagte ein Gedanke an ihr. Wenn sie einer von diesen Gassen folgte, würde sie zur Straße der Schneider kommen, wo Nathanael, der Sohn des

Arztes wohnte. Bei dem Gedanken daran, wie nahe er war, errötete sie.

Die ganze Zeit, knapp drei Monate schon, seit sie ihm im Basar begegnet war, hatte sie jeden Tag mit dem Gedanken gespielt, seine schamlose Einladung anzunehmen und ihn zu besuchen, und jeden Tag hatte sie den Gedanken daran, was passieren konnte, wenn sie es tat, verdrängen müssen.

Zohra war im Glauben erzogen worden, dass ein guter Engel auf einer ihrer Schultern saß und ein böser auf der anderen, und dass es bei jeder Entscheidung zu einem Kampf zwischen den beiden kam. Bislang hatte ihr guter Engel gewonnen – zumindest tagsüber –, doch jetzt spürte sie, wie der böse an ihr zupfte. Oder waren es die *djenoun*, mit denen Nathanael ihr gedroht hatte?

Als Salah ad-Din die Stadt wiedereroberte, hatte eine Zeit lang Chaos geherrscht, und sie hatte es kaum gewagt, einen Fuß vor die Tür zu setzen. Doch es hatte sie nicht daran gehindert, sich vor dem Schlafengehen und in ihren Träumen mit Nathanael bin Yakub zu beschäftigen. Es waren schändliche, lüsterne Träume, die sie am Morgen beschämten. Sie betete um die Kraft, nicht an Nathanael zu denken, doch anscheinend hatte Allah im Augenblick Wichtigeres zu tun, als sich um die lasterhafte Schwärmerei eines jungen Mädchens zu kümmern.

Ihr Blick schweifte in Richtung Straße der Schneider. Von hier aus konnte man ihr Ende nicht sehen, nur einen Platz, in den mehrere Straßen mündeten. Die Hälfte der Häuser stand leer, während andere nach der Rückeroberung der Stadt allmählich wieder bewohnt wurden. Salah ad-Din, ein überaus großzügiger Mann, hatte den christlichen Bewohnern, die die Stadt verlassen wollten, freien Abzug gewährt. Und nicht nur das, sie durften auch eine Börse voller Gold mitnehmen, um sich außerhalb des Kalifats eine neue Existenz aufzubauen.

Nach dem Fall von Jerusalem hatte er hohe Lösegelder eingenommen, viele Vermögen beschlagnahmt, und das Gold war eingeschmolzen worden, um neue Münzen zu prägen. Daher konnte es sich der Sultan leisten, spendabel zu sein, obwohl es kaum vorstellbar war, dass ein anderer Eroberer nach einem Sieg dasselbe getan hätte. Viele *franj* hatten das Angebot angenommen und ihre Häuser verlassen, sodass nun ganze Viertel mehr oder weniger leer standen. Die Muselmanen, die in Akka geblieben waren – Händler und Kaufleute oder Beamte wie ihre Cousins Rachid und Tarik und die Ehemänner ihrer Cousinen – waren über die leer stehenden Häuser hergefallen wie Heuschrecken über ein Getreidefeld und strotzten nun vor Einbildung, als wären sie etwas Besseres als jene, die sich mit dem zufriedengaben, was sie hatten. Das war einer der Gründe, weshalb Zohra sich nicht gerade auf das Familientreffen freute. Die Frauen würden die ganze Zeit über die Schnäppchen reden, die sie auf dem Markt gemacht hatten, und mit welchen Teppichen und Kupferwaren sie nun ihr neues Zuhause schmücken würden. Sie waren so langweilig, dass Zohra gern mit angesehen hätte, wie sie zeternd und um sich tretend auf den Wagen der *franj* verschleppt wurden.

Der Gedanke an die bevorstehende Strapaze verlieh ihrem bösen Engel die nötige Kraft, um sie dazu zu verleiten, ihre Meinung zu ändern. Plötzlich trugen ihre Füße sie an dem kleinen Markt vorbei, an dem Gewürzhändler ebenso wie an dem alten Mann, der Kichererbsen, Mehl und Reis verkaufte, und an jenem, der einem ein Bündel frischer Kräuter schenkte, wenn er einen mochte, und auch an dem Teehaus, wo den ganzen Tag alte Männer saßen, während sowohl ihre Unterhaltungen als auch ihr Tee allmählich bitter wurden. Sie zog den Schleier dichter über das Gesicht und ging hastig an ihnen vorbei. Es ärgerte sie, dass die Männer herumsitzen konnten, während die Frauen die ganze Arbeit verrichteten. Sie genossen so viele Freiheiten. Aisa und Kamal mussten weder das Haus putzen noch bei der Wäsche helfen. Man erwartete nicht, dass sie das Essen zubereiteten oder auch bloß die Einkäufe erledigten. Trotzdem wurden sie für die kleinste Anstrengung über den grünen Klee gelobt und wie kleine Prinzen verhätschelt. Ihr älterer Bruder Sorgan tat nichts anderes, als essen, was ihre Mutter und sie kochten, schlafen und anschließend noch mehr Essen verlangen. Doch dann dachte sie, wenn man ein Junge war, musste man auch wie Malek in den Krieg ziehen, um andere zu töten oder sich selbst töten zu lassen. Und das war etwas, wonach sie sich ganz und gar nicht sehnte.

Sie bog um die Ecke, und da lag sie vor ihr: die Straße der Schneider. Es war eine unzutreffende Bezeichnung. Seit Jahren gab es hier keine Schneider mehr. Es waren ausschließlich Wohnhäuser, die meisten gehörten jüdischen Familien. Schon deswegen war Zohra nie hier durchgegangen. Doch verboten sahen sie keineswegs aus. Sie hatten schöne schmiedeeiserne Balkone an den Fassaden, wie man sie in den muselmanischen Vierteln niemals sehen würde. Dort richteten die Frauen ihren Blick lieber auf den Innenhof ihrer Häuser als auf den Rest der Welt. Von den Balkonen ergossen sich Kaskaden von Blumen, Bougainvillea und Hibiskus. Duftende Geranien prangten wie Blut an den von der Sonne beschienenen Wänden. Eine Schildpattkatze döste im Schatten zwischen zwei Türeingängen und gähnte, als Zohra vorbeiging.

Die Tür mit der Hand.

Ihre Erinnerung war etwas vernebelt, aber seine heißen Lippen auf ihrer Handfläche spürte sie bis heute. Selbst jetzt bekam sie weiche Knie, wenn sie daran dachte.

Sie blieb stehen. Eine blaue Tür, deren Farbe in der Sonne abblätterte. Sie ging weiter. Eine mit Nägeln beschlagene

Holztür. Daneben eine tief ins Mauerwerk eingelassene dunkelrote Tür, deren Klopfer die Form eines Löwenkopfes hatte. Jetzt konnte sie das Ende der Straße sehen. Hatte er ihr vielleicht absichtlich eine falsche Adresse genannt? Er wirkte so selbstsicher, vielleicht belästigte er öfter junge Mädchen. Sie war drauf und dran umzukehren. Inzwischen kam sie sich vor wie eine dumme Gans und hoffte, dass niemand sie gesehen hatte. Aber nun war sie bereits so weit gekommen! Ich gehe noch bis zum Ende, sagte sie sich. Dann kehre ich um und warte, bis das Gebäck und die Brote fertig sind. Es war fast eine Erleichterung zu wissen, dass sie nach diesem absurden Ausflug etwas ganz Gewöhnliches zu erledigen hatte.

Das letzte Haus sah verlassen aus. Jemand hatte ein Stück Holz quer über die Tür genagelt. Sie wagte es kaum, weiter zu schauen. Ihr Herz schlug heftiger. Wenn es wie die richtige Tür aussah, würde sie es wagen zu klopfen? Und wenn jemand öffnete, was würde sie sagen? Sie ging wie im Traum vorbei. Das allerletzte Haus lag im Schatten. Ein hohes, schmales Fenster mit einem dekorativ geschwungenen Eisengitter über einer breiten, mit Nägeln beschlagenen Tür, und in der Mitte ein Klopfer aus Messing in der Gestalt einer Hand mit herabhängenden Fingern. Das muselmanische Glückszeichen, auch *hamsa* oder Hand der Fatima genannt, im Gedenken an die Tochter des Propheten. Das konnte unmöglich die richtige Tür sein, sie hatte das Haus nicht gefunden. Trotzdem streckte sie die Hand nach dem Klopfer aus, doch noch ehe sie ihn berührte, sprang die Tür auf, und eine Frau trat heraus. Sie hatte eine schöne Figur, dichte schwarze Locken unter einem roten, mit Pailletten besetzten Kopftuch, und silberne Ohrringe. Dunkle, mandelförmige Augen schauten Zohra an, die überrascht aufschrie.

In diesem Augenblick wünschte sich Zohra an einen

anderen Ort, irgendwo weit weg. Er war also verheiratet. Nathanael war verheiratet und spielte ein Spiel mit ihr! Jetzt wurde ihr klar, für wen die anderen beiden Stücke Bernsteinharz gedacht gewesen waren, die er dem Händler abgekauft hatte. Was war sie doch für ein Dummkopf!

Die Frau trat in die Sonne hinaus. »Hallo«, sagte sie. »Wolltest du zum Arzt?«

Als das Licht auf die Frau fiel, erkannte Zohra, dass sie älter war, als sie auf den ersten Blick geglaubt hatte, vielleicht genauso alt wie Nima. Sie hatte zwar keine grauen Haarsträhnen, doch in ihrer blassen Haut zeigten sich viele Fältchen, die von Jahrzehnten Glück und Sorgen zeugten.

Sie schüttelte den Kopf. »Ich wollte ... ich wollte zu Nathanael.« Es war vollbracht. Ihr Schicksal war besiegelt. Jetzt wartete sie wie betäubt auf eine Reaktion.

Die Frau lächelte, offen und aufrichtig, sodass ihre Augen aussahen wie zwei fröhliche Mondsicheln. »Verstehe. Aber du bist zu spät dran, Kleines. Du hättest früher kommen sollen.«

Zohra lief es eiskalt über den Rücken. Was meinte die Frau? War er gestorben? Bestimmt nicht. Dafür war sie zu fröhlich.

»Du musst das Mädchen sein, das Nat auf dem Markt kennengelernt hat, als die Nachricht von Hattin die Stadt erreichte.«

Zohra nickte stumm.

»Wir haben dich schon vor Wochen erwartet.«

»Ich ... ich konnte nicht.« Was sollte sie sagen? Sie wusste nicht recht, ob sie geschmeichelt oder böse sein sollte, dass Nathanael dieser Frau von ihr erzählt hatte.

»Komm herein, in den Schatten. Es ist zu heiß, um auf der Straße zu stehen.«

Zohra folgte ihr in den kühlen Schatten des Hauses. Es roch anders als bei ihr zu Hause, nicht nach Essen und Jungs, sondern scharf und durchdringend, nach Medizin, die einem in der Nase stach, und nach etwas Beißendem, Wächsernem. Ihre Augen brauchten eine Weile, um sich an die Dunkelheit zu gewöhnen. Sie erkannte geschnitzte Holzstühle, bunte Wandteppiche, einen abgewetzten, gestreiften Läufer, eine hohe Vase voller Blumen. Hier und da lagen mit Quasten verzierte Kissen, auf einem niedrigen Tisch standen Kerzen in kunstvoll verzierten, silbernen Haltern, Bücher und Schriftrollen stapelten sich überall, als wären sie Abfall und nicht kostbare Gegenstände. Das Haus war wie ein Palast, ein kleiner, aber vollkommener Palast.

»Zohra, nicht wahr?«

»Ja.«

»Ich bin Sara, Nathanaels Mutter. Wir haben denselben Namen, bloß in einer anderen Sprache. Ist das nicht wunderbar?«

Die Frau nahm Zohras Hand in die ihre. Zohra spürte die Schwielen. Arbeitshände, groß und praktisch, die Wärme ausstrahlten. Plötzlich fühlte sie sich wohl, nicht wie ein muselmanisches Mädchen, das in einen jüdischen Haushalt eindrang, sondern wie ein willkommener Gast.

»Wie alt bist du, Kleines?«

»Siebzehn«, antwortete Zohra. Dann fragte sie: »Ist Nathanael nicht da?«

Sara schüttelte den Kopf. »Es tut mir so leid, nein er ist nicht zu Hause. Aber setz dich doch. Ich mache dir Tee, oder möchtest du lieber etwas Kaltes? Zitronensaft oder mit Wasser verdünnten Wein?«

»Gern ein Glas Wein mit Wasser.« Die Frau wirkte so kultiviert, sie wollte nicht unhöflich erscheinen, indem sie den Wein ablehnte.

Als Sara zurückkehrte, hatte Zohra ihre Wahl bereits bereut. Sie nahm das Glas mit zittrigen Händen entgegen und nippte daran. Der Wein schmeckte bitter und süß, aber nicht unangenehm. Sie nahm einen Schluck und spürte, wie die kalte Flüssigkeit durch ihre Kehle rann und ein brennendes Prickeln hinterließ. Sie hatte noch nie zuvor Wein probiert. Dann fiel ihr ein, dass in *Tausendundeiner Nacht* schlechte Frauen oft Wein tranken und anschließend Schaden nahmen.

»Nathanael ist in Jerusalem«, erklärte Sara. »Er ist gestern abgereist.«

Zohras Zunge klebte an ihrem Gaumen. Sie wusste nicht, was sie sagen sollte, so enttäuscht war sie. Jerusalem war eine ganze Wochenreise entfernt. Sie nahm einen weiteren großen Schluck und hätte sich fast verschluckt. »Wann kommt er zurück?«, fragte sie schließlich.

»Er wird am dortigen Institut studieren. Medizin, wie sein Vater. Ich nehme an, dass er uns oft besuchen wird.« Sara lächelte.

Eine Weile saßen sie stumm da, während Zohra die Tränen unterdrückte und regelmäßig an ihrem Glas nippte, weil sie nicht wusste, was sie sonst tun sollte. Dann stand sie auf und gab der Frau das leere Glas zurück. »Ich muss jetzt gehen.«

»Komm wieder, wann immer du willst«, sagte Sara. »Jetzt weißt du ja, wo wir wohnen. Ich bin sicher, dass Nathanael sich sehr freuen würde, dich wiederzusehen.«

Zohra versprach es ihr, obwohl sich ihre Stimme sogar für sie selbst zaghaft und kühl anhörte. Am Eingang berührte sie die *hamsa*. »Wieso hast du die Hand der Fatima?«, fragte sie. »Ich … nun, ich dachte immer, sie gehört nur den Muselmanen …« Am liebsten hätte sie sich auf die Zunge gebissen, weil sie etwas so Ungeschicktes gesagt hatte. Bestimmt war der Wein daran schuld.

»Für uns ist es die Hand der Miriam«, antwortete Sara.

»Wenn du genau aufpasst, wirst du sie auch an den Türen der Christen finden. Dann ist es Marias Hand. Du siehst, so fremd sind wir uns gar nicht, oder? Besuch uns wieder, Zohra. Du bist stets willkommen.«

Zohra rannte fast den ganzen Weg bis nach Hause und war schon an der Ecke, wo die armenischen Schwestern vor ihrem Hauseingang saßen und Ausschau nach irgendetwas hielten, das sie weitertratschen konnten, als ihr bewusst wurde, dass sie vergessen hatte, die Brote und das Gebäck abzuholen. Deshalb musste sie noch einmal zu der Bäckerei hinunterlaufen und die Schelte der Witwe Eptisam über sich ergehen lassen.

Als sie zurückkehrte, herrschte Chaos im Haus. Die Cousinen waren zu früh angekommen und standen in der Küche herum. Nima war es peinlich, weil man sie in Arbeitskleidung überrascht hatte, das Haar zerzaust, das Gesicht voller Ölspritzer und Mehl, während ihre beiden Schwägerinnen makellos aussahen in ihren Kleidern, die von den besten Schneiderinnen in Damaskus mit schimmernden Stickereien besetzt worden waren, mit schweren goldenen Ohrringen und beunruhigenden Mengen Khol, als kämen sie zu einer Hochzeit statt zu einem Familienessen. Zohra stellte das Tablett mit den Fladenbroten und den Süßigkeiten ab, doch Nima drückte es ihr gleich wieder in die Hand, mit funkelnden Augen. »Meine Tochter kümmert sich um euch, während ich mich umziehe!«, sagte sie scharf und dann leise, sodass nur Zohra sie hören konnte: »Führ sie in den Salon und mach ihnen Tee, aber beeil dich!«

Zohra seufzte, stellte das Tablett zur Seite und akzeptierte die Strafe. »Tante Mina, Tante Asha, Khalida und Jamilla, kommt, setzt euch ins kühle Zimmer, ich mache euch Minztee.«

Khalida und die Tanten ließen sich bereitwillig aus der

Küche drängen, sie wollten ihre teuren Seidenkleider nicht schmutzig machen, doch Jamilla blieb. Sie sah Zohra mit glühenden Augen an. »Hast du von ihm gehört?«

Zohra spürte, wie ihr das Herz stockte. Wie konnte sie von Nathanael wissen? »Was meinst du?«

»Habt ihr schon Nachrichten von unserer Brennenden Kohle erhalten?«

Die Brennende Kohle des Islam! Nach der Schlacht von Hattin galt Malek als ein Held. Zohras Bruder gehörte nun zur Brennenden Kohle, Salah ad-Dins Leibwache.

Sie schüttelte den Kopf. »Nein, wir haben schon seit einiger Zeit nichts von Malek gehört. Letzten Monat kam ein Bote.« Der Bote kam jeden Monat mit einem Beutel voller Münzen. Der letzte war aus Jerusalem gekommen. Diese Münzen waren das Einzige, was die Schakale, die gnadenlosen Schuldeneintreiber, von ihrem Haus fernhielt. »Da ging es ihm gut. Der Bote erwähnte nicht, dass er verwundet worden wäre.« In Wirklichkeit hatte er gar nichts erwähnt. Dem Geld hatte keine Nachricht beigelegen.

Allein die Erwähnung des Namens hatte eine körperliche Wirkung auf Jamilla. Sie hielt den Atem an. Ihre Augenlider flatterten, die Wangen erröteten. Es ist eine Schande, das mit ihrem Arm, dachte Zohra, ansonsten wäre sie beinahe hübsch. Ihre Cousine Jamilla hatte einen lahmen Arm, der schlaff an ihrer Seite herunterhing. Man bemerkte es kaum unter dem gestärkten seidenen Ärmel, aber als Kinder hatten ihre Brüder sie gnadenlos gehänselt, hatten sie »Hexenarm« genannt und so getan, als hätten sie schreckliche Angst vor einer Berührung. Trotzdem hatte sie Malek stets angebetet und ihn für seine Grausamkeit oder Gedankenlosigkeit entschuldigt. *Er kann nichts dafür, er ist ein Junge und darf seine wahren Gefühle nicht zeigen, das wäre unmännlich ...*

»Ich wünschte, er würde kommen.« Jamilla senkte den Blick und strich mit der gesunden Hand die Seide über ihrer schlanken Taille glatt. »Ich habe extra mein bestes Kleid angezogen.«

Zohra spürte einen Anflug von Mitgefühl. »Er würde dir ein Kompliment machen, wenn er hier wäre, ganz sicher. Komm, hilf mir mit dem Tee.«

Sie bereiteten Minztee vor und trugen ihn in den für die Gäste bestimmten Salon. Zohra goss ihn aus großer Höhe in die verzierten kleinen Gläser, doch der Wein oder die Aufregung nach dem Besuch in dem verbotenen Haus machten ihre Hand unsicher. Sie verschüttete ein wenig Tee, sodass die Tanten aufschrien und ihre Kleider abschirmten. Sie schenkte ihnen dem Rang ihres Alters entsprechend ein. Tante Mina. Tante Asha. Jamillas ältere Schwester Khalida, dann auch Jamilla. Ein Glas für Nima. Eins für sich selbst. Schließlich lief sie davon, um ihr Gesicht mit kaltem Wasser zu benetzen und sich zu beruhigen. Dann zog sie ihren guten Kaftan an – den aus himmelblauer Seide mit der silbernen Bordüre –, verbarg das Haar unter einem weißen Kopftuch und ging zurück in die Küche, um das Gebäck mit Zucker und Zimt zu bestreuen. Sie war völlig vertieft in ihre Aufgabe, alles dem Wunsch ihrer Mutter gemäß zuzubereiten, sodass sie sich, als plötzlich zwei Hände ihre Taille umfassten und ein unverkennbar männlicher Körper sich an sie presste, auf die Zunge biss, die wie immer, wenn sie sich konzentrierte, zwischen ihren Lippen hervorlugte. Noch ehe sie aufschreien oder sich losreißen konnte, packten zwei Hände nach ihren Brüsten und drückten fest zu, einfach so, als prüften sie Früchte im *Suk*.

Wütend drehte sie sich um und dachte, es müsse Kamal oder sein schrecklicher Freund Bashar sein. Stattdessen war es ihr Cousin Tarik, der sie herausfordernd angrinste. Der Wein stieg ihr zu Kopf. Ohne nachzudenken, stürzte sie sich auf ihn, schlug ihm gegen die Brust und hinterließ faustgroße Spuren aus Puderzucker auf seinem eleganten, pflaumenfarbenen Gewand.

Tarik lachte und packte sie an den Handgelenken. »Besser, du gewöhnst dich schon mal daran. Wenn wir verheiratet sind, kann ich mit dir machen, was ich will. Und ich habe einiges mit dir vor. Streitsüchtige Mädchen gefallen mir!« Er betrachtete sie mit einem langen lasziven Blick. Dann hielt er mit einer Hand ihre Handgelenke fest und fuhr mit der anderen über ihren Unterleib und zwischen ihre Beine.

Zohra hätte am liebsten laut geschrien, doch das wäre eine Schande für ihre Familie gewesen. Sie wich zurück, bis sie gegen den Küchentisch stieß und presste die Schenkel zusammen, doch er ließ nicht locker. Seine wulstigen Lippen verzogen sich spöttisch, während er sie mit ausdruckslosen Augen beobachtete.

»Lass mich in Ruhe, du Schwein!«, zischte sie. »Du bist widerwärtig!« Sie wand sich und kämpfte gegen ihn an, bis sie schweißgebadet war. Hatte er mitbekommen, dass sie nach Wein roch? War das der Grund, weshalb er sie wie eine Hure behandelte?

»Zohra?«

Tarik ließ sie los. Sie sprang zur Seite, und da stand Sorgan, ihr großer, einfältiger Bruder halb gebückt in der Tür, das Gesicht vor Staunen verzerrt. Er sah von seiner Schwester zu Tarik, den er nicht leiden konnte, und sein Gesicht verfinsterte sich.

Zohra ging auf ihn zu. »Sorgan, du kommst wie gerufen!« Sie drückte seinen Arm. »Du kannst mir beim Tragen helfen.«

Sorgans Blick schweifte über das Gebäck, die aufgestapelten

Fladenbrote, die Teller mit Oliven und Hummus, die pikanten Salate und das *baba ghanoush*. Dann wich das Staunen einem breiten Grinsen, und er streckte beide Hände nach dem Tablett aus.

»Bring es in den großen Salon«, sagte Zohra, »und bitte Baba, Rachid und die Tanten, Platz zu nehmen.« Als Sorgan mit seinen riesigen Pranken die Seiten des Tabletts umklammerte, fügte sie hinzu: »Tarik begleitet dich, damit wir auch ganz sicher sein können, dass du nicht unterwegs alles aufisst.«

Sorgan blickte sie gekränkt an. Dann sagte er: »Dein Kleid ist schmutzig.«

Zohra sah herab. Tariks Hände hatten unübersehbare Schweißflecken auf der Brust und im Schritt hinterlassen. Schweißflecken ließen sich aus Seide kaum entfernen, und ihre Familie konnte es sich nicht leisten, ihr einen neuen Kaftan zu kaufen. Sie warf Tarik einen hasserfüllten Blick zu. »Und wenn du der letzte Mann auf der Welt wärst, dich würde ich niemals heiraten.«

»Als hättest du dazu etwas zu sagen, dumme Zicke.« Dann ging er an ihr vorbei und versetzte ihr noch einen herablassenden Stoß.

Sie sah, wie er durch den Korridor schritt, ein selbstgefälliger Mann, der von seinem Platz in der Welt und seiner blendenden Zukunft überzeugt war. Sie dachte an Nathanael, der Hunderte Meilen entfernt in Jerusalem war und ohne ein Wort gegangen war. Dann sah sie sich in der kleinen Küche um, betrachtete die teuren Leckereien, die sie für das Familientreffen gekauft hatten – die in Safran eingelegten Hühnchen, den großen Kessel voller *qidreh*. Wie viel Arbeit hatte sich ihre Mutter gemacht, um die Familie ihres Mannes zu beeindrucken! Sie dachte an Jamillas bebende Bewunderung für ihren Bruder, an Malek, der sie gar nicht wahrnahm und nur Krieg im Sinn hatte, und ihr wurde bewusst, dass sie auf eine tiefe schreckliche Wahrheit gestoßen war.

In der Welt der Männer mit ihren Waffen aus Eisen und ihrem Streben nach Wissen, Macht, Gold und Lust wogen die Gefühle einer Frau so wenig wie eine Feder.

VIER

John Savage
Gefängniszelle in Bath
November 1187

Ich wachte im Kerker auf; mein Kopf dröhnte nach dem Anfall und den Schlägen, die de Glanvill mir verpasst hatte.

Wo die anderen Mitglieder der Truppe waren – Quickfinger, Little Ned, Hammer und Saw, Red Will, Plaguey Mary und der Maure –, wusste ich nicht. Ich vermisste sie, sobald ich an sie dachte. Alles war so gut gelaufen, doch jetzt schien es, als würden wir bald am Galgen baumeln. Ich saß da und versuchte, nicht zu heulen, obwohl mir die Tränen in den Augen brannten.

»John?«

Ich glaubte zu träumen, aber als ich aufsah, erkannte ich den Mauren vor dem Gitter meiner Zelle. Er lebte! Ich sprang auf und griff durch die Stäbe nach seiner Hand. Ich spürte, wie sich mein ganzes Herz in meinen Augen spiegelte. Dann fiel mir wieder ein, wo wir waren. »Um Gottes willen! Sie werden dich auch hängen!«

Der Maure lachte leise, als versteckte sich ein unausgesprochenes Geheimnis in seinen halbmondförmigen, vergnügten Augen. »Mach dir um mich keine Sorgen. Ich bin unsichtbar.« Er berührte mein Gesicht, plötzlich ernst. Seine Finger auf meiner Haut fühlten sich an wie Flammen. »Deine arme

Nase, *habibi*«, sagte er leise. »Es tut mir so leid, John. Ich habe versucht, dich zu warnen, damit du das Weite suchst.«

»Ich konnte dich nicht hören.« Doch das war bloß die halbe Wahrheit. In Wirklichkeit hatte ich mich viel zu sehr amüsiert und den Tumult nicht verpassen wollen.

Er reichte mir ein flaches Brot und ein Stück harten gelben Käse durch die Gitter.

»Ist das meine Henkersmahlzeit?« Es war zu schön, um wahr zu sein. Der Maure, hier, frei, die Hände voller Gaben. Zwischen zwei Bissen sagte ich: »Hör mal, ich habe mir etwas überlegt ...« Ich verschluckte mich und musste husten, dann sagte ich: »Siehst du das hier?« Ich zeigte ihm eine Stelle knapp über meinem Adamsapfel. »Gib dem Henker seinen Lohn und sag ihm, er soll den Knoten an dieser Stelle ansetzen. Wenn er das tut, werde ich würgen, aber es wird mich nicht töten, nicht sofort, mir nicht das Genick brechen. Ich habe einmal gesehen, wie es jemand passierte, der in Market Jew gehängt werden sollte. Nach einer halben Stunde haben sie ihn abgeschnitten, er war mehr tot als lebendig und röchelte leise wie ein ersticktes Huhn. Trotzdem mussten sie ihn begnadigen, so ist es hier Brauch, weißt du, wenn man den Galgen überlebt.« Ich brabbelte wie ein Draufgänger, aber ich konnte nicht anders. »Du musst nur dafür sorgen, dass der Henker weiß, was er tut, aber gib ihm höchstens einen kleinen Vorschuss. Und zeig ihm das übrige Geld. Um ihm Mut zu machen. Acht Silbermünzen müssten reichen, würde ich meinen, und wenn du noch mein Freund bist, wirst du mir diesen einen Dienst erweisen. Du bist doch noch mein Freund, oder?«

Es folgte eine lange Stille. Dann lachte er so laut, dass es durch die Zelle und den Gang hallte. Ich hatte schon Angst, dass die Wärter kommen würden. »Ach, *habibi*«, sagte er.

»Ich liebe dich wie einen Bruder, nein, mehr als einen Bruder. Trotzdem denke ich gelegentlich, dass du komplett verrückt bist.«

Auch ich musste lachen. Der Maure hatte diese Kraft, wie ein Zauber, der alle um ihn herum ansteckte. Er strahlte Vertrauen und Anstand aus. Es war die unwiderstehliche Aufrichtigkeit in seinem dunklen, meist ernsten Gesicht, die ihn zu einem so guten Lügner machte. Der Art von Lügner, den man einfach gernhaben muss, selbst wenn er einen betrügt.

Jetzt sagte er: »Willst du mit dem Leben davonkommen, John Savage?«

War das ein Trick? Ich nickte.

Der Maure grinste über das ganze Gesicht. »Dann habe ich einen Vorschlag.«

Plötzlich hatte ich das Gefühl, es könnte noch schlimmer enden als der Galgen.

Mitten in der Nacht holte man mich aus meiner Zelle und brachte mich in einem verhängten Wagen zu einem luxuriösen Zimmer, wo drei Männer warteten. Die Wände zierten Teppiche, außerdem gab es Messingleuchter, teure Läufer und Unmengen von Büchern. Ein veritabler Palast. Ich sah einen der drei Männer an. Es war der Maure, der von Kopf bis Fuß in ein rotes Gewand gekleidet war. Ich nickte ihm spöttisch zu. »Kardinal.« Dann wandte ich mich dem Mann zu, der am Tisch saß. »Bischof.« Reginald de Bohun, violettes Gewand, wuscheliges Haar. Wir waren uns bereits begegnet.

Der Mann neben dem Kamin hatte kräftige Schultern und ein schwabbeliges Gesicht. Die roten Äderchen auf seiner Nase zeugten von zu viel gutem Wein (und tatsächlich hielt er auch jetzt einen großen Kelch in der Hand), doch der volle, großzügige Mund schien eher zum Lächeln gemacht als zum

Einschüchtern. Im Moment allerdings lächelte er nicht, sondern musterte mich mit einer Aufmerksamkeit, die mir ganz und gar nicht behagte.

»Mein Cousin Savaric de Bohun, man nennt ihn gelegentlich auch Fitzgoldwin«, sagte der Bischof lebhaft. Er bedeutete mir, auf einem Holzschemel Platz zu nehmen. »Dieser Edelmann hat mir erzählt, dass du bereit bist, bei unserem Plan mitzumachen.«

Ich starrte den Mauren ungläubig an, doch sein Blick war völlig ausdruckslos.

Savaric nahm einen Schluck Wein. »Also, John Savage, nun ist es an der Zeit, Farbe zu bekennen.« Sein Cousin kicherte, doch Savaric nahm es nicht zur Kenntnis. »Tut mir leid, doch im Augenblick ist Geheimhaltung von äußerster Wichtigkeit. Ich möchte gleich zur Sache kommen. Jerusalem ist den Heiden in die Hände gefallen. Wir werden den Sarazenen den Krieg erklären. Die Führer des Heiligen Römischen Reiches müssen alles Notwendige in die Wege leiten, um das Verlorene zurückzugewinnen. Prinz Richard hat das Kreuz bereits genommen, andere werden seinem Beispiel folgen. Man wird ein Heer ausheben, um das Heilige Land zurückzuerobern. Doch dieses Unternehmen ist nicht leicht, geschweige denn billig. Man muss Soldaten anwerben und ausbilden, es werden eine Menge Geld und viele Männer benötigt. Krieg ist eine kostspielige Angelegenheit. Was mich interessiert, sind deine … Heldentaten zwischen Cornwall und Glastonbury.«

Ich spürte, wie mich der Maure beobachtete, undurchsichtig wie eine Katze.

»Diese Art von Kunstfertigkeit und Erfindungsreichtum ist genau das, was wir brauchen. Gemeinsam könnten wir Jerusalem und nebenbei auch unsere Seelen retten.« Savaric trat einen Schritt vor. »Wir brauchen dich, um ein Spektakel auf die

Beine zu stellen, das alle anderen Spektakel in den Schatten stellt, und damit auf Reisen zu gehen.« Er knallte den Kelch auf den Tisch und breitete die Arme aus. Die Goldkette an seinem Hals baumelte hin und her. Der große Rubin funkelte im Kerzenlicht.

»Was für eine Art Spektakel?«, fragte ich schließlich. »Und zu welchem Zweck?«

»*Negotium crucis*, das Geschäft mit dem Kreuz«, sagte der Bischof. »So wie die Reise, die Papst Urban im letzten Jahrhundert unternommen hat. Eine Spendensammlung für die Heilige Sache.« Er senkte die Stimme. »Mir sind die Mittel zwar nicht ganz geheuer, aber der Zweck ist zweifellos gerechtfertigt.«

Savarics Augen leuchteten. »Wir werden die Reliquien von König Artus vor uns hertragen. Das Symbol für den Kampf zwischen dem guten Christentum und den bösen Heiden. Du sollst uns helfen, die frohe Kunde zu verbreiten. Wir werden in jeder Stadt ein Spektakel aufführen. Mein Cousin und ich predigen und feiern eine Messe. Du und deine Schauspieler, ihr zeigt mit euren Vorführungen, was dem gemeinen Volk mit Worten nicht begreiflich zu machen ist. Es wird eine wunderbare Reise, zum Klang von Engelstrompeten und Chören, und alle werden uns willkommen heißen. Und so sammeln wir Säcke voller Gold für den Krieg des Königs, damit Tausende das Kreuz nehmen können.« Er stützte die Hände auf den Tisch und fügte in einem falschen Flüsterton hinzu: »Und wo so viele Menschen zusammenkommen, ist immer Platz für … sagen wir … ein paar Nebeneinkünfte?«

Ich konnte kaum fassen, was ich da hörte. »Diebstahl?« Wenigstens hatte der Bischof den Anstand, beschämt dreinzuschauen, aber vielleicht sah es im Schein der Kerzen auch bloß so aus.

»Nun, wir würden ein Auge zudrücken. Und natürlich würden wir dich und deine Truppe für eure Mühen fürstlich entlohnen.«

Der Maure löste sich von der Wand. »Nun, ich hatte eigentlich eher an einen festen Anteil von den Spenden gedacht.« Er grinste anzüglich. »Wollen wir mal sehen ...« Dann strich er ein Stück Pergament auf dem Tisch glatt, tauchte die Feder in ein Tintenfass auf dem Tisch und kritzelte eine mathematische Formel darauf. »Wenn x die Summe darstellt, die wir an einem Tag sammeln, Spenden, Gaben, Kirchenzehnten und anderes, und y die Ausgaben für das Spektakel darstellt – Reisekosten, Diener, Kost und Logis, Material und sonstige Extrawürste ...«

Während sie feilschten, verlor ich mich in meinen Gedanken. Erst heute Morgen hatte ich mir den Kopf über meine Chancen zerbrochen, dem Galgen zu entkommen, und jetzt bot man mir an, an einer geistlichen Schwindelei teilzunehmen, die von der, für die ich gehängt werden sollte, erst inspiriert worden war. Ich hatte Mühe mitzukommen. »Halt!«, rief ich plötzlich, woraufhin es ganz still wurde. »Noch habe ich mich nicht entschlossen mitzumachen.«

Alle starrten mich an. Ein toter Mann, der seine letzte Chance zu überleben aus dem Fenster warf?

»Dieses Unternehmen. Es ist groß, kompliziert, kostspielig und gefährlich ... Warum sollte jemand Leute wie uns damit beauftragen?«

Bischof Reginald beugte sich vor. »Wir brauchen eure Erfahrung ...«

»Die Erfahrung von Lügnern, Betrügern und Dieben?« Ich musste lachen. »Ich dachte, daran würde es Euch nicht mangeln. Was ist denn die Religion letztendlich, wenn nicht pures Blendwerk?«

Der Bischof wirkte verlegen. »Alles, was wir tun, dient dem Wohl Gottes und der Kirche.«

»Wenn ich Euch recht verstehe, würdet Ihr also mit einem Sarazener gemeinsame Sache machen, obwohl Ihr gerade sie bekämpfen wollt?«

Der Maure hob die Augenbrauen. »Man hat mich schon als alles Mögliche beschimpft. Araber, Berber oder *barbari*, wie die Römer uns nannten. Und jetzt auch noch Sarazene, fälschlicherweise. Dabei bin ich lediglich ein Mensch wie jeder andere, John. Es ist ein gutes Angebot. Zum ersten Mal haben wir, zumindest vorübergehend, die gleichen Pläne. Wir haben dabei nichts zu verlieren und vieles zu gewinnen.«

Ich tat so, als würde ich darüber nachdenken, aber was hatte ich in Wahrheit für eine Wahl? »Na gut«, erklärte ich. »Ich mache mit bei eurem Mummenschanz.«

Damit waren wir uns im Großen und Ganzen einig. Die weiteren Einzelheiten überließ ich dem Mauren und widmete mich dem gebratenen Hühnchen, das man aus der Küche für mich hatte bringen lassen. Anschließend schob ich meinen Schemel näher an den Kamin heran, zog die Stiefel aus, wackelte mit den Zehen und überließ mich eine Weile dem irdischen Glück.

Ich musste eingedöst sein, denn plötzlich spürte ich eine Hand auf der Schulter, und jemand sagte: »Komm, John, es ist Zeit zurückzugehen.«

Verschlafen und ein bisschen trunken vom Wein grunzte ich: »Zurück?«

»Ja, du musst in deine Zelle zurück, als hättest du sie niemals verlassen.«

»Ich gehe nicht zurück.«

»Es geht nicht anders, *habibi*.«

Das Lächeln des Bischofs kam mir irgendwie falsch vor.

»Ich fürchte, dass du um den Prozess nicht herumkommst, Meister Savage.« Als ich schreien wollte, hob er die Hand. »Geoffrey de Glanvill und sein Bruder bestehen auf der Todesstrafe für die ganze Truppe. Du musst deine Unschuld beweisen.«

Ich sah den Mauren an, doch der hatte sein unergründlichstes Gesicht aufgesetzt. »So ist es, John. Du musst zurück und dich dem Prozess stellen. Du wirst erklären, dass du der Anführer der Truppe warst und stellvertretend für alle deinen Mann stehen wirst, egal ob schuldig oder unschuldig.«

Savarics Gesicht leuchtete im flackernden Kerzenschein. »Ein sogenanntes Ordalverfahren. Du beziehst dich auf dein Recht nach der Sitzung des Schwurgerichts von Clarendon aus dem Jahr 1166, das besagt, dass jeder, der von einem Schwurgericht des notorischen Diebstahls, Raubes oder der Hehlerei bezichtigt oder auch nur verdächtigt wird, das Recht auf ein Ordalverfahren hat. Danach stellst du dich dieser Prüfung und verlässt anschließend das Gericht als freier Mann, so wie der Rest der Truppe auch. Als unschuldiger Mann, dem sein Ruhm vorauseilt. Ein Vorbild für Gläubige wie Ungläubige. Wir haben alles bedacht, nicht wahr?«

Die halbmondförmigen Augen des Mauren ruhten auf mir. »Vertrau mir, *habibi*. Ich habe einen Plan.«

FÜNF

Januar 1188

Einen Tag nach dem Dreikönigsfest stand ich vor dem Schwurgericht von Bath.

Die Zeugen schlurften an uns vorbei. Eine ziemlich große Anzahl, so erpicht darauf, mich am Galgen zu sehen, dass viele den weiten Weg von Glastonbury auf sich genommen hatten, ehrbare Bürger und Müller, Fleischer und Ablasshändler, ein Händler in flämischem Rot mit seiner Frau, deren Perlenkette runde Abdrücke auf ihrem fetten Hals hinterließ, der Blinde mit seinem Führer. Die Wunde auf der Stirn war fast verheilt, obwohl der Bluterguss noch gelblich schimmerte, wenn man ganz genau hinsah.

Das Verfahren war weitschweifig, und die monotone Stimme des Gerichtsdieners raubte mir den letzten Funken von Aufmerksamkeit. Schließlich war ich an der Reihe. »Ich bin unschuldig!«, log ich. »Und ich berufe mich auf mein Recht auf …«, ich versuchte, mich an die genaue Bezeichnung zu erinnern, »… ein Ordalverfahren. So wie es in der Sitzung des Schwurgerichts von Clarendon im Jahr 1166 festgelegt ist.«

Sofort erhob sich ein wütendes Murren. Geoffrey de Glanvill schlug auf den Tisch, und der Ring, der mir die Nase gebrochen hatte, funkelte im Licht. »Unglaublich!«, tönte er. »Wie kannst du es wagen, dich mit einem solchen Trick deiner Verantwortung entziehen zu wollen! Du bist ein Dieb, ein Lügner und ein Ketzer, und ich will dich am Galgen baumeln sehen!«

Der Vorsitzende des Schwurgerichts beriet sich mit seinem Schreiber und dem Amtsrichter, beugte sich vor und flüsterte Geoffrey de Glanvill etwas ins Ohr, woraufhin beide laut und wütend tuschelten. Schließlich lehnte sich de Glanvill zurück. »John Savage«, erklärte der Vorsitzende Richter, »du hast in der Tat das Recht auf ein Ordalverfahren und wirst zu den Anklagepunkten, die dir vorgeworfen werden, Stellung nehmen.« Er warf de Glanvill einen Blick zu. »Der Baron hat kochendes Öl vorgeschlagen.«

Öl? Mir drehte sich der Magen um. Kochendes Öl versengte einen bis auf die Knochen … Ich hatte gehört, wie Mörder auf brennenden Kohlen stehen mussten, bis ihre Füße versengt waren. Der Maure hatte mir von einem Verfahren erzählt, das die Wüstenvölker benutzten. »Ein Löffel wird über dem Feuer erhitzt und dem Angeklagten auf die Zunge gelegt. Wenn er gelogen hat, schrumpft die Zunge zusammen, sodass er nie wieder lügen kann. Die Beduinen nannten dieses Verfahren ›Gottes wahres Licht‹.«

»Um Himmels willen!«, hatte ich damals geflucht. »Das ist ja barbarisch.«

Der Richter fuhr fort: »Wie auch immer, das Schwurgericht hat festgesetzt, dass du für die Verbrechen, deren du beschuldigt wirst, mit kochendem Wasser behandelt werden sollst.«

Wasser war sicher besser als Öl, oder? Aber was hatte der Maure da vor? Meine Knie gaben nach, und der Wächter musste mich stützen. Als die Gerichtsdiener mit einem Krug voll kochendem Wasser zurückkehrten, nahm ich es kaum wahr, doch plötzlich war die Luft von Dampf erfüllt, und ich dachte, es ist Januar und sehr kalt. Vielleicht wird mit jeder Minute, die verstreicht, das Wasser kälter und dadurch weniger gefährlich. Doch dann bahnte sich ein anderer Mann einen Weg durch die Menschenmenge und stellte eine glühende Kohlepfanne unter den Krug.

Die Prozedur wurde den Zuschauern erklärt. Man würde einen Krug mit kochendem Wasser – die richtige Temperatur wurde durch das Hineinlegen eines Eis getestet und nach angemessener Zeit begutachtet – in den Gerichtssaal bringen und den Arm des Angeklagten so lange hineinstecken, bis man ein Vaterunser gesprochen hatte. Wenn sein Arm – *mein Arm*, schrie eine Stimme in meinem Kopf – verbrüht wurde und sich das Fleisch vom Knochen löste – *mein Fleisch, meine Knochen* –, dann war er vor dem Allmächtigen schuldig. Dann würde man ihm erst den rechten Fuß abhacken und ihn anschließend aufhängen. Wenn aber am Ende des Gebets der Betreffende dem Publikum einen unversehrten Arm zeigte, würden nicht bloß alle Anklagepunkte fallen gelassen, sondern ihm sämtliche Sünden vergeben, die er je auf dieser Erde begangen haben könnte.

Ich wünschte, ich wäre in St Michael's Mount geblieben und hätte alle Schläge wie ein pflichtbewusster Laienbruder ertragen.

Das Ei wurde in den Topf gelegt. Die Zeit verging. Es fühlte sich an wie eine Ewigkeit. Ich dachte daran, wie sehr ich meinen rechten Arm mochte. Er hatte mich gefüttert und mich verteidigt. Hatte mir Lust verschafft, das Refektorium und vieles andere sauber gewischt und meinen Hintern abgeputzt. Ihm verdankte ich Hunderte von Zeichnungen. Er war sehr nützlich gewesen, dieser Arm. Ich hing an ihm. Ein Schweißtropfen lief mir über den Rücken wie der Finger des Teufels.

Das Ei wurde herausgeholt und gepellt. Es war hart gekocht.

»John Savage!«, rief der Richter. »Du bist des Diebstahls

und Betrugs angeklagt und wirst bezichtigt, eine Verbrecherbande angeführt zu haben. Bekennst du dich immer noch unschuldig und bist bereit, auch für die anderen einzustehen …?« Er warf einen Blick auf das Pergament, das der Gerichtsschreiber ihm reichte, und las die Namen der Truppenmitglieder vor, einen nach dem anderen. William of Worcester, Michael und Saul Dyer, Edward Little, Enoch Pilchard, Mary White. Mein benebeltes Hirn hatte Mühe, die Mitglieder der Truppe mit ihren echten Namen in Verbindung zu bringen. Mein Mund war so trocken, dass ich kein Wort herausbekam. Ich nickte.

»Und hältst du deine Aussage vor Gott dem Allmächtigen und all den Menschen, die hier versammelt sind, aufrecht und unterziehst dich jetzt dieser Wahrheitsprüfung?«

Sie wollten meinen Arm in kochendes Wasser halten. Und wo war der Maure? Ich erinnerte mich, wie er mich mit seinen halbmondförmigen Augen angesehen und gesagt hatte, ich solle ihm vertrauen. Vertraute ich ihm jetzt? Möglicherweise war er ein Mörder, ganz sicher ein Schwindler. Aber diese Augen und die zärtliche Berührung durch das Gitter meiner Zelle …

Als ich Geoffrey de Glanvills hasserfüllten Blick sah, musste ich schlucken. »Das tue ich.«

Einer der Wächter beugte sich vor und grinste mich an. Seine Zähne waren gelb wie die einer Ratte, dann packte er meinen Arm und krempelte mir den Ärmel bis zur Schulter hoch. Noch nie hatte ich mich so nackt gefühlt. Während ich auf den Tisch zuging, verbrannte die Hitze der Kohlepfanne mir die Härchen in der Nase. Es war totenstill, als die Zuschauer in Erwartung des Schmerzes und der Verdammnis den Atem anhielten.

»Vater unser, der du bist im Himmel …«, beteten die Beamten pflichtschuldig, so langsam, dass jede Silbe im Schneckentempo in die nächste hineinzukriechen schien.

Während ich versuchte, die Panik im Kopf auszublenden, die mir riet, es nicht zu tun, sondern mich durch die Menge zu drängen und zu fliehen, schloss ich die Augen und steckte den rechten Arm in den Krug mit dem kochenden Wasser. Ich werde den Mauren in der Hölle wiedersehen, wenn er mich beschwindelt hat …

Es war ein Schock. Ich konnte nicht sagen, was ich fühlte. Die Empfindung war derart brutal, dass sie die Definition von »heiß« überstieg.

»… zu uns komme dein Reich …«

Ein Geruch schwängerte den Gerichtssaal – stechend, schwefelhaltig –, und ein Mann scherzte, es röche wie das Essen seiner Frau. »Ich werde keine Suppe mehr bei dir essen!«, tönte sein Nachbar, und die Menge brach in Gelächter aus.

Ich biss die Zähne zusammen, um nicht zu schreien. Im Geiste sah ich, wie ich den Arm herauszog und der Schaden offensichtlich wurde, das versengte, scharlachrote Fleisch, in Fetzen herabhängend …

»… und vergib uns unsere Schuld …«

Mein Arm. Was würde ich ohne ihn machen? Dann fiel mir ein, dass es ohnehin egal wäre. Denn wenn ich die Prüfung nicht bestand, würde ich den Arm nicht mehr brauchen. Dann würde ich hängen.

» … sondern erlöse uns von dem Übel.«

»Amen.«

»Zieh den Arm aus dem Krug.«

Die Stimme des Richters holte mich aus meinen grausamen Träumen, doch ich war derart benommen, dass ich nur die Augen aufschlug und den Mann anstarrte.

»Die Prüfung ist zu Ende.«

Langsam zog ich meinen Arm hervor und starrte darauf. Kleine Dampfschwaden stiegen von ihm auf. Die Menge schnappte nach Luft. Der Arm war rosa – kein grelles, raues Rot, sondern das Rosa einer Haut, die in einer beruhigenden Flüssigkeit aufgewärmt worden war. So wie bei dem einzigen Mal, als ich ein Bad in der Abtei genommen hatte. Ein gesundes, makelloses Rosa. In der Tat sah der Arm besser aus als zuvor. Auf jeden Fall sauberer.

Geoffrey de Glanvill stand auf, um besser sehen zu können. »Bei Gott, das war doch ein Trick!«, dröhnte er schließlich.

Der Richter wies ihn wegen dieser Blasphemie zurecht. Dann wandte er sich mir zu. »John Savage, du hast die Prüfung mit kochendem Wasser bestanden, und Gott hat dich und deine Truppe in allen Anklagepunkten freigesprochen. Deine Freunde werden auf freien Fuß gesetzt. Du kannst gehen.«

Auf den Schultern der Menschenmenge verließ ich das Gerichtsgebäude. In ihrer wankelmütigen, abergläubischen Art hatten die Leute beschlossen, mich wie eine lebende Reliquie zu behandeln, nachdem ich Gottes heilige Prüfung bestanden hatte. Sie feierten mich und berührten mich, auf dass ich ihnen Glück brachte. Sie kauften mir Bier – ein schreckliches, breiiges Gebräu, das sie aus Gerste herstellten – und boten mir Huren und Kuchen an.

Es war schon später Abend, als der Maure mich endlich in einer Gasse fand, allein, benebelt vom Bier.

»Was war in dem Krug?«, fragte ich, als wir zusammen zu unserem Lager schwankten.

»Wasser.«

»Wasser und was noch?«

Der Maure tippte sich an die Nase. »Eine Substanz, die

Dampf erzeugt. Ein kleiner Trick, den ich von einem Zauberer in Marrakesch gelernt habe.«

Mehr verriet er nicht. »Bist du auch ein Zauberer?«, fragte ich.

Er warf den Kopf nach hinten und lachte. »So hat man mich zumindest schon genannt, unter anderem. Aber glaub mir, John, ich hätte nicht zugelassen, dass man dir wehtut. Vergiss nie, dass du mir vertrauen kannst.«

Ich versuchte, ihn anzusehen, doch mein Blick war verschwommen. »Wie soll ich einem Mann vertrauen, der mir nicht einmal seinen Namen sagt?«

Er schwieg. Dann beugte er sich vor und flüsterte mir etwas ins Ohr. Ich spürte seinen heißen Atem an meinem Hals. Doch ich war zu betrunken, um seine Worte zu verstehen, und gleich darauf verlor ich das Bewusstsein.

TEIL 2

DAS KREUZ NEHMEN

SECHS

Unterwegs
England

Auf einem Stück Brachland am Rande von Bath hielten wir unter einem bleigrauen Himmel eine Theaterprobe ab.

»Du sollst schreien, Mary, schreien! Halt dein Mieder fest wie eine Frau, die versucht, ihr letztes Quäntchen Anstand zu verteidigen.«

Plaguey Mary zeigte mit erhobenem Arm auf ihren Vergewaltiger. Red Will wand sich verlegen. Sein schwarz geschminktes Gesicht war schweißgebadet. »Ein hoffnungsloser Fall. Soll lieber der da den Verführer spielen.« Sie zwinkerte dem Mauren zu.

»Du kannst von mir doch nicht verlangen, dass ich den Sarazenen wie einen niederträchtigen Bösewicht spiele«, erwiderte er und wandte sich ab.

Ich nahm Will den hölzernen Krummsäbel aus der Hand. »Hier, guck mal, so.« Ich schwang die Waffe und fauchte grässlich. »Du hast dir soeben mit dem Schwert den Weg nach Jerusalem freigeschlagen, und jetzt willst du deinen Lohn kassieren. Du wirst jeder gottlosen Frau, derer du habhaft werden kannst, deinen Samen einpflanzen. Als Eroberer ist es dein gutes Recht.«

Der Maure sah mich an und schüttelte langsam den Kopf, dann machte er sich aus dem Staub.

Will nickte unsicher. Er hatte im Leben nur mit zwei Frauen geschlafen, das hatte er mir mal spätnachts gebeichtet, als wir unterwegs waren. Eine war die Schwester seines besten Freundes, als sie beide völlig betrunken gewesen waren, und er konnte mir nicht einmal sagen, ob er es geschafft hatte, in sie einzudringen. Die andere war Mary, nachdem er all seinen Mut zusammengenommen und ihr seine letzten Groschen angeboten hatte. Doch sie hatte ihn angesichts seiner ärmlichen Ausstattung einfach ausgelacht.

Er nahm mir den Säbel ab, verzog das Gesicht und schwang ihn über dem Kopf.

»Du sollst ein böses Gesicht machen, nicht grinsen! Und du Mary, brauchst deinen Euter nicht zu zeigen! Vergiss nicht, dass du eine gottesfürchtige Frau bist, die gerade mit angesehen hat, wie ihr Mann und ihre Kinder von einer wilden Sarazenenhorde abgeschlachtet wurden. Du musst so tun, als wärst du zu Tode erschrocken, und um Erlösung beten.«

Mary schnaubte und schüttelte ihre widerspenstige Haarmähne. Seit zehn Jahren überlebte sie aus eigenen Kräften. Ihr war es egal, was die Männer von ihr hielten. Dafür wusste sie genau, was sie von ihnen hielt. »Beten hat noch nie jemandem genützt«, lachte sie. »Sie sollte ihm lieber mit ihrem Pisspott eins über die Rübe geben.«

»Schäm dich, Mary!«, zischte Will sie an. Er war ein mittelloser Minnesänger und ein Dieb obendrein, doch er betete immer noch dreimal am Tag und meinte es ernst.

»Es ist ganz einfach«, erklärte ich. »Wenn ihr eure Rollen gut spielt, machen wir eine Menge Geld, und wenn ihr es vermasselt, wandern wir wieder in den Kerker und enden am Galgen.«

Das zumindest schien sie für eine Weile bei der Stange zu halten.

Savaric und Bischof Reginald kamen zu den Proben. Wenn es allzu derb wurde, verzog der Bischof den Mund, Savaric dagegen feuerte uns an. »Man kann diese Dinge nicht herunterspielen, Reggie. Das Volk versteht keine Spitzfindigkeiten. Die Schauspieler sind nicht da, um an die gute Seite des Menschen zu appellieren – das ist unsere Aufgabe –, sie sollen Leidenschaften wecken. Das Publikum wütend machen, es aufwiegeln und schockieren!« Er sprang auf das Rechteck, das wir als Podium abgesteckt hatten, und spielte beide Rollen – den plündernden Sarazenen und die missbrauchte Frau – mit nahezu ungebührlicher Inbrunst.

»Man muss die Welt für die Zuschauer neu erschaffen«, keuchte Savaric anschließend. »Sie hocken in ihren kleinen sicheren Dörfern. Für sie könnte Jerusalem ebenso auf dem Mond wie auf dem Grund des Meeres liegen. Eure Aufgabe besteht darin, ihnen Jerusalem nahezubringen. Der Verlust der Stadt muss ihnen so nah gehen, dass sie willens sind, alles, was ihnen lieb ist, aufzugeben, um sie zurückzuerobern. Wenn du Mary vergewaltigst«, sagte er, an Red Will gewandt, der von einem Bein aufs andere trat, »musst du die Leute glauben lassen, dass die Sarazenen jederzeit in ihre Häuser hereinplatzen und ihre Frauen und Töchter schänden könnten!«

Dann drehte er sich zu Hammer und Saw um. »Und wenn ihr beide das Heilige Kreuz schändet, indem ihr darauf pisst, müsst ihr die Menschen so aufhetzen, dass sie euch an den Kragen wollen.«

Saw grinste seinen Zwillingsbruder an. »Dürfte uns nicht schwerfallen.«

»Du bist Michael, nicht?«

Hammer nickte angespannt. Dass die Obrigkeit seinen richtigen Namen kannte, behagte ihm nicht.

»Du musst dich mehr in deine Rolle reinknien.«

Hammer zog die Eingeweide eines Schafes aus der Hose und schwang sie mit angemessener Hingabe durch die Luft.

Bischof Reginald klopfte dem Mauren auf die Schulter, dann gingen beide nach draußen und setzten sich auf eine Bank. Ich sah, wie sie die Köpfe zusammensteckten, als teilten sie ein Geheimnis, und empfand einen Anflug von Eifersucht. Nachdem klar war, dass Savaric die Leitung der Proben übernommen hatte, schlich ich mich davon, um herauszufinden, ob sie über mich sprachen, und hörte, wie Reginald fragte: »Die Marienkapelle hat Euch also nicht gefallen?«

Ich sah, wie der Maure zögerte. »Es ist gute Arbeit. Aber irgendetwas … lässt zu wünschen übrig. Es sind prächtige Farben und wunderbare Arkaden. Aber trotz der vielen Kerzen war es dunkel darin. Die Fenster sind zu klein, die Säulen zu dick. Das ist nicht gerade erhebend. Die Gebetshalle in der großen Moschee von Córdoba dagegen mit ihren zweifarbigen Säulen und unzähligen Bogen kombiniert enorme Macht mit Eleganz und Ausstrahlung. Und wie ich höre, ist die Umayyaden-Moschee in Damaskus, die der Moschee des Propheten in Medina nachempfunden ist, noch vollkommener im Design. Eines Tages würde ich sie mir wirklich gern ansehen.«

Der Bischof lehnte sich nachdenklich zurück. »Genau das plane ich für Wells, versteht Ihr. Die Fundamente sind gelegt, doch ich will sicher sein, dass die Fehler der Vergangenheit sich nicht wiederholen. Das Problem ist, wie man Höhe und die Frage des Lichts mit einer ausreichend stabilen Struktur verbindet.« Er beugte sich zu dem Mauren vor, sodass ich Mühe hatte, sie zu verstehen. Ich spitzte die Ohren und hörte Worte wie »Lichtfontänen«, »aufsteigende Pilaster« und »Strebebogen, die sich zum Himmel erheben«.

Ich bekam eine Gänsehaut. Das Blut stieg mir in die Wangen und dröhnte in meinen Ohren. Jedes Mal wenn ich einen Anfall bekam, hatte ich den Duft von Rosen in der Nase und sah, wie sich zwei riesige Tore vor mir öffneten. Dahinter erhoben sich unglaublich hohe Säulen, deren Enden durch Spitzbogen verbunden waren, zu einer lichtdurchfluteten Kuppel oder einem goldenen Himmel. Und dann empfand ich nach der anfänglichen Panik eine überwältigende Klarheit, die mich wie Engelsschwingen umgab. Doch ich konnte das Kommen und Gehen dieser Anfälle nicht kontrollieren. Sie überfielen mich wie eine Erinnerung an die Ohnmacht des Menschen vor Gottes Anblick. Woher kannten ein Kirchenmann und der Ungläubige, den ich für meinen besten Freund hielt, meine Visionen? Ich hatte nie mit jemandem darüber gesprochen.

Die Stirn des Mauren entspannte sich, als hätte er ein Rätsel gelöst. »Ich möchte einen Ort schaffen, an dem die widersprüchlichen Elemente miteinander versöhnt werden und die Immanenz des Transzendenten …«

Der Bischof lehnte sich mit einem seligen Ausdruck zurück.

»Ja. Ein Ort, an dem Erde und Himmel vereint sind«, fuhr der Maure fort und sah mich direkt an. Sein Blick war so durchdringend, dass ich mir nackt vorkam. »John, hol deine Zeichenutensilien.«

Seit einigen Wochen hatte ich insgeheim kleine Karikaturen, Porträts der Truppe, Bäume, Kirchen und Teile von Gebäuden gezeichnet, sie aber unter meiner Pritsche versteckt, weil ich mich für meine Unzulänglichkeit schämte. Doch vor einigen Wochen hatte ich im Schlafsaal der Abtei von Bath den Mauren mit meinen auf dem Boden ausgebreiteten, armseligen Zeichnungen überrascht, während die anderen angeblich beteten, in Wahrheit aber vermutlich in die Schenke gegangen waren.

»Sie sind gut«, hatte er erklärt und mich neugierig angesehen.

Als ich sie wieder einsammeln wollte, packte er mich am Arm. Es war, als würde mich ein Blitz durchfahren. In meiner Panik riss ich mich los, nahm die Zeichnungen und lief die Treppen hinunter nach draußen, wo ich sie in den Brunnen warf.

Am nächsten Tag kam er wie jemand, der versucht, ein wildes Tier zu zähmen, als ich allein war, und reichte mir ein Päckchen.

Niemand hatte mir jemals etwas gegeben, ohne etwas dafür zu verlangen.

»Nimm.«

Es war ein altes Stück Wachstuch. »Was soll ich damit?« Plötzlich war ich enttäuscht und wütend.

»Mach es auf.«

In dem Wachstuch befand sich ein Stapel weißer Blätter, in feine Seide eingeschlagen. Verwundert berührte ich sie – so weich, so glatt –, dann sah ich zu ihm auf. »Was ist das?« Ich hatte noch nie etwas so Weißes gesehen, es war, als hätte er mir ein Stück des Mondes geschenkt.

»Papier«, erklärte er. »Für deine Zeichnungen. Und das hier auch.«

Er nahm eine kleine, mit einem Stöpsel verschlossene Flasche und ein Schilfrohr aus seiner Tasche, aus dessen Spitze er eine Feder geschnitzt hatte. Dann tauchte er sie in die Tinte und zeichnete einen schwarzen Strich auf ein Blatt. Jetzt hatte er es verdorben. Drei, vier weitere Striche folgten, bevor er es mir zeigte. Es war sein Gesicht, und dann wieder doch nicht. Ich lachte laut. Die Proportionen stimmten nicht. Ich nahm ihm das Rohr ab und tat es ihm nach. Doch da ich bislang lediglich Gänsekiele benutzt hatte, drückte ich zu fest auf das Papier und durchlöcherte das Blatt. Beim nächsten Versuch machte ich einen Klecks. Danach zeichnete ich mit ein paar einfachen Strichen sein Profil. Eine lange gerade Nase, Wangenknochen wie aus Holz geschnitzt, ein kräftiges Kinn. Es war nicht schwer, ich hatte es schon hundertmal gezeichnet.

Er sah es verdutzt an und anschließend mich. Ich erwiderte seinen Blick, versuchte, der Mann zu sein, der ich hoffentlich geworden war, doch dann verzagte ich und wandte den Blick ab. Seitdem hatten wir weder über diesen Augenblick noch die Berührung je wieder gesprochen.

Am nächsten Tag hielten wir auf dem Heimweg nach Glastonbury unsere Pferde in den Ausläufern der Mendip Hills einige Meilen südwestlich von Bath an und saßen ab. Ich zumindest war erleichtert.

Bischof Reginald breitete die Arme aus. »Das ist Wells«, erklärte er mit sichtlichem Stolz. »Many Streams, der Ort, an dem viele heilige Ströme zusammenlaufen. Englands schönstes und gesegnetstes Fleckchen Erde.«

Zwischen den Weiden, jenseits des glitzernden Wassers, sah ich kleine Steinhäuser, eine Ansammlung von Kirchengebäuden, ein paar Hütten und mehrere Scheunen und Schweineställe. Außerdem einen großen Haufen Schutt, wahrscheinlich Überreste einer alten Kirche, ein Gewimmel von Männern mit Schubkarren und Hacken und unzählige Gräben und Erdlöcher. Es sah mehr aus wie ein Schlachtfeld als ein gesegneter Ort.

»Hier werde ich dem heiligen Andrew eine wundervolle neue Kirche bauen, die schönste und größte, die es in England jemals gegeben hat.«

Noch nie hatte ich den Bischof so begeistert gesehen. Er lief von einer Stelle zur anderen, zog den Mauren am Ärmel hinter sich her, zeigte mal hierhin, mal dorthin und redete unentwegt. Als ich hinter ihnen her schlenderte, sah ich, wie der Maure plötzlich stehen blieb und mit den Händen einen Bogen in der Luft beschrieb. Danach gingen sie weiter, unentwegt redend und nickend, und sprangen über die Gräben auf das offene Feld. Ich rannte ihnen hinterher, wobei ich einigen Männern ausweichen musste, die unter dem Gewicht eines gewaltigen Steinquaders stöhnten. Mein Tornister schlug gegen meine Hüften.

» … gewaltige Bogengänge«, hörte ich den Mauren sagen, als ich zu ihnen aufschloss. »Ich war in der Moschee von Kairouan, und in Le Puy hat man mit neuen Formen experimentiert, die vom muselmanischen Stil beeinflusst sind. Das Gewicht der Wände wurde so verteilt, dass zwischen ihnen ein weiter, offener Raum entstand. Atemberaubend. Es hat mit den Winkeln des *sekon* zu tun, die die Wölbung unterstützen und sie in eine Diagonale zwischen zwei Wänden stellen. Und mit dem Aufbau der Kuppeln. Gewölbe wie ein goldener Himmel.«

»Le Puy ist einer der Orte, von denen aus die Pilgerroute nach Compostela führt«, sinnierte der Bischof.

»Ich habe das *Kitab Ruyyar* gelesen, in dem die Route beschrieben wird«, sagte der Maure und nickte. »Aber bisher habe ich sie noch nicht selbst genommen. Kennt Ihr die alte Geschichte, wonach sie die Leiche Jakobus' des Älteren in einem steinernen Schiff aus Jaffa zurückholten? Ich habe immer gedacht, dass dieses Bild ein Symbol für die Kirche dort wäre.«

Sie riefen einen Steinmetz herbei und nahmen ihre Diskussion wieder auf. Der Steinmetz rief einen weiteren Mann dazu, verschwand und kehrte wenige Minuten später mit einem leicht verwirrt wirkenden Alten zurück. Anschließend setzten sie das lange Gespräch fort, wobei der Maure heftig mit den Armen fuchtelte und der Alte die Stirn runzelte.

»John, wenn ich dir etwas beschreiben würde, könntest du es für mich zeichnen?«

Da mich ihre Unterhaltung langweilte, hatte ich angefangen, gegen ein hartnäckiges Grasbüschel zu treten. Ein Käfer grub sich gerade in die Erde ein, auf der Flucht vor meinen Stiefeln. Nur widerwillig ließ ich von dem Grasbüschel ab. »Ich glaube nicht.«

»Komm mal her, John.«

Er sah mir in die Augen. Ich ging auf ihn zu, von seinem dunklen magnetischen Blick angezogen. Schließlich sagte ich widerwillig: »Ich kann es ja versuchen.«

Ich brauchte mehrere Versuche, denn ich konnte mir nicht vorstellen, was er meinte, doch schließlich gelang mir eine Zeichnung dessen, was er wollte.

Der Alte schnalzte mit der Zunge. »Ah, du meinst Trompen, also … Gewölbezwickel.«

»Sekonj«, grinste der Maure. »Ja.«

Der Alte schüttelte den Kopf. »Das geht nicht.«

Es folgte eine umständliche Auseinandersetzung, und meine Aufmerksamkeit ließ nach. Licht und Kraft. Kraft und Licht. Eine Prozession von Säulen und Bogen ging mir durch den Kopf. Weißes Gestein, hart wie Eisen, verwandelte sich in weiche Blüten. Rosenduft erfüllte meinen Kopf …

Die Ränder meines Gesichtsfelds verschwammen. Ich schluckte und richtete mich auf. Ich würde keinen Anfall bekommen, ich würde mich nicht blamieren …

Als ich wieder zu mir kam, lagen unzählige Zeichnungen auf meinem Schoß. Geschwungene Linien, elegante Kurven. Hatte ein Engel von meinem Körper Besitz ergriffen und meine Hand geführt? Doch es schien, als hätte ich mich nicht auf dem Boden gewälzt und wild gezappelt, sondern ganz ruhig dagesessen und wie ein Besessener gezeichnet. Und als ich wieder zu mir kam, merkte ich, dass die Stimme des Mauren die Kohle über das Blatt führte. »Genau so, John. Aber noch höher. Bis zum Himmel!« Dann ging uns das Papier aus. Ein Junge wurde geschickt, um im Kirchenladen neues zu kaufen, und ich zeichnete weiter.

»Das wird niemals halten«, sagte der Alte und schüttelte grimmig den Kopf.

»Und ob es halten wird«, rief der Maure. »Es ist stabiler als ein römischer Bogen, sieh nur …« Er fügte der Zeichnung etwas hinzu.

Am Ende des Tages waren alle sehr aufgeregt.

»Und hier ein großes Fenster und hohe, spitz zulaufende Lichtscharten.«

»Aber ich kann nicht bloß nach Skizzen arbeiten«, warnte der Alte schließlich. »Es ist gut und schön, nach etwas Neuem zu streben, aber es birgt ein großes Risiko, wenn es schiefgeht. Man stelle sich vor, die Türme fallen in sich zusammen, und die Gemeinde hat sich gerade in der Kirche versammelt …« Er breitete die Hände aus. »Ich werde mathematische Berechnungen brauchen, Steinmetze, die mit dieser fremden Art von Arbeit vertraut sind. Es wird kostspielig sein. Sehr kostspielig.« Er pfiff skeptisch durch die Zähne.

Bischof Reginald klopfte ihm auf die Schulter. »Wir besorgen dir Steinmetze und mathematische Pläne, lieber Adam. Koste es, was es wolle.«

Der Alte warf einen flüchtigen Blick auf den Mauren. »Und wer sagt uns, dass dieser Sarazene hier mit seinen Skizzen nicht Euren Plan vereiteln will?«

»Ich bin kein Sarazene«, sagte der Maure.

Als wir so weit waren, dass wir die Reise fortsetzen konnten, war es bereits Sommer, obwohl man es nicht geglaubt hätte. Während wir den River Perret überquerten, blies ein eisiger Wind über die Levels, und ein horizontaler Regen durchnässte uns bis auf die Knochen. Auf den Docks von Bridgwater herrschte emsiger Betrieb, doch die Arbeiter zeigten wenig Interesse an der Vorstellung, und angesichts des schlechten Wetters blieben die meisten Leute zu Hause, sodass lediglich einige Gesegnete in den Genuss unserer ersten öffentlichen Aufführung kamen.

Nachdem Quickfinger erst seinen Einsatz verpasst und dann seine einzige Zeile vergessen hatte, stürzte er, geblendet von seinem Helm, vom Rand der Bühne und landete zielsicher auf einer wohlbeleibten Frau, die unter seinem Gewicht wie ein gekentertes Schiff zusammenbrach. Ihr Ehemann schlug Quickfinger in die Flucht, dann brach ein Handgemenge aus, und Savarics Haushofmeister wurde im folgenden Gedränge um seine Börse erleichtert. Niemand ließ sich dazu verleiten, das Kreuz zu nehmen, und die wenigen, die mutig dem Regen getrotzt hatten, suchten das Weite, sobald die Spendenkörbe herumgereicht wurden.

Ich sah den Mauren an. »Herrgott, wir werden alle noch am Galgen enden!«

Die Schauspieler wurden durchsucht, doch die Börse tauchte nicht auf.

Am nächsten Tag, als wir die Wollstadt Taunton erreichten, kam die Sonne heraus, und unsere Vorstellung verlief erfolgreicher. Am Ende hatten wir zum Verdruss ihrer Ehefrauen und Mütter fünfzehn junge Männer als Freiwillige rekrutiert.

Wir wurden mit einem Aufenthalt in der Abtei der Benediktiner belohnt, bei dem der Maure und ich das Hab und Gut der Truppe durchsuchten, bis die Börse in Neds Stiefel auftauchte. Auf wundersame Weise fand der Haushofmeister sie am zweiten Morgen nach der Messe am Hochaltar im breiten Saum seines Umhangs wieder, der die ganze Zeit zum Trocknen in einem Vorraum gehangen hatte. Savaric entschuldigte sich bei uns allen, obwohl er immer noch misstrauisch war. Anschließend nahmen wir Ned beiseite und erinnerten ihn unsanft an die Regeln unseres Abkommens. Nachdem man die Prellungen auf seinen Rippen verbunden hatte, war Ned an diesem Abend ziemlich griesgrämig, aber folgsam wie ein geprügelter Esel. Allerdings ertappte ich ihn in den darauffolgenden Tagen immer wieder dabei, dass er mich rachsüchtig beäugte.

Im Schatten von Rougemont Castle in Exeter legten wir eine überwältigende Vorstellung hin. Zuerst sprach der Bischof ein herzzerreißendes Gebet und ermahnte die Gläubigen zum Handeln. Anschließend kam Savaric auf die Bühne und erzählte, wie der teuflische Feind Saladin die heiligen Mauern der Stadt niedergerissen, die braven Christen erschlagen und selbst Säuglinge gemeuchelt hatte.

Dann tauchte ein schwarz geschminkter, grauenhaft aussehender Ned mit mehreren, auf eine Lanze gespießten Stoffpuppen auf.

»Zehntausenden wurden die Köpfe abgehackt!«, rief Savaric. »Ihr Blut verwandelte die Straßen der Stadt in einen reißenden Strom. Jene, die nicht fliehen konnten oder nicht niedergemetzelt worden waren, schloss man in den Kirchen ein und verbrannte sie bei lebendigem Leib: Ihre Seelen stiegen in einer endlosen Rauchsäule zum Himmel auf!« Er kauerte vor einem imaginären Feuer aus grellen roten und orangefarbenen Seidenfetzen und tat so, als röstete er die kleinen weißen Kinder, um sie anschließend zu verschlingen, woraufhin eine Frau aufschrie und in Ohnmacht fiel. Der Maure, der gegen seinen Willen überredet worden war, seine Kenntnisse der Chemie in unseren Dienst zu stellen, verbrannte nun in einer Kohlepfanne abseits der Menschenmasse Mineralien, die die Luft mit übel riechenden grünen Schwaden schwängerten. Das Publikum hatte so etwas noch nie erlebt und schnappte nach Luft.

Am Ende standen die Männer Schlange, um das Kreuz zu nehmen. Junge und alte, einzeln und in krakeelenden Gruppen. Eine Mutter eilte herbei, als sie sah, wie der Bischof ihrem Sohn ein Kreuz auf die Stirn zeichnete, und zog ihn am Gürtel zurück. »Wie soll ich allein überleben, wenn doch dein Vater bereits fort ist?«

»Es ist seine Pflicht, gute Frau«, brüllte Savaric. »Lass ihn ziehen und sei dankbar, dass du ihn dazu erzogen hast, Gott, König und Vaterland zu dienen!«

Doch so leicht ließ sie sich nicht abwimmeln. »Mein Alfred hat sich bereits für König und Vaterland geopfert, jetzt ich will nicht auch noch meinen Jungen verlieren.«

Die Menge murmelte mitfühlend. Savaric trat entschlossen vor. »Madam, vor einigen Tagen kamen wir durch Taunton, und dort verwehrte uns eine Mutter ihren Sohn. Am nächsten Tag war sie mit Taubheit und Blindheit geschlagen.«

Man sah die Angst in ihren Augen. Widerwillig ließ sie ihren Sohn los und fing geräuschvoll an zu schluchzen. Savaric packte ihn am Arm. Jede Seele zählte, jede war Gold wert. Kurz darauf hatte der Schreiber seinen Namen auf die Liste gesetzt. Wenn er jetzt einen Rückzieher machte, würde man ihn auspeitschen und in den Kerker werfen. Der Junge, dem Äußeren nach nicht einmal dreizehn Jahre alt, senkte den Kopf und taumelte davon, doch die Euphorie war verflogen. An diesem Tag nahmen wir keine weiteren Freiwilligen mehr auf, wenngleich die Spenden reichlich flossen.

Später, als uns niemand hören konnte, sagte ich zu dem Mauren: »Essen sie wirklich Babys? Die Sarazenen?« Es war eine ernsthafte Frage, über die ich seit Tagen nachgedacht hatte, doch er sah mich an, als wäre ich nicht ganz richtig im Kopf.

»Isst du etwa Babys?«

»Natürlich nicht!«, erwiderte ich entsetzt.

»Euch könnte man eher der Menschenfresserei bezichtigen.«

»Was?«

»Nun, ihr esst den Leib Christi. Hostie und Wein, den Leib Christi und sein Blut.«

»Das ist doch was ganz anderes.«

Er antwortete nicht, warf mir nur einen Blick zu und ging fort. Noch mehr Lügen, dachte ich. Das war alles, was wir taten: mit Lügen hausieren gehen.

SIEBEN

Möglich, dass meine Zweifel die anderen Darsteller ansteckten, denn unsere Auftritte verloren allmählich an Überzeugungskraft, und als wir nach Crewkerne kamen, nahmen die Menschen das Kreuz so widerstrebend an, dass wir auf spirituelle Erpressung zurückgreifen und sie auf die ewigen Strafen hinweisen mussten, die sie in der Hölle erwarteten: Fegefeuer und Folter, Dämonen und Succubi, weibliche Albe. Anschließend schickten wir Hammer in die Menge, dessen Haar und Bart wir mit Mehl weiß gefärbt hatten. Außerdem hatten wir ihm mit einem Stück Kohle Runzeln ins Gesicht gemalt. Wenn Savaric brüllte: »Erhört denn hier niemand Christi Ruf?«, trat Hammer vor und jammerte: »Ich würde ja gern, Sire, wäre ich bloß vierzig Jahre jünger!«

Man lud ihn ein, auf die Bühne zu kommen und die Knochen des Heiligen zu berühren, und wenn er sich hinabbeugte, entzündete der Maure eine Feuergarbe, die die Zuschauer blendete, während Mary ihm hastig Haar, Gesicht und Bart mit einem nassen Tuch abwischte. Im nächsten Augenblick sprang er auf und war wieder dreiundzwanzig. Dann ergriff er das hölzerne Schwert und erklärte, nun sei er bereit, es ganz allein mit Saladin und seinen Schurken aufzunehmen.

Daraufhin wollten alle die Knochen berühren, und wir konnten weitere dreißig Mann rekrutieren.

In Salisbury waren die Menschen eher bereit, Geld zu spenden, als in den Krieg zu ziehen, obwohl Mary Spinnrocken an die Wehrhaften verteilte und sagte, sie taugten ja höchstens für Frauenarbeit. Nicht einmal das brachte sie in Verlegenheit, und am Ende mussten wir den Verbrechern im örtlichen Gefängnis Straffreiheit versprechen, damit wenigstens sie das Kreuz nahmen. Wir bestachen sie mit einer ordentlichen Mahlzeit und dem Versprechen, ihnen ihre Sünden zu vergeben, wenn sie sich uns anschlossen und die Menschenmenge aufstachelten. Leider konnte eine große Zahl entkommen. Savaric zuckte die Achseln. Ihre Namen standen auf der Liste, und das war die Grundlage, auf der er beurteilt und entlohnt wurde. »Wenn man sie wieder einfängt, können wir sie erneut registrieren«, grinste er. Sein Cousin schnalzte missbilligend mit der Zunge.

Wir reisten weiter nach Wilton, der größten Stadt in der Region, die sich einer prächtigen Abtei rühmte. Der Bischof wollte sie aufsuchen, weil sie in dem Ruf stand, nicht nur die Gebeine einer bedeutenden Heiligen zu beherbergen, sondern auch einen Nagel des Heiligen Kreuzes. »Wie ich hörte, haben sie hundert Pfund dafür gezahlt«, sagte er ehrfürchtig. Der Maure und ich sahen uns an. Auf unserer Reise in den Norden hatten wir den Abteien in St German's und Tavistock zwei solcher Nägel verkauft, offensichtlich unter Wert.

Aber das war nicht alles; auch Folgendes waren wir losgeworden:

Stroh aus dem Stall, in dem das Jesuskind geboren wurde, eine Flasche mit Jesu Atem, einen Flakon mit Maria Magdalenas Tränen, einen Riemen von der Sandale des heiligen Petrus.

Erstaunlich, was man zwei mittellosen Priestern, die soeben aus dem Heiligen Land zurückgekehrt waren, so alles abkaufte.

Die Äbtissin von Wilton hatte scharfe Augen und beeindruckende Brüste. Sie begrüßte Bischof Reginald herzlich, doch Savaric musterte sie von oben bis unten, vor allem seine prächtige Robe und die auffällige Halskette. »Ich habe von Euch gehört«, sagte sie und verzog spröde den Mund.

Als man ihr den Mauren vorstellte, legte er die Hand auf sein Herz und machte eine tiefe Verbeugung, womit er sie augenblicklich für sich einnahm. Sie unternahmen einen Spaziergang und unterhielten sich lange Zeit über Kräuter und ihre Verwendung. Wieder einmal staunte ich über seine Gabe, mit jedem, dem er begegnete, einen gemeinsamen Nenner zu finden.

Nach dem Abendessen im Refektorium des Klosters erklärte die Äbtissin: »Jetzt zeige ich unseren Gästen den Nagel von Trier und die Gebeine der heiligen Edith. Ihre Mutter Wilfrida, Gott hab sie selig, wurde von König Edgar gewaltsam aus dieser Abtei entführt. Der König zeugte eine Tochter mit ihr, trotzdem weigerte sie sich, ihn zu heiraten. Der König war von ihrer Frömmigkeit derart gerührt, dass er als Buße sieben Jahre lang seine Krone nicht aufsetzte.

Wilfrida kehrte nach Wilton zurück, und die junge Edith wuchs hier auf, nahm den Schleier und stieg schließlich zur Äbtissin auf. Man bot ihr große Ländereien, mächtige Bündnisse, Ehen mit reichen und mächtigen Männern an. Sie jedoch erklärte, dass ihr ein Gott gewidmetes Leben und der Schutz unseres Klosters lieber sei.« Jetzt huschte ein verstohlenes Lächeln über ihr Gesicht; offensichtlich hielt sie sich für eine zweite Edith.

Eine Zeit lang gingen wir still nebeneinander her. Über uns flog eine Schleiereule mit ihren gespenstisch weißen, ausgebreiteten Flügeln. Wir hörten ihren durchdringenden Ruf, als sie in den vom Mond beschienenen Bäumen verschwand. Ich fröstelte, aber das lag vielleicht auch bloß daran, dass der Maure meine Hand gestreift hatte.

In der hübschen, sehr gut gebauten Kirche befand sich der Schrein der heiligen Edith aus massivem Gold, kunstvoll verziert, gewaltig. Savaric hielt die Luft an, dann sprach er aus, was wir alle dachten. »Muss ein Vermögen wert sein.«

Besitzergreifend legte die Äbtissin die Hand auf den Schrein. »Eine Woche nach ihrem Tod geschahen Wunder in ihrem Namen. Menschen hatten Visionen, in denen sie dem Teufel den Kopf einschlug! König Knut persönlich schenkte der Abtei diesen wundervollen Schrein.«

»Was für eine kriegerische Heilige«, gluckste Savaric. »Jedenfalls muss die heilige Edith uns begleiten, wenn wir Jerusalem zurückerobern!«

Die Äbtissin warf ihm einen Blick zu, als würde sie ihm am liebsten auch den Kopf einschlagen.

Der Nagel von Trier dagegen war nicht ganz so prächtig untergebracht; er lag in einer gläsernen Phiole in einem kleinen silbernen Reliquienschrein. Mir fiel auf, dass wir alle von dem gewaltigen goldenen Schrein der heiligen Edith beeindruckt waren, der Maure sich jedoch eher auf den bescheidenen Reliquienschrein des Nagels konzentrierte. Sein Gesicht wirkte durchtrieben und verschlossen. Aber vielleicht lag das auch nur an dem flackernden Kerzenlicht.

»Das ist ein ägyptischer Bergkristall, tausend Jahre alt«, sagte er leise.

Die Äbtissin gesellte sich zum ihm. »Er ist sehr alt, aber ich weiß nicht, woher wir ihn haben.«

»In Kairo habe ich gesehen, wie man in solchen Phiolen Parfüm verkaufte.«

»Nicht der Wert der Phiole ist ausschlaggebend«, erinnerte sie ihn, »sondern der Inhalt. Das ist einer der Nägel, mit denen unser Herr Jesus Christus ans Kreuz geschlagen wurde.«

»In einer Kirche im spanischen San Salvador liegt ein Stück von dem Brot, mit dem Jesus die Fünftausend speiste«, sagte er mit ernstem Gesicht. »Durch göttliche Intervention ist es immer noch frisch, und die beiden Fische aus derselben Speisung stinken nicht einmal. Die Kirche rühmt sich zudem der Würfel, mit denen die römischen Soldaten in Golgatha um Jesu Gewand spielten, obwohl das Gewand selbst in der Kathedrale von Trier aufbewahrt wird …«

Als wir zum Nonnenkloster zurückgingen, unterhielt er sie mit weiteren Geschichten außergewöhnlicher heiliger Gegenstände, die er auf seinen Reisen gesehen hatte, während Bischof Reginald und sein Cousin, vom Anblick des vielen Goldes sichtlich verwirrt, sich leise darauf einigten, dass wir auf dem Weg nach London unsere Taktik verbessern müssten.

Nach der Komplet lag ich im Bett und konnte nicht einschlafen. Wir waren in einem Nonnenkloster, und trotzdem fühlte ich mich unwohl. Nicht körperlich, denn die Matratze, auf der ich lag, schien frei von Ungeziefer zu sein und war mit weicher Wolle bedeckt. Auch das Schnarchen der anderen störte mich nicht sonderlich. Schlafende können nicht viel Unheil anrichten. Trotzdem war ich in einem Schlafsaal immer auf der Hut. Nach fünfzehn Jahren Wachsamkeit kann man nicht anders.

Als der Maure aufstand und sich wie eine Katze davonstahl, war ich sofort hellwach. An der Tür sah er sich um, als wollte er sich vergewissern, dass niemand ihn bemerkt hatte. Und als er geräuschlos den Riegel verschob, war mir klar, dass er etwas im Schilde führte.

Ich beobachtete, wie er die Tür hinter sich schloss und lag

mit pochendem Herzen da. Es würde ihm nicht gefallen, wenn man ihm folgte. Daher blieb ich noch ein paar Sekunden liegen und kämpfte gegen meine Neugier an. Dann kroch ich unter der Decke hervor und schlich ihm nach. Meine Ledersocken machten keinen Laut auf dem Steinboden.

Draußen war es stockdunkel, der Mond hatte sich hinter Wolken versteckt. Meine Augen brauchten eine Weile, bis sie sich an die Dunkelheit gewöhnt hatten und die hochgewachsene Gestalt erkannten, die auf dem Weg in die Kapelle durch den Bogen im Innenhof verschwand.

Der Schrein! Würde er versuchen, ein Stück aus dem Schrein zu brechen oder gar mit dem ganzen Schrein verschwinden wollen? So ein Ungetüm würden wir niemals verkaufen können! Doch dann fiel mir der Wald hinter der Kapelle ein, in dem die Eule verschwunden war. Da, wo es Bäume gab, fanden sich auch Köhler, und glühende Kohle war heiß genug, um Gold einzuschmelzen. Man konnte es in kleine Portionen teilen und die, die man nicht mitnehmen konnte, im Wald vergraben. Den Rest verkaufte man einem Goldschmied weit weg, um keinen Verdacht zu erregen. In Bristol zum Beispiel oder London, wo es bestimmt andere dunkelhäutige Fremde gab wie den Mauren. Er konnte als Händler durchgehen oder als reicher Kaufmann. Ja! Das traute ich ihm zu.

Ich beschleunigte meinen Schritt. Als ich zur Kapelle kam, war die Tür fest verschlossen. Ich drückte die runde eiserne Klinke nieder, doch die Tür ging nicht auf. Dieser Teufel! Irgendwie hatte er sie von innen abgeschlossen. Eine heiße Woge aus Eifersucht und Zorn durchfuhr mich. Ich klopfte an die Tür. »Mach auf! Ich bin es, John!«

Totenstille, dann hörte ich leise Schritte. Das Knirschen von Eisen auf Eisen. Die Tür öffnete sich, er packte mich mit einer raschen, fließenden Bewegung am Kragen und zerrte mich hinein. Dann fiel die Tür wieder zu, und der Maure drehte den Schlüssel im Schloss um. Wir standen beide im Dunkeln.

»Wie kommst du dazu, mir nachzuspionieren?« Seine schwarzen Augen funkelten zornig. Sein Griff schmerzte, er hatte das Gewand mitsamt meinem Fleisch gepackt.

»Ich … aua … ich dachte, du wolltest dich mit dem Schrein davonmachen und mich zurücklassen …«

Sein Griff lockerte sich. Und dann lachte er lautlos, es klang wie ein Flüstern oder als holte er tief Luft. »Du hältst mich wohl tatsächlich für einen Zauberer, *habibi*. Sieh mal …« Er öffnete die Hand. Darin lag einer der Nägel, die wir im Moor ausgebuddelt und unterwegs verscherbelt hatten. Aber halt, nein, es war nicht einer dieser Nägel. Es war der Nagel von Trier.

»Was machst du? Leg ihn wieder zurück!«

»Ich musste ihn mir ansehen«, sagte er. Er griff an mir vorbei und schloss die Tür auf, dann steckte er den Kopf durch den Spalt und sah sich um. »Geh zurück ins Bett, ich komme gleich nach. Es wäre nicht gut, wenn man uns zusammen sähe.«

Seine Mundwinkel kräuselten sich, ein kleiner privater Scherz. Als ich zögerte, beugte er sich vor und küsste mich einmal fest auf den Mund, dann schob er mich in die Nacht hinaus.

Und so ging ich in den Schlafsaal zurück und fühlte mich wie ein Narr.

Mein Mund brannte, als hätte ihn eine Flamme gestreift.

ACHT

König Heinrich erhob eine neue Steuer, wonach jeder ein Zehntel seines Einkommens und Besitzes abzugeben hatte, und nannte sie den Saladinzehnt. Man konnte ihm nur entkommen, indem man das Kreuz nahm, trotzdem stießen wir überall auf Ablehnung. Die Menschen flüchteten in die Wälder oder in das Verbrechen, um den Behörden aus dem Weg zu gehen, und in Eartham Wood bei Arundel wurden wir sogar von Wegelagerern überfallen. Hammer erschlug zwei der Angreifer mit seinem Knüppel, ein dritter suchte hinkend das Weite. Saw kämpfte mit einem Dolch in jeder Hand. Little Ned zauberte wie aus dem Nichts zwei kleine Wurfmesser hervor und erledigte zwei weitere Angreifer, die sich gerade über Savaric und seine mit Edelsteinen geschmückte Kette hermachen wollten. Quickfinger verfolgte die Flüchtenden und brüllte seinen Namen: »Enoch Pilchard! Enoch Pilchard!«, womit er ihnen mächtig Angst einflößte. Später kehrte er mit einer kleinen Geldbörse zurück. Er entnahm ihr ein paar Münzen und warf sie Mary zu, die sie sich in den Ausschnitt steckte. Interessant, dachte ich und fragte mich, seit wann sie wohl ein Paar waren.

In den nächsten Tagen fiel mir auf, dass sie ihn öfter ansah als er sie und Will beide mit einem missmutigen Gesicht beobachtete. In der Vergewaltigungsszene ging er so brutal vor, dass Mary sich tatsächlich wehren musste. Eines Tages mischte sich der Maure ein, wie üblich als Friedenstifter. »Zeit für einen Rollentausch«, schlug er vor. »Wie wär's, wenn du Will ablöst, Michael?«

Hammer sah skeptisch drein. »Du solltest ihm die Frauenrolle geben.« Quickfinger grinste anzüglich und zeigte auf Will. »Er macht es bestimmt nicht schlecht.« Dann spitzte er den Mund zu einem albernen Lächeln, sodass er dem Minnesänger ähnelte.

Wills Gesicht färbte sich knallrot. Im nächsten Augenblick senkte er den Kopf wie ein Stier und stürzte sich auf Quickfinger. Doch kurz vor dem Zusammenstoß wich der aus, und Will prallte gegen Hammer, der zu Boden ging. Hammer war klein, aber drahtig und zäh. Er sprang sofort wieder auf und packte Will an den fuchtelnden Armen, ehe er sich erneut auf Quickfinger stürzen konnte.

Wills Augen waren gerötet, und aus seiner Nase kam Rotze. »Du liebst sie doch gar nicht!«, schrie er Quickfinger an. »Sie ist dir egal!«

Mary faltete die Arme vor die Brust. »Halt's Maul, Will«, sagte sie scharf.

Jetzt schluchzte Will los, Tränen rollten ihm über das Kinn. »Er ... er ... er schläft mit anderen Frauen. Wo immer wir sind, stellt er den Weibsbildern nach!« Er starrte Mary an, seine Augäpfel traten vor lauter Verzweiflung hervor. »Er ist ... er ist ... ein Schwein!«

Niemand hatte Will je fluchen hören. Man verachtete ihn vor allem wegen seiner Zimperlichkeit.

Quickfinger grinste wie ein kleiner Teufel. »Ist doch nicht meine Schuld, wenn alle Weiber hinter mir her sind.« Er wackelte obszön mit den Hüften, bis alle sich vor Lachen krümmten. »Es spricht sich rum, wie du weißt, und jede will mal ran.«

Mary war plötzlich ganz still. Ihre Augen spien Feuer, während sie von einem zum anderen blickte. »Halt die Klappe,

Enoch. Ihr könnt mich mal.« Damit raffte sie ihre Röcke zusammen und stolzierte wie eine echte Lady davon.

In der Nacht schlief Will abseits von uns und wirkte so verloren, dass Quickfinger und die Zwillinge allein bei seinem Anblick lachen mussten. Schließlich nahm ihn der Maure beiseite, und anschließend verzichteten wir auf die Vergewaltigungsszene, doch das bisschen Kameradschaftsgeist, das uns zusammengeschweißt hatte, war dahin.

Mary wandte sich wütend ab, wenn Quickfinger seine unbeholfenen Annäherungsversuche machte. Von nun an sprach sie höchstens mit dem Mauren und Little Ned, und auch das nur selten. Mir gegenüber war sie höflich, aber kühl. Ich vermisste die alte Mary mit ihrem derben Witz und ihrer Unbekümmertheit, und plötzlich fiel mir auf, dass sie älter war, als ich gedacht hatte.

Eines Nachmittags übten wir in Winchelsea vor der Kirche eine neue Szene ein, als wir jemand schreien hörten. Im nächsten Augenblick rannte eine junge Frau mit einem zerrissenen Kleid auf uns zu. Sie war mit Blut bespritzt und hatte ein Messer in der Hand.

»Sie haben mir Gewalt angetan!«, schrie sie. »Ich habe mich bloß verteidigt!«

Hammer breitete die Arme aus und machte einen Schritt auf sie zu. »Schon gut ...«

Doch sie fuchtelte nur wild mit dem Messer herum und schlitzte seinen Ärmel auf.

»Verdammt«, grölte Hammer und wich ihr geistesgegenwärtig aus.

Der Maure nahm Mary beiseite und flüsterte ihr etwas zu, woraufhin sie sich der jungen Frau zuwandte. »Komm mit!« Sie führte das Mädchen auf die Kirche zu. »Schnell, du kannst in der Kirche um Asyl bitten.«

Die Kleine hatte ein einfaches, kräftiges Gesicht und einen einfachen, kräftigen Körper. Ihre ganze Schönheit sammelte sich in ihrem Haar. Dicht und dunkel fiel es bis zu ihren Hüften, und jetzt, in der untergehenden Sonne, flammten die Locken auf wie Feuer. Sie zog eine Grimasse und rannte in die Kirche. Mary drehte sich zu uns um. »Ihr habt nichts gesehen, kapiert? Wenn ihr ihnen sagt, dass ihr sie gesehen habt, schneide ich euch allen die Eier ab.« Sie stand unter dem normannischen Torbogen und war Furcht einflößender als jeder Wasserspeier. Niemand sagte ein Wort. Dann machte sie auf dem Absatz kehrt und betrat die Kirche. Die Tür knallte hinter ihr zu.

Im nächsten Moment hörten wir rasche Schritte, und ein Mann kam auf uns zu. Er hatte eine breite Brust und war elegant gekleidet, überall funkelte Gold, aber sein Gewand war voller Blut. Als ich ihn erkannte, blieb mir das Herz stehen. Es war Geoffrey de Glanvill, der Bruder von Ranulf, des Königs Auge. Ich erinnerte mich noch sehr gut an sein rotes Metzgergesicht und seine herrischen Allüren. Er hatte mich wie eine Ratte gepackt, als mich der Anfall überkam, ins Gesicht geschlagen und mir mit seinem Ring die Nase gebrochen. Ich wusste auch noch, wie wütend er gewesen war, als ich meiner Strafe entkommen war. So unauffällig wie möglich verkroch ich mich hinter dem Mauren. Plötzlich hing Gefahr in der Luft.

»Heda! Wo ist die Hure? Sie hat meinem Cousin das Messer in den Hals gestoßen!« Er sprach mit Savaric, dessen schockiertes Gesicht plötzlich ausdruckslos wurde. Seine Augen mit den schweren Lidern waren groß und nichtssagend.

»Wir haben keine Hure gesehen, Sire.« In seinem Gewand wirkte Savaric wie jemand von niedriger Geburt; kein Wunder, dass der Mann ihn nicht erkannte. »Bloß einen Kirchendiener vor einer Stunde, und ich schwöre, der hatte keine Titten.«

De Glanvill musterte uns ungläubig. »Sie ist aber in diese Richtung gelaufen, sie kam aus den Hütten da drüben!« Er zeigte auf eine Reihe von niedrigen Armenhäusern vor einer Wiese. »Ihr müsst sie gesehen haben.«

Savaric zuckte unverfroren die Achseln.

Das Gesicht des Mannes verfinsterte sich. »Wer seid Ihr, Sire?«, wollte er wissen. »Damit ich meinem Bruder Bericht erstatte, er ist des Königs Auge, Vizeregent von England.«

Der Kirchenmann starrte ihn regungslos an. »Ihr könnt ihm sagen, dass ich Savaric de Bohun bin, ehemaliger Erzdiakon von Canterbury, den Euer verehrter Bruder aus dem Amt gejagt hat.«

De Glanvill trat einen Schritt zurück. Dann grinste er. »Es überrascht mich nicht, Euch in solch schäbigen Umständen anzutreffen, Mylord. Aus Glücksspielern kann ja nichts werden.« Dann wandte er sich schroff ab und verschwand in die Richtung, aus der er gekommen war.

Ich war überrascht, als der Maure ihm folgte. »Bring mir meinen Arzneibeutel, Will«, rief er über die Schulter.

Verdutzt und schweigend sahen wir ihm nach, dann gab mir Savaric ein Zeichen, und wir stiegen zusammen die Treppe zur Kirche hinauf. Im Innern war es feucht und dunkel, keine einzige Kerze brannte. Es roch nach abgestandenem Weihrauch, toten Mäusen und dem fettigen animalischen Rauch, der nach einer Messe in der Luft hängt, wenn man Kerzen aus Rindstalg statt Bienenwachs benutzt hat. Einen Augenblick packte mich eine unliebsame Erinnerung.

Ich war ein kleiner Junge und schrubbte auf Händen und Knien den Boden der Kapelle in der Abtei von St Michael. Es war früh am Morgen, ich war noch schläfrig und gähnte so heftig, dass meine Kieferknochen knackten, während ich im Traum eine Makrele an der Angel hatte. Ich sog die kühle, salzige Luft ein, spürte die raue, kalte Leine zwischen den Fingern, sah die aufblitzenden Wirbel im silbergrünen Wasser und zog den zappelnden Fisch an die Oberfläche.

Plötzlich packte mich eine Hand am Nacken und drückte mich nieder. »Du wilde, kleine Bestie. Kannst nicht einmal richtiges Englisch sprechen, geschweige denn beichten, wie? Deshalb wirst du auch niemanden was erzählen, hast du verstanden?« Eine andere Hand hob den hinteren Teil meines Gewandes hoch. »Glaubst du an Gott, mein Junge? Nein, dann wirst du an das hier glauben.«

Ich setzte mich zur Wehr. Daraufhin schlug er mir das Räuchergefäß gegen die Stirn. Das feine Pulver rieselte heraus und umhüllte mich mit dem Duft von Rosen. Und da bekam ich meinen ersten Anfall.

Savarics Stimme versetzte mich wieder in die Gegenwart zurück. »Da drüben.«

Mary hockte neben dem hohen Altar, den Arm um die junge Frau geschlungen. Deren Augen sahen aus wie schwarze Löcher in einem maskenhaften Gesicht.

Savaric ging auf sie zu, und die Frau zwang sich mühevoll auf die Beine. Das Messer funkelte im roten Licht, das durch ein hohes Fenster ins Kirchenschiff fiel. Er setzte sich in eine Kirchenbank. »Schon gut«, sagte er. »Er ist fort. Wir haben ihm gesagt, dass wir dich nicht gesehen haben.«

Die Kleine sank in sich zusammen, als hätten ihre Knie plötzlich nachgegeben, und man sah, dass ihr Widerstand gebrochen war. Sie hatte ihren Mut nur vorgetäuscht.

»Erzähl uns, was passiert ist«, fuhr Savaric fort. »Wir werden dafür sorgen, dass dir nichts geschieht.«

Rosamund erzählte uns, sie sei die Tochter des Tuchwalkers und einem Jungen auf einem Bauernhof in der Nähe von Rye versprochen. »Dabei will ich überhaupt nicht heiraten«, sagte sie. »Kinder, Hausarbeiten und ein Mann, der mich herumkommandiert, das hat mir gerade noch gefehlt.« Ihre Geschichte klang vertraut. Zwei betrunkene Lords, die glaubten, das Recht zu haben, sich zu nehmen, was sie wollten. Der eine hatte sie festgehalten, während der andere sie vergewaltigte, doch als der andere dran war, hatte sie schnell reagiert, dem einen das Messer aus der Scheide gezogen und es ihm in den Hals gestoßen. »Bis zum Knauf«, sagte sie wütend und machte den Stoß nach. »Damit hatte er nicht gerechnet.«

Gut gemacht, Mädchen, dachte ich. Ich wünschte, ich hätte damals auch ein Messer gehabt.

»Ist er tot?«, fragte sie. Und danach: »Hoffentlich, selbst wenn ich dafür hänge.«

»Du wirst nicht hängen«, erklärte Savaric. »Ich biete dir meinen Schutz an.«

»Du kannst mit uns kommen«, schlug Mary vor. »Als Schauspielerin.«

Es war schwierig einzuschätzen, wie alt die Kleine war. Sechzehn vielleicht oder siebzehn. Sie war kräftig gebaut, nicht dick, aber muskulös. Ein Mädchen, das an schwere Arbeit gewöhnt war. »Das muss weg«, sagte ich und zeigte auf ihr üppiges Haar. »Du wirst dich als Junge verkleiden und auf der Bühne die Rolle eines Mannes spielen.«

Sie reckte das kantige Kinn und überreichte mir das Messer. »Männer haben mehr Glück als wir auf dieser Welt. Liebend gern tausche ich mein Haar gegen die Freiheit eines Mannes.«

NEUN

Etwas später kehrten der Maure und Will zurück. Wills Augen waren so groß wie Räder. »Er hat ihn gerettet! Ehrlich, hättet ihr gesehen, wie viel Blut er verloren hatte, ihr hättet es nicht für möglich gehalten. Ich glaubte, er wäre tot, wirklich. Er war blass wie ein Fischbauch und rührte sich nicht.«

»Halswunden können schlimm sein«, gab der Maure zu. »Der Mann wird überleben, zumindest bis wir über alle Berge sind, aber ich glaube nicht, dass er je wieder sprechen kann. Am besten brechen wir so schnell wie möglich auf.« Sein Blick wanderte zu dem neuen Mitglied der Truppe. »Ach, du bist bestimmt Ezra aus Gosport, Sohn eines Fischers, nicht? Wenn das Familienboot absäuft, muss der Sohn sich anderswie durchschlagen. Der Name deiner Mutter lautet Mary.« Damit zwinkerte er unserer Mary zu. »Und dein geliebter Vater, der leider bei dem Bootsunglück ums Leben kam, hieß Joe. Kannst du dir das merken?«

Rosamund, die von nun an Ezra hieß, nickte feierlich.

Wir fuhren weiter nach Rye und ließen die Bewohner von Winchelsea ohne Kreuz zurück. Die Stadt Rye war ein Knotenpunkt am südlichen Küstenstreifen, und einer der fünf königlichen Häfen; hier nahmen die Schiffe auf dem Weg nach Süden noch einmal Proviant auf. Daher mussten wir hier eine bessere Vorstellung liefern als sonst, eine, die mehr an das Gewissen der Menschen appellierte als ihre niedrigen Instinkte. »Reiche Leute haben immer eine Menge auf dem Kerbholz, und das macht ihnen zu schaffen«, erklärte Savaric mitfühlend. »Sie interessieren sich sehr dafür, was sie nach dem Tod erwartet, und sind bereit, alles Mögliche für ein sicheres Plätzchen im Paradies zu tun.«

Doch noch ehe der Bischof Zeit hatte, seine neue Predigt zum Besten zu geben, brach ein Tumult aus. Ein königlicher Herold sprang auf die Bühne und verkündete, König Heinrich sei vor drei Tagen gestorben, Gott möge sich seiner Seele erbarmen. In der prächtigen Kirche St Mary the Virgin hoch über den Sümpfen von River Rother wurde eine Messe für seine Seele gelesen. Es war ein architektonisches Meisterwerk, und nachdem alle gegangen waren, schlenderte der Bischof mit dem Mauren und mir durch die Kirche. »Französischer Stil«, erklärte der Bischof. »Aber sie ist so … diesseitig.« Er schüttelte den Kopf. »Nicht das, was ich mir für Wells vorstelle, nein. Ich dachte eher an …« Er wandte sich dem Mauren zu, und ich sah die Inbrunst in seinen Augen, als beide zusammen davongingen, um ihre Träume von in Stein gemeißelter Poesie auszutauschen.

Ich ging in die Stadt und trank ein oder zwei Bier in der Mermaid. Die Taverne platzte aus allen Nähten. Alle tranken auf den toten König und wünschten dem neuen Glück. »Ich kenne einen Mann, der Prinz Richard begegnet ist«, sagte einer, und augenblicklich bildete sich eine Menschentraube um ihn herum.

»Wie ist er?«

»Er sieht sehr gut aus. Hochgewachsen, mit rotem Haar, hellen Augen und blass, wahrhaft königlich.«

Nichts von alledem war überraschend. Niemand würde sagen, der König sähe aus wie ein Schreckgespenst, nicht einmal dann, wenn es der Fall gewesen wäre. Der Mann erklärte, Richard sei ein großer Krieger, habe alle Turniere gewonnen, könne dichten und zu einer Laute singen. Ich gähnte. Was für ein Musterknabe! Hinter mir sagte leise jemand: »Es heißt, der Leichnam des Königs hätte aus der Nase geblutet, als Richard ihm die letzte Ehre erwies.«

Sein Nachbar fragte: »Du meinst, er war schuld an seines Vaters Tod?«

Ich bahnte mir einen Weg durch die Menge auf die Tür zu, ich wollte etwas von dem Bier ablassen, das ich getrunken hatte, und Platz für neues schaffen. Im Hof wäre ich um ein Haar über einen Mann gestolpert, der auf dem Boden lag und bitterlich weinte.

Ich legte dem armen Kerl die Hand auf die Schulter. »Alles in Ordnung?«

Ein großes Mondgesicht starrte zu mir auf. Es war Savaric.

»Er war mein Freund.« Seine Schultern zitterten heftig, dann packte er mich am Arm, öffnete den Mund, um etwas zu sagen, und stieß einen Schwall von gegärtem Honigwein aus, der mir alles sagte, was ich wissen musste.

»Kommt«, sagte ich und versuchte, ihm beim Aufstehen zu helfen. »Wir machen einen Spaziergang ans Meer und schnappen frische Luft. Sonst holt Ihr Euch hier noch eine ansteckende Krankheit.«

In diesem Moment bog der Maure um die Ecke, ein Schatten unter Schatten.

Ich war heilfroh, ihn zu sehen. »Hilf mir, ihn auf die Beine zu stellen.«

Savaric war nicht gerade klein, und betrunken, wie er war, auch schwer. Als wir ihm aufhalfen, stank er aus allen Poren nach Honigwein.

Wir setzten uns nebeneinander auf einen Hügel aus Kieselsteinen und blickten schweigend auf die schwarzen Wellen und den zitternden Silberstreifen, den der Mond darauf warf.

»Ich habe Heinrich geliebt«, stammelte Savaric schließlich. »Er war ein großartiger Mann. Manchmal eigensinnig und grob, und seine Wut war wie ein Sturm – laut, wild –, verging aber auch schnell wieder. Wir wären bestimmt wieder Freunde geworden, hätte ich nur Zeit gehabt, ihm zurückzuzahlen, was ich ihm schuldete.« Seine großen, traurigen Augen blickten auf das dunkle Wasser hinaus. »Er war wie ein Löwe, wisst ihr, mit seinem gelbbraunen Haar und seinem großen, wilden Gesicht. Stark wie ein Löwe. Keiner von uns konnte es mit ihm aufnehmen, so stark war er. Ich habe sein Geld genommen … und jetzt werde ich nie wieder die Möglichkeit haben …«

Er ließ die verkrampften Hände sinken. »Ich bin verdammt, auf ewig verdammt. Wenn ich meine Verfehlungen nicht wiedergutmachen kann, muss ich einen anderen Weg finden, um in den Himmel zu kommen.«

Der Maure wartete, bis er sich beruhigt hatte, und legte ihm dann den Arm um die Schultern. »Die Leute sagen, sein Sohn Richard wäre ihm sehr ähnlich.«

Savaric wandte sich ihm zu. »Ja, nicht wahr? Ich werde mein Bestes tun, um ihm zu dienen, indem ich Geld für seinen Feldzug sammle. Und wenn es mir gelingt, kann ich vielleicht meine Seele retten.«

Er rappelte sich mühsam auf, und sofort sprang auch der Maure auf, um ihn zu stützen. Doch Savaric wies ihn ab. »Lasst mich, lasst mich. Wo steckt mein Cousin? Ich muss ihn augenblicklich sprechen!« Damit torkelte er los.

»Ich bringe Euch zumindest bis zum Pfad«, sagte der Maure und nahm ihn am Ellbogen. »Wir wollen schließlich nicht, dass Ihr in den Sumpf stürzt.«

Ich blieb auf den Kieselsteinen sitzen und wünschte, ich hätte noch das Fell, das mir die Mönche geschoren hatten. Der Mond war so hell wie das Auge Gottes, das mich anstrahlte. Ich fragte mich, was es sah. Eine unwürdige Seele, einen Halbwilden, der vorgab, zivilisiert zu sein? Einen Mann, der einen anderen liebte? Wider die Natur, absurd.

Die Kieselsteine knirschten.

Ich drehte mich so abrupt um, dass ich mir fast den Nacken verrenkt hätte. Vor mir stand der Maure und sah auf mich herab. Sein Blick war noch durchdringender als das Auge da oben. Dann ließ er sich neben mir nieder, und wir saßen im Dunkeln nebeneinander. Ich spürte eine Spannung zwischen uns, wie es sie noch nie zuvor gegeben hatte, und plötzlich brachte ich kein Wort mehr heraus. Alle Haare in meinem Nacken sträubten sich, und mein Mund brannte, als ich mich an eine andere Nacht vor vielen Monaten erinnerte, in der wir auch allein gewesen waren. Damals hatte mich der Maure aus der Kapelle der heiligen Edith geschoben. Plötzlich wünschte ich, ihn am Arm nehmen zu können, beiläufig, wie einen Bruder, und zu fragen: Dieser Kuss damals in Wilton … was hatte das zu bedeuten, erklär es mir. Doch natürlich konnte ich es nicht. Also blieb ich reglos sitzen, wie eine große, stumme Pflanze, deren Blätter unter jedem Windzug erzitterten, und wartete verzweifelt darauf, dass die Sonne aufging.

Schließlich wandte er sich mir zu. Einen schrecklichen, köstlichen Augenblick lang dachte ich, dass er mich erneut küssen würde. Doch dann sagte er nur: »Ich glaube, wir sollten bald in wärmere Gefilde aufbrechen.«

Kurz darauf streckte er die Beine aus, zog mich hoch, und dann kehrten wir zusammen in die Abtei zurück.

Am nächsten Tag war die Luft von Leidenschaft erfüllt. Ein neuer König sollte ausgerufen werden, der erste Fürst, der das Kreuz nehmen würde. Jetzt ging es darum, Geld zu machen und Richards Gunst zu gewinnen.

Bischof Reginald ließ sich in allen schaurigen Einzelheiten darüber aus, welche Qualen die Sündigen erwarteten, wenn ihre Seelen in die Hölle kamen. Er erzählte von Dämonen mit Kneifzangen und Dreizacken, von den Flammen, die einen Sünder bis auf die Knochen versengten, ohne ihn jedoch ganz zu verschlingen, von dem Geheul der Gepeinigten und ihren endlosen Gerichten. Savaric stöhnte und ließ den Kopf hängen.

»Ihr seid eine gesegnete Generation!«, rief Reginald. »So eine Gelegenheit, wie ihr sie in diesem Jahr Gottes bekommt, Ablass zu erhalten und eure Seelen vor der ewigen Verdammnis zu retten, bekommt ihr nicht wieder. Euch Kaufleuten, die ihr geübt im Feilschen seid, will ich die Vorzüge dieses Angebots erklären. Schlagt diese einzigartige Gelegenheit, euch den Einzug in den Himmel zu sichern, nicht aus. Nehmt das Kreuz und kämpft für das Heilige Land, und ihr werdet belohnt werden, indem man euch alle Sünden vergibt. Und ich, Reginald von Bath, der zweite in der Linie nach dem Erzbischof von Canterbury, werde euch die Beichte abnehmen und dafür sorgen, dass Gott euer Gelöbnis zu Ohren kommt. Nehmt das Kreuz, und alle Sünden werden euch vergeben sein. Der Preis ist gering, die Belohnung groß. Der Eintritt ins Paradies auf immer und ewig garantiert, Amen.«

Hinter uns hörte man ein Schluchzen, dann drängelte sich Savaric an uns vorbei und fiel vor seinem Cousin auf die Knie, Tränen rollten ihm über die Wangen. »Nimm mich für das Kreuz!«, rief er. »Bei Gott, ich habe schwer gesündigt … Ich war dem König nah, einer seiner Edelleute, doch dann verfiel ich der Sünde. Ich trank und fluchte und frönte dem Glücksspiel. Und wie! Gott ist mein Zeuge, ich liebte die Würfel mehr als die Bibel. Ich hatte immer welche dabei.« Als er sich die Goldkette vom Hals nahm, war es totenstill. Dann öffnete er den falschen Rubin am Ende der Kette und nahm zwei Würfel heraus. »Mit diesen hölzernen Winzlingen habe ich ganze Vermögen gewonnen und verloren.« Einen Augenblick hielt er inne. »Hauptsächlich verloren.« Er senkte den Kopf und spielte gedankenverloren mit den Würfeln in seiner Hand. Dann schleuderte er sie plötzlich in die Menge. »Ich entsage meinen sündigen Lastern!«, rief er. »Ich nehme das Kreuz!«

Ich blickte den Mauren an, der wie verzaubert neben mir stand. »Das haben wir nie geübt«, erklärte ich unsicher.

Bischof Reginald war verwirrt, trotzdem reichte er seinem Cousin die Bibel, damit der sie küsste, dann versah er ihn mit dem Zeichen des Kreuzes und drückte ihm auch ein Kreuz in die Hand. Savaric hob es zum Himmel empor. »Für König Heinrich, Gott hab ihn selig! Und für Richard, der auserwählt wurde, Jerusalem zurückzuerobern, gelobe ich, der Sache zu dienen und auch der aller Gefährten, die mich begleiten!« Dann drehte er sich zu uns, seinen Begleitern, um.

»Ist er noch immer betrunken?«, fragte ich verdutzt.

Ich erhielt keine Antwort. Falls der Maure schockiert war, ließ er sich nichts anmerken. Doch jetzt fiel mir auf, wie eine Ader auf seiner Stirn pochte, und sein Gesicht sich rötete.

»Los, meine Freunde!«, rief Savaric. »Fallt mit mir auf die Knie.«

Erstaunlicherweise war es Rosamund, besser gesagt Ezra, die als Erste seinem Aufruf folgte. Sie stürzte in ihrer schwarzen Sarazenenverkleidung an uns vorbei auf die Bühne, legte ihm ihr hölzernes Schwert zu Füßen und rief so gut sie konnte mit männlicher Stimme: »Ich nehme das Kreuz!«

Die Menschenmenge tobte, ihre Jugend und Leidenschaft hatte sie offensichtlich gepackt. Die Zwillinge, Hammer und Saw, folgten achselzuckend. »Was sollen wir sonst tun, wenn die Tour zu Ende ist?«, sagte Saw. Wie Savaric hoben sie ihre Kreuze in den Himmel, die sie selbst mit groben Schnitzereien versehen hatten, während sie auf der Ladefläche des Karren gesessen hatten.

»Verdammich«, rief Quickfinger und wirkte ein bisschen verloren. Dann stapfte auch er an mir vorbei und kniete vor Bischof Reginald nieder.

Will blickte Mary sehnsüchtig an, doch sie wandte den Blick ab. Ich beobachtete, wie er die Zähne zusammenbiss, und dann stieg er auf die Bühne, sodass nur noch der Maure und ich fehlten.

»Sie können dich doch nicht zwingen, den Schwur einzuhalten, oder?«, fragte ich. Ich dachte an all die Verbrecher, die wir in Salisbury aus dem Gefängnis befreit hatten mit dem Versprechen, dass sie freie Männer wären, wenn sie das Kreuz nahmen. Ich war sicher, dass niemand von ihnen daran dachte, zur Terra Sancta aufzubrechen.

»Es geht um deine unsterbliche Seele«, antwortete der Maure. Er legte mir die Hand auf die Schulter und sah mich an. »Hier trennen sich unsere Wege, John.«

Ich starrte ihn an. »Was? Nein! Ich will nicht in den Krieg ziehen. Ich will … dahin, wo du hingehst.«

»Wo ich hingehe, kann ich dich nicht mitnehmen, John. Du bist noch nicht so weit. Bleib bei der Truppe. Sie braucht dich, vor allem Ezra. Sie ist nicht so stark, wie sie vorgibt. Pass auf sie auf.« Er strich mir sanft über die Wange. »Eines Tages begegnen wir uns wieder.« Damit drehte er sich um, schritt würdevoll wie ein Prinz davon und ließ mich einfach stehen, einsam und allein. Meine Knie zitterten. Was war ich für ein Narr!

Was sollte ich tun? Ich hätte vor allen Leuten hinter ihm herrennen, ihn am Arm packen und anflehen sollen, mich mitzunehmen. Sagen, dass ich ihn liebte, und alles andere mir egal war. Stattdessen blieb ich reglos stehen, verwirrt, verzweifelt und innerlich aufgelöst wie ein erneut verlassenes Kind. Der Duft von Rosen hüllte mich von allen Seiten ein, doch es gab keine Türen in den Himmel, die sich mir öffneten.

Wie in Trance stieg ich langsam die Stufen hinauf und fiel vor dem Bischof auf die Knie.

Als ich mit schwerem Kopf von dem vielen Bier, das ich getrunken hatte, um meine Verzweiflung zu ertränken, in den Schlafsaal kam, fand ich sorgfältig unter dem Tornister mit meinen Malutensilien versteckt einen Beutel aus weichem Leder. Er lag schwer in meiner Hand. Darin befanden sich an die zwanzig Silbermünzen, ein kleines Vermögen. Sicherlich all das Geld, das der Maure für seine Rolle in unseren unseligen Scharaden während der letzten Monate gehortet hatte.

Doch tief im Beutel war noch etwas. Eingewickelt in grüne Seide lag ein schwerer Kristall, der an einem ledernen Band hing. Und in seinem Innern schimmerte der Nagel von Trier.

TEIL 3

LIEBE HINTER MAUERN

ZEHN

Akka
Juli 1189

Zohra gähnte und streckte ihren steifen Hals. Seit dem ersten Morgengebet war sie auf den Beinen und hatte im Haus gearbeitet: den Teig für die Brote des Tages zubereitet, ihn zum Bäcker gebracht, einen süßen Gerstenbrei gekocht, die unteren Zimmer gefegt, die Pflanzen gewässert, die Laken ihrer Mutter gewechselt, sie umgedreht, gewaschen, gekämmt und ihr Gesicht mit Rosenwasser abgerieben. Alles Aufgaben, die man von Männern nicht erwarten konnte. Ihr Vater Baltasar, der zu stolz war, sich wegen seiner Kriegsbehinderung helfen zu lassen, kehrte seinen Schwestern den Rücken zu, wenn sie kamen, um ihre Dienste anzubieten.

Zohra hob den Kopf ihrer Mutter an und bettete ihn auf ein gelbes seidenes Kopfkissen, damit das Wasser leichter durch ihre Kehle rinnen konnte. Seit einer Woche hatte Nima nicht mehr selbstständig geschluckt. Sie lag bloß noch da, atmete durch den Mund und runzelte die Stirn, als versuchte sie, im Schlaf oder im Traum ein unlösbares Problem zu bewältigen.

Zohra streichelte ihrer Mutter über die ausgetrocknete Wange und empfand plötzlich einen Anflug von Wut. Wie konnte sie bloß so schnell verfallen und sie mit all den Aufgaben allein lassen? Nima Najib war noch nicht alt, höchstens Mitte vierzig, doch seit sie an diesem Fieber erkrankt war, ging es rapide abwärts mit ihr. Zohra spürte, dass diese neue Phase nicht die gewöhnliche Erschöpfung einer leidenden Patientin war. Aber sie war noch zu jung, um zu sterben. Oder etwa nicht? Zohra umfasste die schlaffe Hand ihrer Mutter mit beiden Händen und schüttelte sie wütend. Doch die zeigte keine Regung.

Der Ruf zum *dhuhr*, dem Mittagsgebet, hallte über die Häuser. Zohra warf einen Blick durch die Gitterstäbe des Fensters auf die Stadt. Unter dem türkisblauen Himmel sah sie einen Wirrwarr aus ockerfarbenen Dächern, die sich wie übereinander gestapelt bis zum funkelnden Meer ausdehnten, hier und da unterbrochen von schlanken Türmchen, runden Kuppeln, dem großen Minarett der Freitagsmoschee und dem Turm der Fliegen am fernen Ende der Mole.

»Schläft sie noch?«

Es war ihr jüngerer Bruder Kamal, ein schwieriger Junge, der zu Wutausbrüchen neigte. Das Letzte, was man in einem Haushalt gebrauchen konnte, in dem ein Elternteil krank und der andere verkrüppelt war.

»Ja, sie schläft noch.«

»Wird sie heute aufstehen?« Er sah sie mit seinen hellen Augen an, die wie ihre eher golden als braun waren.

»Vielleicht später, *inshallah*.«

Kamal kam näher und starrte seine Mutter an. »Sie sabbert.«

»Ich habe ihr gerade zu trinken gegeben.«

Er legte den Kopf neben sie auf das Kissen und schreckte dann zurück. »Sie stinkt ja aus dem Mund! Du solltest ihr Minzblätter zum Kauen geben.«

Nima konnte nicht mehr kauen, doch es hatte keinen Zweck, ihm das zu erklären.

»Sie soll wieder gesund werden!«

»Du willst doch nur, dass sie sich wieder um dich kümmert.« Sie strich ihm durchs Haar. Kamal war trotz seiner Launen der Liebling ihrer Mutter. »Hast du Aisa gesehen?«, fragte Zohra.

»Warum?«, reagierte Kamal gereizt.

»Ich muss zum Basar. Ich dachte, er könnte eine Weile bei Ummi bleiben.«

»Er ist auf dem Dach mit Baba und seinen Tauben.« Er rümpfte die Nase. »Diesen dreckigen Viechern.«

Kamal hatte letztes Jahr zwei von den wertvollen Vögeln gestohlen und sie einem Fleischer auf dem Markt verkauft. Nur Zohra wusste die Wahrheit über die vermissten Tauben. Als sie die Wäsche wusch, hatte sie auf dem Ärmel seines Hemdes weißlich-graue Flecken gefunden. Er hatte geschworen, es sei von den Möwen, er habe Pech gehabt und sei getroffen worden, doch Zohra wusste genau, wie Taubenkot aussah.

»Ich kann auf sie aufpassen, oder traust du mir nicht?«

Sie lächelte, doch im Grunde hatte er recht.

Er stand da und blickte finster auf Nima herab. »Wenn sie nicht bald gesund wird, werde ich Gott und die ganze Menschheit hassen«, erklärte er böse.

Wenn sie zum Basar wollte, musste sie eine Art Spießrutenlauf durch die Nachbarn mit ihren guten Wünschen absolvieren. Es gab nicht viele Möglichkeiten, »unverändert« zu sagen, ohne sie mit ihrer Eile zu kränken. Sie wollten ein Schwätzchen halten und von ihren eigenen kranken Familienangehörigen erzählen oder Menschen, die die Schwitzkrankheit angeblich überlebt hatten. Sie wollten sie aufmuntern und ihre Hilfe anbieten, doch ihre freundlichen Worte hörten sich so leer an, dass sie sie in letzter Zeit nicht ertragen konnte und sich angewöhnt hatte, sich jedes Mal wenn sie das Haus verließ, von Kopf bis Fuß zu verhüllen. Manchmal blieb einem nichts anderes übrig, als sich zu verstecken.

Mit gesenktem Kopf eilte sie an dem freundlichen Bäcker an der Ecke und seinem korpulenten Sohn Brahim vorbei, an der Witwe Eptisam mit ihrem eifrigen Hasengesicht und dem umherschweifenden Blick und auch den armenischen Schwestern, die den ganzen Tag vor dem Hauseingang saßen und zusahen, wie die Welt an ihnen vorbeizog. Und schließlich an dem strengen blinden Imam und seiner Tochter Fatima mit dem versteinerten Gesicht.

Doch als Zohra jetzt durch die Straße ging, die zu der östlichen Befestigungsmauer führte, überkam sie ein Gefühl von Verdammnis. Es standen ihnen große Veränderungen bevor, und keine davon war gut. Ummi würde diese Krankheit nicht überleben. Und dann wäre Zohra gezwungen, ihren reichen Cousin Tarik zu heiraten. Eine Familie muss sich umeinander kümmern, das sagten alle. Es stand nicht in ihrer Macht, diese Ehe abzulehnen. Andere Mädchen wären froh gewesen, Tarik zu heiraten, das hatte sie die Frauen im Hamam sagen hören. Doch die Vorstellung, ihren Cousin zu heiraten, bedeutete, sich seinen Wünschen fügen und seine Kinder bekommen zu müssen, und das war das Schlimmste, was sie sich vorstellen konnte.

Jetzt stand sie am Rande des Basars und blickte auf die mit Schilfrohr gedeckte *qissaria*, den überdachten Markt, der in das schattige Innere führte. Doch statt den üblichen Weg einzuschlagen, bog sie ab und ging durch das Viertel der Kupferschmiede, wo die Männer draußen auf kleinen Stühlen oder auf dem staubigen Boden saßen und mit ihren Hämmerchen auf Töpfe und Gefäße klopften. Möglich, dass andere Mädchen von einer Reihe Kessel, Töpfen und Pfannen als Mitgift träumten – Zohra nicht. Sie schätzte die handwerkliche Kunst, nicht aber die Dinge selbst und das, wofür sie standen, nämlich ein Leben im Dienst der anderen.

Doch als sie durch das Viertel der Holzschnitzer kam, blieb sie stehen, um einen Satz von Schalen zu bewundern, feine Arbeiten aus poliertem Holz, die sie noch nie gesehen hatte und die in der Sonne glänzten wie goldener Honig. Sie nahm die oberste und staunte, wie glatt sie war. Leicht wie eine Eierschale mit einem winzigen Mosaik aus verschiedenen Farben am Rand, die ein geometrisches Muster bildeten.

»Gefällt sie dir?« Der Mann trug einen kompliziert gewickelten Turban und hatte einen fremden Akzent, doch das war nicht überraschend. Im Basar gab es Händler und Kunden aus aller Herren Länder.

»Sehr schöne Arbeit«, antwortete sie. »Aber ich habe sie mir nur angesehen.«

»Ich fürchte, ansehen kostet auch Geld. Du hast sie zudem angefasst.«

Welche Unverfrorenheit! Zohra stellte die Schale wieder ab. »Das ist doch absurd!«

Der Besitzer grinste. Mit seinen langen Fingern ergriff er die Schale und reichte sie ihr. »Hier, nimm sie. Du wirst zwischen hier und China nichts Schöneres finden. Ich mache dir einen sehr guten Preis, nur einen *qirat*.«

Zohra betrachtete die kleine Schale. Wie hübsch wäre sie voller Perlen oder kleiner Münzen. »Sehr schön, aber danke, nein.« Sie hatte einfach kein Geld übrig.

»Nimm sie bitte. Keine Bezahlung ist ebenso wertvoll wie ein aufrichtiges Kompliment.«

Sie war selbst überrascht, als sie sie annahm. Doch er ließ sie nicht los. Stattdessen schloss er seine Hände um die ihren, sodass die Schale zwischen ihnen lag. Für einen kurzen Augenblick spürte sie einen unerlaubten Schauder, der jedoch nichts mit diesem Mann zu tun hatte, lediglich mit der magischen Transaktion, die zwischen allen Frauen und Männern stattfindet. Dann merkte sie, dass der Besitzer immer noch ihre Hand hielt. Sie zog sie zurück.

»Hebe nur einen Augenblick den Schleier, mehr verlange ich für die Schale nicht.«

Zohra fühlte sich überrumpelt. Doch statt ihm ihre Wut zu zeigen, lachte sie. Was war über sie gekommen? Lag es daran, dass er ein Fremder war, der sich nur vorübergehend in der Stadt aufhielt und fast so alt war wie ihr Vater? Vielleicht hatte es bloß damit zu tun, dass sie sich bereits auf ein gefährliches Abenteuer eingelassen hatte und diese kleine Verfehlung im Vergleich dazu belanglos war.

Zohra löste die Nadeln, mit denen sie den schwarzen Schleier befestigt hatte, und sah ihm kühn in die Augen.

Die Hand des Mannes berührte sein Herz. »Wunderschön«, sagte er. »Ein Künstler erkennt die Schönheit immer, selbst wenn sie versteckt ist.«

Zohra zog den Schleier hastig wieder vor das Gesicht, steckte die Schale in ihren Beutel und lief davon.

Der Budenbesitzer rief ihr nach, doch sie drehte sich nicht um.

Vor einer mit Messing beschlagenen Tür am Ende der Straße der Schneider blieb Zohra stehen. Sie warf einen hastigen Blick über die Schulter und klopfte dreimal an die Tür. An dem großen, schmalen Fenster mit den Eisengittern über der Tür erschien ein Gesicht. Sie hörte ein scharrendes Geräusch, und dann flog ein schwerer Schlüsselbund durch die Gitter des Fensters über ihr. Zohra versuchte, ihn aufzufangen, griff aber daneben, sodass er klirrend neben ihren Füßen landete.

»Verdammt!« Sie hob ihn auf, trat hastig ins Haus und schloss die Tür hinter sich ab.

»Seit wann bist du so ungeschickt?«

Sie sah auf. Nathanael saß auf den Treppenstufen und grinste schadenfroh. Das Licht über ihm bildete einen Heiligenschein auf dem dunklen Haar, das den blassen Halbmond seines Gesichts umrahmte.

»Vater sagt, mangelnde Koordination sei ein Zeichen von vorzeitiger Alterung.«

»Ich bin bloß zwei Monate älter als du«, protestierte Zohra, wie immer entwaffnet von seinen fröhlichen braunen Augen, die blitzartig zwischen Offenheit und Boshaftigkeit wechseln konnten.

»Du bist spät dran. Ich glaubte schon, du kämst nicht mehr.«

»Nathanael«, sagte sie vorwurfsvoll. »Bin ich nicht immer gekommen?«

Er schnaubte empört. »Du kleine Verführerin! Und jetzt schnell nach oben mit dir, ehe die *djenoun* dich wieder wegzaubern.«

»Ich kann nicht lange bleiben. Ich muss noch Einkäufe machen.«

»Ah, jetzt wirst du sehen, wie nützlich *djenoun* sein können. Sie haben mir Hühnchen, Safran, Feigen, Pistazien, Ziegenkäse und Reis gebracht. Und diese kleinen roten Pfefferschoten, die deine Brüder so gern mögen. Zwiebeln und Tomaten, Honig, Balsam und weißes Benzoeharz. Haben sie etwas vergessen?«

Zohra sah zu ihm auf. »Manchmal glaube ich, du wärst mit dem Teufel im Bund.« Sie schüttete den Inhalt des Geldbeutels in ihre Hand, und Nathanael nahm einige Münzen und faltete Zohras Finger über den übrigen zusammen.

»Mehr nicht? Das scheint mir ein gutes Geschäft zu sein.«

»Der Honig gehört mir, und da ich mich um die verdammten Bienen kümmere, kann ich ihn verschenken, wie ich will. Der Balsam und das Benzoeharz kommen aus dem Lager, und die Tomaten sind aus unserem Garten. Und jetzt sei still, sonst werden meine kleinen Helfer noch hungrig, und wir bekommen Ärger.«

Manchmal war Zohra überzeugt, dass der Sohn des Arztes tatsächlich mit den *djenoun* und Dämonen unter einer Decke steckte. Aber sie konnte nicht anders, sie kam immer und immer wieder.

Das Zimmer im oberen Stockwerk war wie üblich unaufgeräumt. Überall lagen Stapel von Büchern und Schriftrollen und setzten Staub an, den Zohra am liebsten weggefegt hätte. In den Regalen an den Wänden standen geheimnisvolle Gegenstände: Glasflaschen, Bündel von getrockneten Pflanzen, Steine, Flügel von Vögeln und Knochenteile, sogar zwei oder drei Schädel, bei deren Anblick sie stets erschauerte. Sie wirkten nicht menschlich, trotzdem mochte sie nicht daran denken, woher sie stammten.

Auf einem niedrigen Tisch in der Mitte des Raums hatte er Papier, Tinte und Federn ausgebreitet und dahinter, auf einem breiten Diwan, mehrere Decken aus unterschiedlichem Material in verschiedenen Farben. Zohra wollte sich schon hinsetzen, doch Nathanael ergriff sie am Arm. »Mit welcher Lektion willst du anfangen?«

»Ich, nun ja, in den nächsten zwei Tagen kann ich nicht kommen, deshalb ... vielleicht mit den Briefen ...«

»Dummes Ding, falsche Antwort. Muss ich dich bestrafen?« Er nahm Zohra den Schleier ab, strich über ihr glänzendes Haar und brachte sie mit seiner Zunge zum Schweigen, dann zog er sie auf den Diwan und setzte sich rittlings auf sie.

Im gleichen Moment hörte man etwas knacken … fast wie einen Knochen.

Zohra löste sich von ihm und spürte etwas Scharfes, das ihr in die Rippen stach. »Oh …« Sie untersuchte den Inhalt des Beutels, den sie noch am Körper trug, und streckte ihm dann das zerbrochene Teil entgegen. »Es sollte ein Geschenk für dich sein.«

In ihren Händen lag die kleine Schale vom Stand des Holzschnitzers. Sie war in zwei Teile zerbrochen.

ELF

Die Taube kämpfte in Aisas Händen und versuchte, mit den Flügeln zu schlagen. Er wusste, dass er mit Vögeln nicht umgehen konnte, nicht so wie sein Vater oder sein Bruder Sorgan. Er hatte viel zu viel Angst, ihnen wehzutun, deshalb hielt er sie nicht fest genug, und wenn sie merkten, dass er kein Selbstvertrauen hatte, versuchten sie zu entwischen. Jetzt verstärkte er den Griff.

Die Taube streckte den Hals und krächzte, bis Aisas Vater die Geduld verlor. »Halt sie ganz sanft, Aisa, du musst keine Kraft anwenden. So, siehst du?« Der alte Mann nahm dem Jungen die Taube ab und schloss sacht die Finger um ihre Brust, woraufhin sie augenblicklich zu flattern aufhörte. Sie legte den Kopf auf die Seite, als wollte sie den Mann ansehen. Das hochstehende Sonnenlicht färbte ihre schwarzen Rückenfedern grün mit schillernden rosa und lila Tönen dazwischen.

»Sie ist so schön. Es tut mir leid, dass ich sie zu fest angefasst habe. Ich glaubte, sie wollte davonfliegen.« Aisa streichelte vorsichtig den Kopf des Vogels. »All diese winzigen Knochen.«

Baltasar lächelte, und für einen Augenblick veränderte sich sein schrumpeliges Gesicht. »Du darfst nicht Zartheit mit Schwäche verwechseln, mein Sohn. Die Weibchen einer Spezies können viel stärker sein als Männchen.«

Aisa sah ihn unsicher an, weil er nicht wusste, was sein Vater damit sagen wollte. Er war vierzehn, fast schon ein Mann, wirkte aber wie sein feingliedriger Zwillingsbruder Kamal häufig jünger. Im Moment mehr als je zuvor. »Sie wird sich wieder erholen, nicht?«

Sie sprachen nun nicht mehr über Tauben.

Sein Vater antwortete nicht. Stattdessen drehte er die Taube um und sah sich ihre Krallen an. Es war ein schönes Tier mit auffallend gefiederten Beinchen. Es fiel ihm nicht leicht, eine Botschaft zwischen diesen dichten Federn anzubringen, doch er liebte seine Vögel und war stolz auf ihr Aussehen. Er würde ihr Gefieder niemals stutzen. Zudem hatte er immer gesagt, dass Wammentauben die besten Flieger sind, noch besser als seine Adana-Tauben.

Aisa sah zu, wie sein Vater mehrere Versuche brauchte, um den kleinen roten Wollfetzen anzubringen. Am liebsten hätte er es ihm abgenommen. In der Schlacht von Ramla hatte Baltasar unter anderem einige Finger verloren, und obgleich sich der Vogel nicht rührte, war es eine knifflige Angelegenheit. Im Ruhezustand zogen sich die Sehnen von Baltasars Hand zusammen, bis auch sie einer Kralle glich. Normalerweise rieb Nima seine Finger mit Mandelöl ein, doch in den letzten Wochen war es ihr nicht gut gegangen, und der alte Mann ließ es niemanden sonst tun. Einen aus der Familie mit dieser Aufgabe zu betrauen, Zohra etwa oder ihn, muss ihm vorkommen wie Verrat, dachte Aisa, als würde er damit zugeben, dass Ummi sich nicht mehr erholt.

Nachdem er den Wollfetzen befestigt hatte, warf Baltasar den Vogel in den hellen Himmel. »Ab mit dir, meine Schöne.«

Einen Augenblick hing der Vogel über ihnen in der Luft, während seine ausgebreiteten Flügel in der Sonne leuchteten, dann flog er Richtung Norden davon. Sie sahen ihm nach, bis sich seine Silhouette in der Ferne verlor. Als Baltasar sich wieder seinem Sohn zuwandte, waren seine Augen feucht.

»Manchmal fällt es einem schwer zu glauben, wie viel Schönheit es auf der Welt gibt«, sagte er mit erstickter Stimme.

Aisa glaubte nicht, dass die Bemerkung für ihn bestimmt gewesen war, doch ehe er sich eine Antwort ausdenken konnte, humpelte sein Vater über die Terrasse und machte sich an den Nistkästen zu schaffen, die in Reihen an der hohen Wand aufgestapelt waren. Sein grauer Kopf beugte sich über die gurrenden Tauben.

So arbeiteten sie schweigsam und kameradschaftlich zusammen, reinigten die Käfige von Kot, fegten den Boden, füllten die Futterschalen auf und führten kleine Reparaturarbeiten an den Abdeckungen aus geflochtenem Schilfrohr oder den Vogelstangen durch, bis plötzlich eine Gestalt in der Tür erschien. Aisas Augen weiteten sich. »Malek, Malek! Du bist wieder da!«

Sein Bruder sah auf seine strenge Art gut aus, mit hohen Wangenknochen, einer Adlernase und einem ernsten Gesicht, bis er lächelte – so wie jetzt. »Wer ist das? Ein Cousin zu Besuch aus Aleppo?«

Aisa kicherte. »Hast du mich so schnell vergessen?«

Malek tat so, als sei er schockiert. »Aisa? Nein, das kann nicht sein.«

»Doch, doch!« Der Junge wirkte beunruhigt. Hatte Malek ihn in den zwei Jahren, die er fort gewesen war, tatsächlich vergessen?

»Wie groß du geworden bist! Und was für Muskeln du bekommen hast.«

»Ich gehe jeden Tag schwimmen. Jetzt kann ich unter Wasser schon bis zweihundert zählen. Bald werde ich auch in Salah ad-Dins Heer dienen können!«

»Das wirst du nicht tun, nicht solange ich lebe!« Unter dem grauen Haar sah Baltasars Gesicht aus, als hätte es jemand, der sein Handwerk noch nicht so recht beherrschte, aus Holz geschnitzt.

»Vater.« Malek senkte den Kopf und legte die flache Hand aufs Herz.

Aisa spürte die Spannung zwischen ihnen. Dann machte Baltasar einen Schritt auf ihn zu, als durchbräche er eine unsichtbare Mauer, umarmte seinen ältesten Sohn und drückte ihn an sich. »Allah sei gepriesen, dass er dich heil nach Hause geschickt hat!« Er löste sich von ihm. »Du bist doch nicht verwundet worden, oder?«

»Nicht einen einzigen Kratzer habe ich abbekommen, *hamdulillah*!« Malek fuhr sich mit beiden Händen über das Gesicht, küsste seine Handflächen und berührte seine Brust. Er wählte seine Worte vorsichtig. »Die Festung bei Shaqif Arnun hält immer noch stand. Ich kann nicht lange bleiben. Der Sultan war besorgt, als er hörte, wie krank Ummi ist, aber ich muss bald zu meinen Pflichten zurück …«

»Wenn der Sultan tatsächlich so besorgt war, wieso hat er dich nicht aus seinem Dienst entlassen, nachdem die *franj* besiegt waren?«

Malek richtete sich auf. »Der Krieg ist nie zu Ende. Überall im Reich gibt es Aufstände, und die Assassinen haben mehrere Attentate auf den Sultan verübt, Allah sei Dank hat er alle überlebt. Und da ich zu seiner Leibwache gehöre, muss ich so schnell wie möglich wieder zurück.«

»Das Leben des Sultans ist wichtiger als das deiner Mutter?«

Aisa sah von dem einen zum anderen und war hin- und hergerissen. Er konnte den Grund ihres Zerwürfnisses nicht verstehen, trotzdem hatte er das Gefühl, sich einmischen zu müssen. Er packte seinen Bruder am Arm. »Erzähl mir von der Schlacht bei Hattin!«

Nie wurde er es müde, die Geschichte von der Niederlage

der Christen zu hören, wie der große Feldherr Salah ad-Din sie auf ihrem Feldzug daran gehindert hatte, die Wasserstellen zu erreichen und die Schlacht hinausgezögert hatte, bis die Sonne erbarmungslos auf die Köpfe der Ungläubigen niederbrannte und sie hinter den Schultern ihrer Feinde einen Silberstreifen sahen, den See Tiberias, den die Nazarener das Galiläische Meer nannten. Wie die Christen mit der Sonne in den Augen ins Schlachtgetümmel gerannt waren, geblendet von der Aussicht auf Wasser, und wie Schafe beim Opferfest abgeschlachtet worden waren. Derlei aus dem Mund seines Bruders zu hören, war viel aufregender als von dem dicken alten Bäcker oder dem Wasserverkäufer.

»Ein anderes Mal, Brüderchen. Ich bin nicht gekommen, um Geschichten aus dem Krieg zu erzählen.« Malek sah seinen Vater verstohlen an, und sein Blick blieb an den verräterischen Spuren der grausamen Wunden haften, die der alte Mann in einer Schlacht erlitten hatte, die weniger gut ausgegangen war. »Wie geht es ihr, Baba?«

Baltasar seufzte. »Der Arzt meint, die Hand des Todes schwebe schon über ihr.«

»Doktor Abas? Dieser alte Scharlatan! Hast du nicht Yakub von Nablus gerufen?«

Der ältere Mann wandte den Blick ab. »Er ist Jude«, sagte Baltasar knapp, als wäre das eine Erklärung für alles.

»Yakub behandelt sogar Emir Karakush, wenn er seine Anfälle bekommt. Es ist allgemein bekannt, wie schwer der Emir zufriedenzustellen ist. Jude oder nicht, offenbar versteht er sein Handwerk.«

»Wenn es so wäre, warum hat er dann den verdammten Eunuchen nicht geheilt? Kannst du mir das verraten?«

Malek holte tief Luft. »Lass ihn Ummi wenigstens untersuchen. Was kann es schaden?«

»Du warst zwei Jahre fort, und kaum bist du zehn Minuten wieder da, glaubst du, deinem Vater vorschreiben zu können, was er in seinem Haus zu tun hat?«

Malek hielt dem zornigen Blick seines Vaters lange Zeit stand, dann breitete er die Arme aus und trat einen Schritt zurück. »Ich bin sicher, dass du es besser weißt, Baba.«

Hinter ihnen warf Aisa einen verstohlenen Blick über die Terrassenmauer. Von hier oben konnte man die ganze Stadt überblicken, die Freitagsmoschee mit ihrem grün gekachelten Dach und dem hohen Minarett, die mit Schilf bedeckten Dächer des Marktes und den großen Basar dahinter, die weiß getünchten Häuser der Kaufleute aus Genua und Venedig, die Schiffe, die im inneren Hafen tanzten, und dahinter die schlanke Spitze des Turms der Fliegen, der sich vor dem glitzernden Meer erhob. Irgendwo da unten lag das Haus eines bekannten jüdischen Arztes, der Yakub von Nablus hieß, und ihn würde er aufsuchen.

Das Rascheln von Federn unterbrach die Stille, und im nächsten Moment tauchte eine schwarze Wammentaube auf. Mit ausgebreiteten Flügeln und gestreckten Beinen setzte sie zur Landung an.

»Braves Mädchen«, gurrte Baltasar. »Was bist du für ein schlaues Ding, Ayesha.« Er hatte für alle Tauben Namen und konnte sie mit einem Blick voneinander unterscheiden.

Aisa lief über die Terrasse. »Guck! Guck doch mal! Sie trägt eine Botschaft!«

An dem roten Faden am Bein der Taube befand sich ein Papierröllchen. Baltasar zog es vorsichtig heraus, doch es mit seiner verkrüppelten Hand aufzurollen, war schwierig, und als er es zum dritten Mal fallen ließ, konnte Aisa nicht länger zuschauen. Er beugte sich über die winzige Schriftrolle und blinzelte enttäuscht. »Oh, ich kann sie nicht lesen.«

Malek warf einen Blick über seine Schulter und grinste angesichts der vielen Punkte und Striche. Malek streckte sie Baltasar entgegen, und der alte Mann lachte, es klang wie das Kreischen einer verrosteten Tür, als hätte er schon halbwegs vergessen, wie man lacht.

Aisas Blick schweifte von einem zum anderen. »Was ist? Was steht drin?«

»Er wusste, dass ich nach Hause komme.« Malek lächelte, und seine Augen leuchteten plötzlich vor Freude auf.

Aisa sah ihn ratlos an. »Ist es eine verschlüsselte Nachricht?«

Sein Bruder nickte. »Wir haben den Code erfunden, als ich so alt war wie du.«

»Und? Was steht drin?«

»Es ist ein Gruß von Sorgan.«

Aisa war enttäuscht. Dann wurde er wieder heiter. »Bringst du mir den Code bei? Machst du das, Malek?«

Sein älterer Bruder raufte ihm das Haar. »Vielleicht, du kleine Nervensäge. Wenn du brav bist.«

In dieser Nacht lag Zohra unter dem Laken auf dem Diwan gegenüber dem Bett ihrer Mutter, hörte sie unregelmäßig atmen und fand keinen Schlaf. Mit geschlossenen Augen beschwor sie Nathanaels Gesicht, seine dunklen, lachenden Augen, seine langen, geschickten Finger. Ein Schauer der Erregung durchfuhr sie.

Nein! Sie durfte nicht an ihn und die Dinge denken, die sie beide miteinander taten. Er war Jude. Sie Muselmanin. Sie durften nicht einmal allein in einem Zimmer sein. Wenn ihr Vater davon erfuhr, würde er sie alle beide töten. Die Ehre ihrer ganzen Familie stand auf dem Spiel. Dabei war es gerade dieses Verbot, das ihre Beziehung so aufregend machte.

So lag Zohra da und versuchte, sich unter dem Laken nicht so zu berühren, wie Nathanael es tat, und nicht an die Geräusche zu denken, die er machte, wenn sie ihn liebkoste, versuchte, am besten gar nicht zu denken.

Am nächsten Tag verschlief sie das erste Gebet und wachte so spät auf, dass Nima ins Bett machte. Sie musste ihre Mutter ausziehen und waschen, dann heimlich Aisa holen, damit er ihr half, sie auf den anderen Diwan zu tragen und die wollene Matratze in den Hof hinauszuschleppen, um sie zu waschen und in der Sonne zu trocknen. Die aber weigerte sich hartnäckig, hinter den Wolken zu erscheinen. Und als es Zeit wurde, den Hammel zu schlachten, war die Matratze immer noch feucht, sodass die *djenoun*, die vom Geruch des Blutes angezogen wurden, in die Matratze kriechen würden.

Kamal war gekommen, um seine Mutter zu besuchen und hatte einen kindlichen Wutanfall bekommen, weil sie nicht in der Lage gewesen war, den weißen Umhang zu sehen, den Malek ihm geschenkt hatte. »Ich hasse dich!«, hatte er seinen Vater angeschrien. »Ich komme nicht mit in die Moschee, ich will nicht zusammen mit dir gesehen werden. Du bist ein Heuchler! Ummi ist dir ganz egal, du kümmerst dich nur um deine verflixten Tauben!«

Dann war er schluchzend vor dem Griff seines Vaters aus dem Haus geflüchtet.

Und in all dem Durcheinander hatte Nima wie ein Stein geschlafen.

Malek und Zohra wechselten Blicke. Ihr älterer Bruder war schon immer ein ernster Mensch gewesen, doch jetzt hatte er tiefe Furchen auf der Stirn, hohle Wangen und einen schwermütigen Ausdruck. Mit neunzehn Jahren hatte er das Haus verlassen und war als erwachsener Mann zurückgekehrt, mit den Narben einer Schlacht, kleine weiße Striche auf seinen braun gebrannten Unterarmen. Sie fragte sich, was passieren würde, wenn er das mit Nathanael herausfand, doch dann vertrieb sie den Gedanken aus ihrem Kopf aus Angst, er könne sie verraten.

Malek wartete, bis Baltasar, Sorgan und Aisa das Haus verlassen hatten, um in die Moschee zu gehen, wohin er später nachkommen würde, dann fragte er: »Seit wann ist er so?«

»Eigentlich erst, seit Ummi so krank wurde.« Sie hielt inne. Nein, schon länger. Schon als kleines Kind hatte er fürchterliche Wutanfälle bekommen, seinen Zwillingsbruder gebissen, weil er ihm angeblich sein Spielzeug gestohlen hatte, oder mit Essen um sich geworfen, wenn es ihm nicht schmeckte. »Ich glaube, er war schon immer ein Quälgeist.«

»Es ist mehr als das«, antwortete Malek und runzelte die Stirn. »Vielleicht siehst du es nicht, weil du jeden Tag mit ihm bist, aber mir entgeht es nicht. Er hat sich verändert. Er hat etwas Gemeines bekommen, etwas Bösartiges, das er früher nicht hatte. Früher hätte er Baba nicht so hässliche Worte an den Kopf geworfen.«

»Er ist verzweifelt, weil Ummi so krank ist.«

»Das sind wir alle. Vor allem Baba. Er ist so hager geworden.«

»Ich tue, was ich kann!«, rief Zohra gekränkt. »Es ist nicht leicht, den Haushalt ganz allein zu führen.« Dann brach auch sie in Tränen aus.

Malek trat unbehaglich von einem Fuß auf den anderen. »Ich werde mit Baba darüber sprechen.« Und ehe sie fragen konnte, was er meinte, hatte er sich abgewandt und eilte die Treppe hinauf, um sich umzuziehen.

Während sie zum Mittagsgebet in der Moschee waren, ließ Zohra ihre Frustration am Kadaver des Hammels aus. Sie zerrte die Eingeweide aus seinem Bauch und hängte sie zum Trocknen über die Wäscheleine auf der Dachterrasse. Doch als sie dabei war, das Fleisch einzulegen, überwältigte sie der Geruch des Honigs. Wie berauscht stand sie da und erinnerte sich daran, wie Nathanael einmal Honig auf ihre nackte Haut geträpfelt und sie dann mit einer Zunge, die so geschickt war wie die einer Katze, abgeleckt hatte. Es war zugleich abstoßend und sinnlich gewesen. Ein Schauer lief ihr über den Körper, als sie daran dachte. Wie sollte sie ihn aufgeben? Verdiente sie nicht auch ein bisschen Glück bei all dem Chaos und der Traurigkeit, eine Belohnung für ihre harte Arbeit?

Beim Abendessen war die Stimmung so gespannt wie die Saiten einer Oud. Kamal war nicht zurückgekehrt; Malek und Aisa hatten ihn nicht finden können. Sorgan konzentrierte sich auf sein Essen. Sogar der sonst so unbändige Aisa war ruhig. Die Unterhaltung war Baltasar und seinem ältesten Sohn überlassen, aber auch sie wurde rasch aggressiv.

»Salah ad-Din hat in Tyrus einen großen Fehler begangen, er hätte Konrad von Montferrat aus der Stadt vertreiben sollen, als er die Möglichkeit dazu hatte. Er hat die Gunst des Augenblicks nicht genutzt, nachdem er bereits Al-Quds eingenommen hatte.« Baltasar weigerte sich beharrlich, die Stadt Jerusalem anders als bei ihrem arabischen Namen zu nennen.

»Er konnte doch nicht ahnen, dass die Ägypter so nachlässig sein würden.«

»Ägypter!«, fuhr sein Vater auf. »Wer traut den Ägyptern schon über den Weg? Wären sie nicht gewesen, wären wir bei Ramla niemals geschlagen worden, und ich wäre immer noch in der Armee und würde Grünschnäbeln wie dir beibringen, wie man die Dinge richtig macht!« Er zeigte mit seiner verstümmelten Hand auf Malek. »Der Sultan lernt nicht aus seinen Fehlern. Nach dem Fiasko von damals weiß jedes Kind, dass die Ägypter grundsätzlich alles vermasseln. Man muss ihnen dieselben Befehle dreimal erteilen und ihnen einen guten Syrer voranstellen.«

»Es war ihre Flotte«, entgegnete Malek halbherzig. »Man kann ihnen nicht einfach einen fremden Befehlshaber vor die Nase setzen. Zugegeben, sie hätten besser aufpassen müssen und die Nachtwache nicht so schändlich vernachlässigen dürfen, trotzdem war es ein gewagter Angriff. Man kann nicht auf alle Eventualitäten vorbereitet sein.«

»Hört meinen Sohn, den Helden!« Baltasar blickte sich spöttisch staunend am Tisch um. »Sieben Jahre in der Armee, und er führt sich auf, als wäre er ein Veteran, der an dreißig Feldzügen teilgenommen hat! Salah ad-Din hat eine ganze Flotte und den Hafen von Tyrus leichtfertig verspielt. Er hätte zuschlagen sollen, als er die Gelegenheit dazu hatte. Stattdessen ließ er Konrad ein ganzes Jahr Zeit, um die Befestigungen der Stadt auszubauen. Und wenn die vermaledeiten *franj* ihre Heilige Stadt zurückerobern wollen, können sie jetzt den Hafen als Brückenkopf benutzen.«

Malek biss sich auf die Lippen und widmete sich der Tagine mit Lamm und Aprikosen. »Das ist wirklich sehr gut, Zohra«, sagte er steif.

Zohra warf ihm ein angespanntes Lächeln zu. »Es ist Ummis Rezept.«

Doch Baltasar ließ nicht locker. »Außerdem hätte er ihren sogenannten König nicht abziehen lassen sollen.«

»Der König von Jerusalem wurde für eine hohe Geldsumme freigelassen«, erwiderte Malek. »Seine Frau flehte herzzerreißend um sein Leben.«

»Es muss also lediglich eine parfümierte *franj*-Frau vor deinem geliebten Sultan auf die Knie fallen, und schon schmilzt sein Herz wie Zucker im Tee.«

»Sybille ist eine Königin, und der Sultan ein gnädiger Herrscher. Zudem hat Guido von Lusignan ihm sein Wort gegeben, nie wieder das Schwert gegen ihn zu erheben und ihm ein treuer Vasall zu sein.«

»Das Wort eines *franj*! Lieber halte ich mich an das Wort eines Hundes! Er ist viel zu vertrauensselig, dieser Dummkopf von Salah ad-Din!«

Malek seufzte. »Der Wächter der Gläubigen ist ein großer Mann. Ich fühle mich geehrt, seiner Brennenden Kohle anzugehören.«

»Brennende Kohle! Was für ein Unsinn.« Baltasar starrte seinen Sohn an, dann wandte er den Blick ab. Malek ballte die Fäuste im Schoß.

Kamal kehrte erst am nächsten Morgen zurück. Er kam in Begleitung von Bashar Muallem, einem Jungen mit schmalem Gesicht, den Zohra nicht leiden konnte. Sie hatte einmal gehört, wie er den Zwillingen lauter extremistischen Unsinn erzählte. Über Mord und Märtyrertum. Aisa und er hatten sich in die Haare bekommen. Da hatte Bashar einen Stein genommen und Aisa damit mehrere Zähne ausgeschlagen. Eine unangenehme Begegnung. Zumindest war Aisa klug genug gewesen, Bashar seitdem aus dem Weg zu gehen. Bei Kamal jedoch hatte der Angriff auf seinen Zwillingsbruder genau das Gegenteil bewirkt. Er folgte dem Jungen wie ein Hund auf Schritt und Tritt, als wäre er ein Held. Einmal war Zohra auf dem Weg zum Basar und fand die beiden in einer Gasse über einem winselnden Tier kauernd, das sie jedoch nicht erkennen konnte. Sie fragte sich, ob es verletzt war, doch nur kurz. Bashar hatte aufgesehen und gelächelt, dann hatte er Kamal etwas zugeflüstert, und der war rasch aufgesprungen. Im gleichen Moment war ein kleiner Straßenköter mit einer leeren, blutenden Augenhöhle an ihr vorbeigeschossen. Sie hätte gern geglaubt, dass ihr Bruder dem Tier nichts zuleide getan hatte, doch sie konnte sich erinnern, wie Kamal sich verstohlen die Hand am Gewand abgewischt hatte und glaubte, sie hätte es nicht gesehen.

Die beiden Freunde waren jetzt im Hof. Als sie auf dem Weg in die Küche an ihnen vorbeiging, hob Bashar den Kopf, und sein Blick folgte ihr, als wollte er sie abschätzen. Es war, als zöge er sie mit den Augen aus, aber nicht begierig, sondern kalt und grausam. Sie fühlte sich von seinem Blick besudelt.

Kurz darauf kam Kamal in die Küche. »Tee mit viel Zucker. Und Honiggebäck. Wir waren die ganze Nacht auf den Beinen und sterben vor Hunger.«

Sie drehte sich um. »Die ganze Nacht? Was habt ihr gemacht?«

»Nichts.«

Kamal blickte schuldbewusst drein, doch unter der Schuld spürte Zohra auch Freude. Sie legte ihm die Hand auf die Stirn. »Hast du Fieber? Du siehst krank aus.«

Er schob ihre Hand zur Seite. »Mir geht es gut! Bring uns den Tee.« Damit drehte er sich schroff um und ging wieder nach draußen.

»Mach ihn dir selber«, rief sie ihm nach.

Am Ende machte sie Tee, aber nicht für Kamal und Bashar. Sie brachte ihrem Vater und Malek ein Tablett mit Tee, Brot, Olivenöl und Oliven und den Rest des Baklava in den oberen Salon. Noch ehe sie die Treppen ganz hinaufgestiegen war, hörte sie ihre lauten Stimmen. Die Luft war geladen vor Wut.

»Es geht nicht darum, was ich sage, sondern was die Späher uns berichten. Ein großes Heer unter dem Befehl von König Barbarossa vom Heiligen Römischen Reich ist zu uns unterwegs. Es heißt, es sei die größte Streitmacht, die die Christen jemals aufgestellt hätten.«

»Wenn der Sultan so ein großer Feldherr ist, wie du sagst, dann sollte er sie aufhalten, ehe sie Antiochia erreichen.«

»Trotzdem wärt ihr in Damaskus viel sicherer.«

Zohra erschrak so sehr, dass sie das Tablett um ein Haar hätte fallen lassen. Damaskus? Sie konnte unmöglich aus Akka weg. Das Blut pochte so laut in ihren Ohren, dass sie die Antwort ihres Vaters vor lauter Panik nicht hörte, und dann sprach ihr Bruder.

»Zohra ist völlig erschöpft. Man muss sie bloß ansehen. Sie ist verbraucht, weil sie den ganzen Haushalt ohne Hilfe führt …«

»Was weißt du schon darüber? Du bist zwei Jahre fort gewesen. Zohra schlägt sich sehr gut, und die Jungen helfen ihr, wo sie können.«

Zohra wollte den Raum betreten, gleichzeitig aber auch die Diskussion belauschen.

»Und außerdem«, fuhr Baltasar fort, »ist deine Mutter viel zu krank, um eine so weite Reise zu machen.«

»In Damaskus hätte sie bessere Heilungsmöglichkeiten. Ich könnte eine bequeme Sänfte besorgen, in der man sie transportieren kann, Wächter und sogar einen Arzt, die euch auf der Reise begleiten würden. Tariks Familie könnte alles einpacken und das Haus bewachen, bis ihr zurückkehrt. Und wenn ihr beschließt, in Damaskus zu bleiben, könnten sie euch die Sachen nachschicken.«

Baltasars Gesicht verfinsterte sich. »Du hast ohne meine Erlaubnis mit ihnen gesprochen?«

»Brauche ich denn deine Erlaubnis, um mit meinen Verwandten zu sprechen?«

»Ich bin immer noch das Oberhaupt des Hauses, auch als Krüppel.«

Es folgte ein langes, angespanntes Schweigen. Dann sagte

Malek: »Es gibt noch einen weiteren Grund. Die pisanische Flotte hat sich der Belagerung von Tyrus angeschlossen und blockiert den Hafen der Stadt.«

Sein Vater schnaubte verächtlich. »Konrad ist kein Narr. Er hat die Befestigungsmauern der Stadt Tyrus verstärkt und wird sie niemals aufgeben. Der König ohne Königreich wird vor der Mauer der Stadt hocken, bis sein Heer verhungert und die pisanische Flotte das Weite sucht.« Er schüttelte den Kopf. »Salah ad-Din hätte dem Kerl den Kopf abschlagen sollen, als er die Möglichkeit dazu hatte.«

Malek seufzte. »Nachdem er dem König von Jerusalem Gastfreundlichkeit gewährt hatte, wäre es eine Schande gewesen, die eines so großen Mannes unwürdig ist. Es ist immer leicht, im Nachhinein ein Urteil zu fällen. Trotzdem wird Guido für seine Truppen und den Nachschub einen Hafen als Brückenkopf benötigen. Wenn er Tyrus aufgeben muss, wird er …«

»Wird er Akka als Nächstes erobern wollen? Ist es das, was du sagen willst? Dann sag es, mein Junge.«

Widerwillig pflichtete Malek ihm bei.

»Nun, das wird ihm nicht gelingen. Der Eunuch hat die Stadt zu einer uneinnehmbaren Festung ausgebaut. Wir haben genügend Geld und Waffen, um uns zu verteidigen. Diese Hunde werden nicht durchkommen, darauf kannst du Gift nehmen. Wir bleiben hier, in unserem Haus, und damit basta.«

Zohra trat in die Stille, die seinen letzten Worten folgte. Niedergeschlagen stand Malek auf und nahm ihr das Tablett ab. »Danke, Schwester. Das ist sehr nett von dir.«

»Ich … äh … Ich habe gehört, was du gesagt hast. Dass wir nach Damaskus ziehen sollen.«

»Du hast an der Tür gehorcht?«

»Ihr wart ziemlich laut, ich musste nicht horchen! Ich glaube nicht, dass wir Ummi transportieren können. Sie ist so schwach, es wäre eine viel zu große Strapaze für sie.«

Die beiden Männer wechselten einen langen Blick. Es roch nach Streit, sodass Zohra sie lieber allein ließ.

Später saß sie bei Nima. Auf ihrem Schoß lag Wäsche, die sie flicken wollte, doch sie war so müde, dass ihr die Augen zufielen. Als Malek den Raum betrat, zuckte sie zusammen.

»Entschuldige, ich wollte dich nicht erschrecken.« Er beugte sich über seine Mutter und blickte sie lange schweigend an. »Könntest du ihn nicht überreden, nach Damaskus zu ziehen?«

Wieder ergriff sie die Panik. »Er ist ein stolzer Mann. Er erträgt es nicht, wenn man ihm sagt, er könne nicht auf seine Familie aufpassen und brauche Hilfe. Als Ummi krank wurde und Jamilla und Khalida Essen bringen wollten, hat er sie aus dem Haus gejagt und sie angebrüllt wie ein Löwe, das schwöre ich dir. Aber was ich gesagt habe, ist wahr. Ich glaube nicht, dass sie es überleben würde. Du siehst doch, wie schwach sie ist. Und bis nach Damaskus ist es ein weiter Weg.« Malek reckte das Kinn. »Zohra, ich denke nicht bloß an Ummi. In ein paar Tagen muss ich zurück. Es wird viel schwerer sein, wenn ich mir um euch auch noch Sorgen machen muss. Sieh mal, ich habe mit Rachid und Tarik gesprochen. Sie werden eine Eskorte und eine Sänfte für Ummi beschaffen, und Onkel Omar wird dafür sorgen, dass euch ein fähiger Arzt begleitet. Die Familie in Damaskus würde sich um alles kümmern, was ihr bräuchtet. Und wenn ihr irgendetwas von hier benötigen solltet, kann Onkel Omar es euch rasch nachschicken.«

»Aber Baba …«

»Er soll selbst entscheiden, ob er mit euch geht oder hier

bleibt. Er ist zwar das Oberhaupt der Familie, aber er ist nicht mehr zurechnungsfähig, Zohra. Schmerz und Trauer trüben seinen Verstand. Ich muss ihm diese Entscheidung abnehmen. Ich würde mir nie verzeihen, wenn dir etwas zustößt.«

Zohra spürte, wie ihr Mund trocken wurde. Sie war sicher gewesen, dass Baba das letzte Wort haben und Malek sich ihm beugen würde. Ihre Meinung zählte nicht, doch was würde geschehen, wenn sie klein beigab? Sie fuhr sich mit der Zunge über die Lippen. »Sieh sie dir doch an. Glaubst du, dass sie die lange Reise in einer Sänfte überleben würde?« Als es so aussah, als würde er weiter darauf bestehen, sagte sie hastig: »Außerdem weißt du, dass Baba Akka niemals verlassen würde. Hier hat er seine Tauben. Aisa und Kamal haben ihre Freunde und die Schule …«

»Kamals Freunde sind einer der Gründe, weshalb ich dich bitte, hier wegzugehen. Bashars Bruder hat sich letztes Jahr den Assassinen angeschlossen und ist bei einem völlig verrückten Attentatsversuch in Aleppo ums Leben gekommen. Und Bashar spricht davon, sich ihnen ebenfalls anzuschließen und dort weiterzumachen, wo sein Bruder aufgehört hat. Ich will nicht, dass Kamal sich mit ihm herumtreibt, er ist so leicht zu beeinflussen. Er braucht eine starke Hand, sonst gerät er auf die schiefe Bahn. Ich habe Angst um ihn, Zohra.«

»Ich tue alles, was ich kann!«, verteidigte sie sich.

»Das weiß ich doch, aber er braucht anständige Männer um sich. Die Verwandten in Damaskus würden ihn unter ihre Fittiche nehmen, ihm beibringen, wie man Handel treibt, und ihn auf den richtigen Pfad lenken. Und du hättest jemanden, der dir mit Ummi hilft, Mädchen, die dir die Hausarbeiten abnehmen. Ummi wäre unter ärztlicher Aufsicht. Und Baba auch, wenn er es zulässt.«

Zohra wusste, dass Malek nur das Beste wollte, dennoch

ertrug sie es nicht mehr. »Wenn du Baba nicht überreden kannst, nach Damaskus zu ziehen, weiß ich nicht, wie ich es als Frau schaffen soll! Und jetzt lass mich bitte meine Hausfrauenpflichten erledigen.« Sie stand auf, legte das ungeflickte Wäschestück auf die Kleidertruhe und warf ihm einen strengen Blick zu.

Malek seufzte und erhob sich. »Wenn du mich brauchst, ich bin bei Tarik und Rachid.« Die Verwandten. Er warf einen traurigen Blick auf seine schlafende Mutter. »Wiedersehen, Ummi. Möge Allah dir Frieden schenken.« Dann küsste er sie auf die Stirn und verließ das Zimmer, ohne sich noch einmal umzuwenden.

Zohra sah ihm nach. Sein Rücken war angespannt, und sie empfand nicht bloß ein Gefühl von Schuld, sondern war plötzlich sicher, dass sie ihn nie wiedersehen würde.

ZWÖLF

An diesem Nachmittag lag Zohra in Nathanaels Armen, während die leichte Brise, die durch das Fenster drang, den Schweiß auf ihren Brüsten trocknete. »Ich wünschte, wir könnten immer so weitermachen«, seufzte sie.

»Du würdest mich innerhalb von zwei Wochen umbringen, du kleine Wildkatze.«

Zohra lächelte träge. »Ich fühle mich eher wie die zufriedene, fette Katze des Metzgermeisters. Nein, ich wünschte … ich wünschte, wir hätten ein eigenes Zuhause und alle Zeit der Welt für uns. Ich würde es schön einrichten und immer alles sauber halten – es wäre mir eine Freude, keine Pflicht. Ich würde für dich kochen. Und wie! Kapaun gefüllt mit Mandeln und Koriander, geröstetes Lammfleisch mit Honig und Knoblauch, Pasteten mit sonnensüßen Tomaten, Ziegenkäse und Zwiebeln, die in Zuckerrohrsaft gekocht wurden, Olivenbrot, Hühnchen mit Safran, Kompott mit Zimt und Nelken …«

»Und wenn ich so fett wäre, dass ich mich nicht mehr rühren könnte, würdest du mich rösten und verschlingen!«

»Ich würde dich niemals verschlingen wollen.« Sie drehte sich um und suchte herausfordernd Nathanaels Blick. »Es sei denn …«

»Du freches Ding! Ich bin dein Sklave.« So war es ihm noch nie ergangen: Ihre bernsteinfarbenen Augen fühlten sich an wie scharfe Messer. Sie länger als einen Tag nicht zu sehen, kam ihm vor wie ein körperlicher Schmerz.

»Nun, dann rühr dich nicht von der Stelle, Sklave, und warte, dass ich dich verschlinge.« Zohra nahm seine Hand und knabberte an seinen Fingern, dann wälzten und balgten sie sich eng umschlungen wie zwei spielende Tiere zwischen den Laken, bis Nathanael sich auf sie setzte und beide Knie auf ihre Hände stellte, um sie zu bändigen.

Plötzlich wurde er ernst. »Versprich mir, dass du mich verschlingst, wenn wir irgendwann Hunger leiden und sterben wollen.«

Zohra protestierte.

»Ich meine es ernst.« Sie verzog angewidert das Gesicht. »Du bist grausam. Wahrscheinlich liegt es daran, dass du der Sohn eines Arztes bist, der ständig mit Tod und Leichen zu tun hat.«

»Ich bin selber Arzt«, hielt er ihr vor. »Ein Jahr war ich einer in Jerusalem und ein Jahr hier, falls du es vergessen hast. Wie auch immer, es heißt, dass Menschenfleisch genauso schmeckt wie Schwein.«

»Woher willst du das wissen?«

»Ich habe es schon mal probiert. Ich finde, dass man alles im Leben einmal versuchen sollte. Wie will man sonst die Welt verstehen?«

Zohra stieß ihn von sich. »Igitt, Schweinefleisch …! Du bist ekelhaft. Wie kommst du überhaupt auf so ein widerliches Thema?«

Er zögerte. Er wollte ihr nicht von dem schrecklichen Traum erzählen, den er gehabt hatte. Sie würde ihn für verrückt halten. Der Traum würde einen Schatten auf ihr Zusammensein werfen. Er zwang sich zu einem Lächeln. »Komm, steh auf, du Faultier, und zeig mir, dass du die letzte Lektion behalten hast, nein … das meinte ich nicht, du schamlose Hexe.«

Sie lachten so laut, dass sie das Klopfen an der Haustür zuerst gar nicht hörten. Dann legte Nathanael ihr plötzlich die Hand auf den Mund. »Psst … psst. Sei mal still.«

Es klopfte erneut. Nathanael schlang sich die bunte Decke um die Hüften und kroch über den Diwan, um einen Blick durch die Fensterläden nach unten zu werfen. Dann fuhr er zurück. »Ein Junge, wahrscheinlich auf der Suche nach meinem Vater. Ich sollte hinuntergehen, falls es etwas Dringendes ist.«

»Wenn es dringend ist, wird er erneut klopfen.«

Sie warteten, dann beobachtete Nathanael durch die Ritzen des Fensterladens, wie der Junge abzog. Er setzte sich wieder auf das Bett, doch der Zauber war gebrochen. »Na los, deine Buchstaben. Langsam frage ich mich, ob du wirklich wolltest, dass ich dir Schreiben und Lesen beibringe und es nicht bloß eine Ausrede war, um hierherzukommen.«

Zohra biss sich auf die Lippen, während sie sich anzog. »Mein Vater ist der Meinung, dass nur Jungen eine Ausbildung bekommen sollten. Ummi hat mich unterstützt und sogar mit dem *ma'alema* gesprochen, damit er mich unterrichtet, aber jetzt ist sie zu krank, um sich für solche Belanglosigkeiten zu interessieren.«

»Bildung ist keine Belanglosigkeit«, entgegnete Nathanael leidenschaftlich. »Erst dann kann man eigene Gedanken entwickeln und nicht bloß ein Spielball seiner eigenen kleinen Welt sein. Frauen werden niemals selbstständig werden, wenn sie nicht lernen, es sei denn, sie sind so reich wie die Königin von Saba.«

»Nun, das kann mir nicht passieren.« Zohra schlug das kleine, in Leder gebundene Buch auf und legte es auf den Tisch, anschließend schüttelte sie das Tintenfass und tauchte eine spitze Feder hinein. Bedächtig zeichnete sie eine lange Reihe von Zeichen auf ein frisches Blatt Papier.

Es hatte Nat entzückt, ihr die Verbindung zwischen dem Klang eines gesprochenen oder gesungenen Wortes und den entsprechenden Schriftzeichen zu erklären und zu sehen, welche Offenbarung es für sie war. Zwar hatte sie am Anfang Mühe, sich an die arabischen Buchstaben zu erinnern, kämpfte jetzt aber eher mit der praktischen Seite, wenn sie versuchte, sie möglichst elegant über das Papier fließen zu lassen, ohne die Feder ständig anheben, auf dem Ende herumkauen und nachdenken zu müssen. Er war selbst erstaunt über die Freude, die es ihm machte, ihr etwas so Simples, gleichzeitig aber unendlich Wertvolles beizubringen.

Er beobachtete sie mehrere Minuten lang, während sie sich konzentrierte und mit leicht gerunzelter Stirn vor ihren Buchstaben saß.

Er hatte die Übung bewusst ausgesucht: Sie sollte ein Liebesgedicht von Ibn Hazm abschreiben, dem großen klassischen Dichter. Allerdings hatte er den Verdacht, dass ihr die Bedeutung der wundervollen Zeilen gar nicht bewusst war, so versunken war sie in die schwierige Transkription.

Nat wartete, bis sie die Feder hob, und zog das Blatt zu sich herüber. »Eine richtige Kalligrafin wirst du vermutlich nicht, deine Handschrift lässt wirklich zu wünschen übrig, und die Rechtschreibung auch. ›Ich würde mein …‹ … was um Himmels willen soll denn das hier heißen?« Er zeigte auf einen formlosen Schnörkel.

»Herz. Für mich ist das klar.« Zohra legte verstimmt die Feder weg. »Du kannst es doch lesen oder etwa nicht? Ist das nicht das Wichtigste?«

»Willst du etwa ein Leben lang kleine Liebesbriefe an mich schreiben?« Er zerzauste ihr das Haar.

Zohra strich es wieder glatt. »Das ist kein Liebesbrief an dich, sondern ein Gedicht von einem Mann aus einer anderen

Zeit, das ich als Übung abgeschrieben habe. Ich bin keine Gelehrte. Ich will bloß wissen, wie man schreibt, und mich verständlich ausdrücken können.« Sie gähnte und streckte sich. »Ich muss jetzt los. Ich bin schon länger hier, als ich sollte. Es ist nicht fair den Zwillingen gegenüber.«

Nathanael war ein wenig gekränkt. Wollte sie ihn wegen seiner Kritik bestrafen? Wusste sie um ihre Macht? »Ständig klagst du darüber, dass sie nichts tun! Trotzdem, ich glaube, dass Abi bald von der Zitadelle zurückkehrt, und wenn er dich hier erwischt, kommst du nie nach Hause.« Die Gelassenheit, mit der seine Eltern Zohras häufige Anwesenheit akzeptierten, hatte ihn anfangs verstört. Stellten sie sich absichtlich dumm? Das hatte er sich anfangs gefragt, doch eines Tages, als sie glaubten, er sei oben, hatte er gehört, wie sie sich im Salon leise unterhielten.

»Was, wenn ihr Vater dahinterkommt? Dann ist die Hölle los. Es wäre sein gutes Recht, Nat beim Kadi anzuzeigen«, hatte seine Mutter gesagt.

»Wenn er dahinterkommt, reden wir mit ihm. Er wird einsehen, dass wir anständige Leute sind und keinen Ärger wollen. Es gibt schlechtere Partien. Sieh doch nur uns an.« Ein Lächeln klang in Yakubs Stimme. Auch Sara war als Zohra in einer muselmanischen Familie zur Welt gekommen. Als sie konvertiert war, hatte sie die jüdische Version ihres Namens angenommen.

»Meinst du, jeder ist so tolerant wie meine Familie? Dass Mutter und ihre Schwestern mich nicht auf der Stelle umgebracht haben, hat nur damit zu tun, dass sie hoffnungslose Romantikerinnen sind.« Das stimmte nicht ganz. Die Familie hatte einen Bauernhof und lebte von der Hand in den Mund. Dass Sara einen Arzt geheiratet hatte, bedeutete einen gewaltigen sozialen Aufstieg, und das war ihnen allen klar.

Es folgte eine Pause. Dann sagte Yakub: »Das Herz kennt keine Grenzen, Liebling. Wenn wir sie auseinanderbringen, werden sie noch größere Risiken eingehen und sich heimlich treffen, an Orten, die nicht sicher sind. So tun sie niemandem Schaden an.«

»Du hast gut reden. Und wenn sie schwanger wird?«

»Dann ist er ein miserabler Medizinstudent, Liebling, und nicht mein Sohn.«

Nat war zusammengezuckt und errötet. Sie wussten also alles. Und er auch. Es war ihm bewusst, dass er Zohra jedes Mal in Gefahr brachte, wenn sie sich trafen oder sich berührten. Muselmanische Familien wachten mit Argusaugen über den makellosen Ruf ihrer Töchter, der kleinste Hinweis auf einen Skandal, und sie wäre in den Augen ihrer Gemeinde nicht mehr heiratsfähig. Doch er konnte sie nicht mehr aufgeben, selbst wenn er es gewollt hätte, und er wollte gar nicht. Allein bei der Vorstellung wurde er verrückt.

»Ja, dein Vater kann reden wie ein Wasserfall«, lachte Zohra nun.

»Und so ist er immer, wenn Mutter ihre Schwestern besucht.« Saras Schwestern lebten immer noch auf dem Bauernhof draußen vor der Stadt. »Man könnte meinen, er spräche den ganzen Tag kein einziges Wort mit seinen Patienten.«

»Mein Vater redet kaum mit mir. Sorgan singt immer bloß vor sich hin, und die Zwillinge sind … na ja, sie sind noch jung. Und Malek wird vermutlich nie wieder mit mir sprechen.«

Nathanael legte ihr die Hand auf die Wange. »Jedenfalls bin ich heilfroh, dass du nicht nach Damaskus gezogen bist, mein Herz. Wahrscheinlich wäre ich gestorben.«

Zohra starrte ihn an, und er sah sofort, dass er zu weit gegangen war. Seit sie zusammen waren, hatte er alles auf die leichte Schulter genommen, und nur deshalb hatte auch sie so unbekümmert sein können. Freundschaft, lediglich eine süße Freundschaft. Nichts, worüber man verzweifeln oder sich gar umbringen musste – das war etwas für Märchenerzähler, Männer, die auf dem Marktplatz herumsaßen und traurige Geschichten von liebestrunkenen Emiren und schönen, gnadenlosen jungen Mädchen erzählten, von Mädchen, die gezwungen waren, hässliche alte Männer zu heiraten, oder Mädchen, die nach der Liebe eines jungen Zimmermanns schmachteten.

Zohra war verlegen, und als er sich vorbeugte, um sie zu küssen, lachte sie und wandte den Kopf ab. Nathanael fühlte sich verletzt. Er sah zu, wie sie das kleine Buch nahm und mit dem Daumen über das weiche, abgegriffene Leder fuhr. »Darf ich mir das Buch ausleihen?«, fragte sie. Das überraschte ihn.

»Ja, natürlich. Ich schenke es dir.«

Als sie sich an der Haustür verabschiedeten, packte er sie am Arm, zog sie unsanft an sich und küsste sie leidenschaftlich auf den Mund. Er hatte das Gefühl, dass er es tun musste, denn irgendwie schien sie ihm entglitten zu sein, und er musste sie zurückholen.

»Zohra!«

Bei dem Schrei fuhren sie auseinander. Auf der anderen Seite der Gasse löste sich ein junger Mann aus dem Schatten. Einen Augenblick lang sah er wie ein Fremder aus, viel älter, als er tatsächlich war, und fremd in dieser Umgebung. Dann erkannte Zohra ihn und erschauerte – vor Scham und Angst. »Aisa! Was ist? Was ist los?« Plötzlich wusste sie mit schrecklicher Gewissheit, wer vorhin an die Tür geklopft hatte und warum. »Ummi.« Es war eine Feststellung, keine Frage.

»Ich wollte zu dem Arzt, zu Yakub …« Es war ihm so peinlich, dass er ihr nicht einmal in die Augen schaute.

Nathanael ergriff die Initiative. »Warte, ich komme mit.«

Er trat ins Haus und kehrte kurz darauf mit einer großen Ledertasche über der Schulter zurück.

Aisa sah ihn fassungslos an. »Wir brauchen den Arzt, den alten Yakub.«

»Ich bin der Arzt«, erklärte Nathanael bestimmt.

Sie liefen durch die engen Gassen der Medina und mieden die dicht gedrängten Menschenmassen im Basar, indem sie den Markt auf der kürzesten Seite umgingen und einen Weg nahmen, der sie an den Lederhandwerkern, den Möbelschreinern und Holzschnitzern vorbeiführte. Sie waren gerade in Sichtweite ihrer Straße angekommen, als ihnen eine blutbefleckte Gestalt entgegenkam und an ihnen vorüberlief.

Zohra drehte sich um. »Kamal?«

Er blieb nicht stehen.

»Kamal!«

Sie erschrak über ihre eigene laute Stimme, doch er sah sich nicht einmal um. Da packte sie die Angst. »Allah, Allah … was ist geschehen?«

Die Tür des Hauses stand weit offen. Aus dem Innern drang das leise Wimmern eines Tieres, das unerträgliche Schmerzen haben musste. Und dazu sang jemand ein süßes, wehmütiges Kinderlied. Beides vermischte sich zu etwas Widersinnigem, etwas Schrillem und Misstönendem, das sich selbst verspottete.

Zohra rannte die Treppen zum Zimmer ihrer Mutter hinauf, ohne ihre Schuhe oder ihr Tuch abzulegen. Draußen im Gang kauerte Sorgan auf dem Boden und bewegte sich hin und her, die Augen geschlossen, die Arme um den Oberkörper geschlungen, und sang leise vor sich hin. Es war ein schrecklicher Anblick für einen erwachsenen Mann, doch der Lärm, der von oben von der Terrasse kam, war noch schlimmer. Ihr

Vater Baltasar schrie jetzt wie ein Besessener. Sie warf einen Blick durch die halb offene Tür und sah ihre Mutter, die mit ausgebreiteten Armen auf dem Bett lag.

Sie lief zu ihr. Nimas verzerrtes Gesicht war ihr zugewandt, der Mund stand offen. Sie starrte ins Leere, ihre Hände waren wie Klauen. Zohra fiel auf die Knie. »O Ummi. O nein, nein …«

Kurz darauf beugte sich Nathanael über Nima und presste die Finger an ihren Hals, um zu sehen, ob sie noch lebte. Dann legte er ein Ohr auf Nimas Bauch. Schließlich richtete er sich auf. »Sie ist tot, Zohra, es tut mir leid.« Mit geübter Hand schloss er ihre weit aufgerissenen Augen.

Aisa stützte sich an die Wand neben der Tür, als wäre es das Einzige, was ihn aufrecht hielt, und gab einen kleinen, unartikulierten Laut von sich.

»Es ist schrecklich, aber ich fürchte, dass sie keines natürlichen Todes gestorben ist.«

Zohra sah verständnislos zu ihm auf.

»Es tut mir leid, Liebling, aber jemand hat nachgeholfen. Hiermit, glaube ich.« Nathanael hob das gelbe Kissen vom Boden auf, mit dem Zohra Nima stets stützte, damit sie besser schlucken konnte. Er drehte es um, runzelte die Stirn und streckte es ihr entgegen.

Auf der gelben Seide zeichnete sich deutlich der feuchte Abdruck eines Mundes ab.

TEIL 4

DIE BELAGERUNG

DREIZEHN

Die syrischen Hügel

Als Malek Najib Akka verließ, ahnte er nicht, welches Drama sich gerade in seinem Elternhaus abspielte. Er hatte nichts von dem erreicht, was er sich für hier vorgenommen hatte. Dieses Mal war er entschlossen gewesen, sich nicht vom Zorn seines Vaters einschüchtern zu lassen und die Selbstbeherrschung zu verlieren; er hatte sich in der Frage, ob seine Familie nach Damaskus zurückkehren sollte – klar und einleuchtend für jeden vernünftigen Menschen – Gehör verschaffen und den Fall kühl und rational darlegen wollen. Er hatte vorgehabt, den Vorschlag im Verlauf seines Besuches vorsichtig anzusprechen, ihn wirken zu lassen und dann mit unanfechtbaren Argumenten und besänftigenden Worten zu untermauern. Doch er hatte weder mit der Wut seines starrsinnigen Vaters noch seinem verletzten Stolz oder seiner Verachtung für den Mann gerechnet, den Malek mehr als alle anderen auf der Welt bewunderte: das »Schwert der Gerechten«, Salah ad-Din.

Er hätte Baltasar erlauben sollen, seine boshafte Kritik zu äußern, ohne darauf zu reagieren, so wie der Sultan selbst es getan hätte. Wäre Salah ad-Din mit dem verbitterten Zorn des gebrochenen Veteranen konfrontiert gewesen, hätte er sich mit einem ernsten Lächeln in dem schmalen klugen Gesicht angehört, was der alte Mann zu sagen hatte. Er hätte den Sprecher mit seinen dunklen Augen angesehen und so getan, als würde er jedes Wort abwägen. Dann hätte er genickt, Baltasars Argumente gewürdigt und anschließend einige treffende Verse aus dem Heiligen Buch zitiert, die das Argument entkräfteten. Und am nächsten Tag hätte er ganz geduldig einen Zweifel hier und einen kleinen Tadel dort einfließen lassen, bis Baltasar – auch wenn es viele Tage gedauert hätte – schließlich bereit gewesen wäre zu verkünden, dass er mit der Familie nach Damaskus zöge und jeder, der ihm davon abriet, ein Narr sei.

Malek seufzte tief. Der Sultan hatte ihm die Erlaubnis erteilt, diese Reise zu unternehmen, nachdem er ihn gedrängt hatte, seine Familie in die Hauptstadt Damaskus zurückzuholen. Er wusste nicht, was schlimmer war: dass er versagt hatte oder dass er sein Scheitern einräumen und Salah ad-Dins Enttäuschung mit ansehen müsste. Der Sultan würde sie rasch verbergen, doch in seinen Augen wäre sie zweifellos erkennbar.

Malek war blind gegenüber der Schönheit des Tages, der feinen Kunst der uralten Stadttore, die er passierte, den ockerfarbenen Stadtmauern, den prächtigen Gärten, die er hinter sich ließ. Orangen und Aprikosen leuchteten zwischen dem satten Grün der Blätter, Zitronen strahlten wie Sterne am Himmel, Pflaumen und Feigen hingen von den Zweigen herab, die Granatäpfel standen kurz vor der Reife, an den Flussufern wuchsen Oliven und Datteln, über die Felder zischten Schwalben, und am leuchtend blauen Himmel sangen Lerchen. Er konnte sich nicht am geschmeidigen Schritt seines Pferdes erfreuen, und auch nicht an seinem glänzenden kastanienbraunen Fell, dem stolz erhobenen Kopf oder seiner eigenen edlen Gestalt, weder an dem dunkelgrünen Gewand mit den feinen silberfarbenen Stickereien, dem Krummsäbel mit Damaszenerklinge, der in der verzierten Lederscheide an seiner Hüfte steckte, noch an den Reitstiefeln aus weichem

Leder, die einen halben Monatslohn gekostet hatten. Alles war wie Asche in seinem Mund.

Er nahm die alte Straße entlang der Küste, die am Marschland vorbeiführte, dann bog er nach Nordwesten ab und ritt auf die Berge zu. Tell al-Musalliyin, der Berg der Gebete, erhob sich gelbbraun zu seiner Rechten. Links von ihm erstreckte sich das türkis schimmernde Meer. Zahlreiche Schiffe lagen in Akkas großem Hafen vor Anker, nachdem sie Waren aus aller Welt gebracht hatten. Normalerweise hätte all das sein Herz mit Freude erfüllt: die Vorstellung, dass die Märkte aus allen Nähten platzten, sein Sold der Familie ein angenehmes Leben ermöglichte, sodass sie keinen Hunger leiden musste, das Haus instand gehalten wurde, seine Schwester gut gekleidet war und die Jungen keine Not kannten. Doch an diesem Morgen hatte er eine Vorahnung von bevorstehendem Unheil. Im Moment war es ein Sturm, der sich weit draußen auf dem Meer zusammenbraute, doch bald würde er landeinwärts ziehen, und es gab nichts, was er hätte tun können, um ihn abzuwenden.

Vielleicht war das der Grund, weshalb er nicht den schnelleren Weg zurück zu Salah ad-Dins Lager einschlug, der durch die Gebirgskette von Toron im Nordosten führte. Der Gedanke an die Enttäuschung des Sultans, egal wie höflich er sie aufnahm, war viel zu schmerzhaft. Er nahm den längeren Weg, damit er genügend Zeit hatte, sich die Worte, mit denen er ihm sein Versagen eingestehen würde, gut zurechtzulegen.

Die Nacht verbrachte er in einer Mulde am Hang eines gelbbraunen Berges, wachte im Morgengrauen auf, sprach seine Gebete mit dem Rücken zum Meer, kochte sich einen starken Thymiantee, um seine Knochen für den langen Ritt zu stärken, und aß das Brot, das seine Cousine gebacken hatte, ehe er Akka verließ, ohne die geringste Ahnung davon zu haben, mit welch sehnsüchtigen Seufzern Jamilla ihre Frustration in den Teig geknetet hatte oder wie sie das Brot schließlich mit einem Kuss auf den Weg zu ihm geschickt hatte.

Als er die kastanienbraune Stute sattelte, schien sie unruhiger zu sein als sonst; sie warf den Kopf hin und her und schnaubte grundlos. Er zwang sie zu scheinbarem Gehorsam, wandte sie in Richtung Bergkamm, bohrte ihr die Fersen in die Seite und hielt auf den Gipfel zu in der Hoffnung, die Anstrengung würde sie willfähriger machen. Es war das schönste Pferd, das er jemals besessen hatte. Er hatte sie nach der Erstürmung der Malteserfestung Kaukub erbeutet, die von den *franj* Belvoir genannt wurde. Andererseits war sie auch das eigenwilligste Pferd, das er je besessen hatte. Er hatte nur wenige Wochen gehabt, um sie von ihren gottlosen Eigenheiten abzubringen, und sie war extrem stur. Auf dem Weg nach Akka hatte sie versöhnlicher reagiert, aber jetzt war sie wieder aufmüpfig, ging im Kreis und richtete die Ohren auf, als habe irgendetwas sie erschreckt. Malek straffte die Zügel und brachte sie zum Stehen, um in dem einheitlich braunen Gestrüpp nach dem spärlich markierten Pfad Ausschau zu halten, doch dann drehte sich das widerspenstige Tier erneut im Kreis, um sich gegen die Trense zu wehren, und da sah er es.

Ein silbernes Aufblitzen im Norden, unten, unweit des Meeres. Er schirmte die Augen vor der Sonne ab und starrte in die Ferne, konnte aber nichts erkennen, abgesehen vom Flimmern der Hitze und einem einsamen Falken, der sich vom warmen Aufwind nach oben tragen ließ. Er wollte die Stute gerade wieder auf den Pfad lenken, als er es erneut sah. Ein fernes Funkeln dort, wo sich Akkas Küste nach Norden in Richtung Tyrus erstreckte.

Maleks Brust schnürte sich zusammen. Mit einem plötzlichen Ruck trieb er die Stute den Gipfel hinauf, und während sie vor Anstrengung ächzte und schnaufte, richtete er sich in den Steigbügeln auf, um eine bessere Sicht zu haben. Dort drüben! Viele Staubwolken und dazwischen kleine Lichtblitze. Ein gewaltiges Heer. Hatte der Sultan etwa die Belagerung der Burg aufgegeben und führte sein Heer jetzt vom Berg hinab? Einen Augenblick lang beruhigte sich sein Atem. Doch dann fiel ihm wieder ein, dass der leichtere Weg an Tiberias vorbei über die große Straße im Westen führen würde. Würde er vom Qala'at al-Shaqif zu der Stelle wollen, die er nun sah, da, wo jetzt der Staub aufgewirbelt wurde und das Metall in der Sonne glänzte, hätte es bedeutet, viel weiter nördlich als notwendig zuerst den steilen Hang hinaufreiten zu müssen, um dann genauso steil wieder hinunterzumüssen – eine völlig überflüssige Anstrengung.

Er folgte dem Kamm, der parallel zum Meer verlief, ohne den Blick von der bedrohlichen Staubwolke zu nehmen, bis sich kurz darauf seine schlimmsten Befürchtungen bewahrheiteten.

Als er die ersten Lagerfeuer unterhalb der Festung sah, konnte sich Malek nur noch mit Mühe im Sattel halten. Doch die Stute hatte wundervoll mitgemacht und war so sicher wie eine Bergziege den ganzen Weg über die Hügel ohne Pause galoppiert. Als sie die Hügel verließen, wurden sie von Wächtern angehalten.

»Allahu-akhbar«, stieß er mit heiserer Stimme hervor und wäre vor Erschöpfung fast aus dem Sattel gerutscht.

»Es ist Malek«, rief der erste Wachposten. »Aus der Leibwache des Sultans.« Nachdem sie ihn erkannt hatten, halfen sie ihm beim Absitzen, klopften ihm den Staub aus dem Gewand und führten sein Pferd auf die Koppel.

»Warum so eilig, mein Junge?«, fragte der ältere Wachposten. »Hast du uns so vermisst?«

Sie lachten. Doch der Zustand des Pferdes war ihnen nicht entgangen. Das Fell war voller Schweißflecken, und als Malek nur müde den Kopf schüttelte und aussah, als könnte er jeden Moment zusammenbrechen, verstummten sie.

»Bringt mich zum Schwert der Gerechten«, sagte er rau, woraufhin sie ihn eilig zum Zelt des Sultans geleiteten.

Salah ad-Din saß mit untergeschlagenen Beinen auf seinen Kissen und hatte ein aufgeschlagenes Buch auf dem Schoß. Auf dem niedrigen Tisch vor ihm stand ein Tablett mit einer silbernen Teekanne, aus der duftender Dampf in die Nachtluft aufstieg, dazu Gläser und eine Schale Obst – Aprikosen und dunkle Damaszenerpflaumen, mit einem zarten Flaum bedeckt, die erst am selben Tag von den Kurieren aus den Gärten der Hauptstadt gebracht worden waren. Neben ihm, von einer Laterne erleuchtet, durch deren getöntes Glas farbiges Licht drang, saß sein Freund Baha ad-Din, der Kadi des Heeres, dessen Hände einen Teebecher umschlossen, als wollte er sie wärmen, obwohl in der Ecke des Zeltes die Kohlepfannen brannten und Schwaden des Räucherwerks durch die dunkle Luft schwebten. Im Zelt befand sich noch ein dritter Mann, abgesehen von einer Gruppe Diener, die sich diskret neben der hölzernen Nische versammelt hatten, in der sich das Bett des Sultans befand. Auf einen Stapel Kissen gestützt, einen Teller mit abgenagten Hühnerknochen neben sich, saß der Kommandant der Festung, die sie belagerten, Rainald von Sidon.

Malek schwankte benommen. Er konzentrierte sich, um nicht kopfüber auf den Tisch zu fallen, dann warf er sich so elegant wie möglich vor dem Sultan zu Boden. Doch erst als er dort lag und das Gewand des Sultans ergreifen wollte, um es an die Lippen zu führen, fiel ihm ein, wie schmutzig er war. Der Staub hatte sich mit seinem Schweiß vermischt und war auf seiner nackten Haut zu einer Kruste getrocknet. Als er den Arm hob, nahm er den beißenden Geruch wahr, den er verströmte, und kam sich plötzlich vor wie ein Wilder. Zitternd lag er da und versuchte, die schreckliche Nachricht in einen vernünftigen Satz zu formulieren, als eine Hand sanft seine Schulter berührte.

»Steh auf, Malek. Du bist doch Malek, nicht wahr? Man erkennt dich unter dem Straßenstaub ja kaum wieder.« Ein leichter Tadel. Schmutzig zu sein war mehr ein Affront Gott gegenüber als sich selbst.

»Vergib mir, Herr, aber ich hielt die Überbringung der Nachricht für so wichtig, dass der Luxus eines Bades warten musste.« Malek stand unsicher auf, wohl wissend, dass der Herrscher der *franj* ihn beobachtete. Er warf dem Mann einen Blick von der Seite zu. Malek hatte Mühe, sich an den Anblick der bartlosen Männer zu gewöhnen, vor allem, wenn sie so blass waren. Sie kamen ihm vor wie Gespenster. Er hatte gesehen, wie kleine Kinder bei ihrem Anblick vor Angst losheulten.

Salah ad-Din lächelte. »Der Burgherr Rainald ist mein Ehrengast. Du kannst in seiner Gegenwart sprechen, als wären wir allein.« Er beugte sich vor, schenkte aus der dampfenden Silberkanne Tee in ein kleines verziertes Glas und reichte es Malek. »Trink und erzähl mir, was wichtiger ist als ein heißes Bad.«

Malek versuchte, den Tee nicht allzu gierig hinunterzustürzen. Dass sein Meister ihm persönlich Tee eingeschenkt hatte, verblüffte ihn dermaßen, dass er die Worte, die er sich überlegt hatte, fast vergaß. »Herr«, sagte er schließlich, »der Feind rückt südlich von Tyrus gegen die Stadt Akka vor. Er trägt die Banner des Königs von Jerusalem, Guido von Lusignan.«

Der Sultan verzog keine Miene. Ebenso gut hätte ihm Malek berichten können, dass das Meer blau war, die Flut eingesetzt hatte oder der Mond aufgegangen war. Er zuckte nicht mit der Wimper, so unliebsam diese Nachricht auch sein mochte, jetzt, da sein Heer von Aleppo bis Moab auseinandergezogen war. Stattdessen schob er ihm die Obstschale zu, und als Malek nicht reagierte, wählte er eine schwarze Pflaume, drehte sie mit langen knochigen Fingern auf der Suche nach einem Makel sorgfältig hin und her und reichte sie schließlich dem jungen Soldaten. »Du bist den ganzen Tag geritten, iss!«

Gefangen vom glühenden Blick seines Herrn fiel Malek auf, wie zerbrechlich er wirkte. Älter, die von der Sonne gegerbten Wangen eingefallen, die vormals schwarzen Augenbrauen und der Bart von Silber durchzogen. Plötzlich musste er daran denken, wie klein und reglos seine Mutter in ihrem Bett ausgesehen hatte, die Haut dünn wie Papier, das Gesicht so ausgemergelt, dass die Knochen darunter sichtbar waren.

Salah ad-Din presste die Fingerspitzen aneinander und sah geduldig zu, wie Malek die Pflaume aß und anschließend weiterberichtete. Ein gewaltiges Heer – wie ein Schwarm von Heuschrecken –, die Banner von tausend Rittern auf großen Streitrössern, eine Kompanie Tempelritter, eine andere Malteser und Tausende von Fußsoldaten. »Verzeih mir, o Herr, aber ich habe keine Erfahrung damit, feindliche Streitmächte einzuschätzen.«

Baha ad-Din starrte ihn an, als trüge er die Schuld an dieser Nachricht. Die Augen des *franj* jedoch glänzten wie die eines Fuchses, der unverhofft einen neuen Fluchtweg entdeckt hat.

»Noch schlimmer, Herr, ich sah viele Segel am Horizont, Kriegsschiffe, die in die Bucht von Akka einfuhren. Vierzig oder fünfzig an der Zahl, keine Handelsschiffe, sondern große Kriegsschiffe.«

Jetzt sprang der Amtsschreiber schnaufend vor Wut auf.

Imad ad-Din war ein großer Mann, der bislang ruhig neben ihnen gesessen hatte. »Diese Schlange! Guido von Lusignan, Allah verfluche seinen Namen! Ich wusste, dass wir ihn in Tortosa in Ketten hätten legen sollen. So viel ist das Wort eines Christen also wert …« Er schnippte verächtlich mit den Fingern wie ein Mann, der sich eines Stücks Dreck entledigt. »Sie sind doch alle gleich.« Dann warf er Rainald von Sidon einen bösen Blick zu, und der schlaue alte Edelmann erwiderte ihn durch seine halb verschleierten Augen wie ein Basilisk.

Der Sultan gab einem der jungen Knappen ein Zeichen. »Mach Wasser heiß und gib Thymian und Rosmarin hinzu, um Wohlgeruch zu verbreiten. Mein Leibwächter hat einen weiten Weg hinter sich.« Er sah, wie der Knappe loslief, dann streckte er sich wieder auf seinen Kissen aus und bedeckte seine Knie mit dem Burnus, als wäre ihm trotz der Hitze im Zelt kalt. »Sag, ist deine Stute Asfar im selben Zustand wie ihr Reiter? So verstaubt, verschwitzt und halb tot?«

Malek nickte stumm, erstaunt, dass der Sultan unter diesen Umständen auch an sein Pferd dachte und sich an dessen Namen und Geschlecht erinnerte.

»Ein feines Tier«, fuhr Salah ad-Din fort. »Ein Vollblut, nicht wahr? Kräftiger Nacken, kleiner Kopf, zierliche Fußgelenke. Du solltest sie als Zuchtstute benutzen, wenn die Zeit gekommen ist.« Er war stolz darauf, so gut wie alles über die feinen Araber zu wissen, ihre Stammbäume, Stärken und Schwächen. Er hatte sich genauso darüber gefreut, sie in Kaukub aus der Gefangenschaft der *franj* befreien zu können wie die muselmanischen Gefangenen in der Festung. »Seht zu, dass sein Pferd gut versorgt wird«, befahl er einem anderen Knappen. »Gebt der Stute vom Getreide aus meinen eigenen Vorräten.«

»Soll ich deine Generäle versammeln?«, fragte Baha ad-Din.

Der Sultan schloss die Augen für einen langen Moment. Dann sagte er ernst: »Das hat Zeit.« Er wandte sich Malek zu. »Und wie geht es deiner Mutter, Lalla Nima, mein Junge?«

Malek schluckte. »Meine Mutter ist immer noch sehr krank«, antwortete er, denn er wusste nicht, dass sie viele Meilen hinter ihm vor weniger als einem Tag von ihnen gegangen war. Es erschien ihm nicht recht, den Sultan angesichts der Krise mit derlei unwichtigen Dingen zu belasten, trotzdem fuhr er fort. »Mein Vater ...«

Salah ad-Din nickte. »Baltasar Najib, ein tapferer Mann, der in der Furt von Ramla schwer verwundet wurde, nicht wahr?«

»Mein Vater ist ein starrköpfiger Mann, Herr. Er sagt, sie sei zu schwach, um Akka zu verlassen.«

»Nun«, erklärte der Sultan sanft. »Angesichts der neuen Umstände war er möglicherweise klüger als ich.«

Malek senkte den Kopf und verfluchte seine eigene Dummheit. Natürlich, wer hätte jetzt Akka verlassen können? Die Stadt würde nun ganz bestimmt belagert.

Zwei Tage später brachen sie das Lager bei Qala'at al-Shaqif ab und ließen genügend Truppen zurück, um die Belagerung aufrechtzuerhalten. Der Burgherr blieb unter strenger Bewachung. Tag und Nacht marschierten sie über die leichte Route an Tiberias vorbei. Eine Vorhut wurde über den Toron-Kamm entsandt, um die Truppenbewegungen des Feindes zu beobachten mit dem Befehl, vor Akka wieder zum Hauptheer zu stoßen. Dann rückte das muselmanische Heer auf der uralten Straße von Nazareth vom Südosten her über Khafar Kenna, das die Christen Kanaan nannten, auf die Hafenstadt zu, und von da aus zogen sie weiter zum sogenannten Hügel der Johannisbrotbäume.

Von dort oben betrachtete Salah ad-Din gelassen die Lage, obwohl sich das Heer des Feindes wie ein Heuschreckenschwarm in der Ebene mit ihren Getreidefeldern niedergelassen hatte, und das trockene Gras, die saftigen Wiesen, sprudelnden Bäche und Obstgärten nicht mehr wiederzuerkennen waren. Weniger als eine Meile vom Osttor der Stadt entfernt, auf dem Hügel der Gebete, an dem Malek nur wenige Tage zuvor vorbeigeritten war, hatten sie ihr Lager aufgeschlagen. Damals hatte er nur daran denken können, wie er dem Sultan beibringen sollte, dass er seinen Vater nicht zum Verlassen der Stadt hatte überreden können. Wie lange her erschien ihm das jetzt!

Akka fächerte sich nach Süden in die Bucht aus wie ein Bart auf einem gereckten Kinn, das Gesicht dem Meer zugewandt, wobei der Hafen die Kuhle zwischen Kinn und Hals einnahm. Zwei Seiten gingen auf das Meer hinaus, die dem Land zugewandten Seiten erhoben sich zu großen ockerfarbenen Mauern, die mit Zinnen und Türmen verziert waren. Die Stadt machte einen wehrhaften Eindruck, und so war es auch.

Die Streitmacht der *franj* hatte die ganze Stadt eingekreist, vom Hügel der Gebete über den Schutzwall der alten Templer im Norden bis hin zu den Gehöften hinter dem Turm der Verdammnis und den Befestigungsanlagen im Osten. Die unzähligen, im Wind flatternden Standarten erinnerten an einen Regenbogen von Farben. Wie als trotzige Antwort auf die fröhlichen Banner der *franj* waren die leuchtend ockerfarbenen Mauern der Stadt mit den Bannern des Kalifats bestückt, ein Halbmond auf aprikosenfarbener Seide. Im inneren Hafen bezeichnete ein Wald von Masten die Schiffe, die dort sicher vor Anker lagen. Wahrscheinlich hatte man die große Eisenkette angehoben, um feindliche Schiffe abzuhalten. Sie spannte sich vom Hafen bis zu dem Felsen auf dem offenen

Meer, wo sich der Turm der Fliegen erhob. Er war nach den Heiden benannt worden, die vor langer Zeit dort ihren Göttern Opfer gebracht hatten; der Gestank des verschütteten Bluts hatte Schmeißfliegen angelockt. Als Malek daran dachte, erschauderte er. Würden diese Fliegen bald erneut aufgeregt summend über der Insel kreisen, angelockt vom Gemetzel der Schlacht?

Er erinnerte sich daran, wie sie vor weniger als zwei Jahren die Stadt von den *franj* befreit hatten. Er hatte mit den anderen Leibwächtern an Salah ad-Dins Seite erbittert gekämpft. Während er um sich schlug und sich einen Weg durch die feindlichen Linien bahnte, hatten seine Zähne derart geknirscht, dass sein Kiefer noch Tage später mehr schmerzte als die unzähligen kleinen Wunden und Schrammen, die er davongetragen hatte. Und die ganze Zeit hatte er an seine Mutter und seine Geschwister in der Stadt denken müssen, deren Leben von ihrem Erfolg abhing, denn hätten sie die Stadt nicht einnehmen können, wären die muselmanischen Bewohner grausamen Repressalien ausgesetzt gewesen. Kein Mensch wusste, wie weit die Christen in ihren Rachegelüsten gehen würden. Sie hatten keine Ehre. Er erinnerte sich an die Geschichten, die er gehört hatte, nachdem die Christen im letzten Jahrhundert Jerusalem erobert hatten. Säuglinge waren abgeschlachtet und ihre Köpfe auf Stöcken aufgespießt worden, sie hatten alte Frauen und Männer gefoltert, zu Hunderten in Synagogen und Moscheen eingesperrt und diese anschließend in Brand gesetzt. In den Straßen flossen Ströme von Blut …

Am Ende hatten sie sich rasch und ohne viel weiteres Blutvergießen ergeben. Die *franj* hatten kapituliert, die Stadt war mehr oder weniger intakt geblieben, und die Schäden waren vom Statthalter des Sultans, der auch die Verteidigungsmauern von Kairo entworfen hatte und diese Stadt uneinnehmbar gemacht hatte, schnell beseitigt worden. Jetzt hoffte Malek, dass sie seine Familie auch ein zweites Mal retten könnten.

Als hätte der Sultan die Gedanken seines jungen Leutnants erraten, sagte er mit leiser Stimme, die gerade so weit trug, wie er es wünschte: »Keine Angst, die Verteidigungsmauern der Stadt sind stark genug, um einem Angriff standzuhalten. Ihre Bewohner sind gut geschützt, und wir werden uns dieser Hunde annehmen, so Gott will.«

Jene, die in Hörweite standen, wiederholten »so Gott will« und fügten ihre eigenen Gebete hinzu. Es waren andere Mitglieder der Leibwache, seine Brennende Kohle, Männer, die denselben Rang hatten und dieselbe Hingabe zeigten wie Malek, aber auch Imad ad-Din, Herrscher von Sindschar, ein Mann mit dem dunklen Gesicht und der Hakennase der Wüstenvölker, der Sohn des Sultans, al-Melek ez-Zaher, sein gutaussehender Neffe Taki ad-Din, den der Sultan, wie jeder wusste, mehr liebte als seine eigenen Kinder, und eine Kompanie von Mamelucken aus Nordafrika, deren Haut dunkel wie Auberginen war. Sie trugen nicht die üblichen Kettenhelme, sondern lediglich ein langes rotes oder weißes Tuch aus Baumwolle, das sie wie eine Zwiebel zu einem Turban wickelten. Sie brüsteten sich damit, nichts anderes zu brauchen. »Unsere Köpfe sind hart wie Stein!«, scherzte ihr Anführer, Aibek al-Akhresh. »Nichts kann sie spalten.«

Als die Sonne im Zenit stand, schwebte der Ruf des Muezzins zitternd in der Luft. Daraufhin saßen alle ab, wuschen sich, so gut es ging, knieten in Richtung Mekka nieder und sprachen ihre Gebete. Dann aßen sie Datteln und Brot und tranken Wasser aus den ledernen Schläuchen, die sie am Sattel befestigt hatten. Die Sonne brannte herab, während vom Land und vom Meer immer mehr *franj* zusammenströmten.

Noch immer saß der Sultan reglos auf seinem Pferd und beobachtete alles fast ohne ein Wort. Schließlich kehrten die Späher zurück, und zusammen ritten sie zum Tell al-Ayyadiya, wo man sein großes Kriegszelt aufgeschlagen hatte. Dort erstatteten sie Bericht, während Salah ad-Din nickte, der Kadi des Heeres, Baha ad-Din, zuhörte und der Amtsschreiber des Sultans sich Notizen machte.

Schließlich erklärte Salah ad-Din, sie würden die Christen auf den Flügeln umgehen, ihre Linien Allah zu Ehren zu einem großen Halbmond formieren und das Heer der *franj* von Norden bis zum Süden umschließen.

»Und so«, setzte er sanft hinzu, »werden die Belagerer zu Belagerten.«

VIERZEHN

London
Oktober 1189

Die Krönung von Richard, Herzog von Aquitanien, dem ältesten überlebenden Sohn von Heinrich und Eleonore, fand am 3. September 1189 in der Abtei St Peter in Westminster statt. Ich war dabei, obgleich viele reiche und mächtige Männer des Königreiches an der Zeremonie nicht teilnehmen durften. Ich aber diente Savaric de Bohun, der wie die anderen Edelleute des Hofs – Lords und Earls, Bischöfe und Barone – anwesend war. Weder Juden noch Frauen waren zugegen, denn sie brachten angeblich Unglück.

Während wir auf den Thronerben und seine Lords warteten, stand ich in der Menschenmenge und dachte, dass reiche Leute auch nicht besser rochen als Arme. Vom Eingang der Kirche bis hin zum hohen Altar hatte man einen purpurnen Teppich ausgebreitet.

»Purpur aus Tyrus, die Farbe der Kaiser!«, erklärte Savaric und wäre vor Ehrfurcht fast in Ohnmacht gefallen. »So kostbar, dass nur Könige es sich leisten können, denn es heißt, dass diese Farbe niemals verblasst. Ein solches Purpur wird durch Argaman erzielt. Weißt du, wie man es gewinnt?«

Ich seufzte. »Sicher werdet Ihr es mir gleich verraten.«

»Dadurch, dass man eine Million winziger Schnecken zerstampft, die nur im phönizischen Meer zu finden sind. Allein um deinen Ärmelaufschlag zu färben, bräuchte man zwölftausend. Und um die beste Wirkung zu erzielen, darf man die Tierchen erst nach dem Erscheinen des Hundssterns sammeln. Das habe ich bei Plinius gelesen, also muss es stimmen. Bei meiner Rückkehr aus dem Heiligen Land werde ich welche mitbringen, für Reggie und für mich. Wir werden die prächtigsten Kleider im ganzen Königreich tragen.«

Ich beobachtete, wie Bischof Reginald neben Balduin von Forde, dem Erzbischof von Canterbury, Platz nahm. Die beiden Kirchenmänner nickten einander höflich zu. Man sah sofort, dass sie sich nicht besonders grün waren. Das hohe Alter des Erzbischofs überraschte mich. Ich hatte gehört, dass Giraldus Cambrensis und er auf ihrer Predigerreise ihr Gefolge die Hügel hinauf- und hinabgehetzt hatten, um sie für den bevorstehenden Krieg fit zu machen, so erpicht waren sie darauf, die heidnischen Horden zu besiegen. Weißhaarig und dürr, wie er war, machte er nicht den Eindruck eines Mannes, der solchen Strapazen gewachsen wäre.

Die meisten Kirchenmitglieder waren fett und hässlich wie die Sünde. Blass, beleibt und alt. Das Beste, was England und Frankreich zu bieten hatten! Wahrhaft ein Armutszeugnis. Plötzlich sah ich eine Gestalt, die im Hintergrund lauerte. Lag es an dem Schatten, den die Säule warf, dass ihr Gesicht so dunkel erschien? Ich reckte den Hals, während mein Herz heftig schlug.

»Glotz nicht so!« Savaric stieß mir den Ellbogen in die Rippen, doch seine ständigen Rügen gingen im Klang der Fanfaren unter.

An den Toren der Kirche tauchte jetzt die Prozession auf, angeführt von einem Lord im Hermelinpelz. Auf einem Kissen trug er die goldene Krone. Hinter ihm, unter einem Baldachin aus weißer Seide, der auf vier Lanzen von Männern in wallenden Gewändern gehalten wurde, schritt der Thronerbe auf den Thron zu. Er ging viel zu schnell, sodass die Edelleute Mühe hatten, mitzuhalten. Richard, von den Engländern Löwenherz genannt, hatte rotes Haar und einen großen, schlaksigen Körper. Beim Gehen hingen die Arme am Körper herab, die Hände waren zu Fäusten geballt; er sah aus wie eine im Ritual gefangene wilde Bestie.

Die Rezitation der Schwüre fand auf Latein statt, doch meine Aufmerksamkeit galt ohnehin mehr den dunklen Schatten im hinteren Teil der Abtei. Als Reginald sich bückte, um dem neuen König die Sandalen anzuziehen, drehte ich mich erneut nach der geheimnisvollen Gestalt um. Es konnte nicht der Maure sein. Wie hätte er sich auf die Krönungsfeier eines englischen Königs schmuggeln können? Doch dann erinnerte ich mich daran, wie listig er war, wie gut er sich aufs Verkleiden verstand und mit welchem Vergnügen er sich als Kardinal ausgegeben hatte. Doch jetzt sah ich neben der Säule wieder nur einen Schatten: Die Gestalt hatte sich in Luft aufgelöst.

Hatte der Maure dort gestanden und sich alles angesehen? Hatte er mich gesehen? Seit er in Rye eigene Wege gegangen war, hatte ich ihn nicht mehr zu Gesicht bekommen, trotzdem musste ich ständig an ihn denken. Die seltsamsten Dinge erinnerten mich zu den seltsamsten Zeiten an ihn. Wenn die Mönche bei unseren stummen Mahlzeiten am Abend mit einem Finger gegen den anderen klopften und um den Pfeffer baten oder mit drei Fingern über die Handfläche fuhren, damit man ihnen die Butter reichte, musste ich plötzlich laut losprusten, weil ich daran dachte, wie sich der Maure über die Zeichensprache der Mönche lustig gemacht hatte. Der Geruch nach feuchter Erde erinnerte mich unweigerlich an unsere Nacht in der Totengrube von Slaughter Moor; allein die Erwähnung einer Eule ließ mich erschaudern. Und wenn ich wie jeden Tag den Nagel von Trier berührte, den ich unter meiner Robe versteckt trug, dachte ich selbstverständlich an den Spender.

Er musste es gewesen sein! Wenn ich ihm nicht sofort folgte, würde ich ihn einmal mehr im Gewimmel von London verlieren. Doch gerade als ich mich davonschleichen wollte, packte mich Savaric am Arm. »Hör endlich auf mit dem Gezappel!«

»Aber mir ist übel«, log ich.

Er warf mir einen angewiderten Blick zu. »Du musst so lange ausharren, bis man ihm die Krone aufgesetzt hat. Vorher lassen sie niemanden hinaus oder hinein.«

Während der ganzen Zeremonie ärgerte ich mich schwarz, und ich war nicht der Einzige, der es kaum abwarten konnte, dass das langweilige Ritual endlich ein Ende fand. Im selben Augenblick griff Richard nach der Krone, die auf dem Kissen lag. Einen Augenblick sah es danach aus, als würde er sich das verdammte Ding selbst aufsetzen, dann aber reichte er sie dem Erzbischof, der sie entgegennahm und dem König ungebührlich hastig aufs Haupt setzte. Und als wäre das nicht schon beunruhigend genug, flatterte genau in diesem Augenblick etwas im düsteren Licht über dem Hochaltar auf und huschte dann über die Bischofsmütze hinweg. Wie eine verlorene Seele flog es zwischen den Säulen hin und her, schlug dämonisch mit den schwarzen Flügeln und kreiste immer wieder über der goldenen Krone.

»Eine Fledermaus«, rief jemand ehrfürchtig. »Eine Fledermaus am Tag, das ist ein böses Omen.«

»Eine Fledermaus im Haus bedeutet Tod.«

»Das ist kein Haus, sondern eine Kirche …«

»Eine Kirche ist das Haus Gottes …«

»Dieses Königreich wird vielen den Tod bringen«, flüsterte jemand und wurde augenblicklich zur Ruhe ermahnt.

Mehr als alles andere überzeugte mich das Auftauchen der Fledermaus davon, dass der Mann in der Dunkelheit der Maure gewesen sein musste. Zwei schwarze Fremdlinge, zwei *ignoti*, Eindringlinge, die hier nichts zu suchen hatten. Als man die Tore der Kirche endlich öffnete, riss ich mich von Savaric los und bahnte mir einen Weg durch die Menge, doch draußen warteten Tausende von Menschen darauf, dass der König sich zeigte und ihnen seinen Segen erteilte. Von dem Mauren keine Spur.

Während des Festmahls am Abend bekam ich keinen Bissen herunter, obgleich das Essen so extravagant war, dass es fast schon lächerlich wirkte. Alles mögliche unsägliche Zeug, das ineinandergestopft und mit so vielen Gewürzen geröstet war, dass es auch alles dasselbe Hühnerfleisch hätte sein können. Ich trank weit mehr als gut für mich war, und als wir am nächsten Tag in Westminster Hall an der Bescherung des Königs teilnahmen, hatte ich einen Kater.

Auch Reginald und Savaric hatten ein Geschenk für den neuen König dabei. Dem Besuch war eine lange Debatte vorangegangen, und das, was ich aufgeschnappt hatte, trug nicht gerade zu meiner Beruhigung bei.

»Trotzdem ist es eine Fälschung. Wenn er es herausfindet, lässt er uns enthaupten.«

»Es ist keine Fälschung, es ist so alt, wie man will.«

»Es ist alt, nur allzu wahr, aber das ist auch alles.«

Savaric seufzte. »Du nimmst das Ganze viel zu ernst, werter Cousin. Es ist die Verkörperung einer verlorenen Zeit, einer Zeit der Ritterlichkeit und des Heldentums. Es wird den Krieger in ihm ansprechen, er wird die Geste genauso zu schätzen wissen wie den Gegenstand. Er ist seines Vaters Sohn – schlau und geldgierig –, deshalb wird er den Wert völlig richtig einschätzen und auch, was es uns in puncto Ertragspotenzial gekostet hat. Es wird das beste Geschenk sein, das er bekommt, und er wird sich an uns erinnern. Vertrau mir, Reggie.«

Die Unterhaltung ließ mich nicht los, und als Savaric am nächsten Tag im Sonntagsstaat und mit dem Bündel unter dem Arm auftauchte, wusste ich, dass mich mein Instinkt nicht betrogen hatte. Ganz mulmig war mir zumute.

Das laute Gewusel des Hofstaats unter den gewölbten Stichbalken der Halle dröhnte mir in den Ohren. Einer nach dem anderen karrten die Barone und Earls ihre Geschenke herbei – Kristallkelche und von Hand gravierte Goldteller, Kerzenhalter und Gewänder aus Hermelin, Bärenfelle und Seidenballen. Zwei elegante Jagdhunde, so feingliedrig, dass sie ihre Beute wie Falken im Flug erlegen würden. Als Savaric niederkniete, um dem König sein Geschenk zu Füßen zu legen, sah ich uns drei, Savaric, Bischof Reginald und mich, wie Christus und die Diebe ans Kreuz genagelt oder bei lebendigem Leib am Spieß gebraten, während unsere Gedärme wie Würste heraushingen und in den Flammen zischten.

»Sehet Artus' Schwert, die Klinge des heldenhaften Königs der Briten, der sich den heidnischen Sachsen entgegenstellte und ihr Heer ins Meer zurücktrieb!« Mit einer schwungvollen Geste zog Savaric das Tuch von der Waffe.

Eine Frau lachte.

Richard beugte sich vor, nahm das Schwert in die Hand und wog es. »Wie seid ihr daran gekommen?«, wollte er wissen.

Savaric sah seinen Cousin an. Bischof Reginald sah mich an. Und ich senkte den Blick in der Hoffnung, einer von ihnen würde das Wort ergreifen. Ich verstand die Sprache der Adligen besser, als ich zugab, doch wie konnten sie von einem halb wilden Jungen aus dem Moor von Cornish erwarten, dass er sich mit einem König auf Französisch unterhielt? Schließlich sagte Savaric: »Aus der Ausgrabungsstätte in Westengland, wo der König seine letzte Schlacht geschlagen hat, nicht wahr, John?«

Nun gab es kein Entrinnen mehr. Ich sah König Richard ins Gesicht. Es war von wildem Haar umgeben. Der kleine, harte Mund versteckte sich hinter einem dichten Schnurrbart, so wie das Kinn unter einem drahtigen Bart. Der Mund lächelte angesichts meines Unbehagens, doch das Lächeln spiegelte sich nicht in seinem frostigen Blick wider. Ich war schon vielen Männern wie ihm begegnet – rotes Haar, blasse Haut, helle Augen. Red Will zum Beispiel. Doch während diese Züge Will schwach und unreif wirken ließen, verliehen sie Richard etwas Bedrohliches wie ein bleiches Feuer, das einen bis auf die Knochen versengen würde.

»Es stammt aus … aus … äh … der Ausgrabungsstätte der Schlacht von Camlann, bei Slaughter Bridge im Moor von Cornwall«, antwortete ich auf Englisch, sodass Savaric übersetzen musste. »Die Einheimischen behaupten, es sei das Schlachtfeld, auf dem König Artus bei der Verteidigung ihres Landes fiel.«

Savaric musste dem König erklären, was und wo Cornwall in seinem neu erworbenen Reich war. Sogleich fragte der König, ob es ein reiches Land sei, wie viele Lords dort lebten und welche Länder, Burgen und Klöster es hatte. Savaric breitete die Arme aus. »Gott sei es geklagt, Eure Majestät, es ist eine arme, unwirtliche Gegend, und die Bewohner sind Halbwilde.«

Richard wirkte enttäuscht. Dann wandte er seinen eiskalten Blick wieder mir zu. »Und woher weißt du, dass es dem großen König Artus gehörte?«, fragte er mich auf Englisch und versetzte mir damit einen gehörigen Schreck. Alle hatten gesagt, er könne kein Wort Englisch.

Mir rutschte das Herz in die Hose. »Das wusste ich nicht, Herr. Ich … äh … das heißt, wir … waren auf der Suche nach alten Knochen, die wir als Reliquien verkaufen konnten. An Klöster und ähnliche Einrichtungen. Sie zahlen nicht schlecht für derlei, selbst wenn sie wissen, dass sie nicht echt sind.« Ich spürte, wie Savaric neben mir zusammenzuckte. Doch ich fuhr trotzdem fort, während der König mich mit seinem kalten Blick durchbohrte. »Die Leute glauben, dass solche Dinge Wunder bewirken …« Da stand ich, redete mich um Kopf und Kragen und wartete darauf, dass mein Urteil gesprochen wurde. Und nirgendwo ein maurischer Magier, der mich mit einem seiner schlauen Tricks hätte retten können.

Savaric wollte etwas sagen, doch plötzlich mischte sich die Frau ein, die neben dem König saß. *»Assez!«*, rief sie. Ihre Stimme war derart herrisch, dass alle den Atem anhielten. Sie war keine alte Vettel, aber auch nicht mehr jung. Sie hatte viele Runzeln und Falten, vor allem um den Mund, doch ihre Augen waren scharf, hell und lebendig, wie die einer Hexe, die eine Jungfrau verschluckt hat. Sie beugte sich vor. »Dieser Junge ist schlauer als die ganze Meute zusammen! Die Leute glauben tatsächlich, dass derartige Gegenstände Wunder bewirken können. Und die Kirche setzt mithilfe von Lügen und Schwindel immer mehr Fett an.« Sie durchbohrte Bischof Reginald mit einem stechenden Blick. Dem rutschte das Herz in die Hose. »Nun, aber das ist ja nichts Neues.« Jetzt blickte sie ihren Sohn an. »Der Glaube ist ein mächtiges Schwert, vielleicht das mächtigste überhaupt. Der Glaube ist wichtig für jene, die Macht ausüben. Sag, Richard, wann ist ein Schwert nicht nur ein Schwert?«

»Du sprichst in Rätseln, Mutter!«

Mutter? Das ist also die Wölfin Eleonore? Königin zweier Länder, Mutter zweier Könige und Kriegerin Gottes. Sie hatte etwas Furchterregendes und wirkte noch stählerner als die Äbtissin von Wilton. Und mit einem Mal wurde klar, woher Richard den kleinen, harten Mund hatte.

Ihre schmalen Lippen verzogen sich zum Anflug eines Lächelns. »Menschen brauchen Helden, um ihren Glauben darauf zu stützen, und Helden brauchen legendäre Waffen. Der heilige Georg benutzte eine Lanze namens Ascalon, um den Drachen zu töten. Perseus tötete die Medusa mit seiner Harpe, Karl der Große trug Joyeuse, das Schwert der Erde, und Roland das Schwert Durendal, dieselbe Waffe, die Hektor in Troja verwendete, wenn man den Troubadouren Glauben schenken will.«

Richard setzte sein Löwengrinsen auf. »Du beschämst die Gelehrten.«

»Das Schwert, mit dem dieser alte König die Heiden von unseren Küsten vertrieben hat, verleiht demjenigen, der es trägt, eine magische Aura. Doch muss es nicht einen Namen haben?«

»Caliburn«, antwortete jemand. Ich drehte mich um und sah Erzbischof Balduin, dürr wie ein Huhn in seinem Gewand, das viel zu groß um ihn herumschlotterte. »Geoffrey von Monmouth nennt in seinen albernen Fabeln das Schwert des alten Königs Caliburn.«

»In Cornwall kennen wir es als Excalibur«, platzte ich heraus.

König Löwenherz hob die Augenbrauen. Ich weiß nicht, wer überraschter war, dass ein Bauernjunge die Frechheit besaß, einen König zu unterbrechen – er oder ich selbst –, doch er ließ es durchgehen. »Excalibur«, sagte er leise. Er strich mit der Hand über das alte Eisen, tastete über den erodierten Schwertgriff mit seiner verzierten Parierstange. Anschließend wickelte er das Schwert wieder in das Tuch ein und übergab es einem Diener. »Der Waffenschmied soll eine Kopie herstellen. Keine genaue Kopie, sondern eine, deren Länge meiner Reichweite angepasst ist. Er wird schon wissen, was notwendig ist.« Dann blähte er die Brust und warf seine Mähne zurück. »Ich werde es gegen die Horden der Heiden in die Schlacht tragen, so wie König Artus damals. Wir werden eine neue Legende schmieden.« Er warf seiner Mutter einen Blick zu, als suchte er ihre Zustimmung – sie jedoch funkelte ihn nur an.

»Ich habe ein weiteres Rätsel für dich. Wann ist ein Stück Holz nicht mehr nur ein Stück Holz?«

Richard verschränkte die Arme und wartete.

»Wenn es zum Kreuz wird, auf das unser Herr Jesus Christus geschlagen wurde und das die gesegnete Kaiserin Helena in Jerusalem ausgegraben hat. Dort, wo jetzt die Grabeskirche steht, die schändlicherweise den gottlosen Muselmanen in die Hände gefallen ist.«

Richard lachte. »Das Heilige Kreuz! Vergoldet und mit Edelsteinen verziert!«

»Nicht das kostbare Äußere macht es so wertvoll«, entgegnete Balduin scharf. »Sondern, dass es das Kreuz Christi ist, das Holz des Lebens, Lignum Vitae!«

»Ganz recht«, nickte Eleonore. Sie wandte dem lästigen Erzbischof den Rücken zu und schloss ihn aus dem Gespräch aus. »Möglich, dass es nur ein altes Stück Holz ist, doch sein Wert liegt nicht im Gold oder in den Edelsteinen, sondern in dem, was es symbolisiert.«

Erzbischof Balduin konnte nicht umhin, sie zu unterbrechen. »Es ist das Kreuz, auf das Jesus Christus geschlagen wurde, um uns von unseren Sünden zu erlösen …«

»Auf die symbolische Kraft kommt es an«, fuhr Eleonore mit schneidender Stimme fort. »Darin liegt seine Bedeutung.

Wenn du Magie verlangst, nun ja … ich betrachte dich, mein Sohn, und sehe einen gut aussehenden, kräftigen Mann. Aber einen Mann, nicht mehr. Setz ihm die Krone aufs Haupt, und du hast einen König. Drück ihm ein Schwert in die Hand, und er ist ein Held.« Jetzt kniff sie die Augen zusammen und reckte das spitze Kinn vor, wie die Hexe, als die man sie bezeichnete. »Aber wenn er in die Schlacht gegen die Sarazenen zieht und ihnen das Heilige Kreuz wieder abnimmt, die heiligste Reliquie des Christentums, dann hat man nicht nur einen König, nicht nur einen Helden«, hier senkte sie die Stimme fast zu einem Flüstern, »sondern einen Kaiser, vielleicht sogar den Kaiser des Heiligen Römischen Reiches …«

»Mutter!«

Sie breitete die Hände aus und lehnte sich zurück. »Ich scherze. Nun ja, ein bisschen. Wie auch immer. Erobere das Heilige Kreuz zurück, mein Sohn, und die Welt liegt dir zu Füßen wie eine Hure mit gespreizten Beinen.«

Ich blickte mich um, um zu sehen, ob noch jemand diesen außerordentlichen Wortwechsel vernommen hatte, doch die Gäste unterhielten sich inzwischen und tranken; selbst der Erzbischof hielt einen großen Becher in seiner klauenartigen Hand. Reginald blickte nachdenklich zu Boden, und ich sah Savaric in die Augen. Ohne dass die anderen es merkten, grinste er mir zu wie ein Wolf, höchst zufrieden damit, wie sein Schwert angekommen war.

Fest und Bescherung setzten sich fort. Der Wein floss in Strömen, und der Lärm in der Halle wurde immer erdrückender. Als eine jüdische Gesandtschaft sich mit ihren Geschenken einen Weg durch die Menschenmenge bahnte, wurde sie beleidigt, geschubst und ausgelacht.

»Fort mit euch, ihr Hunde«, rief ein Lord.

Die Juden gingen in ihren schwarzen Kleidern hintereinander, würdevoll und gelassen. Sie hatten üppige Geschenke mitgebracht – goldene Kerzenhalter und Amtsketten, Kästchen voller Juwelen und Gläser aus Kristall. Der König hatte es auf ihren Reichtum abgesehen und befahl den Wachen, sie durchzulassen. Die Edelleute, die mittlerweile eine Menge Wein intus hatten, ließen ihrer giftigen Galle freien Lauf, pfiffen und buhten sie aus. Sobald die Juden ihre Gaben überbracht hatten, wurden sie unsanft wieder aus der großen Halle befördert.

»Ich warte in der Kirche auf Euch«, erklärte ich Savaric und meinte die Abtei von Bermondsey am Ostufer der London's Bridge, wo wir Unterkunft gefunden hatten.

Draußen hatte sich eine große Menschenmenge versammelt in der Hoffnung, einen Blick auf den König zu erhaschen. Wahrscheinlich wartete sie schon seit Stunden, und die Stimmung war nicht die allerbeste. Als die Leute sahen, wie die Wächter die Juden aus der Halle vertrieben, fassten sie dies als ein Zeichen dafür auf, dass der neue König ihre Abneigung gegen Juden teilte. Die Gruppe von Männern in schwarzen Mänteln wurde nun von einem grölenden Mob umzingelt.

»Verfluchte Geldverleiher!«

»Christusmörder!«

Es hörte sich allmählich an wie zu Allerheiligen: ein Chor von dämonischen Stimmen. Und dann verwandelten sich plötzlich ohne Vorwarnung die Schreie in Schläge. Fäuste und Knüppel prasselten auf die Männer nieder, die lediglich gekommen waren, um König Löwenherz zu huldigen.

»Verschwindet aus unserem Land!«, skandierte die Meute. »Verdammte Fremde! Diebische Teufel!«

Ich erinnerte mich daran, wie der Maure mir einmal erklärt hatte, dass der Mensch einen anderen nur deshalb zum Fremden und Feind erklärt, damit er ihn ohne schlechtes Gewissen töten kann. So wie ich selbst geglaubt hatte, dass die Sarazenen Säuglinge verschlingen, ehe ich anfing, darüber nachzudenken.

Ich konnte nicht tatenlos an ihnen vorbeigehen. Ein schwarz gekleideter junger Mann hob schützend die Arme vor den Kopf. Ich schubste einen kräftigen Kerl beiseite, der einen Knüppel schwang. »Mach, dass du wegkommst, lass ihn in Frieden!«, schrie ich.

Der bullige Kerl starrte mich an. Dann kräuselten sich seine Lippen. »Noch so ein dreckiger Jude!«, brüllte er, und viel zu spät erkannte ich meinen Fehler. Ich hatte mit meinem Akzent aus Cornwall gesprochen.

»Ich bin kein Jude!«, schrie ich zurück, obgleich irgendetwas in meinem Innern wusste, dass ich das nicht hätte sagen sollen.

Trotzdem nutzte es mir nichts. Wahllos schlugen sie auf uns beide ein, bis ich mich auf den schmutzigen Boden warf und zusammenrollte, um meine Organe zu schützen. Der Mann, der neben mir zu Boden gegangen war, hörte sogar auf, vor Schmerz zu stöhnen.

Wäre nicht just in diesem Augenblick Savaric aus dem Saal gekommen und hätte mit seiner Patrizierstimme der Wache befohlen einzuschreiten, ich hätte so wie viele andere diese furchtbare Nacht nicht überlebt.

Später berichtete man mir, dass sich die Gewalt von Westminster bis nach Old Jewry ausgebreitet hatte, einer Ansammlung von Straßen westlich des White Tower, wo die Juden lebten und ihre Toten begruben. Und an diesem Tag gab es viele Tote zu bestatten. Sie schlossen sich in ihren Häusern ein, wo sie sich in Sicherheit wähnten, doch der Mob setzte das ganze Ghetto in Brand, und als die Bewohner mit brennenden Kleidern auf die Straße stürzten, wurden sie von der wütenden

Menge in Stücke gerissen. Männer, Frauen und Kinder – der Mob kannte kein Erbarmen.

Es heißt, in jener Nacht hätte der Himmel einem orangefarbenen Feuer geglichen, als wollte er den Menschen zu ihrer Beschämung einen Spiegel vorhalten.

FÜNFZEHN

Akka

Zohra wollte gerade von den Gebeten für ihre tote Mutter am Grab zurückkehren, als der Bäcker des Viertels am Friedhof vorbeilief. »Die *franj* kommen!«, schrie er. Seine Wangen waren mit Mehl bestäubt, nachdem er sich in seiner Panik die Hände vor das Gesicht geschlagen hatte.

»Nicht auch noch das!«, sagte sie entgeistert, doch der Bäcker war bereits weitergelaufen, um die schreckliche Nachricht zu verbreiten. Zohra sank auf ein Stück Rasen neben der Friedhofsmauer. Konnte das Leben denn noch schlimmer werden, als es bereits war? Sie hatte kein Auge zugetan, so sehr hatten die Erinnerungen sie gequält. Das gelbe Kissen mit dem Abdruck des Mundes ihrer Mutter. Der blutige Handabdruck auf dem Türpfosten der Terrasse. Ihr blutüberströmter Vater mit Augen wie dunkle Höhlen in einer Maske des Entsetzens. Die geliebte tote Taube in seiner Hand. Die zertrümmerten und umgestürzten Käfige, die verwehten Federn und das Blut überall. Kamal, der blass und mit blutbespritzten Kleidern an ihr vorüberrannte …

Ihr jüngerer Bruder war nicht nach Hause zurückgekehrt. Ein Nachbar hatte ihnen berichtet, dass Kamals Freund, Bashar Muallem, ebenfalls verschwunden war. »Gut, dass wir den los sind«, hatte er finster hinzugefügt.

Die Stimmung im Haus war unerträglich. Baltasar konnte

Aisa nicht ansehen, ohne in Tränen auszubrechen. Aisa schlich herum, als wünschte er sich, wie sein Zwillingsbruder einfach verschwinden zu können. Und Zohra fühlte sich für alles verantwortlich. Wäre sie zu Hause gewesen, wo sie hätte sein sollen, und hätte sich um Ummi gekümmert, wäre ihre Mutter noch am Leben, und Babas Tauben auch. Und Kamals labiles, gefährliches Wesen wäre etwas, über das man sich weiterhin den Kopf zerbrach; sie wären immer noch eine Familie und nicht dieses jämmerliche Häufchen Elend, das allein von Schuldgefühlen und Not zusammengehalten wurde.

Und jetzt standen auch noch die *franj* vor der Tür. Sie hoffte, dass Malek es sicher ins Lager zurückgeschafft hatte. Wenn sie auch ihn verlor … sie schüttelte den Kopf. Plötzlich fiel ein Schatten über sie; sie blickte auf und hielt den Atem an. Dann sah sie, wie die Sonne Aisas Gesicht streifte. Wie das ihre war es voller Trauer.

»Komm mit zur Befestigungsmauer«, sagte er.

Sie starrte ihn an. »Wozu?«

Aisa reichte ihr die Hand und half ihr auf die Beine. »Es ist ein historischer Augenblick«, erklärte er. Er klang seltsam, älter. »So wie damals bei Hattin. Das ist unsere Geschichte. Später werden wir in der Lage sein, den Leuten zu erzählen, wie Akka angegriffen wurde.«

Und so ließ Zohra sich von Aisa durch die Straßen und Gassen zu den nördlichen Befestigungsanlagen zerren. Sie kamen an dem Burghof vorbei, wo die Tempelritter einst ihr Hauptquartier aufgeschlagen hatten, an den Mauern der Zitadelle, dem Fuß der Festung, die als Turm der Verdammnis bekannt war, dem Ort, an dem, wie es hieß, die Münzen geprägt worden waren, mit denen Judas Ischariot ausbezahlt worden war, nachdem er den Propheten Isa Christus an die Römer verraten hatte.

»Hier entlang!« Aisa kletterte furchtlos auf den eingestürzten Teil der Mauer nördlich des Turms, so wie es nur ein Vierzehnjähriger kann, und Zohra folgte ihm unsicher, während sie versuchte, nicht das Gleichgewicht zu verlieren. Die Sonne brannte auf ihren Rücken herab. Ihr Herz klopfte. Oben angelangt zog Aisa sie zu sich auf die Befestigungsmauer, wo sich bereits eine große Menschenmenge versammelt hatte und sich den Hals verrenkte, um einen Blick über die Zinnen zu werfen.

Die christlichen Horden waren von Staubwolken und dem Flimmern der Hitze umhüllt. Dann tauchten in der Ferne bunte Banner und berittene Ritter auf, und die Hufe der Pferde auf dem ausgedörrten Boden hörten sich an wie Donnergrollen. Fußsoldaten und Bogenschützen, Hunderte von Wagen und schließlich massive Holzgestelle auf Rädern, die gefürchteten Belagerungstürme.

»Seht ihr die blauen Banner mit dem großen goldenen Kreuz? Das sind die des Königs von Jerusalem!«, rief jemand und wurde augenblicklich von der Menschenmenge niedergeschrien. »Es gibt keinen König von Jerusalem; er ist nichts weiter als ein emporgekommener Hundesohn!«

Andere schworen, sie hätten unter den Reitern Konrad von Montferrat und den Großmeister des Templerordens, Gérard von Ridefort, erkannt, doch in Wahrheit war es unmöglich, einzelne Individuen auszumachen. Aisa drängte sich an zwei kräftigen Männern vorbei nach vorn und rief Zohra über die Schulter zu: »Auch ihre Pferde tragen Rüstungen! Ich wusste gar nicht, dass es Rüstungen für Pferde gibt. Sie sind riesig!«

Zohra fühlte sich plötzlich schwach und sank auf einen von der Sonne erhitzten Felsbrocken. Sie fragte sich, warum um alles in der Welt sie bloß mitgegangen war. Die feindlichen *franj* zu sehen bedeutete, das wahr werden zu lassen, was zuvor nur ein Gerücht gewesen war. Ihre Brust schnürte sich vor Angst zusammen. Sie wünschte, sie wäre in der Straße der Schneider unter Nathanaels Decke, könnte den Kopf an seinen warmen Körper schmiegen und so tun, als wäre die Zeit stehen geblieben. Trotzdem wusste sie, dass es kein Zurück mehr gab in dieses kleine Paradies aus Hitze und Honig, Schweiß, Stöhnen und Küssen, das sie sich gemeinsam erschaffen hatten. Jetzt musste sie für ihre Sünden büßen und das zusammenhalten, was von ihrer Familie noch übrig geblieben war. Es war das größte Opfer, das sie Allah bringen konnte.

Und plötzlich wurde ihr mit einer Wucht, die sie fast umwarf, bewusst, dass das Heer, das vorrückte, um die Stadt zu belagern, der Weggang ihres Bruders, der Tod ihrer Mutter und all das Chaos und die Panik unbedeutend waren im Vergleich mit dem Verlust Nathanaels.

In der Straße der Schneider nahm Nathanael die Nachricht von der Belagerung mit einem fatalistischen Achselzucken auf. Was machte es schon, wenn er die Stadt nicht mehr verlassen konnte? Er fühlte sich mehr in seiner eigenen Haut gefangen als in Akkas Stadtmauern. Nach dem Tod ihrer Mutter hatte sich Zohra nicht mehr blicken lassen, und sie las auch die Botschaften nicht, die er ihr unter den Topf mit Basilikum vor ihrer Tür schob. Einmal war sie verschleiert und gesenkten Hauptes an ihm vorbeigegangen, als er am Ende der Straße auf sie wartete, und hatte ihn keines Blickes gewürdigt, ihn behandelt wie Luft. Es kam ihm vor, als wäre seine Welt zu Ende gegangen, obwohl überall um ihn herum die Menschen nach wie vor ihren Geschäften nachgingen. Es war ihm egal, ob er lebte oder tot war. Die Bewohner von Akka schienen fest entschlossen, die Belagerung nicht zur Kenntnis zu nehmen, als könnten sie sie dadurch ungeschehen machen. »Es steht geschrieben«, sagten sie. »Allah wird uns beschützen.« Er wünschte, an ein glückliches Ende glauben zu können. Und allmählich dachte er, dass seine Liebe zu Zohra verflucht war.

Am Tag danach wurde er gerufen, um einen Soldaten zu behandeln, dessen Schulter von einem Pfeil getroffen worden war. Das ferne Echo eines lateinischen Kirchenliedes schwebte über die Befestigungsmauer in die Stadt hinein, und Nathanael fiel plötzlich ein, wie er vier oder fünf Jahre bevor Salah ad-Din die Stadt zurückerobert hatte, eines Morgens im Sommer an der Kirche des heiligen Antonius vorbeigekommen war und gehört hatte, wie die Gemeinde dieses Lied sang. Jetzt fragte er sich, wie viele Christen, die der Sultan freigelassen hatte, sich inzwischen wohl dem Heer der Gottlosen angeschlossen hatten. Es war ein Fehler, Gnade walten zu lassen, dachte er erbittert.

Auch er hatte über die Mauer geblickt. In der dunstigen Ferne konnte er die Zelte und Banner des muselmanischen Heeres auf den Hügeln sehen, das die Belagerer umzingelt hatte, doch nichts anderes tat, als zuzuschauen. Nichts deutete auf eine Schlacht hin. Die einzige Aktion in dem riesigen Heerlager der Feinde schienen Hunderte von Soldaten zu sein, die mit Schaufeln enorme Haufen von Erde auftürmten. Ein Mann in einer gestreiften Robe aus Kamelhaar erklärte: »Sie graben sich ein. Sieht ganz danach aus, als würden sie sich auf eine lange Belagerungszeit einstellen.«

»Sie wollen uns aushungern«, setzte ein anderer Mann hinzu.

Als er heimkehrte, stand seine Mutter im Garten, in dem sie Kräuter für medizinische Zwecke angebaut hatten, und schnupperte mit geschlossenen Augen an einem Büschel Zitronenmelisse. Sie wirkte traurig und gefasst zugleich. Das weiche Licht fiel durch die Blätter der Weinreben auf ihr Gesicht. Dicke dunkle Trauben hingen an den Zweigen. Sie waren noch nicht geerntet worden. Das müssen wir bald tun, dachte Nathanael.

Die Augen seiner Mutter waren genauso schokoladenbraun und verträumt wie seine eigenen, doch ihr Haar war grau, fast schon weiß. Sie lächelte zu ihrem einzigen, über alles geliebten Kind auf. »Wie geht es dir heute?«

Nat zuckte die Achseln. Er wusste, was sie meinte, aber er konnte nicht darüber reden. »Wo ist Abi?«, fragte er.

»In der Zitadelle, wie üblich. Der Emir hat wieder einmal Kopfschmerzen.«

»Ich habe gesehen, was ihm Kopfschmerzen bereitet«, erwiderte Nathanael. »Es steht vor den Stadtmauern, ein Heer, das sich meilenweit erstreckt. Die Leute sagen, die Belagerung könnte eine Ewigkeit dauern.«

Saras Lächeln erstarb. Sie blickte sich in ihrem üppigen kleinen Garten um, betrachtete die Orangenbäume, den duftenden Thymian, über dem ein Schwarm Bienen kreiste, die Bienenkörbe und die kräftigen Chilipflanzen. Die Beete, aus deren Kräutern sie Tee und Pulver herstellen würden, um die alltäglichen Beschwerden zu heilen, an denen ihre Patienten unter normalen Umständen litten. Doch jetzt hatte sich alles verändert. Jetzt herrschte Krieg.

»Vielleicht sollten wir zum Markt gehen«, sagte sie. »Wäre nicht schlecht, einen Vorrat an Mehl und Reis im Haus zu haben.«

Der Markt war derart überfüllt, dass sie Mühe hatten, sich durch die schmalen Gänge zwischen den Marktbuden zu drängen. Natürlich hatten alle Bewohner von Akka dieselbe Idee gehabt und deckten sich nun mit Vorräten ein, so gut es ging. Manche Stände machten bereits dicht, weil sie alles verkauft hatten.

»*Balak, balak!*« Das Gedränge war so dicht, dass der Junge des Gemüsehändlers kaum vorwärtskam. »Macht Platz, macht Platz!« Er presste den Handkarren gegen die Beine der Passanten, bis sie widerwillig zur Seite wichen und ihn durchließen. Dann wogten sie wie eine Welle hinter ihm her, und alle versuchten, ein oder zwei Zentimeter vorzurücken auf dem Weg zu ihrem Ziel.

Sara schüttelte den Kopf. »Das ist zwecklos. Vielleicht warten wir bis morgen.«

»Wenn wir bis morgen warten, ist nichts mehr übrig«, entgegnete Nathanael bestimmt und drängte weiter vor. Er schirmte seine Mutter mit seinem Körper ab, so gut es ging, und bahnte sich einen Weg durch die Lücken, die er fand. Die Leute traten ihm auf die Füße. Niemand nahm Rücksicht, niemand entschuldigte sich, was sehr ungewöhnlich war. Irgendetwas vor ihnen versperrte ihnen den Weg, und mit einem Mal blieb die Menschenmasse stehen. Nathanael wurde gegen den Bastkorb und den dicken Hintern einer Frau vor ihm gepresst, jemand verpasste ihm einen schmerzhaften Stoß mit dem Ellbogen in die Seite, absichtlich, meinte er, als würde er ihn dafür verantwortlich machen, dass sie nicht vom Fleck kamen. So dicht war die Menge, dass er sich nicht einmal umdrehen konnte, um den Betreffenden zu ermahnen oder ihm einen scharfen Blick zuzuwerfen. Er konnte sich überhaupt nicht mehr bewegen.

Wir könnten gut hier zu Tode gequetscht werden und das Mehl, um dessentwillen wir hier sind, gar nicht mehr brauchen, dachte er.

SECHZEHN

Vom muselmanischen Lager auf den Hügeln über Akka beobachtete Malek den Feind. Der Sultan und seine Feldherren waren zum Rand des Lagers geritten, um das Heer der Ungläubigen in Augenschein zu nehmen. Noch war es dem muselmanischen Heer zahlenmäßig unterlegen, doch bekamen die Christen tagtäglich Verstärkung; Schiffe legten an der Küste zwischen Akka und Haifa an, und Truppen wurden in kleineren Booten an Land gebracht, sodass ihre Streitmacht der der Muselmanen bald ebenbürtig sein würde. Aus der ganzen Welt kamen sie herbeigeeilt, von allen Ecken ihres Königreichs: von Jerusalem, aus Poitou, Aquitanien und Anjou, aus Pisa, Genua und Neapel, Dänemark, den Niederlanden, Schwaben und Thüringen, Orten, von denen Malek noch nie etwas gehört hatte. Sie alle standen zwischen ihm und seiner Familie.

Seit Wochen beobachteten sie, wie der Feind seine Trebuchets und Wurfgeschütze um den Turm der Verdammnis in Stellung brachte und die Befestigungsanlagen der Stadt ohne sichtlichen Erfolg unter Feuer nahm. Gelegentlich ging eines der Katapulte, die von den Brandsätzen der muselmanischen Verteidiger getroffen wurden, in Flammen auf, und die Bogenschützen auf der Befestigungsmauer der Stadt nahmen deren Besatzung unter Beschuss. Die *franj* bauten ihre Gräben aus und leiteten das Wasser hinein, mit dem man zuvor die Zuckerrohrfelder und Obstgärten vor der Stadt bewässert hatte, um sich vor den Angriffen der Kavallerie des Sultans zu verteidigen. Es war frustrierend, hier oben zu stehen und nichts anderes tun zu können, als zuzusehen. Malek konnte es kaum abwarten, sie anzugreifen. Ihr General war ein vorsichtiger Feldherr, der kein Risiko einging. Heute jedoch spürte Malek Salah ad-Dins Anspannung. Er saß aufrecht im Sattel und beobachtete die feindlichen Truppenbewegungen mit scharfem Blick. Malek wusste, dass er trotz seiner Haltung und unerschütterlichen Aufmerksamkeit tief besorgt war. Seit Tagen litt der Sultan an einer Krankheit, die starke Schwellungen am ganzen Körper hervorgebracht hatte, sodass er Mühe hatte, eine Position zu finden, in der er sich ausruhen konnte, wenn er vom Sattel abstieg. Die Ärzte waren ratlos, sie hatten alles versucht, von Blutegeln bis Kräutertees, doch es war vergebens gewesen. Der Sultan hatte schon immer wenig gegessen, vor allem kaum Fleisch, doch jetzt nahm er so gut wie gar nichts mehr zu sich. Bislang waren diese Gerüchte nur bis zu seiner Leibgarde vorgedrungen. Alle machten sich große Sorgen, denn auf keinen Fall durften die Offiziere, die ständig untereinander stritten, oder das einfache Heer davon erfahren. Auch dem Herrscher von Sindschar ging es nicht gut, er lag stöhnend in seinem Zelt und flehte Gott an, ihn von seinen Qualen zu erlösen.

»Wenn er nicht bald zu jammern aufhört, werde ich ihn noch eigenhändig von seinen Qualen erlösen«, drohte Malcks Kamerad Hicham leise. Sie hielten nicht viel vom Herrscher von Sindschar und den Truppen aus Diyarbakır, die dem Ruf des Sultans nur widerwillig gefolgt waren und ständig klagten: über die Hitze, die vielen Fliegen, den beschwerlichen Weg über die Hügel, den sie nehmen mussten, um die Pferde zu tränken, Über die Trennung von ihren Frauen und über die Stammesunruhen in ihrem eigenen Land. Doch sie waren Kurden wie der Sultan auch, vielleicht meinten sie, deshalb das Recht zu haben, ihre Beschwerden lauthals kundtun zu dürfen.

Die *franj* hatten damit begonnen, ihre Schlachtreihen auszubauen, vom Norden der Stadt bis zum Fluss Belus im Süden. Salah ad-Din sah sich alles an und schwieg, obgleich er die Lippen fester aufeinander presste und seine Falten noch tiefer waren als sonst. Die Sonne brannte bereits auf sie nieder. Malek konnte kaum noch seinen Helm berühren. Nicht gerade die besten Voraussetzungen für einen Mann mit Fieber, auch wenn der Sultan weder ein Kettenhemd noch einen Helm auf dem Kopf trug.

»Sie werden noch heute einen Angriff starten«, erklärte der Sultan schließlich.

Vergeblich warteten sie darauf, dass er weitersprach. Am Ende fragte sein Sohn al-Afdal: »Was sollen wir tun, Herr?«

»Wir lassen sie kommen«, antwortete Salah ad-Din. In der Nacht zuvor hatte er in Erwartung eines Angriffs den Koran befragt, jetzt brachte er seine Truppen in Stellung. Er selbst würde das mittlere Heer befehligen, seine Söhne die rechte und hintere Flanke anführen, in Sichtweite der Soldaten aus Diyarbakır und Mossul, die fast bis zum Meer reichten. Am äußersten rechten Flügel platzierte er die Truppen von Hama unter dem Befehl seines verwegenen Neffen Taki ad-Din. Diese Männer ergriffen nicht die Flucht, egal, was passierte. Auf der linken Flanke setzte er den Herrscher von Sindschar, den Emir von Harran und die kurdischen Streitkräfte ein. Wenn sie mit dem Herzen dabei waren, erwiesen sie sich als erbitterte Krieger, von unzähligen Stammesfehden gestählt. Um sicherzugehen, dass die Formation auch standhielt, platzierte er an der äußersten linken Flanke seine nordafrikanischen Mamelucken, die besten Krieger, die er hatte, jene Männer, mit denen er Ägypten erobert hatte. Mit ihren violetten Turbanen und ihrem entschlossenen weißen Grinsen bezogen sie Stellung. Aibek al-Akhresh stieß, bereit zum Angriff, seinen Krummsäbel in die Luft. »Schicken wir sie zu ihrem Gott, Jungs!«, rief er, und seine Leute brachen in Kriegsgeheul aus.

Malek und die anderen Mitglieder der Leibwache scharten sich um den Sultan, während der auf und ab ritt und Befehle erteilte. Neben ihm versuchten die Knappen verzweifelt, einen Baldachin über den Kopf des Sultans zu halten, um ihn vor der sengenden Sonne zu schützen. Wenigstens geht es jetzt endlich los, dachte Malek.

In diesem Augenblick scheute das Pferd des Sultans, als ein Eichhörnchen zwischen seinen Hufen hindurchhuschte, und er sah, wie der Sultan versuchte, sein schmerzverzerrtes Gesicht vor den anderen zu verbergen. Besorgt fragte er sich, wie sein Meister diese Schlacht überstehen sollte. Trotz seines jungen Alters war er ein erfahrener Krieger und hatte viel erlebt; er wusste, dass man es manchmal schwerer hatte, wenn man die Gefahren kannte. Solange man grün hinter den Ohren war, fiel es einem leicht, sich blindlings in die Schlacht zu stürzen; wahrer Mut jedoch bestand darin, um das Schlimmste zu wissen und trotzdem seinen Mann zu stehen. Bislang hatte Malek immer Glück gehabt. Besser gesagt, sein Tod stand noch nicht geschrieben, *inshallah*. Er hatte seine eigene Methode, die Angst zu unterdrücken. So wie alle anderen auch. Manche beteten und suchten das Vergessen, indem sie die tröstlichen Worte der Heiligen Schrift wiederholten. Andere sangen leise vor sich hin. Wieder andere prahlten laut mit vergangenen Heldentaten, um sich ihrer eigenen Unverletzlichkeit zu versichern. Der eine oder andere opferte heimlich etwas den *djenoun* und bat sie um Beistand. Es war kein Geheimnis, dass ein angemessen geschmierter *djinn* dem Feind Sand in die Augen streuen oder im entscheidenden Augenblick dessen Pferd erschrecken konnte.

Malek tat nichts dergleichen. Stattdessen nahm er das Schwert des Sultans und schärfte dessen Klinge. »Das ist das Schwert des Islam«, sagte er sich dabei. »Allahs Schwert.« Der Sultan würde es wahrscheinlich niemals benutzen, denn er kämpfte selten an vorderster Front, sondern leitete den Angriff aus einem gewissen Abstand, um die Bewegungen der feindlichen Truppen besser überblicken zu können. Als er die Waffe zurückgab, begutachtete sein Befehlshaber sie und lächelte anerkennend, während er die Klinge mit dem Daumen prüfte. Das war für Malek der schönste Dank.

Vier Stunden nach Sonnenaufgang setzte sich das Heer der Christen in Bewegung. Die Bogen- und Armbrustschützen vorneweg, danach kamen die Fußsoldaten, dann die gewaltige Reiterei und zuletzt weiteres Fußvolk. In der Mitte sah man die Banner von Konrad von Montferrat und dem Herrscher von Tyrus. Rechts von ihm, hinter einem Baldachin aus weißer Seide, der sich über etwas spannte, das aussah wie eine heilige Reliquie, kam der Mann, den man aus Jerusalem vertrieben hatte, Guido von Lusignan. Malek erinnerte sich, wie man ihn gefangen genommen hatte, nachdem sein Zelt in der Schlacht von Hattin überrannt worden war. Ein Aufschneider mit ängstlichen Augen. Kaum zu glauben, dass so ein Mann König von Jerusalem sein konnte. Und links von ihm hatten sich die Tempelritter mit dem großen roten Kreuz auf ihren weißen Bannern aufgestellt. Das waren die Männer, die die Pilger auf dem Weg nach Mekka gnadenlos abgeschlachtet hatten, darunter Frauen und Kinder. Dass sie sich Gotteskrieger nannten, erfüllte Malek mit Abscheu.

Salah ad-Din gab das Zeichen, und die Trommler und die Männer mit den langen Messingtrompeten hinter ihm stimmten eine schrille Kakophonie an. Der Angriff stand unmittelbar bevor.

Malek sah, wie der Fürst von Hama den Befehl erhielt, den Hügel hinunterzustürmen. Die *franj* warfen sich ihnen entgegen und schienen sie einzukreisen. Einen Moment sah es so aus, als würde die muselmanische Kavallerie überwältigt, doch dann lächelte Malek. Dieses Vortäuschen von Schwäche war ein uralter Trick. Während es so aussah, als würden Taki ad-Dins Truppen vor den *franj* zurückweichen, musste der Feind seine disziplinierte Formation aufgeben. Unter Freudenschreien drängten die Christen seine Truppen immer mehr in die Sümpfe zurück, nachdem sie wochenlang in den engen Gräben voller hungriger Stechmücken verbracht hatten. Schwerter und Äxte, Morgensterne und Hellebarden funkelten im grellen Sonnenlicht, während die Schreie der Verwundeten von den heißen Aufwinden an der Küste getragen wurden und wie das Kreischen der Seevögel schwach bis zu ihnen hinaufdrangen. Konnte es sein, dass ihre Schwäche mehr war als nur eine Täuschung? Salah ad-Din runzelte besorgt die Stirn. Dann wandte er sich seinem Sohn zu. »Komm deinem Cousin zu Hilfe.« Al-Afdal gab seinen Truppen das Signal, und im nächsten Augenblick galoppierten sie den hellen Hügel hinunter.

In diesem Augenblick drehte Salah ad-Dins kastanienbraunes Pferd eine Pirouette und hätte ihn fast aus dem Sattel geworfen. Der Sultan war ein erfahrener Reiter, trotzdem hörte Malek, wie er vor Schmerz stöhnte. Er drängte sein Pferd dicht neben das seines Herrn und hielt es am Zaum fest. So etwas hätte er normalerweise nicht getan, doch dieses Mal war die Sorge größer als die Zurückhaltung. »Dein Pferd ist zu nervös, Herr. Nimm Asfar.« Dann setzte er leise hinzu: »Sie hat ein sanfteres Gemüt und wird dich nicht hin und her werfen.«

Der Sultan presste die Lippen aufeinander, sodass sie einen schmalen Strich bildeten. »Nein, danke.« Dann gab er seinem Pferd die Sporen und ritt noch ein wenig weiter den Hügel hinauf, um das Geschehen von oben besser verfolgen zu können. Unterhalb von ihnen stieß al-Afdals Reiterei mit voller Wucht auf die Schlachtreihen der *franj*, drängte sie zur Seite und schnitt sie vom Rest ihrer Streitkräfte ab, während die Bogenschützen von oben die leicht bewaffneten Landknechtsformationen unter Beschuss nahmen. Doch von seiner erhöhten Position aus sah Malek, dass das Hauptheer der Christen die Lücke, die auf der linken Flanke von al-Afdals Truppen entstanden war, ausnutzte, um weiter vorzurücken. Die Reihen von Armbrustschützen marschierten vor, blieben dann stehen und nahmen den Hügel unter Beschuss. Ihre Geschosse erreichten nur den Boden vor dem muselmanischen Heer, doch die zweite Welle traf. Links vom Sultan schrie ein Mann auf und ging zu Boden, während er sich die Wange hielt. Das Blut spritzte zwischen seinen Fingern hindurch. Sofort positionierte sich Malek zwischen den Sultan und das christliche Heer. Jetzt nahmen die Langbogenschützen sie ins Visier. Ihre Pfeile erhoben sich in große Höhe und prasselten dann auf sie nieder. Er wusste nicht, wie er seinen Schild halten sollte: über den Kopf oder vor den Körper. Links und rechts wurden Krieger getroffen und stürzten schreiend aus dem Sattel.

Malek drehte sich um, um sich zu vergewissern, dass der Sultan unverletzt war. Er sah, wie ihm vor Anstrengung der Schweiß über das Gesicht rann, während er seinen Schild hochhielt, doch sie hatten keine Zeit, um etwas zu sagen oder zu tun, denn inzwischen hatten sich die Bogenschützen und die Fußsoldaten geteilt, und die Ritter donnerten auf ihren riesigen Pferden den Hügel hinauf auf sie zu.

»Für Allah und den Islam!«, rief Salah ad-Din, stieß sein Schwert in die Luft und gab seinem Hauptheer das Zeichen zum Angriff.

Lange Zeit konnte man nicht sagen, wer im Vorteil war, denn die Schlachtreihen wogten vor und zurück, doch nach etwa einer Stunde wendete sich plötzlich das Blatt, und das muselmanische Heer geriet in die Defensive. Mit einem Mal standen die Ritter der Feinde direkt vor ihnen, als witterten sie ihre Chance, und kamen dann raubgierig und unaufhaltsam auf sie zu.

»Zurück!«, schrie Salah ad-Din, doch seine Worte gingen im Schlachtgetümmel unter.

Als Malek versuchte, seinen Feldherrn abzuschirmen, tauchte aus dem Nichts ein graues Schlachtross auf, schnitt ihm den Fluchtweg ab und bäumte sich mit seinen wuchtigen Hufen vor ihm auf. Asfar wich geschickt wie eine Ziege aus, und Malek stieß dem kräftigen Pferd seine Lanze in die Seite. Er spürte mehr, als dass er es tatsächlich sah, wie das Tier zusammensackte, und dann hörte er den Schrei seines Reiters. Doch noch ehe er dem Sultan folgen konnte, drängte ein weiterer Reiter an ihm vorbei, und er musste einen Schlag von rechts abwehren, der seinen Schwertarm so heftig traf, dass er ihn bis auf den Knochen spürte. Ein stechender, vibrierender Schmerz durchfuhr ihn, und um ein Haar hätte er seine Waffe fallen lassen.

Asfar wirbelte herum, als witterte sie noch vor ihm die nächste Gefahr. Instinktiv duckte Malek sich, als ein Mann mit einer Axt auf ihn zukam. Wie schnell sein Pferd war! Malek drehte sich um und stieß dem schreienden Kerl das Schwert durch das Kettenhemd in den ungeschützten Rücken. Dort blieb es einen Augenblick stecken, bis er es wieder herauszog. Endlich tat sich vor ihm eine Lücke auf. Er suchte durch sie hindurch die Banner des fliehenden Sultans, sah aber nur einen Wirrwarr von kämpfenden Rittern.

Dort! Die aprikosenfarbene Seide blitzte kurz auf. Sie bewegte sich den Hügel hinauf auf die Zelte zu.

Er wich dem Angriff eines weiteren Kriegers aus, wendete sein Pferd und bahnte sich einen Weg durch die kämpfenden Männer. Dann überrannte er zwei Fußsoldaten, der eine umklammerte die Stelle, wo eben noch sein Arm gewesen war, der andere verschwand einfach unter den donnernden Hufen seines Pferdes.

»Diese Mistkerle aus Diyarbakır!«, grunzte ein Mann auf Arabisch, und durch seinen blutverschmierten Helm erkannte Malek einen der wachhabenden Offiziere, denjenigen, der ihm nach seiner Rückkehr aus Akka aus dem Sattel geholfen hatte. »Kaum, dass sie den Feind gewittert hatten, sind sie über alle Berge und zu ihren Weibern geflüchtet!«

Der Mann hob sein Schwert, gab seinem Pferd die Sporen und spießte einen Soldaten auf, der auf Malek zugelaufen kam. »Kehr zum Sultan zurück«, schrie er Malek an. »Das Hauptheer ist eingeschlossen, das wird ein Blutbad. Du musst ihn hier herausholen!«

Jetzt kam ein großer flämischer Ritter auf ihn zu, das grüne Kreuz auf seinem weißen Umhang war rot und braun befleckt. Malek wandte sich zu ihm um, doch das Schlachtross galoppierte an ihm vorbei den Hügel hinauf, machte dann kehrt und stürmte auf ihn zu. Er biss die Zähne zusammen, und im nächsten Moment prallten die beiden Schwerter laut klirrend aufeinander. Malek spürte die fürchterliche Kraft im Arm seines Feindes und wusste, dass er verloren war. Im Versuch, den Flamen aus dem Gleichgewicht zu bringen, wich er zur Seite aus, doch der Mann hatte sein Manöver durchschaut und grinste nur, wobei er seine kräftigen gelben Zähne entblößte. Dann rammte er mit seinem gepanzerten Ross Asfars Seite und drängte sie zurück, bis sie wieherte und versuchte zu beißen, wobei ihre Hufe über den blutgetränkten Grasboden rutschten.

Malek befürchtete, dass sie beide stürzen würden, und zog die Füße aus den Steigbügeln, um aus dem Sattel springen zu können, doch im gleichen Augenblick tauchte der Offizier wieder auf. Der flämische Ritter war dermaßen auf sein Opfer fixiert, dass er ihn durch die schmalen Schlitze seines Helmes nicht kommen sah, bis der Offizier ihm das Schwert in die Seite bohrte. Blut spritzte aus seiner Flanke, Malek erkannte die Lücke, hatte aber keine Zeit, sich bei dem Mann zu bedanken. Er bohrte seinem Pferd die Knie in die Seite, bis es wie von einer Steinschleuder getroffen losraste.

Im Galopp stürmte er den Hügel hinauf, auf die Stelle zu, wo er das Banner des Sultans zuletzt gesehen hatte, doch jetzt war keine Spur mehr davon zu sehen, wenn man von einem im Boden festgetrampelten orangefarbenen Stofffetzen absah. Weggeworfene Trommeln und Instrumente lagen neben sterbenden Pferden und Soldaten. Und dann stand er vor dem Kriegszelt seines Feldherrn, dieser ruhigen Oase hoch über dem Schlachtfeld, und überall schwirrten *franj* herum. Vor dem Eingang zum Zelt standen zwei große Tempelritter, und innen im Zelt konnte er Schatten sehen.

Wo steckte Salah ad-Din? Malek trieb Asfar an dem Zelt vorbei und weiter den Hügel hinauf, bis das Pferd vor Anstrengung prustete. Er hätte niemals zulassen dürfen, dass er von seinem Herrn getrennt wurde. Irgendwie hatte die Schlacht ihm ihren Willen aufgezwungen, statt dass er diszipliniert seine Stellung hielt. Er spornte sein Pferd an und tötete im Vorbeireiten einen Mann, der eine erbeutete Holzkiste durchwühlte. Das Blut spritzte in einem Bogen auf und leuchtete für einen kurzen, beinahe schönen Moment in der Sonne auf, ehe die enthauptete Leiche über ihrer Beute zusammenbrach.

Jetzt kam er an muselmanischen Kriegern vorbei, die sich im Sterben krümmten. Der Arm des einen hing nur noch an den Sehnen, ein anderer hielt seine Gedärme in den Händen. Schockiert erkannte Malek, dass es Hicham war, sein Kamerad aus der Leibwache. Er machte kehrt, er musste irgendetwas tun – bloß was? Jeder wusste, dass eine derartige Bauchwunde zu einem langsamen, qualvollen Tod führte, trotzdem, er musste es versuchen. Doch ehe er zu Hicham gelangen konnte, hatte ein Christ ihm bereits das Schwert durch den Hals gebohrt und war dabei, sich Hichams Helm aufzusetzen. Mit einem wütenden Schrei stieß Malek ihm sein Schwert in die Brust. »Salah ad-Din!«, rief er. Doch seine Stimme ging im Todesgeschrei der Männer unter, Christen ebenso wie Gläubige, die ihren Gott oder ihre Mütter anriefen.

Malek ertappte sich dabei, wie er selbst an seine Mutter dachte. An die arme zerbrechliche Nima, die ihrer Krankheit erlegen war, als er vor Wochen auf seinem Weg zurück nach Qala'at al-Shaqif gewesen war. Einen Tag, nachdem sie das Lager hier außerhalb von Akka aufgeschlagen hatten, war ein Vogel mit einem violetten Seidenfetzen am Bein auf dem Hügel der Johannisbrotbäume gelandet. Als man der Taube die Botschaft abnahm und öffnete, schien sie in einem Code abgefasst zu sein, was für große Bestürzung sorgte. Versuchte jemand, den Sultan mit einem bösen Fluch zu belegen? War der Vogel etwa ein *djinn*? Schließlich hatte Malek von der sonderbaren Botschaft erfahren. In diesem Moment war ihm fast das Herz stehen geblieben. Er suchte den Mann auf, der den Vogel gefunden hatte, und ließ sich die Botschaft zeigen. Darin stand in einem Code, den er vor Jahren mit seinem Bruder erfunden hatte: »Ummi ist gestorben. Sorgan.« Das war alles.

Er vertraute es niemandem an außer dem Sultan, und der sagte: »Gott nimmt zuerst jene zu sich, die er am meisten liebt, weil er es nicht erträgt, sie nicht bei sich zu haben.« Malek hatte vergeblich versucht, seine Tränen zu verbergen, und Salah ad-Din hatte den Blick abgewendet, bis er sich wieder gefasst hatte. Dann fragte er: »Gibt es weitere Tauben, die den Weg hierher finden würden?« Und Malek, der nicht wusste, dass sein Bruder die Tauben umgebracht hatte, hatte geantwortet: »Ja, viele.« Daraufhin hatte der Sultan nachdenklich ausgesehen.

Oben wütete der Kampf am schlimmsten, denn als die Christen sahen, wie die muselmanischen Soldaten sich hinter die Banner ihres Anführers retteten, witterten sie ihre Chance und setzten ihnen nach. Malek geriet mitten in das Getümmel und wurde von allen Seiten angegriffen. Wie lange er kämpfte, wusste er nicht mehr. Erschöpfung wurde zu seiner zweiten Haut, sie betäubte alle Empfindungen. Die Notwendigkeit, sich zu konzentrieren und zu reagieren, übertraf alles andere. Er spürte weder das Schwert, das ihn an der Schulter traf, noch den Pfeil, der in seinem Oberschenkel steckte, oder die vielen anderen kleineren Wunden, während er sein Schwert schwang und immer wieder zustieß, auf Pferde und auf Männer, Schilde und Schwerter, Kettenhemden und Wamse, Helme und Speere. Nach und nach wurde ihm bewusst, dass andere Muselmanen neben ihm kämpften, und hörte sie *»Allahu akhbar!«* und *»Y'allah islam!«* rufen. Mehrmals hielt er im letzten Augenblick inne, als er erkannte, dass der Mann vor ihm ein Kamerad war.

Einzelheiten fielen ihm auf, lebendig und surreal zugleich – ein Auge, das an einem Faserstrang aus seiner Höhle hing, die wunderschöne Stickerei am Ärmelaufschlag eines toten Soldaten, ein verziertes Schwert, die geflochtene Mähne eines gescheckten Pferdes, funkelnde Münzen, die aus einer Börse rollten. Er sah einen Krieger mit blondem Haar und himmelblauen Augen, einen anderen mit einem roten Bart, der zu Mustern geflochten war. Er kämpfte und kämpfte. Als er sich schließlich auf die andere Seite der Schlacht durchgeschlagen hatte, waren sein tapferes Pferd und er blutüberströmt. Wie ernsthaft sie verwundet waren, konnte er nicht sagen. Auf dem Kamm des Hügels fand er die Mamelucken, die eine Schlachtreihe um die aprikosenfarbenen Banner des Sultans und die Reste seiner Leibwache gebildet hatten. Sie öffneten ihre Reihen, um ihn passieren zu lassen, und schlossen sie wieder. Niemals im Leben war er so erleichtert gewesen, denn dort saß Salah ad-Din auf seinem Pferd, offensichtlich unverletzt, das Schwert in der Hand, und erteilte Befehle, so wie Stunden zuvor, als Malek ihn zuletzt gesehen hatte.

Während der Tag sich dem Ende zuneigte und die Sonne schließlich unterging, kamen immer mehr muselmanische Soldaten, um die Standarten zu verteidigen. Die Christen griffen weiter an, doch die Männer des Sultans konnten sie abwehren und zurückschlagen. Das Gemetzel war fürchterlich, aber am Ende ließ der Ansturm nach, und sie nahmen viele feindliche Soldaten gefangen. Unter ihnen befand sich der Großmeister des Templerordens, Gérard von Ridefort. Malek war erstaunt, dass Salah ad-Din diesem Unmenschen die Möglichkeit gab, zum Islam überzutreten und sich von seinen Leuten freikaufen zu lassen, doch der Kriegermönch weigerte sich, seine Haut zu retten, und starb wie ein Mann, indem er den Kopf vor dem Schwert beugte. Andere Tempelritter waren weniger standhaft in ihrem Glauben und plapperten die Schahāda nach, so schnell sie konnten.

Angeekelt von so viel Blut versorgte Malek sein Pferd. Er wusch es und rieb seine Wunden mit einer Salbe ein, die er bei Yakub von Nablus für sich selbst gekauft hatte. Asfar war nicht ernsthaft verletzt, doch ein Pfeil hatte ihr Sprunggelenk bis auf die Knochen aufgerissen. Mit Nadel und Faden, die er stets im Gepäck hatte, nähte Malek die Wunde, während Asfar zitterte, aber kein einziges Mal ausschlug. »Du bist das beste Pferd auf der Welt«, sagte er, legte ihr die Wange auf die Flanke und weinte.

Später, viel später, ging er zum Lagerfeuer, wo sich die Leibwächter des Sultans, die den Angriff überlebt hatten, versammelt hatten. Fast die Hälfte seiner Kameraden war gefallen. »Wahrscheinlich sitzen sie an anderen Lagerfeuern«, sagte ein Junge hoffnungsvoll. »Ich habe Hicham und Yussuf gesehen, wie sie zusammen den Hügel hinunterstürmten. Bestimmt sind sie nun bei Taki ad-Din und essen Ziegenfleisch mit Reis.«

Malek erinnerte sich schmerzhaft an das letzte Mal, als er Hicham gesehen hatte. »Das glaube ich nicht«, erwiderte er knapp.

Nach einer Weile tauchte einer der Mamelucken-Offiziere aus dem Nichts auf, im Dunkeln sah man nur seine weißen Zähne blitzen. Er heiße Ibrahim, sagte er, und setzte sich neben sie an den Feuerplatz. Er war ein Nubier vom Ufer des Nils im Süden Ägyptens. Eine Zeit lang unterhielten sie sich darüber, wo sie aufgewachsen waren, erzählten von ihren Frauen und Kindern oder ihren Geliebten und den Schlachten, an denen sie bereits teilgenommen hatten.

Malek saß schweigend da, überwältigt von den Erlebnissen des Tages, und wünschte sich, er hätte eine Frau, der er seine

Liebe schenken und deren Bild er im Herzen tragen könnte, um sich vor all dem Grauen zu schützen. In seinem Kopf hallte immer noch der Schlachtlärm nach, das Klirren des Metalls, das Wiehern der Pferde, die Schreie der sterbenden Männer. Immer wieder sah er vor seinem geistigen Auge die Hiebe, die er austeilte und denen er auswich. Es würde noch schlimmer werden, wenn er sich schlafen legte.

Schließlich zwang er sich, an dem Gespräch teilzunehmen, und fragte Ibrahim: »Wo ist dein Hauptmann, Aibek al-Akhresh, derjenige, dessen Kopf härter ist als Stein?« Alle lachten.

Doch der Nubier war ganz still geworden. Im Schein des Lagerfeuers leuchteten seine Augen rot auf. Dann kamen ihm die Tränen, und er ließ ihnen freien Lauf, ohne sich zu schämen, denn die Gewohnheiten der Nubier waren anders als die der Araber. »Aibek ist den Märtyrertod gestorben«, antwortete er. Seine Stimme war so tief wie Donner. »Sein Pferd wurde unter ihm getötet, doch er kämpfte mit dem Rücken an einem Felsen weiter, bis sein Köcher leer war. Dann verteidigte er sich mit seinem Schwert und tötete viele Feinde, bis er schließlich überwältigt wurde.«

Es war nicht die einzige Geschichte von Heldentum und Tod, die Malek an diesem Abend hören sollte. Kein Zweifel, dachte er, dieselben Geschichten würden auch an den Lagerfeuern der Christen die Runde machen, und als er daran dachte, überkam ihn tiefe Traurigkeit. Wir alle sind nur Menschen, sagte er sich, und trotzdem verlangt uns Gott so viel ab.

SIEBZEHN

»Wie heißt du, und wo kommst du her?«

»Warum bist du hier? Wer hat dich geschickt, Salah ad-Din oder der Fürst von Hama?«

»Wie hast du den Hohen Pfad gefunden? Besucher sind hier nicht willkommen.«

Kamal Najib trat nervös von einem Bein auf das andere, während sein Freund Bashar die Fragen so beantwortete, wie sie es abgesprochen hatten. Die Reise zu der abgelegenen Festung war lang und gefährlich gewesen, die Berge entsetzlich. Niemals hatte er etwas gesehen, das dieser gruseligen Region ähnlich gewesen wäre. Die bräunlichen Hügel vor der Stadt, wo sie das Pferd seines Bruders Malek erschreckt hatten und man sie um ein Haar entdeckt hätte, waren das Höchste, auf das er jemals geklettert war, höher noch als das Minarett der Freitagsmoschee, doch diese Berge im Norden von Syrien waren etwas ganz anderes. Die meiste Zeit hüllten Wolken ihre Gipfel ein, dennoch spürte er, wie sie sich über ihm auftürmten und ihm das Gefühl gaben, mit ihrer gewaltigen Masse seine Seele zu erdrücken. In diese Wildnis hinaufzusteigen widersprach jeglicher Logik, jeder Schritt war ein Schritt in den Wahnsinn, brachte sie dem Tod näher. Ein Dutzend Mal hatte er geglaubt, vor Kälte sterben zu müssen, bei der Überquerung eines reißenden Stroms zu ertrinken, von herabfallendem Geröll erschlagen zu werden. Hundertmal hatte er vor Angst beinahe geweint, wenn er nachts hörte, wie das Heulen der Schakale die kalte Luft zerriss. Tausendmal hatte er sich gewünscht, er hätte Akka niemals verlassen und sich mit Bashar auf diese schreckliche Reise begeben.

Doch dann fiel ihm wieder ein, was er getan hatte, und dass er nie mehr zurückkonnte.

Jetzt stieß ihn dieser Furcht einflößende Wächter vorwärts. »Auf die Knie vor dem Großen Meister und sagt euren Namen!«

Zitternd warf sich Kamal auf den Boden, presste die Stirn auf den kalten Stein, nannte mit klappernden Zähnen seinen Namen und wartete auf das Urteil.

Doch weder berührte ein Schwert seinen Nacken noch stürzte der Himmel über ihm ein. Stattdessen machte ihm der alte Mann, der wie ein bärtiger Prophet auf seinem Thron saß, ein Zeichen, sich zu erheben. »Komm mal her, mein Junge. Schau mir in die Augen und sag mir, warum ihr in die Festung von Masyaf gekommen seid.«

Kamal erinnerte sich mit Mühe an die Worte, die Bashar ihm auf dem langen Weg immer wieder eingebläut hatte: »Sidi ad-Din Sinan, ich bin gekommen, um mich als *fida'i* anzubieten, um dir und dem Orden der Gläubigen auf jede erdenkliche Art zu dienen, notfalls bis in den Tod.«

Der alte Mann lächelte, doch die Flamme, die in seinen dunklen Augen brannte, war kalt wie Eis. »Bis in den Tod, sagst du? Weißt du überhaupt, was das bedeutet?«

Darauf hatte Bashar ihn nicht vorbereitet. Kamal schluckte, doch sein Hals war wie ausgetrocknet. Da er kein Wort herausbekam, nickte er stumm.

Der Große Anführer Sinan – die Welt draußen kannte ihn als den Alten vom Berg – beugte sich vor und starrte Kamal mit seinen schwarzen, funkelnden Augen an. »Das glaube ich nicht.« Er machte eine kleine Geste mit seiner rechten Hand, und ein Mann trat vor. Er trug ein einfaches weißes Gewand und einen Turban als Zeichen seines Ranges unter den Gläubigen, doch er war barfüßig, seine Fußsohlen waren rosig im Gegensatz zu der glänzenden, dunklen Haut des Spanns. Er bewegte sich wie ein junger Mann. Doch als er näher kam, blickte Kamal zu ihm auf und war überrascht, in seinem Bart graue Strähnen zu entdecken, obwohl das Gesicht glatt und faltenlos und sein Ausdruck vollkommen gelassen war.

»Stell dich in die Flammen«, befahl Sinan und zeigte auf die Feuerstelle in der Mitte des Raumes. Er sagte es so beiläufig, als bäte er den Mann, das Zimmer zu verlassen oder ihm ein Glas Wasser zu holen.

Ohne auch nur einen Augenblick zu zögern, drehte sich der Jünger um und ging auf das Feuer zu. Kamal beobachtete fasziniert, wie der Mann den Fuß in die rot glühende Asche setzte.

Bashar, der neben ihm stand, stieß ein Winseln aus, so hoch und leise wie das des verwilderten Hundes, dem Kamal das Auge ausgerissen hatten.

Die Kohlen knirschten und spuckten Feuer, als der Mann mit dem zweiten Fuß hineintrat, wo er dann still und stumm stehen blieb, ohne auch nur das Gesicht zu verziehen, während die Flammen um seine Gelenke leckten und die Luft darüber zu schimmern begann. Ein beißender Geruch nach verbranntem Fleisch erfüllte die Luft. Kamal konnte sich keinen Reim auf dieses Aroma machen, bis ihm einfiel, dass sein Magen leer war und knurrte. Jetzt lief ihm das Wasser im Mund zusammen, ehe er jäh daran erinnert wurde, woher der Geruch kam, und etwas in ihm nachgab. Plötzlich spürte er etwas Warmes, Flüssiges an den Beinen und nahm einen stechenden Gestank nach Ammoniak wahr. Als er auf den dunklen Flecken auf seiner Hose herabsah, wurde ihm bewusst, dass er sich in die Hose gemacht hatte. Die Scham überwältigte ihn, das Blut stieg ihm ins Gesicht, und als er schon fürchtete, noch mehr Schande über sich zu bringen, indem er sich erbrach, hörte er einen lauten Aufprall und sah, dass der Mann bäuchlings auf den Boden gefallen war. Das Feuer hatte seine Füße verbrannt – nur die Knochen waren noch übrig geblieben, um ihn aufrecht zu halten.

Der Große Meister schnippte mit den Fingern, woraufhin mehrere ebenfalls weiß gekleidete Männer vortraten und den Körper davonschleppten. Der alte Mann warf Bashar, der jetzt krank und blass wirkte, einen gleichgültigen Blick zu und sah anschließend Kamal an. Der wusste, dass die kalten schwarzen Augen die unmissverständlichen Zeichen seiner Furcht registriert hatten.

»Das ist es, was ich von meinen Assassinen erwarte. Dass sie meinen Befehlen bedingungslos und unverzüglich Folge leisten, weil sie wissen, dass ihr Schicksal geschrieben steht, sie vor Gottes Willen nichts sind und sie die Belohnung für ihren Gehorsam im Himmel erhalten werden. So musst auch du sein, wenn du in die Reihen der Gläubigen aufgenommen werden willst. Jetzt frage ich dich erneut, weiß du, was du mir anbietest? Bist du bereit, einer meiner *fida'i* zu werden?«

Sie bringen mich auf der Stelle um, wenn ich jetzt Nein sage, dachte Kamal. Und trotzdem werde ich eines Tages eines schrecklichen Todes sterben, wenn ich zusage. Diese Erkenntnis war schrecklich.

Er hatte jegliche Hoffnung fahren lassen, er hatte kein Zuhause, keine Zukunft, und er hatte sich in die Hose gemacht. Schon jetzt war alles verloren. Stumm nickte er. Dann stammelte er ein einziges Wort.

»Na'am.«

Ich bin bereit.

ACHTZEHN

»Du hast so ein Glück, Zohra«, sagte Jamilla, legte ihren verkrüppelten Arm auf die Kante der Rührschüssel aus Olivenholz und musterte ihre Cousine mit leuchtenden Augen.

Zohra sah nicht auf. Glück, dachte sie sarkastisch. Ja, das ist typisch für mich. Meine Mutter ist tot, mein Vater wahnsinnig, mein kleiner Bruder ein Mörder, mein Haus ein heilloses Durcheinander, mein Herz gebrochen, und an allem bin ich schuld. Soll das etwa Glück sein?

Sie hatte ein paar Wochen vor Ummis Tod in einem Augenblick der Schwäche den dummen Fehler begangen, ihrer Cousine von Nathanael zu erzählen. Seinen Namen hatte sie ihr natürlich nicht verraten und ihr auch nicht erzählt, dass er Jude war oder der Sohn des Arztes. Sie hatte nur gesagt, dass es einen Mann gab, der ihr gelegentlich kleine Geschenke brachte und an ihr interessiert sei. Kaum hatte sie es ausgesprochen, hatte sie es schon bereut, obwohl sie wusste, dass Jamilla dieses Geheimnis für sich behalten würde. Sie hatte das unglaubliche Gefühl, das sie gepackt hatte, einfach irgendwem anvertrauen müssen. Aus Nathanaels Zimmer hatte sie ein kleines Buch des Dichters Ibn Hazm mitgenommen und eins seiner Gedichte auswendig gelernt, das sie nun jeden Abend vor dem Schlafengehen im Flüsterton aufsagte.

Mein Herz möchte ich mit einem Messer
öffnen, dich dort hineinversenken
und die Brust wieder verschließen,
damit du in ihm wohnen kannst.

Trotz ihres Elends spürte sie den Rhythmus der Worte in ihrem Innern.

Mit ihrer gesunden Hand knetete Jamilla fachmännisch den Teig und beobachtete dabei lächelnd Zohras unbeholfene Versuche. »Ich hätte nichts dagegen, wenn ein gewisser junger Mann mich besuchen käme«, sagte sie und kicherte.

Jetzt, da Nathanael aus Zohras Leben verschwunden war, wäre es eine Erleichterung gewesen, sich ihrer Cousine gänzlich anzuvertrauen, doch ihre Lage war so schlimm geworden, dass sie nicht darüber sprechen konnte. »Du kannst ihn haben«, sagte sie. »Vielleicht solltest du ihm wieder mal eins deiner besonderen Brote backen.« Dann schlug sie mit der Faust kräftig auf ihren Teig, sodass eine Wolke Mehl aufwirbelte.

Jamilla hatte ihr Herz an Malek verloren, und jedes Mal wenn er aus einer Schlacht oder Gefechtsübung nach Hause kam, buk sie ihm eins ihrer »besonderen« Brote mit einem Liebeszauber vom Markt der Quacksalber. Doch Malek interessierte sich nur für seine Pflichten gegenüber dem Sultan und seinen Kampf für den Islam. Und jetzt, da er das Oberhaupt der Familie geworden war, würde niemand es wagen, eine Hochzeit für ihn zu arrangieren. Obendrein war es für ein behindertes Mädchen besonders schwer, in einer Stadt, in der es von heiratsfähigen jungen Frauen nur so wimmelte, die Aufmerksamkeit eines Verehrers zu wecken. Schon vor der jetzigen Belagerung hatten Jahre des Krieges die Männer dezimiert, und jene, die überlebt hatten, konnten frei wählen. Jamilla würde nicht so schnell heiraten, und Malek schon gar nicht.

Als ihr Jamillas Lage bewusst wurde, verflog Zohras Wut. »Deine Brote sind immer viel schöner als meine«, sagte sie etwas freundlicher. »Ich weiß zwar nicht, warum, aber so ist es.« Es war eine kleine Nettigkeit, das einzige Geschenk, das sie sich im Augenblick abringen konnte.

»Du schlägst die Luft nicht ordentlich aus deinem Teig. Sieh mal …«

Nachdem Zohra den Teig zehn Minuten nach Vorschrift geknetet hatte, schmerzten ihre Arme, doch zumindest hatten sie das Thema gewechselt. Sie gingen über die Straße zum Bäcker und trugen die Tabletts mit dem von einem Tuch bedeckten Teig auf dem Kopf. Die Schlange vor dem Bäcker war länger als üblich, und es standen dort auch mehrere Frauen, die Zohra nicht kannte. Jamilla aber klopfte einer auf die Schulter, und dann umarmten sich die beiden vorsichtig und küssten sich auf die Wangen, ohne ihre Tabletts fallen zu lassen. »Was machst du hier, Leila? Besuchst du deine Verwandten?«

Die andere Frau hatte blasse olivfarbene Haut und glühend schwarze Augen, die Zohra an Nathanaels durchdringenden Blick erinnerten. Ein Schwall von Wärme stieg in ihr auf, und ihr wurde so schwindelig, dass sie gar nicht merkte, wie man sie ansprach, bis ihr plötzlich auffiel, dass ihre Cousine und deren Freundin sie anstarrten.

»Ist jemand verletzt worden?«, fragte Zohra und nahm den Faden ihrer Unterhaltung auf. Leila schüttelte den Kopf.

»Die Leute meinten, es sei ein Zufallstreffer gewesen. Es war das erste Mal, dass eins der feindlichen Geschosse es über die Mauer geschafft hat, aber jetzt reichen sie so weit … na ja, deshalb haben wir beschlossen, dass es besser ist, wenn wir uns in Sicherheit bringen, als das Nachsehen zu haben. Das Haus meiner Schwester ist nicht besonders groß, aber es liegt näher am Markt und weiter weg von der Stadtmauer. Wir werden umziehen, sobald mein Mann von seinem Wachdienst zurück ist.«

Jamilla sah Zohra an. »Hast du denn nichts mitbekommen? Der arme, nette Bäcker, zwei Frauen und ein Kind sind umgekommen, ein kleines Mädchen kämpft noch mit dem Tod. Es ist erst eine Stunde her. Wenn der Sohn des jüdischen Arztes nicht gewesen wäre …«

Zohras Brust verkrampfte sich. »Nathanael?«

Leila musterte sie mit zusammengekniffenen Augen, verwundert, dass sie seinen Namen kannte. »Der Sohn des Arztes aus der Straße der Schneider«, nickte sie und zog die Lippen zu einem schmalen Strich. »Er kam gerade von einer kranken Frau in der Nähe des Henna-Suks und wurde von den herumfliegenden Steinsplittern getroffen …«

»Ist er verletzt?«, fragte Zohra, ohne nachzudenken.

Beide Frauen warfen ihr seltsame Blicke zu. Wieso sorgte sie sich mehr um die kleine Verletzung eines Juden als um den Tod gläubiger Muselmanen?

»Ich weiß nicht, wie es ihm geht.« Leila zuckte mit den Achseln, dann wandte sie Zohra den Rücken zu und schloss sie von der Unterhaltung aus. Die Schlange rückte vor, nachdem der Bäcker eine weitere Ladung Teig entgegengenommen, auf seine lange Schaufel gelegt und in den heißen Steinofen geschoben hatte.

Zohra platzte vor Ungeduld. Sie musste zu Nathanael, sofort, ungeachtet der Folgen. Doch natürlich ging das nicht. Sie schloss die Augen, überwältigt von der Erinnerung daran, was sie an ihren langen, heißen Nachmittagen gemacht hatten – seine sanfte Berührung, die kaum merkliche Bewegung der Muskeln am Ansatz seines schwarzen Haars, das … sie spürte, wie ihre Beine unter ihr nachgaben.

»Stimmt was nicht, Zohra?«

Sie schlug die Augen auf. Sie waren an der Reihe, und Jamilla hatte die Hand gehoben, um ihr das Tablett mit dem Teig abzunehmen. »Schon gut, danke«, antwortete sie und reichte ihr Tablett dem Bäcker, einem kleinen dunkelhäutigen Mann mit schmutzigem Turban und buschigem Schnurrbart. Er nahm das feuchte Tuch ab und drückte es ihr in die Hand. Dummerweise war ein wenig Teig daran kleben geblieben und hatte kleine Krater in dem Teig hinterlassen.

»Mach dir nichts draus«, sagte Jamilla, um sie aufzuheitern. »Jetzt wirst du wenigstens keine Mühe haben, dein Brot von dem der anderen zu unterscheiden, wenn du es später abholst.«

Klar, dachte Zohra verbittert, was ich auch anpacke, es geht schief.

Nathanael biss die Zähne zusammen, während er den letzten Steinsplitter aus seinem Arm entfernte und den nassen Stoff seines Ärmels fest daraufdrückte, um die Blutung zu stillen. Es war eine tiefe, böse Wunde mit unregelmäßig zerfransten Rändern. Er würde sie nähen müssen. Während er die anderen Verletzten versorgte, hatte er den eigenen Schmerz vergessen. Der Anblick des kleinen Jungen mit dem zertrümmerten Schädel hatte ihn in eine Welt versetzt, in der sein Arm gar nicht existierte. Doch als er jetzt den Schaden begutachtete, begann er zu zittern. Ein verzögerter Schockzustand – er hatte es bei anderen erlebt. Es war, als nähme sein Körper die Wunde erst durch die Augen wahr, dann machte sich der stechende Schmerz bemerkbar, der schwindelerregende Wellen in den ganzen Körper ausstrahlte.

Sei froh, dass du noch lebst, versuchte er sich zu trösten.

Er nähte die Wunde. Seine Augen tränten, als die Nadel sich durch das lebendige Fleisch bohrte und die dünne Darmsaite brannte wie ein Feuerfaden. Der Arm fühlte sich schwer und tot an, ein nutzloses Glied, wie ein Klumpen nutzloses Gewebe. Er wusste, dass einige Nerven betroffen waren. Ob der Schaden irreparabel war? Wie er die anderen Opfer hatte verarzten können, war ihm ein Rätsel. Erstaunlich, wie der Körper einen Schock abwehrt, wenn es nicht anders geht. Einer der Frauen hatte er das Leben gerettet, indem er die Blutung an ihrem Kopf gestillt und dafür gesorgt hatte, dass sie wieder gleichmäßig atmete; er hatte die Wunden der anderen drei versorgt und sich um das kleine Mädchen gekümmert, das immer noch blass und ohnmächtig in einem kleinen Salon neben dem Innenhof lag. Das erste Geschoss hatte den Ofen zertrümmert, der Bäcker und eine Frau waren auf der Stelle tot gewesen, das zweite hatte die beiden Frauen, die es getroffen hatte, mehrere Meter weit geschleudert und ihnen so schreckliche Verletzungen zugefügt, dass sie nicht überleben würden. Die anderen Verwundeten, darunter auch der arme Junge, waren wie er selbst auch von den herumfliegenden Splittern des Steinofens getroffen worden.

Er sah nach dem Mädchen. Niemand wusste, wie die Kleine hieß oder kannte den Namen ihrer toten Mutter, außerdem schien sich niemand für sie verantwortlich zu fühlen. Alle hatten viel zu viele Münder zu stopfen und zu viele eigene Sorgen. Einer nach dem anderen hatten sie sich verstohlen aus dem Staub gemacht. Zwischen der Frau, die um ihren toten Mann klagte, und denen, die aus ihren Häusern gekommen waren, um sich das Blutbad anzusehen, hatte das Kind friedlich mit ausgebreitetem Haar auf dem schlammigen Boden gelegen, während der Regen unaufhörlich auf seine geschlossenen Lider prasselte, als würde der Himmel es beweinen. Obwohl er kaum Hoffnung hatte, berührte Nathanael auf der Suche nach einem Lebenszeichen seinen Hals und war überrascht, einen Pulsschlag zu spüren. »Sie lebt!«, schrie er. »Kann mir jemand helfen?«

Niemand kam ihm zu Hilfe. Im Gegenteil, alle verzogen sich, bis er mit dem Kind allein war. Vergeblich hatte er minutenlang versucht, sich die Kleine trotz seines verletzten Arms auf die gesunde Schulter zu hieven. Bis schließlich ein ruhiger Mann mit einem dunklen Gewand und einem verblichenen grünen Turban vorbeigekommen war und ihm seine Hilfe angeboten hatte. Er hatte sich gebückt, das Kind in die Arme genommen und war Nathanael durch die verschlungenen Gassen der Medina gefolgt. Nachdem er es ins Haus getragen und im schattigen Salon auf ein paar Kissen gebettet hatte, sagte er: »Dein Vater hat meine Mutter beim Sterben begleitet, möge Allah ihr gnädig sein. Er ist ein guter Mann, und ich sehe, dass er dich gut erzogen hat. Ich heiße Mohammed Azri und habe eine Schmiede am Osttor. Falls du mich oder meinen Sohn Saddiq jemals brauchst, kannst du uns dort finden. *Bes'salama.*« Damit hatte er sich verneigt, die Hand zum Herzen geführt und war in den trostlosen Tag hinausgetreten.

Die Kleine war noch immer bewusstlos, aber sie atmete regelmäßig. Nat legte ihr die Hand auf die Stirn, danach auf den Hals und vergewisserte sich, dass ihr Herz gleichmäßig schlug. Er konnte keine offensichtlichen Wunden an Kopf oder Körper finden. Vielleicht war sie vor Schreck über das Geschehene in Ohnmacht gefallen und würde später zu sich kommen. Armes kleines Ding. Jetzt würde sie in einem fremden Haus aufwachen, um zu erfahren, dass ihre Mutter tot war. Was für eine Welt!

Als Yakub nach Hause kam, schob er dem Kind die Haare aus der Stirn, doch es lag nur da, und seine Brust hob und senkte sich mit jedem Atemzug. Mit knackenden Knien stand Yakub stöhnend auf und sah Nathanael an. »Körperlich ist sie anscheinend unverletzt. Hoffen wir, dass sie aus der Ohnmacht erwacht, wenn sie so weit ist. Und du …« Er neigte den Kopf. »Lass mich mal deinen Arm sehen.«

Nat winkte ab. »Es ist alles in Ordnung. Ich habe ihn genäht.«

Sein Vater warf ihm einen langen, ruhigen Blick zu. »Du bist zwar jetzt selber Arzt, aber immer noch mein Sohn.«

Behutsam wickelte Yakub den Verband ab und sah sich den Arm mit ausdrucksloser Miene an. Dann tastete er sanft die entzündete Haut um die Wunde ab und forderte seinen Sohn auf, die Muskeln zu bewegen. Er berührte jeden Finger einzeln und bewegte auch das Schultergelenk. Dann ging er fort und kam kurz darauf mit einer süßlich riechenden Salbe und einer Tasse mit etwas zurück, das so kräftig war, dass Nathanael Tränen in die Augen stiegen. »Hier, trink.«

»Was ist das?«

»Das sage ich dir, wenn du es getrunken hast.«

Nat wusste, was das bedeutete. Er kannte auch den entschiedenen Tonfall seines Vaters. Er akzeptierte es, sich wieder wie ein Kind behandeln zu lassen, nahm die Medizin ohne weiteren Widerspruch ein und überließ sich der Wirkung des Opiums.

Am nächsten Tag klopfte es an der Tür. Nat machte auf und sah Zohra vor sich stehen. Sie war verschleiert, und der Regen pladderte rings um sie herum auf den Boden.

»Ich habe gehört, dass du verletzt wurdest«, sagte sie nur und durchbohrte ihn mit ihrem funkelnden Blick.

»Nicht der Rede wert. Mir geht es gut, wirklich.«

Sie standen sich gegenüber, als hätte jemand einen Zaun zwischen ihnen errichtet. »Komm doch rein, es regnet«, bot er schließlich an, doch genau in diesem Augenblick sagte sie: »Nun ja, ich muss weiter.«

Anschließend hatten sie geschwiegen, bis Zohra ihren bernsteinfarbenen Blick gesenkt und etwas vom Fischmarkt gemurmelt hatte. Dann war sie die Gasse hinuntergelaufen, wobei der Korb gegen ihren Rücken schlug.

Es war das erste Mal seit jenem schrecklichen Tag, als sie Nima Najib tot aufgefunden hatten, dass sie sich wiedersahen. Nathanael hatte ihr nachgesehen, und es war, als würde sein Herz durch den Schlamm hinter ihr hergezerrt und gegen die Wände rechts und links geschleudert. Er trat wieder ins Haus, ging quer durch die Küche, wo seine Mutter Kichererbsen und Sesamsamen zerstampfte und mit Öl vermischte, und verkroch sich in die entfernteste Ecke des Hofs. Hier, im Schutz der Weinreben, sahen nur die Bienen ihn weinen, wie er es nicht mehr getan hatte, seit er drei gewesen war.

Danach hatte er alle Erinnerungen an Zohra verdrängt und in seinem Herzen versiegelt, so wie sein Vater die Wunde ausgebrannt hatte. Das kleine Mädchen war immer noch nicht aufgewacht. Am sechsten Tag war er auf die Straße gegangen, um zu sehen, ob jemand wusste, wer die Kleine war. Doch wen er auch fragte, niemand konnte ihm helfen oder sagen, wie ihre Mutter oder Vater hießen. Und keiner hatte von einer Familie gehört, die ihr Kind suchte.

Als er nach Hause zurückkehrte, war sie aufgewacht. Seine Mutter war dabei, sie mit Süßigkeiten zu füttern. Er blieb an der Tür stehen. Es war wie ein kleines Wunder.

Schließlich trat er zu ihnen und kniete vor der Kleinen nieder. Er nahm ein Stück Kuchen und reichte es ihr. Der Honig tropfte zäh auf den Teller. Er registrierte, wie sie zusah. Sie blickte auf, als wunderte sie sich über die Gabe, dann wandte sie den Blick hastig wieder ab. Doch schließlich streckte sie die Hand aus, steckte sich die Süßigkeit schnell in den Mund und kaute feierlich und selig in sich versunken.

»Sagst du mir, wie du heißt?«, drängte Nathanael sanft.

Die Kleine schüttelte den Kopf.

»Dann muss ich raten. Wie wäre es mit Zinab?«

Wieder schüttelte sie den Kopf.

»Rachel?«

Die Kleine starrte ihn nur an.

Nat probierte ein Dutzend Namen, erhielt aber nur leere Blicke oder ein heftiges Kopfschütteln. Er wollte schon aufgeben, als die Kleine sagte: »Nima.«

Es lief ihm kalt über den Rücken. Es war das erste Wort, das die Kleine sprach, und es war ausgerechnet der Name von Zohras toter Mutter. Seine Mutter warf ihm einen Blick über den Kopf der Kleinen hinweg zu und lächelte unsicher. Er wusste, was sie dachte und was sie sagen wollte, und zwang sich, eine Freude zu zeigen, die er nicht fühlte.

»Nima? Bist du sicher? Ist das dein Name?«

Die kleine Stirn legte sich in Falten. Dann steckte das Kind die Finger in den Honig, hob sie zum Mund und lutschte nachdenklich. »Nima«, wiederholte es.

Nathanael schluckte. »Kannst du dich auch an den Namen deiner Familie erinnern, Nima?«

Sie sah ihn verwirrt an.

»Wie heißt dein Vater?«

Tränen schimmerten in ihren Augen auf. Da wusste er, dass er ihre tote Mutter, deren Brust zertrümmert worden war, auf keinen Fall erwähnen durfte. »Nima, ja, das ist gut«, sagte Sara fröhlich. »Ein wunderschöner Name. Kommst du aus Akka, Schätzchen? Wohnst du hier in der Stadt?«

Nima schüttelte den Kopf.

»Bist du mit dem Schiff hierhergekommen, über das Meer?«

»Nein«, erwiderte die Kleine entschieden. Nach einer Pause fügte sie hinzu: »Auf einem Esel. Er war braun.«

»Alle Esel sind braun, mein Täubchen.«

»Manche sind grau. Er hatte sanfte Augen und machte so.« Damit warf sie den Kopf hin und her wie ein Tier, das von Fliegen geplagt wird.

Nathanael lachte. »Hat er auch so gemacht?« Er warf den Kopf zurück und iahte, bis seine Mutter und die Kleine anfingen zu lachen.

Das also war der Schlüssel. Am nächsten Tag brachte Nat ein getigertes Kätzchen mit nach Hause, *al-tabiya*, dessen Fell aussah wie Moiréseide. Und tatsächlich war es so kühl, weich und duftig wie Seide. Nima taufte es »Kiri« und vergrub ihre Nase in seinem Fell, woraufhin es sich wand und schnurrte, und von da an hörte sie nicht mehr auf zu plappern, Kiri dies und Kiri das, bis man kaum glauben konnte, dass sie einmal so stumm gewesen war, und Nathanael sich halbwegs wünschte, sie würde hin und wieder einfach mal den Mund halten.

Bald konnte er wieder seinen Pflichten in der Garnison nachgehen. Es war eine harte Arbeit, verbunden mit viel Blut, doch sie lenkte ihn von seinem Schmerz ab. Eines Abends, nachdem er seine Schicht beendet hatte, schaute er im Teehaus in der früheren Straße der Templer vorbei, die jetzt nach der Rückeroberung die Straße der Märtyrer hieß. Alte Männer saßen dort oder hockten auf dem Boden, und ihre Hände lagen um Gläser mit heißem Tee. Er setzte sich auf seinen üblichen Platz unter dem Vordach und lehnte den Rücken an die kühle Wand, um zuzusehen, wie draußen der Regen in die schlammigen Pfützen fiel.

Es dauerte nicht lange, bis sie ihn erkannten. Sein Vater war eine Berühmtheit, er hatte unzählige Kinder auf die Welt gebracht, Großmütter und Söhne gerettet und die Krankheiten geheilt, die man sich in den Bordellen am Dock holte, ohne ein böses Wort zu sagen. Nat hatte ihm eine Menge Arbeit abgenommen, wenn er nicht gerade an den Befestigungsmauern arbeitete, jetzt, wo sein Vater in der Zitadelle alle Hände voll zu tun hatte. Und das bedeutete, dass er nur selten für seine Getränke bezahlen musste.

Drei alte Männer schoben ihre Kissen näher an ihn heran und fragten ihn nach seiner Verwundung. Hamsa Nasri, ein Lebensmittelhändler, der seinen Laden in der Nähe der Freitagsmoschee hatte, schenkte ihm ein Glas Tee ein. »Trink, mein Junge, das wird dich aufwärmen.«

Der Tee wurde allmählich knapp. Die Handelsschiffe schreckten vor der doppelten Gefahr zurück: der Flotte der Feinde und dem schlechten Wetter. Und nicht nur Tee war Mangelware, auch Zucker, frisches Fleisch, Obst und Gemüse, denn das Ackerland jenseits der Stadtmauern war vom feindlichen Heer zerstört worden. Das Essen wurde für alle immer kärglicher.

»Was hat sich heute getan?« Nat nickte vage in Richtung Mauer.

Younes, der Barbier, trug eine geflickte Garnisonsuniform und dazu noch immer sein gehäkeltes weißes Käppchen auf dem sorgfältig geschnittenen Haar. Nat hatte den Verdacht, dass er sich freiwillig gemeldet hatte, um als Erster an Nachrichten zu kommen, und den Tratsch in seinem Laden vermisste. »Nicht viel«, räumte Younes ein. »Den *franj* geht es noch schlechter als uns hier. Die Gräben sind mit Wasser und Kot vollgelaufen, der Schlamm reicht ihnen bis zu den Knien, und keiner kann sich dafür begeistern, die Katapulte zu bedienen.«

Driss beugte sich über den Tisch. »Ich weiß noch, wie wir …«

Die anderen winkten ab. »Hör bloß auf mit deinen Kriegsgeschichten, Driss!«

Driss war ein Veteran aus dem letzten Krieg. Er hatte eine riesige Narbe, die von der Augenbraue bis zur Wange reichte und in seinem dichten Bart verschwand. Er zuckte mit den Achseln. »Ich wollte den Jungen ja nur an meiner langjährigen Erfahrung teilhaben lassen.« Er beugte sich vor und klopfte Nathanael auf die Schulter. »Du solltest mit mir nach Hause kommen, mal ordentlich was essen und dir anhören, was ich dir über Ramla zu erzählen habe. Meine Habiba kocht eine wunderbare Linsensuppe. Und wenn du auch noch etwas von deiner Fleischration mitbringen könntest, hätten wir ein echtes Festmahl.«

Plötzlich redeten alle über die Rationierung der Lebensmittel. »Ich musste meinen Laden dichtmachen«, sagte Hamsa Nasri seufzend. »Jetzt, wo die Zitadelle alles überwacht, um Hamsterkäufe und Profitgier zu kontrollieren, hat es keinen Zweck mehr, ihn zu öffnen. Diejenigen, die einen ehrlichen Preis forderten, haben das Nachsehen.«

»Der Bäcker Tahar hat heute Morgen mächtig geschimpft«, erklärte Driss. »Die Behörden hätten die Preise seiner Brotlaibe festgesetzt. Er meint, es wäre unmöglich, noch etwas daran zu verdienen. Aber bei Allah, die Brote, die meine Frau heute Morgen bei ihm gekauft hat, waren deutlich kleiner als die von gestern.«

»Tja, so kommt man auch auf seine Kosten«, brummte Hamsa verdrießlich.

»Wie lange können die verfluchten *franj* die Belagerung noch aufrechterhalten?«, fragte Younes. »Hoffentlich wird der Sultan sie vertreiben, bevor es noch schlimmer wird.«

»Sie waren am Boden, die Christen. Man konnte sehen, dass sie ganz durcheinander waren«, sagte Younes. »Taki ad-Din hatte ihnen eingeheizt. Salah ad-Din hätte ihnen den Garaus machen sollen, als er noch die Möglichkeit dazu hatte.«

Driss stimmte ihm zu. »Noch ein Tag mehr auf dem Schlachtfeld, und wir hätten sie alle ins Meer getrieben.«

»Ich habe gehört, dass der Sultan erkrankt war«, sagte Nat. Es war allgemein bekannt, dass Salah ad-Din an Krankheiten litt, die jeden anderen ans Bett gefesselt hätten.

Plötzlich waren alle still. »Möge Allah ihm beistehen«, sagte Driss inbrünstig.

»*Inshallah.*«

»*Inshallah.* Trotzdem, man hätte erwarten können, dass der Kriegsdiwan handelte, als er noch im Vorteil war.«

»Das ist das Problem, wenn dein Heer aus Söldnern besteht wie aus dem fernen Mauretanien, aus Harran und dem Süden von Tigris«, erklärte Driss. »Es gibt so viele Stämme und Fraktionen, da grenzt es an ein Wunder, dass sie sich überhaupt auf irgendetwas einigen können.«

»Wenn sie sich überhaupt auf irgendetwas einigen können, dann, dass sie hier nicht überwintern wollen«, lachte der Barbier.

»Jedenfalls scheinen sie immer weniger zu werden«, räumte Younes ein. »Die Reihen im Lager der Muselmanen lichten sich allmählich.« Er runzelte die Stirn. »Aber das Heer der *franj* ist genauso uneinig – und die Ungläubigen sprechen nicht einmal dieselbe Sprache. Zumindest spricht unser Heer Arabisch. Nur Gott weiß, wie die *franj* Ordnung halten und dafür sorgen, dass ihre diversen Einheiten zusammenhalten.«

Driss lachte finster. »Es ist viel einfacher, wenn sie nicht fliehen können. Denn die *franj* sind hier so gut wie gefangen, nicht wahr? Ihre Häuser und Lager sind Tausende von Meilen entfernt, während es für unsere Männer nur ein paar Tagesritte entfernt jede Menge Frauen gibt, auch wenn ihre Familien weit weg sind. Deshalb haben sich so viele aus dem Staub gemacht. Dem Sultan blieb nichts anderes übrig, als sie ziehen zu lassen, aus Angst, sie sonst gar nicht mehr wiederzusehen. Außerdem gibt es im Augenblick ohnehin nicht viel zu tun.«

»Diese persischen Fürsten sind Weicheier. Sie haben sich allzu sehr an ihren Luxus gewöhnt«, lästerte der Lebensmittelhändler.

»Du meinst, sie vermissen ihren Harem«, meinte Driss verächtlich.

»Und ihre jungen Tänzer«, lächelte Younes.

In der Kaserne erzählte man sich, dass Younes einen geschminkten Tanzknaben in der Nähe der Docks aushielt. Nathanael hatte nichts gegen Younes, weil er solche Neigungen besaß; er fand es nur seltsam, dass er sich einen Knaben hielt, wenn man bedachte, wie viele Prostituierte es immer noch in der Stadt gab. Aber jeder sehnte sich nach Liebe. Wenn er an Zohras goldene Augen dachte, verkrampfte sich sein Herz. Er kippte den letzten Schluck Tee hinunter; er war kalt und bitter wie der Tod.

Dann stand er auf: »Bleibt gesund, und möge Gott euch beschützen.« Dass sie verschiedene Götter hatten, spielte keine Rolle.

Auf dem Weg nach Hause sah er eine alte Frau, die an einer Ecke stand und mit hagerer, ausgestreckter Hand um Almosen bettelte. Er stellte sich Zohra in diesem entsetzlichen Zustand vor, und der Gedanke erschreckte ihn so sehr, dass er zum Bäcker lief und die beiden Brotlaibe kaufte, die seiner Familie zustanden. Dann ging er zurück, drückte sie der alten Frau in die Hand und eilte hastig weiter, bevor sie ihm danken konnte.

Die Römer setzten das Aushungern als Kriegstaktik ein, schoss es ihm durch den Kopf, während er an Josephus' Bericht über die einstige Belagerung von Jerusalem dachte. Damals waren die Einwohner massenhaft verhungert, hatten die Toten gegessen und ihre eigenen Kinder getötet, weil sie es nicht ertragen konnten, sie leiden zu sehen. Er konnte sich nicht vorstellen, dass dieses moderne Heer der *franj* gnädiger sein würde als die römischen Belagerer.

TEIL 5

FEUER VOM HIMMEL

NEUNZEHN

John Savage
Golf von Biscaya
April 1190

Am Ostersonntag verließen wir den Hafen von Dartmouth, nachdem uns Erzbischof Balduin seinen persönlichen Segen gespendet hatte. Zehn Kriegsschiffe unter der Flagge von König Richard liefen in Richtung Heiliges Land aus.

Als wir das Kap Finisterre umsegelten, hatte ich das Gefühl, dass sein Name – Ende der Welt – nicht passender oder ersehnter hätte sein können. Seit wir die Segel gesetzt hatten, hatte ich mich Tag und Nacht übergeben. Die Mitglieder der Truppe hörten nicht auf, mich zu verspotten. Von uns allen – Savaric, Quickfinger, Ezra, Hammer, Saw, Little Ned und Red Will – schien ich der Einzige zu sein, der partout nicht wieder auf die Beine kam. Die meisten hänselten mich auf grausamste Art und Weise; sie waren froh, ein Opfer gefunden zu haben, mit dem sie im Schiffsbauch ihren Unfug treiben konnten, denn es herrschte große Langeweile, war doch dem ganzen Heer per Erlass das Glücksspiel, Würfeln, Faustkämpfe und sogar Fluchen untersagt worden. Man hätte meinen können, dass ein Mann, der als Frau zur Welt gekommen war, verständnisvoller hätte sein müssen, doch Ezra (ehemals Rosamund) war die Schlimmste von allen. Wenn sie mich schweißgebadet und zitternd an Deck fand, pflanzte sie sich mit gespreizten Beinen vor mir auf, und wenn ich dann noch grüner im Gesicht wurde, grinste sie. »Armer John, du bist wirklich eine Landratte«, rief sie, während sie vor mir hin und her schwankte. »Was hat dich bloß dazu verleitet, an Bord eines Schiffes zu gehen, das Wochen unterwegs sein wird?«

Das fragte ich mich auch.

Wir alle trugen Savarics Tracht. Sein Symbol war ein Falke auf einem Baum. Little Ned meinte, es wäre Savarics eigene Erfindung, doch falls das stimmte, war er sicher nicht der einzige Adlige, der sich eine so eitle Aufmachung ausgedacht hatte. Viele gaben sich als Aristokraten aus, nachdem Richard den meisten Baronen und Lords seines Vaters Titel und Ländereien aberkannt hatte. Bei manchen konnte man auf den ersten Blick sehen, dass sie allerhöchstens Herren über ein paar Schafe und eine baufällige Hütte waren. Wie Saw immer sagte: »Solange sie Englisch sprechen, kannst du Gift drauf nehmen, dass sie nicht vornehmer sind als ich.«

Diejenigen, die Macht hatten, waren durchweg Franzosen. Und Französisch war die Sprache, die man an Bord des Schiffes hörte. Wir alle mussten uns darin üben, wenn wir bestehen wollten. Wir befanden uns auf dem Weg nach Lissabon, zu einem *rondai vuu* mit dem Rest der christlichen Streitmacht, um dann gemeinsam durch die Säulen des Herkules hindurch ins Mittelmeer zu segeln, das wir erreichen mussten, bevor das Wetter schlimmer wurde. Obwohl man sich kaum vorstellen konnte, was unter »schlimmer« zu verstehen war.

Es dauerte nicht lange, bis ich es herausfand. Wenige Tage später traf eine mächtige Welle das Schiff von der Seite und warf mich um. Mit letzter Kraft raffte ich mich auf die Knie und hob beide Hände zur Brust, als wollte ich den wütenden Sturm in mir bändigen, der den auf dem wogenden Meer bei Weitem übertraf.

»Ja, lass uns beten, mein Junge«, sagte jemand auf Englisch, und als ich den Kopf hob, sah ich, dass es Balduin von Forde war. Er trug weder seine Bischofstracht noch seine Bischofsmütze, sondern nur eine einfache schneeweiße Robe. Weiß der Himmel, wie er sie auf dem schmutzigen Schiff so sauber hatte halten können. Seine wässrig blauen Augen leuchteten inbrünstig in einem Gesicht, das viel zu rosig und gesund war für einen alten Mann, der der Gnade des Ozeans ausgeliefert war, und für einen kurzen Augenblick übermannte mich eine Welle des Hasses auf ihn.

»Lass uns zu dem auferstandenen Christus beten, dessen gesegnete Himmelfahrt wir heute feiern.«

Ich sagte nichts. Ich konnte nichts sagen, denn die Übelkeit hatte mich fest im Griff. Der Erzbischof sprach mich auf Latein an und anschließend auf Französisch, dennoch bekam er kein einziges Wort aus mir heraus. Ich spürte seine Missbilligung an der Art, wie er seine Gebete herunterleierte und die Worte herausstieß, als würde er sie sich lieber ersparen, als an einen derart undankbaren Mitmenschen zu verschwenden. »Wenigstens Amen könntest du sagen«, knurrte er schließlich. Die Luft zwischen uns war so dick, dass ich es am Ende tatsächlich versuchte.

Unglücklicherweise war »Amen« nicht alles, was ich herausbrachte. Ein Schwall fauliger Galle ergoss sich aus meinem Mund. Nicht nur über das Deck und meine Knie, sondern auch über die schneeweiße Robe und den schneeweißen, jawohl, schneeweißen Bart des guten Mannes.

Da legte mir der Erzbischof die Hände aufs Haupt, schüttelte mich und rief mit lauter Stimme: »Herr, mein Gott, entreiße diesen armen Menschen, der nach deinem Ebenbild erschaffen wurde, der Verdammnis und Luzifers Klauen. Möge deine mächtige Hand ihm den Satan austreiben.« Er starrte mich an, seine wässrig blauen Augen sprühten kalte Funken. »Wie heißt du, Junge?«

Weiteres Ungemach bahnte sich an, doch ich schluckte es hinunter. »John Savage.«

Als würde der Name all seine Vermutungen bestätigen, schüttelte er mich umso heftiger. »Möge seine mächtige Hand dir den Satan auf ewig austreiben, John Savage …«

Derart heftig schüttelte er mich, dass ich mich erneut erbrach. Auch das war nur ein weiterer Beweis dafür, dass ich vom Teufel besessen war, wenn es eines solchen Beweises überhaupt bedurft hätte. Jeder halbwegs normale Mensch wäre daraufhin von mir gewichen und hätte sich in Sicherheit gebracht, doch ich sah, wie sich seine Wut zu etwas steigerte, das … martialisch war. Selbst als über uns Donnerschläge grollten und das Schiff noch tiefer sank, verhärtete sich sein Griff, und die knochigen alten Finger bohrten sich in meine Schulter. »Weiche von ihm, böser Geist! Hinweg, du Ausgeburt des Beelzebubs!« Er schüttelte mich so heftig, dass mir die Zähne klapperten.

»Seid Ihr von allen guten Geistern verlassen?«

Plötzlich stand Savaric neben mir und legte Balduin die Hand auf den Arm. »Lasst diesen armen Mann in Ruhe, um Gottes willen!«

Der Erzbischof richtete seine wahnsinnigen blauen Augen auf den Neuankömmling. »Dieser Mann ist vom Teufel besessen!«

Savaric zerrte die Hand des alten Mannes von meiner Schulter. »Seid kein Narr. Er ist lediglich seekrank. Seit wir ausgelaufen sind, geht es ihm so. Kein Dämon hat Besitz von ihm ergriffen, er hat nur ein kummervolles Herz und einen schwachen Magen.« Seine schwarzen Augen funkelten belustigt. »Stimmt's, John?«

»Aye, Sire«, antwortete ich und nickte dankbar.

Doch Balduin senkte seine Klaue erneut auf meine Schulter. »Dem Jungen muss der Teufel ausgetrieben werden. Böse Mächte haben hier ihre Hand im Spiel. Seht Euch bloß diesen Himmel an …« Er zeigte auf die niedrigen Gewitterwolken, die wie ein großer Amboss aussahen. »Dieser gottlose Tumult ist alles andere als natürlich! Seht Euch den Zorn der Wellen an, die sich gegen uns auftürmen! Dieser Sturm ist nur der Anwesenheit des Satans geschuldet!«

Über Balduins Schulter sah ich die Segel der anderen Schiffe heftig auf und ab tanzen und in den tiefen Wellentälern verschwinden. Der Wind peitschte Gischt von den Wellen auf und sprühte Schaum wie Schlachtbanner in die Luft. Dann begann es zu regnen. Riesige schwere Tropfen, als hätten sich die beiden Elemente der Luft und der See zusammengetan, um eine einzige Hölle aus Wasser zu erschaffen.

Während der Regen auf ihn niederprasselte, fuhr Balduin fort: »Weiche von ihm, Dämon, im Namen desjenigen, der Meer, Winde und Stürme besänftigt …« Man hörte einen ohrenbetäubenden Donnerschlag am Himmel, als hätte Gott persönlich gesprochen. »Siehst du!«, rief Balduin triumphierend. »Bei allen Heiligen, bei den Erzengeln Michael, Gabriel und Rafael …«

Im nächsten Moment wurden wir von einer Welle überrollt, und das Schiff schlingerte heftig. Um uns herum taumelten Männer wie trunken. Nicht einmal das hielt den resoluten alten Erzbischof auf. »Heiliger Thaddäus, heiliger Matthias, heiliger Barnabas …«

Noch ein Donnerschlag, als teilte sich der Himmel, und dann traf ein Blitz den Hauptmast. Ein lautes Krachen war zu hören, ein Reißen, ein Bersten; Männer schrien und flehten Gott und ihre Mütter um Schutz an …

Der Wind heulte, das Wasser schäumte, und das Holz des Schiffes ächzte und kreischte. Savaric hatte eine klaffende Wunde am Kopf, Rinnsale von Blut liefen ihm über das Gesicht und wurden vom niederprasselnden Regen verwässert. Hammer und Saw halfen ihm wieder auf die Beine, das Haar klebte an ihren Schädeln, sie sahen hager und ätherisch aus wie ausgezehrte Engel. Ich drehte mich um und sah Rosamund – Ezra, die sich mit einem Arm an einen aufrechten Holzbalken klammerte. Neben ihr lag Red Will auf den Knien, sein karottenrotes Haar war schwarz wie das Fell einer Ratte, der Mund zu einem Klageschrei aufgerissen.

Jetzt schrie Savaric aus vollem Halse: »Lieber Gott, demütig bitten wir dich, deine Diener auf diesem Schiff zu beschützen …«

»Gelobt seist du, heiliger Thomas!«, dröhnte nun auch Balduin. »Verwende dich für unsere Seelen, Heiligster der Heiligen, in dessen Namen unzählige Wunder vollbracht wurden. Thomas von Canterbury, stehe uns bei in unserem Unglück …«

»Heiliger Thomas!«, wiederholte ein anderer, und dann fielen die Matrosen und Soldaten auf die Knie, die geisterhaften Gesichter zum Himmel gewandt, und alle riefen den Namen des Heiligen aus.

»Heiliger Thomas, ich werde immer zu dir beten, wenn du mich jetzt errettest«, jammerte einer.

»Ich gelobe, deinen Schrein zu besuchen!«

»Ich zahle zwei Silberschillinge …«

Plötzlich fiel das Schiff jäh nach unten. Heulend rutschten die Männer über das Deck. Eins der Ruderboote löste sich aus seiner Verankerung und flog wie ein vom Sturm getriebenes Blatt durch die Luft, ehe es im aufgewühlten Wasser verschwand und zwei oder drei Matrosen, die Schutz darin gesucht hatten, mit in die Tiefe riss. Über dem hohen Vorderdeck türmten sich Wellen wie schwarze Berge auf. Wenn sie brechen und sich über uns ergießen, sind wir verloren, dachte ich.

» … in der Einheit der Heiligen Dreifaltigkeit, einer Welt ohne Ende …« Savarics Stimme kämpfte gegen den Donner über uns an.

Meine Hand fuhr zu dem Anhänger an meinem Hals, ich umklammerte den Nagel von Trier, und in diesem finsteren Augenblick schien das einzig verbliebene Licht auf der Welt das in den halbmondförmigen Augen des Mauren zu sein, der mich wegen meiner Ängstlichkeit auslachte, und dieses Licht umarmte, überflutete mich. *Wenn ich so sterben soll, bitte sehr, es könnte schlimmer sein, viel schlimmer …*

Lärm und Chaos nahmen kein Ende. Ich klammerte mich ans Seitendeck und spürte, wie das Schiff unter mir bockte. Dann traf uns die nächste Welle. Einen Augenblick war es, als wäre der Himmel über uns eingestürzt, dann bebte die Luft, und der Druck veränderte sich. Ich zitterte am ganzen Leib, innerlich wie äußerlich, und im nächsten Moment schien es so, als hätten wir die Grenze zwischen zwei Welten passiert und befänden uns nun auf der anderen Seite, in der das Licht durch eine Lücke in den Wolken strömte und wie ein Strahl aus Gottes Auge auf uns fiel.

Meine Knie fühlten sich wacklig an. Mir war schwindelig vor Freude und Erleichterung. Ich blickte auf meine Handfläche und entdeckte einen dunklen roten Fleck in deren Mitte. Er sah wie ein Kreuz aus. Winzig, aber definitiv ein Kreuz.

Ist nur ein Nagel, du Dummkopf, schalt ich mich selbst. Daran ist nichts Übernatürliches.

»Heiliger Thomas, du hast uns gerettet! Danke, danke!« Red Will faltete die Hände zu einem inbrünstigen Gebet.

Dann wandte er sich dem Erzbischof zu. »Er ist mir erschienen, er ist mir erschienen, eingehüllt in weißes Licht, und hat gesagt: ›Fürchtet euch nicht, ich, Thomas, bin vom Herrn auserwählt worden, um diese Flotte zu beschützen.‹«

»Amen!« Begeistert griff Balduin diese dubiose Äußerung auf und fiel mit einer dramatischen Geste auf die Knie. Wer hätte gedacht, dass ein so alter Mann so beweglich sein konnte! »Ein Wunder! Ein Wunder! Heiliger Thomas von Canterbury, gesegneter Märtyrer, gelobt sei dein Name!« Dann küsste er die Ampulle, die er um den Hals trug, und hielt sie hoch. »Gesegneter heiliger Thomas!«

»Heiliger Thomas! Heiliger Thomas!«

»Ein Wunder ist geschehen!«

Das Geschrei hallte über das ganze Schiff, und die anderen Priester kamen wie aufgescheuchte Hühner aus ihren Verstecken unter Deck, um von unserer wundersamen Rettung zu erfahren. Es dauerte nicht lange, bis auch andere bezeugten, die seltsame Erscheinung gesehen zu haben. Kurz darauf wurde unsere Rettung offiziell zu einem Wunder erklärt, das der heilige Thomas von Canterbury bewirkt hatte.

Mit arg zerfledderten Segeln setzte unsere ramponierte Flotte ihre Fahrt Richtung Lissabon entlang der portugiesischen Küste fort. Von Teufelsaustreibungen war nicht mehr die Rede (obgleich mir Erzbischof Balduin jedes Mal wenn sich unsere Wege kreuzten, einen forschenden Blick zuwarf), dafür aber viel von Wundern. Geeint durch das gemeinsame Unglück unterhielten sich Soldaten, Matrosen, Adlige und gemeine Bürger in einem Mischmasch aus gebrochenem Englisch und Französisch darüber, dass sie von ihrem Untergang überzeugt gewesen seien, bis sie das goldene Licht des heiligen Thomas erblickt hätten, der seine schützende Hand über das Schiff hielt. Jeder wollte an dem Wunder teilgehabt haben. Nachdem einige anfängliche Diskrepanzen überwunden waren, glichen sich innerhalb von wenigen Tagen die Erzählungen wie ein Ei dem anderen. Die übrigen Heiligen, die im Unglück angerufen worden waren, zogen den Kürzeren im Vergleich mit diesem englischen Märtyrer, der selbst wie ein Sturm alle vor sich hergetrieben und in seinem Kielwasser nur Verwüstung hinterlassen hatte.

Meine Zweifel an diesem »Wunder« behielt ich für mich. Ich konnte mich noch sehr gut an die Hysterie der verzweifelten Menschen in Englands Kirchen erinnern, die sich an den dünnsten aller Strohhalme geklammert und sich eingeredet hatten, dass es so etwas wie Magie tatsächlich gab, dass die Toten vom Himmel auf sie herabsahen und ihnen ihre besondere Gnade zukommen ließen.

Seltsamerweise war meine Seekrankheit nach dem Sturm wie weggeblasen. Selig angesichts der Tatsache, welch wundersame Wendung mein Schicksal genommen hatte, wanderte ich über das Deck und erfreute mich an der ungewohnten Bewegungsfreiheit und sogar an der Aussicht. Das Meer! Es war riesig und erstreckte sich ununterbrochen bis zum Horizont. Die Sonnenuntergänge waren überwältigend. Ich konnte mich am Anblick der feurigen Kugel nicht sattsehen, die Abend für Abend rötlich glühende Lichtstreifen über das dunkelnde Meer warf, nur um am Morgen darauf wieder über dem Land emporzusteigen. Für mich war das ein größeres Wunder, als dass wir den Sturm überlebt hatten: Selbst auf die schwärzesten Stunden folgte ein goldener Schimmer.

Als wir Lissabon endlich erreichten, waren wir über zwei Monate unterwegs gewesen. Wir konnten es kaum erwarten, an Land zu gehen, nachdem wir so lange auf engstem Raum zusammengepfercht gewesen waren. Zudem schien die Stadt ein kleines Paradies zu sein. Festes Land! Tavernen! Bier! Anständiges Essen! Die Festung auf dem Hügel machte einen wehrhaften und einladenden Eindruck. Nachdem wir wochenlang der Gnade der Urgewalten ausgesetzt gewesen waren, erschien sie uns wie der gebieterische Abdruck einer Menschenhand in der Landschaft. Unmengen von Blumen ergossen sich über die Klippen, die Boote im inneren Hafen hatten bunte Segel, in den geschützten Wassern des äußeren Hafens tanzten unzählige hohe Masten, und auf den Docks wimmelte es von Spaziergängern, darunter auch Frauen …

Das erregte Geplapper wurde obszön. Quickfinger grinste. »Ich habe noch nie eine Spanierin gehabt, aber ich gehe davon aus, dass sie im Dunkeln alle gleich sind.«

»Wer will schon warten, bis es dunkel wird? Ich jedenfalls nicht!«

»Hoffentlich sind Huren hier billig zu haben.«

»Also, ich musste noch nie für ein Weib zahlen!«, schnaubte Quickfinger verächtlich.

Hammer und ich wechselten einen Blick. Wir wussten, dass das nicht stimmte, doch wer wollte ihm schon den Spaß verderben?

Red Will, wer sonst.

»Die anständige Frau will ich sehen, die sich von dir befingern lässt!«

»Befingern hat er auch nicht gemeint!«

»Aye, es geht um was anderes als einen Finger, du Weichei! Hat Mary nicht immer von deinem Schlappschwanz gesprochen?« Quickfinger verzog sein ausdrucksvolles Gesicht zu einer verächtlichen Grimasse.

»Du bist es nicht wert, ihren Namen auszusprechen!«

»Ich hab noch viel mehr getan, als ihren Namen auszusprechen, mein Junge, und sie hat den meinen gestöhnt, wieder und wieder. Oh, Enoch, oh, Enoch, ja, ja. Mehr, oh, was bist du groß, Enoch!«

Wills Angriff kam gänzlich überraschend. Der Rotschopf traf ihn voll in den Magen, sodass ihm die Luft wegblieb. Wie ein Sack ging Quickfinger zu Boden, woraufhin Will ihn voller Hass mit Tritten traktierte. Es bestand die Gefahr, dass er ernsthaft Schaden nahm. Obwohl alle Spaß daran hatten, zu sehen, wie Will Rache nahm, zerrten Hammer, Saw und ich ihn weg und hielten ihn fest, bis er sich beruhigt hatte.

Mühsam rappelte Quickfinger sich wieder auf. Wills schwere Stiefel hatten ganze Arbeit geleistet. Obgleich Quickfinger der Spaßvogel der Truppe war, hatte er wenig Lust, sich zum Narren zu machen, es sei denn freiwillig. Sein Blick verriet, dass er sich in irgendeiner dunklen Gasse revanchieren würde. »Ihr zwei behaltet Will im Auge«, sagte ich zu Saw und Hammer. »Lasst ihn keinen Augenblick aus den Augen, wenn ihr an Land geht. Dass er mir ja nicht in Quickfingers Nähe kommt.«

Die Zwillinge wechselten einen stummen Blick und verständigten sich auf ihre seltsame, telepathische Art. »Wir sind doch keine Hirten!«, meuterte Hammer schließlich.

»Und ich bin kein Schaf!« Will war außer sich vor Wut.

»Savaric hat mir auferlegt, dafür zu sorgen, dass ihr euch nicht in die Haare kriegt. Ihr seid nun seine Männer, und er hat einen guten Ruf zu verlieren.« Der Maure hätte mir einen sarkastischen Blick zugeworfen. Ich kam mir vor wie ein schäbiger Speichellecker. Am Ende hatte ich mich umsonst aufgeregt, denn plötzlich tauchte Savaric selbst auf, um uns einzuhämmern, wie wir uns an Land zu benehmen hätten. Er sagte, dass wir im Falle eines Diebstahls damit rechnen könnten, geteert und gefedert zu werden, und dass er uns den örtlichen Behörden überlassen würde, falls wir einen Streit vom Zaun brachen. Und sollten wir an Land einen der unseren töten, würde er uns an dessen Leiche festbinden und lebendig mit ihr begraben.

»Scheiß drauf!«, sagte Quickfinger nicht gerade leise. »Mich bindet niemand an einen dieser Stinkbolde.«

»Dann halte dich lieber an einen sauberen Edelmann«, kicherte jemand.

Savaric ermahnte sie zur Ruhe. »Die hiesigen Frauen legen viel wert auf ihre Ehre, also beleidigt sie nicht, ansonsten reißen euch ihre Männer in Stücke. Wenn ihr euch mit einer Hure zusammentun müsst, dann behandelt sie gut und zahlt ihr den Preis, den sie verlangt, denn ich werde euch nicht aus dem Kerker freikaufen. Und wenn ihr euch die Syphilis holt, dann seht zu, wie ihr zurechtkommt. Jeden, der mir mit irgendeinem Zeichen von Krankheit an Bord kommt, werfe ich eigenhändig ins Meer. Vergesst nicht, dass ihr de Bohuns Uniform tragt und wir auf einer heiligen Mission unterwegs sind. Und dass jede Sünde auf Gottes Waage doppelt schwer wiegt, nachdem ihr das Kreuz genommen habt.« Ich sah mir Savarics Gefolge an. Die meisten waren dazu erzogen worden, das zu tun, was man ihnen auftrug, Diener und Bauern, Söhne von Dienern und Bauern. Daneben das fahrende Volk, der Abschaum von England, Männer, die nirgendwohin gehörten und sich nichts sagen lassen wollten. Zwischen den beiden Gruppen bestand ein erheblicher Unterschied. Die eine hörte aufmerksam zu, die zweite zappelte herum und schnitt Grimassen. Ich spürte, dass es Ärger geben würde, sobald wir festes Land betraten.

Abgesehen von den Wächtern, die Savaric angeheuert hatte, gehörten seinem Gefolge auch noch ein Falkner an, ein Waffenmeister (der einen Hungerlohn dafür bekam, dass er die Rüstungen auf Hochglanz polierte), ein Stallmeister, ein Haushofmeister, ein Ankleider und drei Kammerdiener. Stets darauf bedacht, Eindruck zu schinden, hatte Savaric ebenso viel Wert auf seine Aufmachung gelegt wie auf den Krieg selbst. »Kleider machen Leute, John«, hatte er zu Beginn unserer Reise von London nach Dartmouth erklärt. »Auf die äußere Erscheinung kommt es an. Wenn man sich nicht selbst ernst nimmt, warum sollten die anderen es tun?« Er umfasste den großen Rubin, den er stets bei sich hatte. »Wenn die Leute den hier sehen, halten sie mich für einen vermögenden und bedeutenden Mann, der so reich ist, dass er sein Geld für einen Klunker ausgeben kann, den er im Meer oder im Krieg verlieren könnte.«

»Aber Ihr seid doch auch ein vermögender Mann. Vermögender wahrscheinlich, als ich es je sein werde.«

»Das ist alles Ansichtssache. Außerdem ist dieser Stein nicht echt. Oder hast du ihn für echt gehalten?«

Natürlich hatte ich. Ich starrte auf den Rubin. »Er ist nicht echt?«

»Nun ja, die Kette ist aus Gold. Wahrscheinlich ist sie das Kostbarste, was ich besitze.« Er zuckte die Achseln. »Aber der Stein ist nur ein Stück Glas, das ich in Venedig erstanden habe. Schlaue Burschen, diese Venezianer. Sie wissen, was eine Täuschung wert ist. Und sie wird mir gute Dienste leisten, wenn ich jemals in Gefangenschaft geraten sollte. Ich trage das perfekte Lösegeld um den Hals.«

»Habt Ihr keine Angst, dass jemand versucht, den Stein zu stehlen?«

»Sollen sie es versuchen! Das würde ihn nur noch kostbarer machen. Außerdem habe ich ja euch, um mich zu beschützen.«

Eine weitere Täuschung, dachte ich. Ein falscher Klunker aus Glas und ein paar dahergelaufene Nichtsnutze als Leibwächter.

Perfekt.

Auf dem Kai herrschte ein unüberschaubares Gedränge – Händler und Seeleute aus einem Dutzend Länder, die alle verschiedene Sprachen sprachen. Eine Gruppe von einheimischen Männern – und Frauen – war dabei, Netze zu flicken und Sardinen in Fässern einzulegen. Wenn man von dem fremden Geplapper und den schrillen Farben der Kleider absah, hätte die Szene auch in Moshole oder Market Jew spielen können.

Nach zwei Monaten auf hoher See ging keiner von uns mehr gerade. Auf meine Knie konnte ich mich nicht verlassen, es war, als wäre die ganze Welt unter mir in Bewegung. In der Mannschaft gab es aber auch routinierte Seeleute, die sicheren Schrittes an uns vorbeistolzierten, eifrig darauf bedacht, als Erste in den einschlägigen Etablissements von Lissabon einzukehren. Quickfinger schloss sich einer dieser Gruppen an, nachdem er die französischen, portugiesischen und spanischen Ausdrücke für Hure und Bordell auswendig gelernt hatte – nur für den Fall der Fälle. Little Ned torkelte hinterher.

Ich schubste Hammer und Saw auf Red Will zu. »Vergesst nicht, was wir ausgemacht haben.«

Hammer warf einen verzweifelten Blick auf den Rücken der Männer, die in der Menschenmenge verschwanden.

»Ich bin sicher, dass es mehr als nur ein Hurenhaus gibt«, seufzte ich.

Saw nahm Will am Arm. »Zuerst in eine Taverne.«

»Willst du dich ihnen nicht anschließen … Ezra?«, fragte Savaric und blinzelte ihr zu.

Sie grinste. »Ein Bierchen könnte ich vertragen.«

»Ich dachte, wir könnten zur Festung hinaufsteigen.«

»Wir?«

»Ihr beide seid meine Leibwächter, jetzt, da die anderen losgezogen sind, um sich dem Laster hinzugeben.«

So gingen wir durch die verschlungenen Gassen, vorbei an den schwatzenden Frauen, die ihre Wäsche zum Trocknen aufhängten. Als sie uns sahen, zogen manche einen Zipfel ihres Kopftuchs vor das Gesicht, sodass nur ihre funkelnden Augen zu sehen waren. Wenn wir an ihnen vorbeigingen, verstummten sie, als wollten sie uns in Ruhe abschätzen. Savaric bekreuzigte sich und murmelte einen Segensspruch, woraufhin sie augenblicklich ein frommes Gesicht aufsetzten und die Köpfe zum Gebet senkten.

Oben in der Festung wimmelte es von Soldaten, die ein und aus marschierten, und an den Toren standen Wächter in glänzenden Rüstungen Wache. Im kühlen Schatten unter den hohen Mauern sah die Festung weniger einladend aus als von unten am Meer in der hellen Sonne. Sie bestand aus unüberwindlichen, massiven Steinblöcken.

»Tja, das nenne ich eine Burg«, erklärte Savaric. »Strategisch perfekt gelegen, der Standpunkt ist günstig gewählt. Diese Stellung ließe sich gegen jeden Feind halten.«

»Das könnte man meinen, nicht wahr?« Der Neuankömmling, ein kräftiger Mann, stellte sich auf Französisch vor, *Robairrrr*, Robert de Sablé, und stammte aus Frankreich. Er hatte dunkles, von silbernen Strähnen durchsetztes Haar, ein paar silbergraue Flecken im Bart und helle Krähenfüße um die Augen. Er war gut, aber nicht übermäßig auffallend gekleidet. Trotzdem strahlte er etwas Arrogantes und Unangenehmes aus. Doch vielleicht lag das nur an mir, denn ich hatte für Franzosen nicht viel übrig.

»Sie wurde vor vierzig Jahren während der Reconquista nach einer dreimonatigen Belagerung zurückerobert.«

Dieser Ausdruck war mir nicht bekannt, Savaric dagegen war beeindruckt. »Ihr scheint Euch mit der Geschichte dieses Ortes auszukennen.«

Der Mann lächelte und bleckte die scharfen Hundezähne. »Mein Großvater gehörte zu den Belagerern. Die Muselmanen beherrschten die ganze Halbinsel und verbreiteten ihre Lügen und ihr Gift, doch Gott schickte einen Sturm, sodass die christliche Flotte, die auf dem Weg zum Heiligen Land war, in Porto Zwischenstation machen musste, um Reparaturarbeiten durchzuführen. Bei dieser Gelegenheit überredete der König von Portugal sie, ihm bei der Rückeroberung Lissabons zu helfen. O ja, an jenem Tag hielt Gott seine schützende Hand über die Ritter.« Er bekreuzigte sich, und wir alle murmelten folgsam: »Gelobt sei Jesus.« Ezra warf mir einen verstohlenen Blick zu und verdrehte die Augen.

»Was man über Belagerungen nicht weiß, ist, dass es nicht nur auf die Mauern ankommt«, fuhr Robert fort. »Die Leute sehen eine Burg wie diese und meinen, sie sei uneinnehmbar. Man kann die mächtigste Burg der Welt besitzen, wenn ihre Insassen nicht an Gott glauben, mangelt es ihnen an … *volonté* … um sie gegen die Belagerer zu verteidigen, die Gott an ihrer Seite wissen.«

»*Volonté* – was ist das?«, fragte ich, und beide starrten mich an. Ein Bauer, der zwei Edelleute unterbrach.

»Der Wille«, antwortete Savaric und warf mir einen bösen Blick zu.

»Wenn die Verteidiger nicht den Willen haben, einer Belagerung standzuhalten, werden sie kapitulieren, selbst wenn sie im Vorteil sind. Die Muselmanen, die die Burg verteidigten, verloren den Mut. So sind sie nun mal, diese Muselmanen: Sobald man ihre Zuversicht erschüttert, ist ihr Wille gebrochen. Und sobald sie den Mut verlieren, hast du sie am Wickel.« Damit ballte er die Faust, als zerdrückte er eine Fliege.

Die Häuser der Kaufleute in dieser Stadt wirkten äußerlich bescheiden mit ihren schlichten Lehmmauern und soliden, eisenbeschlagenen Toren, verfügten jedoch über lebendige Innenhöfe mit fließendem Wasser und Unmengen von bunt blühenden Pflanzen, die sich bis in die oberen Galerien rankten, wo Bienen summten und Vögel sangen. Savaric wurde in einem dieser Häuser einquartiert, und seine engsten Gefolgsleute fanden dort ebenfalls Unterkunft. Mir kam es vor wie ein Palast. Das Plätschern des Wassers im Springbrunnen im Zentrum des Innenhofs erinnerte mich an die Flüsse, neben denen der Maure und ich auf dem Pfad der Heiligen geschlafen hatten, als wir aus dem Kloster geflüchtet waren. »Im Schlaf siehst du aus wie ein Kind, John«, hatte er gesagt. Und ich hatte ihn angeschrien: »Ich bin kein Kind mehr!« Ich hatte eine Weile gebraucht, bis ich verstanden hatte, dass er etwas in Worte fasste, das zwischen uns war, eine besondere Art von Vertrautheit. In seiner Begleitung unter freiem Himmel zu schlafen war weitaus sicherer als in den Schlafgemächern des Klosters.

Das beständige Plätschern des kleinen Springbrunnens glättete die rauen Ränder meiner wirren Gedanken – bis ich Savarics laute Stimme vernahm. »Zieh deine besten Kleider an, John. Wir gehen zur Messe!«

Meine besten Sachen? Glaubte er denn, ich hätte fünf verschiedene Ausstattungen so wie er und einen Ankleider, der mir half? Ich zog meine übliche Uniform an, obgleich sie schon ziemlich abgewetzt war. Er sah mich von oben bis unten an. »Das geht nicht. Komm mit.«

Sein Ankleider, ein beleibter Waliser mit kahlem Haupt und loser Zunge, sah mich an und erklärte: »Von nichts kommt nichts, wie?« Dann kramte er in einer der riesigen Zedernholztruhen und kehrte mit einem mitternachtsblauen Umhang zurück, der am Saum und an den Aufschlägen mit silbernen Stickereien geschmückt war. Den warf er mir mit routinierter Geste über die Schultern. »Das dürfte einen Großteil der Lumpen verbergen«, erklärte er und drückte mir eine Mütze auf den Kopf, um meine widerspenstigen schwarzen Locken zu zähmen. »Besser so, mein Junge?«, fragte er, allerdings nicht mich.

»Viel besser.« Savaric nickte zufrieden.

Kurz darauf stieß Ezra zu uns, wie immer fein herausgeputzt. Frauen haben ein Händchen dafür, sogar, wenn sie sich als Mann ausgeben. Der Ankleider lächelte verschmitzt, und da war mir klar, dass er genau wusste, was und wer sie war.

In einer Kirche wie dieser war ich noch nie gewesen, außer in meinen Visionen. Verwundert sah ich mich um. Reihenweise hohe Säulen, die sich in eleganten spitzen Bogen miteinander vereinten. Von allen Seiten fiel das Licht ein.

Ich war nicht der Einzige, der so verzaubert war, andere Männer sahen ebenfalls nach oben in die hohen Gewölbe, statt die Blicke andächtig zum Gebet zu senken.

Ich fragte mich, ob Sarazenen das Gebäude erbaut hatten. Und wenn nicht die Sarazenen, dann die Babas des Mauren? Ich hätte schwören können, dass sie wie das Haus mit dem großen Innenhof nicht von Christen stammte. Tagein, tagaus wurde uns erklärt, die Sarazenen seien Ungeheuer, wild und unwissend, ihre Seelen so dunkel wie ihre Haut, nur dazu da, um wie Tiere abgeschlachtet zu werden. Doch wie konnten diese seelenlose Geschöpfe solch wunderbare Gebäude errichtet haben?

Stumm traten wir nach der Messe in die helle Sonne hinaus. Savaric, Ezra und ich gingen zu dem großen Platz hinunter, wo wir an einem Tisch vor der Bäckerei mit Wasser versetzten Wein tranken, warmes Brot mit Honig aßen und noch immer eingehüllt in die Stille der Kirche die Welt an uns vorbeiziehen ließen. Ich saß auf der Bank und streckte die Beine aus. Dann legte ich den Kopf in den Nacken, kniff die Augen zum Schutz vor der Sonne zusammen und fragte mich, wie ich es anstellen könnte, für immer hierzubleiben, mich einfach aus dem Staub zu machen, wenn die Kriegsschiffe ausliefen, mit den Schatten in den engen Gassen zu verschmelzen, meine Tage so zu verbringen wie eine der verwilderten Katzen, die bei den Fremden so geschickt um Essen bettelten.

Plötzlich fiel ein Schatten über mich. Ich schlug die Augen auf und sah einen Mann, der Savaric etwas ins Ohr flüsterte. Er hatte gebräunte Haut, dunkle Augen und trug so auffallend bunte Farben, dass er unmöglich Engländer sein konnte. Savaric beugte sich aufmerksam vor. Im gleichen Augenblick sprang Ezra auf und zückte einen Dolch, doch unser Meister bedeutete ihr mit einer Geste, sich wieder zu setzen. »Schon gut. Es ist alles in Ordnung.«

Dann trank Savaric hastig seinen Wein aus, leckte sich die Lippen und stand auf. »Los, kommt mit«, sagte er und folgte dem dunklen Mann durch die Menschenmenge. In einer Gasse hefteten sich ein paar braun gebrannte Kinder an unsere Fersen und bettelten in mehreren Sprachen um Geld. Ich vertrieb sie, indem ich wie ein Löwe brüllte, was ihnen offensichtlich großen Spaß bereitete.

Wir kamen zu einem Viertel, in dem es viele Buden gab, die alle möglichen Waren feilboten. Unser Führer verschwand so schnell in einer Gasse, dass wir ihn aus den Augen verloren. In den Wänden rechts und links der Gasse waren kleine, mit verschnörkelten Gittern verzierte Fenster, hinter denen sich etwas bewegte. Jemand, der uns beobachtete, hin und wieder eine blasse Hand, die uns zuwinkte. Ezra zupfte an meinem Ärmel und verdrehte die Augen. »Huren.«

Savaric drehte sich zu uns um. »Für dich gibt es hier nichts zu holen, Ezra. Halt du Wache vor der Tür, für alle Fälle. John, du kommst mit mir.«

»Schon gut«, sagte ich hastig. »Ich bleibe bei Ezra.«

»Unsinn. Männer haben Bedürfnisse!« Er grinste. »Komm schon Junge, trödel hier nicht herum. Ich lade dich ein.«

So betrat ich mein erstes Hurenhaus. Im Innern war es dunkel, die Ecken wurden von billigen Kerzen erleuchtet. Ihr Rauch hatte Wände und Decken geschwärzt, und es roch stark nach Tierfett, trotz des Weihrauchs, der in einer Pfanne brannte, um die üblen Gerüche zu überdecken. Nachdem sich meine Augen an die Dunkelheit gewöhnt hatten, erkannte ich vier Frauen, die auf Diwans lagen, sie trugen winzige Stofffetzen am Leib, die kaum etwas bedeckten. Savaric musterte sie wie ein halb verhungerter Mann ein Festessen. »Die da«, sagte er und zeigte auf eine junge Frau, deren langes schwarzes Haar ihr bis zur Hüfte reichte. Es verhüllte lediglich die Brüste unter dem hauchdünnen Mieder. Verlegen wandte ich den Blick ab.

»Na, komm schon, John. Such dir eine aus, sonst tue ich es für dich.« Er war bereits dabei, seiner Auserwählten auf die Beine zu helfen. Ich sah, wie sie ihm einen Blick zuwarf und las trotz des spärlichen Lichtes darin eine Mischung aus Verachtung und Widerwillen. Ich stand wie erstarrt da und wünschte mir, ich wäre draußen geblieben, fern von den Gerüchen, dem Mief und den Frauen.

»Na los, Junge!«

Plötzlich wurde ein warmer Körper gegen mich geschubst, eine weiche Brust berührte meinen Arm, jemand zerrte mich in ein Nebenzimmer, und dann fiel die Tür hinter mir zu. Die Frau, die Savaric mir zugeschoben hatte, löste sich von mir, und wir starrten einander an wie zwei Tiere, die sich unerwartet im selben Bärenzwinger wiederfinden. Sie war sehr jung, und ihre Augen waren riesig und ängstlich. Sie begann, sich auszuziehen.

»Nein!«

Sie hielt inne, einen Arm bereits entblößt, und sagte etwas in ihrer Sprache. Ich schüttelte den Kopf. »Nein, ich will nicht … ich … » Ich ging auf die Tür zu.

Plötzlich redete sie wild auf mich ein, panisch, vielleicht sogar zornig.

Das Kleid fiel zerknüllt zu Boden. Dann legte sie sich auf die Pritsche, das einzige Möbelstück im Raum, stellte die Füße auf, spreizte die Beine und wartete.

Ich hatte noch nie zuvor eine nackte Frau gesehen. Ich starrte sie an, doch ich konnte nur daran denken, dass sie irgendwie unvollkommen aussah, auf seltsame Weise unfertig. Ich spürte keinerlei Verlangen, im Gegenteil, und dachte nur, dass ich ziemlich pervers sein musste, wenn ich beim Anblick eines nackten weiblichen Geschlechts nur eins im Sinn hatte: wegzulaufen.

Sie musste die Verwirrung in meinem Gesicht bemerkt haben, denn sie begann zu weinen, und das war das Letzte, was ich gewollt hatte. Beschämt reichte ich ihr das Kleid zurück. Sie bedeckte ihren Körper damit, und dann saßen wir uns eine halbe Stunde gegenüber, ohne uns anzusehen und versuchten, die unangenehmen Geräusche aus dem angrenzenden Raum zu überhören.

Stumm kehrten wir alle drei in unsere Unterkunft zurück, jeder hing seinen eigenen Gedanken nach. Als wir durch ein Viertel kamen, in dem Lebensmittel verkauft wurden, rief Ezra plötzlich: »Was ist das?« und zeigte auf eine Bude mit kleinen Kugeln, die leuchteten wie die untergehende Sonne. Ich hatte so etwas noch nie gesehen, nicht einmal in den Märkten von London. Offenbar waren sie auch den Leuten hier unbekannt, denn es hatte sich eine große Menschenmenge um den Stand versammelt.

Ezra zog mich am Ärmel. »Oh, John, kauf mir eine, bitte!«

»Kauf dir selbst eine.«

»Kann ich nicht. Sie sprechen eine fremde Sprache.«

»Ich sag es ungern, aber falls du es noch nicht weißt, sie sprechen jetzt überall fremde Sprachen, egal, wo wir hinkommen.«

Sie schnitt eine Grimasse. »Komm schon.«

Savaric grinste mich an. »Kauf ihr eine, John. Schließlich hast du heute deinen Spaß bereits gehabt.«

Ich trat zu der Bude und stellte fest, dass meine wenigen Brocken Französisch reichten, obwohl ich kein Wort von der hiesigen Sprache aufgeschnappt hatte. Der Verkäufer erklärte mir, die Kugeln hießen *naranja* und kämen von irgendwo aus dem Morgenland. Er klang wie mein Maure, sah aber ganz anders aus. Für die Frucht, denn offenbar war es eine Frucht, wollte er ein lächerliches Vermögen haben. Ich bot ihm einen Preis an, bei dem er in schallendes Gelächter ausbrach. Dann ging er mit seinem etwas herunter. Und so setzte sich das Ganze fort, wir drehten uns in Spiralen bis an den Punkt, von dem wir beide wussten, dass wir ihn irgendwann erreichen würden, doch es war eine anstrengende Prozedur. Als wir uns schließlich auf einen Preis geeinigt hatten, nickte er lächelnd und sagte ein Wort, das ich den Mauren auch schon einmal hatte sagen hören.

»Woher kommst du?«, fragte ich und reichte ihm das Geld.

»Von hier und dort.«

»Und wo ist dort?«

Er lachte. »Marrakesch.«

»Wo liegt das?«

»Auf der anderen Seite des Wassers«, entgegnete er und deutete vage Richtung Meer.

»Bist du ein Baba?«

Er legte die Stirn in Falten, und ich wiederholte die Frage, während ich das Wort so auszusprechen versuchte wie der Maure.

»*Al-barbari*, Berber. Wir nennen uns Amazigh.« Es klang wie Amazir, als er es sagte, denn er rollte das *r* wie die Franzosen – *Robairrr.* »Das freie Volk … Na ja, das ist wirklich lächerlich, wenn man in einem Drecksloch wie diesem gefangen ist und von den *franj* schikaniert wird.« Er spuckte in den Staub.

Am Ende gab er mir zwei *naranjas* für den Preis von einer. Ich dankte ihm, verbeugte mich und legte die Hand auf das Herz, so wie der Maure es getan hatte. Er lächelte. Mit meiner Beute in den Händen ging ich zu Ezra und Savaric zurück. Ezra nahm ihre *naranja* verwundert entgegen und streichelte sie wie einen kostbaren Gegenstand. Sie roch daran, drückte sie und kreischte angesichts des Duftes, den sie auf ihrer Hand hinterließ, dann steckte sie sie vorsichtig in die Tasche. »Ich esse sie später«, sagte sie. »Wenn ich allein bin.«

Diese Bedenken teilte ich nicht. Ich rieb die Frucht an meinem Gewand wie einen Apfel und biss herzhaft hinein, musste aber augenblicklich aufschreien: »Oh, scheußlich, sie schmeckt scheußlich!« Dann stieß ich noch einen Fluch aus Cornwall aus, als Zugabe. Bei dem bitteren Geschmack zog sich meine Zunge zusammen. Ich spuckte das helle Fruchtfleisch auf den schmutzigen Boden.

Dann hörte ich lautes Gelächter. Der Verkäufer und seine Freunde waren belustigt. »Die Schale isst man nicht mit, du Baba! So.« Der Mann aus Marrakesch nahm eine Frucht, bohrte mit dem Daumen ein Loch in die Schale und fing an, sie zu schälen.

Verlegen machte ich es ihm nach, und gerade, als ich in das Fruchtfleisch beißen wollte, drängten sich zwei große Kreuzritter an mir vorbei und legten sich mit dem Verkäufer an. »Haben wir dir nicht gesagt, dass du hier nichts verkaufen darfst?« Der eine packte den Verkäufer, den er um mindestens einen Kopf überragte, am Hals und hob ihn in die Luft.

»Kerle wie du haben in dieser Stadt nichts verloren«, rief der zweite. Es war ein großer Mann mit einem fleischigen Gesicht. Aus irgendeinem Grunde kam er mir bekannt vor.

»Im ganzen Land nicht«, berichtigte ihn der erste Tempelritter. »Nirgendwo im Reich der Christen. Hört endlich auf, anständige Christen übers Ohr zu hauen! Steck dir die verdammten Früchte sonst wohin!«

»Sonst machen wir es für dich und rösten dich wie ein Schwein über dem Feuer!«

»Er hat nichts getan, ich habe nur …«, mischte ich mich ein, woraufhin der erste Tempelritter mir einen bösen Blick zuwarf. »Wenn du diesen gottlosen Hundesohn verteidigst, ergeht es dir genauso wie ihm!« Er wandte sich wieder dem Verkäufer zu. »Auf die Knie und bete zu Jesus Christus, auf dass er deine schwarze Seele erlöse!«

Von dem Tumult angelockt versammelten sich weitere Amazigh um die Bude. Sie wirkten aufgebracht, wütend wie Männer, die diese Art von Erniedrigung schon allzu oft über sich hatten ergehen lassen müssen und fest entschlossen waren, sich dieses Mal zu wehren.

Als der Verkäufer ihrer Aufforderung nicht Folge leistete, warfen sie seine Bude um. Die Früchte kullerten über den Boden. Da sie wussten, dass man sie nicht zur Rechenschaft ziehen konnte, stachen sie dem Mann beiläufig ihr Schwert in den Bauch, und als er sich zusammenkrümmte, traten sie auf ihn ein.

»Nein!« Ich konnte nicht anders. Ich hätte an die Prügel denken sollen, die ich in London hatte einstecken müssen, doch in der Hitze des Gefechts packte ich einen der Tempelritter am Arm, und als er sich umdrehte, schlug ich ihm ins Gesicht, einmal, zweimal. Kurze harte Schläge, die, wie ich gelernt hatte, am meisten Schaden anrichteten. Er sackte stöhnend zu Boden und hielt sich die kaputte Nase. Der andere kam mit gezogenem Schwert auf mich zu. Auch ich versuchte, mein Schwert zu ziehen, doch die Klinge verfing sich in dem blauen Umhang, der in dieser Hitze völlig fehl am Platz war.

Plötzlich sprang Ezra vor und stürzte sich mit dem Dolch in der Hand auf den Mann. Noch ehe er sichs versah, hatte sie ihm die Klinge in den Unterarm gebohrt und drehte ihn um. Man hörte ein Geräusch, das sich wie splitterndes Holz anhörte, und dann einen Schrei. Der Mann ließ die Waffe fallen und fasste sich an den verletzten Arm.

Plötzlich brach die Hölle los. Mit Fleischerbeilen und anderen selbst gemachten Waffen stellten sich die Muselmanen einer Flut von christlichen Kriegern entgegen, unter denen ich auch einige Seeleute von unserem Schiff erkannte. Kurz darauf war eine regelrechte Schlacht im Gange, und das Kopfsteinpflaster war mit Blut besudelt.

Ich nahm Ezra am Arm, doch sie warf mir nur einen wahnsinnigen Blick zu und riss sich los. Ich hatte Angst, dass sie erneut auf den Tempelritter einstechen würde, wenn ich sie losließ. »Nein, lass ihn in Ruhe, komm!« Savaric hatte bereits die Beine in die Hand genommen und lief die Straße hinunter. Ezra wehrte sich, doch es gelang mir, sie wegzuzerren und durch die Menschenmenge, die sich auf dem Marktplatz versammelt hatte, hindurchzubugsieren.

»Geoffrey de Glanvill!«, rief ich aus wie einen Fluch.

Ezra starrte mich an. »Was?«

»Der Mann, dessen Arm du gerade durchlöchert hast, war einer der Männer, die dich … in … Rye …«

»Man vergisst keinen Kerl, der einen vergewaltigt hat«, entgegnete sie ruhig. »Ich wünschte, ich hätte ihm mehr als nur den Arm durchlöchert, und wenn er mir noch einmal über den Weg läuft, werde ich es tun.«

Wir fanden Savaric im Haus; er sah blass und verlegen aus. »Ich wäre euch nur im Weg gewesen«, meinte er und breitete entschuldigend die Arme aus.

Was mit dem Mord an einem Orangenverkäufer begonnen hatte, schaukelte sich immer mehr auf, als die Seeleute und die Krieger, die in heiliger Mission zum Heiligen Land unterwegs waren, ihrem christlichen Eifer freien Lauf ließen und sich daranmachten, die verbliebenen Sarazenen und Juden aus Lissabon zu vertreiben. Die Unruhen zogen sich tagelang hin. Ganze Stadtteile wurden niedergebrannt, Läden und Häuser in Brand gesteckt. Der Himmel war von Rauch geschwängert, die Straßen klebrig von Blut.

Die Erinnerungen an jenen schrecklichen Tag der Krönung in London kehrten zurück; ich schwitzte und zitterte wie ein krankes Kind. Ich fand keinen Schlaf, und wenn ich doch einschlief, wurde ich von Albträumen gepeinigt. Jeden Tag kehrten die Mitglieder der Truppe mit neuen, grausigen Nachrichten zurück. Eine Gruppe von Rittern war in einer Gasse angegriffen und enthauptet worden; als Vergeltung hatten die Tempelritter die Moschee in Brand gesteckt und während des Morgengebets Dutzende von Muselmanen abgeschlachtet, als sie aus der brennenden Moschee flüchten wollten. Muselmanische Frauen waren auf die Straße gezerrt und im Namen Christi vergewaltigt worden. Niemand konnte die Ordnung wiederherstellen – die lokalen Behörden am allerwenigsten, die auf einen solchen Ausbruch von Gewalt völlig unvorbereitet waren, nicht einmal die Kommandeure der Flotte, deren Krieger viel zu lange auf einem Schiff eingesperrt gewesen waren, um irgendeine Art von Zurückhaltung oder Disziplin zu zeigen. Am Ende musste der portugiesische König ganze Bataillone in die Stadt rufen, um die Ordnung wiederherzustellen. Hunderte von unseren Leuten wurden zur Ausnüchterung und um ihre Missetaten zu bereuen, ins Gefängnis gesteckt, darunter Quickfinger und Red Will, die auf ihrer Zechtour gefangen genommen worden waren.

»Ihr solltet sie doch im Auge behalten«, ermahnte ich die Zwillinge.

»Sie sind uns entwischt«, schwindelte Hammer.

Schließlich fanden wir heraus, dass man sie mit einem Haufen Franzosen in eine Zelle eingesperrt hatte. Savaric berichtete, dass sie auf dem Boden ihrer Zelle zusammengesessen, eine Partie Würfelknochen gespielt und wie Brüder gelacht hätten, als er sie besuchte. »Da waren sie am besten aufgehoben«, sagte er nach seiner Rückkehr. Und das hieß nicht nur, dass sie keine Scherereien mehr machen konnten, sondern er auch nicht für ihren Unterhalt aufkommen musste, solange sie dort einsaßen.

Obwohl die Lissaboner Garnison verstärkt worden war, dauerten die Tumulte an. Wohin man auch ging, war die Lage angespannt. Bevor wir angekommen waren, hatten die verschiedenen religiösen Gruppen einigermaßen friedlich zusammengelebt und Handel getrieben, jetzt waren alte Fehden, Hass, Missgunst und Neid wiederbelebt worden.

Savaric ermahnte uns, Ruhe zu bewahren und Ärger aus dem Weg zu gehen, was unserem eigenen Bestreben entsprach. Lange Zeit hielten wir uns nur in unmittelbarer Umgebung des Hauses auf, begleiteten unseren Meister zur Kirche und zurück und suchten gelegentlich das Schiff auf, um mitzuhelfen, die Vorräte an Bord zu bringen. Zumindest blieb mir so ein weiterer Besuch im Bordell erspart. Ich begann, meine Malutensilien mitzunehmen, mehr um der Langeweile ein Schnippchen zu schlagen, als um mein einziges Talent zu vervollkommnen.

Am Kai zeichnete ich einen alten Mann, der Fische ausnahm. Er wollte sehen, was ich tat, und starrte wie gebannt auf die Zeichnung, ohne sich einen Reim auf die Gestalt machen zu können, die er sah. Ich zeichnete Kinder, die sich unter der aufmerksamen Aufsicht ihrer Mütter einen hölzernen Ball zuwarfen; und eine Frau an einem Webstuhl in ihrem sonnigen Hinterhof. Eine Gruppe von schwarz gekleideten Frauen, die wie Dohlen schnatterten, kam zufällig vorbei. Als sie sahen, womit ich beschäftigt war, fuhren sie erschreckt zusammen und machten das Zeichen des bösen Blickes, als wäre irgendeine schwarze Magie im Spiel. Nachdem mir mehrmals Ähnliches passiert war, beschloss ich, nur noch Gebäude zu zeichnen, die konnten wenigstens keine Meinung zu dem haben, was ich tat.

Gegen Ende der dritten Woche im Juli, nachdem wir die Messe besucht hatten, sagte ich Savaric, dass ich noch etwas länger bleiben wollte. Als Erklärung zeigte ich auf meinen Tornister mit den Farben. Er nickte. »Ich bin sicher, dass Reginald deine Zeichnung von dieser Kirche gern sehen würde, da er nicht selbst hier sein kann.«

Der Domherr, mit dem ich ein paar Worte wechseln konnte, erzählte mir, dass die kleine Kirche früher eine Moschee gewesen war. Dann fügte er sachlich, ohne jegliche Scham oder Verlegenheit hinzu: »Wir beten alle zum selben Gott.« Ich war entsetzt. Bislang hatte ich angenommen, dass Muselmanen einen anderen Gott verehrten als die Christen, und diese Worte brachten mich völlig durcheinander. Warum überquerten wir das Meer und die Kontinente, um Krieg gegen Menschen zu führen, die an denselben Gott glaubten wie wir? Am Ende sagte ich mir, dass der Alte etwas anderes gemeint oder ich ihn gründlich missverstanden haben musste.

So wanderte ich durch die Kirche, zeichnete hier und da ein Detail, die eleganten spitzen Bogen, die gestreiften Säulen, die Friese mit herausgemeißelten Wörtern. Manche davon waren vor Kurzem übermalt worden, da es sich um muselmanische Sprüche gehandelt hatte, aber was mir am meisten ins Auge stach, war das kleine Porträt einer heiligen Figur an der Ostwand. Dunkle Haut, dunkle Augen, hohle Wangen, mit einem goldenen Heiligenschein, der bis zu den oberen Ecken des Ikonenbildes ausstrahlte. Bei diesem Anblick schlug etwas in mir um, ich spürte ein seltsames, aber vertrautes Flattern. Doch wie sehr ich mich auch anstrengte, es gelang mir nicht, das faszinierende Gesicht an der Wand festzuhalten. Der Rest der Kirche zog sich in den Hintergrund zurück, während ich immer wieder vergeblich versuchte, es aufs Papier zu übertragen. Einmal war die Nase zu lang, dann standen die Augen zu eng beieinander, schließlich war das Kinn zu breit … Ein letzter Versuch, dieses Mal aus dem Gedächtnis.

Und dann war es plötzlich da. Der Ausdruck in den Augen, endlos geduldig und weise, vielleicht ein klein wenig traurig oder – in einem anderen Licht – ein wenig ironisch.

Ich hielt die Luft an, mein Blick begann, am Rande zu verschwimmen. »Ich habe dir doch gesagt, dass wir uns wiedersehen würden, John!«

Und da, in den Schatten, stand der Maure. Ich sprang auf. Federn, Tinte und Papier flogen durch die Luft, während ich vor Verzweiflung schrie. Das kleine Tintenfass zerbrach auf dem Boden und ergoss sich wie Blut über die Zeichnung und den Mosaikboden unter meinen Füßen.

Als ich wieder aufblickte, war der Maure verschwunden.

ZWANZIG

Für die frühe Jahreszeit war es erschreckend heiß, und die Neuigkeiten waren schlecht. Malek hielt am Eingang des Zelts Wache, sodass er die Unterhaltung in dessen Inneren mithören konnte. Außer den Knappen, dem Schreiber des Sultans und General Imad ad-Din waren ein Spitzel und al-Mashtub, einer der Generäle des Sultans, anwesend, ein kurdischer Befehlshaber, der die meiste Zeit seines Lebens an der Seite Salah ad-Dins gekämpft hatte.

»Wie viele Schiffe?«, fragte der Schreiber.

Es folgte eine Pause, als würde der Mann nachrechnen. »Zehn, vielleicht aber auch mehr.«

Ein ungebildeter Mann, dachte Malek, er kann nicht weiter zählen, als er Finger an den Händen hat. In unübersichtlichen Zeiten wie diesen mussten sie sich auf alle möglichen Spione verlassen. Die Christen – die offensichtlich mit jedem Tag zahlreicher wurden – hatten ihre Versorgungs- und Kommunikationslinien unterbrochen. Immer öfter waren sie auf die Schwimmer aus Akka angewiesen, um Nachrichten auszutauschen. Auf Männer, die die Seeblockade und die gefährlichen Strömungen an diesem Teil der Küste überwinden mussten.

»Und was ist mit diesen Holzplanken, von denen du mir erzählt hast? Denk nach, denn es fällt mir schwer zu glauben, dass es derart gewaltige Bäume überhaupt gibt.«

»Bei Allah, Herr, es ist so, wie ich gesagt habe. Riesen unter den Bäumen, wie ich sie noch nie gesehen habe. Und nicht nur groß, sondern auch von gewaltigem Umfang.«

»Kannst du vielleicht etwas präziser werden?« Imad ad-Dins Stimme war so spitz wie seine Nase.

»Augen können ihren Besitzer täuschen, wenn er von Angst überwältigt ist«, murmelte al-Mashtub.

Doch der Mann war hartnäckig. Die Planken seien fast so groß wie die Schiffe, die sie hergebracht hatten, und es seien keine kleinen Schiffe gewesen, sondern große italienische Handelsschiffe. Malek konnte sich vorstellen, wie der Sultan die Stirn runzelte.

»Danke für die Nachricht.« Der Sultan hatte seine Fassung wiedergewonnen. »Nimm diesen Lohn, der hoffentlich den Informationen gerecht wird, die du uns gebracht hast.«

Kurz darauf huschte der Mann an Malek vorbei, über den offenen Beutel gebeugt, während seine Finger die Münzen bereits zählten. Ein bezahlter Informant, der vom Streben nach Profit und nicht vom Glauben motiviert war. Und dem Ausdruck seines Gesichtes nach zu urteilen, einer, der sein Geld zu zählen wusste, nicht aber Schiffsmasten …

»Die *franj* wollen diese Planken benutzen, um Belagerungstürme zu bauen, die höher sind als die Mauern der Stadt«, sagte Salah ad-Din.

Al-Mashtub schnaubte. »Wir werden sie in Brand stecken, falls sie es versuchen.«

»Bisher haben wir das mit dem Pech, das der Kalif uns geschickt hat, nicht geschafft.« Der Kalif von Bagdad hatte ihnen diesen Brennstoff zusammen mit fünf Alchemisten aus seiner Stadt geschickt, die noch mehr herstellen und dessen Einsatz beaufsichtigen sollten. Männer mit Rattengesichtern, hinterhältigen Blicken und einer Geheimsprache, in der sie sich untereinander verständigten. Sie befanden sich in Akka, doch bislang war es ihnen nicht gelungen, den Kriegsmaschinen der Christen mit ihrem künstlichen Feuer ernsthaften Schaden zuzufügen.

»Dann müssen sie noch größere Geschossschalen bauen«, sagte al-Mashtub. »Das liegt doch auf der Hand, oder etwa nicht?«

Malek stand am Eingang des Zelts und fuhr gereizt zusammen. So sprach man nicht mit dem Anführer der Gerechten. In der Schlacht war al-Mashtub loyal und tapfer, aber er konnte auch verdammt ungehobelt sein.

»Das Problem ist nicht die Größe der Schalen«, erklärte der Sultan und warf seinem General einen scharfen Blick zu, »sondern deren Inhalt. Der Brennstoff ist nicht stark genug.«

»Unsinn«, widersprach der General unter unbekümmerter Missachtung des Protokolls. »Macht sie größer. Es ist nur eine Frage der Größe.«

»In ganz Akka gibt es nicht genug Lehm, um so große Geschossschalen zu bauen«, sagte Imad ad-Din gereizt. »Ganz zu schweigen von Mangonelen, um sie abzufeuern.«

»Sprechen wir nicht weiter davon«, sagte der Sultan. »Geh, mein Freund, und ruh dich etwas aus. Wir freuen uns, wenn du heute Abend wieder frisch bist.« Es war die abrupteste Entlassung, die Malek den Sultan jemals hatte aussprechen hören.

Al-Mashtub stand verdutzt auf, verbeugte sich und stapfte aus dem Zelt, wobei er an seinem dichten Bart zupfte wie immer, wenn er verunsichert war.

Kaum war er fort, begann der Sultan, Briefe zu diktieren. In den vergangenen Monaten hatte er sie regelmäßig ins ganze Kalifat verschickt. Bettelbriefe, hätte sein Vater Baltasar sie genannt, dachte Malek. Briefe an Fürsten und Emire, in denen er um Krieger und Geld ersuchte – nach Harran, Mossul, Ägypten und Nisbin. Da Zugeständnisse ausgeblieben waren, hatte er seinen Freund, den Kadi des Heeres, Baha ad-Din geschickt, den einzigen Mann, den er mit dieser Aufgabe betrauen konnte, um die Fürsten von Mesopotamien persönlich um Unterstützung zu bitten. Doch der Kadi war noch nicht zurückgekehrt.

Im Frühjahr hatte er Verstärkung erhalten, doch bei Weitem nicht so viele Männer wie die Christen, deren Schiffe seit den Winterstürmen ununterbrochen anlegten. Seine Ressourcen nahmen immer mehr ab. Und das große deutsche Heer, das sich angeblich auf dem Weg hierher befand, war noch nicht einmal eingetroffen. Malek hatte furchterregende Zahlen gehört: Hunderte und Tausende von Kämpfern. Die Angst um seine Familie fühlte sich an wie glühende Kohle in seinen Eingeweiden.

Salah ad-Din stand auf, ging im Zelt auf und ab und diktierte weiter. »Ich glaube, dass Ihr den gewaltigen Ernst der Lage nicht begriffen habt. Ich muss euch in aller Bescheidenheit davon unterrichten, dass das Heer, das gegen uns vorrückt – und sich im Augenblick Konstantinopel nähert – einer großen dunklen Flut gleicht, die alles zerstören wird, was sich ihr in den Weg stellt. Ist es nicht eine Schande, dass unser Aufruf zum Dschihad unerhört geblieben ist, während sich die *franj* auf Geheiß des Papstes in Rom zusammengerauft haben, um die Heilige Stadt zurückzuerobern? Ist es nicht eine Schande, dass die Gerechten mit Apathie reagieren, während die Polytheisten entschlossen handeln?

Die *franj* werden von Schiffen versorgt, die zahlreicher sind als die Wellen im Meer, und für jeden ihrer gefallenen Krieger springen tausend neue ein. Hier hingegen herrscht nicht nur ein extremer Mangel an Männern, sondern auch an Waffen, Nahrung, Ausrüstung und Geld, um all diese Dinge zu kaufen. Wenn wir nicht das Notwendigste erhalten, wird Akka mit Sicherheit fallen, und damit jegliche Hoffnung zunichtegemacht, dass unser Bestreben die Ungläubigen aufhält und daran hindert, ihre Schatten auf all das zu werfen, was uns lieb und teuer ist.«

Nur das Wort »Bescheidenheit« ließ Malek ahnen, an wen das Schreiben gerichtet war. Es musste der Kalif von Bagdad sein, der Hüter des Wahren Glaubens. Dass der Sultan sich einem solchen Mann gegenüber eines solchen Tons bediente, zeugte von seiner Verzweiflung.

Innerhalb weniger Wochen hatten die Christen ihre Belagerungstürme gebaut. Zahlreiche Kämpfer fuhren sie im Schutz der Dunkelheit an die befestigten Mauern heran. Sie waren so groß, dass sie sogar vom muselmanischen Lager aus gesehen werden konnten, und höher als die Stadtmauern. Von dort aus lieferten sich christliche Bogenschützen eine tödliche Schlacht mit den Verteidigern auf der Stadtmauer, während weitere Krieger unter ihrer Deckung den großen Festungsgraben um die Stadt mit Gebüsch, Abfall und Steinen zuschütteten – aber auch mit den Leichen der Christen, die von den Bogenschützen der Muselmanen getötet worden waren, und denen der muselmanischen Kämpfer, die von der Stadtmauer gefallen waren. Zentimeter um Zentimeter rückten die Türme vor. Bald wären sie nah genug, um ihre Brücken auszufahren, und dann würden sie Akka stürmen.

Wie der Sultan befürchtet hatte, richteten die Geschossschalen, die von der Stadt auf die Belagerungstürme geschleudert wurden, kaum Schaden an. Die *franj* hatten ihre Türme mit Eisen beschlagen, sodass die Schalen abprallten und zerbrachen. Wo sie auch einschlugen, hinterließen sie nur Asche und Rauch.

Ohnmächtig beobachtete Malek das Ganze. Er dachte an

seine Familie, an seine Freunde und Nachbarn, und das Herz wurde ihm schwer. Doch was konnte er tun?

»Was zum Teufel machst du da?«

Malek stand auf, ließ von seiner Arbeit ab und wischte sich die Hände an seinem Gewand ab. Als er sich umdrehte, stand vor ihm der jüngere Bruder des Sultans, al-Adil.

»Ich baue einen Taubenschlag, *sayedi*«, erklärte er. »Damit die Vögel darin schlafen können.«

»Tauben? Bei Allah, hält dich mein Bruder nicht genug auf Trab?«

Malek seufzte. »Der Sultan persönlich hat mir aufgetragen, den Käfig zu bauen, Herr. Für die Brieftauben.« Er erklärte, wie sein Vater, sein Bruder und er ein System entwickelt hatten, um Nachrichten auszutauschen. »Mein Vater liebt seine Vögel. Mehr als alles andere, denke ich manchmal. Und jetzt, da Akka abgeschnitten ist, können wir auf diese Weise mit der dortigen Garnison Kontakt halten.«

Al-Adil runzelte die Stirn. »Ich dachte, das wäre Sache der Taucher.«

»Tauchen ist sehr gefährlich«, entgegnete Malek.

Der Bruder des Sultans zupfte an seinem Bart. »Was, wenn der Feind einen deiner Vögel abschießt und die Botschaft abfängt?«

Malek nahm eine Schriftrolle aus seiner Gürteltasche und händigte sie ihm aus. Der Ältere warf einen Blick darauf. »Verstehe, es ist eine Art Code?«

»Ja, mein Bruder Sorgan und ich haben ihn erfunden.«

»Und was passiert, wenn einer von euch stirbt – was Allah verhüten möge?«

Darüber hatte Malek noch nicht nachgedacht. Es war allein Gottes Sache, Leben zu geben und Leben zu nehmen. »Da ist noch mein jüngster Bruder«, antwortete er zu seiner Verteidigung. »Aisa, der Kleinste. Auch er kennt den Code.«

»Nun, beten wir zu Gott, dass sie überleben. *Inshallah*.«

»*Inshallah*.«

Gegen Ende des Monats traf der Herrscher von Dara mit frischen Truppen und einer berittenen Einheit ein, offenbar hatten die Schreiben oder die Entsendung von Baha ad-Din doch etwas bewirkt. Salah ad-Din rückte mit seinem Lager näher an den Feind heran, um seine Bewegungen besser verfolgen zu können. Jeden Tag kam es zu Scharmützeln, jeder Tag brachte Gefallene und kleine Triumphe. In den Lazarettzelten gab es viel zu tun. Trotzdem trafen jeden Tag neue *franj* ein, und die Türme rückten ungehindert weiter vor.

Gelegentlich lief die muselmanische Flotte aus dem inneren Hafen der Stadt aus und versuchte, die Seeblockade der Christen zu durchbrechen. Die Schiffe beschossen sich gegenseitig mit Feuer, die Decks gerieten in Brand, doch keine dieser Konfrontationen brachte den erwünschten Erfolg. Eines Tages wurde ein muselmanisches Schiff von der Flotte getrennt und strandete an der Küste. Dort wurde es von einer Meute beutehungriger Marketenderinnen der *franj* überfallen, die gerade dabei waren, am Strand Schweine zu schlachten. Die Frauen stürzten sich auf die unglückseligen Seeleute, schleiften sie vom Schiff und töteten sie mit denselben Messern, mit denen sie ihre Schweine schlachteten. Der Lärm des Gemetzels war bis zum Turm der Fliegen zu hören. Da ihre Bogen nicht so weit reichten, konnten die Wächter von ihrem Turm aus nur zusehen, wie ihre Landsleute von diesen Harpyien abgeschlachtet wurden, während die Schweine über die Sterbenden und Toten hinwegtrampelten und sie mit ihrem Kot besudelten. Die Kunde von diesem Vorfall verbreitete sich wie ein Lauffeuer. Wenn schon die Frauen der *franj* derart grausam waren, dachte Malek, wie würden dann erst ihre Männer sein?

Jeden Tag zwischen dem Morgengebet und seinem Wachdienst hatte Malek die Körner, die als Ansporn für die Vögel dienen sollten, ein Stück näher am Lager ausgestreut. Bald würden sie den hölzernen Taubenschlag finden.

Es war ein besonders schöner Morgen. Der Himmel leuchtete makellos blau, eine angenehme Brise wehte von der See her, kühlte seine Haut und ließ Asfars kastanienbraune Mähne im Wind flattern. Sie scharrte ungeduldig mit den Hufen, deshalb ließ er sie durch das Gras bis zum Rand der Dünen galoppieren. Über ihnen kreischten die Möwen. Wenn er die Augen schloss, konnte er sich vorstellen, dass dies nur ein schöner Morgenausflug war, in einer friedlichen, stabilen Welt, in der die Menschen lachten und furchtlos ihren Angelegenheiten nachgingen, ohne Angst vor einem gewaltsamen Tod.

Als er die Augen wieder aufschlug, sah er, wie aus dem Meer eine Gestalt auftauchte. Die Boten aus Akka stiegen oft hier aus dem Wasser, nachdem sie durch den äußeren Hafen und die offene See hinter dem Turm der Fliegen geschwommen waren, wo die christlichen Schiffe patrouillierten. Doch es waren weder Saif noch Mahmoud, beides große Männer mit Bärten und langen schwarzen Locken. Als die Gestalt näher kam und sich einen Weg durch die Felsen bahnte, erkannte er erschrocken seinen kleinen Bruder Aisa wieder. Und als dieser ihn sah, breitete sich ein strahlendes Lächeln in seinem Gesicht aus.

Malek sprang aus dem Sattel und umarmte ihn. Anschließend waren seine Kleider feucht.

»Ich bin jetzt ein offizieller Melder!«, sagte Aisa triumphierend und reckte derart die Brust, dass man seine Rippen sah. »Ich habe eine Botschaft von Karakush für Salah ad-Din.«

Aisa war hagerer als vor einem Jahr, als Malek ihn das letzte Mal gesehen hatte. Er war auch größer, mehr Mann als Junge. Irgendetwas an dieser Veränderung, abgesehen von der Zeit, die sie getrennt gewesen waren, und allem, was seitdem passiert war, führte dazu, dass sich seine Brust zusammenzog. »Hier«, sagte er und legte seinem Bruder seinen Umhang auf die Schultern. »Reiten wir zum Sultan, damit du ihm die Botschaft übergeben kannst.« Er sprang in den Sattel und half Aisa hinter sich aufs Pferd. Zähneklappernd erzählte ihm der Junge alle Neuigkeiten: wie er Melder geworden war; wie Kamal spurlos verschwunden war und keiner wusste, wohin; wie Sorgan und sein Vater weiter Tauben züchteten und er Sorgan das Lesen beibrachte. Wie sie sich ein paar Ziegen im Hinterhof hielten und gelernt hatten, aus Dattelkernen Mehl zu mahlen – es gab so vieles zu berichten.

Doch als sie die Frontlinien passierten, verstummte Aisa. Der Anblick all dieser Krieger, ihrer Zelte, Banner und Ausrüstung, der Gräben und der aufgewühlten Erde, wo einst Obstplantagen und Felder gewesen waren, verschlug ihm die Sprache.

Schließlich erreichten sie den Gipfel des Tell al-Ayyadiya, wo der Sultan sein Kriegszelt aufgeschlagen hatte. Malek stieg ab und half Aisa von der kastanienbraunen Stute. Der Junge zitterte. War ihm immer noch kalt vom Wasser? War es eine Reaktion auf das lange Schwimmen? Eher wohl der Anblick der Feinde, die so zahlreich waren. Oder die Nerven, weil er nun vor den Sultan treten musste.

»Hab keine Angst«, sagte er zu Aisa. »Abgesehen vom Feind muss niemand den Sultan fürchten. Begrüße ihn ehrerbietig, und wenn er dir befiehlt aufzustehen, übergibst du ihm die Botschaft und schaust ihm dabei in die Augen. Wenn er dich nach deinem Namen fragt, antworte, ohne zu zögern. Und genieße den Augenblick, denn du wirst ihn niemals im Leben vergessen.« Sanft strich er Aisa eine Haarsträhne aus der Stirn, zupfte den Umhang gerade und schob ihn auf die Wächter zu, die ihn nach Waffen durchsuchten und ihn anschließend ins Zelt ließen.

Aisa schaffte es, sich einigermaßen elegant vor dem Sultan niederzuwerfen, und als der ihn aufforderte, sich zu erheben, stand er auf und blickte dabei dem Sultan in die Augen. Dann übergab er den wasserdichten Beutel, den er um die Brust trug. Salah ad-Din wickelte die Rolle auf und beugte sich darüber. Anschließend rollte er die Botschaft wieder zusammen, legte sie auf den Tisch und sah den Jungen an. »Es ist das erste Mal, dass du als Melder zu uns gekommen bist, nicht wahr?«, bemerkte er.

Aisa nickte.

»Wie heißt du noch, mein Junge?«

»Aisa Najib«, antwortete Aisa, ohne zu zögern.

»Bist du zufällig mit Malek verwandt, einem Mitglied meiner Leibwache, und Sohn von Baltasar, der bei Ramla verwundet wurde?«

Aisa errötete vor Stolz und nickte. Malek, der ihn unauffällig vom Eingang des Zelts aus beobachtete, war ebenfalls stolz auf seinen Bruder.

Der Sultan lächelte. »Ihr seid mir treue Diener. Geh jetzt, iss ein wenig und ruh dich aus. Komm nach dem dritten Gebet zu mir, und ich werde dir eine Botschaft für Karakush mitgeben.« Er zögerte. »Auch wenn sie ihm nicht gefallen wird.«

Aisa verbeugte sich und ging. Malek fuhr ihm durchs Haar und brachte ihn zur Feldküche. Als er sich mit Lammfleisch, Fladenbrot und Trockenfrüchten gestärkt hatte, verflog seine anfängliche Aufregung, und er verstummte.

»Was liegt dir auf der Seele, mein Bruder?«

Und dann brach alles aus ihm heraus. Seine Vermutung über den Tod ihrer Mutter, Babas seltsames Verhalten, dass er alles vergaß, Wutanfälle bekam und anschließend so tat, als sei nichts gewesen. Wie er manchmal durch Aisa hindurchsah, als sei er ein Fremder, und ihn dann anflehte, man solle ihn nicht allein lassen, keine Minute. Malek hörte ihm zu und spürte, wie ihm immer kälter wurde.

Am Nachmittag hatte Malek wieder Wachdienst am Eingang des Zelts. Die Debatte im Innern war hitzig. Der halbe Kriegsrat hatte sich dort versammelt, und wie üblich herrschte Uneinigkeit. Der Inhalt der Botschaft, die Aisa gebracht hatte, ließ keinen Zweifel. Die Stadt stand unter einem enormen Druck, und Karakush befürchtete, dass die Garnison einem weiteren Ansturm nicht standhalten konnte. Manche von Salah ad-Dins Generälen wollten die *franj* angreifen und die Belagerungstürme zerstören. Andere waren dafür, einen Entlastungsangriff zu führen.

Schließlich hob der Sultan die Hände. »Das Schweigen spricht für sich selbst.« Dann herrschte vollkommene Stille. Er deutete seinem Knappen mit einer Geste an, eine Schale mit Rosenwasser und ein sauberes Handtuch zu holen. Dann wusch er sich die Hände, trocknete sie ab und griff nach dem heiligen Koran. Er schlug ihn auf gut Glück auf und las aus der Sure 67:5: »Und Wir haben den untersten Himmel wahrlich mit Leuchten geschmückt, und Wir haben sie zu einem Mittel zur Vernichtung der Satane gemacht, und für sie haben Wir die Strafe des flammenden Feuers bereitet.«

Lange Zeit hielt er den Kopf im Gebet gesenkt. Dann ließ er Malek rufen, der sofort gelaufen kam. »Geh und bringe mir den Jungen aus Damaskus, den Sohn des Kupferschmieds.«

EINUNDZWANZIG

Den »Jungen« aus Damaskus zu finden, war nicht ganz einfach. Schließlich spürte Malek ihn auf der anderen Seite des Lagers auf, wo es stank wie am Eingang zur Hölle. Überall brannten Feuer, brodelten Kessel, und über einen davon beugte sich ein junger Mann mit einer ledernen Schürze und Handschuhen und beobachtete aufmerksam, wie die Flüssigkeit darin die Farbe wechselte. Als Malek ihm mitteilte, dass der Sultan ihn sprechen wollte, warf er ihm einen verzweifelten Blick aus seinen großen dunklen Augen zu. »Hat es noch zwanzig Minuten Zeit? Ich bin gerade an einem entscheidenden Punkt im Experiment angelangt.«

»Ich fürchte nicht.«

Nur widerwillig fand der Junge sich bereit, sein Feuer zu verlassen und Malek zu begleiten, doch als er seine Schutzkleidung abgelegt und seinem Experiment den Rücken gekehrt hatte, war es, als hätte er seine alchemistische Persona abgelegt und wäre wieder ein gewöhnlicher Mensch geworden. Auf dem Weg durch das Lager erzählte er Malek, dass er ein Jahr jünger sei als er. Dann stellten sie fest, dass er ein entfernter Cousin von Baltasar war. Anfänglich schien es ein lächerlicher Zufall zu sein, doch als sie in Sichtweite von Salah ad-Dins Zelt kamen, hatten sie herausgefunden, dass sie tatsächlich weitläufig verwandt waren. »Und ohnehin gehören wir alle zur selben Familie«, bemerkte der Damaszener lachend.

Der Sultan begrüßte den Jungen herzlich und stellte ihn dem versammelten Kriegsrat vor. »Das ist Ahmad al-Rammah. Er ist vor zwei Wochen zu uns gestoßen und behauptet, er habe eine neue Formel für Brennstoff gefunden.« Er wandte sich Ahmad zu. »Bist du so freundlich und erzählst meinen Generälen, woran du gerade arbeitest?«

Ahmad nickte den Versammelten zu. »*Salam alaikum*, verehrte Herren. Ich arbeite an einer neuen Formel für das griechische Feuer. Wie ihr zweifellos gesehen habt, ist es nicht so effektiv, wie wir es uns gewünscht hätten, vor allem gegen die Belagerungstürme. Das Geheimnis der alten Formel wird von der alchemistischen Bruderschaft streng gehütet, trotzdem bin ich zuversichtlich, dass ich eine Substanz gefunden habe, die stärker ist und heftiger brennt als die, die wir im Augenblick benutzen …«

»Dann bist du also Alchemist, nicht wahr?«, meinte Keukburi, ein Emir aus der Gegend östlich des Euphrats verächtlich. »Da, wo ich herkomme, haben wir einen anderen Namen für Alchemisten.« Er hielt inne und sah die anderen an. »Scharlatane.«

»Ich halte mich nicht für einen Alchemisten, Herr. Ich bin Messingschmied, Sohn eines Kupferschmiedes. Aber nicht meine Fähigkeiten als Schmied haben mich hierhergeführt. Mein Onkel – auch er kein Alchemist, sondern Kaufmann – ist vor Kurzem aus dem Fernen Osten nach Damaskus zurückgekehrt … mit einer bemerkenswerten Information.«

»Dann ist er also ein Spion, nicht wahr? Ein Dieb.«

Salah ad-Din sah seinen Emir an und legte den Finger an die Lippen. »Lass den Jungen seine Geschichte erzählen, Blauer Wolf.«

Ahmad blickte sich im Zelt um. »Ich bin sicher, dass das Feuer, das wir hergestellt haben, die feindlichen Kriegsmaschinen in Brand setzen und den in Urin getauchten Ledermantel, mit dem sie die Kriegsmaschinen schützen, zerstören wird. Urin und Essig können das Feuer nicht aufhalten. Weil es dickflüssiger ist, sodass es besser an dem Mantel kleben wird.«

»Wird es dann nicht auch schwieriger sein, es mit den Katapulten abzuschießen?«, wollte der Bruder des Sultans, al-Adil, wissen.

Ahmad lächelte unbeeindruckt. »Ich glaube, dass ich außerdem eine Vorrichtung entwickelt habe, die es uns erlaubt, die zähe Flüssigkeit abzufeuern, ohne ihre Explosionskraft zu beeinträchtigen.«

»Klingt gefährlich!« Taki ad-Din lachte.

»Man muss vorsichtig damit umgehen, stimmt«, entgegnete der Junge und grinste.

Das entfachte weitere Diskussionen, bis der Sultan die Hand hob und leise sagte: »Eine Gruppe von Männern wird Ahmad al-Rammah vor Sonnenaufgang nach Akka begleiten mit allen Zutaten, die notwendig sind, um das griechische Feuer herzustellen. Und du, Malek, wirst ihn begleiten und auch deinen Bruder mitnehmen. So könnt ihr eure Familie wiedersehen.«

Malek bedankte sich mit einer stummen Verbeugung, war jedoch tief bewegt von den Worten des Sultans. Hatte er gemeint, dass er seine Familie … zum letzten Mal wiedersehen würde?

Aisa löcherte seinen Bruder mit Fragen über die Scharmützel und die vielen Geschichten, die die Stadt seit der monatelangen Belagerung erreicht hatten. »Wir haben gehört, dass einer der *franj* einen Pfeil in den Hintern abbekommen hat, als er sein Geschäft außerhalb der Gräben verrichten wollte!«, erzählte er fröhlich. »Ist das wahr?«

»Keine Ahnung«, antwortete Malek in einem unwirschen Ton, der ihn vor weiteren Fragen bewahren sollte. Doch Aisa ließ sich nicht beirren.

»Und dass die *franj* Hunderte von Frauen aus Übersee hergebracht haben … für die Soldaten.«

Das stimmte. Malek hatte erfahren, dass sogar Soldaten aus den eigenen Reihen sich über die Front geschlichen hatten, um die Bordelle vor dem Lager der *franj* aufzusuchen, und mit unglaublichen Geschichten über Frauen mit perlweißer Haut und langem rotem Haar zurückgekehrt waren, die, solange der Preis stimmte, mit Muselmanen genauso wie mit Christen das Bett teilten. Offensichtlich gab es bei den *franj* hinsichtlich solcher Frauen keinerlei Einschränkungen.

»Davon weiß ich nichts«, sagte er. Doch das war nicht die ganze Wahrheit. Er selbst hatte in einem der Bordelle von Jerusalem für eine Frau bezahlt, deren Haar wie Gold glänzte und deren Augen leuchteten wie das Meer an einem klaren Tag, mit gelben und grünen Sprenkeln. Viel zu oft dachte er an sie. Laut Aisa gab es sogar in Akka Männer, die sich aus der Stadt schlichen, um sich mit den Huren der *franj* einzulassen, als gäbe es in der belagerten Stadt nicht genügend Bordelle. Wenn es darauf ankam, waren Männer offenbar alle gleich, Muselmanen wie Christen. Und einen kurzen beunruhigenden Augenblick lang fragte Malek sich, warum sie überhaupt Krieg gegeneinander führten.

Am nächsten Tag versammelten sie sich kurz vor dem Morgengrauen: eine Einheit aus leichter Kavallerie, drei große Karren, um die Gerätschaften des Damaszeners zu transportieren, eine Einheit von berittenen Bogenschützen und Fußsoldaten, die aufgrund ihrer Schnelligkeit und ihres Mutes von Taki ad-Din höchstpersönlich ausgewählt worden waren.

Malek fand Ahmad mit einer Ladung von drei eisenbeschlagenen Fässern vor – eins für jeden Karren, damit die wertvollen Güter nicht verloren gingen. »Das Zeug ist sehr empfindlich«, hämmerte er den Männern immer wieder ein, die dabei waren, die Fässer zu verladen. Er wirkt so nervös, dachte Malek, blass um die Augen, mit dem gereizten, konzentrierten Blick eines Mannes, der nicht geschlafen hatte. »Ihr müsst die Fässer behandeln wie rohe Eier.«

Malek lachte. »Erzähl das mal den *franj*!«

Als sie die Hügel hinabmarschierten, war es noch dunkel. Die Feuer im Lager der Feinde glühten wie scharlachrote Punkte in der Dunkelheit. Als sie in einiger Entfernung am Lager der Christen vorbeizogen, nahm er den penetranten Gestank wahr, der aus den Latrinen der *franj* herüberwehte. Eins ihrer Pferde wieherte leise, woraufhin eins auf der anderen Seite der Palisade antwortete. Es zerriss die Stille. Malek sah, wie Asfar nervös die Ohren spitzte. War sie brünstig? Darauf musste er achten, wenn er zurückkehrte. Eine trächtige Stute war immer ein Problem; er musste sie von den Hengsten fernhalten. Hatte das Wiehern die *franj* auf den Plan gerufen? Asfars Nervosität übertrug sich auf ihn, und als sie die feindlichen Linien in unmittelbarer Nähe passierten, spürte er, wie sich seine Nackenhaare sträubten. Jeden Augenblick konnte ein Pfeilregen einsetzen, der am dämmernden Himmel kaum auszumachen wäre. Doch er hörte keine Schreie, und die Sonne war noch nicht über dem Kamm der Hügel aufgetaucht, um sie zu verraten.

Erst als sie schon in Sichtweite des Nordtors waren, ertönte ein Schrei aus den christlichen Linien, und sie ließen jeden Versuch der Tarnung fahren. Taki ad-Din gab den Befehl, sie stürzten den Hügel hinab auf die Stadtmauer zu, und die Wagen schlingerten über den unebenen Boden. Ahmad wurde zusehends blasser; er saß auf dem letzten Wagen und umklammerte das Fass. Malek hatte mit eigenen Augen gesehen, was eine winzige Menge des sogenannten griechischen Feuers anrichten konnte. Wenn ein ganzes Fass davon in die Luft ging …

Er gab seiner Stute die Sporen und rief Aisa zu, er solle sich gut festhalten und den Kopf einziehen. Die christlichen Armbrustschützen nahmen sie unter Beschuss, doch noch waren sie außer Reichweite der Pfeile. Zum Glück erreichten die zahlreichen Geschosse sie nicht, und bis die Schützen ihre Armbrüste erneut geladen hatten, waren sie bereits an ihnen vorbei.

Christliche Fußsoldaten kletterten aus ihren Gräben und stürmten auf sie zu, doch Taki ad-Dins Reiterei stellte sich ihnen entgegen und trampelte sie nieder. Krummsäbel hoben und senkten sich, während die ersten Sonnenstrahlen über den Bergen auftauchten und die Klingen rot färbten. Ein Mann in einem schmutzigen Waffenrock stürzte sich mit einer Axt auf ihn. Malek warf die Stute zur Seite, um ihm auszuweichen. Hinter sich hörte er einen Schrei, hätte jedoch nicht zu sagen vermocht, ob es der Axtträger oder jemand anders war, denn nun tauchten die Stadtmauern vor ihnen auf.

»Macht das Tor auf!«

Die Wächter der Garnison waren aufmerksamer als der Feind. Sie öffneten die Tore, und dann ritten sie unter dem großen Bogen in die Stadt hinein, die seit fast einem Jahr belagert wurde. Hinter ihnen knallten die Tore wieder zu, und die großen Eisenbalken rasteten ein, gerade als der Ruf des Muezzins zitternd durch die Luft hallte.

Auf dem Waffenplatz klopfte Taki ad-Din Malek auf die Schulter und entließ ihn. »Bring deinen Bruder nach Hause. Deine Familie wird sich bereits zu Tode sorgen. Ich begleite

Ahmad al-Rammah zu Karakush, und dann wollen wir sehen, was dieses griechische Feuer bewerkstelligen kann. Nach all der Mühe kann ich nur hoffen, dass es kein Reinfall wird.«

Malek führte Asfar in einen Stall und bezahlte einen Jungen, damit er sie fütterte, ihr zu trinken gab und sich um Maleks Ausrüstung kümmerte. Erst danach war er bereit, seine Familie aufzusuchen. Er freute sich nach all der Zeit auf ein Wiedersehen. Auf seine hübsche Schwester, die so süß und klug war, auf Sorgan mit seinem zögernden, breiten Lächeln und sogar auf seinen Vater … doch diese Freude bekam rasch einen Dämpfer. Während sein Bruder von seinen Freunden erzählte, den Spielen und wie sie um die Wette nach Muscheln tauchten, starrte Malek entsetzt auf die vertrauten Straßen. In den Randbezirken waren die Häuser verlassen, die Wände eingestürzt, manche sogar ausgebrannt. Die früher so üppigen Gärten waren von Unkraut überwuchert, die Springbrunnen abgestellt, um kostbares Wasser zu sparen. In den Straßen spielten keine Kinder mehr; und die wenigen, die er sah, klammerten sich an die Rockzipfel ihrer Mütter. Die Frauen eilten mit gesenkten Köpfen hastig an ihnen vorbei, statt wie früher stehen zu bleiben, um ihn zu begrüßen und seine Uniform zu bewundern. Der kleine Markt in der Nähe ihres Hauses war geschlossen, und von den armenischen Schwestern, die einst tratschend auf der Türschwelle gesessen hatten, gab es keine Spur. Er fragte sich, wo sie nun waren, ob sie zu Verwandten gezogen oder überhaupt noch am Leben waren. Die Witwe Eptisam aber stand noch am Fenster, ihre Zähne standen noch stärker hervor als sonst, jetzt, da sie alt und dünn geworden war. »*Alhamdulillah!*«, rief sie, als sie sie sah. »Möge Allah euch beide beschützen!«

Fast wäre er an Brahim, dem Sohn des Bäckers, vorbeigegangen, ohne ihn zu erkennen, so schmal war er geworden. »Sein

Vater Tahar ist im Winter gestorben«, erzählte ihm Aisa, nachdem sie sich begrüßt hatten und weitergegangen waren.

»Ist Brahim jetzt der Bäcker?«

Aisa schüttelte den Kopf und lachte. »Er hat es versucht, aber es war hoffnungslos. Jetzt backen Jamilla und Zohra unser Brot selbst.«

Die Welt hatte sich wirklich verändert, wenn seine Schwester inzwischen Brot backte.

Aisa hörte nicht auf zu schwatzen. Jamilla hier und Jamilla da. Offensichtlich mochte er seine Cousine sehr, er erzählte von der Familie des jüdischen Arztes, die ihnen Honig und Tomaten schenkte. Und wie Fatima, die Tochter des Imam mit dem grimmigen Gesicht, sie ständig besuchte und herumschnüffelte in der Hoffnung, sie bei etwas Verbotenem zu erwischen, was ihr aber nie gelang … Plötzlich verstummte er.

»Was meinst du?«

Aisa sah ihn verlegen an. »Zohra …«

»Was ist mit Zohra?«

Doch mit einem Mal war Aisa ungewöhnlich schweigsam. Stumm erreichten sie die Tür des Familienhauses.

Kaum war Malek über die Schwelle getreten, fiel ihm die Abwesenheit seiner Mutter auf. In den Ecken neben der Treppe hatte sich Staub angesammelt, auf der Tür prangten Fettflecken, und im Korridor hing ein muffiger Geruch, bei dem er die Nase rümpfte. Doch in der Küche sang jemand, und als er die Tür öffnete, fiel das Sonnenlicht herein, und seine Cousine Jamilla stand am Tisch und knetete mit ihrem gesunden Arm einen Teig.

Er trat ein, und sie hielt inne und starrte ihn an, als hätte sie einen *djinn* vor sich. Ihr Mund stand offen, und ihre Wangen erröteten. Dann sah sie Aisa hinter ihm. »Oh, Aisa, Aisa! Gott sei Dank!«

»Du hast gesungen«, sagte er vorwurfsvoll, doch seine Augen funkelten verschmitzt.

»Das wollte ich gar nicht.« Sie errötete noch stärker. Ihr Blick kehrte zurück zu Malek, schweifte über seinen Brustharnisch, das Schwert an seiner Hüfte bis zu den Reitstiefeln mit dem Dolch darin, dann erneut zu seinem Gesicht und hastig wieder weg.

In diesem Augenblick kam Zohra herein und starrte die drei mit gerunzelter Stirn an. Sie wirkte älter, und sie sah seiner Mutter ähnlicher, oder besser gesagt, seiner Mutter, wie er sie aus seiner Kindheit in Erinnerung hatte.

»Malek?«, sagte sie. Dann sah sie, wer bei ihm war. »Aisa! Wir haben schon geglaubt, wir hätten dich verloren. Ich habe die ganze Nacht das Meer beobachtet!« Sie umarmte ihn, bis er sich von ihr löste. »Allah sei gepriesen! Am besten gehst du sofort zu Baba hinauf. Sorgan ist bei ihm.«

Aisa drehte sich einmal um seine eigene Achse. »Sieh mal, ich trage Maleks Kettenhemd. Es ist sehr schwer! Malek meinte, ich müsste es anziehen, falls die *franj* uns mit Pfeilen beschießen. Das haben sie tatsächlich getan. Aber sie sind lausige Schützen und haben allesamt danebengeschossen. Malek hat ein Pferd! Eine Stute, rotbraun, sie heißt Asfar, stimmt doch, oder, Malek?«

Sein Bruder nickte lächelnd. »Ein prächtiges Tier. Das sagt sogar der Sultan.«

»Ach ja, den Sultan habe ich auch getroffen!«, schnatterte Aisa drauflos. »Er hat sogar mit mir gesprochen, wirklich! Und als ich ihm meinen Namen nannte, sagte er: ›Najib, bist du zufällig mit Malek verwandt?‹« Er grinste seinen Bruder an. »Er bezeichnete dich als Mitglied seiner ›Brennenden Kohle‹!« Und dann rannte er in den Gang hinaus. Man hörte das Klatschen seiner nackten Sohlen auf der Treppe.

Jamilla legte ihre verkümmerte Hand auf die Brust. »Meine Güte, was für eine Ehre.« Dann starrte sie Malek inbrünstig an, doch als er ihren Blick erwiderte, wandte sie sich hastig ab und knetete den Teig heftig weiter.

Zohra kam durch die Küche auf ihn zu. »Wie gut, dich endlich wiederzusehen, mein Bruder.« Malek legte die Arme um sie und drückte sie fest an sich, ihre dünnen Schultern und Rippen fühlten sich so zerbrechlich an.

Schließlich trat Zohra einen Schritt zurück und sah ihn an. »Komm mit«, sagte sie. »Du musst Baba und Sorgan begrüßen. Die arme Jamilla soll sich konzentrieren, sonst gibt es kein Brot.« Und während ihre Cousine protestierte, führte sie Malek in den dunklen Gang hinaus.

Als sie die Treppe zur Terrasse hinaufstiegen, hielt Malek seine Schwester am Arm fest. Er musste ihr etwas unter vier Augen sagen. »Aisa hat mir etwas von Essensgeschenken erzählt. Ich mache mir Sorgen.« Er spürte, wie Zohra steif wurde. »Es sind schwere Zeiten, das weiß ich, und du musst zusehen, dass alle versorgt sind. Trotzdem würde ich nicht wollen, dass dein Ruf Schaden nimmt.«

Sie zog ihren Arm zurück. »Schaden nimmt? Was zum Teufel meinst du?«

»Es ist nur, dass solche Geschenke … missverstanden werden könnten. Vor allem wenn sie von einer jüdischen Familie kommen.«

Sie richtete sich auf, ihre goldenen Augen funkelten. »Was erzählt Aisa da? Ich habe nichts getan, was meinem Ruf schaden könnte. Was immer das sein könnte!«

»Schon gut, schon gut«, erwiderte Malek. »Aber es gibt keinen Grund, hinter dem Rücken der Familie nach Essbarem zu suchen. Tarik wird dafür sorgen, dass es euch an nichts mangelt …«

»Tarik?«, erwiderte sie verächtlich. »Mit Tarik will ich nichts zu tun haben.«

»Er ist dein Verlobter.«

»Nun, mich hat niemand gefragt.«

»Wieso hätte man dich fragen sollen? Als unsere Eltern Tarik für dich auserwählt haben, warst du noch ein kleines Mädchen.«

»Er ist ein Schwein! Und ein Feigling!« Plötzlich errötete Zohra aus einer Leidenschaft heraus, die Malek nicht verstehen konnte. »Ich werde ihn nicht heiraten! Und wenn ich mich mit meinen Freunden unterhalten will, so werde ich es tun.«

»Der Prophet sagt, wenn ein Mann und eine Frau miteinander allein sind, ist der Satan der Dritte im Bund!«, schrie Malek sie an. Die Wucht seiner Wut überraschte ihn selbst.

»Was weiß der Prophet schon über die Pflichten einer Frau? Männer! Ihr seid doch alle gleich!« Dann hielt sie sich die Hand vor den Mund, doch es war zu spät.

Malek hob den Arm, um sie zu schlagen, doch Zohra wich nicht zurück.

Oben auf der Terrasse hörte man, wie Sorgan und Baltasar Aisa begrüßten. Es war irritierend, nur wenige Schritte über ihnen derart freudige Stimmen zu vernehmen. Mit einer großen Kraftanstrengung nahm er sich zusammen, atmete tief durch und ging an Zohra vorbei. »Ich werde Tarik und Onkel Omar aufsuchen«, erklärte er. »Jemand muss das Kommando in dieser Familie übernehmen.«

Zohra machte sich im Haus zu schaffen, aber sie war unkonzentriert. Weiß Gott, woher all der Staub und Schmutz kamen. Möglich, dass es Krieg gab, aber Nima Najib hätte das niemals als Entschuldigung dafür gelten lassen, sich um die Hausarbeit zu drücken.

Auf allen vieren schrubbte Zohra die Fliesen des Bodens. Für eine Weile lenkte die Arbeit sie ab, doch je eintöniger sie war, umso stärker wurde das Gefühl der Angst. Was, wenn Malek mit Tarik und Rachid zurückkehrte, um sie wegzuzerren und zu verheiraten? Normalerweise brauchte man Monate, um eine Hochzeit vorzubereiten – die Kleider mussten genäht, die Gäste eingeladen, manche von weither, die Musiker engagiert und der Imam bestellt werden. Doch in Kriegszeiten wurden solche Feinheiten häufig vernachlässigt. Erst letzte Woche hatte eine kurzzeitig arrangierte Hochzeit in der Straße der Schwalben stattgefunden. Hinter vorgehaltener Hand hieß es, das Mädchen sei schwanger geworden. Eine unerhörte Behauptung. Die Leute machten den Krieg für den Verfall der Moral verantwortlich. Die Mutter des Mädchens war tot, ihr Vater und ihre Brüder lebten in der Garnison. Scheinbar traute man ihr nicht zu, ihre Ehre selbst schützen zu können. Zohra wollte nicht, dass die Leute von ihr dasselbe sagten. Sie wollte nicht, dass überhaupt irgendwer über sie redete.

Sie hatte daran gedacht wegzulaufen, doch wohin? Eine Stadt wird sehr klein, wenn sie belagert wird. Eine Zeit lang hatte sie mit dem Gedanken gespielt, bei Nathanael Zuflucht zu suchen, doch wie sollte sie das anstellen, nachdem sie sich so weit von ihm entfernt und ihn derart verletzt hatte? Ihr kurzer Besuch in seinem Haus hatte viel zu viele Erinnerungen geweckt, und als sie Nathanael gesehen hatte – blasser und dünner, als sie ihn in Erinnerung hatte, die lachenden Augen eingefallen und ruhelos, der sinnliche Mund nur noch ein schmaler Strich –, war ihr Schuldgefühl noch stärker geworden. Es gab kein Zurück, dachte sie wütend, und nicht einmal die Zeit konnte alle Wunden heilen. Obendrein konnte sie ihren Vater, Sorgan und Aisa nicht im Stich lassen. Sie würden in kürzester Zeit verlottern und verhungern.

Nachdem sie das ganze Haus geputzt hatte, ging sie in den Hof hinaus. Wo einst beinahe sterile Ordnung geherrscht hatte – Blumentöpfe und getrocknete Kräuter in präzisen Abständen –, tobte sich jetzt die Natur aus. Zohra hatte angefangen, Zucchini, Paprika, Erbsen, Bohnen, Auberginen und Chilis anzubauen, hatte Zitronenbäume gepflanzt und Spaliere mit Pfirsichen und Trauben angelegt. An der Mauer standen ein Hühnerstall und ein kleines Holzgehege für die Ziegen. Zohra sah sich befriedigt um. Und plötzlich ging ihr auf, dass ihr Garten immer mehr Ähnlichkeit mit dem von Nathanael und seinen Unmengen von wuchernden Kräutern und Blumen hatte. Sie schloss die Augen, und im gleichen Augenblick tauchte eine Erinnerung an Nat vor ihr auf: Mit aufgekrempelter Hose und in der Sonne schimmerndem Haar, Hände, Knie und Gesicht mit Erde verschmiert, und die Arme voller junger Pflanzen, wie eine Art heidnische Gottheit.

Wie lange sie dort gestanden und sich in Erinnerungen verloren hatte, konnte sie nicht sagen. Doch als sie schließlich die Augen wieder aufschlug, waren ihre Wangen voller Tränen.

Nathanael hatte in der Kaserne gerade einen Verwundeten versorgt, als jemand rief: »Guck mal, da kommt Sorgan!«

Er drehte sich um, und da war Sorgan Najib, Zohras älterer, zurückgebliebener Bruder, der einen Kopf größer war als die Garnisonsoldaten. Sie hatten frei und klopften ihm kameradschaftlich auf den Rücken. Er sah anders aus als damals, als Nat ihn zuletzt gesehen hatte. Da hatte er in einer Ecke gekauert und hin- und hergeschaukelt wie ein Kind, während seine ermordete Mutter in einem Zimmer lag und Dutzende seiner geliebten Tauben auf dem Dach zerfetzt worden waren.

»Wie geht es den Tauben?«, fragte jemand. »Ist die letzte heil zurückgekommen?«

»Lady? Ja, ihr geht es gut. Sie sitzt wieder im Taubenschlag und hat sich voll gefuttert.« Sorgans Blick schweifte unruhig hin und her, seine Stirn war gerunzelt. »Ich kann meinen Bruder nicht finden.«

»Aisa? Wir haben ihn vorhin gesehen. Er war bei der Truppe, die der Sultan uns geschickt hat.«

»Nein, Malek. Ich kann Malek nicht finden.«

Die Soldaten blickten sich an. »Als wir ihn das letzte Mal gesehen haben, war er mit Aisa auf dem Weg nach Hause«, sagte einer der Männer.

»Aisa ist zu Hause«, antwortete Sorgan langsam. »Aber Malek habe ich noch gar nicht gesehen.« Seine Mundwinkel verzogen sich immer mehr nach unten, bis es so aussah, als würde er jeden Moment losheulen.

»Wahrscheinlich besucht er seine Cousins, bevor er zum Essen kommt«, sagte jemand, doch so leicht ließ Sorgan sich nicht trösten.

»Warum will er mich nicht sehen?«

»Natürlich will er dich sehen, du dummer Kerl. Schließlich ist er dein Bruder.«

»Kamal ist auch mein Bruder, trotzdem ist er weggegangen.«

Das entbehrte nicht einer gewissen Logik.

»Und Ummi hat uns auch verlassen …«

Seine Schultern zuckten. Die Soldaten traten von einem Bein aufs andere. Niemand wollte mit ansehen, wie ein Mann, der so groß war wie Sorgan, in Tränen ausbrach.

Nat stand auf, kramte in der Tasche seines Gewands und ging quer den Raum auf ihn zu. »Hallo, Sorgan«, sagte er fröhlich. Er bot ihm ein paar Datteln und Nüsse an. Sorgans Stirn glättete sich. »Ich erinnere mich an dich!«, sagte er plötzlich wieder vergnügt und stopfte sich die Süßigkeiten in den Mund.

Die Anspannung löste sich. »Wir gehen jetzt zu den Stadtmauern, um einen Jungen zu sehen, der aus Damaskus gekommen ist, um diesen Hundesöhnen aus Bagdad zu zeigen, wie man das griechische Feuer einsetzt«, sagte ein Hauptmann. »Komm doch mit und sieh es dir an, Sorgan!« Die Feuerwerker aus Bagdad hatten sich in Akka nicht viele Freunde gemacht.

Sorgan warf Nathanael einen unsicheren Blick zu. Der Arzt nickte ihm ermutigend zu. »Ja, komm ruhig mit und sieh dir das an.«

Sorgan sah düster drein. »Wird Malek auch da sein?«

»Keine Ahnung«, sagte Nat aufrichtig.

»Er fehlt mir.« Wieder kamen ihm die Tränen.

»Ich komme mit dir«, schlug Nat vor. Als diensthabender Arzt musste er sowieso auf die Stadtmauer, obwohl er nicht viel tun konnte, falls es zu einem Unfall kam. Das griechische Feuer würde alles versengen.

Sorgan dachte eine Zeit lang nach, dann nahm er Nats Hand in seine große Faust. »Na gut, wenn du mich begleitest.«

Sie folgten den Soldaten zum Turm der Verdammnis, da wo Ostwall und Nordwall aufeinandertrafen und der Turm auf zwei Seiten exponiert war. Hier hatten die *franj* ihre drei großen Belagerungstürme aufgebaut.

Es hatte sich bereits eine große Menschenmenge versammelt, zumeist andere Soldaten aus der Garnison, die von dem bevorstehenden Experiment gehört hatten. Doch die Nachricht hatte sich wie ein Lauffeuer verbreitet, sodass auch viele Bürger gekommen waren, die nun versuchten, sich einen Weg durch die Menschenmassen zu bahnen, obwohl sie von den zunehmend gereizten Wächtern zurückgedrängt wurden.

»Nur Amtspersonen. Ihr seht doch selbst, dass kein Platz mehr ist. Es ist zu gefährlich für Zivilisten. Versucht es etwas weiter unten an der Hafenmauer. Falls es überhaupt etwas zu sehen gibt, könnt ihr es auch von dort aus verfolgen. Hier entlang, Doktor Nathanael …«

»Sorgan Najib assistiert mir«, erklärte er den Wächtern.

Einer der Wächter sah den Jungen hinter Nat an. »Ach, du bist es, Sorgan. Komm, wir finden einen Platz für dich.«

»Macht Platz, macht Platz für die Soldaten der Garnison!«

Und plötzlich standen sie oben auf dem breiten Pfad hinter der Stadtbefestigung. Viele Leute hier oben kannte Nat, aber es gab noch viel mehr, die ihm fremd waren. Mitten unter ihnen stand ein junger Mann, fast in seinem Alter, dessen Gesicht von der Glut einer riesigen Kohlenpfanne aus Messing erleuchtet wurde. Er hatte ein seltsames Gesicht; seine Augen standen weit auseinander, wie bei einem Fisch. Er beaufsichtigte eine Vorrichtung, die über der Kohlenpfanne hing. »Sie sieht aus wie eine riesige Öllampe«, sagte Sorgan verwundert. Er wandte sich Nat zu und zeigte auf den langen Schnabel, der eine Dampfwolke ausstieß. »Ist da ein *djinn* drin?«

»Nein, aber es könnte gefährlich werden. Halten wir lieber etwas Abstand.«

Nat spürte, wie die Hitze in Wellen von der Vorrichtung kam. Durch das Raunen der Menschenmenge, die feindlichen Geschosse, die gegen die Mauer prallten, und das fremde Geschwätz der Männer mit den schwarzen Gewändern und den Höckernasen, die den Fischjungen und seine Lampe beobachteten, hörte er das Knistern und Brodeln im Innern der großen Messingpfanne und manchmal auch ein unheimliches Rumpeln. Zwei Männer betätigten einen riesigen Blasebalg, die Kohlenpfanne flammte auf und spie, und jedes Mal verdoppelte sich der Lärm in der Lampe.

Er drehte sich um und versuchte, sich einen Weg zurück zur Treppe zu bahnen, doch es stiegen immer mehr Soldaten hinauf, und sie kamen gegen die Menschenmenge nicht an. Bald hatte man sie gegen eine Wand gedrängt. Die Flut von Menschen nahm kein Ende, der Druck wurde immer stärker, bis er das Gefühl hatte, keine Luft mehr zu bekommen, obendrein herrschte eine unerträgliche Hitze. Sorgan fing erst an zu keuchen, dann zu schluchzen. Nat versuchte, den großen Jungen mit Datteln zu beruhigen, doch jedes Mal wenn er sie aus der Tasche gefischt hatte, fielen sie im Gedränge zu Boden und wurden zertrampelt.

Sorgan beobachtete über die Köpfe der Soldaten und Zuschauer hinweg die Belagerungstürme der *franj*. Es waren drei, unglaublich hoch, sie quietschten, knarzten und … heulten. »Sie sind voller Geister!«, wimmerte Sorgan.

»Nein, Sorgan, das sind keine Geister.« Nat musste schreien, damit der Junge ihn hörte.

»Sie haben aber keinen Ba-a-a-a-rt!«

Das stimmte. Viele *franj* waren rasiert, und die Neuankömmlinge waren blasser als die Männer von Akka, die Einzigen, mit denen Sorgan sie vergleichen konnte. »Es sind feindliche Soldaten. Christen, Menschen aus Fleisch und Blut, keine Gespenster.«

»Wie die Geschichte aus der Moschee. Der Turm voller Stimmen.« Sorgans dunkle Augen waren groß und voller Angst.

Nat runzelte die Stirn, dann begriff er, was Sorgan meinte. »Ach, du meinst den Migdal Bavel.« Den Turm zu Babel. Vergeblich versuchte er sich zu erinnern, wie die Muselmanen ihn nannten.

»Der Burj Babil, und er kommt direkt auf uns zu«, sagte Sorgan. Erst klang es wie ein leises Jammern, dann schwoll es an zu einem Angstschrei. Die Kakophonie war unerträglich. Nat legte ihm beruhigend einen Arm um die Schultern.

»Schon gut, Sorgan, alles ist gut.«

Kaum hatte er das gesagt, stieß das Messinggefäß einen lauten Rülpser aus, und auf Befehl des Damaszeners schoss eine Flamme aus seinem langen Schnabel. Ein Schwall von brennendem Pech schoss über die Mauer der Stadt hinweg, traf den ersten Belagerungsturm in der Mitte und breitete sich aus. Lange Zeit geschah nichts. Aus dem Innern des Turms erklang höhnisches Gelächter. Doch dann fing der mittlere Teil des Turms plötzlich Feuer mit einer Wucht, die niemand sich hätte vorstellen können. Aber nicht irgendein Feuer. Das Pech brannte dermaßen heftig, dass die weißen Flammen sich zuerst rot und anschließend violett färbten. Wie wilde Blumen schlängelten sie sich an dem Turm auf und ab. Das spöttische Gelächter verwandelte sich in panisches Geschrei, als sich der Feuersturm durch die behandelten Tierhäute fraß, die den Turm ummantelten, danach durch das darunterliegende Holz und sich anschließend wie ein hungriges Tier auf die Männer stürzte, die vergeblich versuchten, sich mit ihren Schilden gegen die wütenden Flammen zu schützen. Bald brannte das Innere des ersten Turms lichterloh mit einer beständigen orangefarbenen Flamme, deren Glut so heiß war wie in einem Backofen. Brennende Trümmer regneten herab und setzten das Reisig und auch alles andere, mit dem die *franj* die Gräben zugeschüttet hatten, in Brand. Ein schrecklich beißender Gestank stieg in die Luft, als die Körper von seltsam grünlichen Flammen erfasst wurden und wie Kerzen brannten.

Die *franj* drinnen und draußen flehten in unterschiedlichen Sprachen ihren Gott um Gnade an, doch der schien sie nicht zu hören. Die Spitze des ersten Turms war niedergebrannt, kippte plötzlich zur Seite und stürzte rückwärts in die Tiefe, während Flammen in alle Richtungen sprühten und rechts und links brennende Männer in den Tod stürzten. Dann wurde der zweite Turm von den herabfallenden Trümmern getroffen, und bald stand auch dieser in Flammen.

Überall auf der Befestigungsmauer von Akka jubelten die Männer, die bislang mit zunehmender Verzweiflung ihre Stadt verteidigt hatten, während der Feind unterhalb in Panik die Flucht ergriff oder bei lebendigem Leib verbrannte. »Komm, wir gehen«, sagte Nathanael zu Sorgan, da er befürchtete, der Anblick dieses tödlichen Grauens könnte ihn noch mehr entsetzen, doch der große Junge klammerte sich mit beiden Händen an die Mauer und beugte sich mit gierigem Blick darüber. In seinem Gesicht spiegelten sich die Unschuld und die Grausamkeit eines Racheengels. Er wollte nicht weg. »Sieh doch!«, rief er, während er die Augen nicht von der höllischen Szene abwenden konnte. »Sieh, wie der *djinn* die Riesen tötet. Er ist dabei, sie zu zerstören!«

Nat konnte den Anblick der stolpernden, brennenden Gestalten da unten nicht ertragen. Ihre Rüstungen und Schwerter waren geschmolzen, ihre Haut verkohlte, die Köpfe brannten lichterloh mit unheimlichen violetten Flammen, als wären ihre verlöschenden Seelen plötzlich sichtbar geworden. Unterdessen fachte der Junge aus Damaskus seinen mörderischen Kessel erneut an, und seine Männer betätigten den Blasebalg und die Hebel, um einen weiteren tödlichen Feuersturm zu entfachen. Hinter ihm traf jetzt das griechische Feuer den dritten Belagerungsturm, und dann hörte er den Jubel der Menschenmenge auf der Stadtmauer. »Gott ist groß!«

Nat sah, wie jemand den Damaszener an den Schultern packte und ihn wie im Tanz drehte. »Du hast Akka gerettet, mein Junge! Du bist ein Held!«

Ahmad al-Rammah grinste von einem Ohr zum anderen. »Ich wusste, dass es funktionieren würde.«

Die Feuerwerker des Kalifen standen verdrossen da, murmelten sich etwas in ihrer Geheimsprache zu und warfen dem Emporkömmling missgünstige Blicke zu.

Jetzt richteten die Bogenschützen der Stadt ihre Pfeile auf die unglücklichen Überlebenden. Die *franj* reagierten nicht, sie waren derart schockiert von der Katastrophe, die ihre Türme heimgesucht hatte, dass sie sogar den ständigen Beschuss der Stadt aufgaben. Die Mangonelen wurden ebenfalls zurückgezogen, damit nicht auch sie in Brand gerieten. Das griechische Feuer und die Pfeile der Bogenschützen hatten ein wahres Massaker angerichtet. Nathanael hatte nichts zu tun. Unter den Verteidigern gab es keinen einzigen Todesfall.

Schweigend gingen Nat und Sorgan durch die gewundene Straße der Märtyrer auf Nats Lieblingsteehaus zu. Gelegentlich warf der junge Arzt seinem Begleiter einen Blick zu. In dessen Gesicht spiegelte sich immer noch dieser Ausdruck unheimlicher Verzückung. Nathanael fand ihn zutiefst beunruhigend.

Im Teehaus saß die übliche Mischung von Müßiggängern und Alten. Die Nachricht vom griechischen Feuer war noch nicht bis zu dieser ansonsten verlässlichen Bastion des Tratsches vorgedrungen. Man holte den Lebensmittelhändler Hamsa Nasri aus seinem Haus, damit auch er an der Jubelfeier teilnehmen konnte. Und er brachte den greisen Driss mit, der humpelte, weil er einen entzündeten Zeh hatte. Trotzdem grinste er, als er Nathanael und Sorgan sah, wobei die riesige Narbe in seinem Gesicht noch unheimlicher aussah. »Wir haben diesen Hundesöhnen ganz schön eingeheizt, was? Das soll ihnen eine Lehre sein, mit ihren verdammten Höllentürmen. Akkas Mauern werden niemals fallen!«

Sein Freund, der Barbier Younes, hatte seine weiße Häkelmütze verloren und zeigte der Welt seine Glatze. »Wer ist denn dein Freund?«, fragte er Nat augenzwinkernd. »Hast du etwa das Mädchen mit den Löwenaugen aufgegeben?«

Nat warf ihm einen warnenden Blick zu. »Das ist Sorgan«, antwortete er steif, doch so leicht ließ sich Younes nicht abspeisen.

»Auch nicht von schlechten Eltern, wie? Und gut gebaut.« Er grinste Sorgan an, und der große Junge, der nichts verstand, erwiderte sein Grinsen, wobei ihm ein paar Krümel seines Gebäcks aus dem Mund fielen.

Nat stand auf. »Komm, Sorgan, wir gehen«, sagte er.

Doch Sorgan war eher unbeweglich, wenn er es sich einmal bequem gemacht hatte, und Younes drängte ihm immer mehr von dem Honiggebäck auf. Nat dachte an den Tanzknaben, den er sich hielt. »Komm schon, Sorgan«, sagte er, etwas entschiedener. »Ich bringe dich nach Hause.«

Sorgan stopfte sich das Gebäck in den Mund. Seine Zunge sammelte mühevoll den Honig um seinen Mund ein, er leckte sich die Finger einzeln ab und danach die Handinnenfläche. Aus Angst, er könne auch noch anfangen, den Tisch abzulecken, zerrte Nathanael ihn hoch und schubste ihn auf den Ausgang zu. »Sehen wir nach, was deine Schwester zum Abendessen gemacht hat. Und wenn wir uns nicht sputen, hat Malek schon alles aufgegessen, bis wir da sind.« Das überzeugte ihn schließlich.

Als sie auf das Haus der Najibs zukamen, wurde Nat plötzlich nervös. Würde Zohra ihnen aufmachen? In dem Moment, als sie die Tür erreichten, trat Baltasar heraus. Er war in Begleitung eines Mannes mit einem langen weißen Umhang. Dieser hatte die Ärmel hochgekrempelt, sodass man die blassen Narben auf dem behaarten Unterarm sah. Offenbar war er im Hamam gewesen, denn sein Haar war noch feucht. Sein Blick schweifte über Nathanael, dessen Käppchen und zu Sorgan, der an seinem Arm hing. Der Blick war nicht unfreundlich, aber aufmerksam und neugierig.

»Malek!«, rief Sorgan selig.

Hinter Zohras Bruder tauchten zwei weitere Männer auf, die Nat nicht kannte und die ebenfalls ihre beste Freitagskleidung trugen. Sie waren groß und sahen gut aus, kräftig gebaut, und offensichtlich wohlhabend. Sie gefielen ihm überhaupt nicht. »Ich bringe Sorgan nach Hause«, sagte Nathanael leise.

Baltasar war gut gelaunt. Anscheinend hatte er den traumatischen Tag vergessen, an dem er Nathanael begegnet war oder aber, und das wurde immer deutlicher, er hatte den Sohn des jüdischen Arztes nicht wiedererkannt. Jetzt streckte er die Arme aus und umarmte sie beide. »Wir wollen in die Moschee und uns für unser Glück bedanken.«

Nathanael lächelte unsicher. »Ja, was für ein Glück, dieses griechische Feuer, nicht wahr?«, sagte er.

Baltasar runzelte die Stirn. »Griechisches Feuer?«

»Das Feuer, das die Belagerungstürme der *franj* zerstört hat.«

Der alte Mann schien noch immer nichts zu verstehen, und dann sagte er über das ganze Gesicht strahlend. »Wir haben soeben meine geliebte Tochter Zohra mit ihrem Cousin Tarik vermählt.«

ZWEIUNDZWANZIG

Malek kehrte deutlich beruhigt ins Lager der muselmanischen Krieger zurück. Das Gefühl, einige dringende Familienangelegenheiten gelöst zu haben und seine Schwester gut verheiratet zu wissen, taten gut. Tarik würde ins Haus der Najib-Familie ziehen, und das bedeutete, dass sich jemand um seinen Vater, seine Schwester und Aisa kümmern würde. Tarik verdiente in der Zitadelle gutes Geld, und er hatte Zugang zu den Vorratskammern der Stadt. Zwar mochte es ungerecht sein, dass sein Cousin von seiner sicheren Beamtenstelle profitierte, während andere in der Stadt Hunger litten, doch für Malek stand das Wohl seiner Familie an vorderster Stelle.

Die Zerstörung der christlichen Belagerungstürme hatte die Hochzeitsfeier auf einer Welle überschäumender Zuversicht getragen. Die Leute sagten, die Belagerung würde bald ein Ende haben. Dem Brautpaar stünde eine bessere Zukunft bevor, sie würden mit Kindern gesegnet sein, die in einer besseren Welt aufwachsen könnten, nachdem die niederträchtigen Fremden aus der Gegend vertrieben waren und Akka seinen rechtmäßigen Platz im Kalifat wieder eingenommen hatte. Malek ließ sich von der hektischen Atmosphäre ringsum anstecken, solange er nicht das Gesicht seiner Schwester ansehen musste. Zohra schien durch die ganze Zeremonie, die Feier und Tänze zu schweben wie eine Schlafwandlerin, fast so, als steckte sie gar nicht in ihrem Körper. Kein Wort der

Klage kam über ihre Lippen, sie wehrte sich nicht, sie weinte nicht. Sie wirkte nur … völlig abwesend.

Als er nun in der Abenddämmerung zum Lager zurückritt und an ihren leeren Blick dachte, kamen ihm Zweifel. Er war fest entschlossen, an den bestmöglichen Ausgang zu glauben, doch sein Optimismus war nicht von langer Dauer. Die Wiederaufnahme seiner Pflichten fiel zusammen mit Baha ad-Dins Rückkehr aus Bagdad und der Einberufung des Kriegsrats im Zelt des Sultans. Dort hatten sich Salah ad-Din, sein Kadi, sein Schreiber, General Imad ad-Din und Taki ad-Din versammelt.

Malek beobachtete, wie Salah ad-Din das Siegel der Schriftrolle erbrach, die Baha ad-Din vom Kalifen gebracht hatte, wie er sie entrollte und den Inhalt überflog. Er sagte nichts, doch seine Knöchel wurden weiß, während er seine Wut zu zügeln versuchte. »Zwanzigtausend Dinar?«, sagte er schließlich mit trügerisch leiser Stimme. »Der Kalif bietet mir ein Darlehen an, ein Darlehen, wohlgemerkt, um das ich die Händler der Region bitten soll und für das die Schatzkammer Bagdads bürgen wird.« Er zeigte die Schriftrolle seinem Schreiber. »Die Belagerung kostet mich zwanzigtausend pro Tag! Für die Belagerung von Damietta bekam ich eine Million, und nicht etwa als Anleihe. Bei den neunundneunzig Namen Allahs, wie kommt er dazu, mich derart zu beleidigen? Der deutsche Barbarossa steht an der Grenze im Norden, und er bietet mir zwanzigtausend Dinar an!« Er warf die Schriftrolle zu Boden. Imad ad-Din hob sie auf und warf einen Blick darauf, als würde eine eingehende Untersuchung ein paar Nullen zum Vorschein bringen, die nicht da waren.

Der Deutsche stand an der Grenze. Maleks Herz wurde schwer wie Blei. So sehr hatte er sich über die letzten Erfolge gefreut, dass er Barbarossa und dessen vorrückende Horde völlig aus seinem Bewusstsein verbannt hatte.

Der Sultan lehnte sich in seine Kissen zurück und massierte seine Schläfen. Schließlich wandte er sich Baha ad-Din zu. »Gib Befehl, Latakia und Beirut zu zerstören.«

»Zerstören, Herr?«

»Dem Erdboden gleichzumachen. Einen anderen Ausweg gibt es nicht. Wir können es uns nicht leisten, dass derart strategisch wichtige Städte dem Feind in die Hände fallen.«

Die Blicke, die der Kadi und Taki ad-Din wechselten, sprachen Bände. »Herr«, sagte Taki und fiel vor seinem Onkel auf die Knie. »Lass mich mit den Kriegern aus Hama gen Norden reiten und Barbarossas Horden aufhalten. Wir werden sie wie das Getreide im Sommer niedermähen, ehe sie unser Land erreichen.«

Der Sultan lächelte frostig. »Du bist über alle Maßen tapfer, mein Neffe. Aber ich glaube, dass nicht einmal die besten Soldaten aus Hama der Wucht eines zweihunderttausend Mann starken Heeres standhalten könnten. Nein …« Er hob die Hand, um Takis Einspruch abzuwehren. »Ich muss länger darüber nachdenken. Akka ist der Schlüssel, ich kann hier nicht auf dich verzichten. Die Stadt ist der Amboss und wir der Hammer, der Feind aber das Schwert, das wir zu Hufeisen schlagen müssen.«

Es blieb ihnen nichts anderes übrig, als den Krieg an zwei Fronten zu führen. Deshalb wurde beschlossen, dass Taki ad-Dins Sohn sich mit den Truppen aus Aleppo der deutschen Streitmacht entgegenstellen und unterwegs so viele Gläubige wie möglich rekrutieren sollte. Wenn er die Nordgrenze des Reiches erreichte, so die Hoffnung, wären die Truppen derart angewachsen, dass sie den Feind lange genug aufhalten konnten, bis Verstärkung aus anderen Teilen des Kalifats eintraf.

Malek sah zu, wie sie mit ihren aprikosenfarbenen Bannern und den in der Sonne funkelnden Speeren das Lager verließen und wünschte, er wäre bei ihnen. Alles war besser, als hierzubleiben, umgeben von Ungewissheit und Grauen.

Nachdem die Christen die Krieger aus Aleppo hatten abziehen sehen und neuen Mut gefasst hatten, brachen die Kämpfe erneut aus. Es waren schwere, blutige Schlachten. Nachts wurden die Leichen neben den Gräben der Christen aufgestapelt, und der Geruch nach Verwesung zog bis ins Lager der Muslime hinauf. Der Gestank war so groß, dass Malek vor und in den Zelten Räucherpfannen aufstellen ließ. Gegen die Schwärme von Fliegen, die von den Leichen aufstiegen, wenn sie bewegt wurden, war jedoch kein Kraut gewachsen. Die Soldaten, die von den Frontlinien zurückkehrten, berichteten, es gebe so viele Fliegen, dass man durch die schwarzen Insektenwolken gelegentlich den Feind nicht mehr auf sich zukommen sah.

Die Kämpfe dauerten eine Woche an, dann ließen sie erneut nach wie ein Sturm, der sich nicht selbst halten konnte. Einen Monat lang hatten sie nichts zu tun, als die Toten zu bestatten und sich auszuruhen. Dann kam eines Tages eine Christin ins Lager der Muselmanen und jammerte, man habe ihr Kind entführt. Niemand schenkte ihr Glauben. Was würde man mit einem quengelnden Kind anstellen wollen? Die Anwesenheit von Frauen im christlichen Heerlager war Anlass langer Diskussionen unter den Muselmanen. Malek hatte sich während einer Nachtwache mit seinem Freund Ibrahim, dem Nubier, der mittlerweile zu einem Mitglied der Leibwache befördert worden war, über Frauen unterhalten. Ibrahim brüstete sich damit, drei Frauen zu haben. »Eine große, eine kleine und eine dazwischen. Und jede Menge Kinder!« Malek war es ein Rätsel, wie das möglich war, wenn er doch ständig im Krieg war, doch kam er zu dem Schluss, dass es besser war, ihn nicht danach zu fragen.

»Wie schafft es deine Familie, sich zu verteidigen, wenn du nie da bist?«

Ibo, wie er sich selbst nannte, sah ihn überrascht an. »Sie sind Frauen, sie können auf sich selbst aufpassen. Frauen sind ein Wunder und vor allem stärker als Männer, wenn du mich fragst.«

Malek war verblüfft. Dann grinste er. »Willst du mich mit deinem komischen afrikanischen Humor zum Narren halten? Als Nächstes erzählst du mir noch, deine Frau wäre genauso groß wie du und könnte einen Ochsen stemmen.«

Ibrahims Grinsen erhellte die Nacht. »Meine große Frau ist nicht groß, aber kräftig.« Er hielt die Hände auseinander. »Ihre Hüften sind so breit wie ein Fluss, und ihr Verstand so tief wie das Meer. Man kann die Kraft einer solchen Frau nicht begreifen, mein Freund, bis sie dich zwischen ihren Schenkeln zerdrückt hat oder du versuchst hast, besser als sie zu argumentieren. Streite nicht mit Frauen, Malek, denn sie haben immer recht, und sie gewinnen ohnehin. Sie sind schlau wie eine Schlange, haben das Gedächtnis eines Elefanten und den Stachel eines Skorpions. Es sind gefährliche Wesen, mein Freund, überaus gefährlich. Bei Gott, wenn es Frauenheere gäbe, hätten sie im Nu die ganze Welt unter ihre Röcke gefegt, und wir wären alle ihre Sklaven.«

Malek schüttelte belustigt den Kopf. »Aber sie können nicht wie Männer kämpfen, mit Waffen und Rüstungen. Vielleicht ist das ganz gut so.«

Ibo zuckte die Achseln. »Da, wo ich herkomme, können manche Frauen mit dem Speer genauso gut umgehen wie Männer. Nicht die Kraft des Arms ist ausschlaggebend«, er tippte sich an den Kopf, »sondern die Kraft des Willens. Frauen haben eine ungeheure Willenskraft. Meiner Meinung nach kommt es daher, dass sie die Kinder zur Welt bringen.

Es heißt, dieser Schmerz sei schlimmer als jede Verwundung, und sie halten ihn immer wieder aus.«

Nichts davon entsprach Maleks Art, die Welt zu sehen. Er folgerte daraus, dass Frauen in Afrika wahrscheinlich ganz anders waren.

Am Ende erfuhr auch der Sultan von der Klage der Frau, die auf der Suche nach ihrem Kind durch das muselmanische Lager zog. »Hol sie her«, befahl er Malek. »Ich will mir ihren Kummer anhören.«

Also machte sich Malek auf die Suche. Erstaunt stellte er fest, dass sie keinen Schleier trug. Das lange blonde Haar erinnerte ihn an die Hure in Jerusalem, mit der er geschlafen hatte, deshalb behandelte er sie schroff. Sie ist kaum älter als meine Schwester, dachte er, während sie zum Zelt des Sultans gingen. Was hat sie hier zu suchen, obendrein mit einem Kind? Er fragte sich, ob sie möglicherweise mit einem der feindlichen Soldaten verheiratet war. Er hatte gehört, dass ihre Frauen sie manchmal auf den Feldzügen begleiteten. Dann dachte er, dass sie vermutlich zu den Frauen gehörte, die ihren Körper verkauften. Und diese Vorstellung erregte ihn sehr.

Salah ad-Din, höflich wie immer, erhob sich und begrüßte die Frau, dann wies er einen Knappen an, Kissen holen, damit sie sich setzen konnte, und einen Becher kalten Zitronensaft. Anschließend beobachtete er, wie sie verwundert daran nippte. Er schien keinerlei Anstoß an ihrer liederlichen Erscheinung zu nehmen, er schenkte weder dem Schmutz in ihrem Gesicht und auf ihren Kleidern noch den Schrammen auf ihren Wangen Aufmerksamkeit, die sie in ihrem Leid zerkratzt hatte. Im Gegenteil, er behandelte sie, als wäre sie Königin Sybille persönlich.

Nachdem Imad ad-Din ihm stockend ihre Geschichte übersetzt hatte, schickte der Sultan Männer aus, die das Lager nach dem Kind durchsuchen sollten. Die Frau weinte immer noch, allerdings jetzt leiser, und blickte sich furchtsam im Zelt um, als befürchtete sie, dass die fremden Männer mit ihren gepflegten schwarzen Bärten, den neugierigen schwarzen Augen und den irritierend guten Manieren sich im nächsten Augenblick in die wilden Bestien verwandeln könnten, für die sie sie insgeheim hielt.

Schließlich kehrte einer der Soldaten mit einem Bündel im Arm zurück. Salah ad-Din legte dem Kind die Hand auf den Kopf. »Ein Kriegslager ist kein Ort für ein Kind«, ermahnte er sie. »Es ist nicht gut, wenn sie so jung so viel Leid und Tod ausgesetzt sind, denn dann werden sie glauben, dass das Leben nichts wert sei. Man darf niemandem das Leben nehmen, ohne vorher gründlich darüber nachzudenken. Es ist eine große Schmach für uns alle, dass wir gezwungen sind, gegeneinander Krieg zu führen.«

Dann befahl er einem Wächter, sie mit einer weißen Flagge zurück ins Lager der Christen zu begleiten, während die Frau ihm einen verwunderten Blick zuwarf.

Im Nachhinein schien es fast so, als wäre seine Großzügigkeit belohnt worden, dachte Malek, als zwei Tage später ein erschöpfter Abgesandter auf einem schweißtriefenden Pferd ins Lager kam. Der Bote gab sich als Theophilos zu erkennen. »Ich komme im Auftrag des byzantinischen Kaisers Isaak II., Herrscher von Konstantinopel, Diener des Messias, siegreich und berühmt von Gottes Gnaden, unbezwingbarer Eroberer, Alleinherrscher von Griechenland, der seiner Exzellenz, dem Sultan von Ägypten, seine aufrichtige Ehrerbietung und Freundschaft bekundet …«

»Ja, ja«, rief Imad ad-Din ungeduldig. »Komm endlich zur Sache!«

»Das deutsche Heer hatte die Grenze zu Seleucia überschritten«, fuhr Theophilos fort, verärgert, dass das Protokoll so jäh unterbrochen worden war. »Der Kaiser des Heiligen Römischen Reiches Barbarossa war mit seinen Spähern und einer kleinen Vorhut vorausgeritten. Sie kamen zum Fluss Saleph, doch statt auf das Hauptheer zu warten, beschloss der Kaiser, von Ungeduld getrieben, den Fluss sogleich zu durchqueren. In der tiefsten Stelle der Strömung verlor sein Ross den Halt und warf den alten Herrscher ab. Es war der heißeste Tag des Jahres, aber das Wasser des Stroms, der von den Bergen kommt, war extrem kalt. Vielleicht erlitt der Kaiser einen Herzanfall, denn er war nicht mehr jung, möglich auch, dass er nicht schwimmen konnte und das Gewicht seiner Rüstung ihn in die Tiefe zog. Jedenfalls schlugen alle Versuche, ihn wiederzubeleben, fehl ...«

»Barbarossa ist tot?«, rief Salah ad-Din und erhob sich von seinem Sitz. »Der große König der Christen?«

Theophilos senkte den Kopf. »Wir erhielten die Nachricht von seinem Tod aus einer zuverlässigen Quelle, denn Kaiser Isaak, der Diener des Messias, möge Gott ihn segnen und ihm ein langes Leben schenken, hat Spione in Barbarossas Heer, und einer seiner Männer wurde Zeuge des tragischen Unfalls.«

Die schreckliche Begebenheit habe zu großer Verwirrung unter dem deutschen Heer geführt, das bereits von Krankheit und Anstrengung stark dezimiert gewesen sei. Man müsse zwar davon ausgehen, dass es seinen Marsch auf Syrien fortsetzen werde, doch stelle es nun nicht mehr eine so große Bedrohung dar wie zunächst angenommen.

Malek konnte kaum fassen, was er da hörte. Erst als der Sultan auf die Knie fiel, um Allah zu danken, und die übrigen seinem Beispiel folgten, wurde ihm die Tragweite des Ereignisses bewusst. Eine düstere Wolke hatte sich verzogen. Am liebsten hätte er vor Freude geschrien. Aber natürlich fiel auch er wie die anderen auf die Knie, presste die Stirn auf den Boden und dankte Gott für seine Gnade.

Salah ad-Din schickte eine Brieftaube nach Akka, doch da die Christen begonnen hatten, die Tauben abzuschießen, wann immer sie konnten, sandte er zusätzlich einen Jungen, um »den Schwimmer« zu holen. Malek lächelte. Endlich würde Aisa gute Nachrichten überbringen können. Die Stadt hätte etwas zu feiern!

Kurz darauf erschien Aisa im Zelt und fiel vor dem Sultan auf die Knie, um die Botschaft entgegenzunehmen. Er trug bereits seinen Beutel aus Otterhaut um die Hüften, mit dem er auch den Sold für die Soldaten zur Garnison transportierte. Als Malek seinen kleinen Bruder sah, dessen Schultern von den vielen Tauchgängen bereits starke Muskeln entwickelten, füllte sich sein Herz mit Stolz. Salah ad-Din überreichte ihm die Nachricht, die er Imad ad-Din diktiert hatte, und sah zu, wie Aisa sie vorsichtig zusammen mit dem Geld verstaute. »Du wirst wie ein Held empfangen werden, wenn du das hier überbringst«, erklärte er mit Tränen in den Augen.

Entzückt erwiderte der Junge das Lächeln des Sultans. Und Malek ertappte sich unerklärlicherweise dabei, wie auch seine Augen plötzlich feucht wurden.

Die Nachricht vom Tod ihres Kaisers schien im christlichen Heer große Unruhe zu stiften. Mit Äxten und Pickeln bewaffnete Männer revoltierten gegen ihr eigenes Heer. Die Übergriffe waren zufällig und unkoordiniert und wurden von den niedrigen Rängen angeführt. »Verzweiflung?«, fragte Ibrahim Malek, während sie am dritten Tag der Erhebungen auf Befehl des Sultans zu den Waffen griffen.

Malek zuckte mit den Achseln. »Wie sollen wir wissen, was in den Köpfen der Ungläubigen vorgeht?«

»Unser Herr muss davon ausgehen, dass wir im Vorteil sind, wenn er uns jetzt mit Mossuls Herrscher Ala al-Din in die Schlacht schickt.« Der Sultan würde seine Leibwache nicht ohne Grund einer solchen Gefahr aussetzen.

Malek ging zu dem letzten Feldposten, um Asfar zu satteln. Als sie ihn sah, wieherte sie, und als er sie bestieg, tänzelte sie und drehte sich immer wieder im Kreis. Malek blickte auf die von der Sonne versengte Bergkette im Süden. Weit oben zog ein Falke seine Kreise, während die Sonnenstrahlen sein Gefieder vor dem ungebrochenen Blau des Himmels rot und gold färbten. Wie schön, dachte Malek, da oben zu sein, weit weg vom Gestank, dem lauten Summen der Fliegen, von Exkrementen, Krankheiten und Tod. Doch dann zog der Falke die Flügel ein und begann einen Sturzflug, schnell wie ein Pfeil. Eine Sekunde verschwand er aus dem Blickfeld, und dann kündete ein schriller Schrei vom Tod seiner Beute. Malek lief es eiskalt über den Rücken. War dies der Tag, an dem auch er sterben musste? Stand es seit Langem geschrieben? Von seiner gewöhnlichen Sorge um das Wohl des Sultans befreit, ritt er in die Schlacht mit der Gewissheit, dass etwas Schreckliches ihn erwartete.

Während des Kampfes verlor er den Überblick über die Anzahl der Feinde, denen er sich an diesem Tag stellte – namenlose Männer, die urplötzlich vor ihm standen –, oder wie oft er sein Schwert erhob und niederfallen ließ, die Schläge, die er austeilte, das Wiehern der Pferde und das lange Todesröcheln der Männer, die sich zu einem einzigen, wirren Durcheinander in seinem Kopf vereinten. Seine Welt war auf diese brennende Arena in der Hitze der Sonne geschrumpft, in der sie den Feind zunehmend zwischen den Festungsmauern, dem Meer und der sich schließenden Zange der muslimischen Truppen einschloss.

Die Chronisten dieser Schlacht würden später schreiben, dass die Leichen der *franj* in neun Reihen zwischen den Sanddünen und dem Meer lagen, und jede dieser Reihen tausend Leichen umfasste. Malek nahm nichts davon wahr. Er sah nur das, was unmittelbar vor ihm war – die Einzelheiten brannten sich in seine Erinnerung ein, als ruckhafte, vage Wiederholungen bei Nacht oder in unbedachten Momenten des Wachseins. Und der schlimmste aller Albträume stand ihm noch bevor, die letzte Begegnung an diesem Tag, als er nicht einmal mehr die Kraft hatte, seinen Krummsäbel zu schwingen.

Falls sein letzter Gegner an diesem Tag sich von den übrigen unterschied, so fiel es Malek nicht auf. Ob die Gestalt leichter oder kleiner war als die anderen, konnte er nicht sagen. Ob der Hieb des *franj*, der seinen Schild traf, ihm tatsächlich den Arm lähmte, wie er erwartet hatte, registrierte er nicht. Er drängte ihn mit dem Schild zurück, um ihn aus dem Gleichgewicht zu bringen, dann brachte er seinen Krummsäbel mit aller Kraft nieder und traf ihn an der Schulter. Die scharfe Klinge fuhr durch die dünnen Schichten aus Stoff und Leder, durch Haut, Muskeln und Knochen und blieb dann knirschend stecken, sodass er beinahe vom Pferd gestürzt wäre.

Der Schrei, den der Mann ausstieß, war entsetzlich. Malek riss den Säbel mit aller Kraft vor und zurück, bis er ihn herausgezogen hatte. Und gerade, als er weiter vorrücken wollte, erklang das Signal der Trompeten. Die Schlacht war zu Ende.

Erschöpft drehte Malek sich um und ließ den Blick über das Schlachtfeld schweifen. Er sah nur noch Muselmanen und Mamelucken, und da wusste er, dass sie die Schlacht gewonnen hatten. Überall lagen die Leichen der Christen. Soldaten waren bereits dabei, den Gefallenen Waffen und Wertsachen abzunehmen. Es wurde große Beute gemacht. Jedes siegreiche Heer auf der Welt handelte so. Vielleicht lag es am Anblick der vielen Gefallenen oder dem Aberglauben, dem Tod, der auf ihn abfärben konnte, so nah zu sein, vielleicht aber war es Furcht vor den Geistern der Toten oder den *djenoun*, die jetzt wie Krähen über dem Schlachtfeld kreisten. Womöglich war er auch einfach nur erschöpft, auf alle Fälle konnte Malek sich ihnen nicht anschließen.

Er wendete Asfar und ritt ins Lager zurück, doch dann fiel ihm etwas auf. Sein letzter Gegner lag auf dem Boden, sein Helm war verrutscht, der Nasenschutz seitlich verbogen. Jetzt konnte er das bloße Gesicht sehen, das immer blasser wurde. Die weiße Haut dieser Menschen erstaunte ihn immer wieder, sie war wie ein Teig, den man zu früh aus dem Ofen geholt hatte. Doch dieser hatte so blasse Haut, dass sie fast durchsichtig schimmerte, und der nackte Hals war weich, die Adern dunkelblau.

Irgendetwas stimmte nicht, er spürte die Angst in seinen Eingeweiden, die ihn schon den ganzen Tag begleitet hatte. Ein unwiderstehlicher Drang ergriff ihn, er glitt vom Pferd und zog es hinter sich her, bis er über dem gefallenen Christen stand. Er fiel auf ein Knie und nahm ihm den Helm ganz ab, woraufhin eine Masse von rotgoldenem Haar zum Vorschein kam. Das Eisen, das er umklammerte, war noch warm, und jetzt floss kühles Haar wie Seide über seinen Handrücken. Ein Widerspruch, den er sich kaum erklären konnte, wie entgegengesetzte Pole. Und dann schlug der Soldat die Augen auf, sie waren so dunkel, so tiefblau wie das Herz eines Sturms, von goldenen Wimpern gesäumt. Die Lippen bewegten sich und stießen ein Wort aus, das Malek nicht verstand. Der Soldat versuchte, sich auf einem Ellbogen aufzurichten, doch das zerfetzte Leder seines Wamses – durchtränkt von Scharlachrot, das sich beim Trocknen braun färbte – öffnete sich und enthüllte eine schreckliche Wunde. Der Arm hing nur noch an Sehnen, der Knochen war zertrümmert, und dann sah Malek eine einzelne, vollkommen weiße kleine Brust.

Er hatte eine fürchterliche Sünde begangen. Er hatte eine Frau umgebracht.

Entsetzt fuhr Malek zurück, als die Gestalt erneut versuchte, sich aufzurichten. Von Panik erfüllt betrachtete er sie. Sie sah ihm in die Augen, Blut strömte aus ihrem Mund, und dann fiel sie erneut zurück und bewegte sich nicht mehr. Ihr ausgefächertes Haar erinnerte ihn an das der Hure in Jerusalem auf der Matratze, auf der er sie genommen hatte, und ihre blauen Augen starrten blind in die blaue Ewigkeit über ihnen.

Malek vergrub das Gesicht in den Händen und konnte gar nicht mehr aufhören zu weinen.

DREIUNDZWANZIG

Das Nachthemd hatte sich um ihre Beine gewickelt, als Zohra mit pochendem Herzen aufwachte. Zwischen ihren Brüsten sammelte sich der Schweiß, und sie versuchte, sich daran zu erinnern, wo sie sich befand und was geschehen war. Sie war vor etwas weggelaufen – oder auf etwas zu –, etwas Furchtbarem, etwas, das die ganze Welt in den Abgrund stürzte. Sie lief, kam aber nicht vom Fleck und schrie. Neben ihr streckte sich Tarik und hob den Kopf ein wenig vom Kissen. Sie starrte ihn im Dunkeln an und hoffte, er würde nicht aufwachen; kurz darauf stöhnte er und wälzte sich auf die andere Seite, dann hörte sie ihn sanft weiterschnarchen.

Das war das einzig Sanfte an ihm. Ihre Schenkel waren wund von seinen Aufmerksamkeiten. Er war nicht gerade schlank und schon gar kein zärtlicher Liebhaber. Manchmal hatte sie Angst, unter seinem Gewicht zerquetscht zu werden. »Möge Gott mir die Kraft geben, diese Ehe zu überstehen«, betete sie. »Ich gebe mein Bestes, aber du machst es mir nicht gerade leicht.«

Es hatte sie nicht überrascht, dass sie die Dinge, die man als Ehefrau von ihr verlangte, nicht genoss. Sie hatte schon immer Mühe gehabt zu akzeptieren, dass es ganz natürlich war, wenn Männer über ihr Schicksal bestimmten. Andere nahmen das ohne Vorbehalt an. Doch nie war diese Kontrolle so machtvoll ausgeübt worden. Zuerst hatte sie sich den Quälereien, denen Tarik sie unterwarf, mit kalter Verachtung gestellt, doch das hatte es nur noch schlimmer gemacht. Wenn sie versuchte, sich gegen ihn zu wehren, lachte er und schien alles nur noch mehr zu genießen. Sie hatte gelernt, so zu tun, als fügte sie sich seinen Wünschen, sich aber insgeheim in ein abgeschlossenes Zimmer in ihrem Kopf geflüchtet, in dem es nach Amber, Kräutern, Tinte und Pergament duftete.

Sie lag noch eine Weile im Bett und versuchte, sich an den Albtraum zu erinnern, spürte aber nur die dunklen Fetzen einer gefährlichen Bedrohung. Sie dachte an all jene, die sie liebte, einen nach dem anderen, um sich zu beruhigen. Ihr Vater hatte eine Sommererkältung und einen hartnäckigen Husten, der ihr nicht gefiel, doch jedes Mal wenn sie es ansprach, verscheuchte er ihre Sorgen. »Was erwartest du, wenn ich jeden Tag bis zu den Knien in Taubenfedern und Vogelkot stehe?« Alle paar Tage verlor er eine seiner Tauben: Entweder wurden sie von den Christen abgeschossen, oder er war immer öfter gezwungen, unerfahrene Vögel loszuschicken. Das war auch der Grund für seine chronisch schlechte Laune.

Jamilla war jetzt ihre einzige Verbündete. Beschämt musste Zohra sich eingestehen, wie schlecht sie ihre Cousine behandelt hatte und dass sie ihre unerschütterliche Zuversicht für Dummheit und ihre Zuneigung für Einmischung in ihre Angelegenheiten missverstanden hatte.

Sorgan war wie ein großes Kind, das sie auf Schritt und Tritt verfolgte, während sich in seinen vertrauensseligen dunklen Augen die Sorge um sie spiegelte. Es war klar: Er spürte, dass sie unglücklich war, wusste aber nicht, wie er ihr helfen sollte. Angesichts seines kindlichen Kummers wollte sie nur noch mehr weinen, deshalb war es besser, ihn mit Essen abzulenken. Es war ein Trick, der mit herzzerreißender Zuverlässigkeit funktionierte.

Was Aisa betraf, so wünschte sie inbrünstig, er hätte sich

nicht dafür entschieden, ständig Nachrichten zwischen der Stadt und dem Heerlager hin- und herzutransportieren. Er war noch so jung … Jedes Mal wenn er aufbrach, hatte sie Angst, dass er nicht wiederkommen könnte. »Versprich mir, dass du eine Taube schickst, sobald du in Salah ad-Dins Lager angekommen bist.«

Er hatte sie ausgelacht. »Mach nicht so ein Theater. Außerdem wird wohl kaum eine Taube übrig sein.«

Aufgebracht hatte sie ihn am Arm gepackt. »Komm mir nicht mit so was, sonst schicke ich dem Sultan persönlich eine Taube und fordere ihn auf, einen kleinen Jungen nicht die Arbeit eines Mannes machen zu lassen.«

»Es sind keine Männer mehr da, die solche Aufgaben erledigen könnten«, erwiderte Aisa ruhig. »Und wenn ich die Arbeit eines Mannes übernehme, werde ich schneller selbst einer. Außerdem kann man den Sultan nicht ›zu etwas auffordern‹. Aber wenn du dir solche Sorgen machst, werde ich Malek bitten, es dem Sultan zu sagen.«

Und so kam jetzt jedes Mal eine Taube, wenn Aisa das muslimische Lager sicher erreicht hatte. Im Moment aber war er oben bei Sorgan und schlief tief und fest.

Blieb nur noch Nathanael …

Trotz der Hitze fröstelnd verdrängte sie ihre Angst um ihn.

Während sie leise die Treppe hinunterging, kam sie sich vor wie ein Gespenst in ihrem eigenen Haus, wie ein Schatten ihrer selbst, kaum noch ein Mensch. Wie hatte es so weit kommen können? Zohra Najib, die man früher als »Löwin« oder »Wildkatze« bezeichnet hatte, derart eingeschränkt? Sie waren im Krieg, alle waren eingeschränkt. Es war keine Zeit für solch banale Klagen, sie alle kämpften um das nackte Überleben, jeder musste Opfer bringen. Hatte der Gouverneur es ihnen nicht erst letzte Woche auf dem großen Platz erklärt?

»Haltet euren Glauben an Gott und euren Nächsten aufrecht, und wir werden obsiegen.«

Doch manchmal wurde der Glaube auf eine harte Probe gestellt.

In der Küche goss sie Wasser aus dem Krug in einen Topf und stellte ihn auf den Herd zum Kochen. Tee gab es nicht mehr, dieser Luxus war ihnen längst ausgegangen. Jetzt tranken sie Chicorée, geröstete Löwenzahnwurzeln oder gemahlene Dattelkerne, doch Kräutertee schmeckte nicht so bitter. Frische Melisse und Kamille aus dem Garten mit einem Teelöffel von Nathanaels Honig gesüßt. Doch auch der ging allmählich zu Ende. Sie trat in den Innenhof hinaus, wo der Hahn ihr einen bösen Blick zuwarf. »Verschwinde«, rief sie. »Wozu bist du gut, wenn du nicht einmal mehr krähst? Wir sollten dich in den Kochtopf stecken!« Sie meinte es nicht ernst, doch er wandte ihr trotzdem den Rücken zu und schüttelte gekränkt den Kopf mit den schlaffen Kehllappen. Danach ließ sie die Ziegen aus dem Pferch und sah zu, wie sie in der frühmorgendlichen Gasse herumtollten.

Zohra kochte sich Tee und trank ihn im Innenhof, umgeben von blühendem Leben. Neue Tomaten waren gereift, und die Paprika- und Chilischoten leuchteten wie Juwelen zwischen dem dunkelgrünen Laub. Der Garten gedieh, doch er würde sie nicht mehr lange über Wasser halten können, vor allem jetzt, wo sie ein weiteres Maul zu stopfen hatten, das besonders gierig war. Sie sammelte die Blattläuse aus den Weinreben und betastete die Bohnenschoten, aber die Kerne fühlten sich an wie kleine Steine. Später würde sie sie mit dem Spülwasser wässern. Pflanzen hatten immer Durst, doch sie waren aufgefordert worden, den Wasserverbrauch so weit wie möglich zu drosseln. In der Hitze waren bereits mehrere Brunnen der Stadt versiegt. Trotzdem mussten die Menschen essen, und das Anlegen von Beeten, wo immer sie ein Stück Brachland fanden, war ein großer Erfolg gewesen. Die Arbeit im Garten war das Einzige, was Zohra noch aufrechthielt.

Draußen rief der Muezzin zum Morgengebet, und sie trat ins Haus, um sich zu waschen. Dann breitete sie ihren Gebetsteppich aus, kniete nieder und betete, dass das, was sie geträumt hatte, nicht Wirklichkeit wurde, und alle Menschen, die sie liebte, ihr Vater, ihre Geschwister, Malek und Aisa, Jamilla, ihre Tante, ihr Onkel und Nathanael, der Sohn des Arztes, gesund blieben. Anschließend setzte sie wie immer ein kurzes Gebet für ihren verlorenen Bruder Kamal hinzu, wo immer er sein mochte.

Kamal stand zwischen den anderen *fida'i* in der Felsenfestung von Masyaf, die unter dem Namen Adlernest bekannt war. Wie die übrigen Adepten trug er ein weißes Gewand. Und wie der Rest von ihnen hatte er ein ausdrucksloses Gesicht. Emotionen zeugten nur von persönlicher Schwäche. Der Allmächtige konnte sie nicht gebrauchen, zudem standen sie dem, wozu sie auserwählt worden waren, im Weg. Dasselbe galt für das Nachdenken. »Ihr seid hier, um zu gehorchen, und nicht, um zu denken«, hatte ihnen der Großmeister eingehämmert. »Nur durch mich könnt ihr Läuterung und Erleuchtung erlangen und ins Paradies kommen. Ihr seid Werkzeuge Gottes, und Werkzeuge stellen keine Fragen. Werkzeuge machen sich keine Sorgen. Werkzeuge zweifeln nicht. Werkzeuge sind nur in den Händen ihres Meisters zu etwas nutze. Bis man sie ergreift, dienen sie keinerlei Zweck. Ich bin der Meister und ihr die Werkzeuge, die ich benutze, um Gottes Werk zu vollenden. Was seid ihr?«

»Wir sind Gottes Werkzeuge«, riefen sie gehorsam.

Kamal blickte aus den Augenwinkeln nach rechts, wo Bashar stand, das Gesicht nach vorn gerichtet, vollkommen auf den Meister konzentriert. Nur war sein Freund nicht mehr Bashar, so wie er selbst auch nicht mehr Kamal war. Und Freunde waren sie auch nicht mehr, jedenfalls nicht im herkömmlichen Sinne, sondern Mitglieder derselben Bruderschaft, die über allem stand. Keiner von ihnen hatte noch einen Namen, eine Familie, eine Vergangenheit oder eine Zukunft, abgesehen von der Aufgabe, für die sie auserkoren worden waren. Werkzeuge – so hatte der Großmeister es ihnen ein um das andere Mal eingeschärft – besaßen keine eigene Identität, sondern waren austauschbar. Sie dienten einzig und allein dazu, die Arbeit, die getan werden musste, zu erledigen. Ihm, dem Meister, so sagte er, oblag es, sie zu vervollkommnen: ihre Fehler und Schwächen auszumerzen, sie im Feuer zu formen und in das Wasser zu tauchen, sie zu härten und zu einem perfekten, spitzen Schwert zu verfeinern, damit sie ihrer Aufgabe gerecht wurden. Und ihre Aufgabe war es zu töten. »Ihr seid Hashashinen, die Grundlage des Glaubens – Gottes Assassinen.«

Jeden Tag standen sie vor dem Morgengrauen auf, wuschen sich in dem kalten Quellwasser der Berge und beteten mehrere Stunden lang. Anschließend studierten sie den Koran, erlernten die verborgene Bedeutung (*batin*), die sich hinter dem äußeren Text (*zahir*) verbarg, Bedeutungen, die nur Hashashinen nach jahrelanger Hingabe verstehen konnten, unter Anleitung des Imams, der als sprechender Koran galt. Sie lernten den Koran auswendig und konsumierten die Wörter wie Nahrung. Ihr Essen war kärglich, meistens hatten sie Hunger – ein Werkzeug muss Disziplin haben, den Willen, die elementaren Bedürfnisse des Körpers zu besiegen.

Es sei das Fleisch, das die Menschen voneinander unterschied, sagte der Großmeister, das Fleisch, in dem sich jeder individuelle Charakter ausdrückte. Also musste man sich vom Fleisch befreien, es bis auf die Knochen abtragen. Kamal hatte ein Drittel seines Körpergewichts verloren, und er war nie dick gewesen. Jetzt sahen sie alle gleich aus, ihre Gesichter waren knochige Masken. Sie unterschieden sich nur noch durch ihre Größe und ihre Augenfarbe; sie ließen sich nicht verändern. Dafür gab es vieles andere. Seit Kamal vor einem Jahr in die Bergfestung gekommen war, hatte er gelernt, seinen Gang, seine Haltung, seine Erscheinung zu variieren. Er konnte vollständig mit dem Hintergrund verschmelzen oder endlose Stunden reglos verharren. Mit einem Niqab bewegte er sich wie eine Frau, in einem zerschlissenen Umhang hinkte er wie ein Bettler, in einem Lederwams marschierte er wie ein Soldat. Er wusste, wie man sein Gesicht mit Schlamm beschmieren musste, um Leprageschwüre vorzutäuschen, oder sich mit einem abgebrannten Stock Falten ins Gesicht schminkte. Mit Asche färbte er sein Haar grau. Er ließ sich einen Bart wachsen, aber wenn er sich rasierte, konnte er als Mädchen durchgehen.

Und er hatte noch andere Fähigkeiten erworben. Etwa mit der linken Hand eine Feder oder ein Schwert ebenso gut zu führen wie mit der rechten. Mit Kraft und Geschick die steilsten Wände zu erklettern, koste es, was es wolle. Er konnte tagelang ohne Essen auskommen und sogar ohne Wasser. Er konnte mit geschlossenen Augen ein Messer werfen und sein Ziel treffen. Er konnte ohne Schmerzen über glühende Kohlen gehen, denn Schmerz war nur eine Illusion des Fleisches, um einen vom rechten Weg abzubringen hin zu Faulheit und Ungehorsam. Er hatte Worte und Sätze in einem Dutzend Fremdsprachen gelernt und konnte überdies christliche Gebete und Lieder vortragen.

»Du musst dein Feind werden, um deinen Feind zu verstehen«, sagte der Großmeister. »Wie kannst du dich etwas nähern, was du nicht verstehst? Um mit der Hand zu töten, musst du in die Nähe des Feindes kommen, so nah wie ein Atemzug, so nah wie die Kleider auf seiner Haut.«

Eines Tages hatte es so etwas wie eine kleine Rebellion gegeben. Jemand hatte einen Brotlaib gestohlen und heimlich aufgegessen. Niemand gab den Diebstahl zu. Der Großmeister hatte alle *fida'i* vor der Festung versammelt und über den Maultierpfad geleitet, der zum Gipfel führte. Oben auf dem Gipfel stand eine kleine weiße Klause, die Zuflucht eines Eremiten oder das Grab eines Marabuts. »Hierher komme ich, um mit Gott zu sprechen«, erklärte er ihnen. »Hier oben, wo nur Luft zwischen uns ist und ich seine Stimme deutlich hören kann, mit den Anweisungen, die er mir erteilt. Die Aufgaben, für die ihr ausgebildet werdet.« Dann trat er in die Klause und kam stundenlang nicht mehr heraus, bis die Sonne den Zenit passiert hatte und sich langsam über die Wüste unter ihnen senkte.

Von Kamals Position aus schien sich die wellige Landschaft endlos auszudehnen, als gäbe es auf der Welt nur den Berg, die Festung auf dem Hang und die weite, öde Wüstenebene, als wäre die Welt von allem Menschlichen, ihrem Chaos und ihrer Verwirrung ausgemerzt worden, so wie die *fida'i* auf ihre Art.

Als der Großmeister wieder erschien, hatte er einen jungen Mann aufgefordert, auf einen Felsvorsprung neben der Klause zu klettern. Der Adept hatte gehorcht.

»Spring«, sagte der Großmeister und zeigte auf den gähnenden Abgrund.

Kamal hielt mit weit aufgerissenen Augen den Atem an. Er sah, wie sich sein Ausdruck in dem seiner Kameraden widerspiegelte. Ohne eine Regung trat der Adept vor und sprang an ihnen vorbei in die Leere. Sie hörten einen dumpfen Schlag, als sein Körper auf die tiefer liegenden Felsen prallte, und dann nichts mehr bis auf den schrillen, hohen Schrei eines Schakals.

»So sieht vollkommener Gehorsam aus, bedingungslose Treue, absolute Loyalität. Das ist es, was ich von euch allen erwarte.« Anschließend führte der Großmeister sie wieder den Berg hinunter.

Danach hatte es nie wieder einen Diebstahl gegeben.

Jetzt wiederholte Kamal das Gelöbnis der Assassinen. Gott zu ehren, ihm zu gehorchen, dem Pfad des *dai* zu folgen, ihre Seelen zu reinigen, damit sie den Augenblick des Todes in aller Herrlichkeit erleben und im Paradies den Platz der Märtyrer einnehmen konnten, für den sie auserkoren worden waren.

So viele Male hatte er diese Worte gehört, so viele Male hatte er sie wiederholt, dass sie ihm in Fleisch und Blut übergegangen waren. Wiederholung führte zu Klarheit, Klarheit zum endgültigen Seelenfrieden. Er war ein Niemand. Er war Gottes Werkzeug. Sein Geist war so frei und leer wie ein sauberes Blatt Papier, worauf das Wort geschrieben werden konnte.

Jetzt wartete er nur noch auf dieses Wort.

Warum träumte er dann von einem anderen Menschen, der genauso aussah wie er? Von einem Jungen, der seine Größe hatte, dieselben goldbraunen Augen, denselben drahtigen Körper und raschen Blick? Der herumlief und lachte, durch das funkelnde Wasser schwamm und seinen Namen rief: »Kamal, Kamal, Kamal …?«

Aisa schwamm weiter. Jeder Schlag war die Wiederholung des vorigen. Seine Arme schmerzten, doch er vertrieb den Gedanken daran. Solche Gedanken konnte man sich nicht leisten, sonst verkrampften sich die Muskeln, der Körper wurde schwer, und man sank immer tiefer. So ertrank man.

Am schwersten war es, den Hafen zu verlassen – mit angehaltenem Atem unter den Kielen und Rümpfen der Schiffe hindurchzuschwimmen, die Nerven zu behalten, nur an der Leeseite eines Schiffes an die Oberfläche zu kommen, um Luft zu holen, wo die Wahrscheinlichkeit, gesehen zu werden, am geringsten war. Manchmal hörte er beim Auftauchen, wie sich die Matrosen der feindlichen Schiffe unterhielten und lachten. In all den Wochen hatte er sich an den Klang ihrer Stimmen gewöhnt, konnte sie sogar voneinander unterscheiden, obgleich er nicht verstand, was sie sagten. Was er verstand, war das Klackern der Würfel, der Schrei des Siegers, das Murren der anderen. Es war ein Trost, sie zu hören, zu wissen, dass sie beschäftigt waren und den blassen Schatten, der unter den Wellen entlangglitt, nicht sehen würden.

Sobald er die Schiffe hinter sich gelassen hatte, wurde das Meer plötzlich kälter. Man spürte die Tiefe wie ein umgekehrtes Gewicht, das einen zu sich hinabzog. Es war dieses Gefühl, dieses Wissen – um viele dunkle Klafter unterhalb –, das die Muskeln schwer machte und anspannte. Hier draußen, auf hoher See, konnte man ertrinken.

Aisa leitete all seine Kraft in die Arme und Beine und bahnte sich entschlossen einen Weg durch das Wasser. Zumindest waren die Wellen heute ruhig und flach. Bei hohem Seegang kostete es eine ungeheure Anstrengung, wie ein Pfeil unter der mächtigen Brandung hindurchzuschießen, bis man wieder ruhigere Gewässer erreichte. Und noch schlimmer war es bei Wind, wenn Gischt emporwirbelte und die unterschiedlichen Strömungen Strudel bildeten, die man kaum passieren konnte. Man sah nicht einmal mehr, wo man war. Dann kam man leicht vom Weg ab und verlor die Orientierung. Das war ihm nur einmal passiert, und es war furchterregend gewesen. Er hatte Glück gehabt, dass die Flut in seine Richtung führte, ansonsten wäre er ins offene Meer hinausgetragen worden und hätte nie wieder Land erreicht.

Er schwamm weiter. Der Rückweg würde noch schwerer werden. Dann hätte er den Sold für die Garnison dabei. In versiegelten Beuteln verpackt um die Hüften, schwer und sperrig. Denk jetzt bloß nicht daran, denk an etwas anderes …

Unten an den Docks hatte er ein Mädchen kennengelernt. Als er ihr zum ersten Mal begegnet war, hatte sie ihrem Vater mit seinen Krebsnetzen geholfen und mit ihren langen braunen Fingern geschickt die Knoten entwirrt. Als er an ihr vorbeigegangen war, hatte sie ihn mit lachenden dunklen Augen angeblickt und ihm, als ihr Vater seine Netze wieder auswarf, eine Krabbe aus dem Korb angeboten. »So musst du sie halten.« Sie spreizte die Finger um den dicken Panzer und fasste das Tier hinter den zuckenden Scheren. »So kann sie dich nicht erwischen.«

Er rannte mit seiner Beute den ganzen Weg bis nach Hause zurück, damit niemand sie ihm abnehmen konnte. Zohra hatte die Krabbe zum Abendessen zubereitet. Es war eine seltene Köstlichkeit gewesen. Am Tag danach war er mit einer Handvoll Tomaten und Paprikaschoten aus ihrem Garten zu den Docks zurückgekehrt, doch die Kleine war nicht da gewesen, und er hatte sich nicht getraut, die Sachen dem Vater zu geben, um sie nicht in Schwierigkeiten zu bringen. Stattdessen hatte er sie gegen einen frisch gebackenen Brotlaib eingetauscht, den er so schnell verschlungen hatte, dass er danach Bauchschmerzen bekam. Erst danach hatte er wegen seiner Gier ein schlechtes Gewissen bekommen. Es war ja nicht so, dass er Hunger litt wie andere.

Seitdem hatten sie fast jeden Tag ein paar Minuten zusammen verbracht. Einmal hatten sie sich sogar geküsst. Nicht so leidenschaftlich und begierig, wie er es an jenem verhängnisvollen Tag beim Sohn des jüdischen Arztes und seiner Schwester gesehen hatte, aber trotzdem – seitdem drehten sich seine Gedanken nur noch um sie. Rana, dachte er, Rana, Rana, Rana mit den lachenden Augen. Noch hatte er nicht mit ihrem Vater gesprochen, aber das würde er bald nachholen. Ich werde ihn freundlich grüßen, wenn auch nicht allzu unterwürfig. Ich werde sagen: »Ich bin Salah ad-Dins Bote. Ich habe dir ein paar Tomaten mitgebracht, und ich will deine Tochter heiraten.«

Das klang so lächerlich, dass er fast lachen musste und Wasser schluckte. Es schmeckte scharf und salzig, und es brannte in seiner Nase und im Hals.

Nathanael rannte, die Arme voller Verbandszeug. Auf den Kacheln lag Blut. Um ein Haar wäre er ausgerutscht, als er um die Ecke bog und das Hospital betrat. Während er sein Bündel ablegte, sah sein Vater von dem Mann auf, den er gerade behandelte. Nathanael erschrak, als er sah, wie mitgenommen Yakub aussah: Sein Gesicht war blass und verschwitzt. »Es geht dir nicht gut, Abi«, hörte er sich zum dritten Mal an diesem Tag sagen.

»Wie es mir geht, ist nicht wichtig.« Yakub presste den Finger auf die Wunde, die er behandelte. »Reich mir die Nadel, schnell.« Neben ihm lag eine Reihe von Knochennadeln mit feinen Fäden in einer Schale. Nat hatte sie erst heute früh im Morgengrauen eingefädelt. Dutzende. Jetzt waren nur noch vier oder fünf übrig, und es war nicht einmal Mittag. Nachdem die Christen Verstärkung erhalten hatten, waren die Kämpfe heftiger geworden, und sie hatten nicht genügend Ärzte, um die Verwundeten zu behandeln. Das Lazarett platzte aus allen Nähten, und niemand kam zum Schlafen, zudem wütete eine weitere Welle der Schwitzseuche.

»Hier, lass mich das machen. Die Wunden, die du nähst, lösen sich auf, sobald der Mann wieder auf der Straße ist.«

Yakub lächelte müde zu ihm auf. Einen Augenblick sah es so aus, als würde er protestieren, doch dann arbeiteten sie zusammen, nähten eine Wunde nach der anderen und taten ihr Bestes, um die von Pfeilen verursachten Wunden zu behandeln. Die Verbrennungen durch fehlgeleitetes griechisches Feuer waren am schwersten zu behandeln. Die Substanz versengte gnadenlos Haut, Muskeln, Sehnen und Knochen. Manchmal wurden die Verwundeten hereingebracht, während die Wunden noch schwelten, und man musste sie ganz besonders vorsichtig behandeln.

Am späten Nachmittag brach Yakub zusammen. Gerade hatte er sich mit Nat noch über ihre Bienenstöcke unterhalten, und im nächsten Augenblick sackte er plötzlich bewusstlos zu Boden.

Nathanael schrie auf vor Schreck, dann fragte er sich: Warum tue ich das? Ich bin Arzt. Doch es war sein Vater, der da lag, nicht irgendein Soldat. Auf seinen Schrei hin stürmten die anderen Ärzte herbei. Sie hatten blutverschmierte Hände, und auch Yakub war voller Blut. Nat stand wie gelähmt da, während die anderen seinem Vater die Brust massierten und ihm die Finger in den Mund steckten.

»Er hat seine Zunge verschluckt!«

»Er atmet nicht mehr!«

Und die ganze Zeit stand Nat seltsam beschämt und entrückt daneben. Die Zeit blieb stehen, dann sprang sie vor und raste. Und dann war er plötzlich wieder in der Gegenwart, jemand hielt seinen Arm und sagte: »Er ist von uns gegangen, Nat, es tut mir so leid.« Und die beiden anderen Ärzte standen da und wischten sich die Hände an ihren Kitteln ab.

Ohne auf das Blut zu achten, fiel er auf die Knie und legte

die Hand auf das Gesicht seines Vaters und auf dessen Hals und Brust. »Abi, Abi!«. Ringelblumen. Noch am Morgen hatten sie zusammen Ringelblumen im Garten gepflückt. Er hatte immer noch ihren scharfen Duft in der Nase, bitter und warm von der Sonne. Wie konnte er tot sein? Wütend über die Reglosigkeit des alten Mannes schlug er ihm auf den Brustkorb.

Plötzlich zuckten Yakubs Lider, und dann keuchte er leise. Einer der Ärzte stieß einen Freudenschrei aus. Der andere stand nur da und hielt sich die Hand vor den Mund. Noch vor einem Jahr war Said ein stattlicher Mann gewesen. Nathanael erinnerte sich, wie er zu Hause mit Yakub Tee trank und genüsslich sämtliche Köstlichkeiten verschlang, die Sara ihnen vorsetzte. »Zinab kann lange nicht so gut kochen – deine Frau muss übernatürliche Kräfte haben. Sie mischt die Zutaten nicht nur, sie verzaubert sie!« Jetzt hing das Fleisch an ihm herab wie alte Kleider, und er murmelte vor sich hin. Nat meinte, seine Worte gehört zu haben. Ein Spruch gegen Hexerei.

Von den Toten wiederauferstanden, sah sich Yakub von Nablus wie ein Mann um, der kurz das Bewusstsein verloren hatte, und versuchte, sich aufzurichten.

»Nein«, sagte Nathanael und hielt ihn davon ab. Er drehte sich um. »Ich muss ihn nach Hause schaffen.«

Said wandte den Blick ab. Es waren die beiden anderen Ärzte, die er kaum kannte – sie rannten los und befahlen zwei müßig herumstehenden Soldaten, den alten Mann in die Straße der Schneider zu tragen, während Nat mit der gegen die Hüften schlenkernden Ärztetasche voranging und sich ständig umdrehte, um sich zu vergewissern, dass sein Vater noch lebte.

War er wirklich tot gewesen, oder hatten sich die Ärzte getäuscht? Nat hatte oft über den Tod nachgedacht. Über die

Theorie des Todes und seine Wirklichkeit, schon lange vor dieser traurigen Zeit, in der er so oft mit dem Tod konfrontiert wurde. Das Verbotene hatte ihn schon immer fasziniert. Dinge, über die andere Menschen nicht redeten – was die Seele war, beispielsweise, wo sie im Körper angesiedelt war, ob sie eine Gestalt oder ein Gewicht hatte, ob sie jemals gesehen oder gezeichnet worden war, wohin sie ging, wenn man starb. Einmal hatte er den Rabbi danach gefragt. Der hatte die Hand gütig auf den Kopf des altklugen, unberechenbaren, kaum achtjährigen Nat gelegt, und vergeblich versucht, dem Thema auszuweichen. Dann hatte er schließlich geantwortet, die Seele sei ein Atemzug Gottes, *nishmat*, der unzertrennlich mit dem Lebenssaft verbunden sei, und dass sie nach dem Tod zu Jahwe zurückkehrte, um auf die Wiederauferstehung zu warten.

Das hatte ihn nicht zufriedengestellt. »Ja, aber im Buch Hiob steht: ›So ist ein Mensch, wenn er sich legt, und wird nicht aufstehen und wird nicht aufwachen, solange der Himmel bleibt, noch von seinem Schlaf erweckt werden.‹ Aber die Menschen atmen doch auch, wenn sie schlafen, oder nicht?« Der Rabbi hatte den Kopf gesenkt und gewünscht, sich gar nicht erst auf das Gespräch eingelassen zu haben. »Wenn Gott einem den Atem genommen hat, kann man weder schlafen noch atmen«, hatte Nat weiter gebohrt. Daraufhin war der Rabbi aufgestanden, hatte sich bei Yakub bedankt (der jetzt breit grinste) und war gegangen. Nat aber war ihm nach draußen gefolgt und hatte weiter auf ihn eingeredet: »Und Maimonides sagt, es gebe keine Wiederauferstehung, nicht wirklich, keine körperliche Wiederauferstehung, nur eine Immanenz der Seele, die sich im Wissen um Gott vervollkommnet, und das verstehe ich nicht, weil im Buch der Prediger steht: ›Ein lebender Hund ist besser als ein toter Löwe. Denn die

Lebenden wissen, dass sie sterben werden, aber die Toten wissen nichts.‹«

Der Rabbi hatte den Kopf gesenkt und seine Schritte beschleunigt, und später hatte er Yakub gerügt, weil er seinen Sohn angehalten hatte, die Heiligen Bücher infrage zu stellen, und zuließ, dass er die ketzerischen Werke von Maimonides las. »Nathanael liest alles, was er findet«, hatte Yakub ihm erwidert und es Nat später lachend erzählt: »Außerdem war Rabbi Mosheh ben Maimon bei uns zu Gast, und das Kind hat die Ohren einer Tratschtante und das Gedächtnis eines Gemüsehändlers.«

Als er in dieser Nacht am Bett seines Vaters wachte, fragte er leise: »Was hast du gesehen?«

War da ein Lächeln über seine Lippen gehuscht, oder war es nur ein Zucken der Muskeln, ausgelöst durch die Bewusstlosigkeit? »Du meinst, ob ich Engel mit Trompeten und Hosianna singende Chöre gesehen habe? Den Speisesaal im Himmel, Tische voller Manna? Oder die Dunkelheit der Hölle?« Das Lächeln, wenn es überhaupt eines gewesen war, hatte sich verflüchtigt. »Nichts von alledem. Nur das Gefühl eines entsetzlichen Schmerzes und grenzenlose Reue, weil ich so oft versagt habe.«

»Du hast nicht versagt, Abi. Niemals.«

»Und was ist mit dem Jungen, der das hohle Schilfrohr ausspuckte, das ich in seinen Hals eingeführt hatte?«

»Er starb, ja, ich weiß, aber der danach überlebte! Und was hast du mir immer eingetrichtert? Nur aus unseren Fehlern können wir lernen, es besser zu machen.«

»Und manchmal gelingt es uns trotzdem nicht.« Yakubs Stimme war kaum mehr als ein heiseres Krächzen. »Manchmal denke ich, dass es vergeblich ist. Sonst gäbe es keine Kriege mehr, aber es gibt sie immer wieder. Die Menschen sind gierig, aggressiv und zügellos, und das wird sich wahrscheinlich niemals ändern.«

Welche Verzweiflung! »Du bist müde, Abi. Du solltest ein wenig schlafen.« Nat streichelte seine Hand. Die alten Finger schlossen sich um die seinen.

»Hör mir gut zu, Nathanael. Du musst versuchen, etwas zu verändern, egal wie gering die Chancen sind. Nur so können wir die Wirklichkeit ändern, auch wenn die Schritte winzig sind. Du musst dein Wissen an die nächste Generation weitergeben, damit die einen größeren Schritt tun können und deren Kinder noch einen größeren.«

Kinder. Nat lächelte freudlos. Die Chancen standen nicht gerade gut jetzt. Seit Zohra ihm das Herz gebrochen hatte, hatte er keine andere Frau ansehen können. Im Vergleich zu ihr kamen sie ihm vor wie kleine tönerne Püppchen.

»Du musst mir das versprechen, Nathanael.«

»Schlaf jetzt, Abi.«

»Versprich es mir.« Plötzlich wurde der Griff seines Vaters fest.

»Ich verspreche es.«

Im Laufe des Sommers verschlechterte sich Yakubs Zustand trotz Nathanaels und Saras Fürsorge und vieler Kräutertees, trotz der vielen Bücher, die sie beim Buchverkäufer auf dem Markt erstanden (niemand hatte mehr Verwendung für Bücher, denn Bücher kann man nicht essen, nicht wahr?), trotz aller Medizin, die Nat ihren Seiten entnahm, trotz Nimas Tränen, weil ihr »Großvater« nicht aufstand und mit ihr spielte. Und an einem schwülen Tag Ende August wachte er von seinem Mittagsschlaf nicht mehr auf.

Sara, die verfolgt hatte, wie sich ihr Mann von Tag zu Tag mehr vom Leben verabschiedete, akzeptierte seinen Tod mit einer Würde und Demut, die Nat, der dazu nicht imstande war, nur bewundern konnte. Er war voller Wut, wollte aber Nima nicht damit beunruhigen, deshalb ging er zu den ruhigen, gleichmütigen Gewässern des Meeres, wo die Schiffe in dem kleinen Hafen vor Anker lagen und die Seevögel auf ihren wippenden Masten saßen, schlug mit den Händen auf die Steine der Hafenmauer und brüllte wie ein wildes Tier.

Selbst als sein Zorn verflogen war, ging er weiter dorthin. Es wurde der Ort, an den er sich zurückzog und nachdachte, in jenen seltenen Augenblicken, in denen er keine Verwundeten und Kranken behandeln musste, sich um Nima kümmerte oder im Garten arbeitete. Und dort fand ihn Rana, die Tochter des Fischers, eines späten Abends.

»Du bist doch der Arzt, nicht wahr?«

Erschreckt sah Nathanael auf. »Ja, der bin ich.« Er hatte die Stellung seines Vaters im Krankenhaus übernommen und sogar den Gouverneur behandelt, den Eunuchen Karakush in der Zitadelle. Er kannte die Kleine von seinen vielen Besuchen im Hafen, wo sie oft zu finden war, mit ihrem Vater arbeitete und die Netze flickte. Er hatte über ihre Geschicklichkeit gestaunt und einmal sogar im Scherz zu ihr gesagt, dass sie eine gute Ärztin abgeben würde, wenn sie mit einer kleineren Nadel als der, mit der sie die Netze flickte, ebenso gut umgehen könnte. Sie hatte ein sonniges Wesen und immer lag ein Lächeln auf ihrem Gesicht. Doch jetzt lächelte sie nicht.

»Bitte …« Rana konnte kaum sprechen. Sie packte Nathanael einfach am Arm und zog ihn eilig hinter sich her. Am Ende des inneren Hafens hatte sich eine kleine Menschentraube versammelt. Rana schrie, dass sie Platz machen sollten. Als sie auseinanderstoben, sah Nat einen jungen Mann, der auf den Steinen lag, seine Haut schimmerte wie Perlmutt im

Mondlicht. In seinem Haar hatte sich Seetang verfangen. Um die Taille trug er einen dicken Gürtel.

»Wir wollten heiraten«, schluchzte Rana.

»*Was* wolltet ihr?« Ein korpulenter Mann mit einem langen schwarzen Bart trat vor.

Rana blickte ihn an, halb schuldbewusst, halb herausfordernd. »Ja. Er hat mich vor Wochen gefragt, aber ich habe erst vor zwei Tagen Ja gesagt, bevor … bevor …«

Nat kniete vor dem Schwimmer nieder und erinnerte sich mit einem Stich im Herzen an den schwülen Tag im letzten Sommer, als eine Gestalt sich aus dem Schatten gelöst hatte, während er Zohra im Hauseingang zurückhielt und leidenschaftlich auf den Mund küsste. Aisa Najib. »Wann habt ihr ihn gefunden?«, fragte er in die Runde.

»Gerade eben, die Flut hat ihn angespült, er hatte sich in den Netzen verfangen. Ich glaube, er atmet nicht mehr«, sagte ein Mann mit den schmuddeligen, salzfleckigen Kleidern eines Fischers. »Rana ist sofort zu dir gelaufen. Sie sagte, du könntest Menschen wiederbeleben. Ja, das hat sie gesagt.«

Nathanael fuhr Aisa mit der Hand über das Gesicht und fühlte, dass die Leichenstarre bereits eingesetzt hatte. Sein Hals schwoll an. Seine Augen brannten. Er musste mehrmals blinzeln, ehe er sich dem flehentlichen Blick des Mädchens stellen konnte. »Ich kann nichts mehr für ihn tun.«

»Nein! Nein, du musst … du musst ihn wieder zum Leben erwecken. Du musst!«

Der Krabbenfischer zog seine Tochter an sich. »Er ist tot, Kleines.«

»Der Junge ist ein Held«, erklärte jemand. »Er ist den Märtyrertod gestorben, in Allahs Namen, im Namen unseres Propheten und unseres Herrn Salah ad-Din.«

»Jawohl«, pflichtete ein anderer bei. »Es wird das erste Mal sein, dass ein Toter den Sold der Garnison bringt. Mehr kann man wahrlich nicht verlangen.«

»Er war erst sechzehn«, sagte Nathanael und löste den Seetang von seinem Hals.

»Er … er … hat mir gesagt, er wäre achtzehn«, schluchzte Rana.

»Jemand muss die Familie unterrichten«, sagte eine Frau unsicher.

Es wäre so leicht gewesen, den Mund zu halten und es jemand anderem zu überlassen. Doch das konnte er nicht. »Ich kenne seine Familie«, sagte Nathanael schließlich. »Ich werde hingehen.«

TEIL 6

GOTTESKRIEGER

VIERUNDZWANZIG

Erst im Oktober erreichten wir das Heilige Land. Ein halbes Jahr hatte die Überfahrt gedauert, und wir hatten das Gefühl, die halbe Welt umrundet zu haben. Und irgendwie stimmte es ja auch. Als wir in den Hafen von Tyrus einfuhren, konnte keiner es abwarten, endlich an Land zu gehen. Man spürte die Hitze, die einem vom Land entgegenschlug, als hätte sie sich einen Sommer lang dort angestaut und wollte dem bevorstehenden Winter trotzen. In der Luft hing ein Geruch nach Gewürzen und gebratenem Fisch. Wie Hunde reckten wir die Nase in die Luft.

Ezra zupfte an meinem Ärmel. In jenen Tagen wich sie nicht von meiner Seite. »Was ist das da drüben für ein Vogel, John?«

Mir kam er vor wie jeder x-beliebige Vogel zu Hause, braune Federn, glänzende Knopfaugen. »Keine Ahnung.« Der Maure hätte es bestimmt gewusst, dachte ich zum hundertsten Mal.

»Und der da?«

»Eine Seemöwe, Ezra.«

»Das wusste ich.« Sie grinste. Ihre Nase war mit Sommersprossen übersät. Sie sah genauso aus wie der freche Junge, als der sie sich ausgab. An Land verschlang sie das Essen wie die Männer und trank genauso viel Bier.

Doch hier es gab nur Wein, zu Quickfingers ausgesprochenem Verdruss. »Was denn, kein Bier? Was ist denn das für ein Kaff?«

Die Zwillinge plapperten wie zwei Dohlen, manchmal in ihrer Geheimsprache, die niemand von uns verstand, während sie die dunkelhäutigen Männer mit ihren dunklen Augen, den Burnussen und Turbanen anstarrten. »Verflucht«, sagte Ned, der viel zu viel für ein scharfes Essen hatte bezahlen müssen, das jetzt noch in seinem Mund brannte. »Ich dachte, wir wären gekommen, um gegen diese verdammten Mistkerle zu kämpfen, statt uns von ihnen ausnehmen zu lassen.«

Quickfinger hatte seine Hand stets am Griff des prächtigen Schwerts, das er in Marseille beim Würfelspiel ergattert hatte, wo wir König Richard um wenige Wochen verpasst hatten. Natürlich hatte er geschummelt, um zu gewinnen, und als er denselben Trick das nächste Mal probierte, kam es zu einer Rauferei, und er wäre um ein Haar im Kerker gelandet. Dafür, dass ich seine Haut rettete, hatte er mir sein altes Schwert geschenkt, doch das war keine allzu großzügige Belohnung. Ein altes Falchion, dessen ganzes Gewicht sich in der Spitze verbarg, wie im Hackebeil eines Metzgers. Es hatte keinerlei Eleganz, und ich als Kämpfer erst recht nicht, sodass die Kombination nicht besonders beeindruckend war.

Zudem mangelte es mir an der notwendigen Begeisterung, um gegen die Sarazenen zu kämpfen. Die Vorstellung, andere Menschen abzuschlachten, behagte mir nicht, deshalb hatte ich mir vorgenommen, bei der erstbesten Gelegenheit Fersengeld zu geben, doch dann komplimentierten sie uns, noch ehe wir bis drei zählen konnten, schon wieder aus Tyrus heraus. Eine ganze Flottenbesatzung von Männern, die wochenlang auf See gewesen waren – wer wollte die länger als nötig in seiner Stadt haben? Kaum hatte ich mir die steifen Beine vertreten, mussten wir schon wieder aufbrechen. Dumm wie ich war, glaubte ich, wir würden uns direkt auf den Weg nach Jerusalem machen, stattdessen ging es zu einer Stadt namens

Akkon, die die Einheimischen Akka nannten, einen Tagesmarsch Richtung Süden an der Küste entlang. Es war eine Hafenstadt wie Tyrus, die von den Muselmanen gehalten wurde, obwohl sie laut Will, der jedes Wort der Ritter verschlang, seit mehr als einem Jahr von den Unseren belagert wurde. Eine Belagerung. Mir fiel wieder ein, was Robert de Sablé über die Belagerung von Lissabon gesagt hatte. Der Wille, hatte er behauptet. Alles hängt von der Willenskraft ab.

»Wie haben sie es geschafft, so lange durchzuhalten?«, fragte ich Savaric. »Gegen die besten Kämpfer, die das Christentum aufzubieten hat?«

Er winkte verächtlich ab. »Gott ist auf unserer Seite, und König Richard muss jeden Tag eintreffen. Wir werden sie in Nullkommanichts einnehmen. Und danach heißt es: Auf nach Jerusalem. Wir werden alles niederwalzen, was sich uns in den Weg stellt, und ordentlich Beute machen.«

Kurz nach dem Morgengrauen brachen wir auf. Unsere Kompanie machte großen Eindruck mit den Rittern auf ihren großen bunten Rössern, dem Fußvolk und seinen funkelnden silbernen Rüstungen und den in der Luft flatternden Bannern. Robert de Sablé ritt neben dem Erzbischof von Auxerre und dem Bischof von Bayonne und plapperte auf Französisch, aber so schnell, dass ich nichts verstand. Vor ihnen ritten Balduin, Erzbischof von Canterbury, und Hubert, Bischof von Salisbury, der eine trug die Sigillen von Thomas Becket, der andere ein großes, mit Juwelen geschmücktes Kreuz.

»Muss ein Vermögen wert sein«, sagte Quickfinger leise und beäugte das Kreuz.

»Versuch bloß nicht, es ihm abzunehmen.« Ich grinste. Hubert Walter sah eher wie ein Krieger als ein Kirchenmann aus. »Der macht Hackfleisch aus dir.«

»Das glaube ich, und dann frisst er mich zum Frühstück auf, wenn die Vorräte alle sind.« Quickfinger zeigte mit dem Daumen hinter sich auf einen meilenlangen Zug aus Ochsenkarren, die beladen waren mit Zelten, Ausrüstung und Proviant für Tausende von hungrigen Mäulern: Käse, Schinken, Mehl, gepökeltes Rindfleisch, Bier und Wein, Bohnen und Gerste und eine ganze Herde Schafe, die wir auf dem großen Tiermarkt von Tyrus erstanden hatten.

Während des Marsches sangen wir:

»Lignum Crucis, Signum Ducis,
Sequitur exercitus,
Quod non cessit,
Sed praecessit, in vi Sancti Spiritus.«

Hinter dem Holz des Kreuzes,
Dem Banner des Anführers,
Folgt die Armee, die niemals zurückgewichen ist,
Sondern in der Kraft des Heiligen Geistes vorrückt.

Selbst wir Fußsoldaten hatten unsere Helme poliert und unsere Waffen geschliffen, wir hatten unsere Gebete gesprochen und unsere Gesichter gewaschen. Wir sahen aus wie Gottes Heer, rein im Geist und im Körper, auch wenn das Heilige Kreuz den Heiden in die Hände gefallen war.

Doch der Anblick der belagerten Stadt am nächsten Tag stimmte uns nicht gerade zuversichtlich. Über ihr kreisten schwarze Vögel. Krähen? Ich wusste, was Aasgeier anzog. Dass Ezra mich nicht nach diesen Vögeln fragte, sprach Bände. Je näher wir den ockerfarbenen Stadtmauern kamen, umso mehr verging uns die Lust zu singen.

»Wo sind wir hier?«, fragte mich Red Will entsetzt, als

wüsste ich Bescheid. Er hatte sich unterwegs einen Sonnenbrand zugezogen; die Haut in seinem Gesicht schälte sich bereits.

Die Frage war durchaus berechtigt. Wir marschierten über verbranntes Land. Meilenweit nur aufgerissene Erde, Krater. Kämpften wir etwa um diese geschundene Einöde? Überall lagen Kleiderfetzen, Tonscherben und Unrat. Bei näherer Betrachtung sah man zerfetzte Knochen und unzählige, aus der Erde ausgegrabene und übereinander geworfene Leichenteile.

Und der Gestank. Mein Gott, nicht auszuhalten!

»Ist das die Hölle?«, wollte Little Ned wissen.

»Wer sind denn diese Leute?«, fragte Ezra.

Diese Leute sahen uns mürrisch nach, als wir an ihnen vorbeizogen, ihre Gesichter hatten die Farbe von modrigem Holz, sie hatten mehr Ähnlichkeit mit den Heiden, die wir bekämpfen sollten, als mit den tapfersten Kriegern des Christentums, denen wir uns anschließen sollten. Sie waren ausgemergelt und blickten finster drein. Ihre schmutzigen Kleider erinnerten an die Lumpen von Vogelscheuchen. Wir hatten Freudenschreie und Willkommensgrüße erwartet, bekamen aber nur ein Pfeifkonzert und die übelsten Beleidigungen zu hören. Sie lachten uns aus wegen unserer makellosen Banner und sauberen Waffenröcke, spotteten über die Ritter, die sich in ihren funkelnden Rüstungen unter der sengenden Sonne zu Tode schwitzten, unsere mit Wimpeln versehenen Lanzen und unseren geordneten Marsch. Aber es gab auch andere Blicke, die noch unangenehmer waren. Gierig beäugte man die vorbeiziehenden Pferde und die mit Proviant beladenen Ochsenkarren.

So weit das Auge reichte, wimmelte es in dieser endlosen Weite von zerfetzten Zelten, Bretterbuden, Gräben, Palisaden und schäbigen Koppeln. Überall saßen Männer lustlos auf der nackten Erde und widmeten sich Würfel- oder Geschicklichkeitsspielen. Auch Frauen gab es hier, obwohl man zweimal hinschauen musste, um sie zu erkennen, denn sie waren genauso hager und verlottert wie die Männer, selbst diejenigen, die ihre Brüste offen zur Schau trugen. Nicht einmal die Jungs, die sich auf einen Abstecher in die Bordelle von Tyrus gefreut hatten und nicht dazu gekommen waren, als wir derart schnell weitergezogen waren, verloren ein lüsternes Wort, sondern wandten fassungslos den Blick ab. »Heiliger Strohsack, das sind ja Weiber«, sagte Hammer und schnappte nach Luft. Dann machte er eine seltsame abergläubische Geste, um das Böse abzuwenden.

Man wies uns das dreckigste Quartier zu, um unsere Zelte aufzuschlagen. Savaric protestierte und wurde von den Lords, die hier das Sagen hatten, verspottet. Er murmelte: »Na wartet, bis König Richard eintrifft.« Als wäre der König ein lebendiger Heiliger, der nach Gutdünken Wunder wirken konnte. Vielleicht konnte er es ja tatsächlich. Bis es so weit war, schlugen wir unser Lager an der Stelle auf, die man uns zugewiesen hatte, und bestellten Wachen zum Schutz unserer Tiere und des Proviants.

Natürlich dauerte es nicht lange, bis das erste Pferd verschwand, zusammen mit dem Knappen, der es bewachte. Es gehörte einem französischen Edelmann aus Aquitanien, der fast in Tränen ausbrach. Was ist ein Ritter ohne seinen Gaul? Wie Hammer treffend bemerkte: »Nichts weiter als ein Narr, der in einem Fass herumläuft.«

Die Befragung der Lagerkommandanten war ein Reinfall. Der Erzbischof von Auxerre hielt eine wütende Predigt über das Thema Diebstahl und verlangte, dass sich die Pferdediebe freiwillig stellten. Da kurz zuvor verkündet worden war, dass jeder, der beim Stehlen, Huren oder Saufen erwischt wurde, am Galgen enden würde, meldete sich verständlicherweise niemand.

Einige Stunden später gab es von dem Pferd oder dem Knappen immer noch keine Spur. Savaric ließ mich rufen. Bei ihm war ein Mann, den ich zuvor nicht gesehen hatte, groß gewachsen, hager, strähniges blondes Haar, Bart und bis an die Zähne bewaffnet. Savaric sagte, er sei ein *raptor*, was nicht dazu geeignet war, mir Vertrauen einzuflößen, denn auf Latein hieß das »Plünderer«. Der Mann – Florian – erzählte mir, dass er den französischen Ausdruck *routier* bevorzuge, Mann der Straße. »Ist das so etwas wie ein Landsknecht?«, fragte ich ihn. »Wir benutzen diesen Ausdruck nicht. Auch nicht Söldner.« Anschließend gingen wir eine Weile schweigend nebeneinander her und sahen uns die Pferde im Lager an, entdeckten jedoch keine Spur von einem gescheckten Apfelschimmel mit einer geflochtenen Mähne und mit Federn geschmückten Fesseln.

Der *routier* schnaubte: »Wir sollten lieber die Bratspieße inspizieren, und nicht nur wegen des Gauls.«

Ich sah ihn an, woraufhin er mir ein rasches, wildes Grinsen zuwarf. Ein Teil seines Gesichtes war gelähmt, nachdem vor langer Zeit ein Schwert seine linke Wange getroffen hatte.

»Ist es hier wirklich so schlimm, dass die Männer ihre Pferde essen müssen?«

Florian blickte mich an. »Sag bloß, du hast noch nie Pferdefleisch gegessen!«

Mein Ausdruck sprach Bände.

»Mein Gott, ihr habt ja keine Ahnung. Manche Männer hier haben seit Wochen nichts Anständiges zu essen gehabt. Sie haben Frösche, Seemöwen, Ratten und alles verschlungen, alles, was sie kriegen können. Ja, den Edelleuten mangelt es an nichts, aber die kümmern sich keinen Deut um ihre eigenen Leute, und die Kaufleute verdienen sich dumm und dämlich. Ein Scheffel Weizen bringt dreißig oder vierzig Goldmünzen. Und wenn man auf dem Schwarzmarkt für Pferdeeingeweide schon acht *soldi* bekommt, kannst du dir ja vorstellen, was ein ganzer Gaul wert ist.«

Das gab mir zu denken.

»Was glaubst du, warum ich jetzt für deinen Lord arbeite?«

Ich versuchte erst gar nicht, diese Frage zu beantworten, er würde es mir sowieso gleich verraten.

»Der zahlt mir doppelt so viel, und außerdem hat er frische Vorräte mitgebracht.« Er schmatzte mit den Lippen. »Lamm, bei Gott, wie habe ich Lammfleisch vermisst!«

Wir kamen an einem besonders trostlosen Lager vorbei, und Florian rümpfte die Nase. Dann zog er mich weg. »Ruhr«, sagte er. »Wenn so ein süßlicher Geruch in der Luft hängt, macht man sich lieber schleunigst aus dem Staub. Kein Pferd ist es wert, dass man sich seinetwegen die Ruhr holt. Sie ist tödlich. Vor einem Jahr kamen zwölftausend Dänen und Friesen hierher.« Er wandte mir den Kopf zu. »Weißt du, wie viele noch da sind?«

Ich schüttelte den Kopf.

»Zweihundert, wenn's hoch kommt. Die Ruhr ist Saladins bester Verbündeter. Der muss nur da oben hocken und warten, bis sie uns alle erledigt hat.« Er deutete mit dem Kopf auf den Horizont, eine gezackte gelbbraune Linie, die von fernen Bannern und den Spitzen der Zelte unterbrochen wurde. Dann ging er weiter und zeigte auf unser Lager, hier ein Banner, dort ein Wimpel.

Meine Augen wanderten zu dem Hügel. Wie sollte man sich den Feind vorstellen, wenn er so weit weg war? Die Soldaten der Garnison auf den Stadtmauern bekamen wir jeden Tag zu sehen. Sie flößten uns keine Angst ein. Aber ein unsichtbarer Feind war etwas anderes.

Wir kamen zu einer schwer bewachten Anlage, in deren Mitte ein elegantes Zelt mit einer Fahne stand, auf der fünf goldene Kreuze prangten. Ein großes, umgeben von vier kleineren, auf weißem Untergrund. Florian zeigte darauf. »Der König und die Königin von Jerusalem«, erklärte er. »Guido von Lusignan und Sybille, die Schwester des Aussätzigen. Wenn wir Akkon eingenommen haben, werden sie es zum Sitz ihres Reiches machen. Deine Leute unterstützen sie.«

»Meine Leute?«

»Ja, ihr, die Engländer, die Angeviner.«

»Gegen wen unterstützen wir sie denn?«

Er lachte. »Du hast wirklich keine Ahnung, wie? Konrad von Montferrat natürlich, aus dem Piemont. Er erhebt Anspruch auf die Krone von Jerusalem. Er ist ein wahrer Teufel, dieser Konrad. Gerissen wie sonst was und verdammt mutig. Er hat Tyrus gegen die Araber gehalten, gegen Saladin persönlich. Und das will was heißen, denn der Sultan ist mit allen Wassern gewaschen. Er nahm Konrads Vater gefangen, den alten Marquis William, und sagte Konrad, dass er ihm den Kopf abschlagen würde, wenn er die Stadt nicht übergab. Daraufhin griff Konrad nach seinem Bogen und rief ihm zu: ›Geh zur Seite, ich töte ihn selbst und nehme dir die Arbeit ab!‹ Dieser Konrad ist ein Teufelskerl. Na ja, sie sind alle beide Teufelskerle, aber Konrad ist ein harter Brocken und Guido ein Weichei. Der ist nur wegen seiner Frau König, aber er ist einer der Vasallen eures Königs Richard und so etwas wie ein Familienangehöriger, also werdet ihr ihn unterstützen. Die Franzosen und die Deutschen dagegen unterstützen Konrad.«

Ich hatte bereits einen Kampf zwischen einigen deutschen Soldaten und Männern beobachtet, die mit uns auf dem Schiff gewesen waren, ihn aber auf irgendwelche Beleidigungen zurückgeführt. Jetzt fragte ich mich, ob das der wahre Grund gewesen war. »Ich dachte, wir wären hier, um Jerusalem für das Christentum zurückzuerobern«, sagte ich. »Nicht, um Partei für zwei rivalisierende Könige zu ergreifen.«

Florian schüttelte müde den Kopf, als hätte man ihm einen Grünschnabel aufgehalst. Ein Söldner musste über alle Arten von Bindungen und Manövern im Bilde sein, sagte ich mir. Auf alle Fälle musste er gut genug Bescheid wissen, um sich dem Edelmann anzuschließen, der ihn am besten entlohnte. Doch ich hatte ja nicht mal über mein eigenes Schicksal etwas zu sagen, also überließ ich mich meinen Gedanken und betrachtete das große Zelt mit seinen gold-weißen Bannern, das im selben Mist und Schlamm stand wie die Zelte der einfachen Soldaten. Man stelle sich den König von Jerusalem in dieser Lage vor. Wenn Gott tatsächlich existierte, so dachte ich, musste er diese Leute im Stich gelassen haben.

Abends, als wir am Lagerfeuer saßen, sagte ich es laut, und Florian antwortete: »Da liegst du gar nicht falsch. Angesichts von Dünnschiss und Wetter, einem leeren Bauch und diesem ganzen, völlig unnützen Unterfangen hätten wir uns längst verzogen, wäre da nicht die Aussicht auf fette Beute.«

»Beute?« Quickfinger hörte auf, mit einem Knochen im Feuer zu stochern und starrte den *routier* ins narbige Gesicht. »Was für eine Beute?« Deshalb war seine Truppe mitgekommen, schließlich hatte man ihr das versprochen.

»Jede Art von Beute.« Florian zog den Kragen seines Gewands zur Seite und zeigte ihm drei Goldketten, auf jeder prangte ein dickes Kreuz.

Ezra spitzte die Lippen. Hammer und Saw wechselten einen Blick. Ned pfiff nachdenklich durch die Zähne. Doch Will – der ewig unschuldige Will – konnte den Mund nicht halten. »Du meinst, ihr raubt unsere Toten aus?« Seine Empörung war beinahe komisch, doch keiner lachte.

»Nun ja, solange wir diese vermaledeiten Mauern nicht niedergerissen und uns den Schatz dahinter einverleibt haben, sind wir umsonst hier. Natürlich rauben wir die Narren aus, die dumm genug sind, sich vom Feind umbringen zu lassen. *Putains*!«

»Du wirst doch auch dafür bezahlt, dass du gegen sie kämpfst«, beharrte Will. »Außerdem sind es Gottlose. Wir sind moralisch verpflichtet, sie zu bekämpfen.«

»Ach, halt die Schnauze, Will«, fauchte Quickfinger. »Was ist mit diesem Schatz?«

»Hinter den Mauern der Stadt liegt ein Haufen Gold, das sie von Jerusalem hierhergeschafft haben. Was glaubst du, warum wir seit einem Jahr diese verfluchte Stadt belagern? Da drin befindet sich Saladins Waffenlager. Warum wohl, wenn nicht, um etwas Wertvolles zu verteidigen?«

»Vielleicht sind es nur Reliquien«, schlug ich lässig vor, obwohl mein Herz bereits pochte. »Wie ich gehört habe, sollen diese Muselmanen sehr fromm sein.«

»Reliquien!«, schnaubte der *routier*. »Wer will schon einen Haufen Knochen, *et merde*? Nein, da drin liegt ein wahrer Schatz. Gold, Edelsteine, Perlen. All die Reichtümer, die sie in Jerusalem erbeutet haben. Was glaubst du wohl, warum König Guido Akkon überhaupt angegriffen hat? Ist doch klar: weil Saladin seinen Schatz darin versteckt hat.«

»Ich glaubte immer, der Sultan residiere in Damaskus«, sagte Hammer plötzlich zu unserer aller Verwunderung.

Damaskus? Der Name sagte mir etwas. Ich erinnerte mich, wie der Maure und Bischof Reginald endlose Gespräche über Architektur geführt hatten. Der Maure hatte mit glühenden Augen erklärt, dass er davon träumte, die Große Moschee in der Stadt zu besuchen. Ich war mir absolut sicher, dass ich ihn an jenem Tag in Lissabon gesehen hatte. War er vielleicht damals auf dem Weg nach Damaskus gewesen, auf der Suche nach seinem Traum? Mir lief es eiskalt über den Rücken. Ich sah den Söldner ausdruckslos an. »Vielleicht war Saladins Beute aus Jerusalem derart groß, dass er sie auf mehrere Orte verteilt hatte. Besser man hat zwei Eisen im Feuer, wenn der Wolf die Gegend unsicher macht.«

»Richtig. In der Stadt gibt es etwas, das sich lohnt, und es sind bestimmt nicht ihre blöden Einwohner.«

Ich wollte Savaric über den Inhalt des Gesprächs unterrichten. Trotz des schmutzigen Umfelds war sein Zelt sehr hübsch, innen und außen mit verschiedenen Farben gemustert. Er selbst bezeichnete es als Pavillon. Zufällig kam Balduin von Canterbury vorbei, als wir es aufschlugen, und im gleichen Augenblick tauchte unglücklicherweise auch Savaric auf, sodass er die Verachtung des alten Mannes mit voller Wucht abbekam. »Was will ein Kirchenmann mit so viel Prunk? Die Eitelkeit hat einen Namen, Savaric Fitzgoldwin.«

Savarics Brust schwoll an, als würde sie jeden Moment platzen. Missmutig sah er dem Erzbischof nach. »Scheinheiliger alter Heuchler! Wetten, dass sein Zelt doppelt so groß ist wie meine bescheidene Hütte?«

Doch das stimmte nicht. Zufällig kamen wir noch am selben Tag an Balduins Unterkunft vorbei. Es war ein einfaches Zelt, das sich von denen der Soldaten nur durch die helle Standarte des heiligen Thomas unterschied, die vor dem Eingang im Boden steckte. Savaric stahl sich wie ein geprügelter Hund daran vorbei.

Doch wie üblich erholte er sich rasch von dem Tadel. Am Abend räkelte er sich auf seinem großen Holzstuhl, die Füße auf einem Schemel, davor eine Kohlepfanne, an der er sich die Sohlen wärmte. Auf einem runden Tischchen im hiesigen Stil, mit hübschen Mustern aus Holz und Einlegearbeiten aus Muscheln, das er in Tyrus auf dem Markt erstanden hatte, stand eine Flasche Wein. Grunzend nahm er die Füße vom Schemel und forderte mich auf, Platz zu nehmen. Er sah, wie ich einen Blick auf den Wein warf, bot mir aber keinen an. So fängt es an, dachte ich, sobald die Güter knapp werden, haben die Armen das Nachsehen. Ich erzählte ihm, was der *routier* gesagt hatte, und beobachtete, wie er reagierte. Er nickte und richtete sich plötzlich aufmerksam auf. »Klingt logisch. Warum würde man sonst sein Heer ein ganzes Jahr hier festsetzen?« Seine dunklen Augen funkelten. »Man stelle sich vor, wie dankbar König Richard demjenigen wäre, der den Sarazenen das Heilige Kreuz entreißt und es ihm übergibt. Man stelle sich die Ehre vor, die demjenigen König gebührte, der es nach Hause bringt. Er wäre ein Held des Christentums. Der König wäre demjenigen oder denjenigen zu ewigem Dank verpflichtet. Sie wären gemachte Männer! Reggie hätte genug, um seine Kathedrale zu bauen. Und natürlich gäbe es keinen besseren Ort als dieses Heiligtum, um das Kreuz aufzubewahren. Stell dir die Scharen von Pilgern vor, die kämen, um das Heilige Kreuz zu verehren …«

»Genug jetzt«, rief ich. »Wir wissen nicht einmal, ob es wirklich da ist. Das sind doch nur Gerüchte.«

Er drohte mir mit dem Finger. »Spitzel!«, sagte er. »Die brauchen wir jetzt, Spitzel, die sich in der Stadt auskennen.«

Ich lachte erleichtert. »Aber da kommt man weder rein noch raus. Darum geht es doch bei einer Belagerung, wie Ihr mir erklärt habt.«

Er sah mich ungefähr so an wie der *routier* zuvor – wie ein ungläubiger Erwachsener ein naives Kind. »Glaub mir, John, es gibt Leute, die gehen überall ein und aus.« Ich hatte keine Ahnung, was er damit sagen wollte. Aber es war mir auch ziemlich egal, Hauptsache, er meinte nicht mich.

Das Wetter verschlechterte sich zusehends, und auch unser Proviant ging allmählich zur Neige. Eine Mischung aus Völlerei, schlechter Haushaltsführung, Diebstahl und Fäulnis machte uns zu schaffen. Der Schlamm wurde immer tiefer, und der Durchfall hatte uns am Wickel. Unsere Männer starben wie die Fliegen. Jeden Tag wurden wir von den Hügeln aus angegriffen, sodass wir stets auf der Hut sein mussten. Das Schwert hatte ich bislang noch nicht ziehen müssen. Das Leben war düster und trostlos. Aber zumindest war es ein Leben.

Immer mehr Truppen trafen ein, doch von Richard gab es keine Spur. Allmählich fragten wir uns, ob er sich überhaupt noch blicken lassen würde. Ständig kam der Ruf, die Frontlinien zu verstärken, um die Angriffe der Sarazenen abzuwehren, doch Savaric hielt uns zurück. Wir waren hier, um ihn zu beschützen, sodass er den neuen König mit seinem Mut und seiner Findigkeit beeindrucken konnte. Was nützte es, den Held zu spielen, wenn Richard Löwenherz gar nicht da war, um es zu sehen?

Je länger wir im Lager waren, desto deutlicher wurde es, dass wir nicht einem vereinten Gottesheer angehörten, sondern einer bunt zusammengewürfelten Ansammlung von rivalisierenden Lords, die sich lieber gegenseitig an die Kehle gingen, als gemeinsam den Feind zu bekämpfen. Die Deutschen hassten die Engländer, die Franzosen hassten die Anglo-Franzosen, und die Pisaner und Genuesen hassten einander so sehr, dass man sie an entgegengesetzten Enden des Lagers hatte einquartieren müssen. Franzosen und Deutsche waren mit Konrad von Montferrat verbündet, wir aber unterstützten

Guido, den vertriebenen König von Jerusalem. Bislang waren Konrads Verbündete denen von Guido zahlenmäßig weit überlegen gewesen, doch Tag für Tag trafen neue englische Schiffe ein. Und Tag für Tag regnete es.

Eines Morgens saßen Ezra und ich draußen vor dem Zelt und versuchten, auf einer störrischen Feuerstelle Kaffee zu kochen. Das wenige Holz, das wir hatten, war völlig durchnässt, es qualmte und wollte partout nicht brennen. Gerade als ich frustriert aufsprang, um dem Topf einen Tritt zu versetzen, tauchten zwei Männer auf riesigen Rössern auf, der eine trug das weiße Gewand der Templer, der andere, ein älterer, hatte das rote Gesicht eines Metzgers … »Mist! Schnell, dreh dich um, Ezra!«

»Was meinst du?«

»Es ist Geoffrey de Glanvill!« Ich stellte mich vor sie. »Setz den Helm auf.«

Sie drückte sich den eisernen Helm auf den Kopf. Der Nasenschutz verbarg ihre Identität. Der Blick der beiden Reiter schweifte an uns vorbei, wir waren nur gewöhnliche Söldner, die sie kaum zur Kenntnis nahmen. Doch dann rief uns Savaric mit lauter Stimme einen Gruß zu.

»Heiliger Bimbam!«, fluchte ich. »Seht Ihr nicht, dass es Geoffrey de Glanvill ist?«

»Oh … *merde*.«

Über seine Schulter hinweg sah ich, wie der Templer innehielt, sich umdrehte und seinem Begleiter etwas zumurmelte. Und dann erkannte ich Chevalier Ranulf de Glanvill, Geoffreys Bruder, ehemals des Königs Auge.

»Mach, dass du wegkommst, Ezra«, flüsterte ich ihr zu. »Steh auf und verzieh dich. Na los! Such Florian und sorg dafür, dass er dich versteckt.«

Ranulf de Glanvill wendete sein Ross und kam auf uns zu.

Savaric sah ihn aus umschatteten dunklen Augen an und trat ihnen entgegen. »Guten Morgen, Ranulf. Wie schön, dass Ihr Euch unserer Belagerung angeschlossen habt. Tut mir leid wegen Eures Zerwürfnisses … mit dem König.«

Der Mann mit dem Metzgergesicht richtete sich auf seinem beeindruckenden Schlachtross auf. »Der König und ich haben unsere Meinungsverschiedenheiten beigelegt. Jetzt herrscht wieder Frieden zwischen uns.«

»Aber wie ich höre, sind Eure Geldkassen nicht mehr so prall gefüllt«, gab Savaric zurück, und ich war nicht der Einzige, der den hämischen Unterton wahrnahm.

»Wer war dieser Kerl?«, wollte Geoffrey wissen und warf Ezra, die sich gerade aus dem Staub machte, einen Blick zu.

»Einer meiner Hauptleute«, erwiderte Savaric, als wäre sie ein bedeutender Soldat. »Hat sich uns vor Kurzem angeschlossen.«

»Er war nicht mit Euch in Lissabon?«

»Nein«, entgegnete Savaric gelassen. »Ich habe ihn erst hier rekrutiert, er gehörte dem Gefolge eines toten Lords an. Hier sterben die Edelleute wie die Fliegen. Ziemlich ungesunde Gegend. Besser, Ihr passt gut auf Euch auf. Und auch auf Eure Gäule. Pferdefleisch ist sehr beliebt. So manch einer verhungert, während andere auf ihrem hohen Ross sitzen.«

Die Luft knisterte vor Spannung. Ranulf warf uns einen bösen Blick aus seinen schwarzen Augen zu, dann machte er eine verächtliche Bemerkung, und die beiden Männer zogen weiter, wobei sich die Pferde einen Weg zwischen den Furchen und Wagenspuren suchten.

Savaric war totenbleich. Er ließ sich da, wo zuvor Ezra gesessen hatte, zu Boden fallen, als hätten seine Beine unter ihm nachgegeben.

»Wieso müsst Ihr immer so sticheln?«, fragte ich.

Er lachte freudlos. »Es sind gemeine Rüpel. Wenn du zulässt, dass sie dich schikanieren, dann zerstören sie dich.«

»Um mich mache ich mir keine Sorgen«, entgegnete ich. »Es geht um Ezra.«

Bald hatten wir andere Sorgen als die Glanvill-Brüder. Der Erzbischof von Besançon hatte unter beträchtlichen persönlichen Kosten einen gewaltigen Rammbock bauen lassen. Akkon war eigentlich nicht sein Ziel, aber die Stadt stand ihm auf seiner Reise nach Jerusalem im Weg. Und da er nicht gerade bescheiden war, hatte er beschlossen, die Angelegenheit selbst in die Hand zu nehmen und das Tor zum Hafen der belagerten Stadt einzuschlagen, um sich endlich einen Platz im Himmel zu sichern.

Massive Holzbalken waren aneinandergebunden und mit einem monströsen, spitz zulaufenden Metallkopf versehen worden. Um das Ungetüm über die Gräben zum großen Osttor zu ziehen, würde es Hunderter von Männern bedürfen. Wir hatten bereits beobachtet, dass kleinere Rammböcke gegen die wehrhafte Befestigung und die riesigen Tore wenig hatten ausrichten können, nicht einmal jene, die man mit massiven Vorder- oder Seitenwänden versehen hatte, um die Männer, die sie handhabten, vor den Geschossen aus der Stadtmauer zu schützen. Dieser Rammbock bedurfte einer solchen Schutzeinrichtung nicht. Der Erzbischof hatte erklärt, er werde mit der Reliquie irgendeines obskuren französischen Heiligen nebenherreiten und dabei mit lauter Stimme Gebete und Ermahnungen sprechen, was uns sehr belustigte, bis wir erfuhren, dass wir zu den Auserwählten für seine Höllenfahrt gehörten. Nicht einmal Savaric wusste, wie es dazu hatte kommen können oder dass wir uns freiwillig für das Himmelfahrtskommando gemeldet hatten, zumindest behauptete er das.

»Ich habe noch nie erlebt, dass ein Gebet auch nur einen einzigen Pfeil aufgehalten hätte«, murrte Hammer.

»Ja, und was die Wirksamkeit von Gebeinen der Heiligen angeht, kann uns keiner etwas vormachen«, seufzte ich.

Doch es gab keine Möglichkeit, sich aus der Affäre zu ziehen. In ungewohntem Schweigen zogen wir unsere Schlachtrüstungen an: gepolsterte Lederwamse, die die Pfeile abbremsen oder gar aufhalten sollten, Fetzen von Kettenhemden, die wir erbeutet hatten, Stahlhelme und Schilde, die wir auf dem Rücken trugen. Als ich in voller Montur war, konnte ich mich kaum noch bewegen, und trotzdem kam ich mir nackt vor.

Red Will tauchte auf, er war aschgrau, sein Haar tropfte, und er stank fürchterlich nach Urin.

»Um Himmels willen!«, lästerte Ned. »Bist du etwa in die Latrine gefallen?«

»Das soll das griechische Feuer abhalten«, erklärte er. »Sagt Florian.«

»Aye, und Scheiße schützt vor Axthieben«, mokierte sich Quickfinger.

Ezra wurde den Bogenschützen zugeteilt. Kurz vor dem Aufbruch packte sie mich am Arm. »Pass gut auf dich auf, John.« Und dann war sie weg.

Wir schoben das Ungetüm ins Niemandsland zwischen dem Lager und der Stadtbefestigung. Wenn ich aufblickte, konnte ich die bunten, flatternden Banner der Verteidiger sehen und sogar einzelne Menschen auf der Mauer ausmachen. Seltsamerweise beruhigte es mich, dass nicht alle dem Mauren ähnelten, sie sahen genauso unterschiedlich aus wie wir. Kräftige und Hagere, Dunkel- und Hellhäutige waren darunter, aber alle trugen einen Bart.

Ihre Bogenschützen spannten die Armbrüste. »Hoch die Schilde!«, brüllte unser Kommandant, woraufhin wir unsere

Schilde über den Kopf hielten und versuchten, sie möglichst dicht an die des Nachbarn zu halten, so wie man es uns beigebracht hatte. Die Bolzen regneten herab, die meisten waren harmlos, doch dann stieß ein Mann drei Reihen vor mir einen Schrei aus und sackte zu Boden. »Und jetzt, VORWÄRTS!«

Wir hatten eine Minute oder etwas länger Zeit, während unsere Bogenschützen die muselmanischen Schützen ins Visier nahmen und diese ihre Bogen nachladen mussten, um mit dem Rammbock ein Stück weiter vorzurücken. Der Erzbischof sprach ein Gebet auf Latein, und ich hoffte, dass der nächste Pfeilregen ihm das Maul stopfen würde. Wenn ich schon ins Gras beißen muss, dann bitte nicht an diesem schrecklichen Ort mit einem verrückten Franzmann, der mir die Ohren vollschreit. Es war eine alberne Bitte, aber ich meinte es todernst.

Dann tauchten weitere Ungetüme neben uns auf. Gut, dachte ich, mehr Ziele für die verdammten Bogenschützen, dadurch erhöht sich meine Wahrscheinlichkeit zu überleben. Das war nicht gerade mitmenschlich, aber ich war mir sicher, dass ich nicht allein so dachte.

Als wir mit dem Rammen begannen, übertönte das Dröhnen alles andere. Der große Rammbock schwang rückwärts, und dann stießen wir zu. Was konnte einer solchen Wucht widerstehen? Nun, offensichtlich die Tore dieser gottverfluchten Stadt. Dreimal rammte der Bock das Tor mit einer derartigen Kraft, dass die Erde zu beben schien. Und dreimal prallte er wieder ab und hinterließ nur ein paar Kratzer auf dem eisenbeschlagenen Tor. Steine flogen ums um die Ohren, manche von oben, andere fehlgeleitet von unseren eigenen Katapulten, wer konnte es sagen? Ein Stein ist ein Stein, und es spielt keine Rolle, wer ihn geworfen hat, wenn er einem den Kopf zertrümmert.

Das ist die Hölle, dachte ich. Dasselbe hatte ich über das Bergkloster gedacht oder als ich im Kerker war und darauf wartete, am Galgen zu baumeln, mitten in dem Sturm auf dem Meer, in dem schmutzigen Brachland, bis zu den Knien im Schlamm und mit leerem Magen. Es bewies nur, dass das Schicksal einem jedes Mal wenn man meint, einen Tiefpunkt im Leben erreicht zu haben, vor Augen hält, dass es noch tiefer gehen kann, denn plötzlich regnete es Feuer auf uns herab. Die Männer schrien und zerrten sich an Haaren und Bärten, die in Flammen standen. Das klebrige Zeug, das oben von der Mauer fiel, klebte an ihren Händen, und auch die brannten wie Stroh. Die Geräusche, die sie von sich gaben, während die Feuersbrunst sie bei lebendigem Leib auffraß, waren das Schlimmste, was ich je gehört hatte.

Und dann brannte auch unser Rammbock. Ich starrte wie gebannt darauf, während das Pech an den Balken hinabkroch und auf mich zukam. Der erstickende schwarze Qualm hüllte uns ein, bis wir alle nur noch husteten und uns die Augen tränten.

»Verdammt, ihr könnt mich mal«, sagte Quickfinger und verließ seinen Posten neben mir mit dem Gespür eines Feldhasen.

Wieso folgte ich ihm nicht? Ich weiß es nicht, aber als unser Kommandant uns antrieb, schob ich weiter, als wäre ich ein Esel, der dazu trainiert worden war, einen Mühlstein zu ziehen, ohne zu fragen, ohne zu denken, obwohl eine Stimme in meinem Hinterkopf mir zurief, alles liegen zu lassen und das Weite zu suchen.

Wieder rollte der Rammbock vor, nahm Geschwindigkeit auf, und dann … von einem auf den anderen Moment war der Widerstand gebrochen, und wir sausten vorwärts … durch das Tor!

Hinter den Rauchschwaden sah ich plötzlich das Innere der fremden Stadt. Ockerfarbene Häuser mit rechteckigen flachen Dächern, schmale Türme in der Ferne, die sich über den Köpfen der auf uns zukommenden Männer erhoben. Und da fiel es mir wie Schuppen von den Augen. Sie mussten das Tor selbst geöffnet haben. Doch warum sollten sie das tun? Ich hatte keine Zeit, mir darüber den Kopf zu zerbrechen, denn plötzlich schwärmten die Soldaten mit ihren Krummsäbeln, die im trüben Licht funkelten, aus dem Tor.

Jetzt war es viel schwieriger zu flüchten. Ich sah nichts als Leichen und Rauch, und wo immer ich mich hinwandte, versperrte mir irgendwer den Weg. Dann stand ein Mann direkt vor mir. Er hatte schwarzes Haar und wilde schwarze Augen. Falls er je einen Helm besessen hatte, so hatte er ihn längst verloren, und er brüllte etwas, das ich nicht verstand. Ich kämpfte mit meinem schrecklichen Falchion und war sicher, dass er mich in der nächsten Sekunde von der Schulter bis zur Hüfte aufschlitzen würde, doch ich kriegte das Schwert nicht hoch, es gab einfach keinen Platz, obendrein hatte es sich irgendwo verfangen, in meinem Wams, an einem anderen Mann, am Rammbock oder weiß Gott an was sonst. Ich schloss die Augen und wartete auf den Tod. Ich spürte, wie ich mir in die Hose machte. Nicht gerade ein würdiger Abgang mitten im Chaos, noch dazu ohne Waffe. Doch dann schob mich jemand aus dem Weg, ich taumelte und fiel, und als ich wieder auf die Beine kam, stellte ich fest, dass der Rammbock verschwand, und zwar zwischen den offenen Toren! Die Verteidiger der Stadt schoben und zerrten ihn mit dem Mut der Verzweifelten hinein. Kurz darauf schlugen die Tore zu, der Rammbock und die feindlichen Soldaten waren verschwunden, und wir, die ihn bedient hatten, standen im Nichts. Vor mir tauchte Will auf, das Gesicht von Rauch geschwärzt, aber ansonsten offensichtlich heil, denn seine blauen Augen starrten mich aus der verrußten Maske an. Vielleicht hatte der Urin ihn tatsächlich gerettet.

Ohne Rammbock, so sagte ich mir, war meine Arbeit getan. Ich kehrte der Stadt den Rücken zu und ging zum Lager zurück, während ich den Gefallenen auswich und den Kopf einzog, wenn es Pfeile regnete. Als ich das Lager erreichte, wartete Quickfinger schon auf mich. »Hast dir aber mächtig Zeit gelassen.«

Ich wusste nicht, was ich darauf antworten sollte.

»Soll ich dir was sagen?«, meinte er schließlich ernüchtert. »Wir werden uns noch die Zähne an denen ausbeißen. Diese verfluchten Sarazenen sind mit allen Wassern gewaschen.« Es war das größte Lob, das ich jemals von ihm hörte.

FÜNFUNDZWANZIG

Zwei Tage später saßen wir zu Tode gelangweilt und halb erfroren in der eisigen Brise, die vom Meer wehte. Es war Sankt Martin, hatte uns Savaric erklärt, und Sankt Martin sei einer der wichtigsten französischen Heiligen, der sich der Kasteiung des Fleisches gewidmet hätte. »Na, dann wäre er hier ganz richtig«, grummelte Little Ned, dem aufgrund der schlechten Ernährung schon mehrere Zähne ausgefallen waren. Der Hunger war entsetzlich. Viele Edelleute hamsterten alles, was ihnen in die Hände fiel, und ihre Untergebenen hatten das Nachsehen. Die Ärmsten mussten sich mit Gras und Würmern begnügen, und manch einer versuchte, seine Lederstiefel weich zu kochen. Um eine Meuterei zu verhindern, schickte man unter der Leitung von Heinrich II. von Champagne und Konrad von Montferrat eine Abordnung nach Haifa, die neue Vorräte herbeischaffen sollte.

Zwischen den heftigen Regengüssen versuchten wir fluchend, das nasse Holz zum Brennen zu bringen.

»Und ich dachte immer, wir würden mit Ruhm und fetter Beute belohnt«, beklagte sich Saw.

Red Will sah aus, als würde er jeden Augenblick in Tränen ausbrechen, vielleicht lag das aber nur an seinem ständigen Schüttelfrost, den rot geränderten Augen und der tropfenden Nase.

Hammer blies sich in die Hände. »Wenn ich verhungern, mich zu Tode frieren und stinken wollte, hätte ich auch zu

Hause bleiben können.« Sein Bruder grunzte. »So viel zu exotischen Gefilden.«

»Aye, eine großartige Gelegenheit, auf Reisen zu gehen, neue Leute kennenzulernen und sie abzumurksen«, lachte Quickfinger trocken.

»Ich hätte nie gedacht, dass es so sein würde«, sagte Ezra. Sie hatte stark abgenommen, ihre Augen wirkten riesig, als sie jetzt vor uns hockte.

»Du wirst dir noch wünschen, du wärst zu Hause geblieben und hättest deinen Bauernjungen geheiratet«, zog ich sie auf.

Der Blick, den sie mir zuwarf, war verwirrend. »Niemals, nie, im Leben nicht!«

Die Unterhaltung wurde unterbrochen, als ein Bote aus den vordersten Reihen herbeigaloppiert kam und Verstärkung anforderte. »Unsere Truppen sind von diesem abscheulichen Saladin in einen Hinterhalt gelockt worden. Jetzt stehen sie sich sechs Meilen südlich von hier gegenüber. Schnell, ihr müsst ihnen zu Hilfe kommen!«

Savaric meldete sich freiwillig, um zurückzubleiben und das Lager und die Kriegsmaschinen zu bewachen, doch unser Kommandant war kein Narr. »Ihr schließt Euch den Soldaten von Lusignan an. Die Flamen werden sich um das Lager kümmern.«

Mir wurde kotzübel, als ich an unseren letzten Ausflug dachte. Ezra überprüfte ein Dutzend Mal die Sehne ihres Bogens, zählte ihre Pfeile und bat Hammer, ihre Wurfmesser zu schärfen. Die Zwillinge waren im Besitz von allen möglichen unpassenden Waffen, manche aus Frankreich, die meisten fremden Ursprungs. Wir würden zu Fuß kämpfen, da wir nur noch über drei Pferde verfügten. Es gab kein Futter mehr, um die Viecher am Leben zu halten. Aus diesem Grund würden nur Savaric und die *routiers* im Sattel sitzen. Kurz ehe wir loszogen, wurde noch auf die Schnelle eine Messe abgehalten. »Das heißt, sie gehen davon aus, dass wir ins Gras beißen«, murmelte Little Ned.

»Besser, wir beichten unsere Sünden, Bruder«, sagte Hammer an Saw gewandt.

»Ach was, wahrscheinlich hocken wir Weihnachten noch hier!« Beide lachten. Galgenhumor.

Savaric putzte sich mächtig heraus, um Eindruck bei seinen aristokratischen Kollegen zu schinden. Er hatte sogar seine Falken und den Falkner dabei, falls ein Stück Wild ihnen über den Weg laufen sollte. Er selbst war in Rot und Gold gekleidet, rot und goldfarben war auch die Schabracke seines Schlachtrosses. Wir anderen trugen ebenfalls seine Uniformen, die mittlerweile reichlich abgewetzt, aber immer noch prächtig waren im Vergleich mit denen anderer Soldaten, die seit einem Jahr oder länger in schmutzigen Lumpen umherliefen. Ich fühlte mich wie ein Hochstapler und bekam Todesängste, als uns Balduin erst die Beichte abnahm, *en masse*, und anschließend losschickte.

Hubert von Salisbury hatte sich mit einem Großschwert und einem gewaltigen Knüppel bewaffnet. Der Bischof von Rouen nahm ihn beiseite. »Ein Kirchenmann sollte beten, nicht kämpfen!«

Hubert schüttelte ihn ab. »Der Himmel ist uns mit Gewalt genommen worden, und nur mit Gewalt können wir ihn zurückerobern.«

Ich marschierte neben Quickfinger und beobachtete überrascht, wie er sich bekreuzigte. »Glaubst du, dass unsere Seele auf Gottes Waagschale geworfen wird?«, fragte er mich.

»Der Maure sagte immer, dass jede gute Tat, die wir auf dieser Welt begehen, in der nächsten eine Sünde aufwiegt.«

Quickfingers Mundwinkel verzogen sich. »Ich wünschte,

ich hätte ein besseres Leben geführt«, sagte er leise. »Ich hätte wirklich netter zu Mary sein sollen.«

Als wir die Ebene endlich erreichten, trafen wir auf Teile unserer Truppen, die bereits den Rückzug angetreten hatten. Die Männer sahen aus wie lebendige Leichen. Ihre Gesichter waren bis auf die Knochen ausgemergelt, ihre Augen leer, die Körper blutverschmiert. Manche hinkten, andere wurden von ihren Kameraden getragen. Ich sah, wie Savaric und Robert de Sablé sich angeregt unterhielten, und einen Augenblick schöpfte ich Hoffnung, dass auch wir umkehren würden. Aber von wegen. Es ging weiter. Warum tun wir das?, dachte ich verzweifelt. Sind wir denn alle Lemminge?

Dann hörten wir den Schlachtlärm deutlich vor uns. Schreie, klirrende Waffen, kreischendes Eisen. Mir rutschte das Herz in die Hose. Ich sah mich um, doch selbst wenn ich hätte fliehen wollen, war mir der Fluchtweg versperrt, denn dort, von wo wir gekommen waren, tauchte mit einem Mal die muselmanische Kavallerie auf. Männer mit Spitzhelmen und farbigen Gewändern, deren kleine runde Schilde und Krummsäbel die letzten Strahlen der untergehenden Sonne einfingen. Oben in den Hügeln wimmelte es nur so von ihnen, sie waren wie eine Flutwelle, die sich auf uns stürzte. Tausende, die entschlossen waren, uns in unserem eigenen Blut zu ertränken.

Bei Gott, soll ich wirklich auf diese Weise sterben? Im Schlamm eines fremden Landes? Perverserweise flößte mir der Gedanke Mut ein, und als sich der erste Sarazene wie ein Dämon mit lautem Gebrüll auf mich stürzte, stieß ich mein schweres Falchion in die Luft und hackte ihn wie rasend in Stücke, dann den nächsten und immer weiter. Ich kämpfte bar jeglicher Raffinesse, während mir vor lauter Schrecken die Haare zu Berge standen. Ich hackte und parierte, rückte vor und duckte mich, trat, stach und wütete wie eine hirnlose

Bestie. Ich fügte anderen schreckliche Wunden zu aus lauter Angst, sie könnten dasselbe mit mir machen, wenn ich sie nur ließ.

Wir kämpften, als die Sonne unterging, wir kämpften, als es dunkel wurde, wir kämpften, als der Mond erschien, bis es so dunkel wurde, dass wir zwischen Freund und Feind nicht mehr unterscheiden konnten. Erst dann zogen sich die Sarazenen in die Hügel zurück, woraufhin wir uns in aller Hast neu formierten und auf den Weg machten. Ich kannte keinen der Männer, die neben mir gingen, und das nicht nur, weil alle blutige Masken trugen, die im Mondlicht seltsam glänzten. Wo war der Rest meiner Truppe? Ich sollte sie suchen. Doch ich fürchtete mich vor dem, was ich finden würde.

Ich war von Kopf bis Fuß übel zugerichtet, doch zumindest hatte ich noch alle Gliedmaßen beisammen, im Gegensatz zu den vielen Gefallenen, deren Leichen wir aus schierer Erschöpfung nicht begraben konnten, sondern ohne großes Tamtam in den Fluss warfen. Keine von ihnen kam mir bekannt vor, und ohnehin sahen sie in der Dunkelheit alle gleich aus. Viel zu müde, um erleichtert über mein Überleben zu sein, trottete ich stumm, gesenkten Hauptes und keuchend nach Akkon zurück. Gleichzeitig versuchte ich, eine Bestandsaufnahme meiner Leiden zu machen, und gab schließlich auf, weil sie sich zu einem einzigen gewaltigen Schmerz zusammenballten. Obwohl ich wie betäubt war, überwältigte mich zunehmend das Grauen, als wir uns am frühen Morgen dem Lager näherten.

Unser Quartier war wie ausgestorben, abgesehen von Ezra, die mit ausgestreckten Beinen draußen vor dem Zelt saß wie eine Puppe, die ein gelangweiltes Kind dorthin geworfen hatte. Sie sah auf, und ihr Gesicht leuchtete im flackernden Schein der Laterne. »John!«

Dann fing sie an zu lachen, und ich auch. Sie stand auf und stürzte mir entgegen. Wir fielen uns in die Arme, tanzten ein paar Schritte unbeholfen durch den Schlamm, der an unseren Füßen klebte, und Ezra sang: »Du lebst, du lebst!« Wir waren beide so trunken vor Glück, so verrückt vor Freude, nur weil ich überlebt hatte, dass ich dachte, ich will sie küssen, Narr, der ich bin.

Doch genau in diesem Augenblick hörten wir einen Aufruhr, und sie löste sich mit einem Ausdruck des Entsetzens von mir. Ich drehte mich um und sah, wie Quickfinger und Hammer eine zusammengesackte Gestalt heranschleppten, während Red Will ihnen hinkend folgte.

Sie trugen Saw. Er musste tot sein, denn eine derartige Verletzung hätte kein Mensch überlebt. Seine Schulter war durchschnitten und bis zur Hüfte aufgeschlitzt. Es war ein obszöner Anblick, den sein Körper bot, Einzelheiten, die normalerweise vor neugierigen Blicken geschützt sind, traten jetzt offen zutage. Unter dem zerfetzten Wams funkelten Knochen und schimmerten Eingeweide. Über der geschundenen Brust umklammerten die Finger den Schwertgriff. Plötzlich zuckten seine Lider, und ich wäre um ein Haar in Ohnmacht gefallen.

Will lief los, um einen Arzt zu suchen, und Hammer hockte sich neben seinen Zwillingsbruder. Tränen zogen helle Furchen durch sein schmutziges Gesicht. Er murmelte irgendeinen Unsinn. Es war ihre seltsame Geheimsprache, die wie kindliches Gebrabbel klang. Saws Gesicht verzerrte sich zu einer Grimasse, vielleicht war es ein Lächeln, und er versuchte, irgendetwas zu sagen. Heraus kam aber nur ein fürchterliches Geräusch, ein gurgelndes Röcheln, gefolgt von rosa Schaum, der aus seinem Mund sprudelte.

Ezra brach in Tränen aus und vergrub das Gesicht an meiner Schulter. Quickfinger trat unbehaglich von einem Fuß auf den anderen, sah sich nach Will um und starrte entsetzt auf seinen Freund herab. Dann kniete er nieder, faltete die Hände und begann, eifrig zu beten. Er rief alle Heiligen an, deren Namen wir jemals vergeblich um Wunder angerufen hatten, damit sie Saws zerfetzten Körper wieder zusammenflickten, ihm wenigstens das Leben retteten, wenn sie ihm schon nicht seine Unversehrtheit zurückgeben konnten.

Die Angst in seinem Gesicht war so groß, dass ich nicht aussprechen konnte, was ich dachte. Nämlich, dass er genauso gut wie ich wusste, dass das alles nur Theater war. Nichts würde Saw retten, weder Gebete noch Ärzte, Reliquien oder Wunder. Deshalb wandte ich mich ab und ging in Richtung von Savarics Pavillon. Er kam mir zusammen mit Will entgegen, nicht mit einem Arzt im Schlepptau, sondern mit einer Kiste, in der ich einen der Reliquienbehälter aus Glastonbury wiedererkannte.

»Ich will den mächtigen heiligen Beonna anrufen«, erklärte Savaric. Er steckte noch halb in seiner Schlachtrüstung, man hörte sie klirren, wenn er sich bewegte. Mühevoll fiel er neben unserem geschundenen Freund auf die Knie und legte ihm die Hand auf die schmutzige Stirn. Dann löste er sanft das Schwert aus Saws Fingern und legte es beiseite, wischte die blutverschmierten Hände des Verwundeten an seinem eigenen Gewand sauber, legte sie auf die geschnitzte Reliquie und sagte feierlich: »O Beonna, uralter Vater der Mönche, sei gnädig dieser armseligen Seele, die so viel getan hat, um die Erinnerung an dich wach zu halten und deine Überreste in Ehren zu halten. Möge deine himmlische Gnade auf ihn übergehen und seinen Körper dieser Welt wiedergeben, damit er in deinem Namen die Heilige Stadt für das Christentum zurückerobern kann. *In nomine Patris, et Filii, et Spiritus Sancti. Amen.*«

Wir alle sagten ebenfalls Amen und warteten, dass der Körper aufblühte, die Organe wieder an ihre Plätze zurückkehrten, die kaputten Knochen zusammenwuchsen und von makelloser Haut überzogen wurden. Als Saw plötzlich zuckte, hielten wir den Atem an. Doch gleich darauf stöhnten wir auf, denn ein Schwall frischen Bluts ergoss sich aus seinem Mund. Und dann lag er ganz still, als hätte Savarics Gebet endgültig den dünnen Faden gekappt, mit dem sich seine Seele noch ans Leben geklammert hatte.

Savaric murmelte ein Totengebet, und anschließend mussten wir ihm wieder auf die Beine helfen. Ich nahm die Überreste des heiligen Beonna und folgte ihm in sein Zelt, während Hammer und der Rest der Truppe zurückblieben und um Saw trauerten.

»Habt Ihr denn wirklich geglaubt, dass es funktionieren würde?«, wollte ich von ihm wissen.

Er wandte mir das müde Gesicht zu, in seinen schwarzen Augen waren weder Gedanken noch Hoffnung. »Einen Versuch war es wert.«

Erst später, als wir wieder im Lager waren, nachdem wir Saw anständig beerdigt und sein Bruder seinen Kummer im stärksten Brandy ertränkt hatte, den wir hatten auftreiben können, stellte ich die Frage, die die ganze Zeit an mir genagt hatte. »Wo ist eigentlich Little Ned?«

»Er war direkt vor mir«, erklärte Will. »Einmal drehte ich mich kurz um … und dann waren wir getrennt. Seitdem habe ich ihn nicht mehr gesehen.«

Ned war ein seltsamer Kauz, nicht besonders beliebt, weil er so verschlossen, zwielichtig, abweisend und einzelgängerisch war. Jetzt hatten wir Gewissensbisse, weil wir nicht eher an ihn gedacht hatten, so sehr hatte Saws Tod uns abgelenkt. Dann fielen mir die Prügel wieder ein, die ich ihm verabreicht hatte, als wir den Geldbeutel des Haushofmeisters in Somerset bei ihm gefunden hatten. Es kam mir vor, als wäre es eine Ewigkeit her.

Wir fragten die anderen Rückkehrer, wir besuchten das Lazarettzelt. Gott, wir sahen Dinge, die ich nie im Leben wiedersehen möchte. Doch von Little Ned keine Spur.

Als ich später vergeblich versuchte zu schlafen, fiel mir auf, dass von den acht, die so unbekümmert die bereitwillige Bevölkerung dazu überredet hatten, das Kreuz zu nehmen und sich dieser fürchterlichen Expedition anzuschließen, bloß noch vier übrig geblieben waren. Ich hoffte, dass Plaguey Mary und der Maure noch am Leben waren und sich an einem sichereren Ort befanden als diesem. Trotzdem hatten wir einen hohen Preis dafür zahlen müssen, dass wir die armen Teufel verführt hatten, sich an diesem höllischen Krieg zu beteiligen.

Als der Nachschub aus Haifa ausblieb, wurden die Umstände im Lager von Tag zu Tag katastrophaler. Aber im Vergleich mit vielen anderen ging es uns noch verhältnismäßig gut. Wir hatten noch etwas Käse, gepökeltes Fleisch und Mehl. Unser Koch war an der Ruhr gestorben, und Savaric hatte seinen Waliser Ankleider auserkoren, das Beste aus unseren verbliebenen Vorräten zu machen. Er war überraschend kreativ. Wir stellten fest, dass wir besser aßen als zuvor, obwohl er auswich, als Savaric ihn fragte, wieso der Eintopf so gut schmeckte.

Quickfinger starrte auf das blasse Fleisch in seiner Schale. »Glaubt ihr …?« Er pickte einen Knochen heraus und hob ihn hoch. Er war in etwa so lang wie sein kleiner Finger. Er schwenkte ihn hin und her, als wäre er Teil seiner Hand, woraufhin wir alle anfingen, die Knochen aus unseren Schalen zu fischen.

»Auf keinen Fall von einem Menschen«, sagte ich. Ich hätte schwören können, dass er enttäuscht dreinblickte.

Am Tag danach kamen wir dahinter, was wir gegessen hatten. Der Falkner lag im Lazarett und starb an den Wunden, die er in der Schlacht erlitten hatte. Die beiden Vögel, die er dabei gehabt hatte, waren auf wundersame Weise verschwunden.

Wir wurden dazu verdonnert, uns bei der Bewachung der Vorratswagen abzulösen. Jeden Morgen und jeden Abend machte Savarics Haushofmeister Inventur von allem, was noch da war. Trotzdem wurde munter weitergeplündert, obwohl schon Männer dafür gehängt worden waren. Anfangs war man nur verdroschen worden, was sich aber als nicht besonders wirksam entpuppte. Danach hatte man einem die Hand abgehackt, doch was hatte es für einen Sinn, einem Mann die Hand abzuhacken, wenn er anschließend nicht mehr sein Schwert halten konnte? Er war nur ein weiteres Maul, das gestopft werden musste. Jeden Tag hörten wir von Männern, die über den Erdwall geklettert und zum Feind übergelaufen waren. »Türken geworden«, nannten wir das. »Die sagen, es sei besser, in Saladins Gefangenschaft zu leben, als zu verhungern«, grummelte Savarics Reitknecht, der für die Schabracken der Pferde zuständig war. »Da oben in den Hügeln mangelt es ihnen an nichts. Hirsche, Schafe, Ziegen, Schwäne und Kamelleoparden, frische Kuchen mit Honig, frisches Mehl und Obst aus Damaskus …« Ich sah, wie ihm der Speichel aus dem Mund tropfte.

»Die Sarazenen schneiden dir den Schwanz ab, wenn du überläufst«, bemerkte Quickfinger.

Der Junge fuhr zusammen: »Was?«

»Jawohl!« Quickfinger sah ihn mit ernstem Gesicht an, dann warf er mir einen schelmischen Blick zu und blinzelte diskret. »Na klar! Hat was mit ihrer Religion zu tun.«

Der Junge wurde kreidebleich und verschwand, um über seine Zukunft nachzudenken. Und ich musste daran denken, dass ich in meiner Dummheit einmal geglaubt hatte, dass die Sarazenen Säuglinge verschlingen.

Hunger und Regen setzten uns weiterhin zu. Der Tod stolzierte durch das Lager auf der Suche nach immer neuen Opfern. Hier ein Edelmann, dort ein Bauernsoldat, Marketender, Dienstboten, Bogenschützen, Köche. Eines Tages hörten wir schreckliche Wehklagen aus dem Lager des Königs von Jerusalem. Florian ging hin, um herauszufinden, was los war, und kam mit der Neuigkeit zurück, dass die Töchter des Königspaares von Jerusalem während der Nacht an der Ruhr gestorben waren. Ihre Mutter Sybille klammerte sich an die Leichen und ließ sie nicht bestatten, ohne daran zu denken, welcher Gefahr sie sich selber aussetzte.

Zwei unschuldige Kinder, die man in diese Hölle gebracht hatte, in der sie leiden und sterben mussten. Für nichts und wieder nichts. Was war das für eine Welt, in der solche Dinge geschahen?

Etwa eine Woche später hielt ich eines Nachts mit Ezra Wache. Wir hatten nicht oft gemeinsam Wache, denn nach dem Beinahekuss vor ein paar Wochen hatte ich es vermieden, mit ihr allein zu sein. Natürlich hatte ich nichts gesagt, und auch Ezra hatte den Kuss mit keinem Wort erwähnt, doch ich spürte, wie sie mich die ganze Zeit ansah, wenn wir zusammen waren, und das war mir genauso unangenehm wie eine Berührung. Im Dunkeln war es leichter zu ertragen. Wir unterhielten uns über Belanglosigkeiten, über das Wetter, das Essen, allgemeine Wehwehchen, die arme Königin Sybille, die nun ebenfalls an der Ruhr erkrankt war wie ihre Töchter, und dann sagte sie auf einmal: »Wenn der Krieg zu Ende ist und wir nach England zurückkehren, sollten wir heiraten. Ich meine, wir beide. Wir könnten ein Stück Land kaufen und uns ein paar Tiere zulegen. Ich würde mich um sie kümmern, Butter machen und Käse und so weiter. Wir könnten ein paar Hühner haben, wegen der Eier und um sie auf dem Markt zu verkaufen. So ähnlich.«

Es folgte eine lange panikartige Pause, in der ich überlegte, wie um alles in der Welt ich auf diesen Antrag reagieren sollte. Und in diese Stille hinein sagte sie: »Ich weiß Bescheid, damit dir das klar ist. Wir sind uns ähnlicher, als es den Anschein hat. Ich will keine Kinder, und du willst keine Ehefrau oder überhaupt eine Frau. Wir passen gut zueinander, und so wird uns niemand Ärger machen.«

Ich starrte hinaus in die Dunkelheit, wo Tausende von Feuern brannten so wie unseres. Hatte sie mich durchschaut, einfach so? Ezra, die einmal Rosamund gewesen war, mit ihren ernsten und unscheinbaren braunen Augen?

»Ich … äh …« Mir blieben die Worte im Halse stecken.

»Ich habe bemerkt, wie der Maure dich angesehen hat«, fuhr sie fort. »Und du ihn. Einmal hat Mary gesagt …«

»Was? Was hat sie gesagt?«

»›Die beiden sind wie geschaffen füreinander.‹ Das hat sie gesagt. ›Füreinander geschaffen, nur wissen sie es nicht, oder zumindest weiß John es nicht. Der Maure kennt alles, was die Welt zu bieten hat. Er hat alles gesehen, man braucht ihn nur anzusehen. Aber er wartet.‹«

Mein Mund war so trocken, dass ich kein Wort herausbekam. »Er wartet? Worauf?«

»Na, auf dich. Dass du weißt, was mit dir los ist. Das hat Mary gesagt. Und auch ich habe dich beobachtet. Du läufst keiner Hure hinterher. Ich habe gesehen, was du für ein Gesicht gemacht hast, als Savaric dich in Lissabon mitgenommen hat, und da dachte ich daran, was Mary gesagt hatte. Und …« Sie hielt einen Augenblick inne, dann fuhr sie hastig fort: »Und ich habe die Zeichnungen gesehen, die du heimlich von ihm gemacht hast. Tut mir leid, ich wollte dich nicht bespitzeln.«

Ich spürte einen fernen Schmerz in mir, der schlimmer war als jede Pfeilwunde. Leere, Verlust. Ich schüttelte finster den Kopf. »Warum bittest du mich dann, dich zu heiraten? Wenn du doch Bescheid weißt?« Es war das erste Mal, dass ich es zugab, auch vor mir selbst.

Ich spürte, wie sie lächelte, doch als sie mir antwortete, klang ihre Stimme wehmütig. »Nun ja, Menschen sind widersprüchlich, nicht wahr? Dass man etwas nicht haben kann, heißt nicht, dass man es nicht haben *will*.«

Dann schwiegen wir. Die Gedanken hingen schwer wie Blei zwischen uns. Und so saßen wir immer noch da und schwiegen uns an, als plötzlich Savaric auftauchte. Er setzte sich zu uns ans Feuer und wärmte sich die Hände. Nach ein paar Minuten entschuldigte sich Ezra, um pinkeln zu gehen.

»Und? Wann kommt König Richard denn nun endlich?«, fragte ich ihn.

»Nicht vor dem Frühjahr, heißt es jetzt. Die Stürme im Mittelmeer können im Winter sehr ungemütlich werden. Wir wollen ja nicht, dass er Schiffbruch erleidet und uns absäuft. Aber sobald er da ist …« Er machte eine ausholende Gebärde, »sobald er da ist, werden wir die verfluchte Belagerung zu Ende bringen. Vor unserem Richard Löwenherz zittert die ganze Welt.«

Und dann können wir dieses schreckliche Land endlich verlassen und nach Hause zurückkehren, dachte ich seufzend bei mir. »Philip Augustus lässt sich auch nicht blicken«, sagte ich laut. »Florian meint, die französischen Adligen seien so wütend, dass sie darüber nachdächten, nach Hause zu segeln.« Ich fragte mich, welche Bedeutung dieser Feldzug in Wirklichkeit hatte, wenn die Granden sich anderswo aufhielten, wo es in den Augen eines Königs Wichtigeres zu tun gab.

»Was war das?«, sagte Savaric plötzlich alarmiert und blickte sich um.

»Was denn? Ich habe nichts gehört.«

Wir saßen im flackernden Licht und spitzten die Ohren wie zwei Eulen. Dann hörte auch ich es, ein Rascheln, ein leiser dumpfer Aufprall gegen das hohle Holz eines Wagens. Ich gab Savaric ein Zeichen – leise, kommt mit – und zog meinen Dolch. Zusammen schlichen wir uns hinter die Verkaufsbuden und sahen im schwachen Licht die Umrisse von zwei schattenhaften Männern, einer im Innern eines Wagens, der dem anderen etwas hinausreichte, das wie ein gepökelter Schinken aussah.

Ich bedeutete Savaric zu bleiben, wo er war. Er sollte ihnen den Weg versperren, falls sie versuchten zu flüchten, dann schlich ich mich von hinten an den Kerl an und warf ihn zu Boden. Zusammen landeten wir im Schlamm, wo ich ihn mit einem kräftigen Fausthieb unschädlich machte. Er stöhnte und gab jeglichen Widerstand auf. Der zweite aber sprang aus dem Wagen, wich Savaric aus und verlor sich in der Nacht, ehe einer von uns ihm folgen konnte. Ich hielt den anderen Räuber fest und dachte, Ezra hätte den Kerl im Nu schachmatt gesetzt. Sie war kräftig und schnell, während unser Master sich ständig mit den Vorräten vollstopfte, die er doch eigentlich beschützen sollte.

Ich schleifte den Übeltäter ans Feuer, damit wir ihn uns besser anschauen konnten. Als das Licht auf sein Gesicht fiel, rief Savaric mit dröhnender Stimme: »Ihr!«

Ich starrte den Mann einige Sekunden an, ehe es mir dämmerte. Geoffrey de Glanvill, hagerer als ich ihn das letzte Mal gesehen hatte, als er und sein Bruder in ihren Templer-Gewändern wie Eroberer durch das Lager geritten waren und so getan hatten, als könnten sie die ganze Welt unter sich aufteilen.

Savaric ging ihm an die Gurgel. »Ihr wolltet mein Essen stehlen, wie? Ihr seid also nicht nur ein verfluchter Vergewaltiger, sondern auch ein Dieb!«

De Glanvill blinzelte ihn an und runzelte die Stirn. »Was habt Ihr da gesagt?«

»Verfluchter Dieb und Vergewaltiger, na wartet, bis de Sablé das erfährt, ich sorge dafür, dass Ihr dafür baumelt, so wahr mir Gott helfe!« Savaric kochte vor Wut, ohne zu bemerken, dass er sich gerade verraten hatte. Zu spät versuchte ich, ihm aus der Patsche zu helfen. »Ja, Ihr seid ein Dieb und ein Lump«, wiederholte ich und betonte Lump, doch Savaric war viel zu wütend, um meinen Wink zu verstehen. Und als wäre es nicht genug, dass de Glanvill jetzt klar war, dass wir wussten, wer der jungen Frau in Winchelsea Gewalt angetan hatte und daher mit ihr gesprochen und sie vor ihm versteckt haben musste, tauchte zu allem Überfluss nun auch noch Ezra selbst auf, ohne Helm, sodass das rötliche Licht des Feuers auf ihr Gesicht fiel.

De Glanvill sah sie ungläubig an. »Du! Bist du nicht die kleine Hure, die versucht hat, meinen armen Cousin umzubringen?«

Ezra stürzte sich fauchend auf ihn und bohrte ihm die Fingernägel ins Gesicht.

»Um Gottes willen!« Savaric packte sie, bevor sie ihm den Hals aufschlitzen konnte, und stieß sie ruppig in meine Richtung.

Sie schlug mit aller Kraft um sich. Ich musste an den Hasen

denken, den ich einmal in Dartmoor gefangen und der versucht hatte, sich aus meinem Griff zu befreien. Schließlich hatte ich ihn losgelassen, erschüttert von seinem Überlebenswillen. Ezra dagegen hielt ich jetzt fest.

Dann folgte ein Durcheinander, ein Aufschrei und Savaric fluchte. Über Ezras Schulter hinweg sah ich, wie er zu Boden ging und sich die Seite hielt, während de Glanvill stolpernd durch den Schlamm davonrannte.

»John! Lauf ihm nach! Wenn er es seinem Bruder sagt, ist Rosamund verloren.«

Ich rannte los. Als Fußsoldat war ich an den schlammigen Boden gewohnt, im Gegensatz zu de Glanvill, einem Reiter. Er rutschte aus und landete auf den Knien, sprang aber rasch wieder auf. Ich verkürzte den Abstand zwischen uns. Er blickte sich um, in der Dunkelheit war sein Gesicht blass, und dann taumelte er wieder seitwärts auf die Zelte zu, kam aber nicht besonders schnell vorwärts. Er war ein Lord, hatte ein Leben lang in Burgen verbracht, die mit Tausenden von Kerzen erleuchtet waren. Ich dagegen war wie ein Tier im Freien aufgewachsen, mein einziges Licht waren die Sterne am Himmel. Ich erkannte das Seil, noch ehe er darüber stolperte, und dann hatte ich ihn am Schlafittchen. Ich hielt ihm den Mund zu und bohrte ihm den Dolch in die Rippen. Unter meiner Hand stöhnte er leise, es hörte sich an wie das Muhen einer Kuh.

Ich bin immer wieder überrascht, wie empfindlich wir Menschen sind, unsere äußere Haut ist zart und verletzlich wie ein Ei. Der erste Stich war zweifellos tödlich gewesen, doch jetzt konnte ich nicht mehr aufhören. Ich zog den Dolch aus seinem Körper und stach wieder und wieder zu. Die Erinnerung daran, was er Ezra angetan hatte, raubte mir einfach den Verstand.

Keine Ahnung, wie lange es dauerte, wie lange ich auf den Knien lag und schluchzend zustach, bis ich nur noch mein eigenes Stöhnen hörte und spürte, wie der Regen auf mich niederprasselte. Dann rumpelte ein Donnern über mich hinweg, der Regen wurde noch heftiger, und jeder Tropfen war wie eine stechende Ermahnung des Himmels.

Als ich zu Savarics Zelt zurückkehrte, saß er mit entblößtem Oberkörper auf seinem Stuhl wie auf einem Thron und ließ sich von Florian verarzten. Beide starrten mich entsetzt an. Ich war schlammverkrustet und blutbeschmiert und sah aus wie ein Dämon.

»Ist er tot?«, fragte Savaric.

Ich nickte.

»Tja, es blieb uns wohl nichts anderes übrig«, erklärte Savaric. Man sah, dass er nicht ernsthaft verletzt war. »Er wäre direkt zu Ranulf gegangen und hätte ihm erzählt, was sich in Lissabon zugetragen hat. Dann wäre nicht nur Ezras Leben in Gefahr gewesen.«

Florian sah ihn neugierig an, und ich fragte mich, wie viel – oder wenig – er wusste. Dann wandte er sich zu mir und lachte. »So, jetzt bist du ein echter Soldat!«

Ein echter Soldat, ja. Ein Meuchelmörder, der nicht nur einem Mann das Leben genommen hatte, sondern sich an dieser Tat auch noch berauscht hatte. Plötzlich spürte ich, wie mir die Galle hochkam, und erbrach mich.

Die schreckliche Ironie der Geschichte bestand darin, dass ich Geoffrey de Glanvill gar nicht hatte töten müssen, denn am nächsten Tag erreichte uns die Nachricht, dass sein Bruder an der Ruhr krepiert war. Und wenige Tage danach verabschiedeten sich auch der alte Erzbischof Balduin und fünfzig weitere Edelleute. Wie viele einfache Soldaten wie wir den Löffel abgaben, kann ich nicht sagen. Der Tod war unter uns und schwang seine Sichel. Die Knechte der Hölle machten gute Ernte.

SECHSUNDZWANZIG

Nathanael sah, wie der Mann die Tür hinter sich schloss und am Ende der Straße verschwand. Tarik ging mit hochgezogenen Schultern und verschränkten Armen, als wollte er seinen dicken Bauch vor neidischen Blicken verbergen. Auch wenn Nat nicht gewusst hätte, wer er war, hätte er ihn wegen seiner selbstgefälligen Haltung verabscheut. Man stelle sich vor, ein Beamter, der sich mit den Vorräten der Zitadelle vollstopft und weder seiner Frau noch deren Vater oder Bruder etwas abgibt. Allein das machte ihn zu einem Ungeheuer. Nathanael wünschte ihm den Tod.

Er wartete, bis Tarik nicht mehr zu sehen war, vergewisserte sich, dass niemand ihn beobachtete, überquerte anschließend die Straße und klopfte an die Tür. Einmal, zweimal, kurze Pause, dann noch einmal. Er hörte Schritte auf den Fliesen, dann ging die Tür auf, und er trat hastig ein.

»Hat er dich gesehen?«

»Nein.«

»Gut.«

Nat reichte Zohra seinen mit einem Tuch bedeckten Korb. Darin lag das letzte bisschen Tee aus ihren eigenen Vorräten, Linsen und Kichererbsen, die er vom Boden im Keller aufgesammelt hatte, ein kleines Päckchen Reis, das vielleicht für zwei karge Mahlzeiten reichen würde, ein paar Rosinen aus der Ernte des vergangenen Sommers und eine Handvoll der letzten getrockneten Tomaten. Es war kaum noch etwas da, was er ihr hätte geben können. Bald wären sie in derselben Lage wie die Ärmsten der Armen und gezwungen, aus alten Tierhäuten und Ledersohlen eine Brühe zu kochen, in den Ruinen nach Unkraut zu suchen oder Ratten und Vögel zu jagen. Manche Leute hatten eine Art Brei aus getrockneten Palmwedeln hergestellt, der sich allerdings als giftig erwies. Er sah Zohra nach, als sie mit den wertvollen Gaben in die Küche eilte.

»Du musst nicht in Angst vor ihm leben«, ermahnte er sie, während er ihr folgte. »Er kann dir nicht verbieten, das Haus zu verlassen.«

Zohra seufzte. »Es ist besser, wenn ich gehorche. Sei mir nicht böse, das ertrage ich einfach nicht.«

Seit Aisas Tod war etwas in ihr erloschen. Jetzt hatte sie nichts mehr von einer Löwin, sie war eher wie eine streunende Katze, die hastig nach dem Essen schnappte und verschwand. Tarik hatte es bemerkt und den Druck auf sie erhöht. Er hatte die Kontrolle über den Haushalt und seine Frau völlig an sich gerissen und eiserne Regeln aufgestellt. Sie durfte nicht weiter gehen als bis zum Bäcker am Ende der Straße, durfte das Haus nicht ohne ihn oder seinen Bruder Rachid verlassen und während seiner Abwesenheit niemanden ins Haus lassen, der nicht zur Familie gehörte, sie musste ständig verschleiert sein und durfte keinem Mann direkt in die Augen sehen.

»Von anderen Körperteilen hat er nie etwas gesagt«, hatte Nat gescherzt, als er das hörte, woraufhin Zohra prompt in Tränen ausbrach. Deshalb versuchte er, sie nicht mit Scherzen oder unbedachten Äußerungen zu quälen, obwohl es ihm schwerfiel, sie so eingeengt zu sehen. Als die Trauer über Aisas Tod allmählich an Heftigkeit verlor, hatte er mehr und mehr versucht, ihr Leben ein bisschen aufzuhellen – mit einem Topf Honig oder verschiedenen Kräutertees, die Sara zusammengestellt und ihm mitgegeben hatte, ein paar Körnern als Futter für die Vögel, die er den Händlern im Tausch für seine Dienste abgerungen hatte, einem Streifen türkisfarbener Seide, die er in einer Truhe zu Hause gefunden hatte, mit dem Zohra das Haar unter der Kapuze ihrer Djellaba zusammenbinden konnte. Er hatte nie gesehen, dass sie es trug, bestimmt fürchtete sie, ihr Mann könnte fragen, wo sie es herhatte. Offensichtlich machte es ihm Spaß, sie zu quälen.

»Du hast nichts gegessen, mein Vögelchen«, sagte Nathanael.

Zohra schüttelte den Kopf. »Ich esse genug.«

»Zum Überleben reicht es, aber nicht, um gesund zu bleiben.«

»Es ist nicht genug da. Die Männer brauchen mehr als ich.«

Nathanael unterdrückte die Bitterkeit, die in seinem Innern aufstieg. »Sorgan bekommt in der Garnison zu essen, und Tarik schlägt sich in der Zitadelle den Bauch voll. Du darfst ihnen nicht auch noch deinen Anteil überlassen. Was würden sie machen, wenn du krank wirst?« Er sah, wie Zohra darüber nachdachte. Dann nahm er ihre Hand in seine und drehte sie um. »Man kann jeden Knochen sehen. Du bist viel zu dünn.« Selbst bei einer so unschuldigen Berührung bekam er eine Gänsehaut.

»Wenn du nichts mehr zu essen hast, musst du zu mir kommen. Ich kann immer etwas für dich auftreiben. Versprichst du mir das?«

Zohra starrte auf ihre Hände und schwieg.

Wie war sie nur so passiv geworden? Sie so zu sehen, tat ihm körperlich weh; der Verlust war zu groß. Mein kleiner Schatten, dachte er, du bist ja nur noch Haut und Knochen. »Versprich es mir.«

»Du solltest als Allerererstes an deine Mutter und Nima denken, ihnen bist du verpflichtet«, gab Zohra ruhig zurück.

Verpflichtet? Das Wort Liebe lag ihm auf der Zunge, doch

er schluckte es hinunter. Jeden Tag ein bisschen mehr, sagte er sich. Ich werde dich zurückerobern, ich werde dich retten. Er hoffte, dass sein leidenschaftlicher Blick ihn nicht verriet. »Ein bisschen Honig ist immer da, mein Vögelchen. Und wenn er alle ist, bin immer noch ich da.«

Zohra sah ihn verwirrt an. »Wie meinst du das?«

Sie kann sich nicht erinnern, dachte Nat. Sie erinnert sich nicht an jenen Nachmittag, an dem ich mich ihr völlig auslieferte und ihr anbot, mich zu lieben, zu zerstören oder zu verschlingen, falls sie je an Hunger litt. Er hatte es halb im Scherz gesagt, aber jetzt war es ihm ernst. Vielleicht erinnert sie sich nicht mehr daran, wie wir waren, dachte er erneut. Vielleicht erinnert sie sich an gar nichts mehr.

Doch Zohra erinnerte sich an alles: an jedes Wort und jede Berührung. Und deshalb hatte sie solche Angst.

Zwei Wochen später saß Nat im Teehaus und betrachtete das Glas mit Flüssigkeit, das vor ihm auf dem Tisch stand. Als Tee konnte man es nicht bezeichnen, doch er wusste nicht, woraus es bestand. »Etwas anderes gab es nicht«, entschuldigte sich Hamsa Nasri.

Um sie herum hob und senkte sich das gewöhnliche Murmeln tratschender Stimmen. Der allgemeine Tenor wurde von Tag zu Tag nüchterner. Der neue Kommandant, ein hartgesottener Kurde mit einem langen schwarzen Bart namens Al-Mashtub, der letzte Woche angekommen war und auf dem großen Platz eine glühende Rede über ihren Stolz und ihre Vorfahren gehalten hatte, war voller Aufregung begrüßt worden. Doch als Nat den Gesprächen ringsum lauschte, war ihm klar, dass der Funke Optimismus, den der Kurde anfangs entfacht hatte, bereits wieder verebbte.

»Der Sultan hat ihn geschickt, weil er weiß, was uns bevorsteht«, sagte Younes, der gerade von seiner Schicht auf der Befestigungsmauer zurückgekehrt war. »Überall an der Küste hat er seine Spione, und sie müssen ihm von dem berichtet haben, was auf uns zukommt. Er weiß, dass er unseren Widerstandswillen stärken muss. Er ist ein altes Schlachtross, dieser Al-Mashtub. Er hat schon alles gesehen und wird die Garnison bei der Stange halten.«

Sechs große Kriegsschiffe mit der blauen Seidenflagge des französischen Königs Philip Augustus waren letzte Woche seelenruhig und völlig unbehelligt an der Küste aufgetaucht. Die Blockade der Christen war so eng, dass kein muselmanisches Schiff mehr an ihr vorbei in den Hafen von Akka gelangen konnte. Sie hatten mit eigenen Augen gesehen, wie ein ganzes Heer die Schiffe verlassen hatte, mit frischen Pferden, in deren Mähnen bunte Bänder geflochten waren, zum triumphierenden Klang ihrer Fanfaren und dem Gesang der Truppen. Offensichtlich waren sie froh, in den Krieg zu ziehen. »Sie wollen uns vernichten«, sagte Younes. »Sie können es kaum erwarten.«

»Ich habe noch nie solche gewaltigen Belagerungstürme gesehen«, sagte ein hagerer junger Mann, der einen Hocker heranzog und sich zu ihnen setzte. »Ich wusste nicht einmal, dass es so große Bäume gibt.«

Younes beugte sich vor und umarmte ihn derart zärtlich, dass Nat dachte, er müsse sein Lustknabe sein, Iskander. Er wirkte so zerbrechlich wie eine Grille, als hätte er seit Wochen nichts mehr zu essen bekommen. Wahrscheinlich war der Handel inzwischen endgültig zum Erliegen gekommen.

»Ich habe gehört, dass sie auch gewaltige Rammböcke haben«, bemerkte Hamsa finster. »Die Türme überragen unsere Mauern, und wenn sie uns erst einmal irgendwo festgenagelt haben, werden sie mit ihren Rammböcken die Tore einschlagen.«

»Ich habe gehört, dass unsere Vorräte an Pech zu Ende gehen«, sagte Younes. »Nicht mal der Junge aus Damaskus kann sie einfach so aus dem Hut zaubern.«

Am selben Tag war Nat in seiner Eigenschaft als Arzt auf der Befestigungsmauer gewesen, um sich um die Verwundeten zu kümmern, aber auch als Krieger, obwohl das gegen alle Vorschriften seiner Ausbildung verstieß. Jetzt gab es kaum noch jemanden in der Stadt, der nicht zu Pfeil und Bogen griff, wenn er damit umgehen konnte, oder Felsbrocken zu den Soldaten schleppte, mit denen sie den vorrückenden Feind bewarfen. Die *franj* hatten eine Reihe von großen Katapulten aufgestellt, das größte hatten die Verteidiger den »Bösen Nachbarn« getauft. Ihm gegenüber hatten sie ihr eigenes Katapult aufgestellt, den »Bösen Bruder«, und jetzt bewarfen sich die beiden täglich mit Steinen. Ein großer Teil der Mauer in der Nähe des Turms der Verdammnis war schwer in Mitleidenschaft gezogen worden. Trotz des schweren Beschusses hatten sie die Befestigungsmauer repariert, so gut es eben möglich war. Der Feind konzentrierte sich nun darauf, Löcher in die robuste Mauer zu schlagen, und sie hatten ihn nur aufhalten können, indem sie von innen dagegenhielten. Nachts hatten die *franj* den Burggraben mit Steinen und Erde zugeschüttet, die sie zuvor aus ihrem Lager herbeischafften, und eine riesige Rampe mit einer eisernen Brüstung gebaut, hinter der ihre Bogenschützen die Garnison nun Tag und Nacht beschossen.

»Man kann sie nicht aufhalten«, erklärte Younes, und in seinen dunklen Augen spiegelte sich Erschöpfung. »Sie sind wie das Meer, jeden Tag kommen sie näher und schwemmen ein kleines Stück mehr von unserer Verteidigung weg. Möge Allah sie verfluchen.« Dann erzählte er ihnen, wie ein Mann neben ihm auf der Mauer plötzlich zusammengesackt war. »Ich suchte nach einer Wunde, aber ich fand sie nicht. Und er war mausetot. Nicht einmal unser Nat hätte ihn wieder zum Leben erwecken können.«

Gedämpftes Gelächter folgte auf den abgedroschenen Witz.

»Ich dachte, vielleicht ist er in Ohnmacht gefallen. Schließlich kommt ja niemand mehr zum Schlafen, seit wir ununterbrochen beschossen werden. Aber nein, er war krepiert. Einfach so. An Hunger, nehme ich an.« Er schüttelte den Kopf und sah Iskander an. Nat beobachtete, wie er die Wange des Jungen streichelte, ohne die Blicke der anderen zu beachten, und wie der Junge seinem Liebhaber das Gesicht zuwandte. Einen Augenblick empfand er so etwas wie Neid. Als er sich umsah, erkannte er denselben Ausdruck von Sympathie und Zärtlichkeit auf den Gesichtern der anderen Männer, die das Paar beobachteten. Es gab keinerlei Anzeichen von Missbilligung oder Abscheu, niemand hatte mehr die Kraft dazu. Sie alle kämpften ums Überleben, sie alle waren verloren, einsam und traurig.

»Nathanael!«

Nat blickte sich um. Es war Driss, der alte Kriegsveteran.

»Gott sei Dank bist du hier.« Die Hand des alten Mannes berührte flüchtig sein Herz. »Könntest du mit mir kommen und nach meiner Habiba sehen? Ihr Zustand hat sich verschlechtert.«

Nat verabschiedete sich rasch von den Männern, schulterte seine große Arzttasche und folgte dem ehemaligen Soldaten die Straße entlang, während der versuchte, nicht auf den Schmerz in seinem Bein zu achten, der sich noch verstärken würde, wenn er so schnell gehen musste. Das Haus wirkte nach außen hin unscheinbar. Als Muselmane prahlt man nicht gern mit seinem Reichtum. Doch als er den Salon betrat, sah er sich überrascht um. Soweit er wusste, lebte Driss von einer kärglichen Veteranenrente, die nicht sehr hoch sein konnte. Trotzdem standen leuchtende venezianische Vasen auf geschnitzten und mit Perlmutt verzierten Holztischen. Auf dem Boden lagen teure Teppiche: Driss hatte ihn ausdrücklich daran erinnert, am Eingang die Schuhe auszuziehen, so wie es Brauch in allen muselmanischen Häusern war, weil man in diesen schweren Zeiten voller Krankheit und Entbehrungen die alten Gepflogenheiten gelegentlich vergaß.

Er sah nach der alten Frau in dem kühlen Zimmer, das sich im hinteren Teil des Hauses befand, wo sie bei geschlossenen Fensterläden im Halbdunkel lag, und begab sich anschließend in die kleine, aber tadellos saubere Küche, um Tinkturen aus den Zutaten zu mischen, die er in seiner Arzttasche dabeihatte. Es war klar, dass sie das Jahr nicht überstehen würde und er kaum etwas für sie tun konnte, doch das behielt er lieber für sich. Warum sollte er dem Paar die letzte Hoffnung rauben, außerdem war es schon oft vorgekommen, dass sich der Patient plötzlich wie durch ein Wunder erholte. Doch als es um die Bezahlung ging, weigerte er sich, Geld für seinen Hausbesuch oder die Medizin anzunehmen. »Ich kann doch von einem Freund kein Geld annehmen. Außerdem bezahlst du immer für meinen Tee.« Das war tatsächlich der Fall.

Doch Driss ließ sich nicht abwimmeln. »Ich kann es mir leisten«, beharrte er wie üblich, und Nat hatte das Gefühl, dass es nicht nur um den eisernen Stolz eines ehemaligen Soldaten ging, sondern dass er es aufrichtig so meinte.

Nat war in puncto Geld nicht so zurückhaltend wie andere Leute. Anders war es nicht möglich, denn als Arzt ging man in den Häusern der Menschen und in ihrem Leben regelmäßig ein und aus. Er deutete auf die teure Einrichtung und sagte: »Bist du plötzlich zu Reichtum gekommen oder was?«

Der Kriegsveteran tippte sich vielsagend an die Nase, doch seine Augen funkelten. Nat spürte, dass er darauf brannte, seine Geschichte loszuwerden, eine Geschichte, die er in der Öffentlichkeit nicht erzählen konnte.

»Na los«, ermutigte er ihn. »Raus damit! Wie ist es dazu gekommen?«

»Du darfst es aber nicht weitererzählen. Ich musste schwören, Stillschweigen zu bewahren.«

»Versprochen.« Nat legte die Hand auf das Herz.

Driss beugte sich vor, als hätten sogar die Wände Ohren. »Ich habe dem Sultan einmal das Leben gerettet«, flüsterte er heiser.

Nat legte die Stirn in Falten. »Tatsächlich? In welcher Schlacht war denn das?«, fragte er vorsichtig, schließlich war der Mann dafür bekannt, dass er nicht mehr aufhörte zu reden, wenn er erst einmal eine Geschichte begonnen hatte.

»Es war nicht während einer Schlacht. Jemand hat versucht, ihn umzubringen.« Er zupfte an dem ausgefransten Kragen seines braunen Umhangs, der besser zu irgendeinem Bettler auf dem Markt gepasst hätte, und Nat erkannte eine hervortretende, blasse Narbe, die schlimmer aussah als übliche Messerwunden. Er pfiff durch die Zähne. »Schlimm. Sieht aus, als hättest du eine Menge Fleisch verloren.«

»Sie mussten die Wunde herausschneiden«, erklärte Driss sachlich. »Die Klinge war vergiftet.«

»Vergiftet?«

»Ja, es war der Alte.«

»Welcher Alte?«, fragte Nat stirnrunzelnd.

»Na, der Alte Mann vom Berg, Sidi ad-Din Sinan. Der Meister der Assassinen.«

»Es gibt ihn also wirklich?« Nathanael war skeptisch. Die Herrschenden erzählten oft Geschichten von versuchten Anschlägen, um die Legende ihrer Unsterblichkeit zu nähren. Doch nach dem, was man sich erzählte, schien der Sultan nicht zu denen zu gehören, die Lügen über sich verbreiteten.

»Ich weiß aus sicherer Quelle, dass er bereits dreimal versucht hat, den Sultan zu ermorden. Das erste Mal war 1174, als ich ihm in die Quere kam; etwas später versuchte einer der persönlichen Leibwächter, der sein Vertrauen gewonnen hatte, ihn zu töten. Um ein Haar wäre es ihm auch gelungen. Zum Glück ist der Sultan ein vorsichtiger Mann und trug eine Kettenhaube unter dem Turban, sodass die Klinge daran abprallte. Angeblich trägt er seitdem Tag und Nacht eine Eisenkappe. Und als er sich das letzte Mal nach Masyaf wagte, in die Höhle des Löwen, soll er beim Aufwachen den Dolch eines Assassinen und Gebäck auf dem Kissen neben sich gefunden haben. Das Gebäck war noch warm.«

»Warum wollte der Alte Mann vom Berg Salah ad-Din töten wollen? Sie kämpfen doch beide auf derselben Seite.«

Driss schüttelte den Kopf. »Fanatiker wie er kämpfen nur für sich. Sie sehen nicht über den eigenen Tellerrand hinaus und leben in einer völlig verzerrten Fantasiewelt. Es ist die Umkehrung all dessen, was richtig und anständig ist. Sie haben nichts Göttliches an sich. Sie wären bereit, mit dem Teufel zu paktieren, um an die Macht zu kommen. Deshalb würde es mich nicht wundern, wenn sie mit den Mistkerlen im Bunde wären, die unsere Stadt belagern.«

Fast hätte das Schwein ihn gestreift! Angeekelt presste sich Kamal Najib wieder an die Reling des Schiffes, bis das harte Holz sich in seinen Rücken bohrte. Er sah, wie das unreine Tier über das Deck auf das halbe Dutzend anderer Schweine zugaloppierte, die man aus ihrem Verschlag gelassen hatte, und empfand nur Verachtung für einen Kapitän, der gedacht hatte, mit einer so einfachen List die mächtigen und schlauen Ungläubigen täuschen zu können.

Sie alle hatten sich den Bart abrasiert, ehe sie auf der *Mondsichel* aus Beirut ausgelaufen waren (der Name des Schiffes war überstrichen worden). Wenn man sie aufhielt, würden sie behaupten, sie seien christliche Seeleute, die dem Heer der Belagerer zu Hilfe kommen wollten. Ihm waren gerade erst die ersten feinen Barthaare gesprossen, trotzdem fühlte sich die kühle, salzige Brise jetzt seltsam an auf seiner nackten Haut und verstärkte sein allgemeines Unbehagen. Er hasste es, an Bord eines Schiffes zu sein, hasste die Vorstellung, das wogende Meer unter seinen Füßen zu wissen. Er hatte nie gelernt zu schwimmen. Wenn Zohra und Aisa darum wetteiferten, wer am tiefsten tauchen und am schnellsten schwimmen konnte, war Kamal immer am Strand zurückgeblieben und hatte vor Angst geheult, dass irgendwer ihn ins Wasser schubsen könnte. Auf dem Berg hatte er gelernt, seine Gefühle zu verbergen, doch trotz der Anfeuerungen des Meisters spürte er nach wie vor seine abgrundtiefe Furcht vor dem Meer.

Seit Monaten plagten ihn Albträume, in denen er ertrank, dann wachte er zitternd vor Angst auf. Es schien grausam, dass ausgerechnet er auf eine solche Mission geschickt worden war. Doch vielleicht – und das kam ihm wahrscheinlicher vor – wusste der Meister von seinem größten Schrecken und hatte entschieden, dass er sich ihm stellen musste.

Um den widerlichen Schweinen aus dem Weg zu gehen, stieg er die Stufen zum Vorderdeck hinauf. Der Meister hatte ihnen eingehämmert, dass der Sultan kein wahrer Muselmane, sondern ein eigennütziger und machtbesessener Mann war. Schließlich war er ja auch kein echter Araber, sondern einer dieser lästigen Kurden. Kaum besser als ein Wilder. Dass er in einer derart entlegenen Region der Umma zu Ruhm gelangt war, in Ägypten nämlich, der Wiege von Verkommenheit und Korruption, wo auch der Eunuch Karakush herstammte, bewies nur, wie verquer die Lage war. Zweimal hatte die Sekte versucht, Salah ad-Din zu beseitigen, zweimal war er entkommen.

Das hatte den Sultan jedoch nicht daran gehindert, die Güter der Ismailiten weiterhin zu beschlagnahmen, und deshalb hatte der Alte Mann vom Berg ihn zum Feind erklärt. Die Leichtgläubigen könnten es als Widerspruch ansehen, wenn er die Ungläubigen unterstützte, die gegen die Truppen der Umma kämpften, hatte er gesagt, doch Allahs Wege waren unergründlich, und einfache Menschen könnten sie nicht verstehen. Er – Sidi Rachid ad-Din Sinan – sei einer der wenigen, die sie verstanden. Eines Tages würden seine Adepten stolz darauf sein, ihre kleine Rolle im großen Plan gespielt zu haben.

Es war nicht schwer gewesen, Kamal von der Verderbtheit des Sultans zu überzeugen, schließlich hatte er immer wieder gehört, wie sein Vater über den Mann herzog. Bashar jedoch hatte von Anfang an Zweifel gehabt. Er hatte Akka verlassen, um in die Fußstapfen seines älteren Bruders zu treten, der zwar im Dienst der Assassinen gestorben war, Salah ad-Din jedoch stets für einen Heiligen gehalten hatte. Der Meister aber war ein Verführer, der das Heilige Buch nach Gutdünken zitieren konnte, um seine Äußerungen zu untermauern, und schließlich hatte Bashar alles vergessen, woran er in seinem früheren Leben geglaubt hatte. Wo sein einstiger Freund nun war, wusste Kamal nicht. Für ihn zählte nur eins: dass er nach Beendigung dieser seiner ersten Mission ein vollwertiges, von allen Ordensbrüdern geliebtes Mitglied der Hashashinen wäre.

Vom Oberdeck aus sah Kamal, wie fremde Schiffe auf sie

zukamen. Eine stattliche Galeere und drei kleinere Kriegsschiffe. Doch selbst die Galeere war klein im Vergleich zur *Mondsichel*, die sechshundertfünfzig Krieger, einhundert Kamelladungen an Waffen und Munition, tausend Flaschen des griechischen Feuers und Schlangengiftampullen an Bord hatte, die von den Mauern von Akka auf die Angreifer hinuntergeschleudert werden würden. Der Bauch des Schiffes platzte aus allen Nähten, so viel Proviant für die Einwohner der Stadt hatten sie an Bord. Ihre hellen ockerfarbenen Mauern waren schon hinter der christlichen Blockade zu sehen. Die Krieger an Bord würden zur Verstärkung der belagerten Garnison beitragen. Die Vorräte würden viele Monate reichen, lange genug, bis die Truppen eintrafen, die Sultan Salah ad-Din vom Kalifen angefordert hatte.

Es wäre ein schwerer Schlag für die *franj*, wenn sie die Blockade durchbrechen und in den Hafen von Akka einlaufen könnten. Die Belagerung wäre gebrochen, und der Sultan könnte einmal mehr als Sieger hervorgehen und seine Macht festigen.

Doch das war das Letzte, was der Alte vom Berg bezweckte. Sobald der Meister über seine Spione von dem mächtigen Schiff erfuhr, das von Beirut auslaufen sollte, hatte er Kamal geschickt, um sich unter die Mannschaft zu mischen und das Unternehmen zu vereiteln. Er hoffte, dass der Junge seine Mission erfolgreich ausführte. Kamals Magen verkrampfte sich. Er fürchtete schon, sich übergeben zu müssen, doch dann erinnerte er sich an seine Ausbildung und nahm sich zusammen.

Ein Ruderboot kam zwischen den beiden großen Schiffen auf sie zu. Als es in Rufweite des mächtigen Bugs der *Mondsichel* war, stand ein Mann auf und fragte sie nach ihrer Identität und dem Hafen, aus dem sie kamen. Der Kapitän war darauf vorbereitet. Und Kamal ebenfalls, der sich mit diversen

Sprachen der Ungläubigen auskannte. Er übersetzte für den Kapitän aus Beirut. »Er hat gesagt, dass wir aus Genua kommen und unterwegs nach Tyrus sind, um das christliche Heer mit Vorräten zu versorgen! Aber du kannst deinem Vorgesetzten ausrichten, dass das nur die halbe Wahrheit ist.« Er wusste, dass er das Wort Beirut nicht in den Mund nehmen konnte. Selbst der strohdumme Kapitän würde Verdacht schöpfen, wenn er den Namen seines Ursprungshafens hörte.

Kamal beobachtete, wie das glatt rasierte Gesicht die Information aufnahm. »Ihr habt keine christliche Flagge«, rief der Mann.

Das übermittelte er dem Kapitän, der daraufhin fluchte. »Sag ihnen, wir wären in großer Eile ausgefahren, da wir wussten, wie dringend das Heer die Vorräte braucht.«

Es war eine dürftige Ausrede, und Kamal gab sie pflichtbewusst und verächtlich grinsend weiter. »Wenn du mich mit dir nimmst, kann ich deinem Herrn viel mehr erzählen. Verlang mich als Geisel, du wirst es nicht bereuen.«

Und so kletterte er wenig später geschickt die Strickleiter hinab ins Boot und ließ sich rasch davonrudern, wobei er die Augen vor dem schrecklichen Meer verschloss.

Als er an Bord der feindlichen Galeere gestiegen war, beruhigte er sich wieder und sah sich um. Die Mannschaft schien gut organisiert zu sein. Diszipliniert ging sie ihren Aufgaben nach. Sidi ad-Din Sinan wäre erfreut gewesen. Er übermittelte dem Kapitän, der sich in Begleitung eines rothaarigen Mannes befand, all seine Informationen. Sie seien auf Befehl des Sultans aus Beirut ausgelaufen, berichtete er und zählte die Güter im Rumpf des Schiffes auf und die Anzahl der Krieger, die sich darin versteckten.

Er musste sichergehen, dass sie ihm glaubten, denn dies war nur der erste Teil seines Plans. In welche Gefahr er sich selbst dabei begab, spielte keine Rolle. Wichtig war nur der Pfad und was der Meister ihm befohlen hatte.

Er beobachtete, wie die *Mondsichel* auf Akka zukam und sich der Blockade der christlichen Schiffe näherte, die sich in einer Reihe vor der Einfahrt zum Hafen aufgestellt hatten. Nicht allzu schnell, aber ebenso zielbewusst wie vor der Unterbrechung. Er wusste, dass sie in der Endphase, wenn sie der Stadt nahe genug waren, die Ruder einsetzen würden, um die Blockade zu durchbrechen.

Hinter der *Mondsichel* erkannte Kamal den Turm der Verdammnis, der sich wie ein Speer hinter der Mole des inneren Hafens erhob, und die blassgoldenen Mauern, die die dem Meer zugewandte Seite der Stadt schützten. Nie zuvor hatte er seine Stadt vom Meer aus gesehen. Wunderschön und ruhig. Die Minarette der Moscheen ragten elegant in den Himmel. Wenn man die christlichen Schiffe und das mächtige feindliche Heer vor der Stadtmauer ignorierte, wirkte sie völlig unberührt vom Krieg. Einen Augenblick lang empfand er einen Anflug von Wehmut angesichts seines verlorenen Lebens, den er jedoch energisch unterdrückte.

Plötzlich zerriss ein Schrei die Luft. »Haltet sie auf! Sie dürfen die Blockade nicht erreichen!«

Und jetzt begann ein Wettlauf. Die Galeere, auf der er sich befand, war groß, aber längst nicht so groß wie die *Mondsichel*. Diese würde mit Höchstgeschwindigkeit in der Lage sein, die Blockade zu durchbrechen und den Hafen von Akka zu erreichen, doch die Schiffe, die sie verfolgten, waren schneller und wendiger. Im Nu hatten sie sie eingeholt, und ihre Mannschaft nahm das muslimische Schiff unter Beschuss. Die Mannschaft der *Mondsichel* – gewöhnliche Seeleute, die keine Ahnung von Kriegsführung hatten – ging in Deckung, doch jetzt war das Spiel aus.

Von seinem sicheren Platz hinter der Schutzwand des Schiffes aus beobachtete Kamal, wie die muselmanischen Soldaten aus dem Bauch des Schiffes stiegen und das Feuer erwiderten. Doch dann, als würde alles genau nach dem Plan seines Meisters verlaufen, ließ der Wind plötzlich nach, sodass es aussah, als könnte die *Mondsichel* ausgebremst werden, wenn die Ruderer nicht gegen die Strömung ankämpften. Unten im Ruderdeck würden die Aufseher die Mannschaft mit der Peitsche antreiben, doch die Galeere, auf der er – Kamal – sich befand, versperrte der *Mondsichel* inzwischen den Weg. Er sah, wie sich einige *franj* mit zusammengerollten Tauen auf dem Rücken ins Meer stürzten. Sie sind bessere Soldaten als ich, schoss es Kamal durch den Kopf. Selbst wenn der Meister persönlich mir befehlen würde, ins Meer zu springen, ich brächte es nicht fertig.

Irgendwie hatten sie ihre Taue um den Bug der *Mondsichel* geschlungen und drehten sie um. Und während die kleineren Schiffe herbeieilten und die Seiten des muselmanischen Schiffes mit einem Rammsporn attackierten, warfen die Soldaten ihre Enterhaken aus und zogen es näher zu sich heran, bis sie Seite an Seite lagen. Dann wimmelte es auf dem Deck der *Mondsichel* plötzlich von fremden Soldaten, und ein Chaos brach aus, während Mann gegen Mann kämpfte und die Schweine laut quiekend über das Deck stürmten.

Sogar aus der Ferne nahm Kamal den Gestank wahr: Schweinekot, Blut und Schweiß in Panik geratener Männer. Das Schiff erbebte, als wäre es ebenso angeekelt wie Kamal. Dann bohrte eins der christlichen Schiffe ein Loch in die Steuerbordseite der *Mondsichel*. Als der eisenbeschlagene Rammsporn herausgezogen wurde und die Planken aufriss, sah Kamal, wie Wasser in das Schiff strömte. Er stellte sich vor, wie der Bauch des Schiffes volllief, sah, wie das Schiff Schlagseite bekam und die Männer über Bord ins Wasser sprangen und sich lieber dem Meer ergaben als dem Feind. Es lief ihm eiskalt über den Rücken vor Grauen, doch zugleich spürte er einen hässlichen Anflug von Genugtuung.

Wieder und wieder griff die christliche Galeere an, rammte ihren mächtigen Sporn in die Seite der *Mondsichel*. Kurz darauf sank sie und riss ihre wertvolle Ladung mit in die Tiefe – Männer, Waffen und die Vorräte, die die Stadt und ihre Einwohner am Leben hätten erhalten sollen.

Einen kurzen Moment dachte er an seinen Vater, an seinen Bruder Sorgan, seine Schwester Zohra und seinen Zwillingsbruder Aisa, die zweifellos wie alle anderen in der zum Tode verurteilten Stadt langsam verhungerten oder an den Seuchen sterben würden. Und als er sich erinnerte, was er ihnen angetan hatte, blendete er alle Gefühle aus, so wie der Meister es ihm beigebracht hatte.

Der rothaarige Mann schlenderte zum Bug und lächelte zufrieden. Neben ihm stand der Kapitän der *Trenchemere* und daneben Kamal Najib.

Wie gebannt starrten sie auf die ockerfarbene Stadt vor ihnen, die nun nah genug war, sodass man die schwarzen Spuren des griechischen Feuers und die Spuren sehen konnte, die die Rammböcke und die Katapulte auf der Ostmauer hinterlassen hatten. »Wie ich sehe, hat Philip sein Versprechen eingehalten und die Stadt nicht vor meiner Ankunft eingenommen«, sagte der Rothaarige erfreut.

Der Kapitän grinste. »Hätte das Schiff die Blockade durchbrochen, wäre unsere Aufgabe erheblich schwerer geworden, Sire.«

Sire.

Kamal sah zu dem rothaarigen Mann neben sich auf: ein

Riese von Mann. Er hatte gewusst, wer es war, noch ehe er die anderen verraten hatte. Wenn er vor dem Alten vom Berg stand, hatte er dasselbe Gefühl gehabt: Ein Strahlenkranz von Macht ging von beiden aus, als hätte Gott sie gleichermaßen auf eine nicht greifbare, doch unmissverständliche Art gekrönt.

Geschult in den Gebräuchen der *franj* beugte er das Knie vor ihm.

»Stets zu Diensten, König Richard«, sagte er in fast akzentfreiem Englisch.

SIEBENUNDZWANZIG

Heiliger Strohsack! Noch einer.« Quickfinger fummelte in seinem Mund herum, schnitt Grimassen und hielt uns kurz darauf einen Zahn unter die Nase.

Unsere Gaumen bluteten, die Zunge und das Innere unserer Wangen war wund. Wir waren klapperdürr, jeder Knochen, jedes einzelne Gelenk schmerzte. Wir waren nicht mehr in der Lage, gegen unsere entschlossenen Feinde zu kämpfen.

»Igitt! Bleib mir damit vom Hals!« Hastig rappelte ich mich auf. Dann wurde mir schwarz vor Augen, und im nächsten Moment lag ich auf der Nase. Ich war so schwach, dass ich glaubte zu sterben, doch Ezra half mir, mich wieder aufzusetzen.

»Seht euch die beiden an. Sind sie nicht süß?« Little Ned warf uns einen gehässigen Blick zu und spuckte einen braunen Schleimklumpen auf den Boden zwischen uns.

Am Ende hatten wir ihn gefunden oder, besser gesagt, er uns. Er war in der Schlacht verletzt worden und anschließend auf einer Bahre mit zwei oder drei anderen Verwundeten ins Lager gebracht worden. Während des Transports hatte ihn auch noch ein verirrter Pfeil in den Hintern erwischt. Als wir im Lazarettzelt nach ihm suchten, hatten wir ihn übersehen, weil er bewusstlos auf dem Bauch lag. Wie er überlebt hatte, war mir ein Rätsel, doch es hatte ihn kein bisschen liebenswerter gemacht. Manchmal erwischte ich ihn dabei, wie er uns schief ansah, als wollte er uns vorwerfen, dass wir ihn im

Stich gelassen hatten. Ich fürchte, dass er damit nicht ganz falsch lag.

Ezra brachte mir Wasser und gab mir ein Stück Trockenfleisch zum Kauen, bis ich wieder zu Kräften kam. »Später hole ich dir etwas aus Savarics Geheimvorräten«, versprach sie.

Ich warf ihr einen Blick von der Seite zu. »Geheimvorräten?«

Sie legte den Finger auf den Mund. »Ich weiß, wo er sie versteckt hat.«

Ich kaute auf dem Trockenfleisch herum. Es war so zäh und mein Zahnfleisch so wund, dass es wie Feuer brannte. Es kam mir vor, als kaute ich an meinem Stiefel, und wenn es so weiterging, wäre es bald so weit. Der Winter war furchtbar. Ich sah, wie Männer Gras aßen und Knochen abnagten, die sie den Straßenkötern hatten abjagen müssen. Die Kaufleute verdienten sich dumm und dämlich, aber tun sie das nicht immer? Einem der Genuesen fackelten sie den Laden ab, weil er sich geweigert hatte, vernünftige Preise zu machen. Man konnte die Wut verstehen, trotzdem war es schade um das schöne Essen. Seitdem war es besser geworden, Schiffe mit dem Notwendigsten hatten den Stürmen getrotzt, doch die gute Ware verschwand augenblicklich, und am Ende mussten wir uns immer mit den Brosamen zufriedengeben.

Am Samstag vor dem Apostelfest war König Richard mit Unmengen von Kriegern, Waffen, Kriegsmaschinen und einer Tonne riesiger Steine eingetroffen, die er aus Sizilien mitgebracht hatte. Es hieß, er habe auch jede Menge Proviant dabei, gepökelte Speckseiten, Mehl, eine Herde von sizilianischen Schafen, aber nichts davon war bis zu uns vorgedrungen. Zweifellos hatte sich Savaric das meiste davon für schwere Zeiten unter den Nagel gerissen oder bereits vertilgt. Ich verstand nicht, warum Ezra sich so darüber aufregte. Ich hielt es für normal. Schließlich glaubte die Aristokratie doch schon immer, ein von Gott gegebenes Recht aufs Überleben zu haben, während der Pöbel verhungerte. Meine Güte, was haben wir gelacht, als wir zusahen, wie seine Mannschaft die schweren Steine auslud, über den Strand schleppte oder versuchte, sie den Hügel hinaufzurollen, als gäbe es hier nicht genug von dem Zeug.

Der König hatte seine frisch angetraute Frau dabei, eine spanische Prinzessin mit einem unaussprechlichen Namen. Wir waren auf diese Berengaria neugierig. Wer wäre freiwillig in diese Hölle gekommen, wenn er einigermaßen bei Verstand war, wie viel weniger ein so süßes junges Ding aus Navarra? Quickfinger machte sich auf die Socken, um einen Blick auf sie zu werfen, und berichtete, sie sei durchaus sehenswert. »Typisch für die hohen Tiere. Sie kriegen einen hübschen Hintern ab, und ein Enoch Pilchard muss sich mit seiner rechten Hand begnügen.« Traurig betrachtete er seine Handfläche. Und dann verzog er sich auf der Suche nach einem ruhigen Plätzchen.

Ezra sah mich an, und ich wandte den Blick ab.

Als König Richard eintraf, war überall im Lager Jubel ausgebrochen. Wir bauten Lagerfeuer am Strand, von den eben angekommenen Schiffen wurden Fässer mit Wein und anderen Spirituosen ausgeladen, und dann betranken wir uns, sangen, tanzten und stießen auf seine und auch auf unsere eigene Gesundheit an. Richard der Mächtige würde die Mauern von Akkon wie der Wolf im alten Märchen niederreißen und die fabelhaften Schätze der Stadt plündern, und dann würden wir uns auf den Weg nach Jerusalem, der Goldenen, aufmachen, beladen mit den sagenhaften Schätzen der belagerten Stadt.

Seitdem waren schon zwei Wochen verstrichen, und die verdammte Garnison hielt immer noch stand, obgleich wir mit den Katapulten, die Richard mitgebracht hatte, Tag und Nacht ihre Befestigungsanlagen bombardierten, und unsere Bogenschützen sie vom großen Belagerungsturm – Mategriffon – ins Visier nahmen. Egal, wie viele wir töteten, am nächsten Tag waren wieder neue da. Trotzdem konnte ich sie immer noch nicht hassen.

»Gestern habe ich eine Frau da oben gesehen, bei Gott«, sagte Red Will. »Und manchmal sind auch Kinder da.« Er schüttelte den Kopf. »Es ist nicht recht, dass wir Kinder und Frauen töten.«

»Wir sind im Krieg«, entgegnete Hammer. »Da sterben alle.« Seit dem Tod seines Zwillingsbruders kochte er vor Wut. Auf dem Schlachtfeld kannte er kein Pardon, er schwang das Schwert und stach mit einem derartigen Eifer zu, als sähe er in jedem feindlichen Soldaten den Mörder seines Bruders. Es war eine persönliche Vendetta, ein Blutschwur zwischen Hammer und dem gesamten muselmanischen Heer. Hätten wir nur solche Männer wie Hammer gehabt, hätten wir die ganze Welt kurz und klein schlagen können.

Der hochgewachsene *routier* kam vorbei. »Es findet gerade ein Gefangenenaustausch statt.« Heute sah er besonders gut aus. Er trug einen nagelneuen oder vielleicht auch nur frisch gereinigten Waffenrock, sein größtes Schwert und einen blitzblank polierten Helm. Schaute er sich etwa nach einem bedeutenderen Edelmann als Savaric um, der ihm größere Pfründe versprach, jetzt, da der Fall der Stadt unmittelbar bevorstand?

»Wieso tauscht man diese Hundesöhne auch noch aus? Wir müssten sie allesamt einen Kopf kürzer machen«, wandte Hammer ein.

Florian zuckte nur die Achseln. »Manche Gefangene sind

Gold wert, sie bringen gutes Lösegeld ein. Und der Krieg ist ein Riesengeschäft.«

Hammer sprang auf und ballte die Fäuste. »Mein Bruder ist tot, und du sprichst von Geschäften?«

Florian hob die Hand, als wollte er sagen, damit habe ich nichts zu tun, Kumpel, dann warf er mir einen Hilfe suchenden Blick zu. »Lass es gut sein, Michael«, sagte ich.

Hammer bei seinem richtigen Namen zu nennen hatte eine magische Wirkung. Dann sah er eher aus wie ein kleiner Junge als wie ein Mann.

»Ich komme mit dir«, sagte ich zu Florian.

Jetzt tauchte aus dem Lager des Sultans eine Delegation der Sarazenen mit einer weißen Flagge auf, eine große Einheit von Bogenschützen auf hübschen kleinen Pferden, mit spitzen Helmen und funkelnden runden Schilden. An ihren Lanzen flatterten Banner, als machten sie einen Tagesausflug zum Turnierplatz. Sie führten an die hundert Gefangene mit sich, alle tadellos sauber und strotzend vor Gesundheit.

Die Gefangenen auf unserer Seite waren eine bunte Mischung. Manche waren Krieger, andere Seeleute und Kaufleute. Obwohl man sie bis auf die Unterwäsche ausgezogen hatte, hielten sie sich extrem tapfer. Wenn ich ehrlich sein soll, schienen unsere Männer nicht gerade erfreut darüber, wieder zurückzudürfen. »Besser in Saladins Gefangenschaft als hier«, sagte ich zu Florian, woraufhin er grinste und auf einige Edelleute zeigte. Sie waren alle Franzosen – grobknochig und arrogant –, und es dauerte nicht lange, bis ich mich langweilte. Gerade wollte ich mich umdrehen, um ins Lager zurückzukehren, als ich ihn sah.

Sein Profil war unverkennbar. Lange, gerade Nase, kantige Wangenknochen, verschleierter Blick, größer als die anderen muselmanischen Gefangenen, erhobenen Hauptes und kerzengerade. Im selben Augenblick erfasste mich wieder der Schwindel. Ich wollte mich an Florians Arm festhalten, um nicht das Bewusstsein zu verlieren. Doch ich griff daneben und bekam nur sein Schwert zu fassen. Florian rief etwas und schob mich weg.

Der Gefangene wandte den Kopf. Seine Augen weiteten sich, er machte einen Schritt auf mich zu, woraufhin einer der Templer ihn mit dem eisernen Handschuh niederschlug. Die Sarazenen schrien auf und drängten vorwärts. Dann brach ein Handgemenge aus, was König Richard, der aufgrund seines kurzen roten Haars und seiner Größe nicht zu übersehen war, dazu bewegte, dazwischenzugehen und die Raufbolde zu trennen.

Ich beruhigte mich wieder und rannte los mit wackligen Knien und pochendem Herzen. Doch dann packte mich jemand an der Schulter und riss mich herum, sodass ich das Gleichgewicht verlor und zu Boden fiel.

»Ich weiß, wie du dich fühlst«, sagte Florian und half mir wieder auf die Beine. »Mistkerle. Wenn man sie vor sich hat, will man sie nur noch zertreten wie Kakerlaken. Trotzdem, der Handel ist so gut wie besiegelt. Der Sultan hat für sie alle bezahlt.«

Ich sah den abziehenden Sarazenen nach, aber sie waren schon zu weit entfernt, und ich zweifelte bereits an dem, was ich gesehen hatte. Doch mein Körper wusste es besser, er war sich ganz sicher.

Es war der Maure gewesen.

Malek betrachtete vom Tell al-Ayyadiya aus das Bild der Verwüstung. Die christlichen Lagerfeuer erstreckten sich bis hinunter zum Meer, es sah aus, als stünde das ganze Tal in Flammen. Sie waren unerbittlich, weder Feiertage noch Schlaf oder

Dunkelheit konnten sie aufhalten. Wie die Tore der Stadt noch hielten, war ihm ein Rätsel, trotzdem hatten sie dem ununterbrochenen Beschuss getrotzt.

Männer und Frauen standen auf der Befestigungsmauer Seite an Seite, wie er gehört hatte, um die erschöpften Soldaten der Garnison abzulösen. Angeblich liefen die Kinder herum, sammelten die verirrten Pfeile der Christen auf und rollten unversehrte Steine, die über die Mauer geflogen waren, zu den Katapulten der Verteidiger, damit sie die *franj* damit beschießen konnten. Frauen, so hieß es, schleuderten Gefäße mit griechischem Feuer auf die Angreifer in den Belagerungstürmen und brüllten sie derart an, dass ihre Männer ins Schwärmen gerieten.

Waren seine Tanten unter diesen Frauen? Und Sorgan? Er wusste nur, dass Aisa nicht dabei war. Und als er an diesen Verlust dachte, hätte er am liebsten geweint. Ein neuer Schwimmer hatte es ihnen berichtet. »Ein Märtyrer«, sagte er immer wieder zu Malek. »Ein wahrer Held des Islam wie sein Bruder.«

Doch Malek fühlte sich nicht wie ein Held, nicht wenn seine Familie dahinsiechte, ohne dass er es verhindern konnte, und Frauen auf den Mauern der Stadt kämpften. War auch Zohra da oben? Würde er sie als Nächstes verlieren? Er schloss die Augen, um die Tränen aufzuhalten, und spürte erneut, wie das seidene Haar der sterbenden Frau seinen Handrücken streifte, das warme Eisen ihres Helms in seiner Hand. Dieses Bild beherrschte seine Albträume. Massives Metall, feines Haar, zum Greifen nahe, nur vertauschten sie manchmal ihre Eigenschaften auf eine albtraumhafte Weise, sodass das Haar dick wie ein Tau war, der Helm dagegen zerbrechlich wie die Flügel eines Vogels, und sein Unterbewusstsein versuchte, sie wieder zurechtzurücken.

Wie tapfer die Verteidiger sind, dachte er und schämte sich. Seit er über der Frau zusammengebrochen war, die er ahnungslos getötet hatte, behielt der Sultan ihn an seiner Seite, als wäre es seine Pflicht, sich um seine Leibwache zu kümmern statt umgekehrt. »Wenn der edelmütige Mann schwankt, nimmt Gott ihn an der Hand«, hatte er gesagt. Doch das fand Malek noch demütigender.

Ihr Heer war erschöpft. Taki ad-Din hatte sie vor einigen Monaten verlassen, um sich seinen Landgütern im Nordosten zu widmen. Er hatte versprochen, bald zurückzukehren, war aber bislang nicht wieder aufgetaucht. Die Männer von al-Adil, dem jüngeren Bruder des Sultans, die von Anfang der Belagerung vor fast zwei Jahren an dabei gewesen waren, hatten sich ebenfalls beurlauben lassen. Aus Ägypten hatten sie frische Streitkräfte angefordert, doch die waren noch nicht eingetroffen. Täglich schleuderten sie das tödliche, flüssige Feuer auf das Lager der Christen und sorgten für Verwüstung und Chaos. Es sollte eine Ablenkung sein, erzählte der Sultan seinen Generälen, um die belagerte Stadt zu entlasten, damit die zerstörten Stadtbefestigungen repariert werden konnten. Es sei alles, was sie tun konnten, bis die Verstärkung eintraf.

»Tee?«

Hastig schlug er die Augen auf und sah Ibrahim mit zwei Gläsern der dampfenden Flüssigkeit. Dankbar nahm er eins an und war froh, dass die Dunkelheit seine Schwäche verbarg.

»Gibt es Neuigkeiten, Bruder?«

»Es heißt, der Anführer der Ungläubigen, Malik al-Inkitar, sei erkrankt.«

»Der englische König?«

Ibrahim nickte. »Unsere Spione behaupten, dass er *leonardie* hat. Die Haare fallen ihm aus, er verliert seine Zähne und Nägel. Angeblich hat er große Schmerzen, sein Mund ist voller

Geschwüre, und seine Muskeln sind schwach wie Gras. Nicht einmal gehen kann er, geschweige denn kämpfen. Auch der französische König leidet daran, allerdings nicht so schlimm. Aber er ist auch nicht so kräftig.«

Vielleicht würden sie sterben wie der deutsche König. Es war ein hartherziger Gedanke, aber manchmal wünschte sich Malek nichts sehnlicher, als dass der Krieg endlich ein Ende hatte, sodass er die Waffen niederlegen und nach Hause gehen konnte. Um wieder ein gewöhnlicher Mensch zu sein, statt Männer niedermetzeln zu müssen. Und Frauen …

»Salah ad-Din, möge Allah ihm Frieden schenken, hat Damaskus gebeten, ihm Obst zu schicken. Er sagt, es würde seine Heilung begünstigen.« Ibo schüttelte den Kopf. »Wir geben uns all die Mühe, den Feind zu töten, und unser Herr wünscht ihm gute Genesung.«

Malek lächelte. »Er ist der großzügigste Feldherr, den die Gläubigen jemals gehabt haben, aber er hat ein viel zu weiches Herz. Ich stehe schon sehr lange in seinen Diensten, trotzdem kann ich nicht behaupten, dass ich ihn verstehe.«

Am nächsten Tag, als er Wache vor dem Zelt des Sultans schob, kam ein Mann angerannt, mit staubverkrustetem Gesicht, blutigen Kleidern und schmutzigen Händen. »Es gibt etwas, das Salah ad-Din sehen muss!«, keuchte er.

Malek blickte ihn von Kopf bis Fuß an. »In dem Zustand kannst du nicht zum Sultan.«

Der Mann lachte bitter. »Ich komme aus Akka.« Er breitete die Arme aus, und man sah seine Rippen durch das dünne Gewand.

Malek entschuldigte sich aufrichtig. »Wie laufen die Dinge in der Stadt?« Es war eine dumme Frage, die er augenblicklich bereute.

Der Mann legte den Kopf auf die Seite und musterte Maleks makellose Tunika, seinen blitzblank polierten Schild und die glänzenden Stiefel. »Schlimmer, als du es dir vorstellen kannst«, antwortete er. »Wir sterben wie die Fliegen. Überall Seuchen und Hunger. Es gibt kaum noch etwas zu essen, nicht einmal in den Vorratskammern der Zitadelle. Manche Stadtteile, so heißt es, soll man bei Nacht lieber meiden. Menschen verschwinden, und die Straßenköter, die noch nicht selbst in den Kochtopf gewandert sind, streiten sich um Knochen, die von Gott weiß wem stammen.«

Malek konnte sich nicht vorstellen, dass seine rechtschaffenen Nachbarn so tief gesunken waren, ganz zu schweigen von seiner Familie. Es lief ihm eiskalt über den Rücken.

Plötzlich fiel der Mann bäuchlings auf den Boden und presste die Stirn auf den Boden. Als sich Malek umwandte, stand der Sultan am Eingang des Zeltes.

»Steh auf, ich bitte dich.« Salah ad-Din bückte sich, nahm den Mann am Ellbogen und half ihm auf die Beine. »Sag mir deinen Namen«, sagte er freundlich.

»Ich heiße Iskander und bin der Sohn von Nahr«, antwortete der Mann. Als er das Gesicht hob, um den Sultan anzusehen, stellte Malek fest, dass er jünger war, als er zunächst gedacht hatte, fast noch ein Kind. Aber seine Augen waren älter als alle, die er jemals gesehen hatte. »Vor dem Krieg habe ich mir den Lebensunterhalt als Tänzer verdient. Und jetzt …« Er senkte den Blick. »Jetzt tue ich alles, um zu überleben. Verzeih, dass ich in diesem Zustand vor dich trete, Herr. Aber in der Stadt gibt es nicht einmal mehr Wasser, um sich zu waschen.«

Der Sultan rief nach einem Knappen, doch der Mann schüttelte den Kopf. »Du musst sehen, was wir aus der Stadt mitgebracht haben.«

Malek folgte Salah ad-Din und seinen Emiren, die sich um ein gewaltiges Steingeschoss versammelten, das die Einwohner von Akka aus der Stadt den Hügel hinaufgerollt hatten. »Dieser Stein hat zwölf Menschen getötet, als er auf dem großen Platz einschlug«, erklärte einer der Männer aus Akka. Malek erkannte ihn nicht. Sie waren alle so dünn, dass er nicht einmal seine eigenen Familienangehörigen erkannt hätte. »Sie haben eine gewaltige Maschine namens ›Gottes Steinewerfer‹. Sie hat den Stein in die Stadt geschleudert. Normalerweise würde ein Felsbrocken, der mit solcher Wucht in der Stadt einschlägt, in Stücke zerbersten, aber sieh ihn dir an, er ist kaum beschädigt.«

Keukburi, der Blaue Wolf, fuhr mit der Hand über den Stein, der ihm bis zur Hüfte reichte, und schüttelte verwundert den Kopf. »Wie können sie ein derartiges Geschoss überhaupt laden?«

»Der Stein stammt nicht aus dieser Gegend«, sagte al-Adil finster.

»Wir haben beobachtet, wie die *franj* sie aus den Schiffen rollten«, erklärte einer der Männer aus Akka. »Wir haben gelacht, als wir sahen, wie sich abmühten, um sie durch die Brandung zu tragen. Wir dachten, sie hätten den Verstand verloren.«

»Der englische König hat sie aus Sizilien mitgebracht«, sagte ein hagerer dunkelhäutiger Mann, in dem Malek einen der Gefangenen erkannte, die ausgetauscht worden waren. »Sie bestehen aus besonders hartem Granit und sind um vieles härter als der Kalkstein, aus dem die Mauern von Akka bestehen.« Er sprach ein auffallend reines Arabisch, aber mit einem Akzent, den Malek nicht einordnen konnte. Nach seiner Ankunft vor ein paar Tagen hatte Salah ad-Din ihn beiseitegenommen, und die beiden saßen oft zusammen und unterhielten sich über Literatur und Architektur. Niemand schien zu wissen, wer er war, aber offensichtlich war er sehr beliebt, denn er war höflich und gebildet.

»Deshalb haben sie sie den weiten Weg bis hierher gebracht«, sagte Iskander, überwältigt von so viel Kaltblütigkeit. »Sie wollen uns vernichten.«

»Wir meinten, du solltest dir persönlich ein Bild davon machen, womit wir fertigwerden müssen, Herr«, sagte ein anderer Mann. »Wir sind stolz darauf, unseren Teil im Kampf gegen die Ungläubigen beizutragen. Aber es wird mit jedem Tag schwerer, und wir wissen nicht, wie lange wir das noch durchstehen können.«

Der Sultan nickte; seine Lippen bildeten eine schmale Linie. »Gott ist mit den Aufrechten. Seid standhaft, wir erwarten jeden Tag Verstärkung. Der Islam dankt euch für eure Anstrengungen. Ich danke euch.«

Man führte die Männer ab, damit sie sich erholen und etwas essen konnten. Zwei von ihnen entschieden sich, sofort in die Stadt zurückzukehren, obwohl man ihnen anbot, im Lager zu bleiben.

»Mutige Männer«, sagte Ibo, während er ihnen nachsah. »Sie gehen in ihren eigenen Tod, obwohl sie es wissen.« Als Malek aufstöhnte, biss er sich auf die Lippen. »Tut mir leid, mein Freund. Ich weiß, deine Familie. Möge Allah sie beschützen.«

Später traf eine Brieftaube von den Emiren der Stadt ein. Sie war grau, mit wildem Blick und weigerte sich, den Taubenschlag zu benutzen oder sich lange genug irgendwo niederzulassen, um sich die Botschaft abnehmen zu lassen. Angezogen von den Körnern, die man für sie ausstreute, und zu erschöpft, um den Männern auszuweichen, fiel sie schließlich tot zu Boden. Entsetzt stellte Malek fest, dass die Botschaft weder mit dem üblichen roten Seidenfaden am Fuß des Tiers befestigt noch mit dem üblichen Code verschlüsselt war.

»Wir grüßen unseren Kommandanten und unseren Imam, den siegreichen Salah ad-Din«, las Baha ad-Din vor. »Wenn dieser Beschuss noch lange anhält, wird die Mauer um den Turm der Verdammnis einstürzen. Wir haben keine Vorräte mehr und können nicht mehr lange Widerstand leisten. Verzeih uns diese Worte der Schwäche, Herr, aber wir sind verzweifelt. Wir bitten um deine Unterstützung und deine Hilfe. Gott segne dich. Karakush.«

Beha ad-Din Karakush, Kommandant der Stadt von Akka, stöhnte und legte sich das kalte Tuch auf die Stirn. »Es ist dieser ständige Lärm, der mir so zusetzt. Er lässt einfach nicht nach.«

Das Krachen der Steingeschosse gegen die Befestigungsmauern der Stadt war deutlich zu hören, trotz des Oud-Spielers, der in der Nische der Musiker saß.

»Hier, trink das.« Der Dampf, der aus der heißen Tasse aufstieg, verbreitete den Geruch von Ingwer und Fieberkraut im Raum. Nathanael schloss die Hände des Eunuchen um die Tasse, damit er den Dampf inhalierte, während er trank. Nat hatte auch noch eine Prise Helmkraut hinzugefügt. Die Kopfschmerzen des Emirs hatten sich verschlimmert, kein Wunder.

Nachdem Karakush ausgetrunken hatte, stand er mühsam auf. »Ich muss zur Befestigungsmauer, um den Schaden zu begutachten.«

Nathanael drückte ihn nieder. » In deinem Zustand wirst du nichts ausrichten können. Lass die Menschen nicht sehen, wie schwach du bist, es würde ihnen den Mut rauben.«

»Ich habe versagt. Es war ein strategischer Fehler, die Stadt nicht zu zerstören, aber ich dachte, wir könnten sie verteidigen.«

Nat runzelte die Stirn. Was war denn das wieder für ein Wahnsinn? Wenn die Kräuter Wirkung zeigten und der Druck auf seinen Kopf abnahm, fantasierte der Emir gelegentlich. »Ich weiß nicht, was du meinst«, sagte er leise in der Hoffnung, ihn zu beruhigen. »Sei still. Schließ einfach die Augen und atme tief ein, damit dein Körper die Medizin aufnimmt.« Er musste Nima bei Rana, der Tochter des Fischers, abholen und die Verbände seiner Mutter wechseln. Sara war von einer in Panik geratenen Menschenmenge, die vor einem Feuer in der Medina flüchtete, niedergetrampelt worden. Sie hatte einen gebrochenen Arm und Schürfwunden, die sich trotz seiner Bemühungen entzündet hatten. Durch den Mangel an Nahrung hatten die Menschen keine Kräfte mehr, um gegen eine Infektion anzukommen. Seine Mutter litt. Er machte sich Sorgen, dass sie den Arm verlieren könnte. Es wäre nicht die erste Amputation, die er durchführen musste, aber bei der eigenen Mutter? Er war nicht sicher, ob er dazu imstande wäre.

Der Eunuch packte ihn am Arm. »Ich fühle mich verantwortlich für die Stadt, nicht nur wegen meines Amtes. Wusstest du, dass Salah ad-Din Akka zerstören wollte, nachdem er die Stadt wiedererobert hatte? Er meinte, der Hafen sei strategisch zu wichtig, als dass er den Christen in Hände fallen dürfte. Er war schwer beschädigt, es lohnte kaum, ihn zu reparieren. Aber ich war der Meinung, dass man die Befestigungen der Stadt verstärken könnte, und so beauftragte er mich mit dem Wiederaufbau. Anschließend übertrug er mir die Verantwortung für die Staatskasse, das Heilige Kreuz, das wir in Hattin den Ungläubigen abgenommen hatten, und sein Waffenlager, und schließlich für die ganze Stadt und ihre Bewohner!«

Er lachte bitter. »Im Morgenland gibt es eine Redensart: ›Sei vorsichtig mit dem, was du dir wünschst.‹ Es war anmaßend zu glauben, ich wüsste es besser als der Sultan. Und jetzt kannst du sehen, wohin mich, besser gesagt, uns alle, mein Ehrgeiz geführt hat. Er wusste, dass die Stadt einer Belagerung nicht standhalten könnte. Hatte er sie nicht selbst durch eine Belagerung erobert? Hätte ich bloß auf ihn gehört, dann wären die Menschen in Sicherheit in Damaskus oder an der Küste, und unser Heer wäre nicht hier zwei Jahre lang gebunden gewesen, um die Belagerer zu belagern. Mein Freund Salah ad-Din wäre in seinem Palast bei seinen Frauen und könnte sich von guten Ärzten behandeln lassen, wie deinem armen toten Vater, statt sich in einem schmutzigen Lager Fieber und Koliken zu holen.« Er stieß einen langen Seufzer aus. »Wir können auf diese Weise einfach nicht weitermachen. Wenn wir es tun, werden wir noch alle umkommen.«

Nathanael starrte ihn entsetzt an. »Ich hoffe, dass es dein Kopfschmerz ist, der so spricht. Du kannst Akka unmöglich aufgeben. Nicht nach allem, was wir durchgemacht haben.«

Karakush sah unglücklich aus. Nat merkte, dass seine Reaktion den Statthalter überrascht hatte. Jetzt hob dieser die Hände zum Kopf. »Ich fürchte, wir werden uns ergeben müssen. Ich sehe keine andere Möglichkeit.«

Sie waren so vertieft in ihr Gespräch, dass sie nicht merkten, wie eine große Gestalt in der Tür erschien.

»Wie? Du besprichst unseren Plan mit einem Fremden?«

Der Hüne, der gerade den Raum betreten hatte, hatte eine gewaltige Stimme und einen dichten Bart. Ibn al-Mashtub, der vom Sultan zum Großemir ernannt worden war, sah erst Karakush und dann Nathanael an.

»Er ist kein Fremder, sondern mein Leibarzt«, verteidigte sich Karakush.

Nats Augen funkelten vor Wut. »Ich bin in dieser Stadt zur Welt gekommen«, erklärte er. Dann legte er die Hand auf die Stirn des Eunuchen, presste drei Finger auf seinen Hals und starrte ins Leere, während er langsam zählte. »Erhöht«, sagte er schließlich mit einem Anflug von Befriedigung. Schließlich wandte er sich Al-Mashtub zu. »Weißt du, was ich getan habe, ehe man mich hierhergerufen hat? Ich habe die Christen mit Steinen beworfen, jawohl. Ich stand oben auf der nordöstlichen Mauer und habe mein Leben riskiert wie alle anderen hier, Männer, Frauen, sogar Kinder. Wir haben Steine und Feuer auf die Christen geworfen, Pfeile aufgesammelt, alles, was wir finden konnten. Wir sind Einwohner dieser Stadt, und die meisten von uns sind hier zur Welt gekommen. Für viele von uns ist Akka die einzige Heimat, die wir jemals hatten. Die Menschen sind hier aufgewachsen, haben hier ihre Freunde, ihre Häuser, ihre Familien. Es ist unsere Stadt. Sie gehört uns, und wir sind bereit, bis zum letzten Blutstropfen für sie zu kämpfen. Hast du mit diesen Leuten gesprochen? Hast du sie gefragt, was sie wollen? Glaubst du, es ist ihnen gleichgültig, dass sie diese zwei Jahre umsonst gelitten haben?«

Was er meinte, war: Du bist hier ein Neuankömmling, ein Kurde. Und der Schwarze Vogel ist ein Eunuch aus Ägypten, was wisst ihr schon von Akka?

Der Großemir wirkte verstimmt. »Ich frage nicht«, fauchte er. »Ich erteile Befehle.«

Karakush fuhr zusammen, doch Nat hatte genug gesehen und ließ sich von seinem Getue nicht länger beeindrucken.

Der Eunuch breitete entschuldigend, hilflos die Hände aus. »Akka wird dem Erdboden gleichgemacht werden, wenn wir nicht mit ihnen verhandeln. Die Stadtmauern werden einstürzen. Sie sind von dem ständigen Beschuss so stark beschädigt, dass wir sie kaum noch reparieren können. Und diese Könige sind christliche Edelleute. Ehrenmänner, berühmt für ihre Ritterlichkeit.«

»Ehrenmänner! Ich sage dir, was mein Vater, Gott segne ihn, zu deinem Vorschlag, sich diesen Kerlen zu ergeben, gesagt hätte. Mein Vater war ein Mann des Friedens, aber er war auch ein Gelehrter und überaus weise. Er pflegte zu sagen, dass wir einfach nicht aus der Geschichte lernen, und er hätte dich mit einem Wort daran erinnert: Jerusalem.«

Der Emir und der Eunuch sahen sich verdutzt an.

»Diese Ehrenmänner sind aus demselben Holz geschnitzt wie jene, die die Synagogen von Jerusalem abbrannten, in der sich der Großvater meines Vaters, dessen Schwester, ihr Ehemann, ihre Kinder, seine Großmutter und meine Großtante Miriam befanden. Sie alle verbrannten, während sie um Gnade flehten und draußen das Beste, was die christliche Ritterschaft zu bieten hatte, triumphierte und jubelte und das Feuer schürte. Und dann schlachteten sie alle Muslime ab, die sie fanden – außer denen, die reich genug waren, um ihnen saftige Lösegelder einzubringen. Sie vergewaltigten die Frauen und schlitzten den Kindern den Hals auf. In den Straßen strömte das Blut – und solchen Menschen willst du dich ergeben?«

Auf diesen Redeschwall folgte langes Schweigen. Der Oud-Spieler hatte aufgehört, auf seinem Instrument zu klimpern.

Al-Mashtub sah Karakush an, damit er seinen widerspenstigen »Arzt« zum Schweigen brachte. Schließlich holte der Eunuch tief Luft. »Wir sind alle kultivierte Menschen, wir können uns verständigen, egal wie blutig diese Kriege auch sein mögen. Und dieser englische König, Malik al-Inkitar, ist für seine Ritterlichkeit bekannt. Die Zeiten haben sich geändert, seit Al-Quds den Christen in die Hände fiel. Damals verhielten sich unsere Feinde wie Barbaren, aber jetzt haben wir es mit großen Herrschern zu tun, und die Augen der ganzen Welt sind auf sie gerichtet. Wenn wir um Frieden bitten müssen … Hoffentlich trifft die Verstärkung, die der Sultan eingefordert hat, bald ein, wenn aber nicht, dann müssen wir Bedingungen aushandeln, die die tapferen Bewohner dieser Stadt nicht erniedrigen oder ihr Leid verlängern.«

Nat wollte etwas einwenden, seine Argumente entkräften, doch es war klar, dass es hier nichts mehr zu sagen gab.

»Nein! Nein, du kannst sie nicht mitnehmen!«

Die Vögel stießen einen Lärm aus, den Sorgan noch nie zuvor gehört hatte, als Tarik sie aus dem Taubenschlag nahm. Wenn er oder sein Vater sie in die Hand nahmen, gurrten sie, es war ein leises angenehmes Geräusch, das ihn mit Wärme und Wohlbefinden erfüllte. Doch in diesem Geschrei spiegelte sich Panik wider. Als sich sein Schwager mit einer Taube in jeder Hand wieder aufrichtete, reckten die Vögel ihre Hälse und versuchten, sich mit hervortretenden Augen aus seinem Griff zu befreien.

»Wenn ich sie haben will, nehme ich sie mir. Alles in diesem Haus gehört mir«, erklärte Tarik.

Sorgan runzelte die Stirn. »Aber die Tauben sind nicht in diesem Haus.«

»Geh mir aus dem Weg, du Spinner.«

Sorgan wusste, dass das Wort als Beleidigung gemeint war. Menschen mit hinterhältigen Augen und lachenden Mündern nannten ihn so. Doch Tarik lachte nicht. Seine Augen waren böse und klein, sein Gesicht erhitzt. »Lass sie los!«, rief Sorgan. »Sie gehören nicht dir. Sie gehören Baba, und das hier ist sein Haus, nicht deins.«

Doch Tarik ging weiter, mit gesenktem Kopf wie ein Bulle, der jeden Augenblick zum Angriff übergehen würde. Wahrscheinlich verstärkte sich sein Griff, während der Körper sich anspannte, denn eine der Tauben stieß ein heiseres Krächzen aus.

Sorgan mochte Tarik nicht. Er aß zu viel, und er machte zu viel Lärm. Nachts hörte er aus dem Zimmer seiner Schwester erstickte Schreie, und manchmal waren Zohras Augen am Morgen gerötet und glänzten zu stark, oder sie hatte blaue Flecken auf den Armen. In einer Art Erleuchtung zog nun Sorgan eine Verbindung zwischen Zohra und den Tauben, eine Verbindung, die mit Schmerz zu tun hatte. »Du tust ihnen weh!«

Tarik lachte. »Du bist ja nicht bei Verstand, und dein Vater auch nicht. Wie kann man eine so gute Mahlzeit verschwenden, wenn alle hungern.«

»Sie bringen Botschaften zum Sultan.« Sorgan wusste nicht ganz genau, was ein Sultan war, aber er wusste, dass es wichtig war.

»Zum Sultan! Was muss der denn noch erfahren? Er weiß, dass wir hier verhungern, und tut nichts. Ich nehme die zwei Viecher mit, drehe ihnen den Hals um, und dann wird deine Schwester sie für mich zubereiten. Wie soll ich arbeiten, wenn ich nichts zu essen habe?«

Tarik wollte sich an Sorgan vorbeiquetschen, doch der versperrte die Tür. »Geh mir aus dem Weg!«

»Du kannst die Vögel nicht mitnehmen.«

»Und ob ich das kann!« Tarik kam ihm mit seinem verschwitzten Gesicht ganz nah. »Und ich werde sie ESSEN, und niemand wird mich daran hindern, schon gar nicht ein Schwachkopf wie du!« Er stieß Sorgan mit der Schulter heftig zur Seite und ging auf die Treppe zu. »Ich werde Zohra anweisen, sie mit Mandeln und Datteln zu füllen. Ich weiß, dass sie noch welche hat, hinter ein paar Säcken habe ich ein Bündel gefunden. Sie hat versucht, sie vor mir zu verstecken, die Schlampe.«

Da griff Sorgans Pranke nach dem Ende von Tariks Umhang, sodass der den Halt verlor. Er stürzte die Stufen hinunter und prallte erst mit dem Rücken, dann mit dem Kopf dermaßen heftig auf die steinernen Stufen, dass ein Stück seiner Zunge durch die Luft flog und das Blut spritzte. Er ließ die Tauben los, die davonflogen. Nichts konnte seinen Sturz und sein Geschrei aufhalten. Bis er an der Biegung der Treppe gegen die Wand sackte.

Die Tauben flatterten wild hin und her, setzten sich schließlich auf Tariks reglosen Arm, und dann war alles still. Sorgan lächelte.

Viele Häuser, an denen Nathanael vorbeikam, waren verlassen, die Türen verschlossen, die Fensterläden verriegelt. Andere standen offen, nachdem sie geplündert worden waren. Überall lagen ärmliche Überbleibsel auf dem Boden verstreut – Wäschefetzen, Ton- oder Glasscherben. Er bückte sich und hob ein seltsames Stück Holz auf, ein weggeworfenes Spielzeug, ein kleines Püppchen, dessen Glieder verdreht und kaputt waren. Es war nicht mehr zu reparieren. Was für eine Schande, sonst hätte er es Nima geschenkt als Ersatz für ihr verlorenes Kätzchen.

Kiri war letzte Woche plötzlich verschwunden. Nat konnte sich vorstellen, was geschehen war. In einer Stadt, die allmählich verhungerte, ernährten sich die Leute von Dingen, die sie sonst nie für essbar gehalten hätten. Er hatte sein Bestes getan, um das Tier im Haus zu halten, aber eine Katze ließ sich nicht so leicht einsperren, und je mehr Mühe er sich gab, umso größer erschien Kiri die Herausforderung. Sie war zwischen seinen Beinen in den Hof gelaufen und über die Ranken auf die Mauer geklettert. Dort hatte sie eine Weile gehockt und ihn vorwurfsvoll angestarrt, ehe sie auf das Dach des Nachbarn gesprungen und erst am Abend zurückgekommen war, wenn sie gefüttert wurde. Danach hatte er es aufgegeben und gehofft, die kleine Katze wäre klug genug, um Gefahren aus dem Weg zu gehen. Tagein, tagaus hatte Kiri ihre Fähigkeit zu überleben unter Beweis gestellt. Eines Abends aber war sie nicht wiedergekommen, und Nima hatte sich in den Schlaf geweint. Am nächsten Tag hatten Nathanael und sie die Straßen abgesucht und immer wieder ihren Namen gerufen. Sie hatten sogar an Türen geklopft. Nat hatte die Nachbarn entschuldigend angeschaut, wenn Nima sie liebevoll beschrieb und fragte, ob sie ihr Tigerkätzchen gesehen hätten.

Manche Leute waren verständnisvoll, ein oder zwei gaben der Kleinen sogar etwas zu essen, obwohl sie selbst kaum etwas hatten, das sie teilen konnten – Brot, das sie aus gemahlenen Dattelkernen gebacken hatten, oder ein Stück getrockneten Fisch. Die meisten jedoch waren abweisend, einige sogar höhnisch und wütend. »Eine Katze? Wenn es das Einzige ist, was du vermisst, dann kannst du dich glücklich schätzen.« Ein Mann sagte: »Wenn wir deine Katze gesehen hätten, *habibi*, hätte es am Abend Bratspieße gegeben!« Nach diesem Erlebnis war Nima ganz still geworden.

Nathanael ging nicht mehr in die Nähe des großen Platzes, wo früher der Basar gewesen war. Der Anblick der verlassenen Stände, die leeren Kisten und Stoffplanen, die zersplitterten Steingeschosse, die Krater im Boden, das zerfetzte Schilfrohrdach über der *qissaria*, und der Schmutz, der alles bedeckte, deprimierten ihn zu sehr. Der kleine Henna-Suk, wo er Zohra Najib kennengelernt hatte, war nun verlassen, niemanden kümmerte es, wie er aussah oder roch, wenn er nicht wusste, wo er die nächste Mahlzeit auftreiben sollte.

Er hatte mehr Glück als die anderen. Rana und ihr Vater kümmerten sich um Nima, wenn er arbeiten ging. Im Gegenzug behandelte er Ranas kleinen Bruder. Er litt an Fieberschüben und Schüttelfrost, die nicht aufhören wollten, und die er nur mit heißen Umschlägen und Kräutertees ein wenig lindern konnte. Rana steckte ihm gelegentlich kleinere Fische oder Krabben zu. Bis letzte Woche hatten sie und ihr Vater Nima auch Fischköpfe und -schwänze geschenkt, mit denen sie ihr Kätzchen füttern konnte.

Nathanael seufzte. Ohne die Krabbenfänger und Fischer am Kai wären sie schon längst verhungert, obwohl auch der innere Hafen nicht vor den Geschossen der *franj* sicher war. Erst letzte Woche war ein Fischerboot getroffen worden und gesunken. Und jedes Boot, das versuchte, auf das Meer hinauszugelangen, wurde von den christlichen Schiffen der Blockade aufgebracht.

Rana und ihr Vater wohnten in einer Straße mit Backsteinhäusern in der Nähe der Dockanlagen. Es war ein Armenviertel im besten Falle und inzwischen kaum mehr als ein Elendsquartier. Er klopfte an die Tür des Fischers. Traurig, dass jetzt alle Türen verschlossen waren, dachte er. In Friedenszeiten schienen die Menschen viel vertrauensseliger zu sein, gingen in den Häusern der Nachbarn ein und aus, teilten das Essen miteinander und hielten ein Schwätzchen, liehen sich Töpfe und Zutaten aus, und immer standen die Türen weit offen. Jetzt sah es so aus, als würden sie ihren Nachbarn sogar noch weniger trauen als ihren gemeinsamen Feinden, den *franj*.

»Hallo, ich bin es, Nathanael!«, rief er. Rana öffnete die Tür und ließ ihn hastig herein.

»Sieh mal, Nat, sieh mal!« Nima hielt ihm etwas entgegen. Einen Tontopf voll mit Wasser. Nathanael nahm ihn und führte ihn zum Mund.

»Nein, du Dummkopf!« Die Kleine kicherte so sehr, dass sie sich um ein Haar verschluckt hätte. »Es ist nicht zum Trinken, guck doch mal!« Im Topf schwamm ein kleiner bunter Fisch und suchte nach dem nicht existenten Ausgang aus seinem tönernen Gefängnis. »Rana sagt, diese Art von Fischen kann man nicht essen, deshalb werde ich ihn behalten. Aber wenn Kiri nach Hause kommt, müssen wir ihn vor ihr verstecken, sonst frisst sie ihn auf und wird krank.«

Wie lange wird es wohl noch dauern, bis sie die Katze vergisst, fragte sich Nat und schämte sich anschließend sogleich. Nima liebte das Kätzchen ebenso glühend wie er Zohra. Als Kind sieht man keinen Unterschied in den Objekten seiner Begierde.

Er sah nach dem kleinen Jungen, untersuchte seine Zunge und die Augen, fand jedoch wenig Anzeichen dafür, dass er sich erholte. Wenn er ehrlich war, glaubte er nicht, dass er den Sommer überleben würde, Krieg hin oder her. Doch man durfte den Menschen nicht die Hoffnung nehmen, und als Ranas Vater ihn fragte, erklärte er, dass es ihm weder besser noch schlechter ging, und das war die Wahrheit.

»Vielleicht sollten wir uns doch lieber ergeben«, sagte der Fischer.

Nat war schockiert.

»Wie?«

Der Mann zuckte die Achseln. »Heute Morgen ist ein Schwimmer zu Salah ad-Din aufgebrochen, er soll den Sultan im Namen des Kommandanten fragen, ob sie um einen Waffenstillstand bitten dürfen, um die Bedingungen für eine Waffenruhe auszuhandeln.«

»Noch einer?«

»Es ist mindestens die zweite Anfrage. Letztes Mal lautete die Antwort Nein, und ich glaube nicht, dass er dieses Mal seine Meinung ändern wird. Leider.« Der Fischer hielt inne. »Ich kann nur hoffen, dass der Junge es dieses Mal schafft, er sah so müde und dünn aus ...« Zu spät verstummte er, das Gesicht seiner Tochter war verschlossen und stumm.

Dass die Kommandanten der Stadt die Möglichkeit in Betracht zogen, sich zu ergeben, hatte Nat wütend gemacht. Sie hatten nicht das Recht, über das Schicksal der Bewohner einer Stadt zu entscheiden, in der sie kaum gelebt hatten und mit der sie auch emotional nichts verband. Aber dass der Fischer den Vorschlag guthieß war ernüchternd. Vielleicht liege ich doch falsch, dachte Nat. Ein seltenes Eingeständnis.

Auf dem Rückweg in die Straße der Schneider achtete er kaum auf Nimas Geplapper. Er war so sehr in Gedanken, dass er nicht hörte, wie man seinen Namen rief. Dann sagte Nima plötzlich: »Sieh mal, da ist Zohra!«

Zohra Najib hatte das Haus offensichtlich in aller Eile verlassen, denn sie trug keinen Schleier, und ihr schwarzes Haar flatterte wie das einer Medusa. Sie packte Nathanael am Arm. »Du musst kommen, schnell. Du musst mir helfen, Nat, bitte. Ich habe sonst niemanden, an den ich mich wenden könnte.«

Es war augenblicklich klar, dass kein Arzt mehr etwas für Tarik Assad tun konnte. Er lag am Fuß der Treppe, den Kopf verdreht, als hätte er sich das Genick gebrochen. Sorgan saß oben auf den Stufen, reglos wie eine Statue.

»Wir müssen ihn wegbringen und verstecken«, sagte Zohra.

»Ich habe ihn getötet«, erklärte Sorgan. Eine gewisse Schadenfreude war nicht zu überhören. »Er hat den Tauben wehgetan. Er hat Zohra wehgetan.«

Nat spürte, wie die alte Wut in ihm hochkam. Verfluchter Kerl, er wünschte, er hätte ihn selbst getötet. »Schweig!«, befahl Zohra ihrem Bruder. »Du darfst nicht darüber reden! Habe ich dir das nicht gesagt?« Sie warf Nathanael einen hilflosen Blick zu. »Sie stecken ihn ins Gefängnis, vielleicht hängen sie ihn sogar auf. Nach Mutter, Aisa und Kamal …« Ihre bernsteinfarbenen Augen füllten sich mit Tränen. »Ständig verschwinden hier irgendwelche Leute«, sagte sie. »Sie flüchten aus der Stadt, laufen zum Feind über oder versuchen, in Salah ad-Dins Lager zu gelangen. Und Tarik ist nicht gerade als Held aufgefallen.«

»Sie werden Fragen stellen, Liebling.«

»Ja, aber solange es keine Leiche gibt …«

Nat fuhr sich mit der Hand über das Gesicht und seufzte. »Lass mich überlegen.«

Die Gegend um das Osttor war das Schlimmste, was er je gesehen hatte. Die Häuser waren zerstört, entweder niedergebrannt oder eingestürzt, und mitten in den Ruinen hatte man zwei riesige Katapulte aufgestellt. Die Trümmer der Häuser wurden als Geschosse gegen den Feind benutzt. Hier war der Lärm der feindlichen Geschosse besonders laut zu hören, und manchmal sah man Wolken von Mörtel aufwirbeln, wenn die feindlichen Geschosse einschlugen.

»Ich suche den Schmied Mohammed Azri«, rief er einem der Soldaten zu, der Dienst hatte, doch der Mann schüttelte nur den Kopf, genau wie das Dutzend weiterer Menschen, die er fragte.

Doch am Ende der Straße stieß er auf die Ruinen einer Schmiede und einen jungen Mann, der Stücke von Roheisen rettete.

»Ich suche Mohammed Azri«, sagte Nat.

Der Mann richtete sich auf und reichte ihm die Hand. »Ich bin sein Sohn Saddiq. Wir haben die Schmiede an einen sicheren Ort gebracht.« Er war jung, groß gewachsen und hatte ein hageres Gesicht. So wie das Gewand um ihn flatterte, musste er einmal sehr muskulös gewesen sein – ehe der Hunger die Oberhand gewonnen hatte.

Er führte Nat durch die engen Gassen Richtung Stadtmitte bis zu einer Straße, über die man zum Basar gelangte. Früher war es ein ruhiges Stadtviertel gewesen, in dem Buchbinder und Parfümhändler ansässig waren. Dahinter erhob sich das Minarett der Freitagsmoschee. Jetzt gab es hier nur noch die üblichen, mit Brettern vernagelten Türen und Stände, und überall roch es verbrannt. Sie drängten sich durch eine dichte Menge von Arbeitern, die Schubkarren mit Holz und Kohle schoben. Im Innern der neuen Schmiede fachten mit Ruß bedeckte junge Männer das Feuer mit Blasebälgen an, während eine Gruppe von älteren Männern das Metall erhitzte und anschließend aushämmerte. Aus Haushaltsgeräten, Hufeisen und Kohlepfannen wurden Pfeilspitzen, Schwerter und Speerspitzen geformt, die von den wartenden Soldaten und Freiwilligen der Garnison abgeholt wurden, sobald sie abgekühlt waren. Diese Leute machten nicht den Eindruck, als wären sie gewillt, den Kampf ohne Weiteres aufzugeben, schoss es Nathanael durch den Kopf. Im Gegenteil, sie wirkten ungeduldig und entschlossen. Im größten, über seine Geräte gebeugten Schmied erkannte er den Mann, der die bewusstlose Nima zu seinem Haus getragen hatte, nachdem das Geschoss in der Bäckerei eingeschlagen war und ihre arme Mutter getötet hatte.

Nat wartete auf eine Möglichkeit, mit dem Schmied zu sprechen, während er beobachtete, wie sich die Hämmer im Takt hoben und senkten. Helle Funken sprühten aus den lodernden Feuern. Doch nach einer Weile schlug einer der Männer daneben und taumelte, bevor er wie ein gefällter Baum zu Boden fiel. Die anderen trugen ihn aus der Hitze der Öfen, und anschließend ging das Hämmern weiter. Nathanael riss sich zusammen. »Ich bin Arzt, lasst mich zu ihm durch.«

Der Mann war nicht bewusstlos, aber noch immer benommen. »Hast du denn überhaupt etwas gegessen?«, fragte er. Der Schmied blinzelte zu ihm auf und krächzte: »Nein, du etwa?«

Die Menschen hatten durch die Belagerung ihren Sinn für Humor verloren, doch diese Antwort sorgte für Gelächter. Jemand brachte dem Mann ein Stück Fladenbrot und etwas Linsenbrei, ein anderer gab ihm Wasser zu trinken, und bald war er wieder auf den Beinen.

Mohammed Azri gesellte sich zu Nat. »Ich kenne dich«, sagte er. »Du bist doch der Sohn des Arztes.«

»Jetzt bin ich der Arzt.«

»Bist du gekommen, um den Gefallen einzufordern, den ich dir schulde?«

Nathanael nickte. »Vielleicht lehnst du ab, wenn du erfährst, worum es geht.«

Mohammed Azri führte ihn in den hinteren Teil der Schmiede, wo ein Samowar auf einem kleinen Feuer stand, und füllte eine blassbraune Flüssigkeit in eine Schale. Sie schmeckte nicht wie ein Tee, den Nat kannte, trotzdem nahm er dankbar einen Schluck. Er erklärte dem Schmied nur das Nötigste, und der stellte kaum Fragen. »Ich werde es tun, aber nur, weil du mich darum bittest«, sagte er schließlich. »Wir treffen uns in den frühen Morgenstunden an der Kleinen Moschee.«

Nathanael hatte Tariks Beine ausgestreckt, ehe die Leichenstarre einsetzte, trotzdem schafften sie es nur zu fünft, den Körper zu bewegen. Sie waren so schwach und Zohras Mann so schwer.

»Er hat sich trotz der Belagerung nicht gerade zurückgehalten«, sagte Saddiq und verzog verächtlich das Gesicht.

Zohra lachte bitter. »Nein. Tarik hielt nicht viel von Zurückhaltung.«

Baltasar war von dem Lärm aufgewacht, der von den gekachelten Wänden widerhallte, und schrie aus seinem Bett nach Zohra, die zu ihm lief und ihm noch etwas von dem Baldrian einflößte, den Nat ihr gegeben hatte. Anschließend schlief er bis nach dem ersten Morgengebet. In der Zwischenzeit hatten sie Tarik Assads in ein Leichentuch gewickelten Körper zu seiner letzten Ruhestätte getragen, einem offenen Grab neben der Ostmauer, wo die Leichen der Armen bestattet wurden. Nat starrte auf das Massengrab und die trostlose Umgebung und spürte die Wut, die er so lange unterdrückt hatte. Das hier war seine Stadt, seine Heimat. Es waren gute, anständige Menschen, die diesen Konflikt nicht gesucht hatten, sondern zwischen zwei kriegführende Mächte geraten waren.

Bevor sie den Ort verließen, neigte der Schmied den Kopf und sagte: »O Allah! Nimm dich seiner an, verzeih ihm seine Sünden und wasche mit Wasser und Schnee alle Makel von ihm, sodass er rein werde wie ein Tuch, das von allem Schmutz geläutert wurde.«

Nathanael sah Zohra an, und sie erwiderte seinen Blick einen intensiven Augenblick lang, dann sah sie auf die in das Tuch gehüllte Leiche hinab. »Jetzt bin ich Witwe«, flüsterte sie und begann zu zittern.

Sorgans Magen knurrte laut. Saddiq klopfte ihm auf die Schulter. »Das ist das Problem, wenn man so groß ist wie du«, sagte er. »Dann klingt der Bauch viel lauter.«

»Ja, und er ist auch viel leerer«, gab Sorgan zurück.

Mohammed Azri wandte sich zu Zohra um. »Ich wünsche dir alles Gute!«

Sie ergriff seine Hand. »Ich weiß nicht, wie ich dir danken soll.«

Sein Blick schweifte zu ihrem großen Bruder, dann zurück zu ihrem emporgewandten Gesicht. »Aber ich. Wir brauchen dringend Hilfe an den Öfen. Könnte er nicht gelegentlich einspringen?«

»Frag ihn.«

Der Schmied lächelte Sorgan zu. »Sag mal, junger Mann, magst du Feuer?«

Sorgans Augen leuchteten auf. »Ich liebe Feuer.«

ACHTUNDZWANZIG

Ein Leben lang hatten sie mir mit der Hölle in den Ohren gelegen. Seit den ersten Tagen, als ich noch ein wilder Junge war und in das Kloster St Michael on the Mount kam, hatten sie sie mir eingehämmert. Im Matthäus-Evangelium wird beschrieben, wie die Hölle Körper und Seele zerstören kann. Und nun war Akkon für mich zum Sinnbild dieser Hölle geworden.

Draußen vor den Mauern hörte man den ewigen Lärm gepeinigter Seelen, immer brannte ein unauslöschliches Feuer, und nachts tobte der Sturm der Finsternis. Wie es dann erst innerhalb dieser Mauern zugehen mochte, wusste nur Gott allein. Wir hatten die Befestigungsmauer ununterbrochen beschossen und unser griechisches Feuer darüber geschleudert. Wenn es so weiterging, würde nichts übrig bleiben als Schutt und Asche. Doch vielleicht war es genau das, was die Könige bezweckten, für die wir den Kopf hinhielten. Denn sie waren Engel mit schrecklichen Waffen, die bei ihrem Zerstörungswerk keine Gnade kannten.

König Richard war so erpicht darauf, die Stadt vor dem französischen König Philip Augustus einzunehmen, dass er nicht einmal auf die Krankheit Rücksicht nahm, die ihn heimgesucht hatte. Er hatte das Krankenbett verlassen, zu dem seine Leibärzte ihn verdonnert hatten, und da er zu schwach war, um auf den Beinen zu stehen, hatte er sich eine Art Bretterverschlag bauen lassen, in dem er liegen und seinen mächtigen

Bogen abschießen konnte, um zu Ruhm zu gelangen. Mittlerweile hatten König Philips Maulwürfe fast ein Loch in die dicke Wand neben dem Turm der Verdammnis gegraben und ein Feuer unter dem Turm selbst gelegt, um ihn zu zerstören. Doch bis jetzt war er nicht eingestürzt, und die Verteidiger hielten immer noch durch. Und so ging das Bombardement weiter.

Unser König erklärte, dass er jedem, der ihm persönlich ein Stück von der Mauer brachte, einen ganzen Wochenlohn zahlen würde. Vier byzantinische Goldmünzen! Die Herolde, die diese Nachricht verkündeten, wurden fast niedergetrampelt, als sich alle im Laufschritt auf den Weg machten. Aus unserer Truppe gelang es nur Quickfinger, die Aufgabe zu erfüllen. Er nahm einem Mann, der Schwierigkeiten hatte, aus dem Graben herauszuklettern, den Stein ab und eilte durch den dichten Rauch zurück, um sich seine Belohnung abzuholen. Ezra war bei den anderen Bogenschützen einquartiert worden, sodass ich sie in den letzten Wochen kaum zu Gesicht bekommen hatte. Little Ned dachte nicht daran, sich in Gefahr zu begeben. »In der Hölle kann man seinen Lohn schließlich nicht verbraten, oder?«, sagte er und spuckte verächtlich aus. Und Hammer hatte dem Herold einen Blick zugeworfen, als würde er ihn am liebsten umbringen.

Ich musste an die Worte des Mauren denken. Am Ende, *habibi*, ist das Geld so wenig wert wie eine Handvoll Staub.

Ich wurde dazu verdonnert, Steine für »Gottes Steinewerfer« zu schleppen, das riesige Katapult, das König Richard mitgebracht hatte. Es feuerte nur auf den bereits geschädigten Bereich um den Turm der Verdammnis, während die beiden anderen gewaltigen Steinschleudern, die von den Tempelrittern und den Maltesern bedient wurden, sich die Befestigungsmauer von Akkon vornahmen. Manche Brocken, die wir schleppen mussten, kamen aus Sizilien und waren mit den Schiffen des Königs eingetroffen. Es bedurfte mehrerer Männer, um sie zu bewegen und die Katapulte damit zu beladen. Es war einfacher, aber weniger effektiv, die Steine der abbröckelnden Mauer aufzusammeln, jene, die von den Waghalsigen und Verzweifelten mit bloßen Händen aus der Mauer gehauen und im Lager des Königs aufgestapelt worden waren. Sie waren wertvoller als Gold. Wie auch immer, unser Trommelfeuer war unablässig, trotzdem hielten die Verteidiger stand. Wir mussten unablässig vor ihren Bogenschützen, vor den Geschossen ihrer Katapulte und vor allem ihrem griechischen Feuer auf der Hut sein, das sie von der Mauer auf uns hinabschleuderten. Immer wieder mussten wir Flammen löschen und dabei aufpassen, dass wir nicht von der klebrigen Masse bespritzt wurden. Hatte man einmal Feuer gefangen, war man verloren. Die Körper hörten einfach nicht mehr auf zu brennen, wie Kerzen ohne Docht, bis nur noch ein übler Gestank übrig blieb. Ich war sogar Zeuge geworden, wie man lichterloh brennende Menschen auf die Katapulte gehievt und sie mit den Steinen über die Mauer geschleudert hatte. Als ich das zum ersten Mal sah, traute ich meinen Augen nicht, aber nach einer Woche hatte ich mich daran gewöhnt und sah darin nur eine von zahllosen Ungeheuerlichkeiten des Krieges.

Es war einfach zu viel für den Einzelnen. Ich hatte gesehen, wie Männer den Verstand verloren, sich Kleider und Rüstung vom Leib rissen und ins Meer stürzten, um nach Hause zu schwimmen. Ich hätte mich ihnen angeschlossen, aber ich konnte nicht schwimmen. Ich hatte auch gesehen, wie sich Menschen von der Mauer der belagerten Stadt in den Tod stürzten. Weiß der Himmel, wie es darin aussah, wenn die Einwohner es vorzogen, auf diese Weise zu sterben.

Doch dann passierte am folgenden Tag etwas höchst Merkwürdiges. Mitten am Tag verschwand plötzlich die Sonne, ohne jegliche Vorwarnung, und Dunkelheit senkte sich über das Schlachtfeld. Es war eine beunruhigende, ja unheimliche Finsternis, anders als alles, was ich je erlebt hatte. Einige Kämpfer fielen auf die Knie und beteten. Andere, die zum Himmel aufgesehen hatten, als es geschah, erblindeten. Die Menschen hier unten auf dem Schlachtfeld wie auch oben auf den Mauern flehten ihre Götter um Gnade an.

»Gott ist zornig auf uns!«

»Wir sind allesamt verflucht!«

Doch ebenso schnell wie die Finsternis über uns gekommen war, kehrte jetzt das Licht zurück und breitete sich wieder am Himmel aus. Der Bischof von Salisbury hob die Arme. »Die Sonne soll in Finsternis und der Mond in Blut verwandelt werden, ehe denn der große und schreckliche Tag des Herrn kommt!«

Hammer verzog angeekelt das Gesicht. »Heute Nacht also ein Blutmond, Jungs.«

Wir waren nur widerwillig zu unserer Arbeit an den Katapulten zurückgekehrt, als ein Knappe angerannt kam. »John Savage: Seine Lordschaft Savaric de Bohun verlangt nach dir!«

Beinahe erleichtert folgte ich ihm zu Savarics Zelt.

Leider hielt dieses Gefühl nicht lange an. »Komm mit, John«, sagte Savaric. »Wir müssen zum König.«

Hätte man mir den großen Mann in dem großen Zelt als König Richard von England vorgestellt, hätte ich laut losgelacht. Wo war dieser große, rüstige und gefährliche Löwe, der sich in London selbst die Krone aufgesetzt hatte? Der Mann, der dort zwischen den Kissen hockte, wirkte eingefallen, die Augen glänzten viel zu hell in den knochigen Augenhöhlen, das rotblonde Haar war strähnig und dunkel. Als ich hinter Savaric das Zelt betrat und dieser mich vorstellte, beugte sich der König vor und umklammerte meinen Arm mit einer feuchtkalten Hand. Blonde Härchen sprossen auf seinen Fingerknöcheln. »Du musst nach Akkon, John Savage«, eröffnete er mir mit heiserer Stimme, und als er die Lippen verzog, um den Namen der Stadt auszusprechen, sah ich das Blut auf seinem Zahnfleisch. Wir waren alle krank, an Körper und Seele, aber als ich diesen riesigen Mann in solch einem Zustand sah, war ich schockiert. Ich musste mich zwingen, mich darauf zu konzentrieren, was er sagte.

»Diese Finsternis: Das war ein Zeichen, ein Zeichen dafür, dass sich die Sarazenen darauf vorbereiten, das Heilige Kreuz zu zerstören. Wir sind auf eine harte Probe gestellt worden, aber das hier ist die größte. Wenn wir das Kreuz nicht retten, sind wir alle verflucht, und unser Feldzug wird scheitern. Die Kirche betet nicht für die verfluchten Seelen, wusstest du das?« Er fantasierte. Ich war zu Tode erschreckt.

»Ich habe einen Spion, der aus der Stadt gekommen ist, und er weiß, wo sie das Heilige Kreuz aufbewahren. Er wird dich zu ihm führen, nicht wahr, mein Junge … wie heißt du? Komm her, ich will dir John Savage vorstellen.«

Ein schmaler, dunkelhäutiger Junge trat aus dem Schatten im hinteren Teil des runden Zelts und warf sich auf orientalische Weise vor dem König nieder. Dann erhob er sich geschmeidig wieder und blieb reglos stehen, mit an den Seiten herabhängenden Armen. Er hatte große schwarze Augen, fein gemeißelte Züge und einen zarten Flaum am Kinn. Im flackernden Schein der Kerze ging etwas Beunruhigendes von ihm aus: Er sah eher aus wie ein Mädchen als ein Junge.

Was hätte ich sagen sollen? Man kann die Bitte eines Königs nicht abschlagen – jedenfalls nicht offen – in der Hoffnung, am Leben zu bleiben. Ich verbeugte mich und murmelte eine Antwort. Doch kaum hatten wir das Zelt verlassen, sagte ich zu Savaric: »Ich werde den Teufel tun, nach Akkon zu gehen, um irgendeine alte Reliquie zu retten.«

»Du könntest über Nacht reich werden, John.«

Ich verschränkte die Arme. »Kommt nicht infrage.«

»Ich sage es sehr ungern, John, aber … nun ja, ich wäre gezwungen, dem König zu erzählen, was Geoffrey de Glanvill widerfahren ist.«

»An diesem … Unternehmen war nicht nur ich beteiligt.«

»Und was meinst du, wem würden sie glauben, wenn es hart auf hart kommt, John?«

Ich schloss die Augen. Ich war ein toter Mann, so oder so.

Zu meiner großen Überraschung war es nicht schwer, die Truppe für diese närrische Mission zu gewinnen. Sie hatten die Märchen von dem sagenhaften Goldschatz, den Juwelen und Münzen gehört, die die Sarazenen in der Stadt gebunkert hatten. Eine derart gewagte Mission gab ihnen das Gefühl, erneut pfiffige Einzelgänger zu sein, die die Leichtgläubigen und Einfältigen hinters Licht führten. Danach sprachen sie nur noch von dem Schatz und was sie damit anstellen würden. Die Frauen, die sie kaufen, das Land, das sie besitzen, die Häuser, die sie bauen würden, und vor allem, wie sie sich den Bauch vollzuschlagen gedachten.

»Jede Nacht geröstetes Ochsenfleisch«, sagte Ned. »Über einem Feuer qualmend und zischend, während zwei vollbusige Nutten den Spieß drehen.«

»Vier«, sagte Quickfinger grinsend. »Halb nackt wegen der Hitze.«

»Schwan«, sagte Will. »Mit allen möglichen anderen Vögeln gefüllt, wie bei diesem königlichen Bankett, von dem du uns erzählt hast.«

Einmal mehr musste ich all die Speisen auf den überquellenden Tischen aufzählen, während die Truppe grunzte und seufzte und sich die unmöglichsten Dinge versprach. Am Ende, als sich ihre Fantasien erschöpft hatten, stellte Quickfinger die einzig vernünftige Frage. »Aber wie kommen wir wieder von dort weg? Reinkommen ist einfach, aber raus, obendrein mit all den Schätzen?« Dann wackelte er bedeutungsvoll mit den Brauen.

»Es wird ein Boot geben«, antwortete ich und konnte ihnen ihre Skepsis nicht verübeln. Ich hatte sie ja ebenso verspürt, als Savaric es mir erklärte. »Du musst nur am Turm der Fliegen vorbei, der den Zugang zum Hafen der Stadt bewacht«, hatte er gesagt. »Sobald du die Hafenkette passiert hast, wird dich eins unserer Schiffe aufnehmen. Ich habe dem Kapitän bereits einen Vorschuss bezahlt.«

»Bei Euch klingt immer alles ganz einfach«, entgegnete ich.

Er nickte ernst. »Ist es auch, mein Junge! Das ist ja das Schöne daran.«

Er war selbst so davon überzeugt, dass er auch mich fast überzeugt hätte. Fast.

Dieses Mal kam die Botschaft mit einem Schwimmer. Einem jungen Mann, der völlig erschöpft war. Kurz vor Sonnenuntergang geleitete Malek ihn zum Kriegszelt des Sultans. Sein Oberkörper war nackt, das trocknende Salz bildete eine Kruste auf seiner Haut, und alle Anwesenden registrierten die auffällige Geometrie seiner Rippen. Seine Niederwerfung vor dem Sultan war mehr ein Zusammenbruch als ein Zeichen der Höflichkeit.

Salah ad-Din half ihm persönlich beim Aufstehen und nahm ihm die Botschaft ab, die in ein Stück Wachstuch gewickelt war.

Baha ad-Din las sie laut vor:

»Saif ad-Din Ali al-Mashtub und Beha ad-Din Karakush grüßen als getreue Diener ihren geliebten Sultan, Salah ad-Din Yusuf ibn Ayyub, Kommandeur der Gläubigen und Hoffnung des Islam. Es schmerzt uns, dir berichten zu müssen, dass wir so erschöpft und verbraucht sind, dass wir keine andere Möglichkeit sehen, als uns zu ergeben. Wenn du nichts zu unserer Rettung unternehmen kannst, werden wir den Christen die Kapitulation anbieten, unter der Bedingung, dass sie unser Leben verschonen.«

Malek schloss die Augen. Der Sultan – den sonst nichts erschüttern konnte – vergrub den Kopf in den Händen. Als er wieder aufblickte, war er totenbleich, seine Haut war fahl, die hellen Augen waren glanzlos. Malek spürte einen Anflug von Mitgefühl mit seinem Feldherrn. »Wissen sie denn nicht, dass wir Verstärkung erhalten haben?«, fragte Salah ad-Din. Vor einigen Tagen waren frische Truppen aus Sindschar und Ägypten eingetroffen, gefolgt von Ala ad-Din, dem Herrscher von Mossul.

»Sie haben bestimmt ihre Banner gesehen, Herr«, gab sein Bruder, Al-Adil, leise zurück. »Trotzdem ist es uns bislang nicht gelungen, die feindlichen Linien zu durchstoßen, das muss den Emiren bewusst sein.«

»Der Emir von Schaizar ist auf dem Weg hierher und auch mein Neffe. Sie müssen durchhalten, nur ein bisschen länger. Sie müssen es schaffen!« Der Sultan wandte sich an den Boten. »Kannst du zurückschwimmen? Nein, antworte nicht. Ich weiß, dass du Ja sagen wirst, doch mir ist klar, dass du völlig erschöpft bist. Wir schicken eine Taube.«

Man hörte leises Murmeln im hinteren Teil des Zeltes, dann hüstelte Imad ad-Din höflich. »Herr, ich muss berichten, dass wir keine Tauben mehr haben, die wir schicken könnten. Aus der Stadt sind heute keine zurückgekommen, und im Taubenschlag gibt es keine mehr.«

Der Sultan griff nach seinem Koran und schlug ihn willkürlich auf. Dann las er stumm einen Augenblick und zitierte schließlich: »›Sehen sie nicht die Vögel, die in Dienstbarkeit gehalten sind im Gewölbe des Himmels? Keiner hält sie zurück als Allah. Wahrlich, darin sind Zeichen für Leute, die glauben.‹« Er sah auf, und sein Gesicht war ernst. »Darauf werden wir vertrauen und die Ankunft der Tauben abwarten.«

Und tatsächlich trafen kurz nach Sonnenuntergang zwei Tauben ein.

Die Krieger sprangen in den Sattel. Malek streichelte Asfars Flanke. Heute würden sie nicht auf der Anhöhe zurückbleiben, um die Schlacht zu beobachten. Dieses Mal würden sie vorneweg reiten, und der Sultan und sein Bruder würden sie anführen, so verzweifelt waren sie. Sie stürmten den Hügel hinab, ein Bataillon nach dem anderen, zum dumpfen Klang der Trommeln und Posaunen. Die orangefarbenen Banner flatterten im Wind, und die Männer riefen: »Für Gott und Akka!« Der Lärm war gewaltig, die Erde donnerte und bebte, und als die *franj* sie sahen, nahmen sie ihre Stellungen ein, schleuderten ihre Pfeile gegen sie und erhoben ihre Speere und Piken, um die Reiterei aufzuhalten. Immer wieder griff das muselmanische Heer an, und jedes Mal wurde es zurückgeworfen, denn die Fußsoldaten der *franj* standen wie eine Mauer.

Der Sultan war unermüdlich, rastlos wie eine Mutter, die um ihr verlorenes Kind trauert; Tränen standen ihm in den Augen, während er von Bataillon zu Bataillon ritt und seine Männer anspornte.

Malek sah einen riesigen *franj*, der oben am Erdwall stand und die Angreifer aufhielt, obwohl ein Dutzend Pfeile ihn getroffen hatte. Erst als einer der Krieger ein Gefäß mit griechischem Feuer auf ihn schleuderte, stürzte der Mann lichterloh brennend zu Boden. Im Gegenzug töteten die Christen mehrere Gefangenen, indem sie sie mit griechischem Feuer bewarfen und wie Fackeln auf ihrem Erdhügel aufstellten. Entsetzt sprach Malek ein Gebet, ohne den Blick von den armen Teufeln abwenden zu können. Dann hörte er hinter sich einen Schrei und musste zu seinem Entsetzen feststellen, dass seine eigenen Leute dasselbe mit einem christlichen Gefangenen machten. Der Rauch der beiden Scheiterhaufen vermischte sich zu einem ranzigen, säuerlichen Gestank, der in Maleks Augen brannte. Zumindest war das seine Entschuldigung für die Tränen, die er vergoss. Und unentwegt beschossen die gewaltigen Katapulte die Stadt.

Immer wieder lösten sich die Bogenschützen aus der Reiterei und sandten brennende Pfeile über die Erdwälle hinweg auf die Katapulte und die Krieger, die sie bedienten, doch die christlichen Bogenschützen leisteten Widerstand und schienen obendrein treffsicherer zu sein. Vor allem ein Mann in einem grünen Umhang, der auf dem Erdwall stand und die Schulter nach vorn geschoben hatte, um weniger Angriffsfläche zu bieten, feuerte einen Pfeil nach dem anderen von seinem seltsamen langen Bogen ab, und keiner verfehlte sein Ziel. Malek wendete sein Pferd, schlug einen Feind nach dem anderen nieder, doch jedes Mal wenn er sich umsah, stand der Schütze immer noch da. Er hatte einen kleinen Wald von Pfeilen vor sich aufgepflanzt, schoss, bückte sich, nahm den nächsten, spannte den Bogen und schoss erneut. Wie mutig, dachte Malek halb bewundernd. Im gleichen Augenblick tauchte ein christlicher Krieger vor ihm auf und versuchte, ihn aus dem Sattel zu stoßen. Es war wichtiger, sich aufs Überleben zu konzentrieren. Er holte aus und traf den Mann mit seinem Schild, der daraufhin zu Boden stürzte und von Asfars Hufen niedergetrampelt wurde. Rechts von sich hörte er die Kriegsrufe des Sultans. Er drehte sich rechtzeitig um und sah, wie ein Pfeil den Turban des Sultans streifte, einen Fetzen Tuch mitnahm und einen Leibwächter traf, der hinter ihm stand. Entsetzt sah Malek, wie sein Freund Ibrahim schreiend zu Boden ging.

»Ibo!« schrie er verzweifelt. »Nein, Ibo!«

Er stieß Asfar die Fersen in die Seiten und ritt auf seinen gefallenen Kameraden zu, doch der Druck der Körper war zu groß, die Flut des Kampfes zu heftig, sodass er Mühe hatte, sich im Sattel zu halten. Ein neuer Pfeil schoss dicht an dem Sultan vorbei, und noch einer. Malek sah, dass der Bogenschütze im grünen Umhang der Täter war. Wutschnaubend zwang er Asfar vorwärts und bahnte sich mit seinem Schwert einen blutigen Weg durch die Fußsoldaten, die von allen Seiten auf ihn zustürzten. »Für Ibo!«, schrie er. »Für Ibrahim!«

Bald stellte er fest, dass er nicht der Einzige war, der den grün gekleideten Bogenschützen als Bedrohung identifiziert hatte. Er beobachtete, wie ein anderer Mann ausholte und seinen Speer warf. Der flog elegant durch die Luft und fand sein Ziel. Der grün gekleidete Bogenschütze ging mit einem Aufschrei zu Boden.

Bei diesem Schrei fuhr es Malek eiskalt über den Rücken. Noch ehe er wusste, was er tat, hatte er sein Pferd an den Fuß des Schutzwalls geführt, wo der Körper des Schützen lag. Er sah, wie der Mann sich auf seinen Bogen stützte und versuchte, sich aufzurichten. Er beugte sich vom Sattel hinunter, packte ihn, hievte ihn hoch und warf ihn über den Sattel mit einer Leichtigkeit, die ihn selbst überraschte und dann auch wieder nicht. Anschließend machte er kehrt und lenkte Asfar dorthin zurück, wo sich der Sultan mit seinem Kader befand.

Er hatte noch nie zuvor einen Gefangenen gemacht. Als

Mitglied der Leibwache hatte er dringendere Aufgaben als nach persönlichem Ruhm zu trachten oder an einen strategischen Gefangenenaustausch zu denken, und als er zu seinen Kameraden zurückkehrte, bereute er sein unüberlegtes Abenteuer bereits.

Doch Salah ad-Din warf einen Blick auf die Gestalt, die über Asfars Rücken lag, und nickte zustimmend. »Er trägt die Farben des Propheten. Möge Gott ihn segnen, denn er hat mutig gekämpft, und wenn er sterben muss, so möge es im Schutz unseres Lazaretts geschehen.«

Das Zwielicht der Abenddämmerung färbte die Luft violett, doch die Verteidigungslinien der *franj* waren immer noch intakt, und die Bombardierung der Stadt setzte sich unaufhaltsam fort. Müde zogen sich die Aufrechten ins Lager zurück, während der Muezzin zum Gebet rief, und sammelten auf dem Weg ihre gefallenen Kameraden auf.

Die Mitglieder der Leibwache übergaben den Sultan seinen wartenden Ärzten, doch der fand noch immer keine Ruhe. Er ging zum Rand des Hügels und sah auf die Stadt hinunter, die er bald verlieren würde, auf die Feuer und die Geschosse, die ihre Mauern trafen, auf die Seeblockade der christlichen Schiffe, die auf eine Gelegenheit warteten, zu plündern und zu vergewaltigen, und dann kamen ihm die Tränen und rollten über seine schmutzigen, eingefallenen Wangen.

Nach seiner Entlassung führte Malek Asfar zum Lazarettzelt des Lagers. Sein Gefangener hielt immer noch den Bogen umklammert, der ihnen so viel Verwüstung gebracht hatte, und niemand konnte ihn dazu bewegen, sich von ihm zu trennen. Schließlich löste sich ein großer, dunkelhäutiger Mann aus der Gruppe der Pfleger und sprach in der Sprache des Feindes mit dem Bogenschützen. Der riss entsetzt die Augen auf und versuchte aufzustehen, doch der Arzt hielt ihn sanft zurück und löste den Bogen aus seinen verkrampften Fingern. Der Mann in dem grünen Umhang ließ es widerstandslos geschehen und zupfte schwach an seinem blutigen Wams.

»Du hast gut daran getan, diesen … Mann zu retten«, sagte der dunkelhäutige Arzt.

Er hatte einen westlichen Akzent, wie Malek registrierte, und einen Augenblick fragte er sich, ob er deshalb gezögert hatte. Doch etwas in seinem Innern wusste, dass das nicht der Grund gewesen war. »Es ist eine Frau, nicht wahr?« Seine Augen schweiften über den schmalen Körper des Bogenschützen und blieben an seinem Oberkörper hängen. Er sah dort nichts, denn das Blut von Männern und Frauen hat dieselbe Farbe, trotzdem wusste er, dass er recht hatte.

Die halbmondförmigen Augen warfen ihm einen rätselhaften Blick zu. »Wer weiß schon, wer wir sind? Wir sind nur Menschen, gute und schlechte, Frauen und Männer, starke und schwache, Gläubige und Ungläubige und manchmal alles zusammen. Ständig wandern wir zwischen den Grenzen, die andere uns gesetzt haben. Niemand sollte über den anderen urteilen. Aber ja, das ist Ezra, einst eine englische Frau namens Rosamund und ein tapferer Krieger im wahrsten Sinne des Wortes. Nimm ihren Bogen, denn er ist ihr ganzer Stolz und ihre Freude, und heb ihn für sie auf, während ich ihre Wunde verarzte.«

Malek griff nach dem Bogen. Er war ganz anders als die kurzen, gebogenen, die er kannte und die so kompakt waren, dass man sie auch im Sattel benutzen konnte. Dieser war lang und gerade, so elegant wie eine Frau. Sein Blick schweifte von dem Bogen zu der Gestalt auf der Pritsche, über ihre kantigen Kieferknochen, den glatten nackten Hals, die geschwungenen Wangenknochen, und in diesem Augenblick empfand er eine Wärme, die nichts mit Begierde zu tun hatte. Es erfüllte ihn mit ungeheurer Befriedigung, sie vom Schlachtfeld gerettet zu haben, obwohl sie seinen Freund getötet hatte.

Dann drehte er sich um und stand Ibrahim gegenüber, der ihn mit einem Arm in der Schlinge breit angrinste. Ein Auge war so geschwollen, dass er es nicht öffnen konnte. Sie umarmten sich wie Brüder. Über Maleks Schulter hinweg erspähte Ibrahim die grün gekleidete Bogenschützin. Mit zwei Schritten war er neben ihr und blickte auf sie herab.

»Das ist der verfluchte Teufel, der um ein Haar den Sultan erwischt hätte!«

»Und um ein Haar auch dich, ja!«, sagte Malek fast benommen.

Ibo starrte ihn an. »Ich habe Söhne, die älter sind als er.« Er blickte den hochgewachsenen Mann an. »Wird er überleben?«

»Ja.«

»Sorg dafür«, sagte unerwartet eine vertraute Stimme.

Plötzlich warfen sich alle Anwesenden zu Boden, und selbst die Verwundeten hörten auf zu jammern. Der Sultan ignorierte sie. »Wenn ich ein Heer mit so mutigen Männern hätte, könnte ihm nichts widerstehen.« Ibrahim und Malek wechselten einen Blick. Wie viel tapferer müssten sie denn noch sein? Der Sultan betrachtete den vor ihm liegenden Bogenschützen, der kaum bei Bewusstsein war. Dann runzelte er die Stirn und beugte sich vor, um mit dem Finger über die Wange des Kriegers zu fahren. Schließlich zog er ihn abrupt zurück, als hätte er sich verbrannt. »Eine Frau«, sagte er und schüttelte ungläubig den Kopf. »Eine Frau?«

Ibrahim starrte sie an und fing an zu lachen. »Siehst du, was ich meinte?«, sagte er an Malek gerichtet. »Über die Stärke der Frauen?«

Jetzt kamen aufgeregt die Ärzte des Sultans herbeigelaufen.

Salah ad-Din hatte sie offensichtlich abgehängt. Unter großem Getue scharten sie sich um ihren Kommandeur, bis der schließlich seinen Helm, Turban und so weiter abnahm und sich untersuchen ließ. Das Tuch war zerfetzt, der Stahl darunter zerkratzt.

Allgemein erleichtertes Aufatmen. *»Alhamdulillah!«*, rief einer der Ärzte inbrünstig. »Allah sei gesegnet, dass er dir das Leben gerettet hat, o Herr!«

»Mein Tod steht offenbar noch nicht geschrieben«, erwiderte der Sultan. Dennoch war ihm die Erschöpfung anzusehen. »Auch wenn ich mit Freuden mein Leben hergeben würde, um Akka zu retten. Jetzt brauchen wir ein Wunder, um den Verteidigern der Stadt genügend Mut einzuflößen, bis mein Neffe eintrifft. Ein Wunder.«

Der hochgewachsene, schlanke Mann trat vor. »Wenn du ein Wunder brauchst, kann ich dir vielleicht behilflich sein.«

NEUNUNDZWANZIG

Ich wollte mich vor meinem Himmelfahrtskommando von Ezra verabschieden, konnte sie aber nirgendwo finden. Als ich nach ihr fragte, schüttelten die Leute den Kopf. »Keine Ahnung, mein Junge, seit gestern hat sie niemand mehr gesehen.«

Einer jedoch nahm mich beiseite. »Ich habe gesehen, wie sie stürzte.«

Ich starrte ihn an. »Was meinst du mit ›stürzte‹?«

»Ein großer dunkelhäutiger Reiter warf einen Speer nach ihr, und sie verlor das Gleichgewicht und fiel von dem Erdwall herab.«

»Zeig mir, wo.«

»Das hat keinen Zweck, alle Toten sind bereits begraben.«

Ich machte auf dem Absatz kehrt und lief zum Lazarettzelt. Doch da war sie auch nicht, und der Junge, zu dem sie mich führten, nachdem ich sie beschrieben hatte, sah nicht wie sie aus. Schweren Herzens kehrte ich zu den anderen zurück.

»Kein Glück?«, sagte Quickfinger und meinte es ernst, doch Little Ned grinste nur, eine kleine Genugtuung, und ich wünschte, wir hätten ihn nie bei uns aufgenommen. Oder er wäre nie wieder zu uns zurückgekehrt.

»Keine Spur von ihr«, erklärte ich.

Hammer wirkte ergriffen. »Nein, nicht Ros… nicht Ezra«, rief er. »Ich kann es nicht glauben.«

Red Will brach in Tränen aus.

»Meine Güte!«, sagte Ned angewidert.

Quickfinger schüttelte den Kopf. »Sie kann nicht tot sein. Nicht Ezra. Wenn es so wäre, wüssten wir davon.«

»Ihr habt auch nicht gewusst, ob ich tot war oder nicht«, sagte Ned säuerlich. »Und als ich wieder auftauchte, habt ihr mich angeglotzt wie ein Gespenst.«

»Eher wie einen falschen Silberling«, murmelte Quickfinger und wandte sich zu mir um. »Wann brechen wir auf?«

»Eine Stunde nach Sonnenuntergang«, antwortete ich. »Haltet euch bereit.« Ich versuchte, Ezra aus meinem Bewusstsein zu verbannen. Wie Quickfinger konnte ich mir nicht vorstellen, dass sie wirklich tot war. Andererseits spielte es keine große Rolle mehr, denn in ein paar Stunden würden auch wir ins Gras beißen.

Als wir schweigend durch das Lager zogen, nahm niemand Notiz von uns, doch die Stimmung innerhalb der Truppe erreichte einen Tiefpunkt, als wir innerhalb der Befestigungsmauer das lodernde Feuer und neben dem Turm der Verdammnis, wo gestern eine Bresche geschlagen worden war, den Schutt und dahinter die Verteidigungslinien sahen, die unseren vorrückenden Truppen standhielten.

»Was, wenn die Stadt fällt, während wir noch da drin sind?«, fragten wir uns nervös.

Quickfinger lachte. »Na, dann müssen wir schneller sein als die anderen Wichser, die hinter dem Schatz her sind.«

»Klar doch, damit man uns anschließend für unsere Mühen aufknüpft«, warf Little Ned ein.

»Du kannst immer noch einen Rückzieher machen, wenn du es dir anders überlegt hast«, erklärte ich scharf, woraufhin er mir einen verschlagenen Blick zuwarf. »Was? Um dann zuzusehen, wie ihr euch die Taschen vollstopft? Das hättest du wohl gern!«

Kamal, der junge Spion aus dem Zelt des Königs, führte uns an der nordöstlichen Flanke vorbei und ins französische Viertel des Lagers, wo Konrad von Montferrat sein Zelt gehabt hatte, ehe er die Belagerung vor einer Woche aufgegeben hatte. Er hatte bekommen, was er wollte. Kaum war Königin Sybille an derselben Seuche krepiert, die auch ihre Töchter dahingerafft hatte, ehelichte er ihre Schwester und brach nach Jerusalem auf, um dort seinen Anspruch auf den Thron geltend zu machen. Akkon ging ihn nichts mehr an; er konnte sich zurücklehnen und zusehen, wie es standhielt oder fiel. »Eine Schlampe geht, eine andere kommt.« So hatte Hammer es auf den Punkt gebracht.

Wir mussten Savarics Ring vorzeigen, um das Lager verlassen zu dürfen. Ich hatte eine heftige Diskussion mit einem Franzmann, der versuchte, sich den Ring anzueignen, was in ein großes Geschiebe und Gedränge ausartete, bis ein anderer Offizier sich einmischte. »De Bohun«, lachte er. »Der Parvenü.«

Ich verspürte keine große Lust, Savarics Ehre zu retten, vor allem auf Französisch, daher ignorierte ich die Beleidigung geflissentlich. »Wir gehören zu einem Spähtrupp«, erklärte ich ihm. »Der Junge hier meint, es gebe unten am Sumpf eine Schwachstelle in der Mauer. Die wollen wir uns mal genauer ansehen.«

Der Offizier warf Kamal einen misstrauischen Blick zu und sah mich aus zusammengekniffenen Augen an. »Drückeberger benutzen wir hier als Zielscheiben«, sagte er und bleckte die Zähne.

»Wir sind keine Drückeberger.«

»Wenn ihr in einer Stunde nicht zurück seid, kommen wir euch holen. Wir haben noch ein oder zwei Pferde, also glaubt bloß nicht, ihr könntet zu den Türken überlaufen«, höhnte er.

»Möglich, dass ihr euch darauf freut, eure Vorhaut loszuwerden, aber am Ende könntet ihr stattdessen einen Kopf kürzer sein.« Dann zeigte er mir etwas, das verdächtig nach getrockneten Ohren aussah, aufgereiht auf einer Schnur, die er wie ein Bandelier über der Brust trug. Ich fragte mich, wieso mir das nicht schon vorher aufgefallen war.

Sobald wir außer Sichtweite waren, rieben wir uns Eisengallustinte und Öl ins Gesicht, warfen die Kapuzengewänder über, die die Leute aus dieser Gegend trugen, und wickelten uns lange Baumwolltücher um den Kopf – Kamal zeigte uns, wie es ging. Unter den Umhängen führten wir Säcke mit, in denen wir die Beute verstauen würden, in Stiefeln und Gürteln steckten unsere Dolche, und Little Ned hatte auch seine Wurfmesser dabei. Die Verkleidung erinnerte uns an unsere Theaterzeit. Wir wechselten einen Blick und mussten lachen. Nicht einmal Red Will hätte man unter dem Ruß, dem Turban und dem mit Asche geschwärzten Bart erkannt. Trotz seiner hellen Augen sah er aus wie ein Dämon – bis einem auffiel, wie seine Hände zitterten. Während Kamal damit beschäftigt war, Hammer erneut den Turban umzuwickeln, der sich bereits gelöst hatte, nahm ich Quickfinger beiseite. »Ich traue diesem Knaben nicht über den Weg, aber da er der einzige Führer ist, den wir haben, und sich keiner von uns in der Stadt auskennt oder die hiesige Sprache spricht, können wir es uns nicht leisten, ihn zu verlieren, also behalt ihn im Auge. Wenn er versucht, sich aus dem Staub zu machen, weißt du, was du zu tun hast.«

Er nickte.

An dieser Stelle war die Befestigungsmauer zu hoch, um hinüberzuklettern, und etwas weiter begann der Sumpf, der zu weich war für die schweren Kriegsgeräte. Von hier aus konnten wir nun das Meer erkennen, das undeutlich im Schein eines Viertelmondes glitzerte.

»Was nun, sollen wir etwa da durchschwimmen?«, fragte Hammer unseren Führer. Ich hoffte, dass es nur ein Witz sein sollte, denn ich konnte nicht schwimmen.

Der Knabe warf ihm einen ausdruckslosen, reglosen Blick zu, rätselhaft wie der einer Katze. »Nein. Folgt mir und tut, was ich euch sage.«

Hammer sah mich an. »Können wir ihm trauen?«

»Vertraut mir.« Sein Ausdruck änderte sich nicht. »Es gibt einen Tunnel – er führt zum einstigen Burghof der Tempelritter, damals, als die *franj* die Stadt besetzt hielten.«

Kurz darauf verschwand der silberne Mond hinter den Wolken, und es wurde noch düsterer. Ich fröstelte. Es war Wahnsinn, von einem Verräter in eine belagerte Stadt geführt zu werden, in der die Bewohner bis auf die Knochen abgemagert waren und ihre Feinde aus vollem Herzen hassten. Wenn sie uns erwischen, schoss es mir durch den Kopf, bringen sie uns auf der Stelle um. Und wahrscheinlich fressen sie uns anschließend auch noch auf.

Wir tasteten uns an der Mauer entlang, denn wir konnten es uns nicht leisten, eine Kerze anzuzünden. Kamal fand den Eingang zum Tunnel, und wir schlüpften in die vollkommene Dunkelheit darin. Der Gang war so schmal, dass wir hintereinander gehen mussten. Zuerst unser Führer, dann ich, und hinter mir Quickfinger, Hammer, Ned und Will als Schlusslicht.

Ich habe geschlossene Räume noch nie leiden können. Es hat damit zu tun, dass ich als Kind in den weiten Moorlandschaften unter dem freien Himmel aufwuchs und danach im Kloster gefangen gehalten wurde, mit verschlossenen Türen, durch die es kein Entkommen gab. So war es eine Erleichterung, am der anderen Ende herauszukommen, auch wenn es Feindesland war. Wir erreichten ein unterirdisches Gewölbe, von Menschenhand gemacht. Trotz der Dunkelheit spürte ich den Raum ringsum, und wenn ich die Augen zukniff, sah ich die gewölbte Ziegeldecke über uns.

»Und jetzt?«

Unser Führer deutete nach oben.

Wir stiegen eine Treppe hinauf, dann hallten unsere Schritte verloren durch leere Gänge, bis wir schließlich auf einem offenen Stück Brachland herauskamen. Ringsum erkannten wir die bröckeligen Ruinen verlassener oder ausgebrannter Häuser, zwischen denen Unkraut wucherte.

Kamal erwachte aus seiner Erstarrung und sah sich um, seine Augen waren so hohl wie die Löcher in dem Mauerwerk. Er murmelte irgendwas vor sich hin.

»Was?«

»Sie sind alle weg.« Er zeigte auf ein unbewohntes Gebäude auf der rechten Seite. Es hatte kein Dach mehr, und die Tür hing nur noch an einem einzigen Scharnier. »Früher wohnte die Familie Bashar hier. Und daneben der Schuster Ahmed mit seiner Frau und seinen Töchtern.« An der Ecke bog er in eine schmale Gasse ein und ging darauf zu. Kein Licht brannte, keine Seele war zu sehen. Nicht einmal eine Ratte trieb hier ihr Unwesen.

Es war ernüchternd. Das also war die Folge einer zweijährigen Belagerung. Und im Hintergrund hörte man ein dumpfes Grollen; die Stadt lag weiter unter Beschuss.

Kamal forderte uns auf, die Kapuzen aufzusetzen und hintereinander zu gehen. Falls wir irgendwem begegneten, würden wir keinen Verdacht erregen. »Und ihr zwei haltet Händchen«, sagte er, an Will und Quickfinger gerichtet.

»Warum?«

Kamal runzelte die Stirn. »Das ist hier Brauch unter Familienangehörigen.«

»Wir sind aber keine Familienangehörigen«, erwiderte Will, während Quickfinger murmelte: »Ach, scheiß drauf.«

»Freunde, Familienangehörige, ist doch dasselbe.« Die Augen des Jungen funkelten. War er vielleicht wütend? Schließlich gingen Hammer und Ned am Ende und Will allein in der Mitte. Quickfinger und ich blieben dicht neben Kamal, der schnellen Schrittes ging, mit gesenktem Kopf, als befürchtete er, erkannt zu werden. Warum verließ ein Mann seine Heimatstadt und kehrte als Verräter zurück, um den Gegner in die Stadt zu geleiten? Diese Frage hätte ich mir früher stellen sollen. Jetzt war es zu spät.

Wir kamen zu einer Kreuzung, an der die kleine Gasse in eine größere Straße mündete, und dann sahen wir zum ersten Mal den Feind aus der Nähe. Bislang hatten wir nur seine Soldaten gesehen. Den Luxus, Menschlichkeit in seinen Feinden zu suchen, konnte man sich nicht leisten, wenn man überleben wollte.

»Die sehen aus ja wie wandelnde Leichen«, flüsterte Red Will entsetzt.

Selbst Quickfinger war schockiert. »Und ich dachte, wir wären schlecht dran.«

Ich erinnerte mich daran, was der Maure über die fehlende Vorstellungskraft derjenigen gesagt hatte, die Krieg führten, und dass es nicht anders ging. Plötzlich fühlte ich mich schmutzig und beschämt. Ich dachte an jenen Tag zurück, an dem ich Maisbrei, Bohneneintopf mit einem Stück versalzenem Ochsenfleisch, dazu eine Kante altes Brot und einen Krug Bier verschlungen und mich auch noch beklagt hatte. Ich war Teil des christlichen Heers, das dieser Stadt den Hunger gebracht hatte. Und wofür? Für eine goldene Stadt, die keiner von uns je gesehen hatte, das Herzstück einer Religion, die nichts anderes getan hatte, als uns mit der Angst vor der ewigen Verdammnis zu unterjochen. Sich angesichts derartigen Leids auf die Suche nach Lappalien wie dem Heiligen Kreuz zu begeben, erschien mir jetzt beinahe obszön.

Die Tore der Zitadelle waren verschwunden. »Sie wurden eingeschmolzen, um Waffen daraus zu machen«, sagte Quickfinger. »Wo sind denn die Wachen?«, flüsterte ich Kamal zu.

Er zuckte mit den Achseln. »Tot. Oder auf der Mauer.«

»Wer würde einen Schatz unbeaufsichtigt lassen?«

Er blickte mich an, und der Viertelmond spiegelte sich in seinen Augen wider, sodass er fast unmenschlich wirkte: wie ein Dämon oder ein auferstandener Geist. »Gold kann man nicht essen.«

Kamal führte uns zu einem zerstörten Gebäude, in dem, den abgestandenen tierischen Gerüchen nach zu urteilen, früher Stallungen untergebracht gewesen sein mussten. Doch jetzt gab es keine Pferde mehr, zweifellos waren sie längst in die Kochtöpfe gewandert. Wir überquerten einen mit Resten von altem Stroh bedeckten Hof und gelangten zu einer Seitentür. Kamal drückte dagegen, doch sie ließ sich nicht öffnen. Er hockte sich davor und spähte durch ein kleines Loch auf der rechten Seite, dann nahm er einen hakenförmigen Stock aus dem Gürtel und fuchtelte damit im Schloss herum, bis wir hörten, wie der Riegel aufsprang.

Wir traten durch bogenförmige Öffnungen und gingen verlassene Gänge entlang, die mit Gipsfriesen geschmückt waren, bis wir zu einer Treppe gelangten und Stimmen hörten. Kamal machte uns ein Zeichen umzukehren. Wir verkrümelten uns in den ersten dunklen Raum, der reich verziert war. Perserteppiche, seidene Vorhänge, Vasen, die im Halbdunkel glänzten. Dort warteten wir hinter einer Tür, die einen Spaltbreit offen stand. Licht drang unter der Tür hindurch, Schritte entfernten sich und wurden leiser, bis Kamal den Kopf durch den Spalt steckte und uns bedeutete, ihm zu folgen. An der Treppe mussten wir ein weiteres Mal stehen bleiben, während er sich vergewisserte, dass die Luft rein war, rasch und lautlos die Stufen hinaufstieg und in einem Gang hinter einer Tür verschwand. Wir warteten und versuchten, so leise wie möglich zu atmen. Und warteten.

Ich runzelte die Stirn. Hatte er uns im Stich gelassen?

»Dieser kleine Schweinehund«, zischte Quickfinger. »Wo steckt er?«

Ich legte den Finger auf die Lippen und beobachtete die Balustrade über uns, als könnte ich unseren Führer einzig durch meinen Willen wieder herbeizaubern. Endlich bewegte sich etwas, und dann winkte uns Kamal zu, schnell, schnell. Hastig stiegen wir die Treppe hinauf. Obwohl wir uns alle Mühe gaben, leise zu sein, waren die polternden Stiefel und unser keuchender Atem deutlich zu hören. Oben gab es Licht. Kamal führte uns an reich geschmückten Räumen voller kostbarer Möbel vorbei. Hammer und Ned starrten begierig hinein, Quickfinger leckte sich die Lippen und machte ein verschlagenes Gesicht. Gerade war er noch da, und im nächsten Augenblick war er verschwunden, um dann Sekunden darauf mit einem Kerzenhalter aus massivem Silber unter dem Arm wieder aufzutauchen. »Fette Beute«, flüsterte er fröhlich.

Schließlich blieb der Junge vor zwei riesigen Flügeltüren stehen. »Wartet hier«, zischte er. »Tötet jeden, der versucht hereinzukommen.« Er wollte schon los, als ich ihn am Kragen packte. »Was soll das heißen? Wir sind nicht hergekommen, um irgendwen zu töten. Wo ist der Schatz?«

»Nimm deine dreckigen Pfoten von mir. Und mach, was ich sage, *keffir*, sonst verrate ich gar nichts. Ihr tut, was ich sage, und bewacht die Tür, während ich den Eunuchen töte, danach bringe ich euch zu eurer verfluchten Reliquie.«

Ich hatte keinen Schimmer, was er mit Eunuch meinte, und schüttelte ihn heftig. »Wenn du hier jemanden tötest, haben wir die ganze Garnison am Hals! Bring uns zur Schatzkammer, danach kannst du deinen Angelegenheiten nachgehen.«

»Fass mich nicht an, du dreckiger Ungläubiger!«

»Miese kleine Ratte!« Plötzlich hielt Quickfinger ihm ein Messer an den Hals.

Das Messer schien den Jungen anzuspornen. Er wand sich wie eine Ratte aus meinem Griff und verschwand in dem Raum. Von allen Gemächern, die ich bislang gesehen hatte, war dieses am prächtigsten ausgestattet. Kerzen und Wandleuchter erhellten Säulen und hufeisenförmige Bogengänge, und am Ende erkannte ich zwei Männer. Einer lag auf einem Diwan. Er war ungeheuer dick, selbst im Liegen wölbte sich sein Bauch wie ein Hügel in die Luft. Der andere stand mit dem Rücken zur Tür über ihn gebeugt und presste ihm ein Tuch auf die Augen. Keiner der beiden bemerkte Kamal, als er aus dem Schatten auftauchte. Er lief von einer Säule zur anderen und duckte sich hinter die geschnitzten Möbel, stahl sich hinter den vom Wind geblähten Seidenvorhängen durch. Etwas funkelte im Kerzenlicht. Plötzlich hatte er zwei Wurfmesser in der Hand, obwohl wir ihn sorgfältig durchsucht hatten, ehe wir aufgebrochen waren. Ich erkannte sie wieder. Er hatte Little Ned um seine beiden Messer erleichtert.

Ich öffnete den Mund, doch der Schrei, der durch den Raum hallte, kam von Kamal: ein schriller Kriegsruf. Während er auf den Mann zulief, der auf dem Diwan lag, drehte sich der andere um. Als er den Mörder sah, warf er sich zwischen Kamal und den Dicken auf dem Diwan und griff nach den Messern. Er bekam ein Handgelenk zu fassen, doch die zweite Hand des Assassinen befreite sich aus seinem Griff. Mit einer raschen, schlängelnden Bewegung, elegant wie die eines Akrobaten, wich Kamal dem Mann aus, der sich zwischen ihn und sein Opfer gestellt hatte, und bohrte dem Mann das Messer in die Seite. Einen Augenblick lang waren die beiden in einem unbeholfenen Tanz vereint. Dann fiel ein Tablett von einem Beistelltisch, Glas zersplitterte. All dies geschah in Sekundenschnelle. Der Mann auf dem Diwan richtete sich stöhnend auf und nahm das Tuch von den Augen. Als er den Assassinen mit dem Mann ringen sah, der ihn gerade behandelt hatte, stieß er einen so durchdringenden Schrei aus, dass er damit Tote zum Leben hätte erwecken können.

»Mist!«, rief Little Ned. »Wir sind geliefert.« Er machte auf dem Absatz kehrt und lief davon, während der Rest der Truppe blindlings folgte. Doch wie sollten wir das Heilige Kreuz ohne unseren Führer finden, geschweige denn aus dieser verdammten Stadt wieder herauskommen? Fluchend trat ich in den Raum. Ich schaffte es bis zur ersten Säule, wo ich sah, dass der Dicke vom Diwan sprang, geschickter, als man es einem derart korpulenten Kerl je zugetraut hätte. Wie durch Zauberhand hatte er plötzlich einen Krummsäbel in der Hand und schlug damit zu.

»Nein!«, schrie ich.

Doch es war zu spät. Während der verletzte, blutverschmierte Mann mit beiden Händen Kamals Handgelenke festhielt, schlug der Dicke dem Jungen den Krummsäbel in den Rücken, sodass er und der andere zu Boden gingen.

Ich blieb wie angewurzelt stehen, und der Dicke, der nun gar nicht mehr wie ein Fettsack aussah, starrte mich aus seinen achatgrünen Augen an. Ohne den Blick von mir zu wenden, trat er den Assassinen mit voller Wucht in die Seite. Als der sich nicht regte, stellte er ihm seinen Fuß auf den Rücken, zog den Krummsäbel heraus und stieß gegen die Leiche, sodass sie von dem sterbenden Mann wegrollte, der versuchte aufzustehen. Er schaffte es bis auf die Knie, dann sackte er zusammen, und ich hörte, wie sein Kopf auf den Boden prallte.

Langsam trat ich den Rückzug an, während mein Blick zwischen den toten Körpern, der Blutlache am Boden und dem Krummsäbel des Dicken hin- und herschoss. Dann hörte ich Stimmen hinter mir, und als ich mich umdrehte, sah ich zwei bärtige Männer durch die Tür auf mich zukommen.

»*Hash-hash-een!*«, rief der Dicke, und schon hatten sie ihre Krummsäbel gezogen.

Ich griff nach dem Dolch in meinem Gürtel, verhedderte mich jedoch in meinem Umhang. Ich war nie ein richtiger Krieger gewesen. Als ich ihn endlich herausgezogen hatte, hatten die Kerle mich bereits überwältigt, und ohnehin – was konnte ein Dolch schon gegen zwei Soldaten mit langen Krummsäbeln anrichten? Doch als der eine seinen Säbel hob, um mich niederzuschlagen, verzog er plötzlich das Gesicht zu einer entsetzten Grimasse und stürzte vor meinen Augen zu Boden. Wie im Traum erkannte ich ein Messer in seinem Rücken. Kurz darauf umklammerte der zweite seinen Kopf, und dann packte mich Quickfinger am Arm und zog mich weg. In der anderen Hand hielt er den blutigen Kerzenhalter. Hinter ihm grinste Little Ned wie ein Wilder und hielt sein letztes Wurfmesser in der Hand. Das schleuderte er gegen den Dicken, der mit seinem Krummsäbel hinter uns her kam. Ob er ihn traf oder nicht, hätte ich nicht sagen können. Wir stürzten hinaus. Draußen schlug Ned die Tür hinter sich zu, und Quickfinger verriegelte sie mit einem Speer, den er von Gott weiß woher aufgetrieben hatte. »Hier entlang!«, schrie er mich an, während ich wie ein Schlafwandler dastand.

Wild durcheinanderstolpernd liefen wir die Gänge entlang und die Treppen hinunter, und unsere Schritte hallten auf dem Steinboden wider. Jetzt blieb uns kein anderer Ausweg. Am

Fuß der Treppe trafen wir Will und Hammer. »Da kommen mehr Wachen!«, rief Hammer und zeigte auf sie.

»Nach unten!«, rief ich, während ich mich an die Worte des Assassinen erinnerte. »Wir müssen weiter runter.«

Von Säulen gesäumte Gänge, dazwischen Schatten, verschlossene und offene Türen, doch die Räume schienen allesamt leer zu sein. Wo steckten sie nur alle? Dann bogen wir um eine Ecke und standen plötzlich vor unbehauenen Stufen, die in die Dunkelheit hinabführten. »Wartet hier«, sagte ich zu den anderen. Am Ende der Stufen war eine dicke Holztür mit einer verzierten Klinke. Ich drückte sie nieder in der Erwartung, dass sie verschlossen war, doch sie gab nach, und ich fiel förmlich in den Raum hinein. Nachdem sich meine Augen an die Dunkelheit gewöhnt hatten, sah ich mich um. Unmengen von Kisten, Säcken, Truhen, umgestürzten Statuen und anderen, undefinierbaren Gegenständen.

Auf allen vieren kroch ich in den Raum hinein. Die erste Kiste, die ich öffnete, war voller Kristallklumpen, die zweite war leer, abgesehen von einigen Münzen auf dem Boden. In der dritten fand ich einen Korb voller Knochen. Christliche Reliquien. Ich verzog den Mund zu einem spöttischen Grinsen. Dann ging ich zur Treppe zurück, wo Quickfinger mich erwartungsvoll anblickte. »Wir brauchen Licht.«

Im letzten Gang waren wir an einer brennenden Wandfackel vorbeigekommen. Hammer ging sie holen, und wir sahen, wie das Licht über die Wand flackerte, als er zurückkam. Die anderen drei folgten ihm die Treppe hinab. »Du nicht!«, sagte ich zu Will und stieß ihn vor die Brust. »Du bleibst hier und stehst Schmiere.«

»Wieso ich?«

»Weil ich mich darauf verlassen kann, dass du die Augen aufhältst«, log ich. Ich wusste, dass die anderen mir nicht gehorchen würden. »Gib mir deinen Sack. Wir füllen ihn für dich. Du wirst nicht leer ausgehen.«

Er gab ihn mir mit einem mürrischen Ausdruck und stieg die Treppe wieder hinauf.

Als ich in die angebliche Schatzkammer zurückkehrte, hatte Hammer die Fackel in eine große Vase gesteckt und war dabei, eine Kiste nach der anderen zu öffnen. Er fluchte, weil sie leer waren oder so gut wie leer. Quickfinger versetzte einer Statue einen Tritt, wobei deren Arm mit lautem Getöse zerschellte. Little Ned wieselte schweigsam umher. Enttäuscht suchten wir immer fieberhafter weiter. Und wenige Minuten später hörte ich am Ende des Raumes: »Donnerwetter, Enoch Pilchard, du bist ein gemachter Mann!«

Wir versammelten uns um die Kiste, die er aufgestemmt hatte, und starrten auf einen Haufen von Kelchen, Schalen, Monstranzen, Kerzenhaltern, Schatullen und etwas, das aussah wie ein Bischofsstab. Zweifellos handelte es sich um die Schätze, die die Sarazenen aus der Goldenen Stadt Jerusalem hatten mitgehen lassen.

Während die Jungs ihre Säcke vollstopften, ging ich Kiste für Kiste durch und tastete mich an der Wand entlang, wo es dunkel war. Ich hatte die entlegenste Ecke des Raumes erreicht, als ich plötzlich einen heftigen Schmerz im Hals spürte. Irgendwie hatte ich, ohne es zu merken, den Kristall mit dem Nagel von Trier zerbrochen; ein Stück Glas oder der Nagel selbst hatte sich im Stoff meines Umhangs verheddert und mich verletzt. Als ich hinabsah, entdeckte ich ein in Sackleinen gewickeltes Bündel, das an der Wand lehnte. Ich riss das Tuch beiseite und sah durch einen Spalt etwas Goldenes glänzen. »Bringt die Fackel her!«

Das Licht flackerte und flammte auf. Ich schlug das Sackleinen auseinander und holte tief Luft. Riesige Juwelen in einer dicken Fassung aus Gold, die, wie man an der Kante sehen konnte, mit Holz gefüllt war. Nicht neues helles Holz, sauber zugesägt, sondern knorrig und dunkel, fast schwarz vor Alter, feinkörnig und schartig dort, wo es grob abgebrochen worden war. Niemand würde ein Stück Holz mit Gold einfassen, es sei denn … Plötzlich durchfuhr mich ein Anflug von abergläubischer Furcht, und ich wich zurück.

Quickfinger, Little Ned und Hammer warfen einen Blick über meine Schulter. »O ja, das ist es«, sagte Quickfinger. Das Licht der Fackel, das sich im Gold, in den Rubinen und Perlen spiegelte, beleuchtete den ehrfürchtigen Ausdruck in seinem Gesicht. Er fiel auf die Knie, faltete die Hände und flüsterte: »Jesus Christus, vergib mir meine zahlreichen Sünden. Christus, der du ans Kreuz genagelt wurdest, um unsere Seelen zu retten, erbarme dich dieses Sünders …« Das wiederholte er wieder und wieder, und einen Augenblick lang – nur ganz kurz – glaubte ich an Gott.

Little Ned brach den Zauber und trat Quickfinger gegen den Schenkel. »Steh auf, du Hampelmann!« Dann sah er mich an. »Wo ist der Rest? Man kann doch kaum einen ausgewachsenen Menschen an so etwas kreuzigen? Es sei denn er war ein Zwerg.«

»Sieht so aus, als wäre es abgebrochen«, erwiderte ich mit einem mulmigen Gefühl. Zuerst wollte ich das Holz nicht berühren, doch dann kämpfte ich gegen meine abergläubische Seite an. Schließlich hatten wir eine Aufgabe zu erledigen. »Komm schon, hilf mir, dieses Ding einzuwickeln. Wir müssen es von hier fortbringen.«

Doch als ich mich herabbeugte, zögerte ich erneut. Wieder wurde ich von einem Anflug von Glauben durchzuckt, wenn auch nur kurz. Dann flackerte die Fackel, und ich sah, dass es nur ein Stück mit Gold aufgemöbeltes Holz war. Und als ich mit der Hand darüberfuhr, spürte ich nichts Besonderes. Ich war so tief enttäuscht, dass es mir erschien, als wäre ich in ein Loch gefallen. Hatte ich denn nicht von Anfang an gewusst, dass es in dieser Welt keine Magie gab? Nur Schmutz und Verbrechen, Blut und Schwindel?

Komm schon, John, sagte ich mir. Sieh zu, dass du hier verschwindest und das alte Zeug dem braven König Richard übergibst, dann bist du ein Held und ein reicher Mann. Doch immer noch sah ich die Blutlache vor mir, in dem prachtvollen Zimmer da oben, und den durchtriebenen kleinen Assassinen, der uns hierhergebracht und sein Leben geopfert hatte.

Quickfinger grinste mich auf seine verrückte Art an, so wie er sonst immer diejenigen angrinste, die er ausraubte. »Nicht zu fassen!«, sagte er. »Wir haben die verdammte Nadel im Heuhaufen gefunden.«

Wenn das Tuch das Gold verdeckte, sah das Kreuz ganz unscheinbar aus, aber meine Güte, war es schwer, als ich es aufhob! Ich taumelte und wäre um ein Haar gestürzt. Es war fast so, als wollte es sich nicht bewegen wie ein störrisches Maultier, das seine Beine fest in den Boden stemmt, oder ein aufsässiger Hund. Die anderen waren zu sehr damit beschäftigt, ihre Säcke vollzustopfen und merkten nicht, welche Mühe ich hatte. Als wir wieder zur Treppe kamen, waren wir beladen wie Lastesel.

Niemand hielt uns auf, als wir durch die Gänge der Zitadelle liefen. Wir traten in die Dunkelheit der Gärten, noch immer war von den Wachen nichts zu sehen. »Nicht rennen!«, ermahnte ich die Truppe. »Wir wollen keinen Verdacht erregen.« Wir schoben uns die Kapuzen über den Kopf und gingen weiter, den Blick zu Boden gesenkt.

Es war kaum jemand unterwegs. An einer Kreuzung saß ein Kind und bettelte. Als wir vorbeikamen, sah es auf und streckte automatisch die Hand aus. Dann sagte es etwas mit hoher, dünner Stimme, und Red Will drehte sich um, griff in seinen Sack und drückte ihm einen Teller aus purem Silber in die Hand.

»Was zum Teufel machst du da?«, zischte Little Ned ihn an.

»Damit kann es sich was zu essen kaufen.«

Quickfinger versetzte Will einen Klaps. »Du Dummkopf! Es hat nicht um Schätze gebettelt, sondern um etwas zu essen.«

Das Kind starrte verständnislos auf den glänzenden Gegenstand und schleuderte ihn in den Schmutz. Eine Frau hob den Teller auf und schrie uns an. Plötzlich tauchten aus dem Dunkeln jede Menge Leute auf. Ein Mann packte Red Will und riss ihm die Kapuze vom Kopf. Als die Leute seine hellen Augen sahen, scharten sie sich um ihn und fingen an, ihn zu schubsen und zu schreien. Dann riss ihm jemand den Beutesack aus den Händen und kippte ihn aus. Gold und Juwelen kullerten über den Boden. Gebannt von dem funkelnden Gold fielen manche auf die Knie, doch die meisten wandten sich nun dem Eindringling zu.

Ich sah, wie Hammer nach seinem Dolch an der Hüfte griff, doch dann überlegte er es sich wohl anders und ging ohne ein Wort weiter.

Red Will schrie. Die Menschenmenge stieß ihn hin und her und zog an seinem Umhang. Man hörte, wie der Stoff riss, und ich sah seine blasse Haut. *»Franj!«*, schrie jemand, dann ertönte ein Schrei, und Will ging in einem Schwall von Fausthieben und Messerstichen zu Boden.

Quickfinger heulte: »Enoch Pilchard!« und warf sich ins Getümmel. In einer Hand hielt er den Bischofsstab, in der anderen seinen Dolch. Wie ein wirbelnder Derwisch stürzte er sich auf die Angreifer, und die Menge teilte sich vor seinem Zorn, bevor sie sich erneut um ihn schloss.

DREISSIG

Mit Stöcken und allem, was sie zu fassen bekamen, knüppelten sie auf uns ein, dann kreisten sie uns ein und trieben uns die Straße vor sich her auf die Befestigungsmauer zu, während sie in ihrer gutturalen Sprache brüllten. Sie waren dünn – so schrecklich dünn –, doch der Hass verlieh ihnen übermenschliche Kräfte, als sie andere Passanten aus dem Weg stießen. Ihr Geschrei war so laut, dass man sie meilenweit hörte. Quickfinger lief vor mir, das Licht der Morgendämmerung verwandelte sein wildes Kraushaar in einen silbernen Heiligenschein. Little Ned stolperte neben mir her und schlug fluchend um sich. Ich sah mich um, und dort war Will, bewusstlos, an Händen und Füßen vorwärtsgezerrt, sein langer, dünner Körper bildete einen Bogen, das zerzauste rote Haar schleifte im Dreck. Ein rostiger Fleck breitete sich auf seinem Umhang aus, und aus der Seite ragte der Griff eines Dolches.

»Will!«, schrie ich.

Jemand packte Ned und stieß ihn auf eine Gruppe von Männern zu, die dabei war, Steine in den Korb eines riesigen Katapultes zu laden. Der Offizier, jedenfalls schien er das Kommando zu haben, musterte uns. In seinem Ausdruck war keine Spur von Mitgefühl, höchstens so etwas wie müde Heiterkeit angesichts des Spaßes, den er auf unsere Kosten haben würde, ein Hauch von Schadenfreude.

Ned kämpfte wie ein Löwe, doch sie schlugen ihn mit einem Knüppel auf den Kopf und warfen ihn ohne viel Federlesens auf einen Haufen Steine in den Korb des Katapults. »Um Gottes willen!«, rief Quickfinger. »Sie schleudern ihn über die Mauer.«

Ich hatte nicht geglaubt, dass sie es tatsächlich tun würden. Zwar hatte ich gesehen, wie unsere Leute Leichen, Tier- und Menschenteile über die Befestigungsmauer schleuderten und diese gegen die ockerfarbenen Steine der Stadtmauer prallten, wo sie Hirn, Blut und Seuchen verspritzten. Doch dass man ein lebendes Wesen auf die Reise schickte, hatte ich noch nicht erlebt. Ich hatte Ned nie besonders gemocht, aber dass er jetzt so sterben musste – ins Verderben geschossen wurde, zu Tode erschreckt, machtlos im Angesicht des Unvermeidlichen –, das war etwas, das ich niemandem wünschte. Trotzdem konnte ich den Blick nicht abwenden, als sie den Mechanismus auslösten und Neds Schrei sich in der allgemeinen Kakophonie verlor.

Noch während er im hohen Bogen auf die christlichen Linien zuflog, spannten die Männer das Gegengewicht des zweiten Katapults. Ich zuckte instinktiv zusammen. Jetzt war es Red Will, den sie auf dem Kieker hatten. Sie ließen ihn unsanft in den Korb fallen, während ich leise betete, dass er nicht aufwachte und sich mit seinem schrecklichen Schicksal konfrontiert sah. Quickfinger riss sich von seinen Häschern los und stürzte wie eine Bestie auf die Männer zu, krallte die Hände in ihr Fleisch und ließ einen Schwall von Flüchen los. »Ihr verdammten Schweinehunde, lasst ihn los!« Es nützte nichts, im Nu hatten sie ihn zurückgedrängt. Als sie den Korb ein zweites Mal über die Mauer schossen, senkte er den Kopf, weinte und stimmte das Vaterunser an.

Ich hatte nie beten können, ohne mich wie ein Heuchler zu fühlen, bis zu diesem Augenblick. Ich sah, wie Will anmutig in die Lüfte stieg und das Licht der aufgehenden Sonne ihn in einen Engel verwandelte. Sein Gewand bauschte sich auf, als hätte er unsichtbare Flügel ausgebreitet. Er erreichte den höchsten Punkt seiner Flugbahn und stürzte in das dunkle christliche Lager hinab. Dann verlor ich ihn aus dem Blick. Wenn er ein letztes Mal geschrien hatte, so war es im Lärm der Schleuder untergegangen.

Jetzt war ich an der Reihe. Beißend und kratzend wandte ich sämtliche Tricks an, die ich jemals gelernt hatte, obwohl sie nie wirklich funktioniert hatten. Weder im Kloster noch als mich der Mob in London verdroschen hatte … Und natürlich war es nun auch nicht anders. Sie hievten mich in den Korb des Katapultes, wo ich dann rittlings wie ein Jockey auf einem großen Steinbrocken saß. Ich starrte über die Mauer auf die Schönheit vor mir – auf die Feuer des christlichen Lagers, die in der Dunkelheit leuchteten, das rote Auge der Sonne, das über die fernen Hügel lugte. War es der letzte Anblick, den ich sehen würde? Nur wenn ich die Augen jetzt schloss, sagte ich mir mit einem Rest von Galgenhumor.

Doch was zum Teufel war das?

Am westlichen Rand des Schlachtfelds, in den Gebirgsausläufern vor dem Lager der Muselmanen, regte sich etwas. Ich schrie auf und starrte darauf, und plötzlich taten es mir alle gleich, reckten die Hälse und drängten vorwärts, um besser sehen zu können. Ich aber genoss den besten Blick von allen.

Eine von dröhnenden Posaunen, Trommeln und gewaltigen Lichtexplosionen begleitete grüne Wolke schob sich auf unsere vordersten Frontlinien zu. Unaufhaltsam kam sie voran, bis ich einen Trupp von angreifenden Reitern erkannte, eingehüllt in eine unheimliche Wolke aus grünem Rauch. Hunderte von Kriegern in grünen Umhängen, von deren Lanzen die Banner des Islams flatterten.

Wohin ich auch sah, überall ergriffen unsere Soldaten in

Panik die Flucht, gaben ihre Stellungen und manchmal sogar ihre Waffen preis. Manche fielen ehrfürchtig auf die Knie, während die gespenstischen Reiter an ihnen vorbeidonnerten. Viele fanden den Tod, offensichtlich erkannten sie viel zu spät, dass die seltsame grüne Kavallerie irdischer war, als sie angenommen hatten.

Die Verteidiger von Akkon drängten mit erhobenen Händen vorwärts, als wollten sie Gott preisen. Sie strahlten, fielen sich in die Arme, lachten und tanzten.

»*Alhamdulillah!*«, rief der Mann, der Quickfinger festhielt. Dann fiel er auf die Knie und drückte die Stirn auf den Boden.

Überall um uns herum folgten die Männer seinem Beispiel. Sie riefen »*Allahu akhbar!*« Offenbar war das ein Gebet.

Ich betrachtete die bizarre Szene vor den Stadtmauern. Was war das? Sie trotzte jeder Vorstellungskraft und dennoch … der grüne Rauch … ich hatte solchen farbigen Rauch schon einmal gesehen, und auch das weiß glühende Licht und Kakophonien wie diese gehört …

Quickfinger packte mich am Arm und zerrte mich aus dem Korb des Katapultes. »Wach auf, Mann! Lauf!«

Wir stolperten die Treppen hinunter, die wir zuvor hinaufgeschleppt worden waren, in die menschenleeren Straßen unterhalb, während die ersten Strahlen der Morgensonne in die Stadt fielen. Unsere Beute hatten wir verloren. Lediglich der Holzklotz war uns geblieben, den ich die ganze Zeit umklammert hatte. Wie es mir gelungen war, ein derart sperriges Ding in all dem Chaos zu behalten, war mir ein Rätsel, doch seltsamerweise schien er mit jedem Schritt leichter geworden zu sein. Vielleicht hatten mich aber auch nur die Umstände derart abgelenkt, dass ich ihm keine Aufmerksamkeit geschenkt hatte. Ich hätte nicht einmal sagen können, warum ich ihn immer noch mitschleppte, denn er war schuld am Tod von Will und Little Ned. Wenn wir hier je heil herauskommen, dachte ich, kann sich König Richard das Stück Lebensholz, sein *lignum crucis*, in den königlichen Hintern stecken.

Müde blickte ich mich um. Überall um uns herum ockerfarbene Ruinen, vor uns ein Labyrinth aus Straßen und unterhalb des Hügels, in der Ferne, ein glitzernder Streifen flüssiges Silber. »Da drüben!«, sagte ich und zeigte darauf. »Das Meer.«

Quickfinger schüttelte den Kopf. »Viel zu weit. Gehen wir durch den Tunnel zurück, durch den wir gekommen sind.«

Doch die Straßen im Norden wimmelten nur so von Soldaten, auf dem Weg zu der Befestigungsmauer, um sich das wundersame Spektakel auf dem Schlachtfeld anzusehen. Schließlich blieb uns nichts anderes übrig, als den Hügel zum Meer hinunterzulaufen, durch die zerstörten Viertel mit den niedergebrannten Gebäuden, über verlassene Marktplätze und offenes Gelände, das in Schutt und Asche lag. Unterwegs löste sich die Dunkelheit auf, die uns als Tarnung gedient hatte, und dann zerriss ein Heulen direkt über uns die Stille. Erschrocken reckte ich den Hals und spähte in die Richtung, aus der es kam. Im Licht der ersten Sonne stand ein Mann auf der Spitze eines Turms. Minarette hießen sie. Er blickte nicht auf uns herab, sondern zeigte über die Mauer. Mir wurde klar, dass sein raues Geschrei nicht der wohlklingende Ruf zum Gebet war, sondern die Aufforderung, sich das anzusehen, was er sah und wir zuvor gesehen hatten: eine Wolke grüner Reiter, die aus dem muselmanischen Lager gestürmt war.

Plötzlich drängte sich eine Menschenmenge den Hügel hinauf, direkt auf uns zu.

»Scheiße!« Quickfinger starrte mich mit vor Panik geweiteten Augen an.

Ich packte ihn am Arm und schubste ihn vor mir einige breite Stufen hoch in einen offenen Hauseingang, von dem aus wir zusahen, wie die Meute an uns vorbeilief. Ich weiß selbst nicht, warum ich mich plötzlich umdrehte und einen Blick in das Gebäude warf. Vielleicht wegen des schwachen Dufts nach Rosen …

Im Innern befand sich ein mit Marmor gekachelter Gang, und durch den hufeisenförmigen Bogen im hinteren Teil sah ich etwas, bei dem die Beine unter mir nachzugeben drohten. Ohne nachzudenken, ging ich darauf zu.

Ein scharfer Griff hielt mich zurück. »Was soll das?«, sagte Quickfinger und starrte mich an.

Ich war so sprachlos, dass ich nicht antworten konnte. Der Rosenduft hatte mich überwältigt. Ich riss mich von ihm los, als wäre er gar nicht da, und ging auf die hufeisenförmige Öffnung zu. Und da war es. Die Vision in meinem Kopf, die turmhohen Säulen, die einen wundervollen Bogengang bildeten. Und darüber ein Himmel aus Gold. Eine aufsteigende glänzende Kuppel, die im strahlenden Licht leuchtete. Ich taumelte, ein Schwindel erfasste mich, und ich musste mich setzen, als ich die dunkle Stimme des Mauren in meinem Kopf hörte wie eine tiefe Glocke: »Ein Ort, wo sich Erde und Himmel vereinen.« Dann wurde mir schwarz vor Augen.

Sicher waren es nur wenige Sekunden, in denen ich das Bewusstsein verloren hatte, denn plötzlich stand Quickfinger über mir und fummelte an meinem Umhang, als wollte er sich vergewissern, dass mein Herz noch schlug. Seine Augen waren feucht. Ich war gerührt, dass er derart um mich besorgt war. Doch dann sah ich, dass es nicht wegen meiner Notlage war, dass er so blinzelte. Er hatte meinen Umhang geöffnet und starrte ehrfürchtig auf das Heilige Kreuz.

»Verflucht noch mal, John. Ich dachte schon, wir hätten es verloren.« Plötzlich hielt er seinen Dolch in der Hand, und ich glaubte eine Sekunde, dass er mich abstechen und auf dem Marmorboden am Ort meiner Visionen verbluten lassen wollte. Stattdessen bohrte er die Spitze in das Holz und löste einen roten Stein heraus, den er so hielt, dass das ganze Licht der Moschee sich darin zu spiegeln schien. Seine Finger schlossen sich um den Stein, doch ich konnte noch immer sein Licht dazwischen sehen, als hätte er die Sonne verschlungen. »Mein Lohn«, sagte er, »für diese verrückte Jagd.« Er steckte ihn vorsichtig in seine Tasche, half mir auf die Beine, und zusammen stolperten wir durch den Marmorgang zurück.

Draußen war weit und breit keine Menschenseele zu sehen. Ich dankte Gott für die Neugier und den Aberglauben der Leute, die uns schon immer unser Handwerk ermöglicht hatten und sie auch jetzt an uns vorbei auf die Befestigungsmauern der Stadt zogen. Wir setzten unseren Abstieg in Richtung Meer fort, während die Sonne uns von links über die Schultern fiel. Wir liefen den Hügel hinunter, bis wir zwischen den löchrigen Gassen ein Glitzern ausmachten: der Hafen, in schimmerndes rosa Licht getaucht. Viele kleine Boote lagen umgekippt auf dem Kai. Wir suchten uns eins aus, fanden Ruder, und als wir es die Rampe hinunter ins Wasser schoben, hörten wir eine Stimme. »Wartet!«

Quickfinger fuhr herum, bereit zu kämpfen, doch es war Hammer, der da auf uns zugelaufen kam. Seine dunklen Augen funkelten vor wilder Freude, es war das erste Mal, dass ich ihn lächeln sah, seit sein Bruder uns verlassen hatte. »Ich dachte schon, ihr wärt alle tot!«

»Aye«, rief Quickfinger. »Und hast nicht mal versucht, uns zu retten!« Dann verzog er sein langes, blasses Gesicht zu einem Grinsen, packte Hammer und wirbelte ihn herum, wobei er seinen Turban verlor. Ich hätte schwören können, dass der Zimmermann schepperte – und als er wieder auf den Beinen stand, erkannte ich auch den Grund: Unter seinem Umhang trug er seinen Sack mit dem geplünderten Gold und Silber. »Ha!«, rief Quickfinger. »Da ist also meine Beute abgeblieben.«

Kaum hatten wir den Sack im Ruderboot verstaut, hörten wir weiteres Geschrei. Dieses Mal klang es weniger freundlich. Eine Horde Männer kam mit erhobenen Stöcken und Messern auf uns zu und stieß laute Drohungen aus.

Das Boot wackelte gefährlich, als wir hineinsprangen und das Weite suchten. »Könnt ihr rudern?«, rief ich Quickfinger und Hammer zu, die nur den Kopf schüttelten. »Aber wenn es darum geht, hier wegzukommen, werde ich es im Nu lernen«, antwortete Quickfinger, griff nach einem Ruder und spritzte eine Menge Wasser auf, allerdings ohne große Wirkung. Vergeblich versuchten wir, einen Rhythmus zu finden, wobei Hammer uns keine allzu große Hilfe war. Er hockte am Bug und schrie uns an, damit wir einen Zahn zulegten. Die Gefahr sah ich bereits, ich hatte den Kai im Blick, wo ein Dutzend oder mehr Männer in die kleinen Ruderboote gesprungen waren, um uns zu folgen, und jetzt immer näher kamen.

Etwa einen Meter von uns entfernt verpasste ein Stein sein Ziel und fiel platschend neben dem Boot ins Wasser, sodass wir alle nass wurden. Laut aufheulend schlug Quickfinger mit dem Ruder in die Wellen, als wollte er Karotten zerhacken, woraufhin das Boot gefährlich nach rechts kippte und drohte, sich im Kreis zu drehen. »Gib mir das Ruder!«, fauchte ich ihn an und verbannte ihn ans Heck. »Duck dich und rühr dich nicht von der Stelle!«

Es war harte Arbeit, doch die Panik spornte mich an. Wenig später waren wir außer Reichweite der Geschosse, die von der Küste einschlugen, und ruderten auf das offene Meer hinaus in Richtung Turm der Fliegen, der sich am Ende des Kais erhob. Dahinter warteten drei Kriegsschiffe; eins davon musste dasjenige sein, das uns aufnehmen sollte. Ich warf noch einen Blick über die Schulter, um den Kurs zu überprüfen, und konzentrierte mich dann nur noch auf das Rudern. Trotzdem sah es so aus, als holten die ausgezehrten, dunkelhäutigen Männer in ihren kleinen Fischerbooten mit jeden Schlag weiter auf.

»O Gott!«, rief Hammer ein paar Minuten später.

»Was ist?« Links von mir spritzte Wasser auf. »Was war das?«

»Armbrust«, erklärte Quickfinger knapp.

Ich riskierte einen Blick nach hinten und sah, dass wir dem Turm viel zu nahe gekommen waren. Die rötliche Morgensonne funkelte auf den Helmen der Männer zwischen den Zinnen. Jetzt sah ich, wie jemand eine Armbrust hob und auf mich zielte. Ich brauchte meine ganze Willenskraft, um mich wieder ganz meiner Aufgabe zu widmen und den bevorstehenden Tod zu ignorieren. Schon hörte ich das Zischen des Pfeils und schloss die Augen, ohne vom Rudern abzulassen. Dann spürten wir den dumpfen Aufprall und ein heftiges Vibrieren, und als ich die Augen aufschlug, steckte ein Bolzen im Heck zwischen Quickfingers Füßen.

»Das schaffen wir nie!«, rief Hammer. »Sieh nur, gleich haben sie uns eingeholt!«

Über Quickfingers Schulter hinweg sah ich, wie eine kleine Flottille von vorn direkt auf uns zukam, die Umrisse der beiden Männer im vordersten Ruderboot, die spitzen Nasen und dunklen Bärte unter ihrer zwiebelschalenförmigen Kopfbedeckung.

Mit voller Wucht schlug ich das rechte Ruder ins Wasser und traf auf etwas Hartes. Ein Felsen? Ich starrte hinab und sah die Umrisse einer massiven Kette direkt unter der Wasseroberfläche. Der Kiel unseres kleinen Ruderbootes schrammte darüber hinweg, und dann hatten wir es geschafft. Mein linkes Ruder glitt über die Wellen, ein silberner Wasserflügel streifte seine Oberfläche, und dann drehten wir vom Turm der Fliegen und den Booten ab, die uns verfolgt hatten, und fuhren aufs offene Meer hinaus. Ich betete, dass die Kriegsschiffe uns sehen und retten würden, doch das schien nicht der Fall zu sein. »Nimm meinen Turban!«, rief ich Quickfinger zu, der mich wie ein Idiot mit offenem Mund anstarrte. »Löse ihn und lass ihn im Wind flattern, um sie auf uns aufmerksam zu machen.«

Ich sah, dass das erste Schiff unter englischer Flagge fuhr, und das machte mir Mut, allerdings nur kurz, denn im nächsten Augenblick hörten wir ein raues Zischen, und ein Loch erschien in dem Turban, durch das man flüchtig den Himmel sah, dann folgte ein Fetzen rotes Tuch dem Bogen des Bolzens, der ins Meer plumpste.

Aschfahl setzte sich Quickfinger wieder hin. Plötzlich kam ein Schrei von dem Kriegsschiff, und einen Augenblick später nahm es mit kaum wahrnehmbarer Geschwindigkeit Kurs auf uns, bis man die Reihen von Rudern sah, die sich mit träger Präzision hoben und wieder senkten. Ich beobachtete, wie die Männer, die uns verfolgten, wild gestikulierten und zu rudern aufhörten, zwei Boote kehrten sogar um. Erleichterung packte mich – und wieder zu früh, denn als das Kriegsschiff näher kam, wurde Quickfinger von einem Bolzen in der Schulter erwischt und ging über Bord.

»Mist!« Hastig zog ich die Ruder ein und eilte ihm zu Hilfe. Da war er, direkt unter der Wasseroberfläche, das blonde Haar wogte in der Strömung wie eine überdimensionale Seeanemone, und ein dunkler Blutfleck breitete sich auf der Wasseroberfläche aus. Ich beugte mich über die Reling, packte ihn im kalten Wasser an den Haaren und zog mit ganzer

Kraft. Wie der Korken einer Flasche tauchte er wieder auf, und kaum war er an der Oberfläche, spuckte er Wasser und jede Menge Flüche aus. Ich ließ nicht los. Mit vereinten Kräften zogen Hammer und ich ihn wie einen großen Fisch ins Boot. Der Bolzen steckte noch in seiner Schulter. Ich glaubte zwar nicht, dass er sterben würde, aber er war blasser, als ich ihn jemals gesehen hatte.

Trotzdem kletterte er, sobald das Kriegsschiff die Strickleiter herunterließ, mit einer Hand, dem Ellbogen des anderen Arms und Füßen, die so geschickt wie die Hände eines Affen waren, nach oben, als erwartete ihn dort das Paradies. Hammer und ich schafften es, den Sack, das Kreuz und uns selbst hinaufzubugsieren, obwohl die Wellen das Ruderboot unter unseren Füßen davontrugen und die Strickleiter wie eine lebendige Schlange hin- und herschwang. Als ich endlich über die Reling auf das Deck plumpste, hätte ich vor lauter Erleichterung losheulen können.

Doch die Euphorie war nicht von langer Dauer. Kaum dass wir uns dem Kapitän zu erkennen gegeben hatten – ein rotgesichtiger Mann, stark wie ein Bär, vor dem jeder Terrier die Flucht ergriffen hätte –, hallte ein Schrei durch die Luft. »Achtung, griechisches Feuer!«

Ich sah auf und tatsächlich hatte eins der großen Segel Feuer gefangen. Die Hitze war so stark, dass ich sie im Gesicht spürte, obwohl ich am anderen Ende des Decks lag. Dann griffen die Flammen um sich. Der Kapitän befahl den Matrosen, das Segel zu kappen und über Bord zu werfen, doch es war bereits zu spät. Die Flammen breiteten sich mit rasender Geschwindigkeit über das ganze Segel aus, auf der Suche nach neuer Nahrung. Ein Mann versuchte, das Feuer auszuschlagen, das auf das Deck übergegriffen hatte, und plötzlich standen seine Hände in Flammen, dann Gesicht und Haar, während er in Panik um sich schlug. Im nächsten Moment krachte das Segel herunter und wurde zusammen mit einem Matrosen, der sich in den Tauen verfangen hatte und wie eine Fackel brannte, über Bord geschleudert. Von einem Moment auf den anderen brach Chaos aus.

Wir waren in Reichweite der Katapulte auf dem Turm der Fliegen geraten. Die muselmanischen Soldaten der Garnison schleuderten Geschosse mit griechischem Feuer auf uns, zweifellos erfreut, nach Wochen der Tatenlosigkeit endlich wieder ein Ziel vor Augen zu haben, und im nächsten Augenblick landeten zwei weitere Ladungen neben uns und ergossen ihre tödliche Fracht über das ganze Deck.

»Sand!«, brüllte der Kapitän. Die Matrosen rannten über das Deck und warfen säckeweise Sand auf die pechartige Flüssigkeit, womit sie die Flammen ein paar Sekunden unterdrücken, aber nicht löschen konnten. Sie loderten wie eine salzige Meeresflamme – grünblau, blaugrün …

»Lieber Himmel!« Plötzlich kam mir der Geruch nach verbrannten Chemikalien wie eine halluzinatorische Rückblende vor.

Quickfinger warf mir einen fragenden Blick zu.

»Der grüne Rauch, den wir um die muselmanische Kavallerie gesehen haben, als sie auf die Stadt zugaloppierte – ich habe ihn schon einmal gesehen. Erinnerst du dich an das Experiment in Exeter?« Vor meinem geistigen Auge sah ich, wie der Maure in die chemische Mischung gepustet hatte und seltsames grünes Licht über seine feinen Gesichtszüge gefallen war.

Quickfinger sah mich verwirrt an. »Der Maure! Mich laust der Affe«, sagte er schließlich. »Tja, also, wenn das kein Wunder ist!«

Hinter uns ertönte ein Schrei. Ich fuhr herum und sah, wie

die grünen Flammen wieder ihre ursprüngliche rote Farbe annahmen und gierig Löcher in die Planken fraßen, durch die man jetzt Ruderer sehen konnte, die schreiend durcheinanderliefen, während die brennende Flüssigkeit auf sie hinabtropfte.

Der Kapitän ließ sie zurück an die Arbeit peitschen. »Wenn wir hier nicht wegkommen, sind wir geliefert!«, schrie er sie an, doch der Anblick des Feuers, das sich einen Weg durch alles bahnte, was ihm im Weg stand, war so furchterregend, dass jede Vernunft fehl am Platz war. Innerhalb weniger Sekunden hatten sämtliche Ruderer ihre Plätze verlassen und stoben mit brennenden Kleidern und Haaren in alle Richtungen davon. Der Gestank versetzte mich zu jenem Tag auf dem Rammbock zurück, als die Verteidiger von Akkon uns mit dem griechischen Feuer beschossen hatten. Doch auf dem Land hatte man wenigstens fliehen können, hier war nur das Meer – tiefes dunkles Wasser – zwischen uns und den anderen Kriegsschiffen, die geflissentlich Abstand hielten. Und nicht einmal dort war man sicher, denn da, wo die Feuergefäße einschlugen und ausliefen, breitete sich die brennende Flüssigkeit aus und trieb auf dem Wasser wie todbringende Inseln, die sich zu vereinen suchten.

Trotzdem sprangen manche Seeleute lieber ins Meer, als auf dem brennenden Schiff zu bleiben. Diejenigen, die unter dem Feuer hindurchschwammen und weiter weg wieder auftauchten, kamen mit dem Leben davon. Doch das würde ich nicht schaffen.

Derartige Bedenken kannte Hammer nicht. Wortlos kletterte er auf die Reling, sprang und verschwand in den tintenschwarzen Wellen unter uns.

Quickfinger warf mir einen düsteren Blick zu, dann nahm er mich mit seinem unverletzten Arm an der Hand. »Du hast mir das Leben gerettet, John. Für zehn Minuten.« Er grinste mich von der Seite an, griff in den Beutesack, nahm den erstbesten Gegenstand, den er zu fassen bekam, und steckte ihn ein. »Komm schon, mein Junge, höchste Zeit, wieder mal das Weite zu suchen.«

»Ich kann nicht schwimmen.«

»Halt dich an mir fest. Ich kann für zwei schwimmen, sogar mit nur einem Arm.«

Ich schüttelte den Kopf. »Ich würde uns beide in die Tiefe ziehen.« Ich brachte ein unsicheres Lächeln zustande. »Geh du allein.«

Er warf mir einen traurigen Blick zu. »Aye, na dann, Wiedersehen im Paradies, John. Es war … interessant.«

Und dann verschwand er mit einem lauten Platscher. Sein an einen Löwenzahn erinnernder Kopf tauchte noch einmal kurz im aufgewühlten Wasser auf, und dann versank er auf Nimmerwiedersehen. Ich kniff die Augen zusammen und versuchte, ihn außerhalb des Chaos wiederzufinden, sah aber nichts mehr.

Die ockerfarbenen Hügel erstreckten sich dunstig und gelassen unter einem blauen Himmel, gleichgültig gegenüber dem Schicksal der Menschen. Irgendwo da oben war der Maure. Ich sehnte mich so sehr nach ihm, dass ich am liebsten laut geschrien hätte. Wenn ich hätte fliegen können, wäre ich wie ein Pfeil zu ihm geschossen und hätte seinen Namen gerufen. Dabei wusste ich nicht einmal, wie er hieß. Das war so absurd, dass ich schon fast wieder lachen musste, während mein Blick hilflos über die fernen Hügel schweifte. Im selben Augenblick quoll eine dicke schwarze Wolke aus dem Unterdeck, hüllte mich ein und nahm mir jede Sicht. Es war wie eine persönliche Botschaft. Ich würde ihn niemals wiedersehen, zumindest nicht in diesem Leben.

Warum war ich ihm an jenem Tag in Rye nicht gefolgt? Ich hätte mit ihm gehen sollen, egal wohin, ich hätte ihm meine Gefühle beichten sollen. Ich hätte ihm sagen sollen, dass ich ihm bis ans Ende der Welt folgen würde, nur um bei ihm zu sein. Damals hatte ich mein Herz nicht verstanden, ich Dummkopf. Das war jetzt anders. Es war Liebe, ganz einfach. Damals war ich zu schwach gewesen und viel zu feige, um der Wahrheit ins Auge zu sehen.

Tränen brannten in meinen Augen. Mein Leben war von Anfang bis zum Ende eine Lüge gewesen. Ich hatte die Maske eines Menschen getragen, aber ich war nur ein wildes Tier aus dem Moor. Ich trug Kleider und sprach die Sprache der Menschen, aber ich war nicht mehr als ein Stück Vieh, dem man das Fell geschoren hatte. Ich hatte gelogen und betrogen, hatte meine Truppe erst in einen elenden Krieg geführt und dann in den Tod, einen nach dem anderen, und wofür? Für den Traum von Gold und falschem Ruhm. Beides Lügen. Ich hatte mich von den Strömungen der Menschen hin und her schubsen lassen und es nicht geschafft, Nein zu sagen, ehe es zu spät war. Ich würde sie nie wiedersehen – weder Saw, Ned, Will, Mary, Quickfinger, Hammer noch Ezra, Savaric oder Reginald. Und auch nicht den, an den ich morgens zuerst und abends zuletzt dachte: den Mauren. Und das war ganz allein meine Schuld.

Doch jetzt war nicht der richtige Zeitpunkt für Selbstvorwürfe. Dieses Mal würde ich meine Leiche nicht den Strömungen der Menschen, sondern denen des unendlichen Meeres überlassen. Und in meinen Armen hielt ich den Inbegriff aller Lügen: ein Stück von der dreistesten Fälschung des Christentums.

Unbeholfen stakste ich über das Deck, die Reliquie fest an meinen Körper gepresst – zumindest würde ihr Gewicht mich in die Tiefe ziehen –, und erinnerte mich daran, dass das Ertrinken angeblich ein schöner Tod war, wenn man nicht dagegen ankämpfte. Auf jeden Fall musste es besser sein als zu verbrennen. Ich dachte an zwei lachende, halbmondförmige Augen und sprang.

Das Wasser fühlte sich an wie eine kalte Wand, die mir den Atem raubte. Dann schloss es sich um meinen Kopf und versuchte, in meinen Mund und meine Nasenlöcher einzudringen. Oben brannte es und in mir auch. Ich warf einen letzten Blick nach oben in dieser seltsamen, kalten, dunkelgrünen Welt.

Über mir war der Rumpf des Schiffes – ein großer schwarzer Wal – und die feurigen Wellen – eine orangefarbene Leuchtfackel. Wie eine Verheißung auf den Himmel.

TEIL 7

DAS HEILIGE KREUZ

EINUNDDREISSIG

Zohras Hand fuhr durch Nathanaels schwarze Locken. Es war ein überwältigendes Gefühl, ihn wieder berühren zu können. Himmlisch, seine Wärme und seinen Atem zu spüren, nachdem sie ihn schon für tot gehalten hatte.

Sie schloss die Augen und erinnerte sich an den eisigen Schauder, der sie durchfahren hatte, als Sorgan aus der Kaserne gekommen war und von dem Überfall erzählt hatte. Ein Arzt war von fremden Eindringlingen umgebracht worden. Wie hatte sie nur gewusst, dass es Nathanael gewesen war, wenn nicht einmal Sorgan es wusste? Sie konnte es sich nicht erklären, aber sie hatte es gewusst. Vielleicht fürchteten ja alle Liebenden, dass das Schicksal ihnen einen so grausamen Schlag versetzen könnte. Jetzt war es einerlei. Sie war den ganzen Weg zur Zitadelle gelaufen, ohne an irgendetwas anderes denken zu können, und hatte darum flehen müssen, durchgelassen zu werden. Schließlich hatte sie sich sogar auf Malek und ihren verhassten toten Mann berufen, um Einlass zu erhalten.

Als sie sah, wie Nathanael dort lag, bleich wie Papier, war ihr das Herz stehen geblieben. Es war der Mensch, den sie am meisten liebte, mehr als ihren Vater, ihre Brüder oder ihre Familie. Mehr als ihr eigenes Leben. Wie hatte sie nur anders denken, ihre Gefühle verleugnen können? Es erfüllte sie mit einer seltsamen, widersprüchlichen Scham, so gehandelt zu haben aus Angst vor dem, was die anderen denken und sagen konnten. Aus Angst, verstoßen und verflucht zu werden. Angesichts des gewaltigen Verlustes kam es ihr jetzt absurd vor, dass derartig sinnlose Konventionen sie gezwungen hatten, ihre Gefühle zu verleugnen. Nachdem sie diese Wahrheit akzeptiert hatte, empfand sie eine ungeheure Ruhe, als stünde sie im Auge eines Wirbelsturms.

»Ich nehme ihn mit«, hatte sie den durcheinanderwuselnden Frauen und den Männern mit den ernsten Gesichtern gesagt.

So war Nat ins Haus der Najib-Familie gebracht und in Zohras eigenes Zimmer einquartiert worden. Sara und die kleine Nima hatten das alte Zimmer ihrer Mutter bezogen, und Baltasar und Sorgan mussten im Salon schlafen. Der alte Mann sagte nichts zu diesem plötzlichen Flüchtlingsstrom. Nachdem alle seine Tauben von Pfeilen getroffen, an Hunger oder Schwäche gestorben, dem Meer oder unberechenbaren Luftströmungen zum Opfer gefallen waren, niemand wusste es, lag er die meiste Zeit stumm in eine Decke gehüllt im halbdunklen Salon, wie ein Tier in seinem Bau, und stand nur auf, wenn es etwas zu essen gab oder um mit den Gebetsperlen in den verkrüppelten Händen im Hof zu sitzen und seine Gebete zu verrichten.

Doch als Nathanael und seine Mutter einzogen, hatte sich Baltasar plötzlich völlig verändert. Am nächsten Tag war er aufgestanden und hatte sich von Sorgan in den Hamam bringen lassen, um ein Dampfbad zu nehmen. An Brennholz hatte es in der Stadt nie gemangelt. So viele Häuser standen nun leer. Türen und Möbel stapelten sich vor den Badehäusern und wurden benutzt, um das Wasser zu erhitzen. Am Abend hatte er sich mit sauberen Kleidern und Turban zu ihnen an den Tisch gesetzt. Er war höflich zu Sara gewesen, mehr als höflich – *freundlich*, hatte Zohra an jenem Abend gedacht, hatte ihr die besten Stücke ihres kargen Mahls überlassen und ihr Wasser eingeschenkt. Kein einziges Mal hatte er sich darüber beklagt, dass Fremde im Haus waren und ein junger jüdischer Mann im Bett seiner Tochter schlief.

Heute Morgen hatte Zohra beobachtet, wie Sara und er wie zwei gebrechliche alte Freunde schweigend und ergeben im Garten saßen, bis das Kind die Ruhe brach und ihnen etwas zeigte, das es entdeckt hatte. Sie hatten sich gemeinsam der Kleinen zugewandt und den Stein oder das Blatt bewundert, das sie ihnen geschenkt hatte. Und einige Minuten lang war es so, als hätte sie ihnen die Sonne gebracht, ein goldenes Licht, das ihre schmerzlichen Erinnerungen und ihre Trauer vertrieb.

Zohra war aufgeblüht. So musste es sein. Darauf kam es an, auch wenn ringsum die Welt auseinanderfiel. Was machte es schon, dass sie aus verschiedenen Familien und unterschiedlichen Kulturen stammten? Juden, Muselmanen und in Nimas Fall – wer weiß? So muss die Welt sein, dachte sie. Liebe verbindet die Menschen.

Doch eine leise Stimme erinnerte sie daran, dass es nicht nur Liebe gewesen war, die sie alle zusammengebracht hatte, sondern auch Gewalt, Hass und Tod.

Sie legte Nathanael zärtlich die Hand auf die Wange. Und als er sich regte, hätte sie um ein Haar aufgeschrien.

Seine Lider flatterten, dann schlug er die Augen auf. »Wie lange bin ich schon hier?«, flüsterte er.

»Drei Tage, Liebster. Drei lange Tage.«

»Wo ist Nima …?« Vergeblich versuchte er, sich aufzurichten, und fiel wieder zurück.

»Nima ist unten im Garten mit deiner Mutter. Sie sitzen in der Sonne und spielen ein Spiel mit weißen und schwarzen Steinen.« Während sie ihm den Verband abnahm, erklärte sie, so gut sie konnte, was geschehen war. Und Nathanael lag still und hörte ihr zu. Als die Wunde sichtbar wurde, fuhr Zohra zusammen, im Gegensatz zu Nathanael. Er war so dünn! Jedes Mal wenn sie seinen Körper sah und berührte, verglich sie ihn mit dem jungen Mann, der sie vor mehr als zwei Jahren an Sayedi Efraims Parfümstand angesprochen hatte. Als sie seine Verletzung zum ersten Mal versorgt hatte, wäre sie beim Anblick seines geschundenen Körpers fast in Tränen ausgebrochen, dann aber hatte sie sich zusammengenommen und sich auf die blutende Schnittwunde konzentriert. Die Stiche, die sie hatte machen müssen, waren ihr wie ein Frevel erschienen. Ich habe eine Nähnadel benutzt, dachte sie jetzt wieder, entsetzt und fasziniert zugleich. War sie wirklich noch dieselbe Frau, die jedes Mal wenn sie den Nachttopf ihrer Mutter entsorgt hatte, würgen musste und sich davor geekelt hatte, ihren nackten Körper zu betrachten, wenn sie ihn wusch? Seitdem hatte sie eine lange Reise hinter sich. Sie alle hatten eine lange Reise hinter sich.

Nathanael richtete sich mühevoll auf und verrenkte sich fast den Hals. »Das hast du sehr gut gemacht.« Er klang überrascht.

»Ich wusste nicht, was ich tun sollte. Die Ärzte in der Zitadelle hatten dich aufgegeben, sie hätten dich verbluten lassen.«

»Ärzte?«, sagte er spöttisch und klang wieder wie früher. »Das sind keine Ärzte.« Seufzend legte er sich wieder hin. »Du musst die Stiche mit einer Salbe einreiben, sonst wachsen sie zu eng zusammen. Bring mir meine Arzttasche, die Kräuter und Linimente aus dem Schrank in meinem Zimmer.«

Jetzt klang er wieder wie der Nathanael, den sie gekannt hatte. Überschwänglich, gebieterisch. Zohra lächelte in sich hinein, hob etwas auf, das neben dem Bett stand, zog den Stöpsel heraus und hielt es ihm unter die Nase. »Wie das hier?« Als sie sein überraschtes Gesicht sah, grinste sie. »Deine Mutter hat mir geholfen. Sie hat mir erklärt, wo alles war, und Nima hat mir beim Mischen assistiert.« Sie lachte. »Na ja, sie hat den Honig verschüttet und den Stößel zerbrochen, aber sie wollte unbedingt helfen. Sie liebt dich, weißt du?« Sie nahm seine Hand in die ihre und führte sie zu ihren Lippen. Seine Knochen unter der dünnen Decke fühlten sich an wie die eines alten Mannes. »Genau wie ich«, sagte sie.

Nathanael kniff die Augen zusammen, aber er konnte die Tränen nicht zurückhalten. Mehrere Minuten lang sagte keiner von beiden etwas, bis Nathanael plötzlich, als hätte er sich zu spät an etwas erinnert, sagte: »Karakush!«

»Es geht ihm gut, jedenfalls gut genug, um die Stadt den Feinden zu überlassen, das zumindest erzählen sich alle. Aber das weiß ich nicht genau, da ich mich nicht darum gekümmert habe, was außerhalb dieses Zimmers vor sich ging. Noch hat er sich nicht ergeben. Vielleicht tut er es auch nicht.« Zohra biss sich auf die Lippen. »Sie sagen, es sei ein Assassine gewesen, fast noch ein Kind …«

Schwarze Augen, schmales Gesicht.

Plötzlich lief Nat ein kalter Schauer über den Rücken, und er erinnerte sich, dass er das Gesicht schon einmal gesehen hatte. Blutüberströmt war es an ihnen vorbeigeflogen an dem Tag, als Zohras Mutter gestorben war. Es war ihr jüngerer Bruder gewesen, derjenige, der sie mit einem Kissen erstickt hatte …

Sollte er es ihr sagen? Wenn der Junge überlebt hatte, würde Zohra es bald von den anderen erfahren, und wenn er tot war … nun ja, dann hatte man den Leichnam bereits begraben. Warum sollte er diese arme Familie noch unglücklicher machen, indem er seine Identität preisgab?

Nachdem er seine Entscheidung getroffen hatte, zog er Zohra zu sich hinab und küsste sie so lange, bis sie beide keine Luft mehr bekamen.

Im alten Teehaus wurde Nathanael schmerzlich vermisst. Doch inzwischen hatten sie jemand anderen, mit dem sie sich über ihn unterhalten konnten, was fast noch besser war als den ruhigen, höflichen Sohn des Arztes bei sich zu haben.

»Wie geht es ihm heute?«

Baltasar Najib stellte seinen Becher ab und hustete, wobei sein ganzer ausgezehrter Körper zitterte. »Seid ihr sicher, dass das geröstete Dattelkerne sind? Schmeckt mir eher nach gerösteten Rattenkötteln.«

Driss lachte. »Wie habe ich deine Scherze vermisst, alter Freund!«

»Es geht ihm gar nicht so schlecht. Meine Tochter kümmert sich um ihn.« Sollte Baltasar die raschen Blicke bemerkt haben, die die Anwesenden wechselten, so ließ er sich nichts anmerken. »Er hat dem Assassinen das Messer abgenommen und dem Gouverneur das Leben gerettet, stimmt's, Sorgan? Es war Sorgan, der uns die Nachricht gebracht hat.«

Der Junge saß neben ihm und warf einen gierigen Blick auf das letzte Stück trockenen Brotes. Er war viel zu hungrig, um überhaupt etwas zu sagen.

Driss schnaubte. »Den Befehl hatte er wohl von diesem englischen Teufel erhalten.«

»Ich verstehe immer noch nicht, wieso die Assassinen Karakush töten wollten.« Younes, der Barbier, schüttelte den Kopf. »Wäre der Alte vom Berg nicht eher daran interessiert gewesen, Malik al-Inkitar umzubringen?« Er benutzte den arabischen Namen für den englischen König.

»Der Alte vom Berg ist wie ein tollwütiger Hund, der wahllos zuschnappt.« Hamsa Nasri kippte seinen Tee hinunter und verzog das Gesicht. »Man könnte genauso gut heißes Wasser trinken.«

Driss starrte auf den Bodensatz seiner Tasse, als fänden sich dort die Antworten auf alle Fragen. »Ich vermute, dass der Alte Akka für sich selbst haben will«, sagte er dann.

»Was? Und deshalb tut er sich mit den *franj* zusammen?« Younes klang skeptisch.

»Es sähe ihm ähnlich. Überlegt doch mal. Wenn er den Hafen kontrolliert, kann er einen Teil dessen, was er verloren hat, wieder wettmachen. Außerdem wäre es auch in Salah ad-Dins Interesse. Er hätte bestimmt nichts dagegen. Ich könnte euch erzählen, wie ich an meine Wunde gekommen bin«, sagte Driss.

Ein Raunen flog durch den Raum. »Nicht schon wieder!«, stöhnte Hamsa.

»Ein bisschen mehr Respekt für einen alten Soldaten, wenn ich bitten darf«, ermahnte Baltasar sie. »Wir haben für eure Freiheit gekämpft, als viele von euch noch nicht einmal geboren waren.«

»Freiheit.« Younes schüttelte den Kopf. »Die Freiheit, hier zu sitzen und zu verhungern.« Er warf einen Blick auf den Tisch und suchte nach dem Stück Brot, doch es war verschwunden. Sorgans Kiefer bewegten sich auf und ab, und in seinen Augen glänzte so etwas wie klammheimliches Vergnügen. Younes wollte sich schon beklagen, wurde aber von der Ankunft eines jungen Mannes abgelenkt, der durch die Tür trat.

»Die *franj* haben uns freien Abzug gewährt und das Recht, unser Hab und Gut mitzunehmen!« Er grinste breit, als wäre es ein Scherz.

Allgemeines Stimmengewirr erhob sich. »Du meinst, wenn wir uns ergeben?«, fragte jemand.

Der Mann wischte sich den grauen Schmutz aus dem Gesicht. »Wenn sich das ganze Königreich Jerusalem ergibt!« Er setzte sich zu Baltasar und den anderen. »Das habe ich soeben gehört.«

»Das ganze Königreich Jerusalem?«, fragte Hassan ungläubig. »Das soll wohl ein Witz sein!«

»So hat es Malik al-Inkitar erklärt. Er hat alle Städte des Königreiches von Jerusalem verlangt, so wie zu Zeiten des französischen Königs Ludwig. Obendrein müssen wir alle christlichen Gefangenen freilassen, die die Emire und auch der Sultan gemacht haben. Ach ja, und die Reliquie, die wir bei Hattin erobert haben, will er auch zurück. Sie verehren sie als das Kreuz, auf dem angeblich der Prophet Isa Christus gekreuzigt wurde.«

»Das können sie haben!«, rief jemand unter allgemeinem Gelächter. Danach verstummten sie wieder. »Salah ad-Din wird diese unverschämten Bedingungen niemals annehmen«, sagte Driss wütend.

»Ich habe gehört, dass Al-Mashtub einen Wutanfall bekommen und erklärt hat, dass wir die Stadt niemals aufgeben werden, selbst wenn wir dafür mit unserem Leben bezahlen müssten. ›Bis zum letzten Atemzug werden wir standhalten‹, soll er geschrien haben«, rief der Neuankömmling. Er trug die zerschlissene Uniform der Garnison. Er muss einer der ersten Freiwilligen gewesen sein, dachte Baltasar anerkennend. »Tja, er ist eben ein echter Krieger«, sagte er dann.

»Und darauf soll der englische König gesagt haben: ›Das Lösegeld für euch wird aus euren Köpfen bestehen!‹«, fuhr der Soldat fort.

»Ich würde meinen Kopf lieber behalten, wenn ich ehrlich sein soll«, meinte Younes und fuhr sich mit der Hand über die Glatze.

»Du würdest die Stadt also so leicht aufgeben?«, knurrte Driss.

»So leicht? Zwei Jahre kämpfen wir schon. Nichts ist uns geblieben«, entgegnete der Barbier. Die Haut an seinen Augen und seinem Hals hing schlaff herab. Er sah um zwanzig Jahre gealtert aus.

»Wenn wir uns jetzt ergeben, war alles umsonst, die vielen Toten, all die Entbehrungen.« Plötzlich füllten sich Driss' Augen mit Tränen.

Baltasar klopfte seinem alten Freund auf die Schulter und fühlte die Knochen, zerbrechlich wie die einer Taube. Es alarmierte ihn, denn er erinnerte sich, dass Driss ein großer und kräftiger Mann gewesen war, zäh wie ein alter Stiefel, ehe er wie er selbst als Invalide aus dem Heer entlassen worden war. Und wie er hatte auch Driss seine Frau verloren. Erst gestern hatte Baltasar erfahren, dass Habiba schon vor Wochen gestorben war, als er noch mit seinen eigenen Gespenstern kämpfte. Es war klar, dass der Veteran allein nicht zurechtkam. Als junge Männer hatten sie Witze darüber gemacht, dass sie früher als ihre Frauen sterben wollten. So war es besser, denn keiner von ihnen hatte sich ein Leben ohne seine Frau vorstellen können. Doch jetzt musste er dieses Leben ertragen, und es war schlimmer, als er es sich jemals hätte vorstellen können. Da er wusste, was Driss durchmachen musste, kam jetzt auch sein eigener Schmerz wieder hoch. Er spürte, wie seine Augen brannten, und sagte: »Ein jegliches hat seine Zeit – Widerstand zu leisten, hat seine Zeit, und ihn aufzugeben, hat seine Zeit.«

»Die äußere Befestigungsmauer ist bereits zerstört. Das Einzige, was die Ungläubigen noch davon abhält, die Stadt zu erobern, ist unser eiserner Wille, und davon bleibt uns mit jedem neuen Tag weniger«, erklärte der Mann aus der Garnison.

»Und wenn wir Verstärkung erhalten?«

Der Mann aus der Garnison zuckte die Achseln. »Verstärkungstruppen sind gekommen und wieder abgezogen. Der Kalif schert sich einen Dreck um uns. Und Bagdad ist weit weg.«

»Es gibt Leute, die glauben, dass er Salah ad-Din eins auswischen will«, sagte Driss mit gesenkter Stimme.

»Tja, aber er ist nicht derjenige, der Seuchen im Sommer und Schnee im Winter erdulden musste, krank wie ein Hund und Meilen entfernt von seinen Frauen und dem Luxus seines Zuhauses«, gab der Soldat zurück.

»Es ist leicht, das Leid seiner Untertanen zu ignorieren, wenn man selbst in Saus und Braus lebt«, erwiderte Younes griesgrämig.

Darauf sagte keiner etwas. Es gab nichts zu sagen. Der Kalif von Bagdad mochte der spirituelle Führer der Umma sein, der gesamten muselmanischen Welt, aber angesichts seiner Gleichgültigkeit war es kein Wunder, wenn man bitter wurde.

»Der Sultan ist hart im Nehmen«, bemerkte Baltasar widerwillig. »Er wird nicht aufgeben.« Mühevoll stützte er sich auf Sorgans Schulter und stand auf. »Komm, mein Junge, es ist Zeit, nach Hause zu gehen.«

Wieder und wieder war das Heer der Muselmanen in die Schlacht gezogen, doch vergebens. Die Erdwälle, die die *franj* errichtet hatten, hielten die muselmanische Kavallerie auf, und mit jedem neuen Vorstoß hatten sie mehr Männer an die feindlichen Bogenschützen verloren. Die Katapulte der Ungläubigen beschossen immer noch unablässig die Stadtbefestigungen und schlugen große Breschen in die Mauer neben dem Turm der Verdammnis, der allmählich einem Trümmerhaufen glich. Wie es ihnen bislang gelungen war, die Christen davon abzuhalten, in die Stadt einzudringen, war Malek ein Rätsel, oder schlimmer noch: Er konnte es sich vorstellen.

Missmutig saß der Sultan auf seinem Pferd und beobachtete das Hin und Her auf dem Schlachtfeld unterhalb. Früh am Tag war er selbst in die Schlacht gezogen, hatte aber zum Rückzug blasen müssen, als er sah, wie die Emire die Stadt mit einer weißen Flagge verlassen hatten, um erneut mit den Kreuzrittern zu verhandeln. Sie hatten lange im Zelt der Christen verbracht, und Salah ad-Din hatte nichts gesagt, sondern nur alles mit zusammengebissenen Zähnen beobachtet, und in seinen Augen glühte ein Feuer, das den Stoff des Zeltes zu versengen drohte.

Malek begriff nicht, wie er sich noch im Sattel halten konnte. Seit drei Tagen hatte er keine Ruhe mehr gehabt und nichts zu sich genommen außer Kräutertees, die ihm seine verzweifelten Ärzte aufgezwungen hatten. Bald kommt Verstärkung, hatte er immerfort gesagt. Und dann werden wir das Durchhaltevermögen dieser Könige testen. Gestern war tatsächlich Verstärkung unter dem Oberkommando von Taki ad-Din eingetroffen, und trotzdem war es ihnen nicht gelungen, die christlichen Linien zu durchbrechen. Und dann waren die Emire der Stadt zu den Christen geritten, um mit ihnen zu verhandeln, ohne den Sultan davon zu unterrichten.

»Herr, o Herr!« Ein mit Staub bedeckter Knappe warf sich vor dem Sultan zu Boden, ohne auf das Stampfen der Hufe ringsum zu achten.

»Steh auf, Mohammed!« Stöhnend vor Schmerz sprang der Sultan aus dem Sattel und half dem Jungen auf die Beine. »Was ist so dringend, dass es nicht warten konnte, bis ich zurück bin?«

»Ein Schwimmer aus Akka, o Herr!«

Der Mann war dünn wie eine Bohnenstange und hörte gar

nicht mehr auf zu husten. Es sah aus, als hätte die Flut ihn wie ein Stück Treibholz von der Stadt aus bis hierher getrieben. Eine Zeit lang glaubten sie, er würde sterben, noch ehe er seine Botschaft loswerden konnte. Ein neuer Hustenanfall führte dazu, dass er Blut spuckte. Schließlich brachte er zitternd vor Kälte, obwohl man ihn in eine Wolldecke gehüllt hatte, und stotternd seine schreckliche Nachricht vor. »Die Emire haben sich mit den Königen der *franj* getroffen, o Herr. Sie wollen ihnen noch heute die Stadt übergeben ...«

»Was? Nein, wir kämpfen weiter«, unterbrach ihn der Sultan. »Der Fürst von Hama ist zurückgekommen. Und mit Gottes Gnade werden weitere unserem Ruf folgen. Kehr sofort zurück ... nein, erst nachdem du dich ausgeruht hast natürlich. Vergib mir meine Hast. Kehr zurück und melde den Emiren, dass ich die Stadt nicht übergeben werde. Sie müssen weiter durchhalten. Noch ist nicht alles verloren.«

Das Zittern des Schwimmers nahm trotz seiner dicken Decke an Heftigkeit zu. Ohne den Sultan anzusehen, sagte er mit einer Stimme, die kaum noch zu hören war: »Es ist zu spät, Herr. Sie haben sich bereits über die Bedingungen geeinigt und das Abkommen unterzeichnet.«

Lähmende Stille breitete sich aus. Niemand wagte es, dem Sultan in die Augen zu schauen, denn jeder spürte, dass er vor Wut kochte. Nach einer Ewigkeit sagte er: »Nun, das werden wir sehen.«

Malek und Ibrahim folgten ihm in sicherem Abstand, als er aus dem Kriegszelt stürmte. Zuweilen senkte er den Kopf und murmelte vor sich hin, dann wieder blickte er zum Himmel auf, als suchte er Inspiration.

Malek sah Ibo an, der den Kopf schüttelte und fragte: »Wie konnten sie nur, ohne die Erlaubnis ihres Herrn?«

Malek war ratlos. »Das weiß ich auch nicht.« Er konnte niemandem einen Vorwurf machen, dass er nach so einer langen Belagerungszeit und derart schrecklichen Entbehrungen aufgab, aber es brach ihm das Herz zu sehen, dass sich der Sultan nun nicht nur mit einer Niederlage, sondern auch noch mit einer Meuterei abfinden musste. Er warf einen traurigen Blick auf die Stadt in der Ferne. Drüben auf den Mauern schien sich etwas zu tun, auch wenn man auf diese Entfernung kaum erkennen konnte, was da vor sich ging. Zum Schutz vor der sengenden Sonne kniff er die Augen zusammen. Nein! Das war doch nicht möglich …

»Herr!« Den Sultan beim Nachdenken zu stören war niemals ratsam, trotzdem konnte Malek es nicht ertragen, dass man seinen Meister derart hinterging. »Herr!«, rief er etwas leiser, woraufhin sich der Sultan umdrehte. Seine Augen waren dunkel wie Blut. »Überall auf den Mauern von Akka wurde der Halbmond heruntergenommen und die Flagge des Feindes gehisst.«

In der Brise, die zu dieser Tageszeit stets vom Meer herüberwehte, flatterten die blauen, roten und grünen Fahnen der Kreuzfahrerkönige.

»Sogar von der Freitagsmoschee«, sagte der Sultan ungläubig.

In der Tat, sogar von dem schlanken Minarett der größten Moschee der Stadt flatterte ein blau-goldenes Banner der Ungläubigen.

Einen Augenblick sah es so aus, als würde Salah ad-Din zusammenbrechen. Er taumelte und fuhr sich mit der Hand zum Gesicht. Malek und Ibrahim standen bereit, um ihn zu stützen, falls er fallen sollte, doch dann holte er tief Luft und richtete sich auf. »Was geschehen ist, kann man nicht zurücknehmen, wir müssen das Beste daraus machen.« Er hob die Arme zum Himmel. »Es steht geschrieben. Möge Gott mir die Kraft schenken, unser Volk zu retten.« Dann kehrte er mit ins Zelt zurück, und sein Gesicht war wie Donner.

Der Bote sah mit Furcht in den Augen zu ihm auf. Salah ad-Din nahm seinen Platz wieder ein, und nach einigen Sekunden, in denen er nur schwer ein- und wieder ausatmete, sagte er gefasst: »Nenn mir die Bedingungen, die die Emire ausgehandelt haben.«

Der Schwimmer blinzelte hastig. »Im Austausch für das Leben der Einwohner und deren Besitz haben sie sich bereit erklärt, eine Summe von zweihunderttausend byzantinischen Goldmünzen zu zahlen.«

Dieses Mal war es der Kadi, Baha ad-Din, der den Mann unterbrach. »Was?«, schrie er. »Das ist ungeheuerlich! Haben sie den Verstand verloren? Sie wissen doch, dass unsere Kassen leer sind. Oder glauben sie, unsere Alchemisten könnten Luft in Gold verwandeln?«

»Sachte, mein Freund, lass den armen Mann ausreden«, mischte sich der Sultan mit trügerischer Milde ein. »Zweihunderttausend byzantinische Goldmünzen und was noch?«

Der Bote starrte auf seine Hände. »Und die Übergabe von fünfhundert christlichen Gefangenen, einschließlich aller Edelleute, die gefangen genommen wurden. An der Liste wird noch gearbeitet.« Er holte tief Luft, und dann setzte ein heftiger Hustenanfall ihn außer Gefecht, während die Anwesenden verzweifelte Blicke wechselten. Der Sultan befahl, dem Mann etwas Heißes zu trinken zu bringen, und gab genaue Anweisungen für die Kräuter, die beigemischt werden sollten. Er wartete geduldig, bis das Getränk zubereitet war und der Schwimmer es ausgetrunken hatte. Dann nahm der Bote seinen Bericht wieder auf.

»Einhundert der wichtigsten Männer der Stadt, einschließlich des Großemirs Al-Mashtub und des Gouverneurs Karakush werden als Geiseln genommen, um zu garantieren, dass die Vereinbarungen erfüllt werden. Die Könige haben überdies die Rückgabe einer Reliquie verlangt, die sie das Heilige Kreuz nennen, und zwar im selben Zustand, wie sie bei der Schlacht von Hattin erbeutet wurde.«

Jetzt verlor Salah ad-Din sichtlich die Fassung. »Aber das verfluchte Kreuz wurde doch zerbrochen! Karakush weiß es. Einen Teil davon bewahrt er in der Schatzkammer von Akka auf. Und der Rest wurde … verteilt, weil es ein wertloses Symbol ist. Der Kalif hat einen kleinen Teil, und das Gold wurde zum größten Teil eingeschmolzen.« Er zupfte an seinem Bart, ein deutliches Zeichen seiner Verwirrung. »Nun, da können wir nicht viel tun«, seufzte er. »Fahr fort«, sagte er zu dem Mann. »Oder war das alles?«

»All das soll den Königen der *franj* in einem Monat übergeben werden. Das Gold, die christlichen Gefangenen und das Kreuz. Solange nehmen sie die Hälfte aller überlebenden Stadtbewohner und die Krieger in Gefangenschaft.«

Das Gesicht des Sultans verfinsterte sich, und diesmal brauchte er lange, um reagieren zu können: »Bei Gott, du stellst meine Geduld auf eine harte Probe. Wie konnten sie solche Bedingungen annehmen? Wir müssen eine Möglichkeit finden, sie zu verändern.«

Wieder stand er auf und ging im Zelt umher. Dieses Mal rührte sich Malek nicht von der Stelle, spürte aber, wie ihm der Schweiß unter den Achselhöhlen ausbrach. Ein übler Geruch stieg ihm in die Nase, das Aroma der Angst. Angst um seine Familie, schlimmer, als er es je zuvor erlebt hatte. Was würde ihnen zustoßen, wenn der Sultan diese Bedingungen nicht erfüllen konnte? Er hatte muselmanische Gefangene auf dem Schlachtfeld brennen sehen wie Kerzen. Er hatte verstümmelte Krieger gesehen, Verwundete, die abgeschlachtet wurden, obwohl sie um Gnade flehten. Die Templer hatten sogar Pilger niedergemetzelt, die auf dem Weg nach Mekka waren. Diese Leute hatten keine Ehre, kannten kein Erbarmen. Er spürte, wie ihm die Galle hochkam und ihm schwarz vor Augen wurde. Unsicher wandte er sich um und stürzte aus dem Zelt, dann fiel er draußen auf dem harten Boden auf die Knie, während sich ein Schwall von Galle nach dem anderen aus seinem Mund ergoss. Direkt vor dem Zelteingang, sodass der Gestank von der Brise hineingetragen wurde und den Duft aus den Kohlepfannen überlagerte.

Die Männer im Zelt riefen ihm angeekelt etwas zu. Dann hob ihn ein unglaublich kräftiger Mann auf, als wäre er ein Kind, und trug ihn etwas weiter fort.

»Hier trink das.« Ibrahims breites dunkles Gesicht sah ihn an, doch dieses Mal lächelte er nicht.

Malek nahm den Krug, spülte sich den Mund mit Wasser aus und spuckte den Inhalt auf die Erde, wo der rote Lehm ihn gierig aufsaugte. »Meine Familie. Was sollen wir machen?«, fragte er seinen Freund. »Wir können diese Bedingungen nicht erfüllen. Ich weiß es.«

»Wir werden sie erfüllen«, entgegnete Ibo entschlossen. »So oder so. Es bleibt uns gar nichts anderes übrig.«

Die Überlebenden von Akka, die noch auf den Beinen stehen oder kriechen konnten, hatten sich auf dem großen Platz vor der Freitagsmoschee versammelt. Es herrschte vollkommene Stille. Die Luft regte sich nicht. Seit zwei Jahren war es nicht mehr so ruhig gewesen. Die Menschen standen etwas aufrechter, hielten die Köpfe etwas höher, als wäre die Last des ununterbrochenen Beschusses der Stadt durch den Feind von ihnen genommen worden. Es glich einem Wunder, dass sie sich jetzt bewegen konnten, ohne ständig den Kopf vor

Geschossen und herabfallendem Schutt einziehen zu müssen. Man konnte sogar die Möwen hören, fiel Nathanael auf, die in den heißen Aufwinden über ihnen kreisten.

Er warf Zohra einen Blick zu und bewunderte wie immer ihre Augen, die wie Bernstein schimmerten. Heute waren sie voller Sonne, und ihre Wangen glühten wie Rosen. Ein Lächeln spielte um ihre Mundwinkel. Letzte Nacht hatten sie seit zwei Jahren wieder miteinander geschlafen, und die Lust, die er dabei gespürt hatte, war stärker gewesen als der Schmerz seiner Wunden. Er erinnerte sich an jede ihrer zärtlichen Berührungen: wie glühende Flammen auf seiner Haut.

Jetzt vertrieb er die Wunder der letzten Nacht aus seinem Bewusstsein und blickte sich um. Waren dies wirklich alle Menschen, die den Krieg überlebt hatten? Der Platz war höchstens halb voll, und sie standen nicht einmal dicht gedrängt. Außerdem braucht jeder von uns nun viel weniger Platz, dachte er.

Menschen mit Verbänden, Menschen, die sich mit Krücken aufrecht hielten oder von Familienangehörigen gestützt wurden. Kinder mit Gesichtern von alten Männern, Frauen mit Babys auf dem Arm, die eher aussahen wie Großmütter als Mütter. Mehr Frauen als Männer. So viele hatten ihr Leben bei der Verteidigung der Stadt verloren.

Abgesehen von Zohra und ihrer Familie erkannte er nur wenige Menschen wieder. Sayedi Efraim, der Parfümhändler, hager aber gesund, und neben ihm eine Frau, möglicherweise seine Ehefrau oder seine Schwester. Eine der beiden armenischen Frauen, die früher auf den Stufen des Hauseinganges gesessen und getratscht hatte, während sie zusahen, wie die Welt an ihnen vorbeizog. Von ihrer Schwester gab es keine Spur. Mohammed Azri, der Schmied, und sein Sohn Saddiq mit ein paar Arbeitern, darunter auch Zohras massiger Bruder

Sorgan, und einige der schwarz gekleideten Alchemisten, die in der Zitadelle ein und aus gegangen waren. Da drüben waren der Fischer und seine Tochter Rana mit ein paar Nachbarn vom Hafen. Said, der Arzt aus dem Krankenhaus, der mehr als die Hälfte seines früheren Leibesumfangs verloren hatte.

Plötzlich zog die kleine Nima an seiner Hand und sah ihn mit ihren großen dunklen Augen an. »Wer ist dieser Mann da drüben?« Sie zeigte auf das Podium, das in aller Hast errichtet worden war. »Und wieso hat er ein halbes Schaf im Gesicht?«

Trotz des Ernstes der Lage schnaubte Nat vor Lachen. »Sei still, du kleines Ungeheuer, ein bisschen mehr Respekt! Das ist der Großemir Al-Mashtub.«

Der kurdische Herrscher, dessen schwarzer Bart buschiger war als je zuvor, und der Gouverneur der Stadt, der Eunuch Karakush, standen mit niedergeschlagenen Gesichtern auf dem Podium, umgeben von Tempelrittern in langen weißen Umhängen, auf denen das rote Kreuz prangte, das in Akka alle hassen gelernt hatten, seit die *franj* die Stadt das letzte Mal besetzt hatten. Ihre langen Schwerter und Kettenhemden funkelten in der Sonne. Die Krieger der Feinde standen rings um den Platz: bleichgesichtige, zerlumpte Kerle. Viele sahen sich verwundert um. Für einige ist es das erste Mal, dass sie den Fuß in eine syrische Stadt stellen, dachte Nathanael. So eine lange Reise aus ihrer fernen Heimat hatten sie auf sich genommen, und wofür? Für eine Stadt, die in Schutt und Asche lag, niedergebrannt und schmutzig, mit einer Handvoll Einwohner, die sie für das, was sie durchgemacht und verloren hatten, aus tiefstem Herzen hassten. Wer wünschte sich da schon, der Sieger zu sein? Wie konnte man angesichts der Ruinen dieser Stadt und ihrer wenigen Überlebenden keine Scham empfinden?

»Einwohner von Akka!« Die dröhnende Stimme des Großemirs Al-Mashtub erhob sich und forderte ihre Aufmerksamkeit. »Mit dem heutigem Tag haben wir uns dem christlichen König Philip Augustus von Frankreich und dem englischen König Richard ergeben in der Gewissheit, dass beide ehrenwerte und gottgläubige Männer sind, die ihr Wort halten werden. Dieses besagt, dass in Übereinstimmung mit dem *ius belli*, dem Kriegsrecht, das Schwert des Islam, Salah ad-Din, Sultan von Ägypten und Syrien unser Leben gegen eine festgelegte Summe einlösen wird und der Gouverneur und ich zusammen mit weiteren achtundneunzig Vornehmen solange als Geiseln genommen werden. Unser Leben liegt nun in der Hand dieser Könige.«

Die Menschen nickten ernst. Das hatten sie erwartet. Einen ehrlichen Handel zwischen zwei ehrenhaften Parteien. Doch der Großemir war noch nicht fertig. Er erhob die Hand und bat um Ruhe. »Des Weiteren haben wir vereinbart ...« Er zögerte und sah Karakush an, der neben ihm stand. Daraufhin trat der Eunuch vor und rief mit rauer Stimme: »Gute Menschen von Akka, ihr kennt mich. Ich war euer Gouverneur, seit wir die Stadt von den *franj* zurückeroberten ...«

Irgendwo in der Menschenmenge brach leiser Jubel aus. Die Tempelritter blickten sich um, bereit, mögliche Aufrührer festzunehmen.

»Ich liebe diese Stadt wie mein eigenes Leben«, versuchte der Gouverneur fortzufahren.

»Das muss was heißen bei deinem Umfang«, rief jemand, woraufhin alles lachte.

»Wie mein eigenes Leben«, wiederholte Karakush ernst. »Ich habe gesehen, wie tapfer ihr in den vergangenen zwei Jahren Widerstand geleistet habt, die Opfer, die ihr gebracht habt, jeder Einzelne von euch. Mütter, die ihre Söhne, Töchter, die ihre Väter, Frauen, die ihre Männer verloren haben ...«

»Und Männer ihre Frauen!«, schrie eine Frau dazwischen.

»Männer, die ihre Frauen verloren haben und Kinder ihre Mütter«, fuhr Karakush fort. »All das zu sehen, hat mir das Herz zerrissen. Doch eines Tages war der Punkt gekommen, an dem ein einziges unnötiges Opfer mehr das Fass zum Überlaufen gebracht hätte und der Verlust so vieler Menschen zu schwer zu ertragen gewesen wäre. Dieser Tag ist nun gekommen.

Die Bedingungen der christlichen Könige sind hart, das will ich nicht leugnen. Um das Leben derjenigen zu retten, die sich heute hier versammelt haben, und derjenigen, die ihr zu Hause lassen musstet, weil sie zu krank oder zu jung sind, müssen wir diesen Preis annehmen. Aber es lohnt sich, ihn zu zahlen, also vertraut auf unseren Kommandanten Salah ad-Din und die Fürsten der Umma. Nicht nur das Leben der hundert Vornehmen steht auf dem Spiel, sondern das eines jeden Zweiten von euch. Es geht um die Hälfte der Bevölkerung in dieser Stadt.«

Was? Seine Worte verschlugen allen den Atem. Was meinte er?

Nathanael wandte sich zu Zohra um, sah ihr verwirrtes Gesicht und drückte ihre Hand. Das Leben eines jeden Zweiten … Nima sah sie an und runzelte die Stirn. Eines jeden Zweiten … Sara und Baltasar …

Leises Murmeln breitete sich aus. Das Murmeln wurde zu einem Murren und das Murren zu Geschrei.

Die Christen umfassten fester die Griffe ihrer Schwerter. Karakush fuchtelte mit den Armen herum, doch dann erhob sich die laute Stimme des Großemirs über das allgemeine Stimmengewirr.

»Lasst uns aussprechen. Gott ist mein Zeuge, das Abkommen wurde geschlossen, und wir müssen einhalten, was verabredet wurde. Nach einer groben Schätzung unserer Beamten leben noch fast sechstausend Menschen in der Stadt, also müssen knapp unter dreitausend von euch als Geiseln festgehalten werden. Die Könige der Christen verlangen, dass es körperlich gesunde Männer unter vierzig Jahren sein sollen, Alte, Frauen und Kinder können die Stadt verlassen, wenn sie es wollen.«

Die Leute protestierten. Eine Frau jammerte: »Nicht mein Sohn! Nicht mein Hassan!«

Nathanael spürte, wie ihn eine Hand am Arm packte, und als er sich umdrehte, sah er Zohras goldene Augen funkeln, er hätte jedoch nicht zu sagen vermocht, ob aus Angst oder aus Wut.

Erneut bat der Emir mit erhobener Hand um Ruhe. Schließlich beruhigte sich die Menschenmenge. »Ich sehe, dass in Akka keine dreitausend Krieger mehr übrig sind, also werden wir Freiwillige finden müssen unter jenen, die die Stadt verlassen dürfen. Ich weiß, dass es ein großes Opfer ist, aber es muss sein. Jene, die bleiben, werden gut behandelt werden, sie werden in Quartieren untergebracht, die man eigens dafür herrichten wird. Sie werden genug zu essen bekommen, und man wird für sie sorgen, ihre Wunden oder Krankheiten werden von den besten christlichen und muselmanischen Ärzten behandelt werden. Ich, Saif Al-Mashtub, von unserem Kommandanten zum Großemir ernannt, gebe euch mein Wort. Und wenn das nicht genug ist …« – damit zeigte er auf einen Jungen, der ihm ein in grüne Seide eingeschlagenes Päckchen überreichte –, »so schwöre ich es beim Heiligen Koran.« Ehrfürchtig wickelte er das Buch aus seiner Verpackung und hielt es in die Höhe. »Habt Vertrauen in die Ehre dieser Könige und in Gott, und alles wird gut.«

Jetzt ergriff Karakush das Wort. »Ich bitte euch, gründlich

darüber nachzudenken. Die Kadis und die Schreiber werden eure Namen aufschreiben, und jene, die sich freiwillig melden wollen, mögen im Anschluss zu den Stufen der Freitagsmoschee vortreten.«

Eine überraschend große Menschenmenge folgte diesem Aufruf.

»Wenn wir gut zu essen bekommen und versorgt werden«, sagte ein Mann, der neben Nathanael stand, und stieß seinen Nachbarn an. »Dann schnell, gehen wir gleich jetzt zum Kadi und melden uns freiwillig!« Der Mann, der älter aussah als die vorgeschriebenen vierzig Jahre, zögerte einen Augenblick, doch dann drängten sich beide durch die Menschenmenge nach vorn.

»Wir müssen die Liste bis morgen um die Mittagszeit zusammengestellt haben«, fuhr der Gouverneur fort, »also könnt ihr heute Abend alles in Ruhe mit euren Familien besprechen. Doch ehe ihr geht, reiht euch bitte in die Schlange ein und teilt den Kadis eure Namen, euer Alter und eure Straße mit.«

In der Schlange stehen gehörte nicht zu den Gewohnheiten der Einwohner von Akka. Schon machte sich Ärger und Unverständnis breit. Und wenig später brachen Tumulte und Chaos aus.

An diesem Abend versammelten sich die Bewohner des Najib-Haushalts zu einem seltsamen Mahl aus allen Überresten, die sie noch zusammenkratzen konnten. Nathanael hatte bei Fatima, der Tochter des Imam, etwas Honig gegen Couscous eingetauscht, und Zohra hatte Brot aus Mehl gebacken, das sie gegen eine Heilsalbe eingetauscht hatte. Trotz der ernsten Lage herrschte eine seltsam feierliche Stimmung. Zum ersten Mal seit einer Ewigkeit saßen wieder sechs Menschen am Tisch des für Gäste bestimmten Salons. Nicht dieselben sechs wie früher, dachte Zohra, die plötzlich wieder an ihren schweren Verlust denken musste. An Ummi, Aisa, und wer wusste schon, ob Kamal noch lebte?

Zumindest Malek ging es gut, das hatte sie von dem Schwimmer erfahren, der dem Sultan die Bedingungen der Kapitulation übermittelt hatte. Malek sei in Tränen der Erleichterung ausgebrochen, als er erfuhr, dass seine Schwester noch lebte, hatte er erzählt. Er würde sterben, wenn er sie oder sonst jemanden aus der Familie auch noch verloren hätte, habe er gesagt. Außerdem hatte er Zohra eine persönliche Nachricht zukommen lassen in dem Code, den Malek für die Botschaften der Tauben erfunden und Aisa ihr beigebracht hatte. Verlass die Stadt, hatte er geschrieben. Verlass die Stadt, so schnell du kannst und bring Baba und Sorgan mit. Sie hatte niemandem etwas gesagt, nicht einmal Nathanael. Die Bedeutung dieser Nachricht quälte sie zu sehr.

Als die Mahlzeit zu Ende war, wandte sich das Gespräch rasch den Entscheidungen zu, die sie treffen mussten.

»Ich werde mich freiwillig als Geisel melden«, erklärte Baltasar. »Ich bin schon zu alt, um die Stadt zu verlassen. Zu alt und zu müde.«

»Nein, Baba, du musst dich um Sorgan kümmern. Er kann nicht für sich selbst sorgen.«

»Kann ich wohl. Ich bin jetzt ein Schmied. Ich brauche niemanden, der sich um mich kümmert. Mohammed Azri gibt mir zu essen, und Saddiq hilft mir an den Öfen!«

Zohra legte ihm die Hand auf den Arm. »Ich weiß, Sorgan, ich weiß. Du hast so schwer gearbeitet, aber jetzt, da die *franj* in der Stadt sind, werden keine Schmiede mehr gebraucht.«

Sorgan verzog das Gesicht. »Ich hasse die *franj*! Ich kann sie nicht ausstehen! Am liebsten würde ich sie alle ins Feuer werfen und kurz und klein hämmern!« Er ballte die Hände zu Fäusten.

Zohra seufzte. »Seht ihr? Wir können ihn nicht hierlassen. Er wäre in Gefahr.«

Stur verschränkte ihr Bruder die Arme. »Ich bleibe bei den Schmieden. Wenn ihr mich nicht lasst, will ich nicht mehr zur Familie gehören.« Es hatte keinen Zweck, mit ihm zu streiten.

»Sie werden die Azris sicherlich als Geiseln dabehalten«, sagte Nat ruhig. »Sie wollen alle körperlich gesunden Männer hierbehalten, wo sie sie beaufsichtigen können. Gerade die wollen die *franj* haben.«

»Als Sklaven!«, rief Baltasar.

»Eher, damit sie nicht wieder zu den Waffen greifen können«, sagte Sara gefasst, und legte die Hand um ihren Armstumpf. Sie hielt nichts davon, sich der Meinung der Männer zu unterwerfen. Vor allem wenn sie unrecht hatten. »Und genau das würden sie natürlich auch tun. Trotzdem dürfen wir uns nicht von unseren Feinden diktieren lassen, wer gehen darf und wer nicht.«

»Irgendwann wird jeder gehen können, oder etwa nicht?«, sagte Zohra und hoffte, dass man ihr beipflichtete. »Sobald das Lösegeld bezahlt ist.«

Nathanael dachte an Jerusalem und schwieg. Dann wandte er sich zu seiner Mutter. »Baltasar und du solltet mit Zohra und Nima gehen«, sagte er leise. »Niemand kann euch zwingen, hierzubleiben.«

»Nima?«, sagte Baltasar. Er sah erwartungsvoll auf, dann stiegen ihm langsam Tränen in die Augen. »Ach, richtig …« Manchmal, wenn jemand das Zimmer betrat, glaubte er, seine Frau lebte noch und kehrte gerade vom Markt zurück. Wenn er sich dann der Wahrheit bewusst wurde und Zohra sein trauriges Gesicht sah, brach es ihr jedes Mal das Herz.

Ihr Vater rollte die schmalen Schultern. »Ich bleibe«, erklärte er. »Akka ist meine Heimat.«

Zohra spürte einen vertrauten Anflug von Verzweiflung. »Aber Baba, du darfst doch gehen …«

»Mag sein, dass ich älter bin als vierzig«, schnitt er ihr das Wort ab, »aber körperlich bin ich genauso gesund wie die anderen.« Er machte den Eindruck, als würde er jeden niederschlagen, der ihm widersprach.

Sara legte die Hand auf die seine und drückte sie sacht. »Ich gehe auch nicht. Was sollte ich da draußen in der Welt mit nur einem Arm? Nein, nein. Ich bleibe bei Baltasar und Sorgan in dem Quartier, das sie für uns einrichten. Da gibt es etwas zu essen, und man wird unsere Leiden behandeln.«

»Jamilla hat auch nur einen Arm und kommt sehr gut zurecht«, wandte Zohra ein. Gleichzeitig sagte Nathanael: »Ich bin Arzt! Du weißt, dass du nirgendwo anders besser behandelt werden wirst.«

Sara strahlte sie beide an. Und in ihrem Lächeln erkannte Nathanael Zustimmung. Sie wusste alles, und sie akzeptierte es, gab ihnen sogar ihren Segen. »Nathanael, du musst fort. Jeder sieht, dass du körperlich nicht gesund bist. Der Gouverneur wird dir die Papiere ausstellen, ohne zweimal darüber nachzudenken. Und du musst Nima und Zohra mitnehmen, sobald du die Erlaubnis hast fortzugehen. Ich dulde keinen Widerspruch.«

»Na schön«, sagte Baltasar. »Das also wäre geregelt. Und was gibt es zum Nachtisch?«

Überall in der Stadt wurden die gleichen Diskussionen geführt.

Am nächsten Morgen ging Nat mit Baltasar und Sorgan zu ihrem üblichen Teehaus. Gerüchte besagten, es gebe nun wieder richtigen Tee, und Baltasar war fest entschlossen, so weiterzumachen, als wäre nichts geschehen.

Das Teehaus war zum Bersten voll. Weder ein Kissen noch ein Stuhl waren frei. Doch sobald die Leute Baltasar sahen, boten sie ihm ihren Platz an: Selbst in den schlimmsten Zeiten musste man den Ältesten und Schwachen Respekt erweisen. Younes rückte auf seinem Kissen zur Seite, um Platz für Nathanael zu machen, der sich unter Schmerzen auf dem angebotenen Platz niederließ. Sorgan blieb stehen und schnüffelte, als hätte er etwas gerochen, was er seit Langem vermisst hatte.

»Sieh mal, Sorgan«, sagte Hamsa Nasri und schwenkte die Hand wie ein Zauberer. »Richtiges Brot!«

Sorgan warf einen Blick auf den Korb, der auf dem Tisch stand, und machte große Augen. Younes brach eins der flachen runden Brote in zwei Hälften und reichte ihm eine, ehe er sich mit dem ganzen Korb davonmachte. »Ich bleibe hier«, murmelte Sorgan kurz darauf mit vollem Mund.

»Ich würde auch gerne bleiben«, erklärte Younes missmutig, »aber Iskander will gehen. Er sagt, er würde sich als Frau verkleiden und einen Schleier tragen, wenn es sein muss. Niemand wird ihn aufhalten: Er ist hübscher als jede Frau.« Dann lächelte er lustlos. »Er behauptet, er hätte genug von Akka. Ich glaube, in Wirklichkeit meint er vermutlich, dass er genug von mir hat.«

Driss, der alte Veteran, beugte sich über den Tisch und tätschelte ihm die Hand. »Ich bin sicher, dass er es nicht so meint. Iskander liebt dich, das sieht doch jeder. Du solltest mit ihm gehen. Ihr beide seid jung genug, um ein neues Leben zu beginnen.«

Younes lächelte traurig. »Wohl kaum!« Dann fuhr er sich mit der Hand über die Glatze. Das wenige Haar, das er gehabt hatte, war ihm in den letzten Wochen ausgefallen, als fehlte ihm die Kraft zum Wachsen.

»Nun, auf alle Fälle jünger als ich.«

»Jeder ist jünger als du!«, sagte Driss. Sie lachten.

»Wir Alten müssen zusammenhalten«, bemerkte Baltasar entschlossen. »Die Jüngeren sollten versuchen wegzukommen, wenn sie können.«

»Ich bleibe«, erklärte Driss. »Ich kann Habiba hier nicht allein lassen.«

Alle wussten, was er meinte. Sie hatten seine Frau vor genau einem Jahr neben ihren beiden Töchtern und seinem Enkel begraben. Es war ein harter Sommer gewesen.

»Außerhalb von Akka erwartet mich nichts mehr«, meinte Baltasar.

»Du hast doch Familie in Damaskus!«, entgegnete Driss.

Baltasar zuckte mit den Achseln. »Die habe ich seit Jahren nicht gesehen. Und wer will schon einen alten Wolf wie mich bei sich haben? Ich würde nur die Kinder zum Weinen bringen.« Das sagt er nur, um Driss zu trösten, dachte Nat und spürte eine Welle von traurigem Stolz, der ihm wie ein Klotz im Hals steckte. »Ich bleibe auch«, sagte er beherrscht. »Ich werde bald wieder auf dem Damm sein, und die Menschen hier haben gute Ärzte bitter nötig.«

Baltasar warf ihm einen strengen Blick zu. »Driss und ich haben zu viel von der Welt gesehen, mein Junge, um uns Illusionen zu machen. Wir werden nicht mehr lange leben. Wir haben das Leben genossen und Familien gegründet, jetzt bist du an der Reihe. Verlass die Stadt, solange du kannst, und nimm meine Tochter mit. Versprich es mir hier und jetzt. Du nimmst Zohra und das Kind mit.«

Nat starrte ihn traurig an. »Das kann ich nicht mit meinem Gewissen vereinbaren.«

»Zum Teufel mit deinem Gewissen, mein Junge!«, fuhr Baltasar ihn mit lauter Stimme an, woraufhin alle verstummten. Selbst Sorgan hörte auf zu kauen.

Driss legte Baltasar die Hand auf den Arm. »Schweig, alter Freund, sonst machst du Sorgan unglücklich. Hier, mein Junge, nimm dir ein paar Oliven zum Brot.« Er schob ihm eine kleine Schale mit glänzenden frischen Oliven über den Tisch. Sorgan starrte auf die Schale, als wäre sie voller Augäpfel. »Ich kann Oliven nicht ausstehen«, sagte er entschieden. »Ich will lieber Kuchen.«

Younes lachte. »Alles mit der Ruhe, mein Junge. Als Nächstes wirst du noch Lammspieße wollen!«

Sorgan wurde ganz still. »Ich weiß noch genau, wie Lammspieße schmecken. Meine Zunge erinnert sich daran.« Das Wasser lief ihm im Mund zusammen, und er sah sich erwartungsvoll um. »Aber ich kann keine riechen. Wo sind sie denn?«

»Du wirst schon bald genug wieder Lammspieße bekommen«, sagte Baltasar, und als Sorgan zu weinen anfing wie ein kleines Kind, versuchten sie, ihn zu beruhigen, indem sie ihn mit allen möglichen Kleinigkeiten fütterten, die sie auftreiben konnten.

Inmitten dieses Durcheinanders beugte sich Hamsa Nasri über den Tisch und raunte Nat zu: »Du musst die Stadt verlassen, das ist dir doch wohl klar. Du musst hier weg. Rette dein eigenes Leben und das von Baltasars Tochter. Das ist das Beste, was du für diese Stadt tun kannst. Überleben, damit sie woanders überlebt. Die Erinnerung an das wachhalten, was sie einst war. Damit auch deine Kinder die Erinnerung weitergeben können.«

Nathanael starrte ihn an. Seine Wunde begann zu pochen. »Was willst du damit sagen? Traust du den *franj* nicht zu, dass sie Wort halten?«

Der Gemüsehändler sah ihn an. »Ich traue niemandem, mein Sohn. Ich bin ein Gemüsehändler und der Sohn eines Gemüsehändlers. Hast du nicht das Schild in meinem Laden gesehen? Ich gebe niemandem Kredit.«

ZWEIUNDDREISSIG

»John …«

Zum zweiten Mal öffneten sich meine Lider zu einem kleinen Schlitz und ließen einen winzigen Lichtsplitter hinein. Ich wollte nicht aus meinem Traum gerissen werden. Etwas enorm Bedeutungsvolles spielte sich darin ab, das ich nicht richtig verstand. Einzelne Fragmente trudelten durch mein Bewusstsein, so wie ich durch die Wellen getrudelt war. Ich kniff die Augen zusammen und versuchte, die Fetzen des Traums wiederzufinden. Doch sie waren verschwunden, und irgendwie ergaben sie ohnehin keinen Sinn.

»John!« Jetzt war sie noch deutlicher, eine Stimme aus alter Zeit. Aus einer anderen Welt, die ich verloren hatte und die mir jetzt verwehrt war.

Eine Hand rüttelte sanft an meiner Schulter.

»John, komm zurück, wo auch immer du gerade bist. Komm zu mir. Mach die Augen auf.«

Diese Stimme. Ich kannte sie besser als meine eigene. Gehorsam schlug ich die Augen auf. Licht strömte hinein. Ich blinzelte und blinzelte, während mich der gnadenlose Glanz blendete. Dann gewährte mir ein wohltuender Schatten eine Ruhepause. Als sich meine Augen an die Helligkeit gewöhnt hatten, stockte mir das Herz.

Halbmondförmige Augen. Eine feine, gerade Nase. Einen langen Augenblick lag ich einfach da und schaute ihn an, und auch er lag lange Zeit einfach nur da und sah mich wortlos an.

Nase an Nase, dunkel und blass, wie zwei gegnerische Schachfiguren oder eine Statue und ihr Schatten.

Dann berührte eine Hand meine Stirn und umschloss meine Wange.

»John.«

Als ich hörte, wie er dieses Mal meinen Namen aussprach, erbebte ich. Die Welt war voll von … was? Einem Ton, den ich weder von ihm noch irgendwem anders je gehört hatte. Zärtlichkeit. Ja, das war das Wort dafür.

Ich versuchte, mich an seinen Namen zu erinnern, und dann fiel mir ein, dass ich ihn nie gewusst hatte.

Ein Arm schlang sich um meinen Rücken, die Welt neigte sich, verschob sich, und dann saß ich aufrecht wie eine mit Stroh ausgestopfte Puppe.

»Hier, trink.«

Ich hätte nie gedacht, dass ich je wieder Wasser hätte trinken wollen, so viel davon hatte ich geschluckt. Doch dieses war nicht salzig, sondern süß wie Wein, und ich schluckte es gierig hinunter.

»Langsam, sonst wird dir übel.«

Ich nahm noch einen kleinen Schluck und sah mich um. Ich lebte! Wie war das möglich?

Ich erinnerte mich, dass ich die Reliquie umklammert hatte, während ich in den Fluten versank. Ihr Gewicht zog mich auf den Grund, während mir kälter wurde und meine Rippen mit jeder Sekunde mehr zusammengepresst wurden. Danach … nun, daran habe ich keine Erinnerung mehr, nur ein wirres Durcheinander von Bildern, die durch meinen Kopf wirbelten. »Ein Wunder ist geschehen«, krächzte ich, meine Vorstellung von einem Witz, der ihn zum Lachen bringen würde.

Doch er lachte nicht. Er sah mich nur nachdenklich an und nickte. »Ja, John, ein Wunder. Wahrlich.«

Eine Sekunde lang wandte er den Blick ab, und sein Gesichtsausdruck veränderte sich. Ich hatte den Mauren immer für unergründlich gehalten, selbst in den besten Zeiten, doch jetzt schien er mehr denn je er selbst zu sein, rätselhaft wie ein Schatten.

»Ich kann nicht glauben, dass du mich gefunden hast«, flüsterte ich. »Lebe ich denn wirklich? Vielleicht bin ich jetzt zwischen den Welten. Weiß Gott, ich verdiene es, ins Fegefeuer zu kommen für alles, was ich getan habe …«

Er legte die Stirn in Falten. »Du bist nicht im Fegefeuer, John. Du befindest dich in dieser Welt, in unserer Welt. Der einzigen, die es gibt. Sieh nur, da sind Soldaten, die vom Lager kommen, deshalb müssen wir dich wieder auf die Beine bringen, und ich werde für dich sprechen. Schaffst du das? Kannst du aufstehen, wenn ich dir helfe?«

Ich schaffte es. Fast drei Sekunden lang. Dann sackte ich auf dem Kiesstrand zusammen, als hätte ich kein Rückgrat. »Was ist mit Quickfinger und Hammer?«, fragte ich. Jetzt fiel mir wieder alles ein.

Der Maure schüttelte den Kopf. »Tut mir leid, John. Weitere Überlebende habe ich nicht gesehen. Leg deinen Arm um meine Schulter. Da … Siehst du, es geht ja.«

Die Soldaten kamen auf uns zu, ihre Schritte knirschten auf den Kieselsteinen. Schmale dunkelhäutige Männer mit spitz zulaufenden Helmen und Krummsäbeln an der Seite. Als ich sie sah, erschrak ich. Ich weiß nicht, was ich erwartet hatte, vielleicht, dass sie »unsere« Krieger und keine Muselmanen waren. Lächerlich. Ein kalter Schauer durchfuhr mich. Bestimmt würden sie mich auf der Stelle töten. Doch sie schienen nicht besonders interessiert daran, mich abzuschlachten. Stattdessen vertieften sie sich in ein langes Gespräch mit dem Mauren, von dem ich nur hier und da ein Wort verstand.

»Komm, John«, sagte er schließlich zu mir. »Ich bringe dich ins Lager zurück. Der Sultan wird sich freuen, dich zu sehen.« Er hielt inne. »Wir können jeden Gefangenen gebrauchen«, erklärte er mir. »Nicht wahr, Jungs? Als Geisel.«

Ich starrte ihn gekränkt und ungläubig an. War ich auf so wundersame Art gefunden und gerettet worden, nur um dann an den König, den ich im Stich gelassen hatte, verkauft zu werden?

»Ich glaube nicht, dass er viel für mich bezahlen wird, wenn überhaupt«, brachte ich heraus.

Der Maure wandte mir sein Gesicht zu, und sein Ausdruck war ebenso undurchdringlich wie der einer Katze. »Es ist ein Zahlenspiel, John. Vertrau mir.«

Ich will nicht leugnen, dass die Reise vom Ufer zum Lager der Muselmanen überwältigend war. Ich hatte mich selbst für tot gehalten, für die Hölle bestimmt, doch nun war ich hier und stieg wunderbarerweise nach oben, an Tausenden Soldaten vorbei, die mich eher neugierig als feindselig betrachteten. Ich befand mich mitten unter unseren Feinden! Noch nie hatte ich mich so bloßgestellt gefühlt, doch während der Maure bei mir war und mich unter seine Fittiche nahm, mich stützte und mit seiner seltsamen Zuversicht erfüllte, war es, als schritte ich in einem Traum durch ein flammenloses Feuer oder eine Schar stummer Ungeheuer, einem Traum, in dem man wusste, dass man nicht zu Schaden kommen konnte.

Nachdem meine anfänglichen Ängste abgeflaut waren, nahm ich meine Umgebung bewusster wahr. Alles um mich herum war entweder rätselhaft oder überraschend. Am meisten staunte ich über die Sauberkeit in dem riesigen Lager. Während unseres je nach Jahreszeit aus aufgewühlter Erde oder zähem Morast bestand und nach Urin und Kot stank, herrschte hier, in den ockerfarbenen Hügeln, strenge Ordnung. Wir gingen an gut gebauten, sauberen Latrinen, Pferdekoppeln und Lagerküchen vorbei, bei deren Düften unwillkürlich meine Nase zuckte. Unzählige Zelte in verschiedensten Farben und Mustern, im Wind flatternde Banner, und überall das Symbol des Halbmondes. Im christlichen Lager hatte es Tausende von verschiedenen Wimpeln gegeben. In einem Bereich wuschen Männer mit nacktem Oberkörper ihre Kleidung in einem kanalisierten Teil des Flusses und klopften sie aus. Nirgends waren Frauen zu sehen, und etwas weiter oben, wo ein Teil des abgeleiteten Wassers in einen sauber gekachelten Bereich mündete, reinigten sich andere Männer mit aufgekrempelten Ärmeln sorgfältig Hände, Arme, Gesicht und Hals.

Der Maure sah, wie ich sie anstarrte, und gluckste in sich hinein.

Während wir den Hang weiter hinaufstiegen, hörten wir einen lauten, tiefen Ton, gefolgt von einem Durcheinander vieler anderer, die durch die heiße Luft schwebten. Der Gesang wurde von weiteren Stimmen auf anderen Hügeln aufgenommen, bis sich alles zu einem einzigen großen Aufruf vereinte. Ich sah, dass eine Flut von Männern sich in dieselbe Richtung bewegte. Während ich mich noch darüber wunderte, fielen die Soldaten vor uns auf die Knie, das Gesicht gen Osten gewandt, und pressten die Stirn zu Boden.

Der Maure blieb einfach nur stehen und blickte zum Himmel auf. Dann erhob er die Hände zum Gesicht, schloss die Augen und fuhr sich mit beiden Handflächen über Stirn, Mund und Herz. Er schlug die Augen auf und warf mir einen Blick zu, bei dem mir das Herz stehen blieb. In diesem Augenblick wusste ich, dass er Gott gerade dafür gedankt hatte, dass ich noch am Leben war.

Auf der Spitze des Hügels erhob sich ein großes rundes

Zelt, umgeben von flatternden aprikosenfarbenen Bannern. Vor dem Eingang standen Wächter, die mit ihren Spitzhelmen noch größer wirkten, als sie ohnehin waren. Das musste das Zelt des feindlichen Anführers sein, des heidnischen Königs Saladin, und im nächsten Augenblick sah ich mit halluzinierender Klarheit vor mir, wie Hammer mit drei auf seiner Lanze gespießten Stoffpüppchen über die Bühne tollte. Da überwältigte mich die Scham, und ich erinnerte mich an den Gesichtsausdruck des Mauren, als ich ihm meine dumme Frage gestellt hatte.

Obwohl mein Verstand mir sagte, dass der Sultan weder ein Kannibale noch ein Ungeheuer war, bogen wir zu meiner großen Erleichterung zu einem anderen kleineren Zelt ab, das sich nicht weit von dem großen runden Zelt befand. Der Maure wechselte ein paar Worte mit den Wächtern, dann schlüpfte er hinein und verschwand aus meinem Blickfeld. Kurz darauf kam er wieder heraus und bedeutete mir einzutreten.

»Der Kadi des Heeres, Baha ad-Din«, sagte er zu mir und zeigte auf einen kleinen korpulenten Mann mit sorgfältig gestutztem Bart und hellen, wachsamen Augen.

Ich verneigte mich so höflich, wie ich nur konnte, denn meine Beine zitterten noch nach dem anstrengenden Aufstieg. Dann stellte der Mann dem Mauren eine Menge Fragen, die dieser knapp beantwortete. Ich sah, wie der Schreiber eine Feder nahm, sie in ein Tintenfläschchen tunkte, am Rand abklopfte und etwas auf ein Stück feines Pergament schrieb. Seine Hand glitt sanft und seltsamerweise von rechts nach links über das Blatt.

»Ich habe ihm deinen Namen, dein Alter und deinen Geburtsort genannt«, erklärte der Maure leise.

Ich starrte ihn an. »Ich weiß doch selbst nicht, wie alt ich bin.«

»Ich habe geraten. Spielt es denn eine Rolle? Außerdem habe ich ihm erklärt, dass du wundervolle Illusionen schaffen kannst.«

Fast hätte ich hysterisch losgelacht. »Du hast ihm erzählt, dass ich ein Schwindler und Wundermacher bin?«

»So habe ich es nicht ausgedrückt. Ich habe gesagt, dass du ein Künstler bist, und selbst das bedurfte einiger Erläuterungen.«

Der Schreiber unterbrach seine Arbeit und bombardierte den Mauren mit Fragen. Der nickte und beantwortete sie gelassen. Dann verneigte er sich vor dem Mann, nahm mich am Arm und bugsierte mich aus dem Zelt.

»Ich bringe dir Papier, Tinte und Kohlestifte, falls sie etwas hier haben, das fein genug für deine Aufgabe ist«, sagte er, als wir wieder draußen im hellen Sonnenlicht standen.

»Welche … Aufgabe?«

»Du musst das Heilige Kreuz für uns zeichnen.«

»Was?« Meine Stimme war so schrill, dass sie sich anhörte wie die einer Frau.

Der Maure machte eine kleine Geste mit der rechten Hand, die mir bedeutete, ruhig zu bleiben. Es war dieselbe wie damals in der Kapelle und auch in Rye. »Das Heilige Kreuz ist Teil des Abkommens über die Kapitulation der Stadt. Und wir haben es nicht.« Er warf mir einen eindringlichen Blick zu. »Man hat gesehen, wie du aus Akka geflohen bist, du und Quickfinger mit seinem strohblonden Haar und noch einem anderen Kerl, klein und dunkel, vermutlich Hammer. Und angeblich ist das Kreuz in der Schatzkammer nicht mehr auffindbar. Verstehst du, was ich meine?«

Jetzt packte mich nackte Angst. Würde ich jeden Moment als Dieb angeklagt und bestraft werden? Stand mir der Galgen oder noch Schlimmeres bevor? Aber nein, ich konnte nicht mehr klar denken, konnte überhaupt nicht mehr denken. Irgendetwas zerfetzte mir den Kopf, eine Art Schmerz, Panik oder auch so etwas wie Schuldgefühle. Der Maure wandte seinen Blick nicht ab, die halbmondförmigen Augen glänzten. »Niemand klagt dich an, John.« Er sah mich an. »Den versuchten Diebstahl können wir ignorieren. Was wir von dir brauchen, ist deine Erinnerung. Du musst das Heilige Kreuz so gut wie möglich nachzeichnen, so, wie du es in Erinnerung hast.«

»Ich habe es doch nicht einmal richtig gesehen …«

»John …« Seine Stimme klang weich. »Du darfst nicht zulassen, dass ein kleines Verbrechen der Rettung von dreitausend Seelen im Wege steht.«

Ich schluckte. »Kann es denn sonst niemand für euch tun?«

»Diejenigen, die sich überhaupt noch an die Reliquie erinnern, die wir in der Schlacht von Hattin erbeuteten, haben sich sehr widersprüchlich geäußert, schließlich ist es vier Jahre her. Der Bruder des Sultans sagt, es wäre etwa so lang gewesen.« Er breitete die Arme etwa einen Meter auseinander. »Und so breit.« Fast genauso viel.

»Das ist aber viel größer als das Stück, das ich gesehen habe.«

»Nachdem wir es erbeutet hatten, wurde es zerbrochen. Das hatte der Sultan befohlen, um den Christen zu zeigen, wie wenig ihre Reliquie wert war, wie wenig Macht sie besaß.«

»Und was ist mit dem Rest geschehen?«

Er zuckte die Achseln. »Das scheint kein Mensch zu wissen.«

»Und das Gold?«

»Es wurde eingeschmolzen, um Münzen daraus zu prägen.«

»Es wird sehr kostspielig sein, es nachzubauen.«

Der Maure breitete die Arme aus. »Die Schatztruhe des

Sultans ist so gut wie leer. Alles ist für diesen Krieg draufgegangen. Er hat nichts für sich selbst behalten.«

»Tja, und woher wollt ihr das Gold dann nehmen?«

Er sah mich nachdenklich an. »Das lass meine Sorge sein. Deine Aufgabe besteht darin, dich darauf zu konzentrieren, wie das Kreuz ausgesehen hat und wo die Edelsteine eingelassen waren.«

Ich dachte an den schweren kleinen Gegenstand, der mich in die dunkle Tiefe gezogen hatte, außer Reichweite des Feuers über der Wasseroberfläche. Dann dachte ich auf eine andere Art daran. Nicht klein, nicht schwer, sondern groß und auf den Wellen treibend. Wie mein Kopf durch die Oberfläche brach und die Sonne auf mein Gesicht fiel …

Das konnte nicht stimmen. Mein Gedächtnis spielte mir einen Streich.

»Und? Erinnerst du dich?«, fragte der Maure. Er beobachtete mich aufmerksam und neugierig.

»Mehr oder weniger«, antwortete ich und versuchte, das merkwürdige Gefühl von enormer Schwere, gefolgt von enormer Leichtigkeit, abzuschütteln. Irgendetwas ließ mich nicht los. Etwas Wichtiges. Es war das flüchtige Gefühl eines Traumfetzens, als stünde einer meiner Anfälle bevor. Dann ging das Gefühl vorbei. Ich blinzelte. »Sie haben Will und Ned über die Stadtmauern geschleudert. Mit ihrem Katapult.«

Das schockierte ihn, man konnte es sehen. »Mögen ihre Seelen Frieden finden«, sagte er.

»Sie sind alle tot, nicht nur Will und Ned«, entgegnete ich, und das ganze Grauen stieg wieder in mir hoch. Tränen rannen unkontrolliert über meine Wangen. »Saw ist in den Bergen gestorben, Quickfinger und Hammer auf See. Ezra auf dem Schlachtfeld …« Mir lief die Rotze aus der Nase.

Der Maure schwieg eine Weile. Dann sagte er nur: »Komm mit mir.«

Bloß nicht zum Lazarettzelt, dachte ich, und meine Nase zuckte, als könnte sie den Geruch nach Verwesung und Schmutz bereits wahrnehmen. Die Erinnerungen an unser Lazarett verfolgten mich immer noch, mitten in der Nacht wachte ich schweißgebadet aus einem Albtraum auf. Aber ja, er brachte mich tatsächlich ins Lazarettzelt.

Im Innern war es still und kühl. Männer in schwarzen Gewändern spukten zwischen den Pritschen umher, trugen Instrumente und Fläschchen, sogar eine kleine Kohlepfanne gab es, von der ein angenehm süßlicher Rauch aufstieg. Reihen von Pritschen, Menschen in unterschiedlichsten Verfassungen – hauptsächlich fehlende Gliedmaßen, schwere Verletzungen durch Pferdehufe und Keulen, Pfeile und Bolzen von Armbrüsten. Manche stöhnten, doch es war nichts im Vergleich zur Hölle unseres Feldlazaretts.

»Wir betäuben sie mit Mohnsirup«, erklärte mir der Maure. »Es beschleunigt den Heilungsprozess, wenn der Schmerz unterdrückt wird. Der Körper entspannt sich und hört auf, seine ganze Energie im Kampf gegen die Wunde zu verschwenden. Außerdem weiß hier jeder, dass er als Märtyrer ins Paradies eingehen wird, wenn seine Zeit gekommen ist. Und seine Familie wird reichlich entschädigt.« Er machte eine Pause und lächelte, als er meinen Gesichtsausdruck sah. »Obwohl sie und auch wir es viel lieber sehen würden, wenn sie überlebten.«

Er führte mich durch das lange Zelt zu einem abgeschirmten Bereich am anderen Ende. Als wir durch die Schutzwand traten, fiel mein Blick auf einen Mann, der mit gekreuzten Beinen neben einer Pritsche saß. Ein auffallender Kerl, sein Rücken war ganz gerade, er hatte ein feines Gesicht, ausdrucksvolle schwarze Augen und war komplett auf seinen Patienten konzentriert. Mir fiel auf, dass er genauso gekleidet war wie die Wächter draußen vor dem großen runden Zelt. Neben ihm auf dem Boden lag ein blitzblank polierter Helm. In seinem Schoß aber lagen Rosen, blasse rosa Hundsrosen, die schlecht zu der schweren Lederrüstung und dem Kettenhemd passten.

Als wir auf ihn zutraten, blickte er erschrocken zu uns empor und sprang auf, als hätte man ihn bei etwas erwischt, das er nicht hätte tun sollen. Die Rosen rutschten von seinem Schoß und verströmten ihren Duft. Einige Blütenblätter fielen auf die Pritsche, wo der Patient nach ihnen griff. Ich starrte ihn an. Blinzelte und starrte ihn wieder an.

»Ezra!«

Ich glaube, dass sie genauso schockiert war wie ich. Sie verdrehte die Augen, als traute sie ihnen nicht.

»Ich dachte, du wärst tot«, sagte ich heiser.

»Ich auch!«

Plötzlich grinsten wir uns an, benommen von der angenehmen Überraschung. Der junge Soldat zog sich verwirrt zurück. Der Blick, den er mir zuwarf, war nicht gerade freundlich.

»Malek!«, sagte Ezra, dann rief sie ein paar ausländische Worte, und er wandte sich mit einem scheuen Lächeln zu uns um, legte die Hand auf das Herz, verneigte sich vor uns und ging hinaus.

In dieser kurzen Zeit hatte sie schon ihre Sprache gelernt? Mir war, als träumte ich.

»Er hat mich gerettet«, erklärte Ezra und verrenkte den Hals, um ihm nachsehen zu können. Der Maure sammelte die Rosen vom Boden und legte sie auf die Pritsche. »Ich stand auf dem Erdwall, als mich einer ihrer Speerwerfer traf und ich in den Festungsgraben darunter stürzte. Ich glaubte schon, ich würde da unten sterben, zwischen all den Soldaten und Pferden, und dann hat Malek … nun ja, er beugte sich von seinem Pferd herab, eine wundervolle Stute namens Asfar – und hob mich auf ihren Rücken.« Stöhnend lehnte sie sich zur Seite und griff nach ihrem Bogen, der neben der Pritsche lag. »Guck mal, den hat er auch gerettet!«

Was für ein Musterknabe! »Bestimmt hat er dich nur gerettet, um dich als Geisel für den Gefangenenaustausch zu benutzen«, sagte ich missmutig.

»Ich … nein.« Sie sah mich verwundert an. »Bislang hat niemand etwas von Geiseln oder einem Gefangenenaustausch gesagt«. Sie lachte. »Ich glaube kaum, dass König Richard Lösegeld für eine Frau zahlen wird.«

»Pssst … sei vorsichtig.«

»Sie haben meine Wunden versorgt, John. Glaubst du, sie wüssten es nicht?« Sie nahm meine Hand. »Wie bist du bloß hierhergekommen? Es ist wie Magie. Zuerst der Maure, dann du, und als Nächstes werden noch Quickfinger und Will auftauchen.«

Ich wandte den Blick von ihren leuchtenden Augen ab. »Das glaube ich nicht.« Ich wappnete mich, um ihr zu erzählen, was mit ihnen geschehen war, doch sie plapperte munter weiter.

»Und ich habe den Sultan kennengelernt! Jeden Tag besucht er mich trotz allem, was er sonst noch zu tun hat. Kannst du dir das vorstellen? Er bringt mir Obst, damit ich mich schneller erhole. Er bekommt jeden Tag welches aus Damaskus geschickt, wo immer das sein mag. Stell dir das vor! Obst aus seiner Verpflegung!« Sie drückte meine Hand. »Sie waren so nett zu mir, John, so höflich, als wäre ich eine Prinzessin. Niemand hat mich je so behandelt. Und Malek …« Sie warf einen Blick auf die Rosen, und als sie wieder aufsah, waren ihre Augen von stiller Verwunderung erfüllt. »Nun ja, er war einfach … wundervoll.« Sie verstärkte den Druck ihrer Hand. »John, ich will nicht zurück. Du wirst mich doch nicht zwingen, oder?«

Ich starrte sie an. »Willst du etwa beim Feind bleiben?«

»Das sind nicht meine Feinde«, entgegnete sie verächtlich.

»Sie sind doch Muselmanen«, beharrte ich. Etwas Bitteres in meinem Innern sprach da aus mir, so etwas wie … Enttäuschung. »Sie sind Fremde, sie haben andere Sitten und Gebräuche, eine andere Sprache …«

Daraufhin plapperte sie etwas Unverständliches, und der Maure lachte. Er berichtigte sie, und sie wiederholte, was er gesagt hatte, zweimal, bis sie die seltsamen Laute korrekt ausgesprochen hatte. Der Blick, mit dem sie mich streifte, war herausfordernd und irgendwie stolz. »Siehst du? Ich lerne. Es wird nicht lange dauern. Alle helfen mir.«

»Das glaube ich gern.« Jetzt packte mich die Eifersucht. »Und was ist mit unserem Hof?«

Sie machte ein langes Gesicht. »Ich wollte dich nicht im Stich lassen, nicht dich, du bist mein Freund. Wir sind doch immer noch Freunde, oder?« Sie klang wie ich mit dem Mauren, dachte ich.

Ich schüttelte den Kopf. »Tut mir leid, es ist nur … na ja, ich muss das erst einmal verdauen, das ist zu viel auf einmal. Auf alle Fälle bin ich froh, dass du noch lebst und wohlauf bist. Wirklich, Ezra.«

»Du kannst mich jetzt wieder Rosamund nennen. Malek macht es auch. Er meint, es hieße die Rose der Welt oder so was Ähnliches. Alles Unsinn«, erklärte sie und errötete ein wenig. »Deshalb …« Sie strich mit den Fingern über die Rosen.

Ich muss einen jämmerlichen oder sehr verlegenen Eindruck gemacht haben, denn jetzt mischte sich der Maure ein und untersuchte sachlich ihren Verband. »Geh mal kurz raus in die Sonne, John«, sagte er. Froh, entlassen zu sein, trat ich durch den Zelteingang und kniff die Augen in dem grellen Licht zusammen. Ich war in eine andere Welt versetzt worden, in der die alten Regeln nicht mehr galten.

Warum aber war ich so verstört darüber, dass Ezra – Rosamund – hierbleiben wollte, unter lauter Fremden? War ich nicht selbst verzweifelt gewesen bei dem Gedanken, dass man mich wieder wegschicken könnte, als der Maure vom Gefangenenaustausch berichtet hatte? Würde ich die Möglichkeit, nach England zurückzukehren, nicht mit Freuden gegen die eintauschen, hierzubleiben oder egal wo zu bleiben, Hauptsache, ich war bei ihm?

Aber sie ist eine Frau, hörte ich eine Stimme in mir sagen. Das ist etwas anderes.

Es war etwas anderes. Allerdings auf eine Art, die noch viel weniger von Bedeutung war. Was erwartete Ezra – Rosamund – in England? Wenn sie unter ihrer wahren Identität ans Heer ausgeliefert würde, wäre sie nichts weiter als eine Soldatenhure. In England würde sie mit Sicherheit in der Gosse landen. Was sie hier erwartete, vermochte ich nicht zu sagen. Vielleicht würde der Respekt, den ihr der junge Soldat, der sie gerettet hatte, und sogar der Sultan entgegenbrachten, überwiegen. Vielleicht hätte sie hier ein besseres Leben als in der Heimat. Vielleicht aber auch nicht. Ich wusste es nicht. Trotzdem musste ich immer wieder an den Hass in den Gesichtern der Bewohner von Akkon denken und daran, was Will und Ned widerfahren war, an ihre entsetzlichen Schreie, als sie über die Mauer geschleudert worden waren …

Aber auch an die zusammengeschlagenen und verbrannten Juden in London …

Und an die gefangen genommenen Muselmanen, die auf dem Schlachtfeld bei lebendigem Leib verbrannt waren …

Wir alle haben das wilde Tier in uns, dachte ich, und dann fiel mir etwas ein. Savage. Mein eigener Name oder zumindest der, den man mir gegeben hatte. Ja, der Wilde steckte in uns allen. Doch vielleicht gab es auch so etwas wie einen Gnadenakt, der uns erlöste.

Als man mir am Abend die Malutensilien brachte, die der Maure angefordert hatte, war ich fest entschlossen, das Heilige Kreuz zu zeichnen. Ich zwang mein Gedächtnis, mich an den Augenblick zu erinnern, als ich es im Keller der Zitadelle zum ersten Mal gesehen hatte. Das Funkeln des Goldes, die glänzenden Edelsteine. Und den seltsamen Stich, den mir der Nagel aus Trier versetzt hatte.

Meine Hand griff nach dem Talisman. Er war nicht da.

Man hätte meinen können, dass das Abschiedsgeschenk meines Freundes jetzt, da ich ihn wiedergefunden hatte, nicht mehr dieselbe Bedeutung hätte wie zuvor. Doch sein Verlust traf mich dennoch wie ein Fausthieb.

Und plötzlich konnte ich mich nicht mehr erinnern, wie das Kreuz ausgesehen hatte. Es war in Gold gefasst, ja, und an einem Ende war das Holz fast schwarz gewesen. Aber die Details? Die Verzierungen? Wie Rauch verflogen. War es wichtig?, fragte ich mich. Wahrscheinlich würde jedes Stück altes Holz, das mit Gold geschmückt war, seinen Zweck genauso gut erfüllen. Die Erinnerung spielt einem oft Streiche, wie der Maure behauptet hatte, zwei Menschen beschreiben dieselben Ereignisse oder Gegenstände niemals gleich. Doch es musste nur einer Zweifel hegen. All die Menschen …

Erneut lenkte ich meine widerstrebende Erinnerung zurück in den Keller. Schau in die Truhe, erinnere dich, wie du das Kreuz herausgeholt hast, das Heilige Kreuz oder, besser gesagt, das Ding, das sich als solches ausgab, erinnere dich, wie das Licht sich in dem Gold spiegelte und die Edelsteine funkelten …

Es half nichts. Ich konnte mein Gedächtnis nicht zwingen. Hatte ich mir die Reliquie irgendwann angesehen? Nein, nachdem ich sie unter meinem Umhang versteckt hatte, war sie eingewickelt geblieben, bis zu dem Augenblick, als mich der Ozean verschluckte, überall um mich herum das Feuer wütete und die Luft vom Geschrei der brennenden Menschen erzitterte. Mein Gott, was sollte ich bloß tun?

Das Gedächtnis ist schon ein seltsames Ding. Wenn man ihm nachrennt, jagt es wie ein Hund eine Katze, wird es seine Geheimnisse für sich bewahren. Erst wenn man aufgibt, gewährt es einem möglicherweise einen flüchtigen Blick auf das, was man sucht. Und manchmal ist so ein flüchtiger Blick genug.

Merkwürdig nur, dass es kein flüchtiger Blick auf das Kreuz im Keller war, der mir beschieden wurde. Nein, die Beschaffenheit des Lichts war anders – heller, schärfer. Doch das Detail war noch da. Ein Rubin in der Mitte mehrerer ringförmiger Erhebungen im Gold, Linien, die ihn mit dem nächsten kostbaren Stein verbanden und dem übernächsten. Perlen, Smaragde, ein kitschiges, protziges Ding. Angesichts der offensichtlichen Fälschung von so viel Überfluss musste ich lachen. Wenn ich die Augen schloss, konnte ich die rauen, harten Steine unter meinen Fingerkuppen beinahe fühlen …

Ich begann zu zeichnen.

Zohra suchte die zwei besten Gewänder ihres Vaters aus, einen warmen Umhang, eine Decke zum Schlafen und seine Lieblingslederschlappen. Sie waren alt und zerschlissen, hatten sich aber über die Jahre seinen Füßen angepasst. Das alles sollte er zum Lager für die Geiseln mitnehmen. Er warf einen Blick auf die Schlappen und legte sie weg. »Darin will ich nicht gesehen werden! Bring mir die gelben.«

»Aber Baba, du sagst doch immer, dass die gelben drücken.«

»Unsinn! So etwas habe ich nie gesagt. Ich kann doch vor den *franj* nicht solche alten Dinger tragen. Die gehören jetzt ins Feuer. Wie ihr Besitzer.«

»Sag so etwas nicht!« Sie nahm die alten braunen *qundara* wieder mit nach oben und kehrte mit den steifen gelben *babouches* zurück. Eine unerträgliche Traurigkeit erfüllte sie. Beim Abschied ließ Baltasar sich von ihr umarmen und stand mehrere Augenblicke lang reglos da, ehe er sich plötzlich daran erinnerte, wer sie war und was vor sich ging. Dann zerdrückte er sie fast, und als sie sich voneinander lösten, sah sie, dass er Tränen in den Augen hatte.

»Oh, Baba!«, schluchzte sie.

Schließlich mischte sich Sara ein. »Ich werde mich um ihn kümmern«, erklärte sie. »Und du passt jetzt auf meinen Sohn auf. Du musst ihn überreden, mit dir zu gehen, versprich es mir.« Dann beugte sie sich vor und sagte leise: »Sag ihm irgendetwas, damit er mit dir die Stadt verlässt, hast du mich verstanden?« Der Blick, den sie Zohra zuwarf, war eindeutig, und Zohra nickte, während die Tränen über ihre Wangen rollten. Sara wischte sie mit dem Daumen ihrer gesunden Hand weg. »Ich weiß, dass du es tun wirst, und ich segne dich dafür.« Dann trat sie einen Schritt zurück und sagte etwas lauter: »Reib seine Wunde morgens und abends mit Honig ein, ja?«

Nima klammerte sich an Baltasars Beine und weinte, als Zohra sie wegzog. Sie hatte in der kurzen Zeit, die sie zusammen gewesen waren, den alten Bären lieb gewonnen, vielleicht, weil er der Einzige war, der sich immer Zeit für ihr Geplapper genommen hatte, vielleicht, weil er ihren verlorenen Großvater ersetzt hatte. Zohra brachte sie nach oben, suchte alle alten Holzspielzeuge zusammen, die sie früher mit ihren Brüdern geteilt hatte, und ließ sie selig spielend zurück, während sie selbst Kleider, einen großen Kamm und den Kuchen, den sie aus Eiern, Mehl und Honig gebacken hatte – das alles gab es nun plötzlich wieder –, sorgfältig zu einem Bündel für Sorgan packte. Den Kuchen würde er später finden, wenn er es aufmachte. Und an sie denken …

Doch als sie ihm das Bündel unten übergeben wollte, weigerte er sich, es anzunehmen, weil er nicht wollte, dass man ihn vor Mohammed Azris Augen wie ein kleines Kind behandelte. »Sorgan, sieh mich an.«

»Ich will jetzt los«, sagte er und zog sich von ihr zurück.

»Das weiß ich doch. Aber ich verlasse die Stadt, Sorgan, und vielleicht sehe ich dich … eine Zeit lang nicht wieder.«

»Na gut.« Einen Augenblick sah er nachdenklich aus. »Isst du heute Abend Lammspieße?«

Zohra kamen die Tränen.

Sofort war Sorgan verstört. »Nicht weinen. Bestimmt bekommst du auch Lammspieße.« Plötzlich nahm er sie fest in die Arme, und bei dieser unerwarteten Geste kamen ihr noch mehr Tränen. Sie vergrub das Gesicht an seiner Schulter und sagte: »Du bist mein Bruder, und ich liebe dich, verstehst du das? Egal wo du bist oder wo ich bin, daran wird sich niemals etwas ändern. Kannst du dir das merken?«

Verlegen löste er sich von ihr. »Ich muss gehen. Mohammed wartet auf mich.«

Stumm brachte Zohra ihn zur Tür und reichte dem Schmied das Bündel, der es mit einem schiefen Lächeln annahm. »Wir sehen uns bald wieder, *inshallah*«, sagte Mohammed.

»*Inshallah*.«

Zohra sah, wie sie mit den anderen, die beschlossen hatten, in der Stadt zu bleiben, die Straße entlanggingen, bis sie um die Ecke bogen und aus ihrem Blick verschwanden. Noch nie im Leben war sie so traurig gewesen. In ein Haus zurückzugehen, aus dem alle Bewohner verschwunden waren, fühlte sich schrecklich an. Sie fand keine Ruhe, und an Schlaf war nicht zu denken. Verzweifelt wanderte sie umher, dann packte sie die Sachen weg, die sie aussortiert hatte, und brachte das Haus für den Augenblick ihrer Rückkehr in Ordnung. Falls es je eine Rückkehr geben sollte …

Sie durfte nicht daran denken. Stattdessen überlegte sie sich die Worte, die sie Nathanael sagen würde, wenn er vom Kadi kam. Sie ging von Zimmer zu Zimmer, zog die Vorhänge zu und schloss die Schränke. Sie faltete die Decken und legte sie in die Truhen, sie rollte die Teppiche zusammen, damit sie nicht verstaubten, und stellte die Küchengeräte in die Speisekammer. Am Schluss fegte und säuberte sie den Taubenschlag und schloss die Türen zur Terrasse ab.

An der Tür zum Zimmer ihrer Eltern im obersten Stockwerk blieb sie stehen und erinnerte sich. Hier hatte sie zum ersten Mal die Zwillinge gesehen, winzige Wesen, die sich an Nimas Brust kuschelten, schläfrig, rosa und nackt wie kleine Mäuse. Wie alt war sie damals gewesen? Jünger als drei? Erstaunlich, wie man sich an solche Dinge so klar erinnerte. Sie wusste noch, wie das Licht durch die Läden auf die Bettdecke gefallen war und dort Rautenmuster gebildet hatte. Das Zimmer war ihr damals so riesig vorgekommen, und jetzt war es so klein. Klein und leer.

Anschließend sah sie nach dem Kind. Nima saß im ehemaligen Krankenzimmer ihrer Mutter und war in ein geheimnisvolles Spiel versunken. Streng und gebieterisch sprach sie mit jedem Gegenstand im Raum, während das Spielzeug in fröhlicher Unbekümmertheit überall verstreut war. Zohra hob einen Stoffball auf, der unter den kleinen Tisch gerollt war und sah dort etwas Gelbes aufblitzen. Sie beugte sich hinab und zog das gelbe Kissen hervor, das sie benutzt hatte, um ihre Mutter im Bett aufzurichten, wenn sie sie fütterte. Lange Zeit starrte sie es an, dann umarmte sie es und stöhnte leise. Sie hatte es nie wegwerfen können. Hätte sie es getan, hätte sie akzeptiert, dass Kamal ihren Tod beschleunigt hatte.

»O Ummi, es tut mir so leid«, flüsterte sie ins Leere.

Nima starrte sie an. »Mit wem redest du denn?«

»Mit niemandem, Herzchen.«

Als sie wenig später einen Schatten in der Tür sah, schrie sie auf, doch es war Nathanael, der von der Amtsstube des Kadi zurückgekommen war. Er wirkte missmutig, rang sich aber ein Lächeln ab, als Nima ihm feierlich das kleine Holzkamel anbot, mit dem sie gespielt hatte.

»Deine Hand ist schmutzig!«, ermahnte sie ihn, als er nach dem Spielzeug griff. Sie riss es wieder an sich und drückte es an die Brust.

Nat lachte leise. »Das ist kein Schmutz, mein Vögelchen, sondern Tinte.« Dann hielt er die Handfläche hoch. In der Mitte prangte ein großes schwarzes Kreuz.

Zohras Herz begann heftig zu schlagen. »Was ist das?«

»Ich habe die offizielle Erlaubnis erhalten, die Stadt zu verlassen.«

»Jemand möchte dich sprechen, Malek.«

Er hob hastig den Kopf. Dass man ihn bei einem so süßen Traum unterbrach … er wollte nicht gestört werden. »Wer denn?«

»Malek, o Malek.«

Einen Augenblick hatte er von einer Frau geträumt, die den

Arm um ihn legte, und im nächsten Augenblick geschah es im richtigen Leben. Die Frau in seinem Tagtraum war klein und kräftig gewesen, die andere, die ihn jetzt umarmte, fühlte sich an wie ein Häuflein Knochen. Verwirrt schob er sie weg, da er nicht wusste, in welcher Welt er sich befand. War es Traum oder Wirklichkeit?

»*Alhamdulillah!* Gott sei Dank, du lebst!«

»Jamilla«, brachte er schließlich heraus. Als er gehört hatte, dass all jene, die nicht als Geiseln genommen worden waren, die Stadt hatten verlassen müssen, weil es nicht genug für sie zu essen gab, hatte er gehofft, dass Zohra zu ihm ins Lager kommen würde. »Dem Barmherzigen sei Dank, du bist noch am Leben«, sagte er und versuchte, aufrichtig zu klingen, obwohl er in Wahrheit enttäuscht war. Zohra hatte doch nicht etwa beschlossen, in der Stadt zu bleiben? Da Tarik in der Zitadelle arbeitete, war das keineswegs abwegig. »Du siehst gut aus«, sagte er.

Es war eine dreiste Lüge. Jamilla sah eher aus wie ein wandelndes Gerippe, als wäre sie von den Toten auferstanden, ihr gesunder Arm war genauso dünn wie der verkümmerte, und ihr Grinsen erinnerte an einen Totenkopf. »Wo ist der Rest der Familie?«, fragte er höflich, obgleich er nicht die übliche höfliche Antwort erwartete.

Sie unterdrückte ihre Tränen. »Baba und Ummi sind als Geiseln geblieben. Ich hatte mich auch gemeldet, aber sie haben mich nicht genommen.« Sie starrte ihn an und versuchte zu sprechen. »Aber deinen Vater haben sie genommen und auch Sorgan!«

Er hörte ihr schweigend zu. Zumindest lebten sie noch. Vorerst. »Und Zohra?«

Jamilla sah ihn verlegen an. »Es geht ihr gut.«

»Wo ist sie? Und Tarik?«

Ihre Finger umklammerten seinen Arm wie Krallen. »Wie? Weißt du es denn nicht? Tut mir leid, dass gerade ich die schlechten Nachrichten überbringen muss.«

Malek spürte, wie ihm das Herz stockte. Was war passiert? »Meine Schwester?«

Als sie den Kopf schüttelte, war er so erleichtert, dass er kaum noch mitbekam, was sie als Nächstes sagte. »Rachid starb während der Regenzeit am Fieber, und Tarik …« Sie musterte ihn. »Wir alle dachten, er wäre ins Lager des Sultans geflohen. Eines Nachts ist er aus der Stadt verschwunden.« Sie seufzte. »Tja, dann haben ihn wohl die Christen gefangen genommen. Vermutlich gehört er zu denen, die ausgetauscht werden.«

»*Inshallah*. Arme Zohra. Wie ist sie allein zurechtgekommen?«

»Sie ist nicht allein«, erklärte Jamilla.

Maleks Gesicht verfinsterte sich. »Der jüdische Arzt.«

»Das Leben war sehr … schwierig in Akka in den letzten Monaten. Die Menschen mussten seltsame … Verbindungen eingehen.«

»Das ist der Krieg«, sagte er leise. »Wir alle haben seltsame Dinge tun müssen.«

Als Zohra später mit einem blassen jüdischen Mann und einem kleinen geschwätzigen Kind ins Lager kam, begrüßte er sie erleichtert und stellte keine Fragen.

Bald füllte sich das Lager mit Flüchtlingen. Wohin man auch sah, überall spielten sich herzzerreißende Szenen ab. Kinder, die so durchsichtig waren wie *djenoun*, Frauen, so hager, dass es den Anschein hatte, sie würden jeden Augenblick wie Spreu von einem Windstoß hinweggefegt werden. Hohläugige Menschen mit eingefallenen Wangen, denen Gliedmaßen fehlten, die an Krücken gingen, mit großen Verbänden oder von Menschen getragen wurden, die unter der Last schwankten und keinen Deut besser aussahen. Jene, die noch laufen konnten, schleppten sich erhobenen Hauptes die Hügel hinauf in ihren besten Kleidern und mit allem Besitz, den sie auf dem Rücken tragen konnten – nicht viel in ihrem schwachen Zustand. Es war ein schrecklich ernüchternder Anblick. Ja, das Heer hatte große Verluste in Schlachten und Scharmützeln erlitten, doch das war das Los von Soldaten. Es hatte Seuchen und gewisse Entbehrungen gegeben, aber das war normal für Kriegslager im Sommer. Und trotzdem war es nichts im Vergleich mit dem, was die Bewohner von Akka hatten erleiden müssen.

Ibo, seine Kameraden und er hatten ihr Zelt seiner Schwester, seiner Cousine und anderen Frauen und Kindern überlassen, und jetzt, da sie keinen Dienst hatten, wanderten sie durch das Lager und lauschten den Unterhaltungen an den zahlreichen Lagerfeuern.

»Ich habe versucht, sie zu überreden, aber sie wollte nicht mitkommen …«

»Mein Vater sagte dasselbe. Er sei zu alt, um irgendwohin zu gehen und noch einmal ganz von vorn zu beginnen …«

»Es bricht mir das Herz zu sehen, wie sich die Tempelritter wieder am großen Platz breitmachen …«

» … sie werden die Moschee entehren …«

»Ich habe gehört, dass sie den Imam geschlagen und die *minbar* verbrannt haben …«

»Die *franj* haben das Haus meiner Cousine geplündert, die Möbel zertrümmert und auf den Teppichen ihre Notdurft verrichtet …«

»Ich kann meinen Bruder nicht finden …«

»Ich habe meinen Mann verloren …«

»Was wird aus meinen Söhnen?«

Als sie wieder an ihrem eigenen Feuer saßen, schüttelte Ibo den Kopf. »Eine Schande, wie weit es gekommen ist nach so viel Anstrengung. Und so viel Widerstand.«

Malek zog eine Grimasse. »Sie hätten es nicht länger geschafft. Wenigstens sind die Überlebenden gerettet worden.«

»Ich habe gehört, dass wir das Lösegeld nicht zusammenbekommen.«

Auch Malek hatte das gehört. Die Kassen waren leer. Der Sultan hatte einen Appell an die Provinzen gerichtet, ihm zu schicken, was sie konnten, und erneut an den Kalifen in Bagdad geschrieben, dieses Mal nicht mit der Bitte, den Krieg zu finanzieren, sondern seine Untertanen zu retten.

»Er hat sich zuvor nicht gerührt«, antwortete der große Mann aus Afrika. »Und deshalb glaube ich nicht, dass er es jetzt tun wird.«

Malek schwieg.

DREIUNDDREISSIG

Während ich arbeitete, setzte sich der Maure zu mir. Er sah sich die Blätter an, die ich verworfen hatte, und verzog den Mund. Er stellte sich hinter mich und sah zu, wie ich ein Detail verwischte. Dann schärfte er einen Federkiel. »Probier es mal hiermit.«

Ich folgte seiner Anweisung. Damit konnte ich einen deutlich feineren Strich ziehen. »Ja, viel besser.« Mit Pünktchen deutete ich die Erhebung um die Rubinfassung an, an die ich mich erinnern konnte, und lehnte mich zurück. »Ich weiß nicht mehr, ob es dasselbe Muster auf dem ganzen Kreuz gab«, sagte ich unsicher. »Oder auf der Rückseite.«

»Wahrscheinlich war es so gemacht, dass man es von allen Seiten sehen konnte. Vergiss nicht, dass der Bischof von Akka es in der Schlacht bei sich trug.«

»Der alte Mann muss ziemlich kräftig gewesen sein«, antwortete ich, als ich an das Gewicht des Teilstücks dachte, das ich durch die Stadt geschleppt hatte.

»Er war ein mutiger alter Mann. Er starb im Kampf«, erklärte der Maure. »Aber konzentrieren wir uns jetzt erst einmal auf die Vorderseite.«

Eine Weile zeichnete ich schweigend weiter. Dann fragte er: »Kennst du eigentlich die Legende des Heiligen Kreuzes, John?«

»Klar«, gab ich zurück. »Christus wurde darauf gekreuzigt, zusammen mit zwei Dieben.«

»Es waren nicht wirklich Diebe«, entgegnete der Maure. »Zumindest einer der beiden nicht. Eher ein Schwindler. Aber das meinte ich nicht. Weißt du, woher das Holz für das Kreuz stammte?«

»Von einem Baum vielleicht?«, schlug ich spöttisch vor.

Er lächelte. »Manche behaupten, es stammte von drei Bäumen, die aus den Samen des Baums des Erbarmens gesprossen waren. Adams Sohn Set hatte sie gesammelt und seinem toten Vater in den Mund gelegt.«

»Seltsamer Ort, um einen Baum zu pflanzen.«

»Die Logik der alten Mythen ist nicht unbedingt die unsere, John. Es gibt aber noch eine andere Sage, die detaillierter ist. Willst du sie hören?«

»Nicht unbedingt.« Ich beugte mich über das Blatt, um die Öffnung im Gold zu zeichnen, durch die man das Holz sehen konnte und die vermutlich von den Gläubigen berührt worden war.

»Wenn du sie nicht hören willst, werde ich sie nicht erzählen. Aber vielleicht würde sie in die Zeichnung einfließen und daher helfen, das Ergebnis zu verbessern. Schaden kann es nicht.«

Ich sah zu ihm auf. »Das klingt mir zu sehr nach Zeichen und Wundern. Und wir wissen ja, wie viel Wahrheit darin steckt.«

»Sei nicht so zynisch. Hat das Leben dir nicht beigebracht, dass es stets mehr Möglichkeiten gibt als diejenigen, an die man zuerst gedacht hat?«

»Kann schon sein.« Die Wendung, die das Gespräch genommen hatte, gefiel mir nicht. »Also los, dann erzähl mir die Geschichte.«

Er hielt so lange inne, dass ich schon dachte, ich hätte ihn gekränkt, doch dann sagte er: »Anderen Traditionen zufolge wurde ein Steckling aus dem Baum der Erkenntnis in Adams Grab gepflanzt, wo er bis zu Suleimans Zeiten wuchs und gedieh.«

»Den Namen kenne ich nicht«, sagte ich und zog einen kratzigen Strich.

»Du kennst ihn möglicherweise als König Salomo.«

Ich grinste in mich hinein. »Ach, der König, der das Kind zerteilte?«

Er gluckste. »Du machst Witze. Oder du hast deinen Lehrern im Kloster nicht richtig zugehört.«

»Ich kann es nun mal nicht leiden, wenn man mir mit einer Rute etwas einbläuen will.«

»Das ist wirklich die dümmste Art, jemandem etwas beizubringen. Dieser große Baum wurde unter Salomos Herrschaft gefällt, um eine Brücke zu bauen. Die Königin von Saba – die Araber nennen sie Bilqis – überquerte sie, als sie den König besuchte. Auf halbem Weg hatte sie eine Vision und fiel zitternd auf die Knie.«

Ich hielt in meiner Arbeit inne und sah ihn an. »Hatte sie Anfälle so wie ich?«

Er sah mich eindringlich an. »Wann hattest du das letzte Mal einen, John?«

Ich konnte mich daran nicht erinnern, wann ich das letzte Mal das Bewusstsein verloren und Bogen, Säulen und Engelsflügel gesehen hatte. Nicht seit, na ja, seit er mich verlassen hatte. »Ich weiß es nicht mehr.«

»Das ist gut. Es hat also funktioniert.«

Ich sah ihn an. »Was hat funktioniert?«

Der Maure lächelte mich geheimnisvoll an und schüttelte leicht den Kopf. »Egal.«

»Sag es mir.«

Er strich mir durchs Haar, und ich spürte, wie die Wärme sich über meinen Rücken ausbreitete und in meinem Steißbein sammelte wie ein kleines Feuer. »Machen wir mit unserer Geschichte weiter, mein kleiner Wilder. In ihrer Vision sah die Königin, dass diese einfache Brücke eine besondere Rolle spielen würde. Sie stammelte etwas vom Beginn einer neuen Ordnung, dass der Bund zwischen Gott und den Juden ersetzt würde, und von einem schrecklichen Opfer. In seiner Panik ließ Salomo die Brücke abreißen und an einem Ort vergraben, wo niemand sie finden würde. Jahrhunderte später entdeckte man ihre Reste, grub sie wieder aus, und Serubbabel baute damit den Tempel von Jerusalem, so wie es im Buch Esra geschrieben steht.

Viele Generationen später beschloss König Herodes, den alten Tempel durch einen neuen, prächtigeren zu ersetzen. Dieses Unternehmen erforderte zahlreiche Opferrituale und Blutvergießen. Während des Neubaus wurde das Holz erneut weggeworfen, nur benutzte man dieses Mal die Stücke für einen anderen, noch grausameren Zweck und baute daraus die Kreuze, an die man Isa Christus und die beiden anderen verurteilten Männer schlug.«

»Ich dachte, Muselmanen glaubten nicht an Jesus Christus?«

»Im Islam wird er als Prophet betrachtet – als ein großer Prophet«, berichtigte mich der Maure sanft. »Nur an die Geschichte von seiner Wiederauferstehung glaubt man nicht.«

Ich lachte. »Tote stehen also nicht wieder auf?«

Er breitete die Hände aus. »Wer bin ich, um das zu bestreiten?«

Salah ad-Din beugte sich über das Blatt. Von seinem Standort aus konnte Malek nicht sehen, was es enthielt. Irgendetwas war im Gange, etwas, was mit den Bedingungen des Lösegeldes zu tun hatte, soweit er wusste, doch scheinbar war alles höchst geheim. Im Kriegszelt befanden sich nur al-Adil, Ahmad al-Rammah, der Sohn des Kupferschmieds, der große schlanke Mann, den sie den Mauren nannten, und Baha ad-Din. Er beobachtete aus den Augenwinkeln, wie der Sultan das Blatt zur Seite hielt, es aufmerksam betrachtete und sich dann feierlich zu dem Mauren umwandte. »Ich bin kein Experte für die Deutung solcher Dinge«, sagte er.

Er reichte die Zeichnung an seinen Bruder weiter, der die Stirn runzelte und sie eine ganze Weile betrachtete. Dann schüttelte er ebenfalls den Kopf. »Es ist nur ein Stück Papier«, erklärte er. »Für einen einfachen Krieger wie mich liegen Welten zwischen dieser Zeichnung und dem eigentlichen Gegenstand.«

»Du hast doch einige Erfahrung in dieser Hinsicht«, sagte der Sultan, an den Mauren gewandt. »Glaubst du, dass es den Anforderungen genügen könnte?«

»Das hängt von der Qualität der Einfassung, des Metalls und der Ausführung ab«, antwortete dieser.

»Und dieses ... Bergkupfer, wie nennst du es noch?«, fragte der den Jungen aus Damaskus.

»Oreichalkos, Herr.«

»Kannst du es wie Gold aussehen lassen, sodass es einer Prüfung durch die Abgesandten der *franj* standhält?«

Der Junge aus Damaskus nickte. »Ich denke schon, Herr.«

»Und kannst du auch genug davon für unsere Zwecke auftreiben?«, mischte sich Baha ad-Din ein. »Es wird ja sicherlich nicht billig sein, wenn es als Gold durchgehen kann.«

»Meine Familie arbeitet seit Generationen daran«, antwortete Ahmad. »Es wäre uns eine Ehre, genug von diesem Material zur Rettung der Bewohner von Akka und zum Ruhme Gottes herstellen zu dürfen. Wir würden auf eine Bezahlung verzichten.«

Der Sultan wirkte fast beschämt. Er hob die Hände zum Himmel und segnete den Jungen und seine Familie, doch dann huschte ein Lächeln über sein Gesicht. »Das kommt mir gelegen, denn ich habe nichts mehr, um dich zu bezahlen.« Er wandte sich Baha ad-Din zu. »Und die Edelsteine?«

»Darum kümmere ich mich, Herr.«

Der Sultan sah den Mauren an. »Wenn uns diese List gelingt, stehen wir tief in deiner Schuld, Sayedi.«

Der hochgewachsene Fremde verneigte sich. »In solchen Dingen kann es keine Schuld geben, Herr.«

Der Maure und seine Handwerker – der junge Mann aus Damaskus mit den großen Augen namens Ahmad, der den Schmelzprozess überwachte, zwei Alchemisten in dunklen Gewändern, der Goldschmied und sein Sohn – arbeiteten knapp zwei Wochen an der Reliquie. Wie mir der Maure erzählte, war der Schmelzer derjenige gewesen, der das griechische Feuer erfunden hatte. Das Zeug, mit dem sie das Schiff zerstört hatten, auf dem Quickfinger, Hammer und ich Zuflucht gefunden hatten. Der Sultan hielt ihn für so wertvoll, dass er ihn am gleichen Abend, an dem wir in die Stadt gekommen waren, aus Akkon hatte herausschmuggeln lassen.

Ich musterte den Mauren mit zusammengekniffenen Augen. »Hatte das mit dem grünen Rauch zu tun?«

Er warf mir einen schiefen Blick zu. »Es hat nicht so geklappt, wie wir geplant hatten. Einerseits war es erfolgreicher, als ich es mir je erträumt hätte, andererseits nicht.«

»Tu nicht so geheimnisvoll! Sag mir, was du damit meinst.«

»Was hast du gesehen, John?«

Ich dachte an jenen Tag zurück, und als ich mich daran erinnerte, wie nah ich dem Tod gewesen war, unterdrückte ich ein Schaudern. Ich konnte mich noch gut an den Blick aus dem Korb des Katapultes erinnern. An eine grüne Rauchwolke, unzählige Reiter in grünen Gewändern, die Banner des Halbmondes, die von ihren Lanzen flatterten. Ich erzählte ihm, was ich zu sehen geglaubt hatte, während er reumütig lächelte.

»Die Märtyrer des Islam in den Farben des Propheten!«, sagte Ahmad. »Eine bessere Ablenkung hätte ich mir nicht wünschen können.«

»Eine schöne Illusion, nicht wahr?«, sagte der Maure zufrieden.

»Jedenfalls rettete sie mir das Leben«, erklärte ich.

Er warf mir einen langen, trägen Blick zu, bei dem mir das Blut ins Gesicht schoss. »Kann man wohl sagen!« Der Feuerwerker hinter ihm lachte leise und wandte sich dann wieder seiner Arbeit zu.

Ich fragte mich, wie ein so fröhlicher junger Mann für so viele Tote verantwortlich sein konnte. Jetzt aber arbeitete er vermutlich daran, Leben zu retten. Vielleicht gab es irgendwo auf dieser Welt doch so etwas wie einen unsichtbaren Ausgleich.

Unser Arbeitszelt war in einiger Entfernung zum Lager aufgeschlagen worden, einerseits wegen der giftigen Dämpfe, die wir erzeugten, andererseits wegen der notwendigen Geheimhaltung. Ich selbst hielt unser Unternehmen mehrere Male in dieser Woche für aussichtslos. Das brodelnde Metall in den Kesseln: eine dunkle, braune Brühe, die nach Schwefel stinkende, rot blubbernde Blasen ausstieß. Beim ersten Versuch kam eine fast schwarze Masse heraus, und nichts änderte sich daran, egal wie viel Alaun wir hinzufügten und wie viel wir kratzten.

Doch der Maure ließ sich davon nicht entmutigen. »Wir müssen weiter experimentieren«, sagte er, nachdem er sich mit Ahmad und den Alchemisten beraten hatte. »Sobald wir herausgefunden haben, welches die richtige Temperatur ist, werden die Unreinheiten an die Oberfläche kommen, und wir können sie abschöpfen. Dann wird auch die Farbe heller werden.«

Ich konnte mir beim besten Willen nicht vorstellen, wie die braune Brühe in dem Kessel jemals der funkelnden Reliquie gleichen würde, die wir aus der Schatzkammer von Akkon gestohlen hatten. Aus Angst, dass mein fehlender Glaube den Prozess auf magische Art und Weise beeinflussen könnte, ließ ich sie allein. So sah ich den Mauren mehrere Tage lang nicht, sondern verbrachte meine Zeit mit Rosamund, die sich langsam von ihrer Verletzung erholte. Manchmal gesellte sich der große muselmanische Soldat zu uns, und ich sah, wie sein düsteres, schmales Gesicht aufleuchtete, wenn sie ihn anlächelte, und wie ihre Wangen glühten, wenn sie ihm etwas, das sie noch nicht in seiner Sprache sagen konnte, mit Gesten zu erklären versuchte. Jedes Mal fragte ich mich, wie dieser blutige Krieg so viel Zärtlichkeit hatte hervorbringen können.

Eines Tages kam der Maure und suchte mich. Sein Gewand war voller Flecken, und seine Hände waren schwarz bis zu den Handgelenken, die Nägel ebenso schmutzig wie meine. Niemals zuvor hatte ich ihn so gesehen. Selbst während unserer beschwerlichsten Reisen hatte er es immer irgendwie geschafft, makellos sauber zu bleiben. Er hatte Seife aus den Pflanzen hergestellt, die am Ufer eines Flusses wuchsen, und Sand oder Kies benutzt, um sich zu waschen, wenn es kein Wasser gab. Er roch scharf nach Zitrone mit einem Hauch von etwas Bitterem oder Salzigem. Ich rümpfte die Nase.

Er grinste: »Wir haben Unmengen von Zitronen und noch mehr Alaun benutzen müssen, aber ich glaube, wir haben es geschafft. Komm, sieh es dir an.«

Im Zelt war es dunkel nach dem hellen Sonnenlicht draußen. Meine Augen brauchten einige Zeit, um sich an das Zwielicht zu gewöhnen, aber dann …

»Unglaublich.«

Der Sohn des Goldschmieds hämmerte gerade ein dünnes Metallblech aus. Es glänzte so hell wie Butterblumen. Wie flüssiger Sonnenschein. Wie Gold …

»Mit der Zeit wird es nachdunkeln, daher habe ich den Sultan rufen lassen. In zwei Tagen kommen die Abgesandten der Christen.«

»In zwei Tagen!«

»Sayedi Soufiane meint, dass die Zeit reicht und wir den Oxidationsprozess lange genug aufhalten können, sodass das Metall seine Farbe behalten wird.« Er rief dem Goldschmied etwas in ihrer gutturalen Sprache zu, woraufhin der alte Mann heftig nickte und die Hände zum Himmel erhob, als riefe er Gott um Hilfe an.

Und ich hatte unsere Unternehmung in Glastonbury für riskant gehalten …

»Darf ich?«, sagte ich und zeigte auf das Kreuz.

Der Goldschmied zögerte, mich in die Nähe seines Kunstwerkes zu lassen, und, ehrlich gesagt, konnte ich es ihm nicht verübeln, doch schließlich trat er zur Seite. Nachts hatte er bei Kerzenschein und tagsüber mit zurückgeschlagenen Zeltklappen dagesessen und das Metall mit seinen winzigen Goldwerkzeugen unablässig bearbeitet. Und was er in der kurzen Zeit geschafft hatte, kam wirklich einem Wunder gleich. Rückseite und Vorderseite des Kreuzes waren mit »Edelsteinen« besetzt – aus feinem geschliffenem Glas und einigen echten Perlen, die sie weiß Gott wo aufgetrieben hatten – und über und über verziert mit Schnörkeln, Erhebungen und winzigen Abbildungen christlicher Heiliger. Manche hatte ich aus dem Gedächtnis gezeichnet, andere erfunden. Sehr viel Metall war dafür verwendet worden, deshalb hatten wir improvisieren müssen. Doch wer würde je auf den Gedanken kommen, dass dieses wundersame Objekt von Ungläubigen geschaffen worden war? Die christliche Ikonografie stammte von einem wilden Heiden, der wie ein Tier im Moor gelebt hatte, und war von einem Mann angefertigt worden, in dessen Religion diese Art von heiligen Darstellungen verboten war.

Ich hob das Kreuz vorsichtig hoch in der Erwartung, dass es so schwer wäre wie Eisen. Doch es war viel leichter, sodass es mir fast aus der Hand gerutscht wäre. Der Goldschmied nahm es mir rasch ab, legte es wieder auf den Tisch und warf mir einen alles andere als freundlichen Blick zu.

»Am Ende mussten wir mehr Holz und weniger Metall benutzen«, erklärte der Maure und löste sich aus dem Schatten. »Den goldenen Farbton aus dem Kupfer hervorzulocken erwies sich als … echte Herausforderung. Wir hatten nicht genug davon, um die Teile so solide zu gestalten wie im Original. Vielleicht war das Holz der Reliquie nach all den Jahrhunderten dichter geworden und hatte sich zusammengezogen.« Er beugte sich vor und fuhr mit den Fingerspitzen über die verschlungene, glänzende Oberfläche. »Aber ich finde es enorm beeindruckend, Heide, der ich bin.« Er drehte sich zu mir um und grinste, wobei das Gold sich in seinen halbmondförmigen Augen widerspiegelte.

Einen Augenblick hatte ich weiche Knie. »Ihr habt ein Wunder vollbracht«, sagte ich.

»Jamil.«

Malek fuhr herum und sah sich Rosamund gegenüber. Asfar wieherte leise, als Malek plötzlich aufhörte, sie zu striegeln. *»Jamila«*, korrigierte er sie. »Die weibliche Form erfordert ein a. Und ja, es stimmt, sie ist wunderschön, meine Asfar.«

»Jamil«, wiederholte Rosamund fröhlich und berührte Maleks Brust. »Du siehst so … großartig aus.« Da sie das arabische Wort nicht kannte, streckte sie die Brust heraus und stolzierte ein paar Schritte auf und ab, bis er lachen musste.

Er nahm seinen Helm ab und streckte ihn ihr entgegen. »Siehst du, darunter bin ich es, Malek«, sagte er auf Arabisch und dann: »Nur ein Mann«, fuhr er auf Englisch fort, woraufhin sie vor Schreck fast umgefallen wäre.

»Woher …?«

»Dein Freund – der Maure. Er bringt mir eure Sprache bei.«

Rosamund lächelte von einem Ohr zum anderen. »Er will uns verkuppeln«, gluckste sie und weigerte sich, ihm das Wort zu übersetzen. Stattdessen fuhr sie mit der Hand durch die glänzende Mähne der Stute und sagte: »Sie duftet besser als ich!«

»Der Sultan hat uns gebeten, ihm keine Schande zu machen«, erklärte Malek. Er erklärte ihr mit Gesten, wie er seinen Helm, seine Rüstung und seine Stiefel putzte, während Rosamund bewundernd nickte.

»Sehr schön«, sagte sie. *»Jamil!«*, und dieses Mal berichtigte er sie nicht, während seine Wangen leicht erröteten.

»Er will keinen ärmlichen Eindruck machen«, sagte er hastig auf Arabisch, um seine Verlegenheit zu kaschieren, »wenn die Abgesandten der Christen kommen.« Es war das, was Ibrahim heute Morgen als Erstes so scharfsinnig bemerkt hatte. »Er will mehr Zeit und obendrein ihr Vertrauen gewinnen. Dazu muss er über einen gefährlichen, schmalen Pfad zwischen zwei Abgründen gehen.«

Malek hatte finster genickt und dabei an seinen Vater und Bruder, Onkel Omar und die Tanten gedacht. In diesem Augenblick war er verzweifelt gewesen, doch jetzt sah er Rosamund an, und seine Stimmung hellte sich auf. Sobald er sie lächeln sah, schlug sein Herz schneller, und wenn sie bei ihm war, lächelte sie immer. Diese beiden Dinge schienen unzertrennlich zu sein, ein fabelhaftes, wundervolles Zusammentreffen von Ereignissen. Die Verbindung zwischen ihnen hatte etwas Erregendes. Er wusste nicht, was es war oder was es bedeutete. Er wusste nicht, wohin es führen oder wie es ihn verändern würde, aber wenn dieses Lächeln – manchmal schüchtern, manchmal neckisch – ihr Gesicht erhellte, hatte er das Gefühl, dass alles auf der Welt möglich war.

Sobald mein Vater frei ist, werde ich mit ihm reden, dachte er. Solange er sich freut, noch am Leben zu sein. Es würde kein einfaches Gespräch sein. Eine fremde Frau, die ihr Feind gewesen war, nur ein paar Brocken Arabisch sprach, ohne Mitgift oder jemanden, der für sie hätte sprechen können, und obendrein eine Ungläubige. Das war am schlimmsten. Einen Augenblick lang stockte ihm das Herz. Aber die besten Dinge im Leben sind nun mal nicht einfach – hatte Baltasar das nicht selbst immer gesagt? Malek gesellte sich zu den anderen Mitgliedern der Leibwache, die zu beiden Seiten des Treffpunktes Stellung bezogen hatten. Man hatte den Fürsten im Lager ihre besten Teppiche abgenommen und auf der ausgetrockneten Erde ausgebreitet. Ein besonders prächtiger Läufer in Rot, Pfirsich, Ocker, Rosa und Blau führte zu dem Baldachin, unter dem der Sultan in einem einfachen dunkelgrünen Umhang und einem weißen Turban auf dem Kopf saß. Seit der Assassine ihm das letzte Mal nach dem Leben getrachtet hatte, trug er einen Helm darunter, wie Malek wusste. Es war ein erhabener Anblick. *Jamil*, dachte er und lächelte in sich hinein.

Mit flatternden Bannern ritten die Abgesandten den Hügel der Johannisbrotbäume hinauf. Er erkannte die blaue Seide des französischen Königs, die rot-goldene Flagge des englischen Königs und dahinter das große goldene Kreuz auf weißem Untergrund des Königreichs von Jerusalem. Waren die großen Könige höchstpersönlich gekommen? Neugierig reckte er den Hals, doch nein, der Mann, dessen Knappe die englische Flagge trug, war nicht Al-Inkitar, der *franj* sah auch nicht aus wie ein König, und den dritten Abgesandten kannte er flüchtig. Guido von Lusignan: die Schlange, die die Belagerung eingeleitet hatte, der Mann, den Salah ad-Din nach der Schlacht von Hattin verschont hatte. Die letzten vier Jahre hatten es nicht gut mit ihm gemeint. Das matte braune Haar, das mit einem schmalen Goldreif aus der Stirn gehalten wurde, war von grauen Strähnen durchsetzt. Die tief liegenden Augen blickten eindringlich unter der hohen Stirn hervor. Man munkelte, dass er Frau und Töchter an die Pest verloren hatte, und er selbst sah ebenfalls aus, als wären seine Tage gezählt.

Die Abgesandten stiegen von den Pferden ab. Der Sultan stand auf, um sie zu empfangen. Erfrischungen wurden gereicht, Grüße ausgetauscht. Nachdem die Höflichkeiten vorüber waren, winkte der englische Gesandte seine Männer zu sich: kräftige Kerle, die er offensichtlich ausgesucht hatte, weil sie schwere Kisten schleppen konnten. Salah ad-Din scheuchte die Männer wieder fort, als wäre es unhöflich, so schnell auf das Geschäftliche zu kommen. Man hörte laute Stimmen, doch nicht laut genug, als dass Malek hätte verstehen können, was sie sagten. Sein Magen verkrampfte sich. Es war deutlich zu erkennen, dass die Abgesandten nicht zufrieden waren. Sie hatten die Anweisung, das Lösegeld abzuholen und unverzüglich ins Lager zurückzukehren. Man unterhielt sich weiter, jetzt etwas leiser. Einige Gefangene wurden den Abgesandten übergeben, dann vier kleine Truhen. Ein Vorschuss auf das Lösegeld.

Doch nicht einmal damit konnten sie die erhitzten Gemüter beruhigen. Jetzt hatte der englische Abgesandte schon wieder angefangen zu schreien, und der Franzose tat es ihm gleich. Auf beiden Seiten griffen Hände nach den Schwertern.

Der Sultan stand auf und sagte etwas zu einem Mann hinter ihm. Er bedeutete den Gesandten, noch ein Glas Wein zu trinken. Auf sein Zeichen hin teilte sich die Ehrengarde und ließ einen hochgewachsenen Mann mit einem weißen Umhang durch. Es war der Maure. Er trug die Reliquie vor sich her, die sie bei Hattin erbeutet hatten und die von den Christen als Heiliges Kreuz verehrt wurde.

Das Licht der Sonne spielte auf dem prächtigen Gold, entzündete ein Feuer in den Edelsteinen und liebkoste die Perlen. Die Ärmel des Mauren fielen zurück und offenbarten seine Muskeln, die sich unter der Last des schweren Kreuzes spannten. Ein schwerer Duft nach Rosen betäubte die Zuschauer.

Die Kreuzfahrer starrten die Reliquie an. Guido von Lusignan kniff die Augen zusammen, in den Gesichtern der beiden spiegelte sich Ehrfurcht, fast Schrecken.

Dann fielen sie einer nach dem anderen auf die Knie und begannen zu beten.

VIERUNDDREISSIG

Halt still, John. Du bist zappelig wie ein Muli, das von Bremsen geplagt wird.«

Ich versuchte, stillzusitzen und die Berührung seiner Hände zu genießen.

»Und zottelig wie ein Pony«, sagte er liebevoll. Abgeschnittene Locken meines schwarzen Haars fielen zu Boden, dick und drahtig wie das Fell eines Hundes.

Ich schloss die Augen und hob das Gesicht in die Sonne, bis meine inneren Lider so hell leuchteten wie eine Orange. »Warst du eigentlich schon mal in Lissabon?«, fragte ich und versuchte, beiläufig zu klingen.

Seine Hände hielten kurz inne, dann zupften, maßen und schnippelten sie sanft weiter. »Nur einmal«, sagte er leise lächelnd.

»Ich … ich meinte, dich da gesehen zu haben.«

»Den größten Teil der vergangenen zwei Jahre war ich unterwegs«, sagte er ausweichend.

»Wohin bist du gegangen, nachdem du uns in Rye verlassen hattest?«

»Von Paris nach Cluny. Dann folgte ich dem Pilgerweg nach Compostela. Und danach«, schnipp schnapp »… war ich eine Zeit lang in Córdoba. Wusstest du, dass die große Moschee dort achthundertsechsundfünfzig Säulen hat? Das Gebäude schwimmt im Licht«, erklärte er träumerisch. »Anschließend machte ich mich auf die Suche nach einer bestimmten Form von Bogen, die es uns erlauben wird, eine Kathedrale zu bauen, die so hell und luftig ist …«

»Ich habe diese Bogen gesehen!« Ich schrie, ohne es zu merken. Die Leute ringsum starrten uns an und lachten; vermutlich glaubten sie, der Maure hätte mich ins Ohr geschnitten. Ich senkte die Stimme. »In der Moschee von Akkon. Da sah ich Dinge, von denen ich mein ganzes Leben lang geträumt hatte. Hoch aufragende Säulen und spitze Bogen, eine Decke aus schierem Gold …«

Er hörte auf zu schneiden. »Du warst in der Freitagsmoschee?«

Ich nickte. »Auf der Flucht mit Quickfinger. Es war … wie eine Vision.«

Der Maure schnalzte mit der Zunge. »Zwei Ungläubige in einer Moschee.« Dann schnippelte er weiter. »Ich fuhr mit dem Schiff von Lissabon nach Amalfi, von da aus nach Monte Cassino, dort gibt es noch muselmanische Steinmetze. Und von da noch weiter nach Nordafrika, wo ich den Qubbat Barudiyan in Marrakesch besichtigte, anschließend nach Kairouan und am Ende nach Kairo.«

Ich drehte den Kopf, um ihn anzusehen, und dieses Mal schnitt er mir tatsächlich ins Ohr. »Aua! Wie hast du das angestellt, du hattest mir doch dein ganzes Geld gegeben?«

»Ach, John.« Er klang belustigt. »Reginald hat mich ausgesandt, um die Spitzbogen in den heiligen Stätten zu begutachten, mit deren Hilfe man stabile Gebäude mit großen Fenstern in den Wänden bauen kann, und Steinmetze zu finden, die sich mit den für die Vollendung seines Projekts in Wells erforderlichen Prinzipien auskennen. Er hat mir eine ansehnliche Summe mitgegeben, um Nachforschungen anzustellen.«

»Oh, das war sehr gutgläubig von ihm.«

Er lachte laut auf. »Ja, nicht wahr? Einem Schwindler und Fremden gegenüber, einem ... Heiden wie mir. Ich hätte das Geld nehmen und damit verschwinden können. Ich kann nicht leugnen, dass ich es in Erwägung zog.«

»Und trotzdem bist du jetzt hier und fälschst Reliquien für den Feind.«

»Gottes Wege sind unergründlich. Ich war gerade auf dem Rückweg von Beirut, um mir die Umayyad-Moschee in Damaskus anzusehen, als die *franj* das Schiff kaperten, auf dem ich mich befand.«

»Also warst du doch derjenige, den ich während des Gefangenenaustauschs gesehen habe!« Ich drehte den Kopf, um ihn anzusehen. Sein Gesicht war so nah, dass ich seinen Atem spüren konnte. Eine Welle wilder Freude stieg in mir auf ...

Beim Klang eines plötzlichen Wortschwalls richtete er sich hastig auf. Ich warf einen Blick über die Schulter, um zu sehen, wer da so laut auf ihn einredete, und sah einen zwölf- oder dreizehnjährigen Knaben in der Dienstuniform des Sultans. Dunkelgrün, mit gelb-goldenen Litzen besetzt und aufwärts gebogenen Schlappen.

Der Maure nickte. *»Na'am«*, sagte er. *»Wacha.«* Dann schlug er mir auf die Schulter. »Komm, John, es ist ein weiterer Abgesandter des englischen Königs gekommen. Ich soll dolmetschen. Und vielleicht brauche ich dich.«

Ich folgte ihm zum Zelt des Sultans und schüttelte unterwegs mein frisch geschnittenes Haar. Ein Knappe mit einer Lanze, von der die weiße Fahne wehte, stand unsicher vor dem Eingang des Zeltes. Hinter ihm sah ich zwei berittene Soldaten. Ich starrte das Profil des zweiten an, während er über das Tal hinweg auf Akkon blickte. Es war der *routier*, Florian. Mein Herz schlug heftig. »Ich kenne ihn«, sagte ich leise, während wir uns dem Zelt näherten. »Er darf mich nicht sehen.«

»Bleib hinter mir«, entgegnete der Maure, »und senk den Kopf. Du bist dunkel genug, um als einer von uns durchzugehen.« Er grinste mich an und labte sich an meinem Unbehagen. Der Wächter am Zelteingang war Rosamundes Malek, der mich durchwinkte, nachdem der Maure ihm erklärt hatte, dass ich ihm beim Dolmetschen behilflich sein würde. Im Innern roch es nach Weihrauch, kleine Rauchschwaden kräuselten sich zur Decke empor. Durch sie hindurch sah ich zum ersten Mal den Sultan Saladin. Er war ganz anders, als ich erwartet hatte, denn er wirkte weder kriegerisch noch furchterregend, eher schmal, wie ein Gelehrter, sein hageres Gesicht war voller Runzeln, sein gestutzter Bart durchsetzt von weißen Strähnen, die Augen dunkel wie glühende Kohle. Seine ganze Aufmerksamkeit war auf seinen Gast gerichtet, den Abgesandten, nahm ich an.

Der Rauch stieg spiralförmig nach oben, und plötzlich wandte der Gast den Kopf zur Seite, um dem Sultan etwas zu sagen – vielleicht, um sich für das Glas Limonade zu bedanken, das er in der Hand hatte –, und erst jetzt erkannte ich sein Gesicht. Es war Savaric de Bohun.

Der Maure ging vor mir her und machte nur eine knappe Geste mit der rechten Hand. Ich schlüpfte dankbar in den Schatten hinter einer der großen Kohlepfannen, wo der Rauch am dichtesten war, und beobachtete, wie der Maure sich elegant vor dem Sultan niederwarf und anschließend wieder aufstand.

Savaric machte große Augen vor Schreck. »Du!«

»Die Welt ist zuweilen kleiner als wir annehmen«, sagte der Maure leise. »Es ist mir eine Freude, Euch wiederzusehen, Effendi, und bei bester Gesundheit obendrein.« Er legte die Hand aufs Herz und verneigte sich auf orientalische Art.

»Nun ja, ich nehme an, dass dies meine Aufgabe irgendwie erleichtert«, sinnierte Savaric. »Aber andererseits auch erschwert.« Er hielt inne. »Deinem Sultan wird nicht gefallen, was ich ihm mitzuteilen habe.«

Der Maure neigte den Kopf und übersetzte. Der Sultan sagte leise ein paar Worte, und der Maure gab sie weiter. »Er sagt, ein Bote habe es niemals leicht, vor allem wenn er schlechte Nachrichten zu überbringen hat. Am besten leert Ihr Euren Sack und werdet die Last los. Nichts von dem, was Ihr sagt, wird gegen Euch verwendet werden.«

Savaric nickte nachdenklich. Dann erklärte er: »König Richard bittet darum, besser gesagt, er verlangt, dass die Gesamtsumme, die als Lösegeld vereinbart wurde, sofort ausbezahlt wird, wenn die restlichen Gefangenen freigelassen werden sollen, und man ihm das Heilige Kreuz unverzüglich übergibt. Ansonsten will er alle Geiseln töten lassen.«

Ich spürte, wie sich mein Magen verkrampfte. Das Gesicht des Mauren spiegelte keine Regung. Dann übersetzte er dem Sultan die Forderung. Ich beobachtete, wie die tief liegenden dunklen Augen zornig aufflammten, doch er nahm sich zusammen und antwortete lächelnd.

Der Maure erklärte: »Zuerst müssen unsere Gefangenen freigelassen werden, danach bekommt König Richard sein Gold und das Kreuz. Seelen sind schwerer als Gold, und der Sultan trägt Verantwortung für unser Volk.«

Savaric schüttelte den Kopf. »Der König wusste, dass der Sultan das sagen würde, aber diese Option hat er leider bereits ausgeschlossen. Erst wenn er das Gold und das Kreuz in Besitz genommen hat, wird er die muselmanischen Gefangenen freilassen.«

Wieder übersetzte der Maure die Botschaft ins Arabische, und wieder unterdrückte der Sultan seinen Zorn. Dann sprach er lange in einem leisen, gemessenem Ton.

»Unser Reich ist groß und weit verstreut, und nicht alle unsere Ressourcen befinden sich in Reichweite. Der Sultan fürchtet, dass er das Lösegeld aus Bagdad und Kairo kommen lassen muss, da seine Kassen leer sind oder sich bereits in den Händen der christlichen Könige befinden.«

»In der Schatzkammer von Akkon gab es nicht viel zu holen«, entgegnete Savaric. »Richard war sehr enttäuscht.« Er sah den Sultan an und sagte leise zu dem Mauren: »Das brauchst du nicht zu übersetzen, aber ich will wissen, wieso das Heilige Kreuz beim Sultan ist, wenn es doch eigentlich in der Schatzkammer von Akkon hätte liegen müssen?«

Der Maure sah ihn unbewegt an. Er übersetzte etwas für den Sultan und erklärte anschließend. »Wenn König Richard sich bereits von dem ärmlichen Zustand unserer Schatzkammer überzeugt hat, so muss er doch wissen, dass wir die Wahrheit sagen. Dass wir hier nicht über die nötigen Mittel verfügen, um das Lösegeld zu bezahlen, und darauf warten müssen, dass der Kalif von Bagdad und der Wesir von Kairo die erforderliche Summe schicken. Und was das Kreuz angeht ...« Er lächelte und bleckte die Zähne, ein Ausdruck, den ich gut kannte. Es war das Grinsen, das er jemandem schenkte, wenn er ihm ins Gesicht log. »Tja, nun, das ist nie in Akkon gewesen.«

Savaric machte ein langes Gesicht. »Nun, ich kann unmöglich mit leeren Händen zurückkehren. Richard ist kein Mann, der leere Drohungen ausspricht. Er ist entschlossen und skrupellos.«

Ich sah, wie der Maure einen Augenblick lang zögerte. War skrupellos ein Wort, das er kannte? Aber das konnte er mich nicht fragen, ohne mich zu verraten.

Wieder ein Wortwechsel, wieder die sanfte Stimme des Mauren. »Der Sultan besteht darauf, dass er den ersten Teil des Abkommens eingehalten hat, indem er einen Vorschuss auf das Lösegeld zahlte und eine große Anzahl von Gefangenen freiließ, während wir im Gegenzug nichts bekommen haben. Ihr müsst zu Eurem König zurückgehen und ihn an die Bedingungen des Vertrages erinnern.«

Savaric warf ihm einen verzweifelten Blick zu. »Gebt mir wenigstens das Kreuz mit. Das wird ihn für eine Weile besänftigen.«

Der Maure übersetzte seine Worte, und der Sultan schüttelte den Kopf. »Sagt Eurem König, dass er sich in Geduld üben muss, der königlichsten aller Eigenschaften. Er wird in Kürze belohnt werden.«

Savaric lief rot an. Der Schweiß stand ihm auf der Stirn. »Keiner von euch kennt Richard so gut wie ich. Ihr habt ja keine Ahnung, wozu er fähig ist.«

»Der Sultan hat gesprochen«, entgegnete der Maure leise. »Ich kann nichts mehr tun.«

»Lasst mich wenigstens das Heilige Kreuz sehen«, bat Savaric. »Nur für mich.«

Als der Maure das weitergab, huschte ein seltsamer Ausdruck über das Gesicht des Sultans. Er drehte sich um und sprach mit einem Mann hinter ihm, der daraufhin hastig das Zelt verließ.

Es folgten mehrere Minuten angespannter Stille, in denen gezuckertes Gebäck angeboten und abgelehnt wurde. Dann kehrte der Mann zurück, gefolgt von Ahmad al-Rammah und einem der Alchemisten, der einen schweren, in Seide eingewickelten Gegenstand trug. Zwischen dem Eingang und Savaric blieben sie stehen, sodass das Tageslicht zum größten Teil ausgesperrt wurde. Dann enthüllten sie ihre Last.

Savarics dunkle Augen weiteten sich, Tränen schossen ihm in die Augen. Sein Mund stand offen. Er stand unsicher auf und stolperte auf das Kreuz zu. Alarmiert wich Ahmad einen Schritt zurück. »Schon gut«, sagte der Maure. »*Messhi moushki*. Lass ihn näher treten.«

Die Tränen rollten so rasch über Savarics Wangen, dass er wohl kaum etwas sehen konnte. Von meinem Standpunkt aus sah ich, dass die Rückseite der Reliquie, die mit Zitrone und Alaunsalz auf Hochglanz gebracht worden war, sich bereits im Tageslicht verdunkelt hatte. Doch dem Zitrusduft nach zu urteilen, der in der Luft hing, hatte Ahmad vermutlich die Patina auf der Vorderseite rasch entfernt.

Savaric streckte eine zitternde Hand nach dem Kreuz aus, berührte es kurz und schloss die Augen, während sich seine Lippen langsam im Gebet bewegten. Dann wandte er sich wieder an den Mauren. »Lasst es mich mitnehmen«, flehte er erneut. »Wenn ich mit leeren Händen zurückkehre … Der König ist unberechenbar. Er muss immer seinen Willen haben. Flexibilität ist ein Fremdwort für ihn. Ich habe Angst um die Geiseln. Es gibt nicht genug zu essen für alle, und es sind so viele …« Er verstummte.

Mir lief es kalt über den Rücken. Die Untertanen dieses Königs hatten die Juden in seiner eigenen Stadt niedergemetzelt, während er keinen Finger für sie gerührt hatte. Ihr habt keine Ahnung, wozu er fähig ist, hatte Savaric gesagt. Aber ich hatte eine Ahnung.

Ich verließ mein Versteck.

»König Richard hat weder Geduld noch Ehre«, sagte ich. »Savaric, Ihr müsst alles tun, was in Eurer Macht steht, um diese Menschen zu retten. Sagt ihm, er müsse sich noch etwas gedulden.«

Savaric starrte mich an, als hätte er ein Gespenst vor sich. Der Maure erklärte dem Sultan hastig etwas, doch der schüttelte erneut den Kopf und antwortete ruhig.

Mittlerweile musterte mich mein ehemaliger Meister von oben bis unten. »John, hast du etwa dein Mäntelchen nach dem Wind gehängt?«

»Ich habe nie ein Mäntelchen besessen«, erwiderte ich bitter.

Der Maure unterbrach uns. »Erinnert Euren König daran, dass auch Herrscher ihr Wort halten müssen«, übersetzte er. »Der Sultan wird das Kreuz als Sicherheit für das Leben unserer Leute behalten.«

Auf ein Zeichen des Sultans hin wickelten die Männer das Kreuz wieder ein und trugen es davon. Daraufhin flutete erneut Licht ins Zelt.

Savaric sah ihnen nach und schüttelte traurig den Kopf. »Ich habe keinen Einfluss, nicht den geringsten. Ich bin nur ein Bote.« Dann verneigte er sich vor dem Sultan und machte sich auf den Weg zurück. Als er an mir vorbeikam, reichte er mir die Hand. »Viel Glück, John.«

»Euch auch.«

»Ich fürchte, ich werde es dringender brauchen als du.«

Einige Tage später verließen Zohra und Nathanael das Lager und begaben sich zu einem schönen Plätzchen auf den Hügeln über der Straße, die nach Nazareth führte. Nima hatten sie der Obhut Jamillas anvertraut. Sie nahmen Datteln und Wasser mit und einen Brotlaib, der noch warm vom Ofen war. Es war das erste Mal, dass sie allein waren, denn die Bereiche der Frauen und der Männer befanden sich auf entgegengesetzten Seiten des Lagers. Selbst Eheleute schliefen getrennt voneinander. Endlich wieder beisammen zu sein war eine große Erleichterung.

»Wohin sollen wir gehen, mein Herz?« Erst am Nachmittag kamen sie auf die Zukunft zu sprechen, nachdem beide bislang das Thema gemieden hatten.

Zohra wandte den Kopf und lächelte zu Nathanael auf, während der blaue Himmel sich in ihren großen Augen spiegelte. »Ich weiß es nicht. Und es ist mir auch egal, Hauptsache, du bist bei mir.«

Eine Locke lugte aus ihrem Kopftuch. Nat zog spielerisch daran und wickelte sie um seinen Finger, bis sie sich ganz löste. »Du hast doch Verwandte in Damaskus«, sagte er.

Zohra stützte sich auf ihre Ellbogen. »Jetzt bist du meine Familie. Du und Nima. Warten wir auf Baba, Sorgan und deine Mutter, dann bringen wir sie zu meinen Angehörigen nach Damaskus. Und danach können wir gehen, wohin wir wollen.«

»Wohin wir wollen?«

»Wohin wir wollen.«

Nat sah sie grinsend an. »Zum Mond?«

»Ich komme mit dir bis zum Mond«, antwortete Zohra todernst.

Er zog sie an der Haarlocke zu sich heran. Zohra tat so, als sträubte sie sich, doch dann gab sie nach und küsste ihn ein letztes langes Mal. Schließlich setzte sie sich auf und klopfte Erde und trockenes Gras von ihrem Rock. »Besser, wir gehen zum Lager zurück.«

Die Sonne zog schon gen Westen und warf ein grelles Licht über das Meer.

»Da kommen Menschen aus der Stadt«, sagte Nathanael plötzlich.

Zohra schirmte ihre Augen vor der Sonne ab. »Ja, viele.« Hoffnungsvoll wandte sie sich ihrem Liebhaber zu. »Glaubst du … dass das Lösegeld bezahlt worden ist?«

Nat schwieg. Doch zwischen seinen Brauen hatte sich eine vertikale Linie gebildet.

Immer mehr Menschen strömten aus den Stadttoren. Aus der Ferne wirkten sie so klein wie Ameisen.

»Lass uns zum Lager zurückkehren«, sagte Zohra plötzlich unruhig. »Von dort können wir besser sehen.«

Nat legte ihr die Hand auf den Arm. »Ich glaube, wir sollten bleiben, wo wir sind. Es wird eine Menge Trubel im Lager geben, wenn man die Geiseln freigelassen hat.«

»Aber sie werden unsere Hilfe brauchen …«

»Ich glaube kaum, dass wir zwei eine große Rolle spielen werden«, sagte er entschieden. »Lass uns warten und sehen, was da vor sich geht, ehe wir zurückkehren.« In seiner Stimme schwang ein so unheilvoller Unterton, dass Zohra ihn fragend ansah. Nathanael schüttelte den Kopf. »In Kürze werden wir mehr wissen«, sagte er, um sie zu beruhigen.

Eine Abteilung von Soldaten und eine große Menschenmenge kam durch die Tore und stieg langsam den Hügel hinauf. »Ich weiß wirklich nicht, was da vor sich geht«, gestand Nat nach einer Weile. »Es sieht nicht so aus, als würden sie alle Geiseln herausbringen.«

Sie saßen stumm nebeneinander, während der Zug das christliche Lager passierte und sich weiter den Tell al-Ayyadiya auf das Lager der Muselmanen zuschleppte. »Sieht so aus, als würden sie die Geiseln dem Sultan übergeben«, sagte Zohra glücklich. »Zumindest hoffe ich das. Ich habe mir solche Sorgen um Baba gemacht. Ich weiß, er sagt, er sei zu alt, um Akka zu verlassen, aber er hat Familie in Damaskus.«

Der Zug kam immer noch näher, und dann sahen sie plötzlich, dass die Hände der Gefangenen mit dicken Seilen aneinandergefesselt waren, Frauen und Männer, sogar die Kinder.

»Ein bisschen mehr Würde hätten sie ihnen ruhig zugestehen können«, sagte Zohra aufgebracht. »Sie würden doch nicht weglaufen, wenn man sie freilässt, nicht wahr?«

Sie lief den Hügel hinunter auf sie zu. Nat unterdrückte einen Fluch, rannte ihr nach und packte sie am Arm, doch Zohra riss sich los und lief weiter. »Guck doch mal! Da ist Tante Asha in ihrem besten Kleid, und guck, da sind auch Mohammed Azri und Sorgan!«

Beim Anblick der Menschen, die sie kannte, blieb sie abrupt stehen. Nathanael starrte beunruhigt auf die Traube von Menschen und betrachtete widerstrebend ein Gesicht hier und ein anderes dort, während er nach seiner Mutter Sara suchte. Stattdessen erkannte er eine der Frauen, die an dem Tag, als Nimas Mutter getötet worden war, in der Schlange vor dem Bäcker gestanden hatten, und Sayedi Efraim, den alten Parfümhändler, der eine schwere grauhaarige Frau stützte, so gut er es vermochte, vermutlich seine Ehefrau. Said, den Arzt aus dem Krankenhaus, den Fischer mit seiner Tochter Rana.

Und dann sah er, wie die Soldaten hinter ihnen die Schwerter zogen.

»Komm mit, kleine Löwin«, sagte er zu Zohra und zog sie zurück. »Dieser Anblick ist nichts für deine goldenen Augen.«

Zohra widersetzte sich. »Was machst du? Ich bin sicher, dass wir gleich Sara und Vater sehen. Oh …«

Plötzlich fiel ein Körper ohne Kopf zu Boden, weitere folgten. Schreie zerrissen die Luft.

Zohra blickte über Nathanaels Schulter, entsetzt. »Nein! Nein, das kann nicht sein …«

Sie hatten es so eingerichtet, dass das Gemetzel vom muselmanischen Lager aus deutlich zu sehen war. Die Schwerter blitzten rot von der Nachmittagssonne und Schlimmerem. Dann stürmten muselmanische Soldaten den Hügel hinab. Die christlichen Truppen hielten sie mit Leichtigkeit in Schach, während hinter ihnen das Gemetzel gnadenlos weiterging.

Zohra schrie auf und versuchte, auf die Menschen zuzulaufen. »Baba!«, schrie sie. »Sorgan!«

Nathanael hielt sie mit beiden Armen fest und drückte sie zu Boden. »Du kannst nichts tun. Nichts!«

Zohra kämpfte wie eine Wildkatze, biss und kratzte ihn vor Wut. »Ich muss es sehen, ich muss es sehen!« Ihre Locken lösten sich aus dem Kopftuch und ergossen sich wie ein schwarzer Fluss über ihren Rücken. Sie versuchte, sich loszureißen, doch Nat ließ es nicht zu. Schließlich gab sie auf, während Tränen und Schmutz ihre Wangen verschmierten. »Es ist das Mindeste, was ich tun kann«, sagte sie heiser und kämpfte sich hoch. »Ich muss es sehen, damit ich es später bezeugen kann.«

Nathanaels Beine gaben nach, und er sackte neben ihr zusammen, seine Wunde pochte, als wäre sie wieder aufgeplatzt. Zusammen knieten sie im trockenen, welken Gras und weinten, während ein Körper nach dem anderen fiel und die Erde sich in roten Schlamm verwandelte, die Soldaten aufeinanderprallten und die Banner der Könige in der von Todesschreien zerfetzten Luft flatterten.

FÜNFUNDDREISSIG

Lange Zeit hatte ich keine Erinnerung an jenen Tag. Der Maure sagte, er hätte mich schon für tot gehalten. Als das Gemetzel begann, war ich offensichtlich ohne Rüstung, ohne Helm und ohne Waffen den Hügel hinabgerannt. Als er mich fand, war ich blutüberströmt, aber es war nicht mein Blut, meine Hände umklammerten eine Keule, die ich nicht loslassen wollte. Sie sagten, ich hätte wie ein wildes Tier gefaucht und in keiner menschlichen Sprache sprechen können.

Die Ereignisse dieses schrecklichen Tages kehrten schubweise, in Gestalt von Anfällen und Krämpfen, mitten in einem Albtraum oder ohne jede Vorwarnung zu mir zurück. Einige Tage später verließen wir das Lager und machten uns auf den Weg durch das Landesinnere nach Damaskus. Unterwegs überholten wir viele Flüchtlinge, die zu Anfang aus der Stadt freigelassen worden waren. Alle hatten Verwandte in dem Gemetzel verloren. Es war schwer, sich ihre Geschichten anzuhören. Da war eine junge Frau, die ihren Vater und Bruder verloren hatte, und die übrige Familie schon vor oder während der Belagerung. Dass sie nach einem derartigen Verlust noch essen, sprechen und gelegentlich sogar lächeln konnte, war für mich ein größeres Wunder als alles, dessen sich eine Kirche hätte rühmen können.

Sie reiste mit einem großen dunkelhaarigen Mann und einem hübschen Kind. Gelegentlich warf mir der Mann einen fragenden Blick zu, was mich mit Unbehagen erfüllte, als würde ich einer Prüfung unterzogen. In der dritten Nacht, die wir mit ihnen unterwegs waren, wachte ich plötzlich schweißgebadet auf. Ich hatte gesehen, wie der Assassine diesen Mann in der Zitadelle von Akkon niedergestochen hatte. Ich hatte gesehen, wie er in einer sich ausbreitenden Blutlache auf dem Boden dieses prächtigen Saals gelegen hatte. Damals hatte ich ihn für tot gehalten, und jetzt fühlte ich mich schuldig, weil ich nichts unternommen hatte, um ihm zu helfen.

Nachdem ich mich wieder beruhigt hatte, lag ich da, sah zu dem sternenübersäten Himmel über mir auf und wunderte mich darüber, dass er noch am Leben war. In dieser Nacht wurde mir eine schwere Last genommen. Obwohl wir nie darüber sprachen, war es so, als hätte man mir ein großes Geschenk gemacht, es war wie eine Erlösung.

Nathanael war Arzt. Der Maure und er freundeten sich schnell an, verglichen ihre Heilkräuter und versuchten, mir und Zohra zu helfen, die er als seine Frau bezeichnete und die wie ich an Schlaflosigkeit litt. Ihre Kleine, Nima, schien ein besonderes Zutrauen zu dem Mauren zu haben und beobachtete mit ihren großen Augen, was die beiden taten. »Eines Tages will auch ich Arzt werden, so wie ihr«, erklärte sie.

»Wirklich, mein Täubchen?«, fragte der Maure.

»Ja«, erklärte sie feierlich.

Nathanael lächelte ihm über Nimas Kopf hinweg zu. »Du musst etwas im Leben vollbringen, das hat mein Vater immer gesagt. Egal wie klein die Aussichten sind, es ist der einzige Weg, um am Ende etwas Besseres zu erschaffen. Du musst dein Wissen an die kommende Generation weitergeben, und jedes Mal, Schritt für Schritt, wird die Welt ein bisschen besser werden.«

Der Maure sah ihm in die Augen und nickte bedächtig. »Genauso ist es.«

In Damaskus teilten wir uns ein altes, heruntergekommenes Haus, das wir von einem entfernten Verwandten von Zohra mieteten. Sie schienen ihren neuen Ehemann nicht besonders gern zu sehen. Ich fühlte mich wie ein Narr, als der Maure es mir erklären musste. Daran hatte ich nicht gedacht.

»Spielt es denn eine Rolle, dass er Jude ist?«, fragte ich. Bevor wir das muselmanische Lager verließen, hatte mir Rosamund erklärt, dass sie Malek heiraten würde. »Er weiß es noch nicht«, sagte sie grinsend. »Aber ich werde ihn heiraten.« Eine Christin und ein Muselmane. Ein Jude und eine Muselmanin. Und … na ja, ich wusste nicht, wie ich den Mauren und mich bezeichnen sollte.

»Wegen solcher Dinge führen die Menschen Kriege«, sagte er. »Dabei sind wir doch alle nur Menschen.«

Der Maure, Nathanael und ich machten uns daran, den Garten vom Unkraut zu befreien, ersetzten die kaputten Kacheln um den zertrümmerten Kamin, reinigten die Wasserrohre und erweckten sie wieder zum Leben. Die größte Wiederherstellung aber erfuhr meine Seele. Die einfache körperliche Arbeit tat mir gut. Sie schenkte mir das Gefühl, dieser unvollkommenen Welt ein bisschen Gutes bringen zu können trotz allem, was ich erlebt hatte. Wir pflanzten Obstbäume. Ammern versammelten sich auf dem Brunnenrand, als wir den Springbrunnen zum ersten Mal wieder anstellten, bis Nima aus dem Haus gehüpft kam, fröhlich in die Hände klatschte und sie vertrieb. Später bekam sie einen bunt gefleckten, schielenden Kater, und fortan hielten die Vögel Abstand.

Eines Tages schlug der Maure vor, mit ihm die Ummayad-Moschee zu besuchen.

»Ich darf doch nicht.«

Er runzelte die Stirn.

»Ich bin kein Muselmane, und Heiden dürfen nicht in die Moschee, das hast du mir selbst gesagt.«

»Was bist du denn, John?«

Es war leichter zu sagen, was ich nicht war. »Ich weiß nicht.«

»Weiß das irgendjemand? Wir haben viele Namen: Christen, Juden, Muselmanen oder Ungläubige. Aber wie sollen wir wissen, woher wir kommen und wohin wir gehen? Genauso gut könntest du die Steine, die Erde oder den Fluss fragen. Jeder von uns hat seine eigene geheime Art, Teil des Mysteriums zu sein.« Seine Augen glühten, als wären sie von innen erleuchtet. »Komm und sei zusammen mit mir Teil des Mysteriums. Ich zeige dir, was du zu tun hast.«

Zwischen den unzähligen Säulen und Bogen der Moschee herrschte vollkommene Ruhe. Ihre stille Schönheit überraschte mich. Ich bekam die Erlaubnis, hier zu zeichnen, und das tat ich, tagein tagaus, was meine Seele beruhigte. Um dieses gewaltige Gefühl von Raum und Licht einzufangen, hätte es eines größeren Künstlers bedurft als mich, trotzdem weckte es ein Gefühl von Sinnhaftigkeit in mir. Ich fühlte mich wie in der kleinen Kirche in Lissabon, als suchte ich nach dem Unsichtbaren, als wollte ich seine flüchtige Vollkommenheit einfangen. Ich erinnerte mich an die Vision von Eleganz, die ich in der Moschee von Akkon gesehen hatte. Und allmählich begriff ich, was Bischof Reginald zu seinem Traum von der Kathedrale angespornt hatte, trotz all der fragwürdigen Methoden, deren sein Cousin und er sich bedient hatten.

Als ich dies auf meine linkische Art mit dem Mauren besprechen wollte, lächelte er. »Und jetzt bist du bereit, mit mir zu reisen.«

»Wohin?«

»Es gibt noch viel zu sehen und zu entdecken, ehe wir zurückgehen.«

»Wohin zurückgehen?«

»Nach England. Nach Wells.«

Ich hatte geglaubt, Damaskus wäre unser neues Zuhause. Zumindest fühlte ich mich hier schon beinahe heimisch. »Ich verstehe nicht, warum du nach England zurückwillst … nach allem, was geschehen ist.«

»Umso wichtiger ist es, dass ich tue, was ich tun muss. Es gibt auf dieser Welt zwei Arten von Menschen, John. Jene, die sich vor der Schönheit fürchten und versuchen, sie zu vernichten, und jene, die darum kämpfen, sie zu erschaffen, die trotz aller Widrigkeiten versuchen, der Welt einen Sinn zu geben und nach Wahrhaftigkeit zu streben. Die Schönheit ist die höchste aller Wahrheiten. Und diese Wahrheit in Stein einzufangen, zum Ruhme Gottes – egal wie wir ihn nennen –, ist der vollkommenste Ausdruck im Streben eines Menschen. Nach all der Hässlichkeit, die wir gesehen haben, braucht die Welt Schönheit mehr als alles andere.«

Ein paar Tage später verließen wir Damaskus. Und so kam es, dass ein Junge namens Savage, ein wilder Junge aus dem Moor von Cornwall, durch die Tore Jerusalems, der Goldenen, trat. Die Stadt gehörte immer noch den Muselmanen. König Richards Bestreben, sie zurückzuerobern, war gescheitert. Vom französischen König Philip Augustus im Stich gelassen, von Krankheit und Selbstzweifeln geplagt, voller Sorge um sein Königreich zu Hause war er einer Entscheidungsschlacht aus dem Weg gegangen, obwohl er sie dem Mauren zufolge vielleicht gewonnen hätte, denn das muselmanische Heer war erschöpft und bereits erheblich dezimiert.

»All die Toten und Grausamkeiten – für nichts.«

»Krieg löst nie etwas«, sagte mein Freund. »Aber er kann vieles zerstören. Sieh dich nur um.«

Wir standen in der Al-Aksa Moschee im Osten der Heiligen Stadt, nachdem wir durch den beeindruckenden Basar geschlendert waren.

»Als die Christen Ende des letzten Jahrhunderts die Stadt eroberten, töteten sie alle Muselmanen, die hier Zuflucht gesucht hatten. Anschließend verwandelten sie die Moschee in einen Stall«, erzählte mir der Maure. »Erst Blut, dann Pferdeäpfel. Doch nicht einmal das konnte ihre Schönheit zerstören. Als Salah ad-Din sie zurückeroberte, ließ er sie mit Rosenwasser reinigen und Rosenblüten verstreuen. Und sieh sie dir jetzt an.«

Mein Blick schweifte über Marmorsäulen und die Bogengänge. Dann sah ich ihn an. In der Nacht zuvor hatte es einen Wolkenbruch gegeben. Donner, Regen und Blitze, die ich sogar hinter den geschlossenen Lidern hatte sehen können. Vielleicht hatte es mein Unterbewusstsein an das Ertrinken im Meer erinnert und an die Brandung, die mich ans Ufer gespült hatte.

»Ich habe dich gesehen«, sagte ich. »An dem Tag, an dem ich ans Ufer von Akkon gespült wurde. Jetzt erinnere ich mich daran. Ich erinnere mich an alles.«

Er sah mich überrascht an. »Erzähl.«

Ich schloss die Augen und beschwor meine Erinnerungen. »Das Kreuz. Ich hatte es in der Hand, als ich ins Wasser sprang. Es war so schwer, dass es mich auf den Grund des Meeres zog, und ich … wollte es schon loslassen. Ich akzeptierte alles. Die Vergangenheit, mein Herz, meine Sünden, den Tod. Ich wusste um alles und ließ alles los. Überließ mich dem Schicksal … oder Gott, wie immer man es nennen will. Und dann«, ich runzelte die Stirn, »wurde das Kreuz so leicht, und es fühlte sich plötzlich … gewaltig an. Statt mich in die Tiefe zu ziehen, brachte es mich wieder an die Oberfläche, dem Licht entgegen. Ich dachte, ich würde sterben.

Ich dachte, es wäre das Ende. Ich … sah ihm entgegen. Und im nächsten Moment lag ich auf dem Strand. Ich dachte, ich wäre im Himmel, als ich dich neben mir sah. Und dann hast du das Stück Holz aufgehoben, nur ein Stück graues Holz wie Treibholz. Doch als du es umdrehtest, funkelte etwas Goldenes auf, ein Teil der Einfassung und ein paar Edelsteine waren noch geblieben, und dann hast du deine Daumen darunter gelegt und … sie abgeschält, so wie man eine Orange schält. Du hast auf den Fersen gehockt und es angestarrt, ich meine, das Holzstück. Dann hast du den Sand weggewischt und es wieder angestarrt, sehr aufmerksam. Und am Ende hast du etwas sehr Seltsames gemacht.«

»Tatsächlich?«

»Ja.« Ich legte die Stirn in Falten und versuchte, den Albtraum von der Erinnerung zu trennen. »Du hast mir den Nagel von Trier vom Hals genommen.«

Die halbmondförmigen Augen ließen mich keine Sekunde los. »Ich wollte ihn dalassen«, erklärte er. »Ich wollte ihn nie wiedersehen. Doch ich konnte nicht. Er war glühend heiß in meiner Hand. Summte ganz leise wie eine verletzte Biene.« Seine Stimme klang verträumt, wie aus weiter Ferne. »Mein Handgelenk begann zu schmerzen, auf diese alte vertraute Art …« Er fröstelte. »Ich schlug das Stück Holz gegen einen Felsen, um es vom Sand zu befreien, und plötzlich war es da. Ein kleines schwarzes Loch. Ich steckte den Nagel hinein. Er passte perfekt.« Sein dunkler, glühender Blick verbrannte mich. »Und ich hatte es gewusst.«

»Wer bist du?« Plötzlich hatte ich große Angst vor der Antwort.

»Nur ein Mensch«, sagte er lächelnd.

Er reichte mir die Hand, und zusammen traten wir hinaus ins Licht.

Somerset

1239

Ich stehe im Kirchenschiff der Kathedrale von Wells und verrenke mir dermaßen den Hals, dass mir fast schwindelig wird. Kann es tatsächlich sein, dass dieses prächtige Gebäude durch einen Glaubensakt gehalten wird? Wieso stürzt nicht alles ein? Ich habe doch gesehen, welche Anstrengung es kostet, einen einzigen Steinblock hochzuhieven – Seile, Flaschenzüge und viele kräftige Männer, und trotzdem scheint das Netzwerk der Gewölbebogen, die die hohe Decke halten, in der schimmernden Schwerelosigkeit zu schweben, filigran wie ein Spinnennetz an einer Hecke im frühen Morgenlicht.

Es heißt, dies sei die kräftigste Konstruktion, die jemals erfunden wurde, die größte Lobeshymne an Gott, die von Menschenhand erschaffen wurde. Doch diese Verbindung von den Säulen des Lichts und den Bogen des Islam war eine Folge von Blut, Krieg und Leid.

Ich reiste unter den Bannern des christlichen Heeres um die halbe Welt, um den muselmanischen Feind zu bekämpfen. Und dennoch wurde die Geometrie, die diese Kathedrale möglich machte, von jenen Menschen entworfen, die wir töteten. Arabische Architekten erträumten sie, arabische Steinmetze bauten sie. Und irgendwie brachten ein Wilder und ein Ungläubiger sie zusammen.

Wenn ich aufblicke, kommen mir die Gewölbebogen hoch über mir vor wie die Zweige eines Baumes, schlank aber kräftig. Und plötzlich, mit einer Wucht, die mich zu überwältigen droht, erinnere ich mich daran, wie ich auf einem Hügel von Sevilla lag und durch das Geflecht von Ästen und Blättern zum Himmel emporsah. Die Erde unter meinem Rücken war heiß, all meine Sinne waren von Orangenblüten und der Gegenwart des Mannes neben mir erfüllt.

Der Maure.

Dieses unverwechselbare Profil – die schmale, gerade Nase, die kantigen Wangenknochen, die umschatteten Augen –, er wandte den Kopf und sah mich direkt an. Die Welt stand still. Dann sagte er ein einziges Wort:

Habibi.

»Was heißt das?« In all den Jahren hatte ich ihn nie danach gefragt.

Bei seinem Lächeln schmolz ich dahin. »Geliebter. Es heißt: Geliebter.«

Wer war er, dieses Rätsel aus Fleisch und Blut, und woher war er gekommen? Nie bekam ich eine brauchbare Antwort, wenn ich ihn drängte. »Ich stamme weder aus dem Osten noch aus dem Westen, weder aus dem Meer noch vom Land.« Für ihn war es wie ein Spiel. Niemals verriet er mir seinen Namen. Der Maure passte besser zu ihm als jeder andere zufällige Name.

Er starb vor drei Jahren, kurz bevor Reginalds Kathedrale fertiggestellt wurde.

Ich sage Reginalds Kathedrale, doch in Wahrheit lebte der Bischof nicht lange genug, um zu sehen, wie sein Bauwerk fertig wurde. Die Ironie des Schicksals wollte es so, dass er nach dem Tod seines alten Rivalen Balduin von Forde in Akkon zum Erzbischof ernannt wurde. Leider genoss er seinen Titel nicht lange: Er selbst starb noch im selben Jahr und wurde in seinem geliebten Bath bestattet, wo er angeblich viele Wunder an Kranken und Schwachen vollbracht hatte. Außerdem heißt es, dass er bei seinem Tod unter dem erzbischöflichen Gewand ein Büßerhemd getragen habe.

Kurz vor seinem Ableben gelang es ihm, seinen Bischofssitz in Bath und Wells an seinen Cousin Savaric zu vererben, der aus dem Krieg mit mehreren, angeblich von König Richard stammenden Schreiben zurückkehrte, denen zufolge Savaric dieses Bistum erhalten sollte. Und so kam es, dass der Maure und ich plötzlich wieder für diesen alten Schwindler arbeiteten, der nun über alle Pfründe verfügte, die nötig waren, um die große Kathedrale zu bauen, vor allem nachdem er bei der Freilassung König Richards auf dem Rückweg aus dem Heiligen Land mitgewirkt und ihn dann überredet hatte, seinen Sitz von Bath nach Glastonbury zu verlegen. Wo man kurz nach seinem Umzug einen wundervollen Fund machte und nicht nur die Gebeine des heldenhaften König Artus, sondern auch von dessen Gemahlin, Königin Guinevere, entdeckte. Daraufhin strömten von überall im Reich die Pilger herbei – weitere Pfründe für seine Schatztruhen.

Der Maure und ich brachten ein Dutzend Steinmetze mit, die wir auf unserer Rückkehr nach England rekrutiert hatten, um an dem Projekt von Wells zu arbeiten. Aus Jerusalem und Tunesien, aus Amalfi, Córdoba und Cluny. Manche waren Araber, andere Franzosen und Spanier, Muselmanen, Juden, einer sogar ein koptischer Christ. Sie repräsentierten unsere abenteuerliche Reise, und wie unsere bunt zusammengewürfelte Truppe, mit der wir den Süden von England unsicher gemacht hatten, bildeten auch sie eine wunderbare Mischung für die Errichtung des neuen Gebäudes. Sie hatten nicht dieselbe Sprache, verstanden jedoch alle diese Sprache einer neuen Architektur, die aus Trompen und Domen, aus Strebebogen und Kreuzrippengewölben, aus Bogengängen und Spitzbogen bestand und direkt aus dem Herzen des Islam abgeleitet worden war. Die Bogen ermöglichten es den Steinmetzen, höher als je zuvor zu bauen. Zugleich konnte die Struktur des Ganzen dreimal so viel Gewicht tragen wie zuvor, sodass man flache Wände mit hohen Fenstern versehen konnte und Unmengen von Licht ins Innere strömten.

Wells war ein herrliches Experiment, und wir verwandelten es in eine herrliche Realität.

Und jetzt schmerzt das Licht – so viel Licht, eine Sintflut von Licht, die man in einer dunklen, steinernen Höhle nicht erwartet hätte – in meinen Augen. Aber vielleicht sind es auch die Erinnerungen, zu viele Erinnerungen …

Plötzlich kann ich gar nicht mehr aufhören zu schluchzen. Einer der Domherren geht an mir vorbei und wirft mir einen mitfühlenden Blick zu, als wüsste er, dass wir Menschen die überwältigende Ausstrahlung eines solchen Ortes nicht ertragen, dass wir zu schwach sind, um seine Macht zu verstehen. Könnte ich es, würde ich nach draußen laufen, wo die Welt ihrer natürlichen Ordnung folgt. Doch ich bin gekommen, um mir etwas anzusehen. Deshalb wische ich mir mit dem Ärmel die Tränen aus den Augen und stütze mich einen Augenblick auf meinen Stock, dann gehe ich durchs Mittelschiff zurück und zähle.

Ah, da ist es. Man würde es nicht bemerken, wenn man es nicht wüsste. Wenn man nicht in jener Nacht Zeuge geworden wäre. Doch außer uns war niemand hier gewesen: nur wir beide und das Licht der Kerze. Die Steinmetze waren nach Hause gegangen, die Mönche lagen bereits im Bett. Wir hebelten einige der frisch gelegten Steinplatten auf und vergruben den Schatz am Fuß einer Säule. Dann lehnte der Maure eine gestohlene Leiter an die Säule und ritzte einen kleinen Code unter das dekorative Kapitell. Selbst wenn man danach suchte, könnte man ihn leicht übersehen, und selbst wenn man ihn sah, hätte man keine Ahnung, was er bedeutete. Es ist eine Reihe von arabischen Ziffern, nicht gerade etwas, das man in einer katholischen Kathedrale erwarten würde. Es ist erschreckend, aber es gab einen Feind unter uns, einen Fremden, einen Ungläubigen, einen Wolf im Schafspelz.

Ich denke, hätte Reginald noch gelebt, dann hätte der Maure das letzte Überbleibsel des Heiligen Kreuzes vermutlich in seine Hände gelegt. Zwischen den beiden hatte es eine echte Zuneigung gegeben, die auf ihrem gemeinsamen Traum von Schönheit basierte. Statt es Savaric zu übergeben, der es bestimmt an den Meistbietenden verkauft hätte, hatte er es hierher gebracht, und hier hatten wir es vergraben. Es war ein kleiner Scherz des Mauren gewesen und das größte Geschenk, das das Christentum je gesehen hatte.

Hat es aus seinem geheimen Versteck heraus Wunder bewirkt? Strömt seine Magie hinaus in die Welt? Oder ist es nur ein Stück totes Holz, das man zynisch in Gold gefasst hatte, um die Täuschung vollkommen zu machen? Bis zum heutigen Tag ist es mir ein Rätsel.

Eins aber weiß ich. Etwa vier Jahre nach unserer Rückkehr aus dem Heiligen Land saß ich mit dem Mauren am Fenster einer Schenke auf dem Marktplatz von Wells. Unsere Hände umschlossen Becher mit gewürztem Wein, und wir genossen das Spektakel ringsum – geschäftige Kaufleute, Anbieter von Wolle und Apfelwein und die üblichen Straßenhändler –, als ein Pärchen meine Aufmerksamkeit weckte. Der Mann war hochgewachsen und schlaksig, das Haar nach allen Seiten abstehend wie eine Pusteblume, die Frau elegant gekleidet, mit aufgestecktem Haar, und neben ihr stolperte ein kleines Kind. Einen Augenblick glaubte ich, Gespenster zu sehen. Dann stellte ich meinen Weinbecher auf den Tisch und rannte hinaus.

»Quickfinger!«

Der Mann drehte sich schuldbewusst und ängstlich um, als erwartete er einen Polizisten, der ihn festnehmen würde. Als sein hin- und herschießender Blick mich erkannte, fiel ihm vor Schreck die Kinnlade herunter. Anschließend breitete er die Arme weit aus und kam auf mich zu.

»Potztausend, John Savage! Und ich dachte, das Meer hätte dich verschluckt.«

»Dasselbe dachte ich von dir.«

»Eins der anderen Schiffe hat mich aus dem Wasser gefischt.« Er grinste. »Nicht umsonst heiße ich Pilchard!«

Die Frau gesellte sich zu uns. Fast hätte ich sie nicht wiedererkannt, doch dann hatte ich sie mit dem Namen angesprochen, unter dem ich sie am besten kannte: »Pl-Mary!«

Sie zwinkerte mir zu. Sie hatte zugenommen, was ihr gut stand, vor allem in diesem auf Figur geschnittenen Samtkleid.

»Sieht so aus, als hätte das Leben es gut mit dir gemeint«, sagte ich.

Sie reckte den Hals und sah über meine Schulter hinweg auf die Gestalt, die am Fenster der Schenke saß und uns mit halbmondförmigen Augen betrachtete. »Mit dir auch«, entgegnete sie. »Ich freue mich für euch beide.« Dann legte sie die Hand auf den Kopf des Kindes, bis es den Blick zu uns erhob. Ein kleiner Quickfinger. Hübsch würde er nie sein, aber wenn er grinste, sah man bereits den verschmitzten Charme seines Vaters. »Wir haben ihn John getauft«, erklärte sie.

Es dauerte eine Weile, bis ihre Worte mein Bewusstsein erreichten. Dann erfüllten sie mich mit absurder Freude.

Quickfinger beugte sich verschwörerisch vor. »Der Rubin,

den ich aus dem Heiligen Kreuz gebohrt habe, kam gerade richtig.«

Gibt es Wunder tatsächlich, oder sind es die heimlichen Machenschaften des Schicksals? Oder auch bloß die kluge Nutzung einer Gelegenheit? So oder so spielt es keine Rolle. Das Ergebnis ist dasselbe.

In diesem Augenblick war es, als wäre die Sonne soeben herausgekommen und hätte uns alle mit ihrem goldenen Licht durchflutet, das die Jahre und all das vergossene Blut einfach wegspülte. Schon damals musste ich darüber lächeln, und so ist es noch heute.

ANMERKUNG DER AUTORIN

Die *Säulen des Lichts* begannen, wie Romane es zuweilen tun, mit einem plötzlichen wilden Aufflackern intellektueller Neugier und einer völlig unbedarften Eingebung. Anschließend brauchte ich zwei Jahre für die Recherche und drei zum Schreiben und Bearbeiten: ein gewaltiger Berg von Arbeit, der mich stark von dem ablenkte, worüber ich bis dahin geschrieben hatte: das als meine Heimat angenommene Marokko. Ein derartiges Epos aus dem 12. Jahrhundert zu verfassen kam mir anfangs wie eine fast unmögliche Aufgabe vor. Es war so, als bräche ich zu einer Reise in ein komplett unbekanntes Territorium auf, ausgestattet mit einem bestenfalls vagen Verständnis von der Gegend, in die ich mich begab, ohne Karten, mit undichter Feldflasche. Ich würde ein Terrain erforschen, das schon viele Schriftsteller vor mir betreten hatten, allerdings aus einer völlig anderen Perspektive. (Soweit ich weiß, hat noch niemand einen Roman über die einfache Bevölkerung geschrieben, die während der berüchtigten Belagerung von Akkon sowohl innerhalb als auch außerhalb der Festungsmauern eingeschlossen war.)

Am Ende stellte sich heraus, dass das Buch sich hinsichtlich seines Anliegens gar nicht so sehr von meinen früheren Romanen unterschied, nur der Rahmen war größer. Und wie die vorangegangenen Romane, die versuchten, mehr über ein obskures Thema herauszufinden (die Berberpiraten in *Die zehnte Gabe*, die Wüstennomaden in *Die Seele der Wüste* oder Sklaverei in Afrika und Europa in *Die Sklavin des Sultans)*, entfaltete sich auch in diesem Fall eine Geschichte über Liebe und Krieg, das Aufeinanderprallen verschiedener Kulturen in Ost und West sowie Menschlichkeit und Erfahrungen, die allen Menschen gemein sind, egal wo sie herkommen und wem sie sich zugehörig fühlen.

Viele Charaktere in meiner Erzählung sind authentisch: Der Kreuzfahrerkönig Richard Löwenherz und der islamische Herrscher Salah ad-Din gelten seit Jahrhunderten im Orient wie im Okzident als Helden. Auch ihre Befehlshaber und Verbündeten sind in Chroniken und Annalen der Zeit und in Hunderten von Geschichten über das, was wir Kreuzzüge nennen (ein Terminus, der erst im sechzehnten Jahrhundert geprägt wurde und deshalb in meinem Roman nicht vorkommt), gut dokumentiert. Weniger bekannt, aber ebenso historisch ist der junge Schwimmer Aisa, der Nachrichten zwischen der belagerten Stadt und der muselmanischen Armee hin- und herschmuggelte und bei seinem Tod als Märtyrer gefeiert wurde, weil er den Sold für die Garnisonskrieger noch am Körper trug, als seine Leiche an die Küste gespült wurde, und somit seine Aufgabe erfüllt hatte. Der Rest der Familie Najib und die anderen Bewohner von Akkon sind fiktiv bis auf Karakush und al-Mashtub. Fragen Sie mich nicht, wer der Maure ist, ob echt oder erfunden: Er ist ein Rätsel für sich.

Weitere historische Gestalten sind Savaric und Reginald de Bohun. Wer sich schon einmal mit der Geschichte der Kathedralen beschäftigt hat, in dieser Zeit, als Kirche und Staat noch viel enger miteinander verflochten waren, weiß, dass die

Mittel für ihre Entwicklung und Erbauung häufig aus dubiosen Quellen stammten. Ein Großteil der Finanzierung und Rekrutierung von Kriegern für den »Dritten Kreuzzug« beruhte auf genau solchen spirituell und finanziell manipulativen Methoden, wie Johns Truppe sie auf ihrer Mummenschanztour anwendet. Tatsächlich unternahm der Erzbischof von Canterbury (der äußerst unbeliebte Balduin von Forde) eine ähnliche Reise durch Wales, um Unterstützung und Geldmittel für das Unternehmen aufzutreiben. Richard Löwenherz war dermaßen erpicht darauf, das notwendige Geld für die Finanzierung eines Kreuzzugs zusammenzubringen, dass er erklärte, er hätte sogar London verkauft, wenn er einen Käufer gefunden hätte.

Reginald de Bohun war tatsächlich der Begründer der Kathedrale von Wells, die als erster wahrer Ausdruck der Gotik gilt. Doch er starb, bevor er miterleben konnte, wie seine Vision Realität wurde. Es war sein korrupter Cousin Savaric, der den größten Teil der Erbauung beaufsichtigte, bevor er von Bischof Jocelin abgelöst wurde, mit dessen Namen man heute die Kathedrale gemeinhin verbindet.

Der Keim für die *Säulen des Lichts* – diese wilde, unbedarfte Eingebung – fiel mir während einer seltenen Periode von Schlaflosigkeit sozusagen in den Schoß. Ich las ein Buch, und im Hintergrund lief leise der Fernseher. Einmal sah ich auf, ohne mich wirklich auf den Bildschirm zu konzentrieren. Genau in diesem Augenblick schwenkte die Kamera über eine Innenansicht von dicht nebeneinander stehenden Pfeilern und hoch aufragenden Spitzbogen. Ich dachte, es handelte sich um die Große Moschee in Casablanca (die einzige Moschee, die ich als ungläubige Frau betreten durfte). Doch dann setzte der

Kommentar ein, und mir wurde klar, dass es die Kathedrale von Salisbury war.

Das Programm, so stellte sich heraus, war Teil eines Open-University-Kurses über den Bau der majestätischen Kathedralen von Europa, der zu den bemerkenswertesten Leistungen des Mittelalters zählt. Ich kehrte wieder zu meinem Buch zurück. Doch der kurze Eindruck der islamischen Architektur ließ mich nicht mehr los, als wäre er auf die Bilder des gotischen Steinbaus in England projiziert worden, und allmählich keimte in meinem Bewusstsein die Idee für ein Buch. Ich fragte mich, wie meine Fantasie einen derart unglaublichen Sprung hatte machen können, und fing an, mich mit den Ursprüngen der Entstehung der Kathedralen zu beschäftigen, ohne die Erwartung, irgendwelche bedeutsamen Verbindungen zu entdecken. Doch ich sollte eines Besseren belehrt werden. Je weiter ich vorstieß, umso mehr fand ich. Wie sich herausstellte, hatte es schon lange eine obskure und umstrittene Lehrmeinung gegeben, der zufolge islamische Strukturen die christliche Architektur beeinflusst haben.

Im frühen zwanzigsten Jahrhundert war der französische Kunsthistoriker Émile Mâle überzeugt, dass die Kathedrale von Le Puy-en-Velay deutliche Einflüsse des maurischen Spanien aufwies. Ein paar Jahre später verfasste Ahmad Fikry, ein Student von Henri Focillon, seine Doktorarbeit über den Einfluss islamischer Formen in der französischen Romanik, insbesondere in Puy, und wies auf Parallelen zwischen den Kuppeln in Puy und der Moschee von Qairouan in Tunesien hin. Der Historiker Louis Bréhier stellte ebenfalls Ähnlichkeiten mit der arabischen Architektur von Spanien fest und hielt den Architekten entweder für einen Moslem oder einen mozarabischen Christen. Doch es war der für den gotischen Stil charakteristische Spitzbogen, der die Verbindung zur islamischen Architektur am besten verdeutlicht.

Der spitz zulaufende Bogen war im Orient – in der islamischen und sogar der vorislamischen Architektur – schon lange im Gebrauch. Er verband Arkaden mit hohen Säulen auf eine Art, die die Wirkung von geometrischer Einheitlichkeit erzeugte, eine Eleganz, die den Geist beruhigte und es dem Betenden ermöglichte, sich Gott näherzufühlen. Nützlichkeit und Schönheit gehen oft Hand in Hand: Der Spitzbogen ist weitaus effektiver, wenn es darum geht, das Gewicht des Gemäuers darüber am besten zu verteilen. Er ermöglicht es, im Verbund mit schmaleren Pfeilern höhere und breitere Lücken im Mauerwerk zu überbrücken. Doch eine direkte Verbindung zwischen der islamischen Architektur und gotischen Kathedralen blieb bis vor Kurzem eine höchst umstrittene Theorie – zumindest aus christlicher Sicht. Eine Reihe von führenden Wissenschaftlern hat inzwischen angefangen, die mögliche Reise des Konzepts nachzuzeichnen und sie der fließenden Bewegung der Menschen zwischen dem Nahen Osten und Europa zur Zeit der frühen mittelalterlichen Kreuzzüge zuzuordnen.

Wie es der Zufall wollte, bereitete sich ein Freund von mir um diese Zeit gerade auf ein Diplom in islamischer Kunst vor und hörte zufällig einen Vortrag, in dem der Dozent über die ersten westlichen Beispiele von Spitzbogen sprach, die man aus der arabischen Welt über Europa nach England importiert hatte. Ihren Höhepunkt fanden sie in Wells, der ersten Kathedrale, die zugunsten von Spitzbogen vollkommen auf Rundbogen verzichtet hatte. Wenig später folgte ein hervorragender Artikel in der Ausgabe der *Saudi Aramco World* vom Juni 2012. Darin wird von einem Experten für islamische Architektur namens Tom Verde der Weg des Spitzbogens mithilfe der Kreuzzüge aus Syrien und der arabischen Welt in den Westen präzise beschrieben.

Es wurde auch darauf hingewiesen, dass der Wechsel der Betonung von der dunklen, schweren Romanik hin zu dem fließenden, lichtdurchfluteten »ganzheitlichen Design« etwa zur selben Zeit aufkam wie die Einführung der arabischen Ziffern aus Spanien zu Beginn des 12. Jahrhunderts. Der Übergang vom römischen Zahlensystem zu den arabischen Zahlen, die wir bis heute benutzen, stellte eine Revolution im Denken dar. Multiplikation und Division wurden einfacher, verständlicher und auch übertragbarer – sodass sich die größeren Komplexitäten des gotischen Designs leichter begreifen ließen. Steinmetze, die in moslemischen Traditionen aufgewachsen waren, konnten reisen, um mit europäischen Handwerkern zusammenzuarbeiten und frei Ideen auszutauschen, was die Verbreitung solcher Fusionen im Westen wie im Osten förderte. Als Beweis dafür gilt die Entdeckung eines Satzes von arabischen Ziffern im Dach der Kathedrale von Salisbury. Sie wurden benutzt, um das für den Bau benötigte Holz zu kennzeichnen.

Meines Wissens aber hat niemand das Fragment des Heiligen Kreuzes gefunden, das John und der Maure unter einer Säule in der Kathedrale von Wells vergraben hatten: Das ist meine Erfindung. Tatsächlich ist bis heute ungeklärt, was mit dem großen Relikt passierte, das der Bischof von Akkon in der Katastrophe von Hattin vor der christlichen Armee hertrug. Der Bischof wurde getötet, und das Heilige Kreuz fiel in die Hände Salah ad-Dins, der einen Teil davon an den Kalifen von

Bagdad übersandte. Dieser vergrub es im Jahr 1189 unter dem Bab en-Nuby, wo Muselmanen es schmählich mit Füßen treten konnten. Doch Baha ad-Din erwähnt in seiner Chronik, dass das Relikt in Salah ad-Dins Lager in den Hügeln über Akkon zur Schau gestellt und nach den gescheiterten Verhandlungen für die Geiseln als Geschenk an den byzantinischen Kaiser Isaak II. übersandt wurde. Andererseits soll Hubert von Salisbury behauptet haben, dass Salah ad-Din ihm im September 1192 gestattet habe, es in Jerusalem zu besichtigen. Und dann gibt es noch die Geschichte von dem christlichen Soldaten, der drei Tage nach der Schlacht bei Hattin noch einmal auf das Schlachtfeld zurückkehrte und es dort ausgrub. Oder den Bericht König Richards, dem der Abt von St Elias in Beyt Nuba ein Fragment des Kreuzes gezeigt hatte, bevor er den Kreuzzug aufgab (ohne Jerusalem zurückerobert zu haben) und (auf allerlei Umwegen) im Oktober 1192 nach England zurückkehrte.

Ohne jeden Zweifel waren zahlreiche gefälschte Relikte und Fragmente des Heiligen Kreuzes in Umlauf. Der Theologe John Calvin aus dem 16. Jahrhundert hat einmal den berühmten Ausspruch getan: »Es gibt keine Stadt, egal wie klein sie sein mag, die nicht einen Splitter davon besitzt … Würde man alle Stücke, die sich finden lassen, auf einen Haufen legen, so würden sie eine ganze Schiffsladung ergeben.« Noch im Jahr 2013 gab es Zeitungsmeldungen über ein in einer türkischen Kirche entdecktes Fragment.

Ich begann mit der Arbeit an den *Säulen des Lichts*, bevor es zu der Revolte gegen das Assad-Regime in Syrien kam. Es war einerseits schmerzlich, andererseits auch passend, das Buch zu schreiben, während sich die aktuelle Tragödie dieses gespaltenen Landes vor unseren Augen abspielte. Es gab Phasen, in denen ich die Arbeit unterbrechen musste, denn die Geschichten von Zerstörung und Gewalt, die die einfache Bevölkerung von Syrien erleiden musste, stellten die historischen Ereignisse, an die ich zu erinnern versuchte, in den Schatten. Insbesondere Zeugenaussagen über die Belagerung von Homs kamen den schlimmsten Details der Belagerung von Akkon so nahe, dass es schwer war, nicht an der Unfähigkeit der Menschheit zu verzweifeln, im Laufe der Jahrhunderte mehr Mitgefühl und Anstand zu entwickeln. Moderne Leser neigen dazu, auf die Völker vergangener Zeiten herabzusehen und sie als weniger kultiviert, weniger zivilisiert als wir zu brandmarken. Doch wenn die Geschichte uns eins gelehrt hat, dann, dass wir nur selten aus den Fehlern und Gräueltaten der Vergangenheit lernen.

Jane Johnson, London im Juli 2015

QUELLEN

Asbridge, Thomas, *Die Kreuzzüge*, Klett-Cotta, Stuttgart 2015

Bagnoli, Martina, Holger A. Klein, C. Griffith Mann und James Robinson (Hrsg.), *Treasures of Heaven: Saints, Relics and Devotion in Medieval Europe*, London, British Museum Press 2011

Clark, William W., *Medieval Cathedrals*, Greenwood, Westport USA 2006

Derbyshire, David, »Why Irish people helped raise the roof on Salisbury Cathedral.«, *The Telegraph*, 5. März 2003, http://www.telegraph.co.uk/news/uknews/1423739/Why-Irish-helped-raise-the-roof-on-Salisbury-Cathedral.html

Finucane, Ronald C., *Miracles and Pilgrims: Popular Beliefs in Medieval England*, London 1977

Gravett, Christopher, *Die Kreuzritter: Kampf um das Heilige Land*, Gerstenberg, Hildesheim 2001

Hafiz, Yasmine, »Piece of Jesus' Cross Found? Archaeologists Discover ›Holy Thing‹ in Balatlar Church in Turkey.« *The Huffington Post*, 1. August 2013, http://www.huffingtonpost.com/2013/08/01/jesus-cross-found-archaeology_n_3691938.html

Hindley, Geoffrey, *Saladin: Hero of Islam*, Barnsley, UK. Pen and Sword, 2010

Housley, Norman, *Fighting for the Cross: Crusading on the Holy Land*, New Haven, Yale University Press 2008

Hoveden, Roger de, *The Annals of Roger de Hoveden: Comprising the History of England and of other Countries of Europe from A. D. 732 to A. D. 1201.* Übers. v. Henry T. Riley, London 1853
Ibn Shaddad, Baha al-Din, *The Rare and Excellent History of Saladin.* Übers. v. D. S. Richards, *Ashgate 2001*
Lane-Poole, Stanley, *Saladin: All-powerful Sultan And The Uniter Of Islam*, New York 2002
Maalouf, Amin, *Der Heilige Krieg der Barbaren: Die Kreuzzüge aus der Sicht der Araber*, dtv, München 2003
Montefiore, Simon Sebag, *Jerusalem: Die Biographie*, S. Fischer, Frankfurt a. M. 2012
Nicholson, Helen J. (Trans.), *The Chronicle Of The Third Crusade: A Translation Of The Itinerarium Peregrinorum Et Gesta Regis Ricardi.* Aldershot, UK, Ashgate 2001
Reston, James, Jr., *Warriors of God: Richard the Lionheart and Saladin in the Third Crusade*, Doubleday, New York 2001
Scott, Robert, *The Gothic Enterprise: A Guide to Understanding the Medieval Cathedral*, University of California Press, London 2003
Tyerman, Christopher, *God's War: A New History of the Crusades*, Allen Lane, London 2006
Verde, Tom, »The Point of the Arch.« Saudi Aramco World 63, no. 3 (May/June 2012):34–43. http://www.saudiaramcoworld.com/issue/201203/the.point.of.the.arch.htm
Wales, Gerald von, *The Journey Through Wales and the Description of Wales (Itinerarium Cambriae)*, Hrsg. v. Betty Radice. Übers. v. Lewis Thorpe, Penguin, Middlesex, 1978
Wheatcroft, Andrew, *Infidels: A History of the Conflict Between Christendom and Islam*, Random House, New York 2005

DANK

Ich habe vielen Menschen zu danken für ihre Hilfe und Unterstützung, *Säulen des Lichts* in der Welt zu sehen.

Allen voran meinem Mann Abdellatif, der meine Faszination für diesen historischen Zeitraum teilt und nächtliche Störungen in Kauf genommen hat, wenn ich plötzlich aufkommende Gedanken in mein Notizbuch schrieb. Ich danke ihm auch für seine unschätzbare Hilfe bei der Übersetzung arabischer Quellen.

Ich bedanke mich bei Emma Coode, Ben Kane, Jane Willow Bennett, Francijn Suermondt und Essie Fox dafür, dass sie verschiedene Versionen des Texts gelesen haben und für ihre Ermutigungen, »einfach weiterzumachen«!

Dank gebührt auch meinen ausgezeichneten Lektoren Nity Pronovost, Zoe Maslow und Barbara Heinzius für die Arbeit, die sie in dieses Buch gesteckt haben: Durch ihre Mühen ist es im Ergebnis weit besser geworden, und dafür bin ich überaus dankbar.

Und schließlich danke ich meinem Agenten Danny Baror, der trotz aller Widerstände immer an dieses Buch geglaubt hat.

PERSONENVERZEICHNIS

In England

Der Maure, Reisender (Herkunft unbekannt)
John Savage, Findling
Enoch Pilchard, alias Quickfinger
Mary White, alias Plaguey Mary
William of Worcester, alias Red Will
Michael und Saul Dyer, Zwillinge, alias Hammer und Saw
Edward Little, alias Little Ned
Rosamund, alias Ezra

Reginald de Bohun, Bischof von Bath und Begründer der Kathedrale von Wells
Savaric de Bohun, alias »Fitzgoldwin«: Cousin von Reginald

Äbtissin von Wilton, Hüterin des Schreins der heiligen Edith und des Nagels von Trier
Eleonore von Aquitanien, Gemahlin von König Heinrich II. und Mutter von Richard I., bekannt als »Löwenherz«

In Akkon (auch Akka genannt)

Emir Beha ad-Din Karakush, Gouverneur von Akka, alias »der Eunuch«

Baltasar Najib
Nima, seine Frau
Sorgan, ihr ältester Sohn
Malek, ihr zweitältester Sohn, der Sultan Salah ad-Din als Brennende Kohle, einer seiner persönlichen Leibwächter, dient
Zohra, ihre Tochter
Aisa und Kamal, die beiden jüngsten Zwillinge

Yakub von Nablus, Arzt
Sara, seine Frau
Nathanael, ihr Sohn

Diverse Tanten, Onkel, Cousins und Cousinen, Nachbarn, Soldaten

Die Armee der Gläubigen

Salah ad-Din Yusuf ibn Ayyub, Schwert des Islam und Sultan von Ägypten, bei den Christen bekannt als »Saladin«
Imad ad-Din, Herrscher von Sindschar, Bruder des Sultans
Al-Adil, jüngerer Bruder des Sultans
Al-Afdal, Salah ad-Dins Sohn
Baha ad-Din, der Kadi (Richter und hoher Beamter) der Armee
Imad al-Din, Schreiber des Sultans
Taki ad-Din, Fürst von Hama, Neffe des Sultans
Saif ad-Din Ali al-Mashtub, ein kurdischer Befehlshaber des Sultans
Keukburi, bekannt als »Blauer Wolf«, ein Emir aus der Gegend östlich des Euphrats
Verschiedene Boten, Kommandeure und Soldaten

Die christliche Armee in Syrien

König Philip Augustus von Frankreich
Guido von Lusignan, abgesetzter König von Jerusalem, verwandt mit der französischen Königsfamilie
Konrad von Montferrat, Herr von Tyrus, ein italienischer Adliger und Rivale von Guido von Lusignan
Heinrich II. von Champagne
Gérard de Ridefort, Großmeister des Templerordens
Robert de Sablé, angevinischer Ritter
Erzbischof von Auxerre
Bischof von Bayonne

König Richard I., auch bekannt als »Löwenherz« und bei den Moslems als »Malik al-Inkitar«
Ranulf de Glanvill, Vizeregent von England, rechte Hand von König Heinrich II., auch bekannt als »des Königs Auge«
Geoffrey de Glanvill, sein Bruder
Balduin von Forde, Erzbischof von Canterbury

In den Bergen von Syrien

Sidi ad-Din Sinan, bekannt als »der Alte vom Berge«, Anführer der Hashashinen, einer Sekte von ismailitischen Fundamentalisten, häufig auch »Assassinen« genannt.

Jane Johnson

Jane Johnson stammt aus Cornwall und hat zwanzig Jahre lang in der Buchbranche gearbeitet: als Buchhändlerin, als Programmleiterin bei HarperCollins und als Autorin von Jugendliteratur und Fantasy. 2005 besuchte sie Marokko, um dort mehr über das Schicksal einer entfernten Verwandten zu erfahren, die 1625 von berberischen Piraten entführt und auf dem Sklavenmarkt verkauft wurde. Während ihrer Recherchen in Marokko verliebte sich die Autorin in einen Einheimischen, mit dem sie mittlerweile verheiratet ist. Sie lebt in Marokko und in Cornwall.

Mehr von Jane Johnson:

Die Sklavin des Sultans. Roman
Die Seele der Wüste. Roman
Die zehnte Gabe. Roman

(Alle auch als E-Book erhältlich)

GOLDMANN
Lesen erleben